Estrecho de Florida
Golfo de México
LA HABANA
Matanzas
MATANZAS
VILLA CLA
PINAR DEL RÍO
Pinar del Río
Santa C
CIENFUEGOS
Cienfuegos
Sancti
ISLA
DE LA JUVENTUD
Caleta de San Lázaro
Malecón
Línea
Avenida de los Presidentes
La Rampa
Calzada de Infanta
Padre Varella
Malecón
Paseo de Martí (Prado)
Av. Carlos M. de Céspedes
OLD
HAVANA
El Capitolio
CENTRO HABANA
Paseo
23
Avenida Salvador Allende
Avenida Simón Bolívar
Egido
Calz. de Zapata
Calzada de Infanta
Máximo Gómez
Desamparado
San Pedro
Avenida Carlos M. de Céspedes
Avenida Rancho Boyeros
Avenida del Puerto
Ensenada de Atares
Cementerio
Cristóbal
Colón
PLAZA DE LA
REVOLUCIÓN
VEDADO
Vía Blanca
Zoológico
Nacional
Avenida de la Independencia
Vía Blanca
CERRO

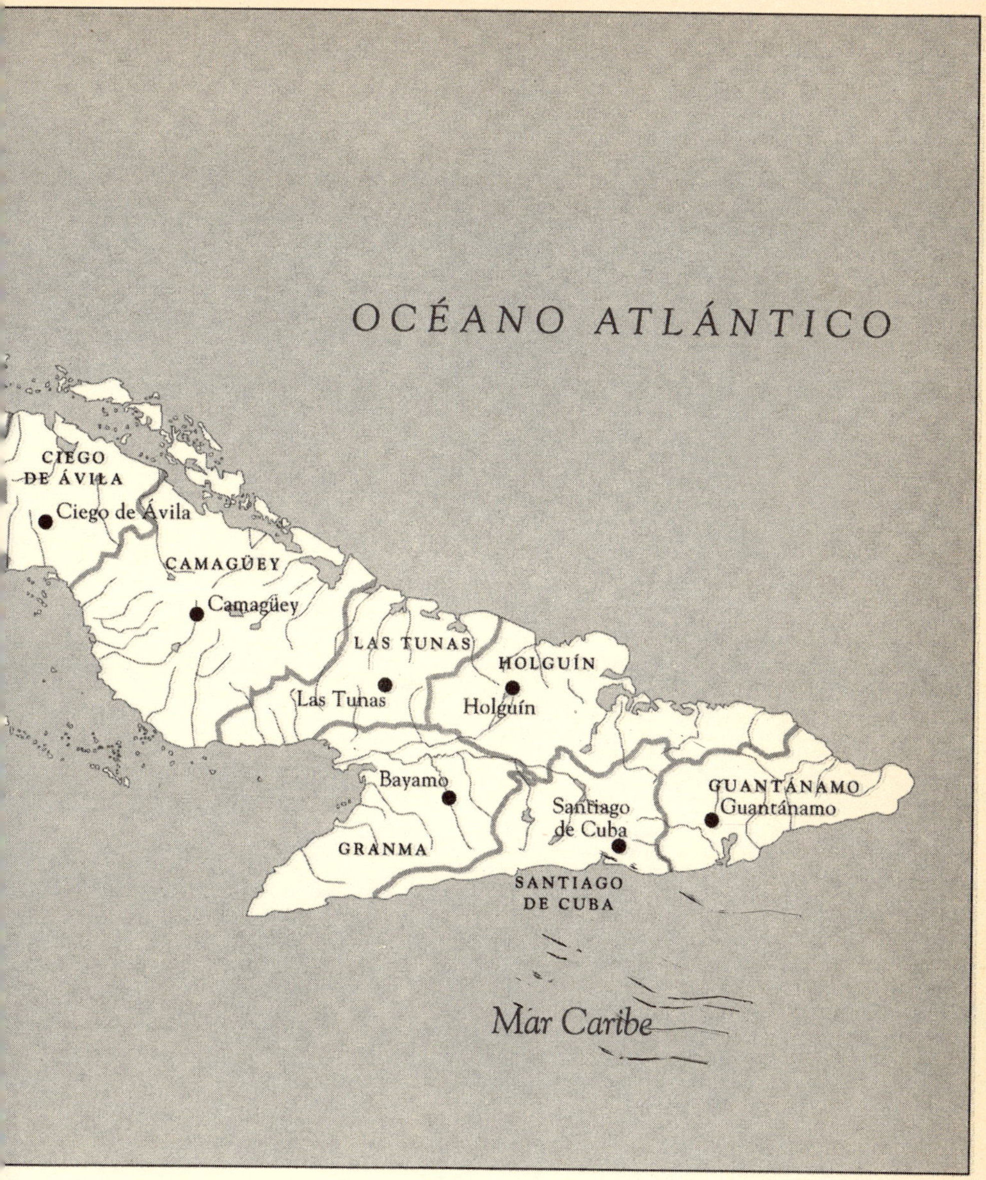

CUBA

(con detalle de La Habana)

ALERTA EN LA HABANA

JOHN BLACKTHORN

ALERTA EN LA HABANA

Traducción:
ROLANDO COSTA PICAZO

EDITORIAL ATLANTIDA
BUENOS AIRES • MEXICO • SANTIAGO DE CHILE

Adaptación de interior: Natalia Marano

Título original: THE SINS OF THE FATHERS

Primera edición publicada por
EDITORIAL ATLANTIDA S.A., Azopardo 579, Buenos Aires, Argentina.
Hecho el depósito que marca la Ley 11.723.
Libro de edición argentina.
Impreso en España. Printed in Spain. Esta edición se terminó de imprimir en el mes de octubre de 1999 en los talleres gráficos
Rivadeneyra S.A., Madrid, España.

I.S.B.N. 950-08-2195-8

Somos hijos de nuestra época,
una época política.
—WISLAWA SZYMBORSKA

PRÓLOGO

Octubre de 1962

Como en un sueño, se oyó un golpe efímero sobre la decrépita puerta que admitía más aire y luz que lo que impedía entrar. El golpe se repitió, y el único ocupante del estrecho cuarto espartano se debatió por escapar del capullo del sueño. Al principio se imaginó que estaba de vuelta en Salinas, y trató de recordar si era domingo. Confundido, se preguntó vagamente si habría preparado el sermón, y gruñó ante la impresión de que debería volver a improvisar.

Luego, otra vez el golpe y ahora un susurro cargado de urgencia:

—Señor, señor. Por favor. Por el amor de Dios. Déjeme entrar. ¡Rápido!

Despierto ahora por la voz desesperada, el hombre se encaminó a la puerta arrastrando los pies, recordando ya dónde estaba y extrañamente aliviado de que hoy no hubiera sermón. Atisbó por una de las hendeduras más anchas de la puerta, vio un ojo agrandado por el miedo a unos centímetros de él, y oyó una voz que volvía a sisear, apremiante. Había suficiente luz para permitirle ver un rostro pálido allá fuera.

El misterioso visitante entró de inmediato no bien se abrió la puerta. Jadeante, se inclinó hacia adelante, las manos sobre las rodillas, para recuperar el aliento. Con una innecesaria señal de la mano le indicó que cerrara la puerta.

Abajo, en la calle, un auto chirrió, airado, en una curva. Centellearon los faros y se aproximaron pasos a la carrera. Más luces, de linternas, escudriñaban los oscuros rincones. La víctima dio unos pocos pasos rápidos hacia el catre de sábanas arrugadas en el rincón del cuarto. Levantó la delgada frazada hasta hacerla casi tocar el piso. Luego, llevándose un dedo a los labios, movió la cabeza como asintiendo, se echó al suelo y se deslizó sobre las tablas de madera rugosa hasta ocultarse por completo debajo del catre.

—Vuelva a acostarse —susurró.

El alto y delgado ocupante del cuarto se pasó las dos manos por el abundante pelo y luego poco a poco dejó caer su cuerpo larguirucho sobre el catre.

Sintió un bulto en la mitad de la espalda. Eran las manos del intruso, dobladas a la altura del cinturón. La figura oculta susurró:

—Perdón.

—Es usted, ¿no? —preguntó el ocupante del cuarto. Hablaba despacio. —Nos conocimos en la manifestación la semana pasada. Usted también es yanqui.

Estaban en un apartamento de dos cuartos en una hilera de casas cedidas a extranjeros que apoyaban la revolución. Algunos daban clase, otros trabajaban en una clínica o cortaban caña de azúcar. Sólo perduraban los más resistentes. Para ese entonces ya se había terminado el encanto, esfumándose como el aire de un globo al reventarse. Sólo quedaban los más convencidos.

Afuera los pesados pasos retrocedieron. Serían unos seis u ocho los que buscaban, pero el miedo le hacía creer al fugitivo que eran más. Debajo del catre, su única reacción fue un gruñido y una respiración dificultosa.

—¿Cómo supo dónde encontrarme? —preguntó el hombre delgado.

—Lo seguí —respondió la voz desde abajo del catre—. Después de la manifestación. —Por un momento permaneció en silencio. —Pensé que tendría que buscarlo en algún momento. —Luego agregó, con un cloqueo: —Además, usted me escribió su dirección, calle y número... ¿Se acuerda? ¡Sobre mi mano!

—¿Quiere decir que me tendría que buscar en algún momento como ahora?

—Sí.

—Usted no me buscaba a mí. Necesitaba un lugar donde esconderse... con un yanqui comprensivo.

—Sí. —Hubo un silencio. —Prescott, ¿verdad? —Oyó un susurro como respuesta. —Gracias.

—¿Qué ha hecho? —preguntó Prescott—. ¿Por qué creía que debía esconderse?

El único sonido proveniente de abajo del catre era la respiración. Después de un momento, el intruso habló.

—Usted es cura. Eso es bueno. Es probable que pueda ayudarme.

—¿Por qué pienso que no se está refiriendo a una ayuda espiritual? —musitó Prescott.

—¿Tiene cuello de cura?

—Sí. Por supuesto.

—¿Lo lleva puesto?

—No. A los comandantes no les gusta. Al principio sí. Demostraba la solidaridad de los católicos con la revolución. Ahora sólo si hay periodistas extranjeros en alguna manifestación contra el imperialismo. Entonces quieren que se vea. Roma contra el capitalismo. Una especie de broma a expensas del Papa, ¿no le parece?

Prescott se levantó y se dirigió silenciosamente hasta la puerta. Atisbó a través de las hendeduras, escuchando. Detrás del delgado cortinado sobre la única ventana, el cielo se iba aclarando perceptiblemente.

—Quédese donde está —dijo Prescott—. No han terminado aún. —Se alcanzaba a oír las portezuelas de los vehículos al abrirse y cerrarse, allá afuera. —Usted no es uno de los que llegamos originalmente. Si hubiera venido con nosotros entonces... en el 60 o en el 61... yo lo conocería. —Volvió y al sentarse sobre el catre notó el fuerte olor del intruso. Olor a miedo, y al hecho de que no se habría bañado en varios días. Estaba huyendo. De repente, Prescott se quedó inmovilizado por una idea... más precisamente, una revelación. —Usted es un espía.

—Shhh —susurró el intruso.

—Usted es de la CIA —murmuró Prescott, apenado—. Si usted es de la CIA, entonces ambos somos hombres muertos.

—Aunque lo fuera —contestó el visitante—, no le haría a usted ningún bien saberlo. De manera que digamos que no lo soy.

—Es por los misiles, ¿no? Por supuesto. Usted está aquí para averiguar sobre los misiles.

—Usted no sabe nada —siseó el hombre, amenazante—. ¿Me oye?

—Sé que usted está en este cuarto. Eso es suficiente para que me saquen de circulación por un largo tiempo. Lo que sepa o no sepa no importa ahora, ¿no? Usted bien podría ser Allen Dulles, el jefe de la CIA.

—Cuando empiece el tráfico en la calle, me iré. Déme unos minutos más.

—¿Adónde irá? —le preguntó Prescott.

El hombre suspiró.

—Padre, usted no escucha ¿no? Cuanto menos sepa, mejor para usted. —Volvió a hablar después de un silencio. —Ya he hecho mi trabajo. No hay más que pueda hacer. Vienen a buscarme...

—Shhhh —dijo Prescott, y luego se dirigió rápidamente a la puerta. Afuera se oían gritos de ira seguidos de súplicas y protestas. —Todavía andan ahí. Se están llevando gente. Quizás ahora se vayan. ¿Había alguien más con usted?

Prescott interpretó el silencio del hombre como negativa. Arrancó un auto.

—Espere —dijo el hombre, como si supiera que el peligro aún montaba guardia del otro lado de la puerta. Como si presintiera algo, musitó un mensaje desesperado para ser entregado en una vida futura, pidió la bendición, y luego se sumió en un total silencio. Entonces se oyeron unos golpes explosivos en la puerta, que sólo sería capaz de resistir unos breves segundos. La puerta voló de sus goznes y cayó sobre el piso de tablas como un cañonazo. Antes de que Prescott pudiera levantarse del catre irrumpió en el cuarto todo un pelotón de hombres, algunos uniformados, otro con la ropa de civil de las fuerzas de seguridad. Se había incorporado a medias cuando el primer hombre

corpulento que entró lo empujó con las dos manos. El físico delgado de Prescott retrocedió dos metros y dio contra la pared con un chasquido que sonó como si se hubiera quebrado la espalda, pero resultó ser el ruido de una madera sobre la pared al romperse.

El hombre corpulento indicó el catre, y tres soldados uniformados lo levantaron y lo apoyaron contra Prescott, que seguía con la espalda sobre la pared, aturdido. La figura debajo del catre saltó y dio un veloz puñetazo a uno de los soldados antes de que un golpe asestado con la culata de un fusil lo volteara. Luchó por ponerse de pie, pero el corpulento hombre de seguridad le dio una patada en las costillas. Volvió a desplomarse con un quejido explosivo. El hombre de seguridad volvió a patearlo una y otra vez. Luchando por emerger detrás del catre y la delgada frazada, Prescott pudo oír el crujido sonoro de las costillas del visitante al quebrarse bajo las continuas patadas. El fugitivo gimió pero no hizo otro ruido.

De repente, Prescott sintió que unas manos poderosas lo levantaban y lo llevaban fuera de la habitación hasta la calle. Su visitante, semiconsciente, no dejaba de gemir mientras lo arrastraban delante de él. La angosta calle estaba colmada de oficiales de la policía y de seguridad en medio de un amanecer surrealista que iluminaba el cuadro. Aunque sus vecinos no se atrevían a aparecer, él sabía que estaban observando, aterrorizados, detrás de cortinados entreabiertos imperceptiblemente.

Tratando aún de llenarse los pulmones de aire, casi postrado por el impacto contra la pared, Prescott fue arrojado de cabeza al asiento posterior de un sedán negro del gobierno. Cuando el hombre corpulento lo sentaba sobre el asiento, Prescott alcanzó a echar un vistazo por la ventanilla de atrás del auto. Vio la puerta abierta de un largo vehículo negro, parecido a un coche fúnebre. Y vio cuatro hombres de seguridad, vestidos de civil, que tomando al visitante de cada una de sus extremidades, lo arrojaban adentro de cabeza. La portezuela se cerró de un golpe.

Prescott pasó casi tres años en trabajos forzados, y nunca vio ni oyó hablar del hombre. Claro que, naturalmente, no lo esperaba.

PRIMERA PARTE

Septiembre de 1998

1

El polvo y el calor opresivo que rodeaban el automóvil antiguo que avanzaba dando virajes tenían algo de fabuloso. Transformaban la campiña —en parte zona residencial en decadencia, en parte granjas primitivas— en una especie de visión impresionista. Para un visitante no familiarizado con el área, la experiencia era onírica, como si estuviera en un lugar del pasado, preservado como museo en ruinas, sin nada de los relumbrones de plástico de su propio país.

McLemore se inclinó levemente hacia adelante en el asiento delantero del acompañante, dejando que la débil brisa creada por los virajes del automóvil separara de su cuerpo la parte posterior de la camisa, empapada de sudor. Junto a él, el mudo conductor observaba el camino con un ojo y, en ocasiones, a su pasajero con el otro. El auto viró bruscamente para evitar un sulky manejado por un niño que apareció de repente. El único otro ocupante del auto, una mujer desdeñosamente atractiva, miró por la ventanilla, furiosa.

El estadounidense, que se mantenía callado por desconocer el idioma, intentó pensar en algo apropiado para decir, pero después de rechazar una serie de clichés, optó por preservar el tenso silencio. En su interior, se maldijo por su estrechez de horizontes. Perversamente el automóvil ganó velocidad cuando la carretera se convirtió en camino y el lento tránsito aumentó en densidad. El desafío de las maniobras parecía ser la única motivación del conductor.

Cuanto más pensaba McLemore en el asunto, confrontado ahora por la desnuda realidad de sus circunstancias, más creía estar involucrado en una empresa descabellada. Desesperado por resucitar una carrera académica que se iba a pique, y careciendo de ningún otro objetivo o propósito, había aceptado con voracidad la magra beca de una fundación, partiendo para arar en terreno antiguo. La beca apareció como madera arrastrada por una veloz correntada, y él milagrosamente logró arrancarle una licencia sabática a su tiránico decano, ansioso, de todos modos, por librarse de él. Todo pasó tan rápido que ahora le costaba recordar cómo había llegado allí.

Pensó que estaba condenado a un nuevo fracaso. Ahora había un torrente de libros, monografías y artículos inundando tanto el mercado académico como el popular sobre la sorprendente finalización de la Guerra Fría. Y la crisis de los misiles de Cuba, su momento más dramático, parecía un imán para los innumerables historiadores políticos que revoloteaban como buitres aletargados sobre los escombros del derrumbamiento de la Guerra Fría. McLemore no tenía ni idea de lo que esperaba enterarse acerca de la crisis de los misiles para poder escribir algo. Como siempre sucedía, se preocuparía por ello cuando llegara el momento. Mientras tanto, aquí estaba en Cuba, en el terreno mismo de la crisis de los misiles, y en muchos sentidos el punto mismo de apoyo de la palanca de la Guerra Fría, en busca ¿de qué?

Entre los bocinazos del antiguo Chevy, McLemore se aclaró la garganta y se aventuró a decirle algo a la mujer silenciosa del asiento posterior.

—¿Terminó ya la temporada de las lluvias?

—Más o menos —contestó ella, aunque no de inmediato. Luego, silencio. —Terminará pronto —dijo después—. Pero, por supuesto, llegarán los huracanes. —Otro silencio. —Pero eso no nos importa demasiado —añadió—. Las estaciones. Aquí es más o menos igual siempre.

McLemore se volvió de costado sobre el asiento delantero, encogiéndose de hombros, como disculpándose.

—Lo siento, pero no entendí su nombre cuando nos conocimos en el hotel. Soy terrible para los nombres... ¿Señora...?

—Mi apellido es Santiago, como la ciudad. Pero llámeme Trinidad, también como la ciudad. Mi primer nombre. Aquí nos gusta llamarnos por el nombre.

—Debe de ser difícil ser dos ciudades a la vez —observó McLemore. Sonó más irónico de lo que era su intención.

Logró el resultado en seguida, y apareció una sonrisa en la desdeñosa expresión.

—¿Usted hace esto, ah, tiene que hacer esto? Quiero decir, ¿acompañar a personas como yo? —le preguntó McLemore.

—Es mi trabajo —contestó ella con tono oficioso. Consultó su reloj. —Llegaremos pronto —dijo, como para aliviar su propio tedio. McLemore seguía contemplando con mirada amable el espacio hostil que representaba el asiento posterior. —Probablemente usted no pueda ver todo —dijo ella—, todo lo que pidió ver. Por los militares. Son zonas militares. Hay muchas reglas. Puede sacar fotos —agregó, como respondiendo una pregunta no formulada—, pero sólo de las zonas no militares.

La señora (¿o señorita?) Santiago fue la primera sorpresa agradable que recibió McLemore en Cuba. Cuando ella subió al asiento posterior del auto del gobierno frente al hotel, para que él pudiera admirar la campiña desde el asiento delantero, McLemore vio —sólo por un breve instante— una alta y elástica figura enfundada en un traje liviano de chaqueta y pantalones color beige. McLemore supuso que en los países pobres la alta costura estaba fuera del alcance de las empleadas gubernamentales. Sin embargo, pronto llegó a la conclusión de que su pastora era el tipo de mujer que mejoraba el aspecto de cualquier ropa que decidiera ponerse. Su brusca seguridad en sí misma le hacía pensar que ella calculaba el efecto exitoso del beige al hacer resaltar su inmaculada piel clara, acentuada por pelo, cejas y pestañas de un tono castaño oscuro, casi negro. Llevaba el pelo a la altura de los hombros, peinado tirante hacia atrás y sujetado por un moño beige que hacía juego con el traje. La boca, pintada con un lápiz labial brilloso, era grande. Él imaginó que los dientes se verían muy blancos como contraste, si es que optaba por sonreír en algún momento. La nariz era prominente pero delgada. Y luego, esos ojos…

Volviéndose con mayor frecuencia que la necesaria, mientras simulaba inspeccionar el paisaje, primero urbano, luego suburbano, finalmente rural, echaba un vistazo a esos brillantes ojos pardos, que prometían… ¿traición?… o ¿quién podía saberlo? Era demasiado pronto para esos pensamientos, se dijo McLemore. Abstraído, decidió que su proyecto lateral sería la humanización de la señorita Trinidad Santiago. De todos modos, pensó, él era mejor para eso que para investigar historia contemporánea. Por otra parte, el concepto mismo de "historia contemporánea" ¿no era acaso un oxímoron, en cuyo caso él se convertía en un oxímoron andante?

Como un estallido de fuego de ametralladora, Trinidad inició un parloteo en español con el conductor. En un arranque de machismo, el auto se desquitó acelerando, y luego empezó a aminorar la marcha al aproximarse a una fila de gente pobremente vestida que esperaba un medio de transporte. A medida que avanzaba el día, la temperatura y humedad iban en aumento. McLemore, extraño a ese clima, se sentía cada vez más mojado de sudor y levemente enojado. Ojalá hubiera seguido el consejo de Trinidad en el hotel y comprado una gaseosa de un litro.

Una vez que dejaron atrás La Habana, la vegetación se hizo más verde y frondosa, suavizada aquí y allá por campos cultivados, de forma irregular. El paisaje era ondulado. Él señaló con el dedo pero, antes de poder preguntar, ella le dijo que eran plantaciones de caña de azúcar. La preocupación de la señorita Santiago imposibilitaba cualquier esfuerzo que pudiera hacer él para estimular una exposición sobre la industria azucarera cubana. La mayoría de las áreas sin plantar eran colinas demasiado abruptas para el cultivo, cubiertas de verdes arbustos y matorrales espesos, con una ocasional palmera semejante a un alto paraguas natural. A pesar de los sacudones, traqueteos e impredecibles aceleraciones, McLemore creía ver por momentos un despliegue de colores brillantes de lo que parecían aves exóticas. "Las aves están en libertad, pero las personas no", pensó.

Antes de embarcarse en esta aventura, McLemore no había pensado mucho en Cuba como lugar. Había visto fotos en *National Geographic*, leído algunos folletos, y una vez, al terminar la universidad, había pasado una semana frenética en St. Bart. No obstante, no tenía una sensación real de Cuba. Ahora, de pronto inmerso en el lugar, se sentía ligeramente aturdido por su descuidada belleza, la inmediatez de la vida sin una fachada comercial confortable, el contexto primitivo y sensual. Semejaba una especie de paraje mágico, como el de *Brigadoon*, sólo que esa comedia musical no estaba ambientada en Escocia, sino en el Caribe. Y a pesar de estar lejos de ser el tipo de paraíso idealizado que buscaba la mayoría de sus compatriotas, Cuba parecía gozar de una tranquilidad simple a la que él podría adaptarse sin demasiado entrenamiento.

Se iban aproximando a Bejucal, su destino, una ciudad pequeña a sólo treinta o cuarenta kilómetros de La Habana pero a más de una hora de viaje debido al caótico tránsito en las colinas. Se acercaba el mediodía. El auto, que trajo a Trinidad Santiago, había llegado una hora tarde al hotel. No hubo explicaciones. McLemore pronto aprendería que eso era parte del patrón cultural. Sólo hacia el final de su estadía podría empezar a dejar de lado sus obsesiones yanquis para disfrutar realmente de esta liberación de la puntualidad y del tiempo abstracto.

—¿Conoce Bejucal? —le preguntó McLemore a su guía.

—Sí, lo conozco. Por supuesto. Queda cerca de La Habana.

—No, quiero decir si sabe lo que pasó allí en el 62... durante los misiles... el tiempo de la crisis.

McLemore se sintió incómodo de repente, como si se tratara de un delicado asunto personal. Nunca hay que mencionar la soga en la casa del ahorcado.

—Sí, por supuesto. Fue un lugar crítico. Pero secreto... estrechamente protegido.

McLemore se preguntó si él sonaba de esa manera cuando empezaba a dar una conferencia. Ella continuaba hablando con un tono formal, de guía de turismo.

—Sabemos que aquí se guardaban materiales críticos, armas. Había muchos militares rusos alrededor de este lugar. Siempre sabíamos que un lugar era importante cuando eso pasaba. Cuantos más rusos, más importante el lugar.

El auto se sacudió y con un estrépito mecánico salió del camino principal para entrar en un camino más angosto pero igualmente congestionado que se dirigía levemente al este y ascendía las colinas al sur de La Habana. El conductor verificó furtivamente la reacción de McLemore, calculando quizá la posibilidad de un viaje clandestino.

—Los rusos nos protegían entonces. Impidieron otra invasión de la CIA y los partidarios de Batista. El plan tuvo éxito, claro. Aunque sacaron los misiles, Khrushchev obligó a que Kennedy le prometiera que nos dejaría en paz. Eso era todo lo que queríamos, al fin y al cabo. —A McLemore le pareció ver una sonrisa triunfante. —Ellos... ¿cómo se dice? garantizan nuestra libertad de los yanquis.

"Va a ser un día largo", pensó McLemore. Luego recordó que sería toda una semana, quizá más. Debía averiguar si la señorita Trinidad, que claramente pertenecía a algún ministerio central de propaganda, se quedaría a su lado todo el tiempo, para proporcionar la visión oficial del partido. Ah, bueno, era de esperar. Había que tomarlo como venía. El proyecto lateral de humanización se había politizado de repente.

—Permítame adivinar —dijo él—. En 1962, usted tendría... —Aplicó una dosis de diplomacia a su matemática antes de proseguir. —No habría nacido aún. —La miró de frente. —Dígame cuántos años tiene. No más de treinta y dos o treinta y tres, ¿no?

Momentáneamente desacomodada por la brusquedad de él, Trinidad respondió, orgullosa:

—Nací en abril de 1961.

Lo dijo con una sonrisa feroz. "Por Dios —pensó McLemore—, durante la invasión de la Bahía de Cochinos."

—Y usted, profesor McLemore —preguntó ella— ¿qué edad tiene?

—Unos pocos años más que usted —dijo él—. Quizá seis o siete.

Lo dijo con su pobre español, algo que a ella no parecía impresionarle.

Mientras el auto se bamboleaba de lado a lado al ascender el serpenteante camino a Bejucal, Trinidad consultó unos papeles con direcciones y espetó una serie de órdenes al conductor, que al parecer le prestaba poca atención.

—Según los documentos dados a luz el año pasado por los rusos —dijo McLemore—, Bejucal era algo más que un simple depósito muy importante de armas. Era el lugar donde los rusos almacenaron todos sus proyectiles nucleares ese octubre. Ingresaron con su barco de carga en Mariel y transportaron a Bejucal proyectiles suficientes para una fenomenal guerra nuclear. Al parecer ya habían construido búnkers bien protegidos para almacenar algo importante. Si ya entonces pensaban en armas nucleares, eso es algo que está por verse.

Se percató que de pronto había adoptado, inconscientemente, el mismo tono de profesor usado momentos antes por Trinidad y que para él era cosa de rutina en sus clases universitarias.

—De cualquier manera —concluyó, adoptando un tono ligero—, fue el punto de partida de la mágica gira militar por Cuba en 1962.

—¿Es eso lo que está haciendo usted aquí? —preguntó ella—. ¿Qué clase de magia espera encontrar?

McLemore sintió la llamarada repentina de su furia, y retrocedió.

—Lo siento, Trinidad... Usted dijo que podía llamarla Trinidad, ¿no? No fue mi intención parecer frívolo. Estoy aquí por negocios serios. Espero descubrir qué pasó aquí hace treinta y seis años... por qué todos los bandos estuvieron a punto de cometer una equivocación y causar un desastre. ¿Cómo pudo pasar eso? ¿Qué errores se cometieron? ¿Quién los cometió? ¿Por qué se cometieron errores tan serios? ¿Hay algo que aprender de todo eso? —Hizo una pausa antes de continuar. —Soy profesor. Eso quiere decir que estoy en el negocio de aprender.

—Ustedes los del norte —dijo Trinidad— ¿creen que todo es negocio... hasta aprender?

—Lo siento otra vez. Es en sentido figurado. No me refiero a un negocio, sino a una profesión.

—¿Es bueno como profesor?

—No —dijo antes de pensar—. Quiero decir que no me considero un buen profesor. Se trata de un arte, no una ciencia. Yo no soy un artista. Los que enseñan mejor son quienes aprenden mejor, y yo no sé mucho. Cuanto más años tengo, menos sé.

—Pero esa es la esencia de la sabiduría, profesor McLemore. Saber que no se sabe.

De repente el conductor señaló algo adelante e hizo una pregunta con tono cortés.

—Sí —respondió Trinidad, y le ordenó que siguiera adelante, colina arriba, luego doblara a la derecha, y un poco más allá a la izquierda. Estaban entrando en el complejo militar de Bejucal con los búnkers que en el pasado alojaran los proyectiles destinados a los Estados Unidos.

En el calor oprimente, McLemore sintió un escalofrío. Cuando viera lo que había venido a ver, ¿de qué se enteraría, que antes no sabía? ¿Habría magia en la historia de esa tumba de concreto vacía? ¿En qué pensaban los soviéticos cuando descargaron los camiones llegados desde Mariel? Seguramente sabían qué cargamento transportaban. Lo que era más interesante aún, ¿en qué pensaron noventa días después, cuando volvieron a acomodar el mismo cargamento en los mismos camiones y lo enviaron de vuelta a su país? De repente, por primera vez, bendijo a su decano y al director de la fundación que le había otorgado su beca. Esto podría llegar a ser interesante, después de todo.

MacLemore supuso —más por su edad que por sus magras insignias— que quien los esperaba a la sombra de un árbol solitario era un oficial militar de baja jerarquía. No pudo evitar maravillarse de la paciencia de esa gente. Por otra parte, ¿qué otra cosa tenían que hacer? Descendieron del hirviente auto, y el oficial saludó a Trinidad con un "Buenos días, señora". Luego les indicó que lo siguieran hasta un espacio cerrado, rodeado por una cerca de herrumbrado alambre de púa, y, una vez dentro del espacio, señaló una puerta de acero reforzado. Traspusieron la puerta y bajaron una docena de escalones dentro del cavernoso búnker de cemento, cubierto por más de medio metro de tierra agrietada. Unas malezas sujetaban la tierra en su lugar, pero gran parte se había volado hacia el este, en dirección de Guantánamo, hacía años. El oficial tenía una linterna, al parecer del mismo tiempo del Chevy que los condujo hasta allí. Siguiendo el rayo de luz, McLemore pudo discernir apenas una serie de cuartos, la mayoría vacíos, aunque en algunos había embalajes y marcos de metal en mal estado.

Mientras recorrían el siniestro y oscuro corredor, de cielo raso bajo, al que daban todos esos cuartos, McLemore oyó que Trinidad y el joven oficial habían entablado una conversación susurrada. El oficial no iluminaba los embalajes con la luz de la linterna. Al llegar al final del corredor, dio media vuelta para conducirlos de regreso a la superficie. McLemore no tenía prisa. Unos roedores grandes se escabullían a pocos pasos de la circunferencia proyectada por la luz de la linterna. McLemore pensó que ese lugar era el más fresco que había encontrado en Cuba. Trató de imaginar qué podría haber pasado si la lucha de poder hubiera dado un viraje inesperado hacía tres décadas y media, si algún comandante se hubiera puesto nervioso, si se hubiera entendido mal algún mensaje. De pie en el lugar donde se había concentrado tanta energía hostil más cerca de los Estados Unidos que en ningún otro momento de la historia, su imaginación tembló.

—¿Podría preguntarle qué se guarda aquí ahora? —le dijo McLemore a Trinidad.

—Nada, dice él —respondió ella sin hacer la pregunta—. Ha quedado un equipo militar antiguo, demasiado rústico para usar.

"Rústico y herrumbrado", pensó McLemore.

—Hay equipos militares en este complejo. Por eso no podemos ir más allá de este punto —dijo ella—. Pero aquí es donde almacenaron los proyectiles en 1962. —Sonaba orgullosa del hecho. —Para mí también es interesante —agregó—. Nunca había estado aquí. Debe de ser un sitio histórico.

McLemore se alegró de que el día no estuviera perdido del todo para ella. Él había podido mostrarle algo nuevo en su propio país.

—¿Esto es todo, entonces? —preguntó.

—Completamente —respondió el joven oficial. Era claro que no necesitaba intérprete.

McLemore se sintió decepcionado y desalentado. De una manera simbólica, estaba parado en el epicentro mismo de su estudio, el lugar donde se almacenaron los explosivos nucleares que pudieron haber originado la Tercera Guerra Mundial, pero allí parecía haber poco para ver. Se sentía como un niño a quien le han regalado un juguete barato para Navidad, y sabe que es barato.

—Muchas gracias, capitán.

—No, es teniente —dijo Trinidad, sin constatar su grado con el oficial.

El militar los condujo de regreso al Chevy, que se estaba asando bajo el sol, y repitió el mismo débil saludo cuando el conductor de mala gana tuvo que cederle el mismo punto de sombra bajo el árbol solitario. McLemore había visto todo lo que había venido a ver, y todo lo que había podido ver, en menos de media hora.

Reanudaron el viaje por las colinas en dirección norte, hacia La Habana. Trinidad había perdido ahora parte de su furia de la mañana. McLemore se preguntaba qué quedaba por hacer. Faltaba la visita al sitio de los misiles cerca de San Cristóbal y Los Palacios, quizá mañana. Podía intentar un viaje de seiscientos kilómetros al este para visitar los sitios de los misiles R-12 planeados para Calabazar de Sagua, al norte de Santa Clara. Le habían dado permiso para ver algunos archivos del Ministerio de Relaciones Exteriores sobre el período, que presumiblemente contenían documentos corregidos y enmendados con sumo cuidado. En total había destinado una semana para la visita, solicitando al gobierno cubano un permiso abierto que le permitiría hacer una o dos visitas futuras, en caso de que el resultado de la investigación y sus impresiones al cabo de la semana lo hicieran necesario.

Era la primera vez en la vida que disfrutaba de una beca de investigación. Nunca había tenido un verdadero sabático. No sabía si se esperaba de él una especie de informe final para la fundación y la universidad al cabo de su beca. Había prometido escribir un trabajo publicable como parte de los requerimientos de la beca. No obstante, la perspectiva de hacer una revelación sorprendente sobre la épica confrontación de la época era virtualmente inexistente. Este terreno ya había sido arado. Los verdaderos secretos estaban en Washington y Moscú. Para furia de los cubanos, las superpotencias habían montado su confrontación más peligrosa en suelo cubano sin consultar a los nativos. Por cierto, en las horas más críticas del 62 —momentos de vida o muerte— Cuba misma casi carecía de importancia: no era más que una plataforma de lanzamiento de misiles teledirigidos escogida por una superpotencia para atacar a la otra. Ya vería lo que podía conseguir de su propio gobierno, pero aun allí las joyas de la familia estaban reservadas para los miembros de la familia, académicos favorecidos por tener amistades en puestos de alto nivel, con conexiones dentro de la elite de poder. Como los contratos militares valiosos, hasta los secretos políticos de la historia reciente se pasaban a los amigos de los poderosos en las universidades poderosas, seguros de proyectar la luz más favorable sobre quienes tomaban las decisiones. Por muchas razones, McLemore nunca había accedido a esos círculos políticos y académicos.

Además, pensaba —mientras Trinidad cabeceaba, adormilada, en el asfixiante asiento de atrás— que si llegaba a descubrir algún bien guardado secreto de la Guerra Fría, no faltaría quien cuestionara sus motivos, preguntándose qué hacía él en Cuba después de todos esos años. ¿Estaba allí realmente por un descabellado proyecto de investigación, o buscaba en verdad un fantasma de la Guerra Fría? Esta era una cuestión a que se abocaría en su momento, quizás una vez terminado el proyecto, o tal vez esa noche, tomando un par de copas de ron con hielo.

El Chevy avanzaba serpenteando, rechinando y tocando bocina colina abajo a lo largo de congestionados caminos y carreteras. McLemore también cabeceaba, abrumado por el calor húmedo, con visiones oníricas de encolerizados rusos y tímidos soldados cubanos.

Mientras McLemore sucumbía a un sopor confuso, como inducido por un narcótico, Trinidad, ahora completamente despierta, se ocupaba de estudiarlo. Con la boca algo entreabierta y el pelo castaño despeinado por el viaje y la brisa, semejaba la versión adulta de un niño. Era de tamaño mediano, no tan grande como la generalidad de los yanquis que se veían en las calles de La Habana o en las playas de Varadero. No era más alto que ella, pero tampoco gordo, como la mayoría de sus compatriotas. Llevaba una liviana camisa celeste con el cuello abierto y las mangas arremangadas hasta los codos, y pantalones gris claro, de lana. Ella le habría aconsejado otro tipo de ropa para el clima cubano. Ropa de algodón liviano, para no sudar tanto. Tenía unos lindos ojos verdes. Pálidos, casi acerados. Sonrió de manera natural cuando se conocieron, y ella notó sus dientes superiores ligeramente torcidos. Un toque agradable, casi como estudiado. Lo más interesante de todo era su voz, suave y apenas ronca.

Cuando se detuvieron abruptamente frente a la puerta del hotel Deauville, él se despertó, sobresaltado, sin saber dónde estaba. Trinidad le dio un golpecito en el hombro.

—¡Caramba! —musitó él, confundido. Era uno de los pocos clichés que sabía en español.

Trinidad rió: el primer gesto amistoso del día.

—Ya ve, está hecho un cubano. Habla un español perfecto en su primer día.

—¿Mañana? —preguntó McLemore al descender con dificultad del auto, imbuido ya de su papel.

—Mañana irá al Ministerio de Relaciones Exteriores. Uno de nuestros jóvenes intérpretes, Carlos, lo estará esperando allí a las diez de la mañana. Le han preparado unos documentos para que consulte. Luego ya veremos acerca de los otros viajes que ha requerido... a San Cristóbal y otros lugares.

—¿La veré mañana, u otra vez? —insistió McLemore, con tono más quejumbroso que el que intentaba. De repente se sentía solo en un lugar extraño.

—Por supuesto, profesor McLemore. Pero, si me perdona, tengo otras cosas que hacer. Luego probablemente lo acompañe a San Cristóbal y quizá sirva de intérprete en algunas entrevistas con nuestros funcionarios.

Trinidad le dio la mano enérgicamente, ocupó el lugar que él dejaba libre en el Chevy, y cuando él se inclinaba para despedirse, el coche partió con brusquedad en medio de los bocinazos de otros vehículos.

Al volverse para entrar en el económico hotel Deauville, McLemore notó la figura de un hombre delgado, con barba, en la vereda de enfrente. Recostado contra la pared de polvoriento y agrietado estuco color rosado, el hombre, que de perfil se asemejaba a una marioneta alargada, parecía haberse detenido en un cuadrado de sombra en la angosta calle. Tenía el aspecto de estar estudiando a McLemore. Éste se preguntó si se trataría de un estadounidense que conocía, y, en ese caso, si debía saludarlo con un gesto, o cruzar a darle la mano. Pronto la larguirucha figura, un tanto cargada de hombros, echó a andar, aunque despacio, como renuente a abandonar su puesto.

2

La brisa húmeda, la frenética música de salsa y la comida fuertemente condimentada eran una bendición para Viktor Isakov. La Pequeña Habana estaba muy lejos de Ekaterinburg, en los Urales, donde creció, pero muy lejos en más de un sentido. Viktor Isakov pertenecía a una nueva raza de hombres: era uno de los nuevos empresarios rusos, uno de los miembros de una inusitada y ágil casta capitalista esparcida por el mundo debido al colapso de una fe política agotada. Viktor Isakov estaba aquí en Miami por negocios serios, y gozaba de cada minuto. Si su trato prosperaba —no si prosperaba, sino cuando prosperara— Viktor Isakov ascendería, de la noche a la mañana, para formar parte de las grandes ligas de los negocios internacionales.

Pero ahora ya no era más Viktor Isakov, sino Victor Isaacs. Así lo llamaban los dos hombres de pie ante la mesa en el oscuro rincón del restaurante La Casa Blanca en el corazón de la Pequeña Habana. Los hombres se estudiaron recíprocamente. Todos llevaban excelentes trajes de tela tropical, con lánguidos pañuelos de seda asomando del bolsillo superior con la estudiada naturalidad de los nuevos ricos. Bien anudadas corbatas haciendo juego con el pañuelo. Zapatos hechos de medida, pulcramente lustrados. La diferencia significativa era que Viktor pesaba quince kilos más que sus nuevas relaciones, y su camisa se abultaba peligrosamente en los botones centrales. Viktor no podía evitar invertir parte de su nueva fortuna en la suculenta comida que no tenían en Ekaterinburg cuando era muchacho, y que en realidad tampoco tenían en Ekaterinburg hoy. Después del final feliz de sus tratativas se ocuparía de su madre, que seguía viviendo allí.

—Permítame presentarme, señor Isaacs —dijo uno de los nuevos hombres—. Soy Manuel Lechuga. Dígame Manny, por favor. Y éste —agregó, dando un golpecito a su amigo en el brazo— es Antonio Varona.

—Apuesto a que le dicen Tony —dijo Viktor con un marcado acento eslávico. Todos profirieron una risita ahogada y se dieron la mano. Viktor los estudió rápidamente. Manny era el líder, por supuesto. Alto, de porte impresionante, con el físico apropiado para jugar al fútbol americano, pensó Viktor. Moreno, con pelo ondulado, peinado de peluquería. Manos fuertes. Uñas de manicura. Se cuida bien. Seguro de sí. La clase de tipo que se hace notar cuando entra en un cuarto. Consciente de su figura, Viktor se tocó el abultado estómago. Si iba a ser un exitoso hombre de negocios estadounidense, debía parecerse a Manny. La gente esperaba que Manny les dijera qué hacer. Era esa clase de tipo. Viktor suspiró; Manny también era la clase de tipo que hacía a un lado el postre. Sobre todo, notó Viktor, tenía ojos pardos que miraban a uno con fijeza, sin pestañear. "Apuesto a que tiene la mar de damiselas elegantes", pensó Viktor, y la idea le dio celos.

Tony, por otra parte, era más de su tipo. Más bajo, un poco más pesado. Su traje era costoso, pero no le caía tan bien como a Manny; éste clavaba a uno contra la pared con esos ojos. Tony parecía divertido todo el tiempo, como si poseyera un secreto cómico. Tony era la clase de hombre que se aseguraba de que las hermosas damas llegaran bien a su casa después de la fiesta. Cuando entraba en un ambiente, nadie se daba cuenta. "Como yo. Si tengo problemas con el negocio, Tony me ayudará", pensó Viktor con esperanzas.

—Me hace muy feliz verlos a los dos —dijo, asintiendo—. Créanme, fue un infierno encontrarlos. No estoy familiarizado con sus vueltas y revueltas.

"Vueltas y revueltas, por cierto", pensaba Viktor. Aquí estaba, en 1998, treinta y seis años después, un ruso capitalista cerrando negocios con cubanoamericanos. ¿Quién lo hubiera creído posible? "Hace cuarenta años, estos hijos de puta me habrían matado con sus propias manos. ¿Hace cuarenta años? ¡Hace diez! Heme aquí sentado, con mi costoso traje. Un hábil y astuto traficante de armas. ¿En qué se ha convertido el mundo? Cubanos y rusos hablando de armas para usar contra otros cubanos. Hace cuarenta años, estos tipos trataban de echar a los rusos de Cuba para volver a entrar ellos. Ahora les compran armas a los rusos con el mismo propósito. ¿Qué sentido tiene eso?" Viktor no estaba seguro de que los años posteriores a la Guerra Fría tuvieran más sentido que los años de la Guerra Fría. Primero los yanquis les daban armas a los cubanoamericanos, los ayudaban a subir a los botes y a llegar a las playas de Cuba, y los ponían frente a las bocas de las armas de Castro, fabricadas por los rusos. Luego resulta que Kennedy negocia un trato con Khrushchev para dejar tranquilo a Castro si los rusos retiran los famosos misiles. Ahora estos cubanos están negociando con un ruso para comprarle armas rusas para matar a los otros cubanos. Nada tiene sentido.

Pidieron las bebidas: agua mineral con gas para Manny, vino blanco para Tony y un Cuba libre para Viktor. Todos se rieron de eso.

—Muy bien, Vic. ¿Te puedo llamar Vic? —preguntó Manny—. Teníamos que averiguar algunas cosas acerca de ti para asegurarnos. Lo entenderás. Teníamos que estar seguros acerca de la persona con quien hablábamos. La CIA y el FBI están encima de nosotros aquí. Lo entenderás. Nos dejan seguir con nuestros asuntos aquí, probablemente con la esperanza de que todo nos salga bien. Pero siempre andan averiguando qué es lo que hacemos.

Hablaron un poco más, la mayor parte una charla sin importancia, y luego pidieron el almuerzo. Manny pidió una ensalada, Tony una langosta asada, y Viktor ordenó empanadas, arroz moro y plátanos fritos. Todos se rieron también de eso. Manny esperó a que el camarero se retirara antes de hablar.

—Tenemos entendido que tienes algo para ofrecernos... algo grande quizá.

Viktor consideró estas palabras por un momento. Había tratado de no parecer ansioso. ¿Cómo decirlo?

—Se trata de algo quizá más grande que grande. Es... muy grande. —Hablaba despacio, con pausas dramáticas. Su esfuerzo por mostrarse indiferente y sofisticado fracasó desde el principio. —Ustedes entienden mi negocio, ¿sí? —Los dos asintieron. —Es un negocio sobre equipo militar ¿sí? —Volvieron a asentir. —A medida que voy teniendo más éxito, es equipo militar grande. ¿Sí? —Sólo Tony asintió esta vez. —¿Qué es el equipo militar más grande que puedan imaginar? —preguntó, luego de un momento.

—Vic, no lo sé —dijo Manny—. ¿Barcos? ¿Aviones? ¿Tanques? Si estás hablando de eso, no son cosas que podamos usar por el momento. Quizá más adelante. Pero no es lo que necesitamos ahora.

Llegó la comida, y los dos cubanoamericanos observaron con disimulada sorpresa cómo Viktor atacaba las empanadas.

Viktor les sonrió con la boca llena. No era un espectáculo agradable, y Manny se puso a estudiar su ensalada.

—Traten de adivinar una vez más —les espetó Viktor, ya muy divertido.

Manny miró a Tony. Sus ojos se agrandaron involuntariamente, y de repente se puso serio como empresario de pompas fúnebres.

—Vic, hay una sola cosa más grande que los barcos y los aviones. —Miró por encima de su hombro. —No estarás hablando de armas nucleares, ¿verdad?

Viktor sonrió.

—Vic, Madre de Dios —siseó Manny, perdiendo toda fachada de urbanidad—. ¿Estás hablando de armas nucleares?

Viktor no dejaba de sonreír. Como un niño con un gran secreto, parecía incapaz de hablar. Luego asintió en forma casual.

—Por Dios —dijo Tony en voz baja, y echó hacia atrás el plato con la langosta a medio comer.

Viktor masticó, pensativo, considerando su posición para negociar.

—Mira —dijo Manny—, nosotros tenemos la intención de recuperar nuestro país. Ese es nuestro propósito principal. Pero, ¿qué pasa si lo destruimos en el intento? Quizás estés hablando con los clientes equivocados, Vic. —Consultó su reloj con la esperanza de que no le temblara la voz.

Viktor levantó la mano y tragó un bocado.

—Momento, mis amigos. Hay toda clase de proyectiles nucleares. No estamos hablando de la Tercera Guerra Mundial. No tengo megatones... aunque —dijo, pensativo— no es algo imposible. Estamos hablando de armas tácticas. De baja potencia, uso local. "Discrito", como dicen. Armas de campo de batalla. Nada de hacer volar una ciudad. Quizá hacer volar una división. —Levantó las dos manos, separadas un metro entre sí.

Manny y Tony se miraron, de repente desesperados por poder discutir esto en privado.

—Vic —dijo Manny—, ¿cómo demonios podrás conseguir armas nucleares tácticas? Y si las consigues, ¿cómo demonios podrás hacerlas llegar a Cub...? —Aunque hablaba en voz baja, miró a ambos lados antes de proseguir. —Sabes, al lugar donde podamos usarlas.

La sonrisa satisfecha de Viktor sugería que se trataba de un hombre que había pensado en todo.

—¿Y si prácticamente ya las tengo en mis manos? ¿Si no hay que llevarlas... adonde quieren usarlas?

Manny se recostó sobre el respaldo de su asiento. Había perdido el apetito.

—No lo entiendo —dijo, de pronto receloso, como si se diera cuenta de que lo estaban engañando—. ¿Si ya las tienes y no debes transportarlas a ninguna parte? Miró a Tony. —¿Cómo puede ser posible eso? ¿De qué está hablando, Tony?

Tony optó por la respuesta lógica. Se encogió los hombros, extendiendo las manos con las palmas hacia arriba.

—La única manera de no transportarlas es si ya las tienen allí. ¿Ya? Manny se inclinó sobre la mesa, amenazante. Viktor tomó la servilleta como protección. Los ojos pardos lo atravesaron.

—¡No es posible que ya tengan armas nucleares en Cuba, ruso hijo de puta!

Manny tenía el aspecto de un hombre confundido y furioso a la vez, pero furioso porque estaba confundido.

—Lo hicimos, en una oportunidad —dijo Viktor en su afán por protegerse.

Manny consideró estas palabras por un instante.

—Sí, pero eso fue hace treinta o cuarenta años. Y, según recuerdo —agregó con amargura— los obligamos a sacarlas.

El "los" claramente identificaba a Manny como estadounidense, no cubano.

—Tal vez.

—¿Tal vez qué, hijo de puta? Ustedes se las llevaron. Lo recuerdo.

Luego Manny se dio cuenta de que no recordaba con precisión porque entonces tenía cinco años. Lo que recordaba era a su padre, un alto oficial del gobierno de Batista de la década de 1950, amargado, maldiciendo a los soviéticos y más todavía a Castro, ese baboso títere hijo de puta.

—Tal vez —repitió Viktor.

—Vámonos de aquí —dijo abruptamente Manny.

Dejó que Tony se encargara de la cuenta y pusiera una mano firme bajo el brazo de Viktor, prácticamente levantándolo de la mesa. Viktor contempló con tristeza la comida que quedaba. Salieron de La Casa Blanca, Manny con una falsa sonrisa de camaradería y buena voluntad. Pasaron junto a las tiendas atestadas de compradores y de gente que cubría las agitadas veredas de la Pequeña Habana, caminando despacio, para que Tony los alcanzara. Luego se dirigieron a un diminuto parque de vecindario con unos pocos árboles insignificantes. Tony se adelantó y ocupó un banco en la sombra, lejos de los jugadores de dominó.

Manny sentó a Viktor como si fuera un chico travieso.

—Mira, nosotros somos hombres serios que tratamos de hacer un negocio sobre un asunto serio. No juegues con nosotros. Quiero saber de qué estás hablando y cuál es el negocio que propones. En este momento. Basta de rodeos.

Su voz sedosa era baja, pero pronunciaba sus palabras con puntuación enfática, aunque a través de dientes apretados. Sus ojos oscuros clavaban a Viktor al despintado banco del parque.

"No hay que jugar con este tipo —pensó Viktor—. Habla en serio." Viktor tenía la impresión de que había caído con una banda de hombres rudos que creían firmemente en su ideal. "Este tipo es capaz de arrancarme el corazón sin vacilar", pensó. Y en ese momento el corazón le latía con mucha violencia.

Desinflado por la rudeza y la furia que brotaba de esa mirada, Viktor dijo:

—En Cuba puede haber quien les entregue uno... quizá dos...

proyectiles nucleares tácticos, bien conservados, listos para usarse. ¿Interesados o no?

Estaba ansioso por recobrar la iniciativa. Tomar la iniciativa siempre. Nunca ponerse a la defensiva. Lo había aprendido en los libros sobre negocios.

—Vic, estas armas son nuevas o viejas. Si son nuevas, no puedes llevarlas a Cuba. Si son viejas, no sirven. ¿Qué son?

—Si deben saberlo, son viejas. Pero amigos íntimos míos, expertos nucleares rusos, me dicen que todavía sirven. A lo mejor hay que reparar unos cables. Es todo lo que puede andar mal. Conozco gente que puede hacer el trabajo. Tienen poco que hacer estos días, y buscan trabajo. Sobre todo si el trabajo es en un lugar con sol. Han sido guardadas correctamente, que es lo más importante.

—Vic, no es posible haber guardado proyectiles nucleares en Cuba durante casi cuarenta años sin que nadie lo supiera. Es un disparate. Y, aunque los hubieran guardado, ¿cómo saber si fueron conservados correctamente?

—Fueron guardados con mucho secreto y de la manera correcta, créanme. Yo sé.

—¿Cómo lo sabes, Vic?

—Porque mi propio padre fue el que los guardó.

• • •

Antes del amanecer del 17 de septiembre de 1962, el barco soviético Indigirka, *un carguero de 19.500 toneladas usado virtualmente en forma exclusiva por el Ministerio de Defensa para transportar equipo militar a las instalaciones militares soviéticas y a insurrecciones comunistas alrededor del mundo, ancló en el puerto militar de Severomorsk, en el mar de Barents. Muy pocas personas fuera de los más altos niveles del Ministerio conocían su destino, y menos aún su cargamento.*

El destino oficial del Indigirka *era un oscuro puerto africano, y su manifiesto de carga estipulaba una variedad de clases de equipos agrícolas.*

En verdad el Indigirka *se dirigía al puerto de Mariel en la costa cubana, al oeste de La Habana. Y su cargamento verdadero eran proyectiles nucleares.*

El auténtico manifiesto de carga, guardado en la caja fuerte del capitán, decía lo siguiente:

1. *Proyectiles de un megatón adecuados para cohetes R-12: cantidad, cuarenta y cinco;*

2. Bombas de doce kilotones para bombarderos Ilyushin-26: cantidad, seis;
3. Proyectiles de doce kilotones para misiles FKR (de crucero): cantidad, treinta y seis;
4. Proyectiles de dos kilotones para misiles Luna (tácticos); cantidad: doce.

El poder destructivo total del cargamento del Indigirka era igual a 45.000 megatones, o aproximadamente veinte veces la potencia de todas las bombas aliadas que cayeron sobre Alemania a lo largo de la Segunda Guerra Mundial. En comparación, la potencia de la bomba atómica sobre Hiroshima era de catorce kilotones.

A pesar de la creciente tensión entre los Estados Unidos y Cuba, y a pesar de la tensión entre los Estados Unidos y la Unión Soviética a causa de Cuba durante aquel histórico otoño de 1962, el viaje de diecisiete días del Indigirka fue plácido. A los pocos días, barcos cargueros soviéticos que transportaban más armas letales serían interceptados por el embargo naval de los Estados Unidos sobre Cuba, y deberían regresar a destino.

El carguero Indigirka con su cargamento nuclear llegó al puerto de Mariel el cuarto día de octubre de 1962. Durante los siguientes treinta días, su cargamento desempeñaría un papel central en el gran drama de la Guerra Fría.

La descarga del barco empezó de inmediato bajo la supervisión del coronel Georgi Prokov. Toda la zona portuaria fue cerrada mientras las grúas de los muelles izaban los fardos bien protegidos directamente desde la bodega del barco hasta los camiones soviéticos que aguardaban. Los pesados camiones, de tres en tres, eran escoltados desde el puerto por fuerzas de seguridad de la KGB especialmente entrenadas. Durante toda la noche las caravanas de camiones iban y venían desde Mariel hasta el depósito nuclear soviético preparado para ese fin, centrado alrededor de búnkers de la base militar cubana, fuertemente reforzados, ubicados en las colinas cerca de Bejucal, al sur de La Habana. Bejucal ofrecía proximidad a la autoridad de comando, seguridad rural y una equidistancia aproximada entre los sitios de los misiles que ya estaban siendo construidos cerca de San Cristóbal y Los Palacios al oeste y una zona cerca de Santa Clara en el este.

3

Todos los integrantes del pequeño grupo de hombres que estaba en el centro de la plaza de la Revolución, algunos de civil, otros con uniforme militar, tenían puesto el sombrero o la gorra, señal de que hacía mucho calor. En el centro del grupo de aproximadamente una docena de hombres, Lázaro Suárez, que llevaba unas hojas de papel en una raída carpeta, los consultaba mientras conversaban. Suárez levantó los ojos para contemplar por un instante la cara enorme del Che Guevara, con su gorra negra y estrella roja, que dominaba cuatro pisos de la fachada del Ministerio del Interior en el lado norte de la plaza. A la derecha del grupo estaban el Ministerio de Defensa y la Biblioteca Nacional. A cincuenta metros detrás del grupo, hacia el sur, se levantaba el grotesco obelisco gigante diseñado como monumento a José Martí, y detrás de Martí el Palacio de la Revolución, sede del gobierno cubano y cuartel general del Partido Comunista cubano. Un espeso tráfico remolineaba por las anchas avenidas a ambos lados de la enorme plaza.

Lázaro Suárez era el líder nominal *ad hoc* de este grupo de oficiales a quienes el Comandante en persona les había encomendado la planificación de la seguridad de la monstruosa manifestación que tendría lugar en esa plaza en menos de cuatro meses con motivo del cuadragésimo aniversario de la revolución. El festejo sería el 1° de enero de 1999. Durante los días siguientes al 1° de enero de 1959, los "barbudos" habían irrumpido en La Habana después de años de guerra de guerrillas libradas por lo general en las montañas y aldeas de la provincia de Oriente con el propósito de reclamar el poder en beneficio de los campesinos, los trabajadores, de todos, excepto los odiados partidarios de Batista y sus amigos de la mafia. El acontecimiento había electrizado el hemisferio occidental y gran parte del resto del mundo. Los lemas de la revolución parecían igualitarios y democráticos. Su complejo y evolutivo contenido económico se completaría pronto.

Suárez, tercer hijo de una pobre familia campesina de la diminuta aldea de Cruces, cerca de Santa Clara, era un niño en aquel entonces. Aunque manso y apacible en su adolescencia y temprana adultez, su callada contracción al estudio y sincera dedicación a los objetivos de la revolución lo llevaron a la Universidad de La Habana, donde se graduó, y después a un empleo de planeamiento en los sevicios de seguridad. Mantenía la cabeza baja, cumplía con sus funciones —sobre todo trazar los planes de los viajes del Comandante— y fue ascendiendo en la jerarquía debido a que sabía granjearse la confianza de sus superiores. Era un hombre corpulento, de cabeza cuadrada y pelo prematuramente canoso, y todo lo hacía muy bien. Se ocupaba de su familia. Suárez tenía una sonrisa amplia y una expresión agradable. A primera vista parecía demasiado callado y tímido para la clase de trabajo que hacía. No obstante, inclusive al tiránico Núñez, su superior inmediato, le había demostrado ser responsable y de gran confianza. Por otra parte, sus subordinados estaban dispuestos a seguirlo hasta al infierno.

Sin embargo, como muchos cubanos —quizá la mayoría— Suárez había perdido las ilusiones con la revolución. Lo bueno que iba a hacer ya había sido hecho hacía tiempo. Ahora la gente en el poder no hacía más que envejecer y subsistir, rehusándose a educar a una nueva generación —como la de Suárez— de líderes modernos, líderes capaces quizá de reformar el sistema y hacerlo más abierto y accesible. Por supuesto la gente estaba mejor ahora que antes. Su padre y su madre y las personas mayores lo confirmaban todo el tiempo. Tenían alimentos básicos, medicamentos y vivienda. No era lo mejor del mundo, pero sí mucho mejor que en la época corrupta y oligárquica de Batista. Los ancianos recordaban el pasado. Los jóvenes, no. Y los jóvenes eran los inquietos. A ellos no les gustaban los anticuados discursos doctrinarios sobre ideas que no les interesaban. No les gustaba el aislamiento de gran parte del mundo, sobre todo de la fabulosa música de rock, MTV y las películas. Sobre todo, no les gustaba el monótono estilo de vida. Algunas noches eran divertidas, pero para una persona joven a fines del siglo XX en Cuba la vida era aburrida, y eso era lo peor posible.

Entremedio de las generaciones de jóvenes y viejos, Suárez lo sabía. Su hermana menor pertenecía al grupo joven, y él tomaba la temperatura a través de ella. Algo debía cambiar. Fidel no duraría para siempre. Entonces ¿qué? Quizá lo heredara su hermano Raúl, pero él tampoco era joven. Quizá de las filas del Consejo Revolucionario surgiera alguna versión de menor calibre que Fidel, uno de los antiguos comunistas doctrinarios de los tiempos de la revolución. Claro que sin la mística de

Castro, sin su encanto personal y su simpatía popular. Terminarían con lo peor de Castro sin lo mejor de Castro. Este pensamiento recurrente deprimía y enojaba a Suárez.

El coronel Núñez apareció justo en el momento menos propicio.

—Lázaro, ¿qué están haciendo todos ustedes? ¿Haciendo una siesta? Apuren la cosa. ¿Qué es esto?

Los hombres, todos de menor rango que Núñez, se volvieron torpemente en su dirección sin llegar a hacer la venia. Lázaro fue quien habló.

—Todo está bien, coronel, buenos días. Estamos repartiendo responsabilidades. Como siempre, la policía de tráfico de La Habana se encargará de ordenar el tránsito y establecer los desvíos necesarios. Será una gran fiesta, de todos modos, y a mediodía no tendremos el tráfico regular de ida y vuelta al trabajo, de modo que eso no será tan malo. Los hombres del capitán Ortega tendrán la responsabilidad primaria de controlar la multitud... asegurándose de que todos se porten bien.

—Lázaro —dijo Núñez, interrumpiéndolo—, ese no es un acontecimiento más. El partido intenta tener más de un millón de personas aquí. Queremos llenar la calle lateral hasta donde alcance la vista. Invitaremos a la prensa internacional. Será un acto muy importante, no una manifestación política más. Lo más grande de todo. Por otra parte, puede ser una gran oportunidad para que alguien intente causar problemas.

—Entendido, coronel —asintió Suárez—. Todos nos damos cuenta de eso. El capitán ordenará que todos los policías estén en la calle ese día. La fuerza policial completa. Y, además, por supuesto, la policía militar estará a cargo de todos los detalles de seguridad, despejando y resguardando el área de antemano, y ayudando a la policía metropolitana para vigilar a la multitud. Y nuestro departamento será responsable de la seguridad de las personas más importantes.

—Perdón, amigos —dijo Núñez, tomando del brazo a Suárez y llevándolo hasta el monumento a Martí—. Lázaro, todo lo que dices es mierda, y lo sabes. Déjame decirte algo que no les dirás a los otros. Nuestras fuentes en Miami nos confirman en varios informes que esos hijos de puta partidarios de Batista que viven allá están planeando algo grande para nuestro aniversario. Pensaban que iban a estar de vuelta aquí hace cuarenta años, y aún no han vuelto. Los más viejos creen que ésta es su última oportunidad. Harían cualquier cosa... cualquier cosa... para derrocar a nuestro gobierno revolucionario. ¿Entiendes lo que estoy diciendo?

—Por supuesto, coronel —dijo Suárez —, lo entiendo, pero...

—Pero nada, Lázaro. Tú no lo entiendes, o de lo contrario no te habrías limitado a pasarles el plumero a los viejos planes de seguridad para una ocasión como ésta. No hay nada nuevo en lo que dices... ningún sentido de la emergencia. —Estaban a la sombra del monumento de

Martí, y Núñez dio un paso atrás para estudiar a Suárez. —Estas cosas no te importan mucho, ¿verdad, Lázaro? El partido, la revolución, esta celebración. No es más que tu trabajo para ti, ¿no? Te has vuelto igual a todos los *apparatchiks* de tu generación. Van a trabajar. Cobran su sueldo. Viven sus vidas. Y a la mierda con la revolución. A ti no te importa nada, ¿verdad? La única diferencia entre tú y los voraces hijos de puta del norte es que ellos ganan más.

Suárez se puso colorado, no tanto por la ira sino por la verdad de los comentarios de Núñez.

—Coronel, subamos a la torre. Desde allí puedo explicarle mejor el plan.

Traspusieron las grandes puertas de cristal que daban al museo en la base del obelisco de granito dedicado a la revolución de Martí contra los españoles, de fines del siglo XIX. El aire acondicionado del interior fue un gran alivio. El jefe de seguridad del museo los escoltó hasta el ascensor. Los tres hombres subieron al ascensor y en poco tiempo recorrieron los 140 metros hasta la parte superior.

La Habana y su puerto se abrían ante ellos. Dominaban la vista de una ciudad que, desde esa altura, se veía brillante, limpia y vital. Podía ser cualquiera de las grandes capitales del mundo, no el decadente centro urbano de un experimento social que se iba derrumbando poco a poco. El gran compás trazado sobre el piso de mármol del nivel de observación de la torre indicaba La Habana Vieja a un kilómetro y medio de distancia hacia el noreste, derecho al norte la sección Vedado de la ciudad, un sector más moderno, con tiendas y hoteles sobrevivientes del apogeo de Batista, y al noroeste, más lejos, después del cementerio Cristóbal Colón, la magnífica ciudad de los muertos más famosa de toda América latina, el sector Miramar, donde las mansiones de estilo colonial albergaban en el pasado a la oligarquía, las familias más importantes del régimen anterior. Aunque Núñez no prestó atención al panorama, Suárez sí lo hizo, y una vez más se sintió impresionado por la magnificencia de la ciudad que atesoraba. Mientras Núñez no paraba de parlotear, él se preguntaba por qué no había estudiado arquitectura, en vez de terminar como policía. Ese era su sueño. Reconstruir y restaurar la gran ciudad, no perseguir a los terroristas. Pero necesitaba el dinero para su nueva familia. De modo que ahora estaba clavado con el traicionero Núñez, quizá para el resto de su vida. Ahora, ante sus ojos yacía la ciudad esplendorosa, su pobreza oscurecida tras los muros de los brillantes edificios. Como en el caso de una bella mujer avejentada, la distancia preservaba su hermosura.

Suárez se volvió a su superior.

—Coronel, quizá me haya convertido en un *apparatchik* sin alma. Pero si es así eso se debe al penoso trabajo diario de esta vida en la revolución. Por supuesto que mis padres viven mejor que antes. Me lo dicen todo el tiempo. Pero eso ya no basta. Mis hijos quieren vivir como los demás chicos. Quieren tener lo que tienen los demás chicos. A mí no me gustaría que vivieran bajo el viejo régimen. Pero ésa no es la única opción. Hay más de dos clases de política. ¿Por qué no experimentar con algo nuevo, sin renunciar a los logros de la revolución? Estamos en peligro de convertirnos en una clase de insecto conservado en ámbar, congelado en el tiempo, como nuestros viejos amigos los rusos. Mire lo que les pasó.

Núñez estudió al hombre más joven muy cerca de él debido al espacio estrecho en el pico del monumento a Martí.

—Esa manera de hablar no es saludable, Suárez —le dijo con estudiada frialdad—. Es propia de tu blanda generación, lista a vendernos en cualquier momento. Después de todos estos años estás preparado para rendirte a los gringos, que no dudarían en cargar a sus amigos batistianos en barcos de tropa y transatlánticos y estar de regreso aquí de la noche a la mañana para matar a todos los socialistas, a mí entre ellos, apoderarse del gobierno y devolverle los casinos a la mafia. —Su arruinada cara se torció en una expresión de odio. —Entonces tus hijos serían felices, sin duda. Podrían ver a Michael Jackson besando a los niñitos, a Madonna quitándose la ropa, y toda esa perversión que ha hecho tan grande a los Estados Unidos. —Escupió. —Pero cuando consigan sus bien remunerados empleos trabajando para la maldita mafia en sus malditos casinos, diles a tus hijos que ni siquiera se les ocurra hacer una protesta política, o aspirar a una verdadera justicia, o a contradecir a los que estén en el poder. Los fusilarían en un callejón.

—Coronel, con mucho respeto, ellos no pueden pensar en nada de eso ahora —dijo Suárez con gran calma.

• • •

Cuando los camiones llegaban a la base militar de Bejucal antes del amanecer del 5 de octubre de 1962, las tropas soviéticas trasportaban los embalajes con las armas con rapidez a los búnkers reforzados. Separando con gran cuidado los proyectiles R-12 de los Luna y los Luna de los FKR, las tropas completaron el trabajo antes de que aclarara, por temor a que se los detectara desde el aire y para prevenir la presencia de espías locales con lentes telefotográficas en las colinas circundantes.

El coronel Leonid Isakov era el comandante del depósito y supervisaba la descarga de las armas nucleares. El coronel Isakov fue elegido para esta crítica misión debido a su entrenamiento especial en el manejo de armas nucleares y, sobre todo, armas listas para su uso en el campo de batalla. Dentro del ejército soviético era uno de los pocos expertos reconocidos en el manejo, almacenaje y armado de proyectiles nucleares, todos ellos seleccionados del directorio del Ministerio de Defensa. Anticipándose a la decisión del jefe del Comité Khrushchev de autorizar el envío de armas nucleares a Cuba, el ministro de Defensa Rodion Malinovsky reunió al equipo especial de expertos nucleares —todos leales miembros del Partido— entrenados para manejar todos los aspectos del armamento nuclear, desde su construcción hasta su detonación. El coronel Isakov era un integrante de ese equipo, enviado a La Habana en un avión militar mientras el Indigirka *se dirigía a Mariel.*

Cuando se descargó el último embalaje del último camión, ya amanecía sobre las colinas alrededor de Bejucal. El coronel Isakov lanzó una maldición al consultar una lista con el teniente coronel Dankevich, el segundo jefe.

—Vuelve a contar, Dankevich. Maldita sea, no da la suma.

—Coronel, éste es todo el cargamento del Indigirka, *hasta el último embalaje.*

Furioso, Isakov encendió un cigarro cubano. Los cigarros, junto con el ron y las mujeres, hacían la vida tolerable. Y, por supuesto, había buenas playas para los días libres. No había que olvidarse de eso. De modo que en realidad no existía razón para apurarse y marcharse de Cuba. Si la maldita suma no daba, no era mal lugar para quedarse un tiempo. Lo que pasaba era que tenía demasiadas armas. Lo último que le faltaba.

—Tenemos que arreglar esto, Dankevich, o tú y yo terminaremos limpiando mierda en las letrinas de Siberia.

—Coronel, sólo tiene sentido si nos enviaron de más.

—¿Cómo iban a hacer una cosa así esos idiotas de Moscú?

Isakov hervía de furia detrás de una neblina de humo de cigarro.

Dankevich plegó uno de los papeles, humedeció con la lengua la punta del lápiz, y volvió a contar, murmurando entre dientes.

—Mire, tenemos treinta y seis FKR en esta carga, y faltan llegar cuarenta y cuatro, lo que hace un total de ochenta. Luego tenemos seis bombas Il-28 y doce Lunas. En total eso hace dieciocho. Y entre los dos, noventa y ocho. —Sonrió. —Está claro lo que pasó. Algún idiota del ministerio o un idiota mayor del arsenal redondearon la cantidad. Puedo oírlos: "Noventa y nueve es un número de mierda para una carga de armas tácticas. Habrán querido decir cien. Agrega un par de extras para los muchachos". Y eso es lo que pasó. Tenemos dos Luna extra.

4

La sala del archivo del Ministerio de Relaciones Exteriores de la República de Cuba tenía el encanto de una morgue. Los viejos archivos necesitaban que les quitaran el polvo. McLemore se sentó ante una larga mesa común en la parte posterior de la habitación. La luz entraba en el recinto por una ventanita alta justo detrás de su cabeza. En el angosto rayo de luz flotaban todas las partículas microscópicas de polvillo del mundo. La atmósfera medieval lo hacía estornudar con una suerte de regularidad, como la del hipo, cada vez que una de las voluminosas hileras de ficheros era movida.

A pesar de años de investigaciones académicas —virtualmente toda su vida adulta— McLemore nunca dejaba de admirarse de su propia paciencia en la búsqueda de viejos documentos. Sin embargo, la presente era su primera experiencia con documentos exclusivamente en un idioma extranjero. A su lado estaba sentado Carlos, un empleado muy joven del archivo del ministerio, cuyos rasgos beatíficos lo hacían parecer menor que sus diecinueve años. De acuerdo con la rutina convenida por ambos, Carlos leía el título y encabezamiento de un archivo, y McLemore decía sí o no, a veces con la cabeza. La voz seria y aguda de Carlos sonaba, monótona, y McLemore aguardaba alguna palabra clave. No se hacía ilusiones de que apareciera algún documento secreto jamás visto por un gringo del norte. Por otra parte, el jefe de la sección de los Estados Unidos del Ministerio de Relaciones Exteriores parecía genuinamente interesado en su proyecto y, según Carlos, había dado instrucciones específicas al jefe del archivo para que cooperara en todo. Además, Carlos parecía encantado con la oportunidad de practicar inglés.

Por lo general, Carlos leía memorandos y anotaciones burocráticas que varios funcionarios de alta jerarquía habían entregado al archivo para cubrir su espalda política. Estaban cargados de retórica contra los pérfidos yanquis, pero los datos escaseaban. McLemore los iba rechazando con un movimiento de cabeza tan rápidamente como Carlos empezaba a leerlos. Eran extensos intercambios entre el alto comando ruso y el cubano durante el fin del verano y comienzo del otoño de 1962, algunos de los cuales resultaban interesantes, pero que en su mayoría habían sido digeridos y mencionados previamente.

Justo cuando McLemore se disponía, por tercera vez, a recomendarle a Carlos que leyera más rápido, le oyó decir:

—Aquí hay una copia al Ministerio de Relaciones Exteriores de un memorándum del Ministerio de Defensa dirigido al comandante, titulado "Operación Anadyr: Armas especiales", fechado 13 de septiembre de 1962.

—Lee ése, Carlos.

—Por favor, señor, ¿qué significa "Anadyr"?

—Operación Anadyr era el nombre en código del proyecto soviético para traer armas nucleares a Cuba. Es el nombre de un río de Rusia. Lo usaron para despistar a los decodificadores estadounidenses, para hacerles creer que se trataba de algo en Siberia.

—He aquí lo que dice, señor: "De acuerdo con la Operación Anadyr, los soviéticos proponen los siguientes despliegues:

> "1. Cohetes R-12. Se desplegarán tres regimientos de misiles nucleares: el 79° cerca de San Cristóbal; el 181° al norte de Los Palacios; el 64° cerca de Calabazar de Sagua. Cada regimiento de misiles tendrá dos sitios de lanzamiento. Cada sitio de lanzamiento tendrá cuatro lanzacohetes distribuidos en un área geográfica de no menos de uno y no más de dos punto cinco millas. El R-12 es un misil balístico de mediano alcance (MBMA) con un alcance de 1.100 millas náuticas (1.050 millas). Esta área de blanco cubrirá la mayor parte de la zona sudeste de los Estados Unidos, desde Dallas, Texas, a Washington, D.C. El R-12 lleva una carga útil de un megatón. El misil tiene setenta y cuatro pies de largo, incluyendo una parte delantera de siete pies, y es transportado en remolques especiales de sesenta y siete pies. Despliegue total: treinta y seis misiles R-12 y cuarenta y cinco secciones explosivas de un megatón.
>
> "2. Cohetes R-14. Se desplegarán dos regimientos de misiles nucleares en sitios a seleccionar y autorizar. Cada regimiento tendrá doce misiles con una cantidad apropiada de proyectiles. El R-14 es un misil balístico de alcance intermedio (MBAI) con un alcance superior a dos mil millas. Esta área de blanco cubrirá la mayor parte de los sitios de misiles balísticos intercontinentales del Medio Oeste de los Estados Unidos. El R-14 lleva una carga útil de un megatón. Los misi-

les R-14 serán desplegados después de que los misiles R-12 estén colocados y preparados para su lanzamiento. Depliegue total: veinticuatro misiles R-14 y treinta y dos secciones explosivas de un megatón.

"3. Bombarderos Ilushin-28. Un escuadrón de seis bombarderos Il-28 serán embarcados en embalajes para ser armados en sitio en aeropuertos militares seleccionados en cooperación con el Ministerio de Defensa (cubano). Este bombardero de mediano alcance lleva una bomba de gravedad cuyo rendimiento es de doce kilotones. Depliegue total (sujeto a incremento): seis bombarderos y seis bombas de doce kilotones.

"4. Misiles FKR. Se propone por lo menos treinta y seis misiles FKR. El misil FKR es el misil de navegación soviético más moderno. El FKR puede ser lanzado desde plataformas tanto terrestres como marinas. Tiene un alcance de aproximadamente doscientas millas. El FKR lleva una sección explosiva de un rendimiento de doce kilotones. Se anticipa que se desplegará la mayor parte de los misiles FKR en suelo cubano. Despliegue total: treinta y seis misiles FKR y treinta y seis secciones explosivas de doce kilotones.

"5. Misiles Luna. Se desplegarán tres divisiones de misiles Luna con dos lanzacohetes cada una y dos secciones explosivas por lanzacohete, para un total de doce secciones explosivas. Cada división contará con un personal de 102 hombres. El Luna es un arma táctica diseñada para despliegue en el campo de batalla. El alcance del Luna es de aproximadamente veinticinco millas. Lleva una sección explosiva de dos kilotones. La sección explosiva del Luna está programada para detonar a una altura de aproximadamente seiscientos pies directamente sobre el blanco del campo de batalla. [Nota: Las fuerzas defensivas deben tomar precauciones especiales. La detonación del Luna origina vientos de 100 millas por hora en el epicentro y hace un cráter de aproximadamente 130 pies de profundidad y 130 pies de ancho. Toda forma de vida a mil yardas a la redonda será destruida de inmediato, y las consecuencias secundarias de la radiación nuclear se extenderán más allá de esta área inmediata.] Despliegue total: seis lanzacohetes y doce secciones explosivas".

Carlos dejó de leer.

—Eso es todo, señor. ¿Pasamos al siguiente documento?

McLemore se había sumido en un ensueño mientras Carlos leía. Todo sonaba tan lejano y pasado. Pero allí estaba: misiles, secciones explosivas, epicentros. ¿En qué estaban pensando los soviéticos? ¿Qué se proponía Khrushchev? ¿Lo empujaba una facción militar de línea dura, o una facción antiestadounidense del Politburó, de línea más dura aún, o una combinación de ambas? ¿Cuál sería la prudencia convencional dentro del Kremlin en aquel momento? ¿Era esta aventura disparatada —armas nucleares en Cuba— el resultado de agresión, o paranoia? Estaba claro que los cubanos, y los soviéticos, esperaban que cayera el otro zapato después de la Bahía de Cochinos. Los esfuerzos por asesinar a Castro y los complots subversivos se intensificaron. Las maniobras militares estadounidenses se incrementaron. La región hervía de rumores sobre otra invasión, esta vez con la Compañía Aerotransportada Ochenta y Dos, una o dos divisiones de Marines, escuadrillas de bombarderos y aviones de combate, el primer equipo entero. De manera que los misiles soviéticos y la acumulación progresiva de tropas de combate pudo haber sido un factor disuasivo contra ese movimiento. O quizá Khrushchev, ese taimado campesino, vio la oportunidad de jugar una partida de ajedrez de alto nivel con Kennedy. Atarle las manos en el Caribe, en su mismo umbral, y luego hacer una jugada para cerrar herméticamente a Berlín. O hacer un trato. Negociar Berlín por Cuba.

La Guerra Fría no fue una guerra ideológica (democracia versus comunismo). Eso no fue más que un sistema para identificar los bandos. La Guerra Fría no era más que una forma civilizada de ese juego llamado poder, pensaba McLemore, aunque un juego en que se arriesgaba a millones de vidas. Desde Genghis Khan hasta los generales idiotas de la Primera Guerra Mundial, la vida humana se consideraba barata. ¿No habíamos avanzado más allá de eso? Era obvio que no. Los misiles y las secciones explosivas no eran más que un adelanto tecnológico sobre la guerra de trincheras. Algo más rápido y eficaz. ¿Habría dejado una lección la Guerra Fría, se preguntaba McLemore, y había aquí alguien que la estudiara? ¿O no era más que un ejercicio de insensatez de poca significación y ninguna importancia?

—¡Señor! —exclamó Carlos, intrigado.

—No más, amigo —le dijo McLemore, mirando su reloj—. Necesitamos aire fresco, y además es hora de comida. ¿Me acompañas?

Carlos sonrió ante el español primitivo de McLemore.

—Sí, señor, muchas gracias.

Carlos enseñó el camino hasta la calle, hizo señas a un taxi que pasaba, e indicó al conductor que los llevara al antiguo sector de la ciudad, La Habana Vieja. Después de varias horas en las catacumbas, McLemore apreció el sol caliente y reverenció la fresca brisa que soplaba desde la bahía.

El taxi tomó la vía más rápida a la ciudad vieja. Se dirigió al Malecón, la carretera a lo largo del acantilado que en sus mejores días fuera una de las más impresionantes del mundo. Iniciada por los estadounidenses en

1898, tras la guerra entre España y los Estados Unidos —como se enteró después McLemore—, tardó varios años en construirse. Con una extensión de casi seis kilómetros, unía el elegante distrito Miramar, al oeste de La Habana, un área residencial donde en los días de antaño vivían los habaneros ricos, con La Habana Vieja. La olas inmensas que se estrellaban contra los murallones salpicaban el taxi y llegaban más allá de la avenida de seis carriles hasta las ruinosas paredes color pastel de las enfiladas casas coloniales del otro lado. Carlos explicó que cuando el mar estaba tan crecido como ahora, los hombres y muchachos que normalmente pescaban desde las rocas debajo de la muralla protegidos por sus cámaras de neumáticos infladas, cubiertas de parches, no tenían permitido hacerlo. A pesar de su decadencia, la famosa avenida seguía siendo el lugar predilecto de los amantes, jóvenes y familias de La Habana. Allí se contemplaba la espectacular puesta del sol, se paseaba, se hacían arrumacos, se ofrecían servicios sexuales y se miraba hacia el norte, especulando cuándo volvería a asomarse el Tío Sam, y, en tal caso, si lo haría con una espada o con una rama de olivo.

McLemore pensó que en épocas de prosperidad las tiendas y las casas de tres y cuatro pisos, dispuestas en hileras, debían de haber sido magníficas. Ahora las descascaradas fachadas estaban apuntaladas aquí y allá por andamiajes, hoy herrumbrados, colocados haría años, con alguna olvidada promesa socialista de restauración. En un glorioso pasado, las casonas de fines de siglo habían alojado acaudalados terratenientes, empresarios, extranjeros dueños de veleros, estrellas de cine, jugadores y políticos corruptos. Ahora todos ellos se habían marchado a otro lugar de veraneo, al último escondrijo internacional de onda, al barrio residencial de moda en el Piero, Bonifacio o Aqaba. Por un momento McLemore imaginó, a través de las ventanas y puertas abiertas, el resplandor de las luces y la risa de la gente a la caída del sol, copas rebosantes de bebidas efervescentes, lánguidas miradas, esmóquines y vestidos de fiesta, daiquiris servidos en anticipación de una elegante cena en un yate, seguida de un erótico espectáculo en el Tropicana y como última copa en El Floridita un Papá Especial, el daiquiri de Hemingway.

Un solo parpadeo bastó para devolverlo a la realidad, y vio en cambio los desmoronados refugios de los desasosegados campesinos que ahora atestaban La Habana, como la mayoría de las ciudades del mundo, en busca ¿de qué? Una vida mejor, un salario mejor. Algo más interesante que hacer que la zafra anual. Vida nocturna, excitación, televisión, contacto con extranjeros, algo. Cualquier cosa que no fuera la monótona vida rural. La inquietud y energía que se iban extendiendo por el mundo entero también impelían a los cubanos, sobre todo a los jóvenes. Se encaminaban a La Habana. El gobierno de Fidel trataba de rechazarlos, pero nada funcionaba, ni las amenazas, ni las promesas, ni la deportación de vuelta a las aldeas. Llegaban, y se iban infiltrando hasta inundar todo espacio vacío, ya fuera en el Malecón o en las calles laterales. Casuchas diminutas reventaban de parientes, amigos de parientes y amigos de los amigos. A medida que el taxi avanzaba por uno de los seis carriles del bulevar, los desvaídos rosados, azules y grises iban desapareciendo hacia un pasado tan profundamente enterrado por la revolución que quizá no volvería.

Al cabo del viaje descendieron ante la puerta abierta de un paladar, un café familiar en el laberinto de calles estrechas. Una mujer, combinación camarera-madre-cocinera, corrió desde la cocina a abrazar a Carlos y a su amigo yanqui.

—Bueno, bueno, Carlitos —no dejaba de repetir mientras los conducía a una mesa sobre la vereda, a pasos del tránsito. Era Julia, tía de Carlos, una mujer de cintura ancha, amplias caderas y pelo renegrido.

—Es hermana de mi madre. Habla muy poco inglés —explicó Carlos—. Ellos me dan de comer mientras trato de terminar la universidad. ¿No le molesta un lugar tan humilde como éste, profesor?

—Es perfecto, Carlos. Me hace feliz estar aquí. Pide para mí lo que pidas tú, por favor.

Carlos tenía una inocencia no identificable con las culturas turbulentas. Quizás esta clase de inocencia indomable —pensó McLemore— que sobrevive al caos de los tiempos, sea la que vale la pena conocer.

—¿Querrías ir a los Estados Unidos, Carlos? —le preguntó.

—Alguna vez.

McLemore se dio cuenta luego de que ésta era la única respuesta que podía darse a una predecible pregunta hecha por un insensible turista yanqui.

—Espero que se te presente la oportunidad alguna vez —le dijo débilmente.

—Quizás un millón de cubanos se hayan ido a vivir a los Estados Unidos —observó Carlos—. La última vez, nada más que de Mariel, se fueron unos ciento veinte mil. Y aquí viene toda clase de gente, inclusive de los Estados Unidos, y todos dicen que esto es maravilloso. Tan cálido, tan bello, la música tan buena. No lo entiendo. ¿Por qué se van tantos cubanos, y tantos otros quieren venir?

Traídos por los brazos regordetes de la resplandeciente tía Julia llegaban de la cocina fuentes de arroz con cerdo condimentado, congri, el plato tradicional cubano, papas fritas y cervezas.

—Por la política, ¿no crees, Carlos? La gente tiene más libertad en otros países. Y pueden ser dueños de propiedades. He allí la gran diferencia. ¿No te gustaría poder elegir a tus propios líderes y poseer tu propia casa, y tu tierra?

—No lo sé, señor profesor. Pienso en ello. Yo provengo de una familia pobre. Trabajamos... igual de duro que la mayoría de los cubanos, pero tenemos muy poco. En los Estados Unidos, aun sin dinero ¿podría ir a la universidad? Y mi padre, que está muy enfermo, ¿podría conseguir sus medicamentos? Nos dicen que sin mucho dinero en los Estados Unidos uno tiene muy pocas posibilidades. Nos dicen que hay mucha gente sin casa ni remedios allá. ¿Es verdad, señor? No lo sé. Alguna vez me gustaría ir para ver con mis propios ojos.

McLemore pensó un momento.

—No hay duda de que es mejor en los Estados Unidos. Mejor que en la mayoría de los países del mundo. Pero tenemos nuestros problemas. Para decirte la verdad, aunque hay mucha gente rica, con buenas casas y autos y ropa, todavía hay muchos que no tienen nada. No hemos resuelto todos nuestros problemas. Hemos ideado un sistema que le permite a mucha gente vivir bien, pero no tenemos un sistema que ayude a todos.

Carlos estudió a McLemore con timidez.

—¿Por qué vino aquí, profesor, si no le molesta mi pregunta? Sé que está estudiando nuestras luchas con los Estados Unidos, y la alianza de Fidel, el Comandante, con los rusos. Pero no conozco exactamente su proyecto. —Pareció turbado por su franqueza. —Lo siento, señor. Puede ser impropio preguntarle esto. Perdóneme.

—Está bien, Carlos. Estoy haciendo un proyecto de investigación sobre la crisis de 1962, debida a que los rusos trajeron aquí armas nucleares y misiles. Soy historiador. Mi campo es la historia moderna. Los acontecimientos del siglo XX. Sobre todo los acontecimientos políticos, que en general se refieren a la Guerra Fría. La pelea entre la democracia y el comunismo. Que es, por cierto, la historia de la segunda mitad del siglo. Y lo que sucedió aquí en el otoño de 1962 es el momento más crítico de esa historia. Un momento muy peligroso. ¿Lo estudiaste tú en la escuela, o ha hablado de eso tu familia?

Para Carlos, pensó, todo eso era historia antigua, de igual importancia que el saqueo de Roma, quizá.

—Algo, señor. En general la historia es que los rusos... la Unión Soviética... acudió en nuestra defensa contra el Tío Sam. Al traer sus armas más poderosas impidieron la invasión del ejército de los Estados Unidos. Una nueva Bahía de Cochinos. —Carlos vaciló. —¿Es verdad, señor?

Julia trajo un fuerte café cubano, retiró los platos, y con una andanada de duras amenazas, ahuyentó a unos jineteros del frente de su restaurante.

—Supongo que desde el punto de vista cubano esa versión tiene sentido. Desde la perspectiva de los Estados Unidos, nuestros conductores dijeron que los misiles soviéticos estaban destinados a nosotros, que, por primera vez, los soviéticos habían traído, de manera furtiva, los misiles, con intención de amenazarnos, quizá chantajearnos... Así lo veíamos nosotros. Eso fue lo que dijo el presidente Kennedy.

—A pesar de la Bahía de Cochinos, mis padres querían a Kennedy. Para mí es una especie de Dios distante. La mafia... los que estaban con los batistianos... ¿Ellos lo mataron?

McLemore contempló la calle, preocupado de repente.

—¿Qué? Ah, sí, seguro.

Ordenó sus pensamientos y buscó la billetera.

Julia se paró a un lado de él, y Carlos del otro.

—No, señor. No, no. Nosotros lo invitamos. Para Julia sería un insulto que usted pagara. Ni lo piense, por favor.

McLemore agradeció a Julia una y otra vez.

—Muchas gracias, señora, muchas gracias.

—De nada, de nada —repetía ella.

—Le pide que vuelva aquí mientras esté en La Habana —le dijo Carlos—. Es la única manera de pagarle.

Abstraído, McLemore echó a andar por la angosta vereda hacia una pequeña plaza soleada. Sobre su cabeza, los estrechos balcones de hierro forjado de la era colonial estaban cubiertos de ropa puesta a secar, pero él no parecía notar nada. Carlos abrazó a su tía, luego corrió para alcanzarlo.

—¿Dijo usted que la mafia mató a Kennedy? —le preguntó, sin aliento.

—¿Cómo? No, quiero decir que alguna gente así lo cree. ¿Por qué lo preguntas?

—Porque de eso hablábamos hace un momento, profesor, y usted pareció estar de acuerdo.

—Tal vez hablemos de ello después, Carlos.

—¿Desea regresar a nuestro trabajo en el Ministerio, señor?

—Un momento, Carlos. Hay alguien... algo que deseo ver aquí.

Caminaron hacia la plazoleta, por momentos por la calle, por momentos sobre la vereda, según ordenaba el tránsito. Llegaron hasta la plazoleta, al final de la estrecha calle sombreada de árboles, y McLemore pestañéo por el fuerte sol. Del otro lado de la plazoleta había una figura sentada, mirándolos. Un hombre mayor, de barba blanca, con una guayabera y pantalones de tela delgada de tanta plancha, con un tradicional sombrero campesino para protegerse del sol.

McLemore dio un paso atrás, bajo la angosta sombra proyectada por un balcón. Carlos pareció confundido.

—¿Profesor?

—Nada, Carlos. Está bien. ¿Ves ese hombre viejo? Es sólo que me parece conocerlo. Creo que estaba junto a mi hotel ayer. No estoy muy seguro. ¿Es cubano, Carlos? ¿O podría ser un americano? —Qué tonto, pensó. —Claro que todos somos americanos. Un yanqui, quise decir, sabes.

—Es imposible saberlo. En este país se acostumbra saludar a la gente. ¿Desea hacerlo? Podemos ir a saludarlo. Estoy seguro de que a él no le importaría.

—No me parece. No sería correcto. Quizá sea mi imaginación. Hay muchos viejos parecidos a él por todas partes.

McLemore y Carlos detuvieron un taxi que pasaba para volver al ministerio y su tediosa odisea a través de los polvorientos corredores de una confrontación que poco a poco iba siendo olvidada. Al hacerlo, a McLemore le pareció que el viejo se tocó el sombrero en señal de saludo.

• • •

MEMORÁNDUM
República de Cuba

De: Ministerio de Defensa
A: Ministerio de Relaciones Exteriores
Fecha: 15/9/62
Asunto: Operación Anadyr/ Orden de Batalla URSS

De acuerdo con la orden firmada por N.S. Khrushchev el 7/9/62 conforme a una decisión unánime del Politburó, la URSS ha desplegado o desplegará pronto en Cuba las siguientes fuerzas convencionales:

Aproximadamente 42.000 integrantes del personal militar soviético agrupados en cuatro (4) regimientos de fusileros motorizados de 2.500 tropas cada uno y dos (2) batallones de tanques con nuevos tanques de batalla T-55. De este total de fuerzas de tierra, 10.000 serán fuerzas de combate soviéticas.

Las fuerzas soviéticas se desplegarán principalmente en y alrededor de los siguientes sitios militares cubanos: Bahía Honda y Artemisa; San Antonio, San Julián, Isabel Rubio.

Las fuerzas convencionales son separadas pero en apoyo de las "armas especiales" que están en proceso de desplegamiento, tal como se ha descrito en el memorándum de fecha 13/9/62.

Se estima que la implementación de esta orden requerirá al menos ochenta y cinco barcos de la flota mercante soviética, que transportará el personal y el material, y atracarán en distintos puertos cubanos en 150 oportunidades.

5

De uno o de a dos, un grupo de hombres se dirigía de manera casual hacia el comedor privado detrás de la cocina de La Casa Blanca en la Pequeña Habana. Los hombres parecían ser —y al fin lo eran— hombres de negocios bien vestidos. Eran elegantes sin ostentación. La edad promedio era de apenas cuarenta años, y varios de ellos parecían tomar en serio su condición física. Su comportamiento era natural, y la forma en que se saludaban era la que se ve en las reuniones mensuales de un club. Bien podían estar planeando un acto de beneficencia para el zoológico local o reuniendo fondos para el hospital.

En realidad, eran la junta de directores de Bravo 99, el más militante de los diversos grupos de cubanoamericanos, con su cuartel general en Miami. El objetivo principal de Bravo 99 era derrocar el gobierno castrista y restaurar el régimen prerrevolucionario en La Habana. La presente reunión en la Pequeña Habana era planear un encuentro en la Gran Habana.

Si un creyente es devoto, un fanático es devoto de una manera obsesiva. Todos los hombres reunidos en esta ocasión eran devotos en su dedicación a la liberación de Cuba. Era la causa lo que los unía. Su propósito al formar Bravo 99 era cristalizar la devoción y dirigir su accionar. Eran hombres serios, ciudadanos prominentes, en general buenos maridos y padres, líderes comunitarios. Dados su comportamiento convencional y su inteligencia, habría sido difícil marginarlos. No obstante, para algunos la pasión era obsesiva, la devoción excesiva, y su monomanía podría hacer que se marginaran. Después de todo, son los hombres en las márgenes de la civilización los que resultan más interesantes, y más peligrosos.

Estos hombres eran los herederos principales del liderazgo cuando huyeron de Cuba el día de Año Nuevo de 1959. Sus padres eran acaudalados terratenientes, hombres de negocios o ministros de Batista en la Cuba antes de Castro. Su odio hacia Castro, su legado común de aquellos años, no tenía límites. Incapaces de pronunciar el nombre del enemigo que los unía, se referían a él simplemente como "ese comunista hijo de puta". Estaban reunidos allí, como lo hacían cada mes en un día y un lugar distintos, para planear la muerte de Castro.

Una vez que el café reemplazó los platos de comida, Juan Aragonés —Johnny— se aclaró la garganta.

—Tenemos que discutir un asunto muy serio esta noche, así que quiero que escuchen con atención y no conversen. Manny y Tony nos informarán sobre una reunión que tuvieron aquí, en este mismo restaurante, hace unos pocos días. —Dio unos pasos para asegurarse de que la única puerta del recinto estuviera bien cerrada. —Manny, ¿quieres decirnos lo que pasó?

La nerviosidad no era una característica que Manny supiera reconocer. No estaba claro si el silencio ocasionado por la oscura mirada de Manny fuera el resultado del respeto o del temor.

—Hace unas pocas semanas —dijo Manny— se acercaron a nosotros unos amigos nuestros, hombres en quienes confiamos plenamente, para hablarnos de un hombre de negocios de apellido Isaacs. Su nombre verdadero es Isakov, y es traficante de armas rusas. Como un millar de sus compatriotas. Esta gente tiene equipos de tecnología avanzada, de modo que decidimos hablar con el tipo. Primero, averiguamos acerca de él, mediante los canales de costumbre. Inclusive con algunos amigos en el FBI. Todas las averiguaciones confirman que es legítimo. Tiene tarjeta verde y una casa en el condado de Westchester. Conoce a los malos muchachos de Brighton Beach, pero se mantiene alejado de ellos. Ha hecho negocios sobre todo en el Oriente Medio, algo en África, un poco en Asia. Nunca toca lo que vende. Él recibe el pedido, y el equipo es entregado. Cobra cuando se ha hecho la entrega, y él se encarga de pagar a quienes le suplen el material en Moscú. Por lo general gira el dinero a una cuenta en Chipre. Sus socios de Rusia tienen contactos con los militares, y él es el representante internacional.

—¿Los federales saben de qué se ocupa? —preguntó uno de los hombres.

—Básicamente, sí. Por ahora no ha quebrantado ninguna ley. Tiene unos abogados estadounidenses muy sagaces, especializados en comercio e inmigración, y ellos lo mantienen limpio. —Se oyeron risas. —Los federales hasta aprobaron un par de negocios que hizo el tipo. Inteligentemente les avisó a quién le estaba vendiendo y ellos le dieron la aprobación. "Está de nuestro lado", le dijeron.

Hubo risas generalizadas en torno a la mesa esta vez. Varios de los hombres tomaron un sorbo de su bebida. Estaban ansiosos por cerrar el trato.

—Antes de que siga hablando —prosiguió Manny— debo tener la seguridad de que nada de lo que se diga aquí vaya a ninguna parte. ¡A ninguna parte! Ni a las esposas, amigas, colegas, ni a otros miembros de la organización o el movimiento. Ni a Alfa 66. ¡A ninguna parte! —Hizo una pausa. —¿Sí?

Los hombres asintieron sobriamente. Se acercaba algo grande.

—Si esto llega a trascender… alguna vez… descubriremos quién fue y nos haremos cargo de él. En forma permanente. ¿Queda entendido?

Los hombres volvieron a asentir, moviéndose en el asiento, nerviosos. A pesar del melodrama, ninguno sonrió.

—Sigue, Manny. Está bien —dijo Johnny—. Si en este grupo no podemos confiar entre nosotros, entonces no se puede confiar en nadie. Sigue. Cuéntanos lo que tienes.

—Está bien. Tony y yo nos encontramos con este hombre… Isakov… Issacs, como se llame. Él puede conseguirnos explosivos muy, muy poderosos. —Hizo una pausa.

—Sí, ¿y qué? —dijo uno de los hombres—. Podemos conseguir explosivos poderosos en este país también.

—Sí, ¿y cómo llegan a Cuba? Ya saben lo que nos cuesta meter un cartucho o dos de dinamita en un pequeño C4 para hacer lo de los hoteles allá. La diferencia en este caso es ésta… los rusos ya tienen los explosivos allá.

El salón estalló en murmullos y discusiones, y luego, bajo la mirada oscura de Manny, se hizo silencio.

—Escúchenme ahora. Esto es tan serio como el cáncer. Él ya tiene un importante poder explosivo allá. No me pregunten cómo. No se los puedo decir. Tengo una idea. Pero se supone que no debemos saberlo. Si esto se hiciera público, los federales caerían sobre él, y se quedaría sin negocios. Lo deportarían. —Hizo una pausa. —Y entonces nos quedaríamos sin nuestro mejor posible abastecedor.

—Está bien, Manny. Le compramos lo que tiene, y luego ¿qué? —preguntó uno de los hombres, llamado Pete.

—Está bien —dijo Manny—. Déjenme hacerles una pregunta, y ustedes la piensan durante un minuto. ¿Quiénes estarán en esta celebración del aniversario? Todos ellos. Fidel, Raúl, Alarcón, Lega. Todos. El maldito Consejo Revolucionario en pleno. Todo el partido. Todo comunista importante de los alrededores estará allá. Y un millón de personas. Todos los miembros del partido de la isla entera estarán presentes. Todos los que han arruinado a Cuba y siguen arruinando a Cuba estarán presentes. Esa vez, en esa ocasión importante, todos estarán allí, en la maldita plaza de la Revolución. —Dijo esta última frase como con mal gusto en la boca.

Los hombres lo escuchaban.

—La idea es poner los explosivos en la plaza y en algún momento de la celebración librarnos de todos de una sola vez.

Se produjo un silencio generalizado, como un estupor en masa.

—¿Cuántos explosivos hay, por Dios? —preguntó alguien por fin.

—Mucho. Una gran explosión —dijo Manny—. Suficiente para borrarlos a todos del mapa.

—¿Quieres decir a todos?

—Seguro a todos los líderes, y la mayor parte de la estructura del partido.

—¿Cuántos son ésos?

—Depende de cuánto explosivo ponemos. —Manny se frotó la frente, como calculando, y luego sonrió con astucia. —Por lo menos un par de cientos de miles.

Dos o tres de los hombres empujaron hacia atrás su silla. Uno se aflojó la corbata. Varios exhalaron el aire audiblemente.

—Johnny, una cosa es poner un poco de explosivo para hacer estallar una disco o bombardear un hotel para asustar a los turistas —dijo uno finalmente, dirigiéndose al presidente del grupo. —Matar a dos mil personas es algo muy diferente.

—Dos mil no, idiota —dijo otro—. Doscientas mil. O quizá más.

Varios hombres menearon la cabeza.

—No cuentes conmigo, Johnny. Yo apoyo la acción drástica, más aún que Alfa 66. Pero ¡doscientas mil personas!

—Son comunistas —dijo Johnny, expresando el argumento más persuasivo que se le ocurrió.

—De ninguna manera —dijo otro—. Es una locura. ¿Cómo lo harían, primero? Así que los explosivos están allá. Una carga inmensa. C4, lo que sea. Vamos a la plaza una noche y de alguna manera, por algún milagro, hacemos volar a todos los comunistas. ¡Piensen en la prensa! ¡Piensen en la reacción! Nos caen encima los federales. Alguien imagina quiénes están involucrados y todos terminamos en la cárcel.

Los dos hombres que hablaron se pusieron de pie. Se les unieron tres más.

—No hay nadie aquí que desee volver allá más que yo —dijo uno de ellos—. Nadie. Estoy dispuesto a dar mi vida por ello... para que mis hijos puedan conocer el hogar de sus abuelos. Cuba les pertenece tanto a ellos como a mí. —Meneó la cabeza, como para despejarla de una pesadilla. —Pero esto jamás funcionaría. Suena como algo de Larry, Curly y Moe.

Esta mitad del grupo se dirigió hacia la puerta.

—Esperen un minuto, muchachos —dijo Johnny—. Piensen en lo que estamos haciendo por los Estados Unidos aquí. Supongan que en un año o dos ejerzamos presión sobre la Casa Blanca y el Congreso para que derroquen al hijo de puta. Si calentamos los ánimos como en el 60 y el 61. Entonces envían a los *Marines* y mueren muchos más que doscientos mil. Entonces todo el mundo está involucrado y muere un montón de mujeres y niños cuando el ejército americano avanza a través de Cuba hasta La Habana. Piensen en eso. Una larga guerra y mucha gente muerta. No sería un picnic. De esta otra manera, hacemos cirugía de cerebro y el cuerpo sigue vivo.

Los hombres siguieron su camino hacia la salida.

—Johnny, cajonéalo —dijo uno de los hombres—. Ni siquiera pienses en ello. Yo creo que el ruso está mintiendo. Y aunque no mienta, nosotros no lograríamos hacerlo. Ciñámonos al plan original. Sabotaje de menor grado. Arruinar la cosecha. Desbaratar el turismo. Ahuyentar a la gente. Dejarlos sin comida. Impedir las exportaciones de azúcar. Funcionará. Sólo que tarda tiempo.

Él y los otros saludaron con la mano sin volverse.

—Nos vemos el mes próximo.

Quedaron seis hombres en la habitación: Johnny, Manny, Tony, y otros tres. Dos de ellos, Pete y Joe, estaban entre los que se cuidaban el físico. Orlando, el sexto, era callado y regordete. No había participado en el debate. Pete salió para ver si los otros se habían marchado y traer más café. Los hombres permanecieron sentados en silencio. De repente habló Tony.

—Te lo dije, Manny. Te dije que no comprarían la idea.

—¿No los viste? —dijo Johnny—. Muertos de miedo. —Después de un minuto, siguió hablando. —Un par de cientos de miles. Yo sabía que no había que decirles la verdad. Si les hubieras dicho todo, se habrían caído de espaldas.

Todos rieron entre dientes.

Manny miró a los otros tres hombres que se habían quedado junto con él, Tony y Johnny.

—¿Qué les parece?

Después de mirar a los otros dos, fue José —al que le decían Joe— el que habló.

—Yo quiero hacerlos volar a todos por el aire. Estoy aquí por una razón. Mi padre luchó en la brigada. Fue capitán en el 2506. Castro lo torturó hasta matarlo antes de que Kennedy los liberara. Yo intento matar a ese comunista hijo de puta con mis propias manos. Hacerlo volar por el aire es demasiado bueno para él.

Los otros dos hombres asintieron. También ellos eran hijos de padres que habían pertenecido a la brigada, decididos a vengarse y a atar a Castro a un poste.

—Estamos con Joe —dijo uno—. Yo creo que deberíamos hacer volar al millón entero.

Manny miró a Johnny.

—Caballeros, podrán tener su oportunidad. —Fue hasta la puerta otra vez para constatar su seguridad, luego volvió y se sirvió otro café. —No les conté toda la historia a los demás. Primero necesitaba averiguar quién era quién, quién estaba dispuesto a algo grande y quién no. De ahora en adelante nosotros seis sabremos lo que estoy a punto de decirles. Tony y yo sabemos cuál es el verdadero producto del ruso. Johnny sabe un poco, pero no todo. Aquí va.

Ahora los seis hombres habían formado sus sillas en un pequeño círculo en el fondo del salón. Se juntaron, y Manny bajó la voz a un susurro.

—El ruso tiene una o posiblemente dos armas nucleares. Miró a los otros. A Johnny se le aflojó la cara. Dos de los hombres más jóvenes se miraron. —Son secciones explosivas pequeñas. Los rusos... los soviéticos... las fabricaron para el campo de batalla. Nosotros... los Estados Unidos... teníamos la misma cosa. Se usan en cohetes de corto alcance... veinticinco millas, quizá treinta... para detener un ataque del otro lado. Borrar algunos batallones de tanques, una división o dos. Ese tipo de cosas. Matan mucha gente. Pero no es nada como las grandes armas atómicas... saben, como los misiles de largo alcance que destruyen ciudades enteras.

Uno de los dos jóvenes atléticos —Joe— lo interrumpió.

—Manny, ¿de qué estás hablando? ¿Lo dices en serio? ¿Qué diablos vamos a hacer con armas nucleares, por más chicas que sean? Mira, pensé que habíamos venido aquí hoy para hablar de algo grande para el día de Año Nuevo. —Miró alrededor del cuarto. —¿Tiene idea alguien aquí de cómo usar un arma nuclear? Es un chiste.

—¿Qué posibilidad hay de metérsela en el bolsillo a ese comunista hijo de puta? —dijo Pete, el físicoculturista.

Se rieron.

—Escuchen, muchachos —les dijo Johnny—. No es tan descabellado. Escuchen lo que tiene que decirnos.

—¿Qué hay si conseguimos una de estas secciones explosivas... y las ponemos en el centro de la plaza? Y cuando el comunista hijo de puta sube a la tarima para hablar y todos están gritando, hacemos funcionar la cosa. Boom. Todos explotan. Todos ellos. Así —dijo, haciendo chasquear los dedos.

Se hizo un silencio impresionante.

—Manny —dijo el callado Orlando—. Manny. ¿Hablas de un millón de personas?

—Hablo de todos ellos. De todos los malditos comunistas del hemisferio occidental. Explotan. Así. —Volvió a chasquear los dedos debajo de la mesa.

—Espera un minuto —dijo Joe—. ¿Vas a lanzar esta cosa desde una distancia de treinta millas? ¿El ruso te venderá un cohete para acompañarla? —Sonrió. —Aunque lo haga, no creo que ninguno de nosotros pueda encender la cosa, y mucho menos lanzarla sobre la plaza.

—No —explicó Manny—. El ruso dice que es posible hacer estallar la cosa como una bomba. Tiene amigos que pueden arreglar los cables y poner un cronómetro.

—¿Dónde está esta cosa ahora? —preguntó Orlando en voz baja.

—Ya está allá —contestó Tony—. Es sobrante de la crisis de los misiles del 62. Eso es lo que suponemos. Cómo quedó, no lo sabemos.

—Veamos —intervino Johnny, tratando de juntar los pedazos de información—. Compramos el arma nuclear al ruso, luego... esperen un minuto —dijo—. Ni siquiera hemos discutido el precio. ¿Cuánto pide por esta cosa?

Manny vaciló antes de hablar.

—Un millón —dijo—. Por una. Un millón y medio por las dos.

El salón quedó en silencio. Sobre la puerta, el reloj marcaba las veintiuna y cuarenta y cinco. Joe exhaló el aire, como para silbar, pero no emitió ningún sonido. Nadie habló.

—¿Cuánto tenemos, Johnny? —preguntó por fin Tony.

—No tenemos un millón y medio. Ni siquiera un millón. —Hizo una pausa. —Pero creo que puedo conseguir un millón. Hay algunas personas que pondrían esa suma ellas solas, por librarse de Fidel. Conozco algunas personas que pagarían más aún por volver a La Habana y hacer funcionar los casinos como cuando se fueron. Pagarán si están seguros de que funcionará.

—Nada es absolutamente seguro —dijo Manny—. Pero les diré esto: si le ponemos una bomba atómica, apuesto a que muere.

—¿Cómo quedaron en la conversación con el ruso? —preguntó Joe.

—Nos ha dado dos semanas para volver a verlo, con el dinero... en efectivo. De otra manera, dice que puede vender la cosa fácilmente a una docena de países musulmanes.

Pete extendió sus gruesos y musculosos brazos, y bostezó.

—Yo entro. ¿Dónde pondremos esta cosa?

Los ojos oscuros de Manny se fijaron en cada uno de los hombres, uno por vez, sin pestañear.

—En el punto del terreno directamente encima de la explosión, el terreno cero. La parte superior de la torre de Martí.

6

McLemore se sentía condicionado ahora a buscar con la mirada al omnipresente espectro dondequiera que fuera. Y cuando su auto llegó al Deauville al final de la tarde, después de un viaje de todo el día a la provincia de Pinar del Río, miró distraído a la vereda de enfrente para ver si el viejo estaba en el lugar donde lo vio por primera vez. Allí estaba. McLemore no podía creer en sus ojos. Se disponía a cruzar la calle cuando la figura empezó a moverse, pero Trinidad lo tomó del codo.

—Profesor, si le parece bien, volveré a las nueve. A menos que usted prefiera algún otro arreglo. Ahora debo regresar al departamento a terminar con unos papeles.

Antes de volver a La Habana después de pasar todo el día viajando, McLemore sugirió ir a cenar, y ahora se sorprendió ante su rápida aceptación.

Habían pasado el día viajando a San Cristóbal y Los Palacios para visitar los dos sitios con misiles soviéticos R-12 al oeste del país. Trinidad y el auto, como la vez anterior, llegaron al Deauville casi una hora tarde. No hubo explicaciones. El conductor mudo dirigió el anticuado Chevy por el Malecón hacia la provincia de Pinar del Río en el oeste, tomando luego la carretera central, un desigual camino de dos carriles que avanzaba por el centro de la península cubana occidental. Había muy pocos autos pero muchísimas bicicletas —que Castro llevó a Cuba desde China para compensar la escasez de combustible— y, cuando llegaron a la campiña, una cantidad de primitivas carretas tiradas por bueyes, de la clase que los turistas encuentran pintoresca. San Cristóbal quedaba a ochenta kilómetros al sudoeste, y Los Palacios otros veinte más.

Luego de un tiempo pasaron por la colorida y ruinosa aldea de San Cristóbal, en el borde de las abruptas y frondosas colinas de la Sierra del Rosario. Trinidad hizo un ademán, indicando el horizonte montañoso.

—Es nuestra orquidería —dijo—, un jardín botánico conservado como reserva biosférica por las Naciones Unidas. Tiene trescientras tres variedades de orquídeas nativas. —Luego señaló hacia el sur. —En el Pinar están las vegas, o campos tabacaleros. Son pequeños, no tan grandes como las plantaciones de caña de azúcar, al este.

Había mochileros a la vera del camino, que aspiraban a viajar tanto al norte como al sur. Aquí y allá McLemore vio campos pequeños arados por algunos pocos guajiros con un sombrero de paja en la cabeza y un cigarro en la boca, fustigando a esporádicos bueyes. La vegetación consistía en árboles bajos y verdaderas islas de arbustos, con una ocasional palmera cuyas grandes y verdes hojas, como orejas de elefante, parecían estallar de la copa de los altos troncos grácilmente curvilíneos.

McLemore se sentía embelesado por estas regiones de Cuba con su follaje exuberante, aves exóticas y languidez tropical. Trataba de imaginar este paraíso precolombino poblado sólo por indígenas en su hábitat natural, gente primitiva que necesitaba poco para vivir y no familiarizada con la conquista. Luego llegaron los españoles, después los anglosajones, británicos y estadounidenses, trayendo la "civilización" y el "progreso". Esclavizaron su cuerpo, luego su mente y su espíritu. Finalmente —como era predecible— llegaron los soviéticos. Además de las glorias de la era nuclear, los soviéticos introdujeron la adicción al petróleo. Azúcar por petróleo. Fue una contribución maravillosa a la modernidad cubana. Sólo que cuando los primos soviéticos se marcharon, se llevaron el petróleo consigo. De allí un país moderno en bicicleta. Lo que no está mal, pensó McLemore. Pero a lo lejos había hombres derribando bellos árboles y cortando ramas de arbustos para leña, depredando el magnífico paisaje en busca de combustible.

A unos pocos kilómetros de San Cristóbal, en el medio del campo, se había instalado la septuagésima novena brigada soviética de misiles durante unas pocas semanas del otoño de 1962. Sin ningún interés por preservar la era nuclear, la naturaleza había reclamado lo propio. Todavía era vagamente posible ver los lugares donde las topadoras soviéticas habían despejado y apisonado el terreno, derribando árboles y arrancando vegetación y cosechas. En los blocaos de hormigón usados como puestos de comando y centros de lanzamiento vivían ahora multitudinarias familias de granjeros, o habían sido invadidos por la jungla. El descuido y la naturaleza se habían adueñado de los restos de plataformas de lanzamiento construidas a la carrera y transportadas desde los gélidos puertos soviéticos del otro lado del mundo para reducir el tiempo de fabricación.

Camino abajo, los cubanos habían convertido una porción del emplazamiento de Los Palacios en un puesto y depósito militar permanente. McLemore fue autorizado a sacar fotografías de todo, excepto esto. En general tenía la sensación de que hacía décadas allí unos afiebrados niños con grandes juguetes habían llevado a cabo frenéticamente una construcción en gran escala. No obstante, quedaba poco de interés histórico. Igual que en Bejucal, había poco que llamara la atención.

Él, Trinidad y el silencioso conductor almorzaron en un pequeño paladar de cuatro mesas, uno entre mil restaurantes familiares sin licencia instalado en una sencilla y austera casa de Los Palacios. Comieron un guisado común, pero muy sabroso, que en el campo llamaban ajiaco, y hablaron sobre los acontecimientos de hacía casi cuarenta años. La gente del lugar sabía que allí pasaba algo grande por la afluencia de personal militar soviético vestido de civil, la rápida llegada de grandes máquinas excavadoras, grúas gigantescas, enormes y largos camiones y remolques. Por todo el lugar había fuerzas de seguridad cubanas y soviéticas. Instalaron grandes proyectores de luz para iluminar el campo y permitir el trabajo nocturno.

—¿Cómo interpretaría todo esto la gente del lugar? —preguntó McLemore.

—Estoy segura de que aceptaban la información que se les daba —dijo ella—. Les decían que los soviéticos enviaban gente para impedir que los Estados Unidos volvieran a invadir. Aún estaba en el recuerdo de la gente la victoria de Playa Girón, lo que ustedes llaman "Bahía de Cochinos", y había muchos rumores de que los yanquis regresarían, esta vez con todas sus fuerzas.

—¿Temían los cubanos que esto pudiera convertirse en el comienzo de la Tercera Guerra Mundial?

—Yo sólo sé lo que contaban mis padres y mi familia. Creo que la gente pensaba que los Estados Unidos no atacarían si aquí había fuerzas soviéticas. —Trinidad hizo una pausa. —Pero yo no sé mucho de militares, profesor. Sólo le digo lo que me dijeron. Para mí y mis amigos, entonces chicos de mi edad, ese período fue una gran lucha de vida o muerte por la revolución. Para nosotros fue el momento crucial. Supimos entonces, después que retiraron los misiles y Kennedy prometió no invadirnos, que la revolución sobreviviría. Que los batistianos no regresarían a recobrar su poder sobre nosotros.

Trinidad mantuvo una conversación con la mujer, entrada en años, que era a la vez dueña de casa y cocinera.

—Ella dice —informó luego— que aquí todos sabían lo que pasaba. Era difícil para los rusos esconder los aparatos gigantescos que traían. Ella dijo que todo el mundo suponía que se trataba de misiles destinados para los Estados Unidos. Ella dijo que todo el mundo suponía que habría una gran guerra y que el Tío Sam haría volar a todos aquí con sus armas nucleares. Los yanquis derrotarían a los rusos, y aquí toda la gente moriría en el proceso. No había nada que se pudiera hacer, de modo que seguían con su vida normal, cultivando la tierra, comiendo, durmiendo.

—Pregúntele qué le gustaría que pasara ahora.

Después de otra conversación, Trinidad rió, divertida por la sabiduría popular.

—Ella dice que supone que cuando el Comandante se vaya al cielo comunista, los yanquis volverán y habrá un nuevo Batista en el poder. A ella le da lo mismo una cosa que la otra. No hay nada que ella pueda hacer, de todos modos.

Después del almuerzo, volvieron a caminar alrededor de los artefactos que quedaban en el emplazamiento de Los Palacios. Bien podría haberse tratado de los restos arqueológicos de una civilización anterior. McLemore no estaba seguro de lo que esperaba encontrar allí, pero era una especie de peregrinaje. Por un momento imaginó qué pensaría su padre de que él estuviera allí.

—¿Qué le dijeron sus padres sobre esta época? —le preguntó Trinidad.

Él se detuvo y con el zapato raspó la tierra del cemento.

—Para nosotros, todo pasó muy rápido. Primero, sabíamos que había una crisis. Kennedy lo dijo por televisión. Luego, durante varios días, mi familia habló de la posibilidad de una guerra. La gente tenía miedo. Mi madre y sus amigas hablaban de sacar a sus hijos de Washington. Nadie sabía qué hacer. Algunas familias se mudaron lejos de la capital. Luego, a los pocos días, todo había pasado. La gente se sentía muy feliz y aliviada. Yo tenía casi seis años entonces, pero recuerdo que la gente tenía miedo. Los chicos como yo hablábamos del asunto.

—Y su padre, ¿qué le dijo?

McLemore se detuvo para quitarse la tierra de los zapatos en un borde de cemento. Miró a la distancia.

—Él no estaba con nosotros entonces. Ese otoño, este mes hace treinta y seis años, me contó unos cuentos, y ahora me doy cuenta de que con esas historias para niños trataba de explicarme esto. Pero pronto se fue. —Miró por un instante a Trinidad. —De hecho, él estaba involucrado de cierta forma en todo esto.

En esa área despejada el sol era enceguecedor. Echaron a andar de vuelta al auto.

—¿De qué manera estaba involucrado? ¿Era militar?

—No exactamente. Yo creo que estaba involucrado en una especie de trabajo de inteligencia. Él no hablaba de eso, y nosotros nunca supimos con exactitud qué hacía.

—¿Y nunca le dijo nada desde entonces? —preguntó ella.

—No —dijo McLemore mientras llegaban al auto bajo la sombra de un árbol—. No, no hemos hablado de esto desde entonces.

Regresaron a La Habana. El conductor tomó la autopista de seis carriles construida por la revolución castrista para conectar a la rica pero económicamente atrasada región del Pinar con el resto del país. Cuando fue construida, contaban con los soviéticos para abastecerlos de combustible. Ahora no había soviéticos ni autos. Con la excepción de unos pocos vehículos militares y algún patrullero policial, tenían la carretera para ellos solos. Llegaron a La Habana al caer la tarde, pues insumieron en la vuelta la mitad del tiempo que en la ida.

Distraído un instante por la pregunta de Trinidad acerca del programa para esa noche, McLemore alcanzó a ver la espalda del espectro cuando desaparecía lentamente en la angosta calle lateral.

Trinidad volvió al Deauville unos minutos después de las veintiuna, y ella y McLemore salieron. Durante el día ella se había puesto una falda de dril de algodón y una sencilla blusa blanca con un colorido pañuelo floreado atado flojo, que le caía sobre el pecho. A diferencia de la primera salida, esta vez no se había pintado los labios, y se había soltado el espeso pelo castaño, que caía libremente. Parecía mucho más joven, casi como una estudiante graduada. Pero esta noche era una criatura totalmente diferente de las otras dos. Llevaba un sencillo vestido azul ajustado, el lápiz labial rojo de la primera vez, y, caído sobre la frente, el pelo le cubría casi por completo el ojo derecho. Frente a esta espléndida beldad, McLemore se quedó sin habla. Mientras la miraba con fijeza y luego observaba a su alrededor para ver si los transeúntes se sentían también anonadados, en vano intentaba pensar qué decir.

Ella detuvo un taxi que pasaba. Se dirigieron a la plaza de la Catedral, en La Habana Vieja. Trinidad lo condujo a La Bodeguita del Medio, en una esquina.

—Aquí debe venir alguna vez —le dijo—, de modo que lo mejor es quitársela de encima.

—¿A usted no le gusta? Podemos ir a alguna otra parte.

—No, es muy linda, muy famosa. Todos los visitantes deben venir aquí. Nuestros artistas y escritores famosos venían aquí hace años, y todos los demás los imitaban. Es un lugar para turistas, me temo, pero también histórico.

Ella había pedido una mesa escaleras arriba, en la parte posterior, lejos de la puerta. McLemore pensó por un instante que ella tenía influencia, en cuyo caso era algo más que una intérprete o guía de poca monta del Ministerio de Relaciones Exteriores al servicio de arqueólogos académicos itinerantes que estudiaban la historia de la Guerra Fría en Cuba. Él se preguntó si ella tendría alguna conexión con los servicios de seguridad. Era probable. "Cuidado con lo que dices", se recomendó a sí mismo.

Ella no parecía notar la mirada de los hombres mientras caminaban por el restaurante y subían la escalera.

Trinidad pidió mojitos.

—Perdóneme, por favor, pero intentaré presentarle nuestros famosos tesoros nacionales en una sola noche. —Sonaba irónica. —Quizás el mojito sea nuestra copa nacional más famosa. Lleva ron, azúcar, menta y otros ingredientes. Mis amigos lo desprecian, pero a mí me gusta mucho.

Llegaron las bebidas.

—¿Puedo ofrecer un brindis por usted y agradecerle su invalorable ayuda en este viaje? Usted ha hecho posible que yo lograra mucho en poco tiempo. Ha sido de gran ayuda. Así que gracias, y ¡salud!

Bebieron.

—¡Bravo! —exclamó McLemore—. Ahora soy un aficionado a los mojitos.

Llegó el camarero, y ella ordenó rápidamente una segunda ronda de bebidas y la cena para después. Le dijo que comerían palomilla —que es filete de cerdo— con tostones —plátanos fritos dos veces— y le preguntó si era de su agrado.

—Suena estupendo —dijo él con entusiasmo—. ¿Le importa que le pregunte si hay escasez de alimentos? No quiero ser maleducado, pero esta semana hemos comido cosas exquisitas, y me habían dicho que podía no haber comida en abundancia aquí.

Ella bebió su mojito.

—En realidad, todo el mundo tiene lo suficiente. Pero no hay nada abundante. Para nuestros huéspedes, naturalmente, hacemos un esfuerzo especial. —Rió. —No se preocupe. Aquí no se morirá de hambre. Nadie se muere de hambre aquí. Hay suficiente. —Luego volvió su gesto adusto. —Su embargo no nos detendrá. Nos arreglaremos. —Su orgullo templaba la espada de su amargura.

—A usted no le gusta mucho el Tío Sam, ¿verdad?

—¿Le gustaría a usted en mi lugar? En realidad, hemos tenido tres gobiernos. Por siglos los españoles, durante la colonia. Oligarquías muy brutales. Luego, después de nuestra independencia de España, una serie de gobiernos locales, algunos buenos, algunos malos, pero siempre con una fuerte influencia estadounidense. Terminando con Batista. —Escupió su nombre. —Era tan brutal como el peor de los españoles, pero más corrupto inclusive. Era un títere de la mafia. Le dieron millones, de los cuales él se guardó gran parte para sí y el resto para contrarrestar cualquier amenaza a su poder o cualquier pedido de justicia que demandaba el pueblo. Era un torturador y un sádico. No había justicia. Ni democracia. Ese fue el régimen apoyado por el gobierno de los Estados Unidos. De modo que nadie podía sorprenderse que hubiera una revolución. Ustedes tuvieron una revolución por mucho menos que esto. A Fidel le llevó casi diez años. Con algún tiempo en prisión. Pero echó a patadas a Batista y sus amigos de la mafia. De manera que aquí estamos. Después de casi cuarenta años de revolución, ya no tenemos el apoyo de la Unión Soviética ni de nadie. La mafia y nuestros "primos" de Miami quieren volver, los Estados Unidos quieren imponer otra vez sus condiciones y tratan de matarnos de hambre. Somos una reliquia de la Guerra Fría. Pero sobrevivimos. Y porque somos seres humanos, prevaleceremos, como decía su escritor, Faulkner.

La comida ya había llegado, y McLemore comía mientras escuchaba.

—¿Cree usted que Castro ha traído la justicia? ¿Las personas son más libres ahora?

Ella también empezó a comer, aunque sin gran entusiasmo.

—Yo apoyo la revolución. Eso significa que comprendo sus fallas. Creo que usted entenderá si le digo que hoy estamos mucho mejor que hace cuarenta años. Fidel no es un dios. Ha cometido errores. Pero por lo menos es cubano. Y nadie lo controla. No tenemos todo lo que ustedes tienen. No somos tan afortunados. La mayor parte del mundo no es tan afortunada. Si disfrutáramos de la abundancia de ustedes, quizá seríamos más liberales. En la actualidad estamos luchando por sobrevivir. Hubo momentos, cuando ustedes también luchaban por sobrevivir —tan recientemente como durante la Guerra Fría, por ejemplo—, en que ustedes tampoco eran muy liberales. Es propio de la naturaleza humana restringir las libertades cuando la supervivencia está en juego. Nosotros sentimos ahora que nuestra supervivencia, nuestra independencia, están en juego. No sabemos qué pasará mañana.

McLemore movió la comida sobre su plato con el tenedor.

—Usted no temerá que los Estados Unidos vayan a hacer algo, ¿no?

—No tanto los Estados Unidos como nuestros enemigos. Nuestros "primos" del norte. Odian tanto a Fidel que podrían intentar cualquier cosa. Seré sincera, aunque esto se lee en algunos de sus diarios: ahora nos atacan todo el tiempo. Es como los días de la CIA y Operación Mangosta a principios de la década de 1960. Ponen bombas en los hoteles, o disparan sobre los hoteles desde botes veloces. Fumigan nuestras cosechas con productos químicos. Estamos siendo saboteados por alguien. ¿Quién cree usted que podría ser? ¿Los noruegos, quizá?

McLemore se rió a pesar suyo, y Trinidad sonrió a causa de su propio chiste.

A su alrededor el lugar estaba animado, lleno de turistas y unos pocos cubanos con dólares. El nivel del ruido aumentaba a medida que se multiplicaban las vueltas de mojitos. Varios hombres tostados por el sol, turistas de pesqueros de alta mar, vigorosos por exceso de testosterona, no le quitaban los ojos de encima a Trinidad, con su vestido escotado. McLemore observó las paredes oscurecidas por las firmas de los famosos, los no tan famosos, los nada famosos, y los falsificadores de famosos.

—¿Por qué no me pregunta qué sucederá después de Fidel? —dijo ella—. Ya ve, puedo leer su mente, profesor McLemore. —Adoptó un tono burlón. —Si fuera hombre, yo sería un sacerdote de Santería, un babalao.

—¿Cómo lo supo? —dijo McLemore, riendo—. En verdad me leyó el pensamiento.

Ella se inclinó hacia él, y le tocó la mano, en un intento por rehuir a los turistas que miraban con insinuación —ahora desde muy cerca— y para hacerse oír, por el ruido.

—Nadie sabe qué haremos. No hay nadie como Fidel. Él es único. Ha sobrevivido cuarenta años a pesar de los mejores esfuerzos de la CIA para convertirlo en mártir. Tampoco hubo nadie como Kennedy o como Martin Luther King. No obstante, la revolución continuará. No podemos volver atrás. Surgirá alguien. Un nuevo líder.

McLemore estaba pensando cuán compleja era la señora Santiago, parte severa revolucionaria, parte mujer apasionada, cuando ella dijo:

—Profesor McLemore, de alguna manera usted no se parece a muchos de sus compatriotas. No sé, tiene más interés en aprender, no es tan ortodoxo ni dogmático en su punto de vista. No pronuncia discursos. Hace preguntas. No es como los estadounidenses.

Él se encogió de hombros, cohibido.

—Hoy usted me preguntó sobre mi familia. ¿Le molesta que yo le pregunte sobre la suya?

Ella sonrió.

—No es demasiado complicada. Mi padre era maestro. Murió —miró el espacio ruidoso del bar— hace muchos años. Mi madre y yo vivimos juntas aquí cerca, en la sección Vedado. —Indicó vagamente hacia afuera. —Tengo una sola hermana. Está en los Estados Unidos.

McLemore pareció confundido.

—¿Desertó? Si no le molesta la pregunta. ¿Quiere decir que no tiene contacto con ella?

Trinidad volvió a sonreír.

—Nosotros lo aceptamos, profesor. Se fue hace muchos años. Seguimos amigas. Nos queremos mucho.

Su tono y su sonrisa sugerían misterio, y McLemore no estaba en posición de explorarlo.

—¿Y su trabajo? —preguntó McLemore—. ¿Está en el Ministerio de Relaciones Exteriores, o en el Departamento de Turismo?

—Sí, profesor. Mi diploma es de la Universidad de La Habana en historia diplomática, y en ocasiones se me asigna acompañar a visitantes debido a que hablo otros idiomas. Claro que a visitantes muy importantes.

McLemore se quedó sin habla por un momento. Sólo pudo sonreír y sonrojarse, lo que le arrancó una sonrisa apreciativa a Trinidad, plenamente consciente de su juego. Las artes de la seducción se habían manifestado en forma natural en ella a los quince años, pero en estos últimos tiempos rara vez encontraba utilidad para ellas.

McLemore tragó y tartamudeó.

—No... ah, ah... veamos, marido, quiero decir, familia, ya sabe. Marido, hijos. ¿Familia?

Le quemaba la cara.

Ella se hizo hacia atrás el pelo y negó con la cabeza.

—Encuentro el idilio... interesante. Pero, por el momento, no tan interesante para... cambiar mi vida. Mi trabajo es muy importante. —Vaciló, luego sonrió y empezó a decir algo que McLemore pensó sería más importante aún cuando un conductor entró desde la calle, subió la escalera y habló con ella en un español muy rápido, en tono confidencial. Ella asintió y se volvió a McLemore. —Señor, lo siento mucho, pero al parecer mi superior en el ministerio me espera afuera. Algo relacionado con mis tareas de mañana. ¿Me perdona? Debo ir a hablar con él. Trataré de arreglar que un auto lo lleve de vuelta al hotel.

—No se preocupe, por favor —le dijo McLemore, a la vez que se ponía de pie con ella—. Comprendo. No hay necesidad de un auto. El hotel no está lejos y puedo caminar o buscar un taxi. Hasta mañana.

—Mañana usted debe volver a los archivos del ministerio. Carlos lo estará esperando. Usted quería ver más documentos, ¿sí? Yo lo veré pasado mañana. ¿De acuerdo?

—Muy bien, señorita.

—Señora, por favor —dijo ella, riendo—, no señorita. Hasta mañana, profesor.

Siguió al conductor escalera abajo y al pasar junto al bar eludió con habilidad a los borrachos que intentaban demorar su paso.

Afuera la esperaba Lázaro Suárez en el asiento posterior de un auto negro del gobierno. Ella subió, y se marcharon.

Cuando volvió el camarero, McLemore pagó la cuenta con dólares y se puso de pie para irse. Miró el ruidoso grupo de gente a su alrededor. Una voz fuerte a sus espaldas lo sorprendió al dirigirse a él en tono familiar:

—Usted parece un yanqui. Posiblemente de la CIA. Permítame invitarlo a una copa.

McLemore se dio vuelta y vio que el que le hablaba era un hombre de radiante cara roja y pelo rubio canoso.

—Ramsay, de Los Ángeles. ¿Usted es...?

—McLemore, de Madison, Wisconsin.

—Bien, Mac. Yo pago el mojito. Esta noche, eso es —Ramsay rió sonoramente. —¿Qué te trae a esta parte del mundo? —dijo mientras se abría paso entre la estridente multitud—. No habrás venido a vender nada. Es ilegal. ¿No estarás vendiendo nada, no, Mac? Si lo estás, siendo yanqui, debe de ser armas, biblias, o whisky. —Su risa rugió como un grito de aliento en una cancha de fútbol.

Eso es, pensó McLemore. Un porrista en su universidad.

—No, invito yo —respondió con un grito.

—¿Qué invitas, Mac?

—Lo que tengan. —McLemore sonrió provocativamente. Lo mejor era seguirle la corriente. ¿Quién era ese tipo?, se preguntó.

Ramsay tomó dos mojitos con una mano, y con la otra asió a McLemore y se dirigió a un rincón un poco más tranquilo.

—Bebamos por Sam. Que flamee mucho tiempo... y todo eso. —Entrechocaron las copas. —Espero que no estés comprando acciones de la revolución de Fidel, Mac. Hace mucho ya que se fueron a pique. En la época de Gorbachev, creo.

Ramsay rebosaba buen humor.

—Y usted, señor Ramsay, ¿qué lo trae por acá? —preguntó McLemore, haciendo caso omiso de la pregunta del otro.

—Me llamo Sam, como nuestro Tío, Mac. Brindé por mí mismo hace un minuto. Ja, ja, ja. —Luego se inclinó. —El nombre es Sam, y el juego es el buen gobierno. Ja, ja, ja. De hecho, es probable que yo sea el único estadounidense legal en este salón. Quiero decir que podemos venir aquí mientras no gastemos dinero. ¿Tú sabías eso, no, Mac? Quiero decir, no estarás gastando dinero aquí, espero. De lo contrario, estás en problemas. Ja, ja, ja. —Su cara adoptó una expresión de sobriedad artificial y extendió la mano con formalidad. —Ramsay, de la Oficina de Interés de los Estados Unidos. Estamos aquí para servirle.

—¿Oficina de Interés? —preguntó McLemore.

—Sí, ya sabes, es un sustituto a medias de la embajada. No reconocemos a Fidel, de modo que no podemos tener embajada. Así que tenemos algo denominado Oficina de Interés. De hecho, creo que es más probable que los Estados Unidos reconozcan al Príncipe de la Corona Lucifer que a Castro. Diablos, reconocimos a José Stalin y a Mao Tse-tung. —Meneó un dedo regordete. —Pero no a Fidel. De ninguna manera, José. Ja, ja, ja.

—¿Y qué hace exactamente una Oficina de Interés? —preguntó McLemore con un grito.

—Cuidamos nuestros intereses. Como a ti, Mac. Tú eres uno de nuestros intereses. —Ramsay sonrió. Esta vez no rió. —Estamos interesados en ti, Mac. Ves, Sam también te cuida a ti. No podemos perder de vista nuestros intereses.

—¿Y si yo no quiero que me cuiden?

Como un experimentado miembro de una fraternidad, Ramsay arrebató dos mojitos de una bandeja que pasaba.

—No podemos evitarlo, Mac. Es nuestro deber. Debemos cumplir con nuestro deber. Además, como ciudadano que paga sus impuestos, tú tienes derecho a nuestros servicios, inclusive nuestro cuidado.

—Muchas gracias, pero digamos que cuando necesite ayuda, la pediré. ¿Está bien?

Ramsay se sacudió el desaliñado pelo.

—No funciona de esa manera, Mac. A veces, cuando necesitas ayuda ya es tarde.

—Miró a McLemore con sus ojos celestes, sin pestañear. —No podemos esperar que eso suceda. Si el cuco se apodera de uno de los nuestros, nosotros debemos saberlo de inmediato. —Miró a su alrededor. —Por ejemplo, esa encantadora señorita con la que tú estabas esta noche, Mac. Apuesto a que pertenece a la sección de los Estados Unidos en el Ministerio de Relaciones Exteriores. ¿Correcto? Pues te apuesto este mojito contra la barba de Fidel que ella es un agente.

—¿Un agente?

—Vamos, Mac. Ya sabes. Un agente. Una espía. De inteligencia. La República Popular de Cuba jodiendo al Departamento de Estado. —Ramsay hundió un dedo como salchicha en la camisa de McLemore entre los botones y lo acercó. —Digamos ahora que tú eres una especie de académico, un profesor que está acá haciendo alguna clase de investigación. Digamos que estás haciendo un estudio de la crisis de los misiles. ¿Correcto? Pues, por extraño que parezca, ellos están interesados en eso. Quieren saber todo lo que haces… te siguen… para estar seguros de que no haces nada que no debas. Ese tipo de cosas. ¿Crees que enviarían a una secretaria tonta como intérprete? De ninguna manera. —Ramsay volvió a mirar a su alrededor, sonriendo de manera profesional. —Para ellos, lo del estudio es una fachada. Quizá seas un espía. Pareces un profesor y hablas como un profesor. Pero en realidad, no eres un profesor. Quizá seas un profesor de inteligencia central. —Ramsay sonrió al decirlo. —De modo que, digamos, te llevan a unos arbustos… por error, naturalmente… y te dan una paliza. Nosotros estamos interesados en eso. ¿Entiendes?

McLemore asintió, sin saber si existía una respuesta correcta a esa pregunta.

—De hecho, yo no me siento amenazado precisamente. Se han mostrado muy cooperativos y corteses. Creo que se dieron cuenta en seguida de que yo no tenía pasta de espía. Lo que sí me interesa es saber que, en mi tercer día aquí, tú pareces saber quién soy y qué hago. ¿Cómo es posible? ¿Se "interesaron" en mí desde antes de llegar? —Su voz se puso tensa. —De hecho, me parece que tú sabías que yo vendría aquí esta noche. No tendrán a un tipo alto, con un sombrero de paja, trabajando para ustedes ¿no?

Ramsay negó con la cabeza sobriamente.

—No, Mac. Yo no sé nada de un tipo alto con un sombrero de paja. Es probable que haya sólo trescientos cuarenta y nueve mil tipos iguales en esta ciudad. Pero digamos que yo pasaba por casualidad y tropezamos y yo te hice saber que tienes un amigo en la ciudad, por si lo necesitas. ¡Bueno! Nada del otro mundo. Sólo eso.

—Muy bien, gracias, Sam. —McLemore levantó su copa. —Te devolveré el favor alguna vez. Buenas noches.

Cuando McLemore se disponía a irse, Ramsay lo tomó con firmeza del codo.

—Te diré una cosa, Mac. ¿Por qué no pasas a visitarnos mientras estás en la ciudad? Te presentaré a algunos de los nuestros. Nunca sabes cuándo nuestro "interés" puede ser de ayuda. —Recobró su sonrisa profesional mientras le entregaba una tarjeta. —Estamos oficialmente relacionados con la embajada suiza, pero tenemos un lugar propio, sabes. Sobre el pintoresco Malecón. De modo que ve a vernos. Digamos, mañana a las diez.

—¿Se trata de una invitación o de una orden?

—¡Viejo, por favor! ¿Una orden? ¡De ninguna manera! No es más que una invitación amistosa. Una invitación que, si eres inteligente, aceptarás.

Ramsay sonrió, rebosante de vivacidad.

7

Doce días después de su primer encuentro con Manny y Tony, Viktor Isakov vio, por fin, el aviso clasificado en *El Diario*, uno de los varios periódicos en español de Miami. El aviso estaba en inglés.

Víctor.
Deseamos firmar un contrato.
Ayúdanos a prepararnos para la gloria.
Victoria.

Desde el principio Viktor pensó que la idea de un mensaje en un diario era un tanto absurda, pero no puso ningún reparo cuando Manny lo sugirió en el momento en que se separaban después de aquel primer almuerzo. Era la señal para volverse a ver en el oscuro parque y negociar un trato.

Observó a los dos hombres, con sendas chaquetas sobre los hombros, que se acercaban al banco de la esquina donde él estaba sentado a la sombra. Los mismos jugadores de dominó estaban allí, cabeceando entre jugada y jugada. Viktor se preguntó si se habrían movido en esos doce días.

—¿Tenemos un trato? —preguntó, casi antes de que los dos hombres se sentaran.

Manny lo fulminó con la mirada.

—Mantén la voz baja, ¿quieres? ¿Quién sabe quiénes son estos jugadores? El FBI y la CIA tienen gente por todas partes aquí. Me sorprendería si ya no te hubieran puesto una sombra para que te siguiera los pasos.

—No hay por qué preocuparse —dijo Viktor—. Uso otro nombre en el boleto de avión y en el hotel. Pago todo en efectivo. No dejo rastros para la computadora.

—Te diré dónde estamos —dijo Manny—. Queremos hacer negocios contigo. Podemos usar tu "producto". Pero, con respecto a las condiciones, tenemos una contraoferta. En vez de entregarte el toco por adelantado, te pagamos la mitad, y el resto cuando la cosa ya esté en nuestro poder y bajo nuestro control. Eso es muy justo. De lo contrario, ¿qué pasa si te pagamos todo y luego descubrimos que el "producto" no está donde se supone que debe estar? ¿O si en el lugar hay un granero, o una carretera? Han cambiado muchas cosas desde aquellos días. Puede haber pasado cualquier cosa. Eso es justo. ¿No te parece?

Viktor parecía preocupado.

—A lo mejor ustedes obtienen el producto y Vic no vuelve a oír más de ustedes. Ustedes obtienen producto valioso por mitad de precio.

—¿Puedo decirte algo, Vic? —dijo Manny—. Eso pasa, entonces tú discas 911 y dices: "FBI, *pazhalista*. Sr. FBI, por una recompensa le contaré una historia sobre unos cubanos locos que andan de un lado a otro con un arma nuclear peligrosa". Por eso, ellos te pagan la otra mitad.

Viktor asintió lentamente.

—Muy bien, creo que tienen razón.

Vic todavía no estaba en condiciones de graduarse de la Escuela de Negocios de Harvard, aunque aprendía rápido. Manny acababa de enseñarle una valiosa lección en el intrincado bazar en el que se desempeñaba. La lección era el chantaje, y Viktor se sentía transfigurado por su elegante sencillez. Era tan transparente —claro como el cristal— que estuvo a punto de reír. Si uno vende algo no debería vendérselo a quienes no deberían comprarlo, pero, si ellos no pagan, basta con llamar a la policía. En momentos como éste, Viktor amaba el capitalismo. Era tan lógico, tan práctico. ¡Qué estúpidos habían sido los comunistas —su padre y su abuelo— al no apreciar su sutileza, su simetría, su belleza! Era un sistema semejante a un traje de medida, ajustado a sus contornos naturales: astucia, maña y deducción lineal.

—Entonces, ¿cómo hacer esto? —Miró a los dos hombres. No había ni maletines ni valijas. —Vic no acepta cheques.

Manny y Tony se rieron como locos, lo suficientemente fuerte para despertar a los jugadores de dominó.

—Correcto, Vic. Nada de cheques. Ahora, lo que queremos de ti son tres cosas. Queremos un mapa para llegar al producto que sea claro como el agua. Nada de quizás, de alguna manera ni posiblemente. Preciso hasta el centímetro. ¿Entiendes? Segundo, queremos un diagrama, un esquema, de esta cosa. Para saber exactamente cómo funciona. Tercero, queremos un experto electricista que pueda revisar los cables y conectar un cronómetro. Alguien que entienda de estas cosas. Que haya trabajado antes con ellas. De modo que se tratará de un hombre bastante viejo. Quizás alguien que trabajara con tu padre.

—Eso puede hacerse —dijo Viktor—. ¿Quién le paga? ¿Ustedes o yo? Hay que pagarle.

—¿Cuánto?

—Creo que quizá diez mil dólares, en efectivo.

—Muy bien, Vic. Nosotros nos encargamos. Eso es extra. Él hace el trabajo, nosotros le pagamos. Pero tú tienes que encargarte de que esté allá, y de ponerlo en contacto con nosotros. ¿Correcto?

—¿Quieren uno o dos? Estoy seguro de que hay dos.

—Lo hacemos de esta manera —dijo Manny—. Nosotros pagamos uno. Seguimos tu mapa y encontramos el producto. Tu experto en instalación alámbrica le echa un vistazo, da una patada a los neumáticos...

—¿Les da una patada a los neumáticos? No hay neumáticos.

—En sentido figurado, Vic. Quiero decir que revisa todo. Se asegura de que todo está bien. Nosotros pagamos uno. Si no está bien, si él dice que no se puede arreglar, entonces buscamos el otro e intentamos que lo haga funcionar. De manera que le pagaremos a uno, pero tenemos derecho a dos en caso de que el primero no resulte. Si el primero resulta, si todo está listo, entonces tú tienes el segundo para que actúe como experto en el Oriente Medio o donde sea, después que se asiente el polvo.

—Sólo después que se asiente el polvo —dijo Viktor con pesar—. Si ustedes encienden una, pasará mucho tiempo antes de que yo pueda sacar la otra.

—¿Puedo decirte algo, Vic? ¿Algo sobre los negocios? Tú serás un hombre de negocios, debes pensar de esta manera. Vende la otra a los árabes —a Gaddafi o Saddam Hussein o Hamas o quien sea— y deja que ellos la saquen. Tienes un producto único allí. Puedes conseguir un buen precio. Véndela "en el estado en que se encuentra". El transporte es cosa de ellos. Fíjate en nosotros. Nosotros no tenemos un servicio de pago contra entrega. Tendremos que ir a buscarla. Excavar. Lo que sea. Luego llevarla hasta donde queremos usarla. El mismo negocio con los árabes.

Viktor sonrió, aliviado.

—Tienes razón. No es mi problema sacarla. Es problema de ellos.

—¿Tenemos un trato, entonces? ¿Con mis condiciones? —preguntó Manny.

Viktor extendió la mano.

—*Khurosho. Ochin khurosho*. Muy bien. *Okay*. Es un trato.

Los tres se pusieron de pie y se dieron la mano como hombres en un almuerzo de negocios.

—La próxima semana, a la misma hora, en el mismo restaurante donde almorzamos la primera vez —dijo Manny—. Trae los dos documentos y un plan para conectarnos con el experto, y te pagamos la primera cuota. En efectivo.

Miró a Tony.

—Nada de cheques.

Los dos se rieron.

• • •

Mientras se iban apagando los últimos rayos de luz, una fila de camiones militares soviéticos de diez metros de largo, especialmente equipados para transportar secciones explosivas nucleares, emergieron de la protección de una hilera de árboles a lo largo del camino y entraron en el complejo militar de Bejucal. Un mayor del Ejército Soviético vestido de civil —pantalones grises y camisa a cuadros usados por todo el personal militar soviético como un irrisorio factor disuasivo para dificultar ser descubierto— los dirigía uno por uno, mientras se encaminaban marcha atrás hacia el búnker. Con la ayuda de una pequeña grúa portátil, carretillas y la poderosa mano de obra de los soldados soviéticos, se extrajeron grandes embalajes de las entrañas del búnker y se los depositó en un camión. A medida que descendía cada embalaje y se lo aseguraba sobre el camión, el mayor daba un golpe sobre el techo del camión, el conductor arrancaba y salía del complejo en dirección a los regimientos de los misiles R-12 a una hora y media de distancia. Cada camión era escoltado otra vez por fuerzas de seguridad de la KGB entrenadas para la protección de material nuclear.

El teniente coronel Dankevich supervisaba la carga. Su superior, el coronel Leonid Isakov, recibía los camiones en los sitios estipulados y supervisaba la descarga de los preciosos embalajes, que se hacía con cuidado extremo. Cada uno contenía poder atómico suficiente como para reducir a Washington a cascotes pequeños. Dankevich viajó en el último de los camiones al sitio cerca de Artemisa para unirse a su jefe.

—Dankevich, ¿averiguaste algo más sobre los Luna? —le preguntó éste.

—No, coronel. Los he vuelto a contar una docena de veces. Siempre da lo mismo. Tenemos catorce en vez de doce. Dos extra. ¿Quiere que cablegrafíe al ministerio a través de la embajada para ver qué pasó?

—Diablos, no. Los burócratas del ministerio se volverían locos, y podríamos poner en dificultades a algún general, que luego caería sobre nosotros por poner en evidencia su estupidez. De manera que lo mantendremos en secreto… por ahora. Además, si esta situación empeora podemos necesitar los dos extra. Esperemos a ver qué pasa.

Observaron cómo un grupo de hombres luchaba con un embalaje, casi dándolo vuelta.

—¡Con cuidado, imbéciles hijos de puta! —rugió Isakov—. ¡Si tocan esa cosa, no tendrán ninguna señorita más! ¡Se los garantizo! —Se dirigió a Dankevich. —Dankevich, consigue el nombre de ese cabo cabrón y asegúrate de que no vea la vida nocturna por un mes. ¡Estúpido hijo de puta!

Dankevich tomó nota en su apuntador.

—¿Qué cree usted que pasará? —preguntó. Parecía nervioso. —¿Qué cree que harán los norteamericanos?

—¿Quieres decir cuando vean los fuegos artificiales encendidos? —preguntó Isakov—. Bien, primero se ensuciarán en los pantalones. Y luego se mostrarán apurados por negociar. Eso es lo que yo creo que pasará. —Encendió un cigarro y se puso a lanzar bocanadas de humo frenéticamente. Se formó una gran nube que fue ascendiendo. —¿Ves eso? Eso es lo que ellos verán. Grandes columnas de humo espeso sobre Washington.

—Coronel —dijo Dankevich con un leve tartamudeo—, ¿y si, por el contrario, deciden ponernos a prueba... para ver hasta dónde llegamos? ¿Qué pasa, entonces?

—Entonces veremos quién es más guapo, ¿no? —Isakov acercó la cara hasta casi tocar la nariz de Dankevich con la suya. —No seas mariquita, Dmitri Dmitrivich. La Unión de Repúblicas Socialistas nos paga muy bien para esto. Ahora tenemos una buena oportunidad para justificar nuestro enorme salario, y te pones a temblar como una hoja. Sé valiente, tembleque. —Dio tres pitadas y rió, encantado. —Estamos a punto de divertirnos.

8

El único decorado sobre la pared de la oficina de Lázaro Suárez en el Departamento de Seguridad del Estado del Ministerio del Interior era una simple carta de alabanza del Comandante por su trabajo en la organización de la seguridad de un viaje muy exitoso a la ex Unión Soviética hacía una década. De vez en cuando Suárez la miraba, preguntándose por qué la mantenía allí. No era algo extraño: centenares de cartas similares adornaban las paredes de las oficinas de los ministerios. Suárez no creía que le proporcionara una protección personal especial ni inmunidad contra las purgas. No cumplía ningún propósito real, pero allí permanecía, quizá como una especie de confirmación.

—¿Qué crees, Trini? ¿Anda en algo? —le preguntó a Trinidad mientras tomaban un café por la mañana.

—No tengo ninguna razón para creerlo, Lázaro. Es lo que parece ser. Investiga en los archivos, dice Carlos, y visita los sitios. Pero parece un poco confundido, quizá no demasiado entusiasmado con su proyecto. Hace un montón de preguntas... ¿Cómo se siente la gente con respecto a la revolución?... ¿Tenemos suficiente comida?... ¿Qué pasará después de Fidel? Preguntas comunes. Quizá trabaje para la CIA, pero no lo creo. De ser así, la CIA no está obteniendo mucho. —Tomó un sorbo de café y miró pensativa a Suárez. —Es como si tuviera su mente en otra cosa... como si pensara en algo siempre.

—Es un profesor, Trini. Todos son iguales. Eso es lo que los distingue.

—Ayer pasó algo interesante —dijo Trinidad—. Estábamos haciendo la recorrida acostumbrada, esta vez por el viejo sitio de misiles cerca de Los Palacios, y me contó que su padre trabajaba para inteligencia. O eso creía. No estaba seguro porque él era un niño entonces. No dijo que trabajara para la CIA, pero supongo que eso es lo que cree. Luego estuvo muy callado, y ya no quiso hablar más. Intenté preguntarle, pero no dijo más.

Suárez tomó nota en una carpeta delgada sobre su escritorio.

—¿Necesitas ayuda con él? ¿Después de hora? ¿Anda persiguiendo a las jineteras? ¿Necesitamos tomar algunas fotos?

Suárez se sorprendió al ver que Trinidad se ruborizaba.

—No tengo idea de lo que hace de noche. Como sabes, anoche cenamos juntos. Pero lo dejé, para venir aquí contigo.

Un hombre mayor, delgado, entró en silencio en la oficina y le entregó una nota a Suárez.

—Ramsay lo abordó anoche. Uno de nuestros hombres que trabaja en La Bodeguita y mantiene a raya a los pescadores borrachos dice que Ramsay se le acercó y que le habló durante una media hora, o más. No se fueron juntos, dice que nuestro hombre salió disparado, más o menos. Dice que Ramsay sonreía y hacía su actuación acostumbrada de buen muchacho, pero que McLemore no parecía divertido. Se dirigió a la puerta, abriéndose paso entre las jineteras, y volvió al Deauville. Dice que llegó como a las veintitrés y veinte. No hubo entretenimientos.

Trinidad volvió a sonrojarse.

En ese momento entraron otros tres hombres en la pequeña oficina de Suárez, uno de ellos con una silla extra. Eran colegas que habían estado en la primera reunión de instrucción en la plaza hacía unos días. Suárez puso la nota en la carpeta y la cerró.

—Muy bien —dijo—. Revisemos los hechos de anoche y veamos de qué se trata. Esteban, diles a todos lo que nos contaste a Trinidad y a mí anoche.

—Como les dije —informó Esteban—, tuvimos una pequeña explosión en el Capri, justo afuera del restaurante. Probablemente una cantidad pequeña de C4, en una bomba de tiempo, como las anteriores. Este es el cuarto "incidente" en los últimos dos meses. Todos iguales. Los mismos explosivos, bombas de tiempo, sitios de hoteles.

—¿Algún herido? —preguntó alguien.

—No esta vez —contestó Esteban—. Mucho polvo y humo. La gente entró en pánico y gritaba, corría de un lugar a otro. No hubo heridos, pero mató la noche. El gerente del hotel dice que esta mañana se marcharon entre treinta y cuarenta pasajeros. Como en los otros hoteles, dice que las entradas han mermado con respecto a los dos años anteriores. En todos los hoteles es lo mismo.

Suárez se frotó la frente con las dos manos.

—Tenemos más tráfico proveniente de Miami. Nuestra gente en la compañía telefónica dice que se hizo una llamada veinte minutos después de la explosión. La misma pregunta. —Levantó otra nota de su escritorio.

—Veamos... Un hombre dice: "¿Pasó algo grande esta noche?". Una mujer responde: "Sí, tuvimos una polvareda. Pero ningún herido". El hombre dijo algo que no entendimos... un ruido, quizás una maldición, como que estaba molesto. Luego colgó. Eso es todo. Muy parecido a las veces anteriores.

—¿Adónde llegó la llamada? —preguntó uno de los hombres.

Suárez sacudió la cabeza antes de responder.

—A una de las cabinas de teléfonos públicos en el vestíbulo del Cohiba. Igual que antes. También tuvimos la irrupción de otro bote en Varadero. Lo mismo que antes. Casi exactamente a la misma hora en que explotó la bomba en el Nacional, un bote veloz llegó a unas doscientas o trescientas yardas de la playa, con las luces apagadas, dio unas doscientas vueltas cerca del Sol Palmeras, y luego se alejó a toda velocidad. No pasó nada. Había unos cuantos turistas caminando por la playa. Los custodios del hotel les dijeron que era un ejercicio de entrenamiento de los guardacostas. Aun así, el gerente del hotel dice que muchos se marcharon esta mañana. Lo ocurrido fue el comentario general durante el buffet del desayuno.

—Malditos —dijo Trinidad, en voz baja.

Suárez mezcló los papeles.

—Con esto son una docena y media de "incidentes" en los tres últimos meses. Veamos. El coronel Núñez ha estado en la Patrulla Costera y en la policía de Aduanas para ajustar las cosas. Pero cuantos más turistas entran, mayor probabilidad de problemas tenemos. La patrulla dice que han reforzado la potencia de sus botes al máximo, pero no pueden competir con la velocidad de las lanchas de los batistianos.

Suárez le pidió a Trinidad que cerrara la puerta de la oficina.

—Tenemos más malas noticias encima de esto. Algo mucho más serio. Una de nuestras mejores fuentes en Miami nos dice que hay rumores de que se está planeando algo muy malo para la celebración del aniversario. Uno o dos de los grupos extremistas se han separado de Alfa y están tratando de ver el mayor daño que pueden hacer. Dice que la Pequeña Habana hierve de rumores. Algunos de los veteranos, que se habían tranquilizado, han vuelto a despertarse y al parecer sus hijos, que ahora tienen unos cuarenta años, son militantes activos.

—¿Sólo se trata del aniversario? ¿O se trata de algo más? —preguntó uno de los hombres.

—Dice que en general se trata del aniversario, y un despliegue de patriotismo barato de parte de un montón de tipos que ni siquiera recuerdan cómo es Cuba. Pero también se habla de que la mafia está activando las cosas. Poniendo dinero y alentando toda clase de complots disparatados. Ésa es la parte peligrosa. Cuando hay mucho dinero... se empieza a pensar en armas sofisticadas, y de repente tenemos mucho más que un puñado de C4 en la disco de un hotel.

Se hizo un silencio. Suárez se puso de pie y se paseó por la pequeña oficina. Abrió de par en par la única ventana para que entrara más brisa. Estaba haciendo más calor.

—Le he informado de todo esto al coronel Núñez, por supuesto, y él a su vez ha informado a los funcionarios más altos del gobierno. Los jefes lo toman en serio, y naturalmente esperan que resolvamos este problema. Estamos aumentando la gente en Miami. Hemos ubicado a un par de "desertores" recientes que están tratando de infiltrarse en estos grupos extremistas. Hasta ahora no hemos oído nada de ellos. Quizá mandemos un par más. Hemos oído un rumor sobre un grupo llamado "Bravo", de línea dura. Escuchamos todo lo que podemos en las comunicaciones, pero cuando hablan de la zafra o de una bebida con ron o música de disco es difícil saber si en realidad están hablando en código. Tendremos suficientes armas en la plaza y sus alrededores como para equipar un gran ejército. Pero, de alguna manera, no creo que tengamos bastante. Debo ser sincero. Estoy muy preocupado.

—Lázaro, si ayuda en algo aumentar nuestras fuerzas de inteligencia —dijo Trinidad—, yo puedo hacer el sacrificio de ir a Miami.

Se produjo un silencio momentáneo, y luego todos lanzaron una carcajada. Suárez sonrió ampliamente, y las risas continuaron. Se había roto la tensión.

—Sólo como último recurso, Trini. Tú eres muy valiosa para nosotros para sacrificarte al capitalismo norteamericano —dijo Suárez—. Muy bien, todos piensen en esta situación y veamos si a alguien se le ocurre algo nuevo para el Consejo Revolucionario. Estoy seguro de que habrá un gran ascenso para el que resulte ser el genio en seguridad del siglo. Nos veremos la semana próxima.

Le hizo señas a Trinidad para que se quedara cuando los otros se fueran. Suárez era el jefe de Trinidad desde el mismo día en que ella fue transferida del Ministerio de Relaciones Exteriores al Departamento de Seguridad Estatal, hacía ya diez años. Ambos eran muy activos en la unidad contrarrevolucionaria que fue creciendo en respuesta a la nueva ola de bombas y atentados en los últimos meses. Además de su trabajo en conjunto, su amistad creció también cuando Trinidad se apoyó en él para escapar de un idilio destructivo. Suárez, involucrado a su vez en la separación de su mujer desde hacía muchos años, recibió con agrado una relación de consuelo mutuo, que pronto se convirtió en afecto, después en intimidad, y finalmente en idilio. A pesar de la dura oposición de Núñez, la relación se intensificó hasta que de repente la mujer de Suárez contrajo un cáncer, y él volvió con ella para darle sustento durante su dolor.

—¿Cuánto tiempo se queda tu profesor? —le preguntó Suárez.

—Tiene boleto de regreso para el fin de semana —dijo ella, mirando de costado—. Pero, Lázaro, yo no lo puedo cuidar noche y día. Dáselo a algún otro, y déjame hacer algo que valga la pena. Estoy desperdiciando el tiempo. Tengo problemas verdaderos de qué ocuparme. Y, además, no es mi profesor —añadió con considerable apasionamiento.

—Yo te relevaría, de no ser por lo que te dijo acerca de su padre. Eso es algo importante. Es importante saber si todavía mantiene alguna conexión con la inteligencia estadounidense.

—Yo no veo por qué —dijo ella con tono de desilusión.

—Si nuestros "primos" del norte están cocinando alguna traición, importa saber si hay alguien del gobierno de los Estados Unidos detrás —dijo Suárez—. Y si están recibiendo alguna ayuda de alguien dentro de la CIA, debemos averiguar si se trata de una política oficial estadounidense o de unos vaqueros independientes que actúan por cuenta propia.

Se paseó por la oficina, frotándose el mentón.

—Si averiguamos que los cubanoamericanos actúan solos o que están recibiendo ayuda de unos locos sueltos dentro de la CIA, Fidel podría poner fin a la cosa mediante una apelación privada al presidente de los Estados Unidos o, si eso no surtiera efecto, un llamado a la prensa internacional, haciendo sonar el silbato públicamente. De manera que, como ves, es muy importante saber si McLemore tiene conexiones. Debemos mantener contacto con él en caso de poder usarlo para que lleve algunos mensajes nuestros.

Trinidad suspiró.

—Lo dudo, Lázaro. No puedo imaginar que tenga contactos. Es tan… ah… académico. Y no muy impresionante tampoco en ese sentido.

—¿Planea regresar? —le preguntó Suárez.

—No está claro. Hablamos del tema en el camino de regreso de San Cristóbal, y él insinuó que quizás intentaría volver en octubre, si nosotros no lo vemos mal. Dijo que no quería convertirse en una carga. Tiene, sí, un pedido en el Ministerio de Relaciones Exteriores para una o dos visitas más.

Suárez se sentó en el borde del escritorio y le tocó la mano.

—Por favor, Trini, trata de intimar con él. Averigua si sigue teniendo conexiones. O si quizá pudiera hacer alguna a través de los viejos amigos de su padre, en caso de que fuera necesario. Puede ser importante para nosotros. Y, antes de que se vaya, dile que su visa de regreso ha sido concedida.

Furiosa, Trinidad se puso de pie y se paró detrás del escritorio de Suárez.

—Así que tú, Lázaro, el agente profesional de seguridad, no estás por encima de utilizar a una amante reciente para seducir a un gringo. Muy lindo. ¡Cualquier cosa por la revolución! Buen lema. Te debería llevar lejos. A Núñez le va a encantar. Estoy segura de que lo tendrás informado de todos los detalles. ¿Quieres que yo misma saque las fotos? Ese podría ser un toque excelente. Quizá me consiga una bonificación extra. —Pasó como una tromba junto a Suárez. —Veré lo que puedo hacer, Lázaro... quizás esta noche misma.

La estela de furia creada por su retirada acalló la protesta de él.

9

McLemore se reunió con Carlos en la sala de archivos del Ministerio de Relaciones Exteriores a las 9 en punto, tal como habían previsto. El archivista, un profesor jubilado de la Universidad de La Habana, no había llegado todavía, de modo que fueron a tomar un café. Mientras lo tomaban, McLemore le dio a Carlos una lista de los tópicos a buscar en el montón de memorandos internos y otros papeles. Todo el material estaba archivado en forma cronológica, de modo que todo índice por tópico era inútil. McLemore dio instrucciones a Carlos para que prestara especial atención al período crítico, del 15 al 28 de octubre de 1962, pero que no pasara por alto documentos significativos que condujeran a ese período. Le explicó que estaría ausente por un par de horas pero que le gustaría tener los documentos organizados por tema cuando volviera más tarde esa mañana. Entonces los verían juntos, como la vez anterior.

McLemore llamó un taxi y le pidió a Carlos que le dijera al conductor que lo llevara a la Oficina de Interés de los Estados Unidos en el Malecón. Durante la noche decidió desenmascarar a Ramsay y quizás obtener alguna información de él. Cuando llegó a la Oficina de Interés, se identificó y preguntó por el señor Ramsay.

—¿Señor... Ramsay? —preguntó la confundida recepcionista—. Ah, sí, señor Ramsay. ¿Lo está esperando?

—Sí y no —respondió McLemore—. Me "invitó" a visitarlo esta mañana. Pero no hicimos una cita en firme.

Al rato, al parecer después de cierta confusión entre bambalinas, apareció el hombrón de rostro jovial.

—¡Hola, Mac, qué sorpresa! No esperaba verte tan pronto.

—Después de la despedida de anoche, no me pareció que me quedara alternativa. —Siguió a Ramsay por un pasillo angosto atestado de archivos temporarios y atareados miembros del personal que entraban y salían de oficinas estrechas. —Por otra parte, me dije, ¿qué podría hacerme si no me presento? ¿Hacer que me echen del país? O quizá retener mi pasaporte e impedirme salir.

—Mac, por favor. Recuerda nuestro lema. Estamos aquí para servirte.

Subieron en un ascensor, luego volvieron a recorrer otro pasillo angosto hasta llegar a un cuarto dentro de otro cuarto sin ventanas. Era una sala de reuniones con paredes completamente cubiertas por espesas cortinas.

—Más fácil hablar aquí, Mac. Tenemos café. Ponte cómodo.

McLemore estaba en "la burbuja", un cuarto especial de seguridad común a todas las estaciones de seguridad de los Estados Unidos en el mundo.

—¿Cuál es su nombre cuando no es Ramsay? —le preguntó McLemore.

—Para nuestros anfitriones soy Ramsay, y eso es todo lo que importa, Mac. Pero mis amigos me dicen Sam... Hazlo tú —contestó Ramsay, sorbiendo la mitad de un pocillo de un pésimo café tibio—. ¿Cómo va la investigación? ¿Descubriste por qué Khrushchev, ese campesino imbécil, creyó que podría chantajearnos? ¿O lo que sintió Castro cuando los soviéticos se marcharon en un par de semanas, dejándolo varado con el culo al aire?

—A mí me parece un poco más complicado que eso —dijo McLemore con tranquilidad—. Está claro que Khrushchev calculó mal la reacción de los Estados Unidos. Nadie sabe exactamente por qué. Nosotros mismos nos equivocamos en nuestros cálculos muchas veces durante la Guerra Fría. Cálculos equivocados por todas partes. Pero estaba jugando al póquer con Kennedy, un líder a quien, como demuestra la historia, juzgó mal en la cumbre de París como joven, ingenuo e indeciso. Él amenazaba firmar un tratado de paz por separado con Alemania Oriental en ese momento y crear un lío para nosotros en Berlín. Trataba de desviarnos con el asunto de Castro... intentos de asesinato, invasiones, etcétera. Y sus generales no hacían más que quejarse acerca de los misiles de alcance medio con que nosotros les apuntábamos en la frontera con Turquía. De modo que Khrushchev subió la apuesta.

—De la manera en que lo dices parecería que los soviéticos hubieran tenido una justificación, Mac.

—No dije tal cosa. Pero todo siempre tiene dos lados.

—¿Es así? —observó Ramsay, sin su acostumbrado tonillo divertido—. Pues yo siempre pensé que estaba todo dicho sobre la Guerra Fría. Los buenos, los malos. Demócratas morales y comunistas inmorales. Ese tipo de cosas. ¿Tú no lo ves así?

—Yo veo más grises y estampados —dijo McLemore—, pero no vine aquí a defender una tesis.

—¿Exactamente para qué viniste aquí, entonces?

—Para averiguar por qué anoche usted trataba de empujarme de un lado a otro, señor Ramsay... o como sea que se llame.

—Escucha, Mac —dijo Ramsay, recuperando su jovialidad—. Nos estamos moviendo en un cuarto oscuro aquí. Tratamos de servir a nuestro gobierno y al pueblo estadounidense bajo circunstancias muy difíciles. Necesitamos toda la ayuda que podamos conseguir. Yo intentaba decirte que te cuidaras, y al mismo tiempo ver si tú puedes proporcionarnos un poco de información.

—¿Qué clase de información?

—Sobre el estado de ánimo de la gente. La moral de la tropa. Chismes sobre Fidelito. Ese tipo de cosas. Asunto trillado, sabes. Por ejemplo, hablando de esa señorita a la que escoltabas anoche...

—Yo no estaba escoltando a nadie, señor Ramsay. Ella me ha ayudado mucho con mi proyecto, y espero que me siga ayudando, de modo que quería agradecérselo. Eso es todo. ¿Qué hay con ella?

—Lo siento Mac, no tengo intención de ofender. Muy bien. La señorita con quien cenabas. Como te dije, estamos bastante seguros de que ella está en el Departamento de Seguridad Estatal. La CIA cubana, si lo prefieres... o parte del equipo. Debe de tener una información interesante acumulada detrás de esas bonitas pestañas oscuras. Basta sacarle un poquito, si sabes a qué me refiero. Una gran ayuda para nosotros. Cualquier cosa. —Se inclinó hacia adelante, con una expresión herida en su cara grande. —Es realmente duro aquí, Mac. Esta gente no nos quiere.

—No estoy seguro de si yo nos querría a nosotros mismos si viviera aquí —dijo McLemore—. Hemos dominado su política desde hace un siglo. Virtualmente reemplazamos a los españoles coloniales. Nuestras compañías eran dueñas de sus refinerías de petróleo, compañías azucareras, tabacaleras, todo lo que valía algo. Respaldamos a un tirano corrupto con el que ninguno de nosotros... o quizá debería hablar de mí solamente... con el que yo no me sentaría a comer. Vendió a su país a la mafia y torturó a cualquiera que interfiriera. Como era predecible, hubo una revolución y nosotros respondimos contratando a la misma mafia para que matara al nuevo líder y permitiera que el viejo grupo... nuestros amigos... volvieran. ¿Le parece ésa una fórmula para hacer popular al Tío Sam?

La cara rubicunda de Ramsay se cubrió de ira, y su voz se encolerizó.

—Escucha, profesor, si quieres predicar esa mierda liberal, ve a alguna otra parte. Yo tengo trabajo que hacer aquí. O quieres ayudar, o no. Si quieres una relación amorosa con Fidel, eso es cosa tuya. Pero yo no tengo tiempo para escuchar a un académico pagado de sí mismo que para aliviar su culpa pronuncia una conferencia liberal sobre las supuestas perfidias de mi país. ¿Podemos contar contigo o no?

—Señor Ramsay, o quienquiera que sea, yo no firmé nada para espiar a mis anfitriones. Pagado de mí mismo o no, yo también trato de hacer mi trabajo. Mi trabajo es tratar de entender un poquito de historia y compartir esa información para que quizás algún día surja un líder estadounidense que comprenda la locura de enviar a gente como usted a acechar en las esquinas y callejones del mundo en busca de problemas. Diga que lo que hago es un montón de basura si eso quiere, señor Ramsay, pero la mayoría dice que es historia. Y algunas veces, aunque no seguido, algunas veces aparece alguien inteligente en la política estadounidense que lo entiende. —McLemore se puso de pie y terminó de hablar con tono sereno. —Ahora le voy a agradecer si me deja salir de esta pecera claustrofóbica suya.

Ramsay también se puso de pie y le abrió la puerta.

—Haz lo que quieras, Mac. Pero debo decir que me decepcionas. Yo hubiera pensado que el sacrificio de tu padre podría haber producido un hijo más derecho.

McLemore se quedó inmóvil y lo miró con fijeza.

—¿Qué sabe usted sobre mi padre, hijo de puta? Usted no sabe nada de mi padre. Y no tiene ningún motivo para arrastrarlo a esto. Mi padre no es cosa suya. Y le aconsejo seriamente que no vuelva a mencionarlo... ni a mí, ni a nadie. ¿Entiende? ¿Lo entiende?

Ramsay se encogió de hombros e hizo un ademán, como para ahuyentar una mosca molesta. Luego indicó la puerta abierta.

—Gracias por su tiempo, profesor. La mejor de las suertes con su investigación histórica. Y disfrute de su estadía en este paraíso de los trabajadores.

Temblando, sin ninguna cortesía, McLemore echó a andar, pasando junto a empleados, secretarias y burócratas que desfilaban por los pasillos. Lo miraban como si fuera un loco. Llegó a la puerta custodiada y la empujó, sin mirar a los guardias. Al llegar a la calle para dirigirse al Ministerio, le pareció oír la voz burlona de Ramsay que lo seguía:

—Ya sabes, estamos aquí para servirte.

Después de varios intentos, McLemore encontró por fin un conductor de taxi que entendió "Ministerio Exteriores" y lo llevó allí. Todavía temblaba de rabia al entrar en la sala de archivos.

—¿Se siente bien, señor? —le preguntó Carlos—. Parece que le hubiera pasado algo.

—Está bien, Carlos. Está bien. Ningún problema. Es sólo que tuve la desgracia de toparme con uno de mis compatriotas y no nos llevamos bien. Como sabes, es parte de mi carácter debatirlo todo, y a veces disiento violentamente.

—¿Es ésta la razón por la que en su país todo el mundo porta armas? ¿Para los debates? ¿O es porque el que tiene el arma gana el debate?

McLemore sonrió, de pronto aliviado por las preguntas simples de Carlos.

—Las únicas armas por las que debemos preocuparnos son las soviéticas, y eso pasó mucho antes de que nacieras tú. ¡Adelante! Léeme algunos archivos, por favor.

El honesto joven inició su cadenciosa y monótona lectura, leyendo documento tras documento referido casi exclusivamente a especulaciones, tanto de parte del gobierno cubano como entre cubanos y soviéticos, sobre las intenciones de los Estados Unidos en los tensos días de fines de septiembre y principios de octubre de 1962. Muchos de los memorandos documentaban el movimiento en gran escala de barcos mercantes soviéticos que transportaban tropas y armas desde los puertos militares soviéticos a Cuba. Después de un tiempo, Carlos empezó a leer un documento titulado "Informe de inteligencia: estimación del movimiento de fuerzas militares estadounidenses". Era una copia al Ministerio de Relaciones Exteriores de un documento dirigido originalmente de la jefatura de la inteligencia cubana al Ministerio de Defensa, fechado a fines de septiembre de 1962.

—Lee ése, Carlos, por favor.

—Dice:

> "Varias fuentes en el sur de Florida han transmitido la siguiente información en días recientes. Existe evidencia de la llegada de un gran número de aviones de transporte C-130 de la Fuerza Aérea de los Estados Unidos a aeropuertos militares locales. La cantidad es incierta pero claramente está entre los cincuenta y cien aviones. También hay información sobre unidades de combate de la Armada de los Estados Unidos desplegadas desde bases en la costa oeste a bases militares en el sur de Florida. Además, una cantidad inusual de barcos de transporte de la Armada de los Estados Unidos está partiendo de la costa de Florida con destino al Caribe norte. Varios escuadrones de aviones de combate de la Fuerza Aérea estadounidense han partido también desde otras bases hacia el sur de Florida. Finalmente, la prensa nacional informa, como ya se ha dicho, que el presidente Kennedy ha convocado a 150.000 reservistas militares de los Estados Unidos al servicio activo. Conclusión: reunida, toda esta información confirma nuestra opinión de que los Estados Unidos se están

preparando para una invasión a Cuba en gran escala, posiblemente dentro de los treinta días próximos".

"Pasaban muchas cosas en ambos bandos", reflexionó McLemore, tratando de recrear mentalmente lo que pensarían los líderes estadounidenses, cubanos y soviéticos a medida que se incrementaban las tensiones y amenazaban con desbordar. Se preguntó, además, qué pensarían individualmente los soldados estadounidenses, cubanos y soviéticos, cómo se sentirían al ver la inminencia del combate, si compartirían ese sentido de inmortalidad e invulnerabilidad característicos de la juventud.

Mientras Carlos iba a buscar otros papeles, McLemore pensó en su padre. ¿Cuándo habría recibido sus órdenes, cuáles serían las circunstancias, estaría en una oficina de la CIA en Langley o en un puesto de servicio, o frente a una casa segura, disfrutando del brillante sol de Florida? "Jack —le diría su jefe—, necesitamos que vayas allá. Debemos tener a alguien en el terreno. Consideramos que eres el mejor candidato para la misión. Tienes las mejores posibilidades. Estamos ante el mayor peligro de la historia de nuestra nación." Bla, bla, bla. Desde los siete años repetía mentalmente una conversación de este tipo, junto con frases de los discursos durante una ceremonia en Langley un año después. Lo que no le era posible imaginar era la respuesta de su padre. ¿Objetaría la decisión, sugeriría a alguien mejor calificado, discutiría las probabilidades de librarse de esa misión, hablaría de sus obligaciones hacia su mujer y su hijo? ¿O haría lo que McLemore esperaba que hubiera hecho, lo que siempre recordaba que hacía? Simplemente ¿se habría limitado a reír?

• • •

Un grupo de altos oficiales soviéticos estaba sentado alrededor de una mesa en una granja que habían requisado y convertido en casino de oficiales en el medio de la provincia de Pinar del Río. Era el final del día, y llevaban guayaberas puestas. Acababan de terminar una comida cubana cocinada por una campesina y servida en porciones que les recordaban a su país. El ron corría con liberalidad. Estaban completando la mayor parte de la construcción básica requerida para establecer las instalaciones de misiles R-12 y ahora estaban preparando el terreno para una base de misiles Luna en proximidad al regimiento de fusileros mecanizados septuagésimo cuarto, unos kilómetros al norte de Artemisa.

Era unos pocos días antes de que emergieran de las zonas de los depósitos los remolques tirados por tractores que transportaban a los Luna, sin sus respectivas secciones explosivas. Bajo el mando del coronel Leonid Isakov, los camiones de transporte nuclear más pequeños habían partido de la base militar de Bejucal con las secciones explosivas correspondientes a tres baterías distintas de Luna ubicadas estratégicamente para hacer frente a fuerzas invasoras estadounidenses. En cada caso, los sitios de lanzamiento de los Luna estaban ubicados, en lo posible, al oeste de la plataforma proyectada, con la idea de reducir las bajas soviéticas a causa de la precipitación radiactiva hacia el este, llevada por los vientos reinantes. A la mañana siguiente estaba dispuesto que Isakov y su segundo, Dankevich, partieran hacia el extremo meridional de la península del Pinar para completar el sitio de lanzamiento de los Luna en el perímetro occidental de la isla.

Gribkov, uno de los oficiales, destinado al cuartel general central de las Fuerzas Soviéticas en Cuba (cuyo nombre era "Trostnik" en código) preguntó:

—¿Han oído quién ha asumido el mando? —El grupo alrededor de la mesa se calló por primera vez esa noche. —Pliyev. Issa Pliyev. Recibimos un cable de Malinovsky hoy.

Uno o dos de los oficiales dieron un golpe sobre la mesa.

—Buen hombre —dijo uno de ellos—. Es considerado con la tropa. A lo mejor nos da unos cuantos días de licencia cuando pase todo esto.

—Sí, pero si debemos usar todas estas armas que tenemos aquí, tendremos unos días de licencia... en el cielo —dijo otro.

—Lo más gracioso —observó Gribkov— es que en La Habana lo llaman "Pavlov". No quieren que nadie sepa que tenemos a un general del ejército soviético aquí. Si no hay un general importante, entonces no hay un ejército importante.

—Es como la fábula: si no ves la nariz del oso, entonces no hay oso —dijo uno de los hombres. Todos se rieron y se sirvieron más ron.

—¿Quién es el segundo? —preguntó un oficial.

—Esa es la peor parte —contestó Gribkov—. Grechko.

—¡Por Dios! ¡Grechko no! —exclamó otro de los oficiales—. Yo lo tuve de jefe en la base de las Fuerzas de Cohetes Estratégicos en Kamchatka. Es un demonio. Nada de vodka. Nada de mujeres. Es lo peor.

—Aquí no le irá bien —dijo Isakov guiñando un ojo. Todos dieron un golpe sobre la mesa, en señal de que estaban de acuerdo.

—La buena noticia es que el jefe de personal es Garbuz. Él está a cargo de los aprestos generales, de modo que dependemos directamente de él.

Todos estaban de acuerdo con Gribkov. Consideraban al teniente general L.S. Garbuz un hombre bueno... y era fácil trabajar a sus órdenes. De manera que ésa era la estructura de la jefatura del comando operativo para la defensa de Cuba. Y, quizá, para el comienzo de la Tercera Guerra Mundial.

Isakov levantó la copa para un brindis.

—Bebamos por Pliyev (¿o debería decir Pavlov?). Lo seguimos hasta la jungla, y esperamos que nos saque con vida de aquí. —Dejó la copa. —Vámonos, Dankevich. Saldremos mañana temprano hacia la costa sur, para instalar nuestros fuegos artificiales.

Al amanecer, un soñoliento Dankevich se reunió con su jefe en la ruidosa cabina del segundo camión de una caravana de cuatro vehículos. Tenían fuerzas especiales de seguridad de la KGB delante y detrás. En el camión de adelante y en el de ellos iban las secciones explosivas para la batería de los Luna que se ubicarían en la base militar soviética en Artemisa. Desde su sitio podrían cubrir posibles lugares de desembarco desde Mariel y Bahía Honda al norte de su posición hasta varias playas al sur de La Habana. Varias bahías estaban bordeadas por pantanos de mangles, lo que no las haría atractivas para las fuerzas invasoras. Por otra parte, si una división desembarcaba, tenía una carretera excelente hasta llegar a La Habana. La ubicación de este sitio de lanzamiento en el extremo occidental permitiría a los soviéticos atacar con un arma nuclear táctica a cualquier fuerza invasora en la zona y obliterar una división entera, o más, con sólo apretar un botón.

Por supuesto, como sabían tanto Isakov como su segundo, Dankevich, si esto pasaba, sería cuestión de minutos —o un par de horas, si tenían suerte— antes de que un bombardero estadounidense o un misil de corto alcance dejara caer sobre ellos una explosión igualmente devastadora. Serían incinerados, reducidos a átomos en la fracción de un latido del corazón. De manera que ellos representaban el gatillo que iniciaría la Tercera Guerra Mundial.

Para Isakov, esto significaba que había que vivir el momento. Su idea de alivio contra la tensión nuclear era una buena cena cubana, un par de botellas de ron estacionado tres años, y el mismo número de señoritas, quizás una década y media mayores que el ron. Una vez que las secciones explosivas quedaron almacenadas temporariamente en el sitio de los misiles bajo una fuerte custodia de la KGB durante las veinticuatro horas, Isakov se ocupó de crear su propio club de oficiales en la región. Por una suma considerable requisó una granja con una cocinera campesina y ordenó comida, bebidas y compañía.

—Relájate, Dmitri Dmitrivich —le dijo—. Te preocupas demasiado para tu bien… y el mío. Tu nerviosidad es contagiosa.

—Coronel —le contestó Dankevich—, no es tanto por la idea del desembarco de Marines en el horizonte. Si eso pasa, pasa.

—¿Qué es, exactamente?

—Coronel, son los Luna extra. Todavía los tenemos almacenados en Bejucal. Si alguien los descubre e informa que no hemos notificado a

nadie, nos castigarán. Me procesarán en un consejo de guerra y me fusilarán. Pero usted será afortunado. Le darán un destino cerca del Círculo Ártico, donde hará tanto frío el año entero como hace aquí calor.

Isakov ordenó a las dos mujeres jóvenes que servían la mesa que trajeran más ron —había aprendido la palabra ron, ron, *casi en seguida— y que se sentaran con él, una a cada lado. Acercó a una de ellas.*

—Dmitri —dijo—, abedul tembloroso, escúchame. Nichevo. *No te preocupes. Cuando volvamos a Bejucal, escribiré un memorándum de puño y letra. Dirá: "El teniente coronel D.D. Dankevich no es responsable de las dos secciones explosivas Luna extra, enviadas a Cuba por algún general imbécil en la URSS. Estas secciones explosivas son responsabilidad total del coronel L.S. Isakov, que se encargará de su apropiada protección y de su destino". ¿Qué te parece, Dankevich? ¿Te sientes mejor? Toma un poco de ron. Y también una señorita. Mi regalo para ti. Si no sabes tratar a una señorita mejor que a una sección explosiva extra, lo lamento por ti. De hecho, de lástima te mataré yo mismo. Vamos, Carmelita, sírvele un poco de ron a Dmitri Dmitrivich y dale un poco de excitación antes de que se muera... de susto.*

10

—¡Bejucal! ¡Bejucal! —exclamaba Manuel Lechuga como un niño. Se inclinó sobre un mapa tosco de unos treinta centímetros cuadrados. —Me quiero morir. Yo solía ir allá de niño, o al menos eso me decía mi madre. Su familia vivía cerca. Tenían una casa de campo en las colinas. —Sonrió al recordarlo, y luego por la ironía de la situación. —¿Es allí donde está… en Bejucal?

—Que yo sepa —dijo Viktor Isakov. Estaba atareado separando con la cuchara una porción grande de torta helada y cortándola en bocados.

Con la excepción del postre de Viktor y tres pocillos de café, habían levantado la mesa. Manny estaba sentado con la espalda sobre la pared que formaba el rincón del restaurante y había desplegado delante el mapa trazado a mano. Tony, sentado cerca, también miraba.

—Eso no es demasiado lejos de La Habana, Manny —le dijo.

—Está cerca —dijo Manny—. Como a una hora, diría yo.

—¿Qué hay allí ahora, Vic? —le preguntó Manny.

Viktor asintió de costado, la boca llena de helado.

—No sé —farfulló—. Esto es todo lo que tengo —añadió, y sacó de su ostentoso maletín nuevo un sobre marrón. Se lo entregó a Manny, que sacó de él un pedazo de copia azul. A pesar de desplegarla con cuidado, crujió y se resquebrajó. Era apenas más grande que el mapa, y estaba cubierta de intrincados diagramas de cables. Bien podía ser un mapa del sistema cloacal de Moscú, pensó Manny.

—¿Esto es, Vic? ¿Este es el diagrama de tu "producto"?

Viktor asintió.

—Muy difícil de conseguir, esto. Mis socios tienen que pagar muchos sobornos y hacer toda clase de cosas para conseguir esto. ¿Ven las marcas arriba? Son símbolos de clasificación, en ruso. Dicen "Estrictamente confidencial", "Clasificado", "No distribuir fuera de la agencia", "Secretos atómicos", y cosas por el estilo. Ser descubierto con algo así en Rusia… inclusive hoy… es… ¿cómo se dice? "mala noticia". —Se apuntó un dedo en la sien. —Es una bala en seguida en el cerebro. Sin hacer preguntas.

—Debemos aceptar tu palabra, Vic. Pero si resulta ser el diagrama del motor de una aspiradora en vez de lo que tú dices, no habrá segundo pago.

Viktor comió rápidamente un poco más de helado, con miedo a que se lo llevaran. Asintió con vigor.

—Es promesa, Manny. Vic sabe tanto como ustedes de estas cosas. Pero mis socios se arriesgaron mucho… inclusive sus vidas… por esto. Yo confío en ellos. Es la mercadería verdadera.

—Muy bien, Vic. Ahora lo último es el electricista. Necesitamos a un tipo que entienda este espagueti y sepa reemplazar los cables si se los han comido los ratones, o lo que sea. ¿A quién tienes?

Viktor raspó lo que quedaba del helado, alejó el plato con pena, y se frotó las manos, satisfecho por el momento.

—Ustedes no podrán creer lo que mis socios tienen que hacer. Pasaron muchas horas con los archivos de los antiguos militares… las carpetas de los que manejaron estos productos en Cub… en el lugar donde está. —Miró por encima del hombro y se hizo hacia adelante. —Quedan muy pocos, saben. En Rusia hoy, la gente, los hombres, se caen en la calle. De cincuenta, cincuenta y cinco años. Mueren. Así. Así que no hay muchos vivos que estuvieron allá… en la isla… en aquellos días…

Manny empujó el pegajoso plato hasta el borde de la mesa, lejos de los preciosos documentos antiguos, e hizo una seña para pedir más café.

—Ustedes no creen esto —dijo Viktor—. Mis socios encuentran… encontraron… al segundo de mi padre. Se llama Dankevich. Es muy viejo… quizá setenta y cinco o más años. Estuvo allí con él en el 62. Tenían el mando de los misiles… de estos productos. Él es ingeniero, capacitado en… ¿cómo se dice?

—Mantenimiento —sugirió Tony.

—Mantenimiento de estos instrumentos. Eléctricos. ¿Saben?

Los otros dos hombres asintieron. Manny miró a Viktor.

—Vic, ¿nos estás diciendo que conseguiste a un viejo tembloroso para que compruebe los cables de esta cosa? ¿Va a poner un cronómetro moderno, un reloj, un disparador, en esta cosa?

Puso las manos sobre la mesa, imitando el temblequeo de un anciano.

—Por Dios, Manny —dijo Tony—, yo no quiero estar presente mientras arme los cables. Nos va a esparcir por todo el Caribe.

Viktor lo tomó del brazo para tranquilizarlo.

—Está bien, Tony. Mis socios me dicen que está… ¿cómo se dice?…

sólido. Como roca. —Imitó a Manny, poniendo las manos sobre la mesa, pero serenas. —Mejor que ustedes o yo. Vodka, no. Fumar, no. Viejo de vida limpia.

—¿Y sexo, Vic? ¿Todavía persigue a las chicas?

Los tres rieron.

—¿Puedes traer aquí a este… Dinkevich, Dankevich, como se llame? ¿Puede viajar?

—Muy bien, Manny —respondió Viktor—. Le hemos dicho que tome unas vacaciones. Como un viaje de reunión. Para ver lugares de antes. Está muy excitado. Está empacando valijita ya. No puede esperar partir.

—¿Sabe que tiene un trabajito aquí? —preguntó Tony—. No todo será ron, sol y señoritas. ¿Sabe lo que queremos?

Viktor asintió.

—Mis socios le están hablando con mucho cuidado. El entiende perfectamente. Ellos dicen que fue muy extraño. Como que regresó cuarenta años en su mente. Se convirtió en hombre joven… como nosotros. Le dijimos sobre el dinero. Se sorprendió. Estaba listo para hacerlo gratis. Nosotros dijimos, no. Es trabajo grande, trabajo importante. Esto es capitalismo ahora. Así que debes ser pagado. —Viktor sonrió y meneó la cabeza. —Se puso un poco triste, dijeron. Dankevich les dice: "Con tanto dinero, compraré *dacha* fuera de Moscú para hijos y nietos". Luego lloró. Así es la vida moderna.

Viktor miró debajo de la mesa del restaurante. Manny siguió su mirada hasta la gran maleta de cuero negro entre sus pies.

—Hablando de pagar, Vic. Tenemos algo para ti. —Viktor sonrió, feliz. —Pero primero necesitamos entender este mapa. Con precisión.

Viktor corrió la banqueta hasta que los tres hombres pudieron inclinarse juntos sobre el papel arrugado.

—Ahora —dijo—, ésta es… como dicen ustedes… área alrededor de Bejucal. El camino que viene de La Habana, sube por estas montañas…

—Montañas pequeñas, grandes colinas —dijo Tony.

—Grandes colinas. Luego, área en el centro es, yo creo, todavía una base militar cubana. Fue usada por los soviéticos para almacenar "productos" de guerra. El ejército soviético llegó allí antes que misiles. Construyeron… ¿cómo se dice?… búnkers. Compartimentos profundos, fuertes, bajo tierra, para guerra… para "productos". Ahora ven aquí esta X. Marca. Este es el lugar donde… están guardados.

—¿Quién te dio esto, Vic? ¿Cómo sabemos de dónde provino? —preguntó Manny.

—Directamente de mi padre. Él era el comandante de la base. O al menos tenía responsabilidad por estas… cosas… artefactos. Él mismo me lo dio. Antes de morir. Fue su regalo para mí.

—Como una herencia —sugirió Tony.

—Exactamente —dijo Viktor—. No tenía nada más. Sólo pensión militar. Después de Gorbachev prácticamente no valía nada. Luego vino Yeltsin y nada vale nada. Luego se murió. —Viktor tocó con orgullo el borde del mapa. —Pero antes de eso, personalmente me dio esto y me dice qué hay debajo de la X. —Viktor cerró el puño y extendió el pulgar. —Esta es mi herencia.

—¿Cómo llaman a esto debajo de la X? —le preguntó Tony—. ¿Cómo era su nombre en ruso?

—Luna —contestó Viktor. Exageró la pronunciación. —Loo-nah. Ustedes le dicen *moon*. Supongo que puede alcanzar la Luna, tal vez.

—No, Vic —le dijo Manny—. Cuando esto se dispara, te envía a ti a la Luna.

Mientras Manny y Tony festejaban el chiste con risas, Viktor asentía con sobriedad. Tenía los ojos fijos en la maleta negra entre los pies de Tony. Le parecía una de esas cajas rectangulares que usan los abogados y los pilotos de avión. Sin mirar, Manny la empujó debajo de la mesa hasta que estuvo entre los pies de Viktor. Viktor sonrió ampliamente.

—Una pregunta más, Vic. ¿Qué pasa cuando llegamos a la X? ¿Qué encontramos?

Viktor hizo que se inclinaran sobre el mapa y describió en detalle lo que le había dicho su padre. Cómo estaba construido el depósito, los materiales, las dimensiones, las precauciones contra los elementos, el cuidado que se tomó para preservar el contenido. Usando las manos, repitió la descripción que le dio su padre acerca del tamaño de las secciones explosivas guardadas en su embalaje.

Mientras tanto, Manny ya empezaba a pensar en las herramientas que se necesitarían para rescatar el producto, la cantidad de tiempo requerida, la necesidad de otro sitio de depósito en La Habana o cerca, el transporte que se necesitaría, la cantidad de hombres, las precauciones a tomar, el peligro de ser detectados, el castigo en caso de ser descubiertos. El torbellino de acción lo excitaba. Volvía a sentirse como un adolescente.

A continuación se ocuparon de los arreglos para conectarse con el anciano Dankevich en La Habana, el código que utilizarían, y, lo que era más importante para Viktor, el proceso de pago de la segunda cuota una vez que se entregara la mercadería satisfactoriamente.

—He aquí el arreglo. Nuestro grupo se reúne en... diez días. —Consultó un calendario de bolsillo y fijó como día de encuentro un jueves, dentro de diez días.

—Ve a la playa del Doral... el viejo hotel. Que nadie te vea. Tony y yo estaremos allí después de asegurarnos de que no haya nadie. Tendremos un plan para Dankwitch... con fecha, hora, lugar.

Se acercó a Viktor y lo enfocó con la mirada, como de láser, de sus ojos pardos.

—Cuando hayamos encontrado las armas nucleares —dijo, dando un golpecito al mapa— y comprobemos que están donde tú dices, entonces recibirás tu segundo pago. —Dijo esto último tocando el maletín debajo de la mesa con su bien lustrado mocasín.

Recordando la vívida lección de Manny sobre finanzas de negocios —su palanca de chantaje— Viktor sabía que le pagarían hasta el último centavo.

—Bien, Vic, ha sido muy placentero negociar contigo —dijo Manny en conclusión.

Se pusieron de pie. Viktor levantó con gran cuidado la maleta negra, sorprendido por su peso. Salieron a la vereda.

—Vic, ¿no estás interesado en saber a quiénes planeamos enviar a la Luna? —le preguntó Manny en broma.

—No quiero saberlo, Manny —fue la respuesta—. Me lo imagino. Pero mejor para mí ni siquiera pensarlo. Soy un hombre de negocios, sabes. Para mí, son sólo los negocios.

Se separaron, y Viktor levantó la maleta, sosteniéndola con ambas manos. Era como todos los helados en el mundo entero.

11

Para el viernes por la tarde, McLemore había pasado tres días enteros en el salón de archivos del anexo del Ministerio de Relaciones Exteriores y realizado las visitas a Bejucal y al sitio de misiles en la provincia de Pinar del Río. Había terminado su semana y, a pesar de sus esfuerzos, sentía que entendía la crisis de los misiles menos que cuando llegó. Sobre la base de sus visitas a los sitios de los misiles, había llegado a la conclusión de que poco se lograría con un viaje hacia el este de La Habana sólo para ver la misma clase de sitios en la región de Santa Clara. Esos lugares, sobre todo ahora, que estaban cubiertos de maleza, exhibían menos indicios y poseían inclusive menos encanto. Recorrer el foro abandonado de cohetería antigua con la idea de poder llegar a entender la mente de líderes muertos no era un método capaz de producir resultados. De manera que tomaría el avión de la mañana a Cancún, y de allí viajaría a Dallas, Chicago, y finalmente a Madison, como estaba planeado desde el principio. Por otra parte, no tenía material ni para empezar a escribir algo que valiera la pena. En realidad, no había profundizado mucho. Le quedaba el resto de septiembre. Y luego todo octubre, noviembre, y la mayor parte de diciembre —las semanas hasta Navidad— para encontrar la forma de escribir una monografía y justificar así su proyecto.

¿Cuál era la tesis central de su gran propuesta, el pretencioso título con que había obtenido el apoyo del comité? "La crisis de los misiles cubanos de 1962: una lección para la política exterior de los Estados Unidos en el mundo postcomunista." Era la clase de pomposa flor intelectual que crecía en la capa de estiércol que cubría los huertos académicos. Como resultado de todo lo leído sobre el otoño de 1962 —lecturas iniciadas de adolescente— pensaba que las lecciones a obtener tenían que ver con la arrogancia, la confusión de las comunicaciones y la clase de cálculos errados que podrían llegar a causar gracia, de no entrañar peligro. Gran parte de la actitud escéptica de McLemore hacia la política y el gobierno —en realidad, hacia la historia política misma— estaba condicionada por su obsesión, de toda la vida, por los acontecimientos comprimidos en esta efímera pero alarmante escena en el drama humano. ¿Acaso el accidente no jugaba un rol abrumadoramente mayor que los cálculos? ¿Acaso los líderes no jugaban con el peligro, como niños con un martillo, mucho más de lo que controlaban los acontecimientos en forma consciente? A pesar de toda la información y la "inteligencia", resultado de vastas sumas gastadas en secreto, ¿acaso quienes fijaban la política no eran como ciegos en un cuarto oscuro? ¿Cuáles eran las teorías —aparte de "seguridad nacional" o "supervivencia" o alguna otra conveniencia momentánea— con las que una persona, un "líder", enviaba a otra a una muerte casi segura? En gran parte, McLemore había adoptado la historia como disciplina y la enseñanza como profesión para contar con tiempo y espacio que lo ayudaran a encontrar una respuesta a estas preguntas.

Cuanto más estudiaba historia, más tolstoyano se volvía. La casualidad vencía a los cálculos en todos los casos.

Su ensueño se interrumpió cuando pensó en que vería a Trinidad esa noche. Se sorprendió cuando ella sugirió una cena de despedida en su última noche —al menos por el momento— en La Habana. "Qué mujer tan curiosa", pensó. No había dudas de que se sentía atraído hacia ella. "Difícil no sentirse atraído", pensó. Sin embargo, los complicados estratos de la vida de ella hacían que la intimidad resultara, en el mejor de los casos, una posibilidad remota. Su compromiso con el ideal de la revolución era sincero, sin dudas. Por otra parte, era demasiado inteligente para pasar por alto las filas que debía hacer la gente para conseguir comida, ropa, transporte, todo. Cuando uno vivía en un país donde el mal estado —de edificios, autos, vestimenta— amenazaba con dar paso en cualquier momento al derrumbe físico, ¿la familiaridad causaba aceptación? Fuera lo que fuese lo prometido por la revolución en el pasado, en forma de salud, educación, vivienda, era olvidado poco a poco a medida que el país avanzaba hacia aguas estancadas. Sólo era posible echarles la culpa a los pérfidos yanquis durante cierto tiempo; luego habría que reconocer el fracaso del sistema.

Más allá de su política ortodoxa, ¿en qué creía Trinidad? ¿Cuáles eran sus esperanzas para el futuro? Su proyecto de humanizar a Trinidad Santiago había tenido un éxito parcial. Claramente, ella lo había aceptado como diferente de la aborrecible imagen de sus compatriotas. Sin embargo, ella poseía un montón de partes movibles cuyo propósito sólo podía ser adivinado. Quizás esta noche le diera alguna pista.

Como siempre, ella se reunió con él en el vestíbulo del Deauville poco después de las veintiuna.

—Profesor, esta noche se completa su introducción a la Cuba turística.

A McLemore le fascinaba cómo ella lo pronunciaba: Cuuuba.

—Usted es muy amable en dedicarme tanto de su tiempo personal. Su hospitalidad es mayor que la que esperaba.

—Nosotros somos personas amistosas, profesor McLemore. A pesar de lo que se dice, a nosotros nos gustan los estadounidenses. Es con su gobierno con el que tenemos problemas. —Guardó silencio antes de proseguir. —Es una noche perfecta. ¿Le importaría caminar?

Se dirigieron hacia el este desde el Malecón, recorriendo cinco cuadras hasta el Prado, ahora llamado el Paseo de Martí, una ancha avenida que unía el castillo de San Salvador de la Punta —que junto con el castillo del Morro custodiaba la entrada al puerto de La Habana— con el parque Central. En el extremo norte del parque hicieron dos cuadras hacia el este, luego dos más hacia el sur, hasta llegar a una preciosa plazuela llamada Alvear, donde la calle Obispo se une con la avenida Bélgica, conocida también como Monserrat. Allí llegaron al restaurante El Floridita. Trinidad sonrió.

—Como ve —dijo, riendo— es el lugar turístico más importante. Aquí comía y bebía su famoso Hemingway, y mucho. Aquí se inventó el daiquiri, y el gran Ernesto lo mejoró con su propio invento, el "Papá Especial".

—¿Qué tiene de especial? —preguntó McLemore.

Trinidad alzó las cejas y puso los ojos en blanco, cómicamente.

—Dos medidas de ron —sobre todo añejo—, limón y hielo picado.

A McLemore le encantó su forma de decir "hielo picado".

Otra vez les habían reservado un lugar en una de las mejores mesas, en un rincón. "Influencia tiene", pensó McLemore. El busto de Hemingway los saludó desde el extremo izquierdo del bar. El lugar estaba lleno, y ya se había formado una fila de turistas que esperaban un segundo turno.

—Así como hay que tomar mojitos en La Bodeguita, aquí hay que tomar un Papá Especial.

McLemore se encogió de hombros con amabilidad. Estaba preparado para cualquier cosa, ahora que sólo le esperaba un viaje en avión por la mañana. Cuando llegaron las bebidas, alzó la copa.

—Brindemos por usted y, si no le importa, por Ernesto. —Recordó de pronto el santo y seña de los viajeros del mundo sofisticados en la década de 1930. —Tomemos una copa en La Habana —dijo.

—No me importa en absoluto —dijo ella—. Estar relacionada con el gran escritor no es tan malo. —Miró a su alrededor. —Ha cambiado mucho desde aquellos días. Solía ser un lugar muy sencillo. Ahora ha sido modernizado para los turistas y se ha convertido en un lugar muy caro, de manera que muy pocos cubanos pueden venir aquí. Quizás al gran Ernesto no le gustaría mucho como está.

—Antes de venir aquí —dijo McLemore—, oí usar a alguien la expresión "*apartheid* turístico". Ustedes tienen playas, lugares como Varadero, a las que vienen turistas de todas partes. Gastan un montón de dinero, pero no ven a muchos cubanos ni tampoco gran parte de Cuba. Los cubanos no tienen dinero para venir a estos lugares. ¿Es verdad?

—Una gran verdad —coincidió ella—. Nuestro cruel destino. La revolución iba a hacer a todos propietarios por igual. De esa manera, todos disfrutaríamos de este paraíso natural. Pero ahora, debido a nuestro aislamiento… al embargo de ustedes… debemos convertir a nuestro paraíso otra vez en una atracción económica. Debemos hacer una subasta… ¿cómo se dice?… un remate de nuestra belleza natural. Es un crimen, me parece, porque es casi una forma de prostitución de la naturaleza misma. Creo que ustedes lo llaman "un mal necesario".

McLemore pensó para sí que su tono había cambiado. De una amarga retórica había pasado a una tristeza inefable en el breve lapso de una semana.

—¿No hay otra opción? —preguntó.

—Muy pocas opciones —respondió ella—. Nuestras refinerías no están trabajando. No podemos vender nuestra azúcar en los Estados Unidos. Gran parte de nuestra maquinaria y de nuestros medios de transporte están rotos, como usted mismo puede ver. En el norte ya ni siquiera es posible comprar nuestros famosos puros. Los Cohibas. —Sonrió. —Sólo que he oído que muchos yanquis los compran… de alguna forma.

—De alguna forma —convino McLemore.

—¿Puedo darle algunos para que los lleve? —le preguntó, con la inflexión de una broma—. Entonces tendrá algo para recordarnos.

McLemore sonrió.

—Desde la cárcel, dirá. Me imagino recordándola en una celda. Podría valer la pena, si me permiten conservar los cigarros. Pero he oído que se los quitan a los prisioneros. Además, yo no fumo. Recuerdo, sin embargo, que cuando yo era niño mi padre fumaba cigarros… sobre todo cuando era feliz y celebraba alguna ocasión.

Había llegado la cena, y comieron. Compartieron lo que parecía una pequeña pierna de cerdo.

—Está aderezada con mojo criollo —dijo Trinidad—. Es jugo de naranja, aceite de oliva, clavo de olor, comino y otras especias. —"Su des-

cripción le daba un sabor mejor", pensó McLemore mientras comía.
—También tenemos fu fu, que es plátano machacado y frito en aceite de oliva.

McLemore pensó que la comida cubana era la más seductora que había probado. ¿Sería por las especias... o la compañía?

—¿Él sigue fumándolos? —le preguntó Trinidad.

Con la mente en Trinidad y el mojo criollo, McLemore se sintió perdido de repente. ¿Él? ¿Fumando?

—Los puros. Su padre. Quizá podría llevarle algunos de regalo. Estoy segura de que no meterían en la cárcel a un profesor distinguido como usted sólo por unos pocos Cohibas.

McLemore se tomó el tiempo para masticar.

—Está muerto —dijo luego—. Murió hace muchos años.

—Lo siento mucho, profesor —dijo ella—. No lo sabía. No era mi intención...

—Está bien. Yo era un niño. Él se marchó... a realizar una tarea, supongo. Nunca volvió. No sé qué pasó exactamente. Desapareció, al parecer. Nunca lo encontraron.

Trinidad llamó al camarero para que les sirviera otros daiquiris.

—¿Era algo relacionado con el trabajo? —preguntó Trinidad—. Si no le importa la pregunta, claro. Antes mencionó que hacía algún tipo de... ¿cómo dijo?... Trabajo de inteligencia. —Vaciló. —Es muy misterioso. Pero supongo que no es propio de mi parte preguntarle.

McLemore le tocó la mano.

—Está bien. No me importa. Fue hace mucho. —Dejó pasear la mirada por el recinto, abstraído, mientras comía. —Fue misterioso, sobre todo para un niño. Yo pensaba que mi padre era como todos los padres. Se ponía un traje y usaba corbata todos los días e iba a la oficina. A esa edad yo pensaba que todos los papás hacían lo mismo. Lo que fuera. A veces salía de viaje. Me mostraba en el mapa adónde iba y me decía cuántos días pasarían hasta que volviera. Yo esperaba con ansias estos viajes porque siempre me traía algún regalo interesante. Era como Navidad. Me daba soldaditos de juguete o autitos exóticos, o un rompecabezas, o un libro diferente de los de la escuela. —Tomó un buen trago de su daiquiri. —Hace mucho tiempo de eso.

—Cuando no volvió esa última vez —dijo Trinidad—, ¿le explicó algo su madre? ¿Le dijo algo del trabajo de él?

—En realidad, no. Ella se sintió muy mal... durante mucho tiempo. —Terminó su segundo daiquiri. Se sentía relajado y agradablemente mareado. De repente pensó que en todas sus citas ocasionales, luego que su matrimonio sin hijos se desintegrara hacía unos años, nunca se había sentido tan relajado. Quizás era por estar más allá de las fronteras, ¿o sería el clima exótico? Pero muy posiblemente era por la compañía. La inicialmente gélida señora Santiago se había derretido un poco, pero mantenía las barreras contra él y sus compatriotas yanquis. Aunque parecía extraño, la reserva de la mujer le resultaba atractiva. Su actitud era menos severa, pero el verdadero cambio se había producido en esos ojos oscuros: menos desafiantes, más cálidos.

Justo ahora lo estaba mirando con una expresión interrogativa, y se dio cuenta de que estaba hablando de su madre.

—Estuvo ausente bastante tiempo —siguió diciendo—. Me enteré después que había estado en una institución psiquiátrica. No se repuso nunca. Supongo que vivió bajo una gran tensión todo el tiempo que estuvieron casados. Ella no lo demostraba. Luego, cuando él se fue, ella se desmoronó. Yo pasaba mucho tiempo con mis abuelos, los padres de mi padre, hasta que ella volvió. Pero las cosas nunca fueron igual para ella... ni para mí.

Trinidad percibió que McLemore quería seguir hablando.

—¿Viajó por todo el mundo?

—Un poco por Europa. —Se rió con ironía. —En realidad, pasó mucho tiempo por aquí. En América Central y del Sur, quiero decir. Hablaba el español con fluidez. Era su segundo idioma. —Sonrió con sorna. —Su madre, mi abuela, era de Cuba. ¿Qué le parece? —Por un instante se preguntó si estaría pronunciando bien por la bebida.

—¿Usted es cubano? —preguntó ella, y el rostro se le encendió. Luego se rió. —¿Usted es cubano?

—Un cuartito —dijo él—. Supongo. Miró la mesa y vio, con deleite, una jarra llena de daiquiris. Llenó los dos vasos. —El buen Ernesto —dijo, riendo entre dientes—. Sí que sabía beber.

—¿Cómo se llamaba ella? —preguntó Trinidad, animada.

—Sarah —respondió él—. ¿Se refiere a mi madre?

—No, a su abuela. La cubana.

—Le decíamos Espie. Pero su nombre verdadero era Esperanza. —Sonrió ampliamente. —Se parecía a usted. Mucho. —Dio un golpecito al vaso de ella. —Brindemos por Esperanza. La esperanza del pasado... y del futuro.

Trinidad sacudió la cabeza, meneando su oscura cabellera.

—Profesor. Yo no tenía ni idea... ¿Su padre le enseñó español, entonces?

—No —contestó McLemore, encandilado por la repentina y amplia sonrisa de ella—. Parecía querer dejar atrás esa parte de su vida... su origen en parte cubano. Sobre todo después de Castro... y la revolución. —Miró el cuarto. —Supongo que pensaba que no lo ayudaría profesionalmente. Quizá porque sus superiores podrían sospechar de él. —Volvió a pensar. —O quizá pensara que sus jefes podrían usar su pasado para que se encargara solamente de los asuntos cubanos. O quizás hubiera alguna razón por la que él no quería que lo usaran contra Cuba.

—Su abuela, Esperanza, ¿cómo llegó a los Estados Unidos, entonces?

—Mi abuelo McLemore era un *Marine* y estuvo destinado en Guantánamo al final de la Primera Guerra Mundial. Conoció a esta hermosa señorita... se casó con ella y se la llevó a los Estados Unidos.

Trinidad se excusó, y McLemore se maravilló al ver la gracia de bailarina de su esbelta figura. Habría hecho ballet, supuso. Debía recordarlo para preguntarle. A McLemore le pareció ver el mechón rubio canoso del pelo de Ramsay, y luego la cara rubicunda mirando hacia adentro del restaurante. Llenó los vasos con daiquiris. ¿Por qué se sentía mareado, cuando Trinidad parecía tan sobria?

Volvió Trinidad —dientes blanquísimos y cabello brillante— y pidió café para ambos.

—¿Regresará? —le preguntó con un tono que a él le pareció esperanzado.

—Si su gobierno me lo permite. No he aprendido lo suficiente en este viaje para escribir algo que valga la pena. Necesito estudiar más documentos y hablar con algunas personas que estuvieron involucradas en la crisis de los misiles. Debo hacer algunas investigaciones en los archivos de Washington para ver qué estaba pasando entre los nuestros durante ese período. Tengo la sensación de que nadie tenía el control de la situación... en ninguno de los dos bandos.

—Su viaje de regreso ya está arreglado de nuestra parte. Su proyecto es de interés para nosotros también. A pesar de que estamos tan cerca... quizá demasiado cerca de los Estados Unidos, no entendemos tanto odio contra nosotros. Sabemos que nuestros "primos" del norte son responsables en gran parte. Aun así, nos sorprende que esta isla tan pequeña y con tan poca fuerza siempre enoje tanto al Tío Sam. —Sorbió su café exprés. —Quizás usted nos ayude a entenderlo.

—¿A qué se refiere? —le preguntó McLemore.

—No estoy segura, profesor. Usted parece interesado en llegar a la verdad. Quizá, cuando vuelva, podamos organizar algunas reuniones... una cena... con los funcionarios del Ministerio de Relaciones Exteriores con responsabilidad sobre nuestras relaciones con los Estados Unidos. Les gustará conocerlo y oír sus opiniones. —Puso su mano muy tibia sobre la de él. —Usted podría tener amigos en Washington, en su gobierno, a quienes podría preguntarles sobre sus sentimientos hacia nosotros. Nos gustaría saber si hay esperanzas de crear una relación normal... y ver cómo podría lograrse.

McLemore se rió.

—Yo lo que de menos tengo es de diplomático. No entiendo nada de algo tan complicado como la política cubana. —Se sorprendió a sí mismo acariciando con los dedos la mano que ella había puesto sobre la suya. A pesar de que su mente vagaba en una confusión inducida por el ron, sabía instintivamente que no debía socavar el frágil puente que al parecer ella intentaba construir.

Trinidad parecía acometer de pronto. Acercó la cara hasta que él pudo prácticamente saborear la fragancia de su aliento.

—Estamos tratando de averiguar si nuestros viejos "amigos" de Miami son responsables del terrorismo contra nosotros. Ha habido bombas y tiroteos. Que van en aumento. Estamos tratando de averiguar quiénes están detrás. —Trinidad intensificó el apretón de la mano. —Quizás usted tenga algunos amigos que nos puedan ayudar en esto. ¿Sí?

McLemore puso su otra mano sobre la de ella y, sin pensarlo, acometió contra el puente.

—Trinidad, mi buena amiga, ¿me está pidiendo que me convierta en espía? ¿Está tratando de que consiga información para usted? —Su risa estaba cargada de ironía. —Debe de ser un chiste. ¿Qué está pasando? ¿En qué me estoy metiendo? —Vació el tercer daiquiri y se sirvió lo que quedaba de la jarra. —¿Quiere que me convierta en un espía cubano? ¿De eso se trata?

Ella retiró la mano. Primero sus ojos se tornaron fríos, luego su voz.

—Si eso es lo que usted cree, profesor McLemore, entonces no nos hemos entendido. Usted ha malinterpretado mi intención por completo. No he sugerido nada de lo que usted dice. Me ha avergonzado con su insinuación. —Rápidamente recogió su pequeño bolso, hizo la silla hacia atrás, y se puso de pie. —Le enviaremos un auto al hotel mañana a la mañana, dos horas antes de la salida de su avión, para que lo lleve al aeropuerto. Le pediré a Carlos que lo acompañe y lo ayude con las formalidades. Usted tiene mi tarjeta. Por favor, hágame saber si intenta regresar. —Se dirigió rápidamente hacia la puerta, sacudiendo el cabello como la larga crin de un pura sangre de carrera.

Para cuando McLemore hubo entendido la retahíla de palabras, pedido la cuenta, y pagado, ella ya se había ido. Cruzó el restaurante con paso tambaleante y salió a la calle. Se encontró rodeado por jineteras, buscavidas y posibles estafadores que ofrecían de todo, desde postales hasta diversión erótica. Se sentía confundido y desorientado, sin saber cómo volver al Deauville. Echó a andar por una vereda angosta hacia el parque Central, por donde habían venido esa misma noche. Abriéndose paso entre las jineteras, llegó hasta la calle frente al parque, localizó con la mirada un banco vacío iluminado por la luna, y se dirigió a él. Esperaba quedarse sentado hasta aclarar la mente y clasificado los escombros del final de la noche. Con su estupor y torpeza, había creado un desastre.

Al empezar a cruzar la calle, tropezó, y casi se cayó de cabeza encima de un taxi que pasaba. De repente notó una mano pequeña pero firme bajo su brazo, que lo guiaba hasta el banco y lo ayudaba a sentarse. En medio de la densa oscuridad del parque había pasajes iluminados por la clara luz de la luna, y a McLemore las figuras sentadas o que se paseaban alrededor del perímetro le parecían actores sobre un escenario silencioso. Se frotó la frente. Había ingresado en un mundo surrealista sin mojones. Se sentía muy borracho.

De pronto se dio cuenta de que quienquiera fuera que lo había salvado estaba sentado en silencio a su lado.

—Muchas gracias —farfulló—. Muchas gracias. —Esperaba haber podido pronunciar las palabras de una manera inteligible.

—De nada. De nada —contestó la figura. —Está bien —añadió, en inglés.

McLemore trató de distinguir la figura sentada a su lado en la oscuridad, pero sus ojos no podían enfocar nada en medio de la borrosa negrura. La voz del hombre resonaba en el vacío, como si hiciera eco desde una caverna olvidada. McLemore alcanzó a distinguir un perfil dominado por una nariz corva y un mentón puntiagudo, y patillas pálidas. Miraba hacia adelante, no a McLemore.

—¿Es usted del norte, un americano, un yanqui? —musitó por fin McLemore.

—No exactamente —dijo el hombre—. Hace algún tiempo, sí. Pero ahora soy cubano.

—¿Usted era de los Estados Unidos, pero ahora es cubano? McLemore se esforzó por entender esta noción. El hombre asintió con solemnidad.

—Permítame acompañarlo a su hotel —dijo la voz apagada.

—¿Mi hotel? —repitió McLemore mientras intentaba ponerse de pie—. ¿Cómo conoce mi hotel?

—El Deauville, creo. ¿Verdad?

—Verdad —farfulló McLemore.

El hombre lo tomó del brazo y juntos cruzaron el parque Central. Las figuras surgían de las sombras, para luego volver a fundirse con ellas, como en un ballet onírico. Cerca de ellos había una pareja entrelazada contra un árbol, como una enredadera viviente. La luna iluminaba el sendero intermitentemente.

—Por Dios, usted es el espectro —dijo McLemore, sorprendido.

—¿El qué? —preguntó el hombre—. ¿Cómo me llama?

—Usted sabe... usted es el hombre que siempre merodea... fuera del hotel... en la plaza... dondequiera que voy. Usted es ése. —Casi gritó. —Sé que usted es ése.

El hombre siguió caminando, apuntalando a McLemore mientras avanzaban.

—¿Usted me conoce? —exigió saber McLemore—. ¿Qué quiere? ¿Por qué me sigue como una sombra? ¿Lo conozco yo a usted?

El hombre, que era media cabeza más alto que McLemore, siguió caminando, mientras mantenía erguido al inseguro McLemore. Después de un momento, habló.

—No nos conocemos, no directamente. Pero, en cierto sentido, nuestros caminos se cruzaron hace mucho tiempo.

—Yo nunca estuve aquí antes —insistió McLemore, confundido—. Si usted es cubano, ¿cómo podría conocerlo?

—Es complicado —respondió el hombre. Se estaban acercando al Deauville, y McLemore poco a poco iba recobrando cierto grado de entendimiento y confianza.

—Pero usted dijo que antes era yanqui. ¿Lo conocí entonces?

—No —dijo el hombre mientras seguían caminando—. Yo llegué aquí hace mucho tiempo. Entonces usted sería muy joven. —Se estaban acercando al borde de la oscuridad, antes de entrar en las luces del frente del hotel. El hombre se detuvo, sosteniendo siempre a McLemore de un brazo. —Yo era un idealista entonces. Vine aquí con otros hace mucho tiempo. Vinimos a ayudar con la zafra. Queríamos apoyar la revolución.

—Pero usted sigue aquí —farfulló McLemore. Trató de calcular el tiempo, pero no pudo. —Usted ha estado aquí... Hace... ¿Cuántos años? ¿Ha pasado toda una vida aquí?

—Podría decirse eso —respondió el viejo—. Sí, toda una vida... o quizá varias.

—Eh —dijo McLemore, acusador, recordando algo de pronto—. ¿Por qué me sigue? Usted me sigue... ¿no? Quiero decir... Ha estado en todas partes tras de mí desde que llegué. —McLemore recordó algo más. Acercó la cara a la del viejo y sonrió torvamente. —¡Ah! Apuesto a que usted conoce a un hombre que se hace llamar Ramsay, ¿no? —Era una acusación.

El viejo sonrió sombríamente.

—Temo que la mitad de La Habana conoce a Ramsay. No es fácil que pase inadvertido. Pero no, yo no tengo tratos con él... de ninguna manera.

—Entonces, ¿qué es? —preguntó McLemore—. ¿Por qué me persigue?

El viejo miró a su alrededor, como para asegurarse de que había vías de escape.

—¿Volverá usted? —le preguntó con ansiedad, y casi de inmediato siguió hablando, como para sí—. Por supuesto que volverá. Usted no ha terminado aquí, ¿no es cierto? No puede haber encontrado tan rápido lo que buscaba. Después de todo, esto es Cuba.

—En realidad, sí, volveré... quizás el mes que viene, en algún momento. En la segunda quincena de octubre. ¿Usted va a estar por aquí? Quizá podamos charlar. Me encantaría oír su historia. —Todavía se sentía inseguro, mientras trataba de enfocar los ojos en la cara del viejo. —Usted no contestó mi pregunta. ¿Por qué me ha estado siguiendo... toda la semana... a todas partes... a todas partes, no... a casi todas partes?

El enjuto espectro soltó el brazo de McLemore y se apartó, como para irse. Luego, como desde un pozo surgió su voz.

—Es por su padre —le dijo—. Yo lo conocí.

Y de inmediato se fue, en un abrir y cerrar de ojos. Desapareció en la oscuridad.

• • •

En una jungla, no muy lejos, vivían casi todos los animales del mundo. Pero los animales más poderosos eran el águila y el oso. Y, además, estaba el pequeño zorro.

Debido a que podía volar lejos y rápido, y porque era la más poderosa de todas las criaturas aladas, el águila reinaba sobre casi la mitad de la jungla. Su reino se extendía por muchas partes diferentes de la jungla.

Y debido a que también era grande y poderoso, y una de las más temidas de todas las criaturas con garras capaces de caminar, el oso reinaba sobre casi toda la otra mitad de la jungla. Su reino era la mayor parte del territorio que rodeaba a su gran cueva.

Estas dos grandes criaturas con frecuencia luchaban para lograr mayor poder y control sobre las partes de la jungla en las que no reinaban. El águila permitía que las otras criaturas en su parte de la jungla hicieran lo que quisieran, y no trataba de obligarlas a comportarse. El oso era un amo feroz y mantenía a todas las criaturas en su parte de la jungla bajo un estrecho control. Algunas veces las criaturas en el reino del oso, sobre todo las que vivían en los bordes, trataban de escapar y vivir en el reino más feliz del águila.

Luego, un día, sucedió algo muy sorprendente. El pequeño zorro, que siempre había vivido en el reino del águila, se enojó con ésta y exclamó que estaba cansado de vivir a la sombra de las alas de la gran águila. "Quiero mi libertad —gritó— y no quiero que el águila me diga cómo debo vivir."

De modo que el pequeño zorro llamó al oso. "Gran oso, quiero tu protección contra el águila. Quiero unirme a tu reino." El oso sonrió. Sabía que podía usar al zorro para molestar a su enemiga, el águila.

"Eres bienvenido, camarada zorro —dijo el oso. El oso llamaba 'camarada' a todo el que estaba en su reino. —Ahora eres parte de mi reino y te protegeré contra la voraz águila."

Entonces el oso le enseñó al zorro cómo llevar a otras criaturas del reino del águila al reino del oso. "Nosotras, las criaturas pequeñas, estamos cansadas de vivir bajo las alas del águila —decía el zorro dondequiera que iba—. El águila es una tirana terrible. Vámonos a vivir al reino del oso."

Pero como era buena, el águila no quería permitir que el zorro se descarriara ni que se descarriaran otros. "Rescataré al zorro de la influencia maligna del oso", dijo el águila y pidió a sus súbditos más confiables que entraran en la cueva del zorro para persuadirlo a regresar al reino del águila.

Mientras tanto el oso, temiendo perder a su nuevo súbdito, envió a sus guerreros más sagaces a que protegieran al zorro contra los súbditos del águila. Los dos bandos empezaron a luchar dentro de la cueva del zorro, y pronto la jungla entera estaba alborotada. Todas las criaturas temían que la pelea entre los súbditos del águila y los súbditos del oso terminara destruyendo la jungla.

Cuento de un padre a su hijo a la hora de acostarse.
Bethesda, Maryland (septiembre de 1962)

SEGUNDA PARTE

Octubre de 1998

12

Cuando el avión levantó vuelo del aeropuerto de Cancún para iniciar el viaje de cincuenta minutos a La Habana, el ruido de los motores amortiguó la pregunta del pasajero del otro lado del pasillo.

—Perdón —dijo McLemore, ahuecando la mano alrededor de la oreja de ese lado.

—¿Ha estado usted en Cuba antes? —le preguntaba el hombre.

—Una vez —contestó McLemore—. Me gustó. Es un lugar interesante. ¿Y usted? ¿Es éste su primer viaje?

El hombre pareció confundirse levemente. Luego sonrió a su compañero en el asiento contiguo y se volvió para responder.

—Supongo que se podría decir que éste es mi primer viaje. —Indicó a su compañero haciendo una seña con el pulgar. —Somos de México... hombres de negocios... mirando un poco, a ver si hay oportunidades posibles.

McLemore se quedó perplejo. El hombre hablaba un inglés estadounidense coloquial perfecto.

—¿Qué clase de negocios? —le preguntó.

—Estamos —empezó a decir, y luego miró a su compañero, como si debiera decidir la clase de negocios en ese mismo momento—. Estamos en la rama de la ferretería. Compramos y vendemos herramientas. —Sonrió. —¿Y usted? No puede ser un hombre de negocios. Es de los Estados Unidos, ¿no? No puede ir por negocios a Cuba. —Era una aseveración, no una pregunta.

—Temo que no soy lo suficientemente inteligente para ser un hombre de negocios —dijo McLemore con una sonrisa irónica—. Soy profesor de Historia.

Los dos hombres del asiento del otro lado del pasillo se miraron y levantaron las cejas en señal de fingido respeto.

—¿Profesor? ¿De Historia? —El hombre se inclinó y cambió su voz en un susurro. —¿Está estudiando la historia de Fidel? Debe de haber cosas interesantes allí —insinuó de manera sugestiva.

—No exactamente —dijo McLemore—. Yo estoy más interesado en el período de la Guerra Fría... la crisis de los misiles... del 62... Ese período.

La azafata se acercó con refrescos. El hombre del otro lado del pasillo bebió el suyo, luego extendió la mano.

—Me llamo Jiménez. Juan. Mi socio es Jorge. Fácil de recordar. Juan y Jorge.

Ambos rieron como conspiradores, según le pareció a McLemore.

—Me llamo McLemore.

Se dieron la mano.

—¿Dónde se aloja cuando no anda estudiando historia, profesor? —preguntó el hombre.

—En el Deauville. No es de lujo —respondió McLemore.

—Nosotros estaremos en el Victor... —empezó a decir el otro hombre pero su compañero lo interrumpió con un codazo.

A McLemore le pareció que los dos hombres parecían nerviosos, quizá temerosos de llegar a un país desconocido. Tenían una especie de aspecto confuso, mezcla de yanqui con latino. Mientras se embarcaban en un susurrado y furioso intercambio de palabras en español, al parecer referido a su hotel, McLemore se puso a estudiar la revista de la aerolínea, luego apoyó la cabeza sobre el respaldo y cerró los ojos. Dormitó, hasta que de repente sintió que las ruedas del avión tocaban con un golpe fuerte la pista del aeropuerto internacional José Martí.

Una vez dentro de la terminal, McLemore se encontró en la fila de los pasaportes detrás de los dos negociantes mexicanos, John y George. Parecían tensos a medida que se iban aproximando al puesto de control. De vez en cuando intercambiaban unas pocas palabras. Uno después del otro presentó su pasaporte a los inspectores. McLemore notó que los documentos tenían tapas nuevas y brillantes, lo que le pareció inusual para exportadores suficientemente experimentados como para arriesgarse a hacer negocios en un clima difícil, como el de Cuba. El oficial de inmigraciones estudió a cada uno con cuidado; miró varias veces la foto y la cara de cada uno. Les formuló varias preguntas en español. Los hombres contestaron con nerviosismo, dejando caer el peso sobre un pie, luego sobre el otro, alternativamente. El guardia mostró los pasaportes a un superior, de pie detrás de él, que estudió a los hombres y a su vez les hizo algunas preguntas. Cada uno de los hombres respondió a ellas con un "sí" o “es verdad”, y uno de ellos dijo “ferretero” varias veces. Después de un tiempo considerable, los hombres recibieron autorización para ingresar en el país. Sin embargo, McLemore vio que el jefe tomó nota, presumiblemente de los nombres.

McLemore estaba seguro de que recordaría a esos hombres, pues había en ellos algo distintivo. El alto, Juan, sobresalía en la multitud. Pelo negro ondulado y penetrantes ojos negros. No era apuesto como un galán de cine, pero tenía presencia. Parecía un atleta universitario, de físico bien conservado. Por naturaleza estaría en una posición de mando en cualquier cosa en que estuviera involucrado. Se movía con gracia y esa naturalidad que otorga el dinero. Parecía tener ojos en la nuca. Y, además, exudaba una sensación intangible de peligro. McLemore pensó que olía a pólvora, metafóricamente hablando. Las uñas de Juan estaban arregladas a la perfección. Y Jorge, su compañero, más blando y amistoso, era la contraparte perfecta. Imperceptible, parecía un cordial viajante de comercio. Era el tipo que se encargaba de las reservaciones, se ocupaba del equipaje, daba propina al portero, al que pasaban a buscar último. Jorge se mordía una cutícula en la fila. McLemore se sorprendió ante su propia perspicacia, pero ese tipo de parejas masculinas también se daban en el mundo académico. El fuerte siempre necesitaba un compinche en quien apoyarse. Uno rompía las tazas, y el otro juntaba los pedazos. El tiburón y el pez piloto.

Manny y Tony, los compañeros de viaje de McLemore, en verdad pasaron la primera noche, y varias más, en el hotel Victoria, un hotel pequeño, relativamente desconocido en la sección Vedado de La Habana, frecuentado por hombres de negocios visitantes. Trataron de cambiarse de hotel el segundo día en La Habana pero, curiosamente, se encontraron con que en ninguno de los otros hoteles había lugar. No es necesario decir que estaban allí para comprar, más que para vender, y la herramienta que les interesaba en particular poseía su propio valor peculiar. Por cierto, estaban en La Habana para establecer una base para Bravo 99 y recuperar una pieza única de ferretería dejada por los soviéticos hacía muchos años.

Su tarea principal en este primer viaje al vientre de la bestia era establecer un cuartel general, un centro de operaciones para su incursión en el terrorismo masivo. A la mañana siguiente, en el restaurante del Victoria, exploraron sus opciones sobre un mapa de La Habana.

—He aquí lo que haremos —dijo Manny—. Primero visitamos la plaza, como turistas, sabes. Para tener una idea de la disposición de la torre. Luego, fíjate aquí, Tony. En La Habana sur, a una docena de cuadras de la plaza, está la sección del Cerro. Lo constaté con mi tío. Dice que es un lugar tranquilo y sórdido. La clase de área donde se puede alquilar una casa por unos pocos dólares. Daremos un paseo, escogeremos algunas casas y veremos si podemos cerrar trato.

—Manny, no puedo creer la manera en que el comunista hijo de puta ha dejado venirse abajo todo —dijo Tony—. Es trágico. Los edificios se caen a pedazos. No hay gasolina ni autos. La gente vive atestada en los edificios, como animales. Si tuvieran orgullo, echarían al hijo de puta a patadas.

—Pronto, Tony, pronto —le aclaró Manny—. Tenemos que ayudarlos. Los vamos a ayudar.

Tomaron un taxi hasta la plaza. Parados cerca de la torre de Martí y mirando al noreste, hacia la imagen gigantesca del Che, como Lázaro Suárez y su grupo hacía un mes, los dos hombres imaginaron la plaza abarrotada de gente, vientre contra espalda y hombro contra hombro, gritando sus lemas revolucionarios, agitando los grandes estandartes rojos, sudando en el calor del mediodía, vivando de un modo atronador y apoyando cada provocativa proclamación del Comandante, el jefe.

En busca de la sombra fresca, traspusieron las grandes puertas de vidrio que daban al museo de José Martí, que ocupaba toda la planta baja del alto monumento a la arquitectura del autoritarismo. Una señora mayor los condujo al comienzo del panorama de la vida del líder revolucionario. Había fotos de su lugar de nacimiento, su familia, su infancia. Los ensayos de Martí cuando escolar, los poemas posteriores. Fotos, grandes y pequeñas, de Martí con compañeros revolucionarios planeando derrocar a sus opresores coloniales. Martí rodeado de campesinos. Por último, Martí montado en un caballo blanco, conduciendo valientemente a sus hombres a su primera y única batalla. La pistola que llevaba en aquella carga fatídica estaba en una vitrina debajo del cuadro de Martí, más grande que de tamaño natural, antes de que lo alcanzara la bala que terminaría su vida y lo conduciría para la eternidad al panteón de los patriotas, el Valhalla de los revolucionarios.

—Pobre Martí —susurró Tony.

—¿Qué quieres decir, Tony?

—Se libró de una serie de dictadores para que otros de igual laya lo consagraran santo —dijo Tony.

—Tienes razón —convino Manny—. Debe de estar sacudiendo la cabeza. Pero así es la historia. Cuando uno se muere, cualquiera puede usarlo para probar cualquier cosa.

La señora que trabajaba como guía se les acercó y les pidió que guardaran silencio. Manny le preguntó si había más objetos en exhibición, y ella le contestó que mucho material sobre Martí estaba almacenado en el subsuelo de la torre. No tenían lugar para todo.

Manny indicó el ascensor al final del vestíbulo.

—¿Es posible llegar hasta arriba?

—Por lo general los visitantes pueden hacerlo por una módica suma de dinero. Pero hoy está cerrado por reparaciones. —Meneó la cabeza, coronada por un rodete canoso. —Esto es común. El ascensor se descompone a cada rato. No dura arreglado. —Hizo un gesto, indicando una vitrina cercana. —Están invitados a contribuir para la preservación de la memoria de nuestro gran héroe nacional.

Los hombres de inmediato se metieron la mano en el bolsillo y depositaron varios pesos cada uno. Ella les agradeció con una inclinación de cabeza.

—Vuelvan, por favor. El ascensor estará arreglado y tendrán una espléndida vista de La Habana.

Sin muchas ganas salieron a la fuerte luz del sol.

—¿No nos podemos quedar un poco más, Manny? —preguntó Tony.

—No podemos correr el riesgo de que esa señora recuerde nuestras caras. Antes de irnos, volveremos para probar el ascensor —dijo—. Y luego, en el Día D, vendremos otra vez, quién sabe cuántas veces. Mientras tanto, lo último que necesitamos es que la abuela nos señale en un libro de fotos de la policía.

Bajaron por el declive de la plaza hasta la bulliciosa avenida. Se dieron vuelta y miraron hacia arriba. Los dos estaban pensando en el fatídico segundo, dentro de dos meses, en que se vería el centelleo de una luz enceguecedora en un kilómetro a la redonda, se vaporizaría en todas direcciones, y una retumbante onda de choque se extendería a través de la ciudad. Ninguno de los dos quería arriesgarse a pronunciar una palabra mundana.

—¿Qué piensas, Manny? —preguntó por fin Tony, como en busca de algo que lo tranquilizara.

—¿Qué pienso? Pienso que es mejor que vayamos a buscar un puesto de mando y nos aboquemos al asunto.

Manny consultó el mapa de La Habana, señaló el sudeste, y echaron a andar. Cruzaron la avenida Rancho Boyeros, tomaron la calle Pedro Pérez hasta pasar el estadio Latinoamericano. Doblaron al sur, siguieron cuatro cuadras y luego doblaron a la derecha en Calzado del Cerro, que corre alrededor del gigantesco complejo del hospital general Salvador Allende, llamado así en honor del presidente izquierdista de Chile, asesinado, según muchos creían, con la complicidad de los Estados Unidos mientras estaba en su cargo, en la década de 1970. Unas cuadras más, los dos hombres, que para entonces sudaban profusamente, se encontraban en el corazón de las humildes viviendas de la sección del Cerro.

Había casas bajas y de un piso de alto, y pequeños talleres. Cada dos o tres casas, por la puerta abierta se veía a una mujer preparando la comida o uno o dos hombres arreglando muebles, reparando chabacanamente un auto viejo, o sentados en el umbral fumando un cigarro. Los edificios estaban en mal estado. De vez en cuando, alguno había sido revocado hacía poco, pero no se veía pintura fresca ni grandes refacciones.

En la mayoría de los edificios había gente apiñada. Los dos hombres iban calculando cuánto costaría desalojar a varias familias. Cerca de la mitad de cuadra, en la calle Macedonia, se toparon con un muchacho de unos veinte años, vestido de manera más llamativa que la mayoría en el vecindario, apoyado contra una estructura que parecía un garaje, aunque sin evidencia de que allí se reparara nada.

—¿Son turistas perdidos? —les preguntó al verlos mejor vestidos y notar el mapa que asomaba de uno de los bolsillos de Tony.

—De ninguna manera, amigo —respondió Manny, e intentó recordar las inflexiones de los cubanos recién llegados al sur de Florida—. Estamos visitando el barrio.

—¿Son gringos? —preguntó a boca de jarro el joven de ropa barata que pretendía estar a la moda.

—No, amigo, somos de México, y estamos pensando en hacer algún negocio aquí.

El joven sonrió con expresión de quien está al tanto de las cosas.

—¿Son de México? —Guiñó un ojo, con actitud conspiradora. —Y yo soy de Chicago. ¿Qué quieren de estos comunistas pobres? —quiso saber.

Tony se aclaró la garganta.

—Estamos pensando en vender productos de ferretería aquí. Ya sabes, herramientas pequeñas, martillos, clavos, cosas así.

—¿Venderles a quién, y por cuál dinero? —preguntó el joven con una risa áspera—. No tenemos dinero, compadre. Además —agregó, como si la idea lo divirtiera—, ¿para qué queremos martillos y clavos? —Hizo un gesto abarcatorio. —¿Ve por estos alrededores algún cubano tonto que pareciera necesitar martillos y clavos?

Con un movimiento brusco se apartó de la pared y se acercó a dos pasos de la cara de los forasteros.

—Les diré una cosa, amigos mexicanos. Si tienen alguna videograbadora, algunas cintas, radios portátiles, cosas así, hacemos una sociedad y ganamos mucho dinero en este mercado negro. ¿Oyen lo que les digo? Nada de martillos y clavos. Traigan cosas que la gente quiere. Ustedes y yo nos hacemos ricos.

Tony empezó a menear la cabeza, dispuesto a alejarse. Manny lo tomó de un brazo.

—Amigo, a lo mejor ésta es una idea interesante. La electrónica no es precisamente nuestro rubro, pero quizá podamos aprender. Digamos que traemos esas cosas. Necesitamos un lugar donde guardarlas, y un socio local, por supuesto. Alguien que conozca el territorio, que sepa cómo distribuir, cómo hacer negocios. ¿Correcto?

Escéptico, aunque intrigado, el joven asintió.

—Digamos entonces que traemos alguna mercadería aquí. Y que tenemos un socio verdaderamente listo que puede venderlas y cobrar el dinero. —Juntó los dedos y los frotó unos contra otros. El joven lo miraba, hipnotizado por el movimiento. Manny acercó la cara a unos centímetros del muchacho. —¿Cómo sabemos que podemos confiar en nuestro socio? ¿Cómo sabemos dónde encontrarlo cuando llegue el momento de cobrar? ¿Qué pasa si debemos buscarlo por todas partes para encontrarlo y recoger nuestro dinero?

El joven dio un paso atrás, incómodo, desconcertado de pronto por el tono siniestro de Tony, en el que había un castigo implícito en caso de haber dificultades para la cobranza. Trató de reconstruir su bravucona actitud de macho.

—Si consiguen el socio adecuado, alguien en quien pueden confiar, no hay problema.

—¿Conoces a alguien así? —le preguntó Tony—. ¿Alguien en quien pudiéramos confiar? Es difícil para nosotros, ves. No somos más que gringos estúpidos. —Ahora era su turno de acercarse al muchacho. —No somos tan vivos como, digamos, algunos caballeritos cubanos. Por eso, ¿qué sabemos de buscar un socio en quien podamos confiar el día de pago?

El muchacho trataba de pensar rápido.

—Ustedes tienen tres problemas. Entrar... las cintas y ese tipo de cosas. Guardarlas y distribuirlas. Y cobrar las ganancias. —Sonrió. Una sonrisa de jinetero. —Yo tengo amigos que saben cómo entrar la mercadería. Camiones en el puerto. Primos en la aduana. Todo puede arreglarse. —Indicó el edificio a sus espaldas. —Éste es el lugar para el almacenaje. Es mío. Yo vivo aquí. Puedo hacer lo que quiera aquí.

Manny y Tony se acercaron a mirar por la ventana abierta. Era un cuchitril.

—¿Tú vives aquí? —le preguntó Tony.

—Sí —dijo el muchacho, a la defensiva—. Necesita unos escobazos... o algo así. Pero está bien. Mucho espacio. Se puede guardar mucho aquí. En su próximo viaje me traen unas cerraduras de México, y todo estará seguro aquí.

—Te diré una cosa —lo tentó Manny—. Te damos unos... cincuenta dólares americanos ahora... y cincuenta más en diciembre. Tú limpias bien este lugar. ¿Entiendes? Pones un par de catres. Nos quedamos aquí mientras planeamos nuestro negocio. Sólo unos pocos días, el mes que viene. Cuando hemos hecho todos nuestros planes, tú hablas con tus amigos para ver cómo hacemos entrar la mercadería, y empezamos el negocio el primero de año. ¿Qué te parece?

El muchacho ya se había gastado mentalmente los cincuenta dólares. Sonrió, más parecido a un zorro de lo que sospechaba.

—Cien dólares americanos por adelantado. Tengo que buscar un lugar dónde vivir. Y tengo que traer a unas personas para que limpien.

La idea de hacerlo él nunca se le cruzó por la mente.

Manny le dio un billete de veinte.

—Empieza ya. Volveremos en un par de días. Queremos este lugar en regla. Si todo está bien, te daremos el resto. Tú te quedas aquí hasta que nosotros volvamos el mes que viene. Entonces ponemos las cerraduras, usamos esto como base, y tú garantizas la seguridad. Si ya tienes los contactos para poder entrar la mercadería y distribuirla, entonces discutiremos una sociedad. Fijamos los porcentajes, y empezamos la operación el primero de año. ¿Qué te parece?

El joven asintió, disfrutando ya de la posibilidad de una riqueza sin fin, muchachas, clubes nocturnos, quizás hasta un auto propio.

—¿Cuál es tu nombre? —le preguntó Manny, con una nota de amenaza en la voz.

—Osvaldo —contestó el joven, de repente respetuoso.

—Muy bien, Osvaldo. Yo soy Juan, y él es Jorge. Digamos que nos encontramos aquí dentro de dos días, a esta hora. —Miró su reloj. —Las tres de la tarde. Si has hecho tu trabajo, recibes el resto del dinero y discutimos la sociedad. ¿Está bien?

Ilusionado por un sinfín de posibilidades, el joven asintió otra vez, todavía sin hallar acceso al vocabulario del comercio. Su vida estaba a punto de cambiar de una manera que sólo había imaginado en sueños. Estos dos "mexicanos" que habían llegado a su umbral como ángeles emprendedores representaban el futuro dorado.

—Ah, necesitaremos un camión —dijo Manny, volviéndose cuando ya había echado a andar—. Para distribución, sabes. Búscanos un camión sólido, y lo alquilaremos por un mes. Y te ganas otros cien dólares.

No era un pedido. Era una orden.

—Eso es fácil —dijo Osvaldo—. Aquí estará cuando vuelvas.

El joven parecía ahora rodeado de una aureola dorada. En el lapso de una hora, el futuro era suyo.

Manny y Tony volvieron caminando al Calzado del Cerro, donde tomaron un taxi que los llevó de vuelta al Victoria. Alquilaron un auto para más tarde, y lograron convencer al gerente de que se las arreglarían sin chofer. Después de una siesta y un par de copas esa tarde, partieron a Bejucal.

Siguiendo las directivas del conserje, y después de varios desvíos innecesarios, llegaron cerca del antiguo depósito soviético de armas justo después del crepúsculo. Se habían puesto pantalones color caqui oscuro y un suéter, pero no llevaban equipo para entrar en el complejo. Estacionaron el auto junto al angosto camino, detrás de un grupo de árboles, a unos cuatrocientos metros de la puerta principal , y con la ayuda de una linterna de bolsillo estudiaron el primitivo mapa del complejo, que perteneciera al coronel Isakov.

Mientras pensaban en el mejor método de llevar a cabo el reconocimiento, un jeep con dos soldados cubanos traspuso la puerta del complejo, dobló a la derecha y a velocidad moderada avanzó por un camino que parecía rodear el perímetro de la base militar. Prudentemente esperaron ver cuánto tiempo tardaba el jeep para hacer su ronda. Volvió en cuarenta y cinco minutos. Cuando el jeep se detuvo ante la puerta de entrada, el que iba en el asiento del pasajero dio un golpecito a su reloj, y luego entró. El conductor esperó hasta que su compatriota emergió con lo que parecían dos latas de refresco. Luego volvieron a partir.

—Vamos —ordenó Manny.

Los dos hombres corrieron doscientos metros por el camino hasta un sector de la cerca que rodeaba el perímetro del complejo, y allí se agazaparon, en el borde de un sembrado de caña de azúcar lindero. Tony respiraba de manera audible, maravillado de que Manny no estuviera cubierto de sudor. La puerta del complejo, a unos treinta o cuarenta metros, estaba iluminada tenuemente. Siguieron caminando hacia el sur, junto a la línea de la cerca. Las seis hileras de alambre todavía conservaban su tensión, después de cuarenta años. Tropezando entre los tallos de caña de azúcar, Manny recorrió unos cien metros. Tony golpeó el cercado de alambre con la linterna de metal para ver si el ejército cubano podía darse el lujo de tener electricidad. Como no sintieron una patada, subieron hasta la parte superior, donde el alambre de púa era doble. Manny hizo presión para mantener bajo el alambre para Tony, que luego de pasar del otro lado hizo lo mismo para ayudar a Manny. Manny se resbaló cuando estaba a horcajadas sobre el alambre, y lanzó una maldición de dolor. Las púas le lastimaron la entrepierna. Volvió a maldecir entre dientes.

Cayeron del otro lado, Manny doblado de dolor. Tony lo tomó del brazo, y juntos avanzaron cojeando hasta la sombra espesa del cobertizo bajo más cercano. Manny contuvo el aliento. Con la ayuda de la luz de la linterna de bolsillo, consultaron el mapa. Tony señaló detrás de ellos, indicando hacia la izquierda. Echó a andar adelante, seguido por Manny, que aún sentía dolor. Iban agazapados y cada diez o veinte pasos se detenían a escuchar. Todo lo que alcanzaban a oír era el ladrido contrapuntístico de dos perros solitarios que se comunicaban en una granja cercana. Al cabo de cincuenta metros Tony consultó el mapa un instante y luego dio doce pasos a la derecha. Estaban cerca de la puerta del búnker por donde había entrado McLemore con Trinidad hacía unas seis semanas.

—Es ésta, Manny. Estoy seguro —susurró Tony—. Es justo aquí.

Ahora debían decidir si usarían la pequeña linterna.

—Tenemos que mirar el mapa —dijo Manny—. Si nos equivocamos, desperdiciaremos un montón de tiempo… y probablemente nos atrapen.

Se arrastraron hasta el final del largo y bajo búnker que se extendía por la tierra reseca, usando como protección lo poco de pared que afloraba a la superficie. Aparte de ese escaso refugio, estaban expuestos.

—Muy bien. Yo extenderé el mapa —explicó Manny—. Tú prepara la luz. Espera un minuto… deja que ponga la parte superior en dirección norte, para saber dónde estamos. —Indicó las luces distantes de La Habana que apenas se veían sobre las colinas bajas y orientó la parte de arriba del mapa hacia ellas. —Muy bien. Ahora, cuando te diga, apunta la luz de la linterna no más de cinco segundos. Ponte aquí, a mi lado. Veamos si podemos ver dónde estamos, y luego dónde está la X. Hicieron silencio y escucharon. Los perros continuaban su diálogo. Manny miró su reloj.

—Todavía tenemos entre veinte y treinta minutos antes de que vuelva el jeep. ¿Listo? Ya.

Cubriendo el haz de luz con la mano, Tony encendió la linterna. Observaron el mapa garrapateado como mineros perdidos.

—¡Apágala! —siseó Manny.

Ambos pensaron en silencio.

—Estamos cerca —dijo Tony—. Es justo aquí… cerca… en alguna parte.

—Tenemos que estar seguros, Tony —gruñó Manny, mientras se frotaba la dolorida entrepierna—. Cuando volvamos, debemos ir directamente adonde está. Debemos traer un montón de palas, picos y cosas por el estilo. Podría llevarnos toda la noche.

Tony, cuya vista nocturna era superior a lo normal, miró el mapa apenas perceptible. Silbó por lo bajo.

—Manny. No puedo creerlo. Creo que estamos justo encima. Mira…

—Mira nada, Tony. No veo absolutamente nada.

—No, Manny. Aquí está la marca, la X, al norte del búnker principal. Este tiene que ser el búnker principal. Seguimos exactamente las directivas del ruso hasta llegar aquí. La X está al final del búnker. Y aquí es donde estamos. En el extremo norte del búnker principal. —Hizo una pausa, reverente. —Yo creo que estamos justo encima de la cosa. —La idea le produjo un escalofrío repentino. ¿Y si escogía ese momento para cumplir con su destino?

Mientras absorbían la importancia del momento, aguzaban el oído para ver si les llegaban ruidos desde la puerta del complejo. Aparte de los movimientos provenientes de la guardia, no oyeron nada.

—¿Cómo entramos? —preguntó Manny—. ¿Desde arriba, derecho hasta abajo? ¿O pasamos por la pared del búnker?

Tony era el líder ahora. Manny suponía que Tony, como exitoso propietario de una pequeña compañía de construcción en el sur de Florida, estaría al tanto de la mecánica de cómo irrumpir en un búnker secreto construido, sólo Dios sabía cómo, hacía treinta y seis años.

Tony pensó un minuto.

—El viejo de Victor tuvo que hacerlo rápido... con poco tiempo disponible. Excavar para hacer un búnker separado habría llamado mucho la atención. ¿Qué podemos hacer?

Se puso a pensar. Manny consultó su reloj, y le indicó que se apurara. Tony levantó la mano, pidiéndole que tuviera paciencia.

—La manera más fácil habría sido usar algo, un depósito ya disponible. Para llamar la menor atención posible. Luego, después que guardó su tesoro, lo selló para que no pudiera entrar nada... como agua, sabes... y para que nadie se diera cuenta de que estaba allí.

Oyeron un motor que se acercaba, luego una leve tos mecánica. Durante la discusión sobre los motivos y movimientos del coronel Isakov de hacía cuatro décadas, se habían olvidado de los soldados. Ahora llegaban, y estaban a mitad de camino del sendero central que llevaba al complejo, iluminados sólo por las luces de posición del jeep.

En un segundo echaron a correr por donde habían venido, hasta el lado este de la cerca. Cuando llegaron al cobertizo bajo donde primero habían comprobado dónde estaban, el jeep se detuvo. El soldado acompañante descendió y se acercó al búnker . Manny susurró "¡Jesús!" en su interior. La silueta de la figura delgada del guardia, fusil en mano, se veía iluminada por las tenues luces de la entrada. Le hizo una seña al conductor para que se uniera a él. Tony vio que se encendían luces en una barraca cercana. "Por Dios", pensó. Juntos, los dos guardias se acercaron con cautela al búnker, uno con su fusil en posición de presentar armas, el otro con una pistola en la mano extendida. Si Manny o Tony hacían el menor ruido, habría, sin duda, inmediato fuego granado. Los guardias llegaron hasta los peldaños del búnker y miraron abajo, hacia la oscuridad más allá de la puerta de entrada entreabierta. Manny y Tony contuvieron el aliento. Entonces, sin ganas de arriesgarse, los dos guardias retrocedieron, como si se alejaran de una tumba recién cavada. El jeep ingresó, vacilante, hasta que se cerró la puerta y luego, con el acompañante, se dirigió hacia el puesto de comando del complejo al final de un corto camino que pasaba directamente frente al búnker largo donde Manny y Tony habían estado haciendo sus cálculos. Las luces traseras del jeep parpadearon en la oscuridad. Empapados de sudor, los dos espías aguardaban.

Por fin respiraron.

—Vámonos de aquí —dijo Manny.

Agazapados tan cerca del suelo como podían, se dirigieron a la cerca, despacio primero, luego rápido. Revirtieron el proceso, y como si existiera una justicia hasta en los menores detalles, esta vez fue Tony quien se clavó el alambre de púa en sus partes íntimas. Se hizo un desgarro en los pantalones cuando se dejaba caer del otro lado del cercado, y dejó un parche de tela colgando de un alambre de púa mientras seguía a Manny a través del sembrado hacia el auto. Los perros se pusieron a aullar. Alcanzaron a oír voces ásperas que gritaban y el sonido del jeep que arrancaba a lo lejos.

—Vamos, Tony. Corre como un hijo de puta —instó Manny. Llegaron al auto alquilado justo cuando el jeep llegaba a la puerta de entrada del complejo. Manny trató de arrancar el auto mientras los soldados abrían la puerta y el jeep salía al camino. Los soldados estaban seguros de que alguien había intentado ingresar en su perímetro pero no sabían por dónde buscar. Mientras ellos vacilaban momentáneamente, el motor del desvencijado auto hizo un ruido y cobró vida. Manny lo condujo hasta sacarlo de atrás de los árboles que los cubrían del jeep que seguía frente a la puerta de entrada y mantuvo las luces apagadas. Observaban al jeep, a unos 250 metros. Los soldados seguían discutiendo qué dirección tomar. De repente, el conductor giró a la izquierda, y se dirigieron en la dirección opuesta, siguiendo el perímetro del cercado. Cuando tomaron una nueva vuelta a la izquierda, Manny se apartó de los árboles y dirigió el auto hacia Bejucal y luego La Habana. Los perros lanzaron un aullido lastimero y un campesino en camisa de dormir y calzoncillos apareció en la galería del frente de su casa, convencido ahora de que algo andaba mal en el complejo militar. Manny condujo a un ritmo regular de velocidad, para evitar llamar la atención. No obstante, el campesino lo señaló con un dedo.

Las luces del complejo se estaban encendiendo cuando el auto llegó a la parte superior de la colina y empezó a descender por la bajada abrupta que llevaba al camino principal. Por el espejo retrovisor a Manny le pareció ver que aparecían las luces de otro jeep en la puerta del complejo. Aceleró, y en un minuto o dos se unieron a una corriente irregular de tráfico. Ambos respiraron, aliviados, por primera vez en una hora.

Tony miró por la ventanilla durante unos minutos.

—Usó el último compartimiento del búnker, y lo selló —dijo por fin.

—¿Cómo?

—Isakov. El viejo. Puso los misiles en el extremo del búnker y luego lo selló, de modo tal que semejara la pared original. Nosotros estuvimos encima de las secciones explosivas.

—¿Qué significa eso, entonces?

—Significa que cuando volvamos iremos a la puerta del búnker, por donde pasamos, rompemos la pared al final, justo debajo de donde estábamos consultando el mapa.

—Eso significa que podemos hacer nuestro trabajo bajo tierra y nadie nos puede ver, ¿correcto? —preguntó Manny.

—Eso no es lo mejor —dijo Tony—. ¿No notaste nada cuando pasamos junto a la puerta del búnker?

—No que recuerde —contestó Manny, luego de una breve vacilación—. ¿Por qué?

—La puerta estaba abierta —aclaró Tony con una sonrisa triunfal.

13

Había sido un error beber café esa tarde, cuando se reunió con Trinidad. Ahora McLemore estaba totalmente despierto a las veintitrés, caminando por las calles de la vieja ciudad, que en su segunda visita era capaz de reconocer. De repente se dio cuenta de que, en forma consciente o no, buscaba al espectro, la vieja sombra que lo seguía la última vez, hacía seis semanas. ¿De qué habló aquella noche? ¿Dijo que conocía a mi padre? McLemore estaba intrigado.

En la reunión con Trinidad, ella se mostró como el alma misma del profesionalismo, sin mencionar el roce que tuvieron antes de su partida, cuando a McLemore le pareció que, de una manera un tanto torpe, ella trataba de reclutarlo para el servicio de inteligencia cubano. Incómodo por la reserva de ella, McLemore trajo a colación el tema.

—Mire, quiero que sepa que siento haber reaccionado mal la última vez que la vi. Tomé demasiados daiquiris, me temo. Estoy seguro de que no interpreté nuestra conversación en forma correcta, y que mi reacción fue exagerada.

—Es muy aceptable, profesor —dijo ella—. Creo que yo di por sentada una amistad que no existía y no fui cuidadosa con mis palabras.

—La amistad existía —le dijo McLemore. Ella lo miró por el rabillo del ojo. "Altamente provocativa", pensó él. Quería recrear (con esperanzas de expandir) la amistad que empezaron a poner de manifiesto antes de que él rechazara el avance político de ella. Durante las seis semanas que permaneció lejos de Cuba, no dejó de pensar en ella. Se sorprendía de la frecuencia con que aparecía en su mente, con su amplia sonrisa, sus miradas de costado, su cabellera flotante. Sin embargo, ahora ella había vuelto a asumir su original comportamiento profesional, y él lo encontraba difícil.

Decidido a quitar a la política del camino, él respondió una pregunta no formulada.

—Pasé algún tiempo en las bibliotecas y archivos de Washington y leí todo lo que pude encontrar sobre la crisis del Caribe. Tengo una imagen bastante clara de la posición oficial de mi gobierno.

—¿Y cuál es, profesor McLemore? —preguntó ella con una sonrisa juguetona—. ¿Creía que la poderosa Cuba iba a hacer volar a los desvalidos Estados Unidos?

—Más bien que la poderosa Unión Soviética estaba jugando al chantaje nuclear, usando a Cuba como una conveniente base de lanzamiento —contestó él, imitando la sonrisa de ella—. Todo el argumento, como estoy seguro de que usted lo sabe, se reduce a la definición de "armas ofensivas". Hay un patrón recurrente de insistencia de parte de los funcionarios soviéticos... Mikoyan, Zagladin, inclusive el mismo Khrushchev... de que no introducirían "armas ofensivas" en Cuba... y de que el refuerzo militar era un medio de impedir una invasión estadounidense.

—Supongo que eso es verdad —dijo Trinidad, más seria—. Había indicaciones de que ustedes estaban preparando una invasión en gran escala. Maniobras militares, movimiento de tropas, gran cantidad de aviones, barcos navegando por todas partes. A nuestro país le parecía una situación muy grave.

—Quizá —dudó McLemore—. Pero para repeler una invasión no se usan misiles de mediano alcance. Esos misiles se usan para lanzar un ataque... un ataque nuclear... la Tercera Guerra Mundial.

—Nuestro destino era vernos involucrados en una confrontación nuclear. Todo lo que queríamos era que los yanquis nos dejaran solos. Los soviéticos querían que ustedes conocieran —lo dijo Khrushchev— el sabor de su propia medicina. Lo que significaba tener misiles nucleares cerca de la frontera. ¿Acaso ustedes no tenían armas similares en la frontera soviética... en Turquía?

—Es verdad. Pero sólo serían usadas si los soviéticos invadían Europa Occidental —dijo McLemore.

—Y los misiles soviéticos en Cuba sólo habrían sido lanzados si los Estados Unidos invadían Cuba.

McLemore sintió que estaba entrando en un debate que no era posible de ganar y, sobre todo, que alienaría otra vez a la mujer que le gustaba cada vez más.

—Hay varias diferencias. La más importante es que nosotros teníamos una política apoyada, en menor o mayor grado, pero por cierto comprendida, por otras naciones, la política de que no se permitiría que ninguna potencia, fuera del hemisferio occidental, estableciera una presencia militar permanente en el hemisferio. Formulada por Madison, como sabe, hace mucho tiempo. Antes de las armas nucleares.

Estaban tomando café a la mañana siguiente a su llegada en el restaurante del Santa Isabel, un nuevo hotel que Trinidad le consiguió. Ella miró por la ventana del hotel, tomó su pequeño bolso, y lo miró, como diciendo "vámonos". Poniéndose de pie, dejó unos pesos sobre la mesa. Salieron y empezaron a pasear por el Malecón. La brisa era fresca, y el mar estaba crecido. De vez en cuando una ola grande se estrellaba contra el murallón, enviando una lluvia por el aire. Las gaviotas revoloteaban y se sumergían en medio de la espuma. A pesar de los edificios destartalados, las filas y la escasez, del sistema ruidoso y anticuado de transporte y de la política neurótica, McLemore se sentía contento de estar de vuelta, convencido ahora de que en ese país había mucho que podía abrazar, entre lo que se contaba, naturalmente, Trinidad Santiago.

Esta gente tiene que seguir con su vida, pensó mientras caminaban; deben salir de una lucha estancada que ya a nadie le importa. Qué desperdicio. Un paraíso atascado en la edad de hielo. Un *Jurassic Park* político. Líderes tratando de perpetuar una pelea que el resto del mundo considera anacrónica. La atmósfera se sentía, a la vez, políticamente claustrofóbica y socialmente liberadora. Estaba visitando una isla de una era diferente. De pronto comprendía la noción popular de la discontinuidad temporal.

—¿Cuál es la situación de las bombas desde que me fui? —le preguntó a la pensativa Trinidad.

—Continúan. El gobierno ha arrestado a unos cuantos. —Él notó que ella no decía "Hemos arrestado…". —Nuestras fuerzas de seguridad tienen evidencia de la conexión entre este terrorismo e intereses en su país… los exiliados, sabe.

McLemore la apartó del rocío que levantaría una ola a punto de romperse.

—¿No es posible detenerlos?

—Podemos intentarlo… en la aduana, en los puertos. Pero aun así es posible entrar de contrabando los materiales, los explosivos y dispositivos de tiempo, y todo eso… desde Miami y otras partes. —Siguió caminando, pensativa. —Hay tantas playas, más lugares donde se puede desembarcar de los que se puede controlar. Y estamos tan cerca de su país.

Aunque el tono de ella no era acusador, él se sentía, de alguna manera, responsable.

—¿Cree usted —le preguntó McLemore— que deberíamos hacer más? ¿Los Estados Unidos? Si no tenemos pruebas, ¿cómo podemos apretarles las clavijas a los grupos de exiliados?

—Hemos proporcionado pruebas a su gobierno. Pero no obtenemos respuesta. Y ustedes tienen sus propias fuentes de información. Deben de saber lo que pasa. Sus fuerzas de seguridad… el FBI y la CIA… Ellos lo saben. Es imposible que esto suceda sin que ellos lo sepan.

—De modo que lo sabemos, pero no los detenemos. ¿Es así?

Ella se encogió de hombros, sin ganas de intensificar el conflicto. Él sintió un impulso repentino de abrazarla, de buscar en un abrazo un escape de la desesperanza de la política. Se preguntó cómo reaccionaría. Probablemente no bien. Los muros debían derribarse. Ella no podía verlo separado de su país. Y, como desde épocas enteras antes de que ella naciera, su país seguía siendo el villano yanqui. Quizá más adelante.

Caminaron en silencio. En un momento dado, Trinidad se detuvo, se sentó sobre el murallón, y miró a McLemore.

—¿Hay alguna manera, profesor, de que su estudio de la crisis caribeña de los 60 pudiera contribuir a quebrar la cortina entre nuestros dos países?

McLemore se sentó a su lado.

—Soy un profesor. Enseño historia. No soy un político. No sabría ejercer la diplomacia ni negociar un tratado de paz. Los políticos no estudian ni tratan de entender la historia. Allí es donde empiezan los problemas. ¿De qué manera mi proyecto, emprendido originalmente para apartarme del surco académico, podría ser usado para sacar a Cuba de su surco político?

—No sé exactamente cómo —dijo ella—. Sin embargo, tengo el presentimiento de que existe una conexión. Hay un destino —musitó.

—Sería maravilloso creerlo, Trinidad —dijo McLemore—. Cuando no ha habido un destino, siempre es interesante encontrarlo... aunque sea por un fugaz momento.

Ella adoptó un tono irónico que hizo sonreír a McLemore.

—Quizá consulte a un sacerdote de la santería, un babalao, para develar el misterio.

Iniciaron el regreso al Santa Isabel.

—He hecho arreglos para que se reúna con unas personas de la época de la crisis —le dijo Trinidad—. Muchos han muerto, pero los que viven todavía se mostraron gustosos de conversar con usted y cooperar con su proyecto. Usted se quedará dos semanas esta vez, ¿no? —Él asintió. —Entonces tenemos tiempo para organizar las entrevistas. Además, si quiere continuar con los documentos, Carlos estará encantado de ayudarlo en los archivos del Ministerio de Relaciones Exteriores.

Después de hacer arreglos para el día siguiente, se separaron. Trinidad rehusó cortésmente su invitación a comer, diciendo que tenía que trabajar en la oficina. De modo que al caer la tarde, McLemore, desasosegado, salió a pasear por las angostas calles de La Habana Vieja, apartando manadas de jineteros que pedían bolígrafos, goma de mascar, cualquier cosa. De vuelta en la ciudad de la mujer que ocupaba sus pensamientos, se sentía de pronto muy solo sin ella. Debía ordenar sus prioridades. ¿Se había convertido ella en parte de su proyecto, o era su proyecto una excusa para estar con ella? Su mente decía "proyecto"; su corazón, "mujer". Sonrió al pensar en la identidad que ella compartía con su país. La conexión inexpugnable era que Trinidad era Cuba, y que Cuba era Trinidad. Se pasó la mano por el fino rocío salado que le humedecía el pelo. ¿Tendría que convencerla de que él no era los Estados Unidos, y que los Estados Unidos no eran él?

Pensando en su partida de la vez anterior, volvió a su mente la otra preocupación, la del viejo delgado... el que alegaba haber conocido a su padre. Por alguna razón, casi esperaba que el hombre viejo lo estuviera esperando, preparado a revelar el intrincado misterio de su padre desaparecido. Ahora que no se lo veía por ningún lado, McLemore se inclinaba a creer que el viejo no era más que una pesadilla, un espectro inquieto de su inconsciente reprimido. Después de todo, durante su único encuentro directo, la noche de septiembre previa a su partida, McLemore andaba navegando sin timón en un mar de ron y triple sec.

Tomando mentalmente nota del vívido contraste entre algún ocasional edificio restaurado de apartamentos o negocios y quizás un museo y las ruinosas fachadas que apuntalaban a ambos lados, McLemore dobló una esquina y se topó con el mechón descolorido de rulos, propio de un *surfer*, que coronaba la encarnada cara de Sam Ramsay, acompañado de un hombre y una mujer. Lo animado de su charla les impidió ver cómo McLemore se escabullía en un zaguán. Pasaron, y McLemore oyó decir al gesticulante Ramsay, en una suerte de susurro escénico:

—...el maldito idiota no nos quiso decir nada, no quiso ayudar...

Y desaparecieron. McLemore se percató de pronto de que, al menos para los yanquis, La Habana era una ciudad pequeña.

• • •

La Unión Soviética nunca había colocado misiles nucleares fuera de sus fronteras. El primer ministro Nikita Khrushchev diría luego: "La instalación de misiles en Cuba, según pensaba yo, impediría que los Estados Unidos iniciaran una acción militar precipitada contra el gobierno de Castro". Los funcionarios cubanos tenían una perspectiva más estratégica: "Nosotros hacíamos esto, no tanto por defender a Cuba, como para cambiar la correlación de fuerzas entre el capitalismo y el socialismo".

Khrushchev expone su política de manera más contundente: "Era hora de que los Estados Unidos se dieran cuenta de lo que se siente cuando su propio país y su gente están amenazados. Les daremos a los norteamericanos un poco de su propia medicina".

Consciente de que se estaba preparando algo, en septiembre de 1962 el presidente John Kennedy envía públicamente una advertencia a la Unión Soviética, diciendo que si los Estados Unidos llegaban a descubrir "misiles ofensivos de tierra a tierra en Cuba, se suscitarían consecuencias gravísimas".

Sobrevolando la parte occidental de Cuba a fines de septiembre de 1962, un avión espía U-2 fotografía un patrón trapezoidal, característico de instalaciones de lanzamiento de misiles soviéticos, con la ciudad de San Cristóbal como punto central. Alrededor del mismo tiempo, Nikita Khrushchev utiliza a un oficial de la inteligencia militar soviética, llamado Georgi Bolshakhov, destinado en la Embajada Soviética en Washington, para que le asegure a John Kennedy que sólo se han enviado "armas defensivas" a Cuba.

El vuelo de un U-2 en la mañana del 14 de octubre obtiene evidencia fílmica de una instalación de misiles balísticos R-12, de mediano alcance (o misiles SS-4, según la designación del ejército estadounidense) en el oeste de Cuba. Confirmada el 15 por analistas fotográficos muy sofisticados, la noticia de la evidencia es trasmitida esa misma noche a McGeorge Bundy, asesor de seguridad nacional. El 16, temprano por la mañana, Bundy notifica al Presidente. La crisis de los misiles ha comenzado oficialmente.

El Presidente convoca a sus principales asesores, un grupo que pronto será llamado el Ex Comm (Comité Ejecutivo). Dean Rusk, secretario de Estado, dice: "Debemos poner en movimiento una cadena de hechos para eliminar esta base. Yo no creo que debamos permanecer sin hacer nada. La cuestión es si lo hacemos sin anunciar, mediante un golpe repentino de alguna clase, o si intensificamos la crisis al punto que el bando opuesto deba considerarlo seriamente y desistir de sus intenciones". Agrega que la situación "bien podría conducir a una guerra generalizada".

El secretario de Defensa, Robert McNamara, dice que un ataque aéreo contra la instalación de misiles y otras instalaciones militares "podría llevarse a cabo, casi literalmente, en cuestión de horas", pero que debería continuar "una cantidad de días" para completarse el propósito.

El general Maxwell Taylor, nuevo presidente de la comisión conjunta de jefes de personal, dice: "Una vez que hayamos destruido tantas de estas armas ofensivas como sea posible, debemos impedir que ingresen más, lo que implica un bloqueo naval... Al mismo tiempo, debemos reforzar Guantánamo [la base militar permanente de los Estados Unidos en la punta oriental de Cuba] y evacuar a las familias del personal militar". Dice que una vez evaluado el ataque aéreo, éste proporcionará la base de la decisión de atacar o no. Pero considera que ésa es la decisión más difícil "que debemos analizar en profundidad, antes de meter los pies en el hondo fango de Cuba".

El hermano del Presidente, Robert Kennedy, dice que con un ataque aéreo sorpresivo "se matará a mucha gente —no especifica si cubanos o soviéticos, civiles o militares— y vamos a generar exceso de calor".

Después de largas discusiones, el Presidente dice: "No creo que tengamos demasiado tiempo con estos misiles... Ciertamente, debemos hacer lo primero: eliminarlos. Lo que denomino lo segundo, es un ataque aéreo general. Lo tercero es una invasión general. Al menos haremos lo primero, de modo que hay que prepararse para ello".

Como era su costumbre, Robert Kennedy se quedó después de la reunión inicial con el Ex Comm y siguió al Presidente hasta la Oficina Oval. "Bob —le dice el Presidente—, las fotos [del U-2] son espectaculares. Son toda la prueba que necesitamos para confrontar a Khrushchev. El hijo de puta nos ha estado mintiendo desde la primavera pasada. Descaradamente. 'No hay armas ofensivas.' ¡Qué mierda! Cree que somos estúpidos... o que somos débiles. De una forma u otra, debemos demostrarle que está equivocado."

Robert le responde: "Estoy de acuerdo, Jack. Pero ayudaría mucho tener una prueba sobre el terreno de lo que ellos han colocado allí y de la clase de preparativos que están haciendo".

El Presidente está de acuerdo. "Seguro. Las fotografías no bastan... para tomar una gran decisión... como un ataque aéreo o una invasión. No bien regrese McCone [director de la CIA, que estaba en Seattle, en el entierro de su hijo adoptivo, muerto en un accidente automovilístico], quiero que hables con él para que envíe a su mejor gente... tres o cuatro, quizá cinco, seis... a Cuba. Gente que hable el idioma, con antecedentes cubanos. Nada de exiliados. Se meterían en problemas. Nuestra propia gente. Haz los arreglos para que me informen directamente a mí cuando vuelvan."

Robert comenta: "Cuando regresen. Ese es el problema. Hacerlos entrar va a ser un infierno. Sacarlos, peor. Lo hicimos varias veces en el 61 [antes de la Bahía de Cochinos, que Robert no quiere nombrar]. Ahora es diez veces más difícil. Me parece que si mandamos a cuatro, tendremos suerte si vuelve uno. Cuantos más enviemos, mayores serán las probabilidades de que vuelva uno. Pero cuantos más enviemos, mayor será la probabilidad de que Castro los descubra..."

Abstraído, el Presidente decide: "Envía a cuatro o seis. Tú y McCone lo deciden. Pero que no se le diga nada a nadie más. Y averigua si John tiene la manera de que ellos envíen información... aun en el caso de que no vuelvan".

14

La mirada vidriosa de McLemore descansó distraídamente sobre los documentos esparcidos en la mesa frente a él. Después de asomar la cabeza por la puerta tres veces en la última media hora, el viejo archivista del Ministerio de Relaciones Exteriores le informó a McLemore que estaba más que listo para irse. Normalmente, McLemore se habría ido para las dieciocho. Durante más de una hora había revisado el archivo de documentos sin importancia, en su mayoría copias carbónicas de memorandos del Ministerio de Defensa relacionados de alguna forma con la confrontación de los misiles de 1962. En ese archivo encontró inventarios de armas, misiles y secciones explosivas retirados después de la crisis. Los huéspedes militares soviéticos habían permitido que sus anfitriones políticos cubanos participaran en el embalaje y embarque de las armas nucleares y también de gran parte del arsenal convencional. Para McLemore, sin embargo, parecía haber un problema. O bien un militar cuentaporotos había cometido un simple error en los números, o los soviéticos habían traído un par de secciones explosivas que no se llevaron. El pequeño y sofocante cuarto, más la extravagante idea de un par de armas nucleares faltantes, sumió a McLemore en una especie de ensueño.

¿Cómo, por amor de Dios, pudo esta isla llegar a convertirse en el gran punto clave para el forcejeo entre la democracia y el comunismo? ¿Un paraje donde se adoraba la santería, se bebía ron, se fumaba cigarros, se bailaba danzas tropicales y se tomaba el sol sobre la arena? Algo no andaba bien. O bien la historia era un popurrí de coincidencias, errores, cálculos equivocados y accidentes a punto de ocurrir, o Cuba significaba algo. Para el que pensaba que existía cierta lógica, cierta forma de razón en los asuntos humanos, entonces había algún fundamento para la creencia instintiva de que Cuba era la plataforma de uno de los grandes dramas de todos los tiempos, que no se trataba sólo de la encrucijada donde ocurrían los grandes desastres ferroviarios. La crisis de los misiles no era sólo una catástrofe que no llegó a producirse. Se trató, realmente, de trece días que sacudieron el mundo. La historia dio un giro en ese momento. Khrushchev retrocedió, y a partir de entonces empezó su deslizamiento hacia la oscuridad. Su vacilación en la crisis de los misiles proporcionó el engrudo que unió a sus críticos en el Politburó y condujo a su remoción en favor de Brezhnev, el apóstol de la *détente*. Por su parte, Kennedy abandonó su compromiso de deponer a Castro —de una manera u otra— a cambio del retiro de los misiles. La CIA podía llegar a tragarse eso. Pero resultaba difícil creer que sus aliados en la coalición —la mafia y los exiliados cubanos de la línea dura— se lo tragaran. ¿Fue esta decisión la que puso en funcionamiento la compleja química que derribó a Kennedy trece meses después? No es necesario ser un Gibbon o un Shakespeare para imaginar el número de piezas de dominó que pudo haber volteado la crisis de los misiles, librada en el escenario de esta arrobadora isla.

McLemore tenía dolor de cabeza. Esta era una clase de macrohistoria que él no estaba preparado para manejar. La noción de que grandes piezas de la historia del siglo XX pudieran haber sido movilizadas por un caótico período de trece días en esta apartada estación del globo —período en el que el comportamiento de fuerzas políticas titánicas se caracterizó más por la confusión y el error de cálculo que por la prudencia o la deliberación— era el tipo de gran idea a la que él no estaba acostumbrado. No obstante, quizás era la lección que estaba buscando. Quizá la historia fuera simplemente una serie de catástrofes, causadas, como en el caso de la de la Primera Guerra Mundial, por los que se escaparon de sus jaulas como bestias salvajes porque sus guardianes eran estúpidos, o, como la crisis de los misiles en Cuba, por los que fueron mantenidos dentro de sus jaulas gracias a un chapucero instinto de supervivencia. Como pasaba siempre que reflexionaba sobre aquellos trece días, apareció en su mente la imagen de su padre con los ojos plenos de tranquilidad y aprehensión a la vez, una imagen formada por el niño que escuchaba sus relatos a la hora de dormir. Inclusive cuando se mantiene encerradas en sus jaulas a las rapaces bestias de la historia, alguien debe sacrificarse. Alguien debe estar allí, para segurarse de que la cerradura no sea violentada. ¿Habría sido ése el papel desempeñado por Jack McLemore hacía treinta y seis años?

McLemore miró los polvorientos escritos, el inventario de misiles, secciones explosivas, piezas de artillería, tanques y armamentos livianos. ¿La confusión del momento hizo que oficiales nerviosos y torpes subordinados contaran mal? Tuvo que haberse producido el caos en los muelles de Mariel y de los otros puertos principales. "¡Bajen ese material! ¡Cárguenlo y váyanse de prisa! Los yanquis tienen sus U-2 sobre nuestras cabezas. Que se preocupen ellos de contar. Los jefes del Kremlin sólo quieren que saquemos todo esto de aquí. ¡Cárguenlo en los camiones!" Inquietos sargentos sudando sobre los anotadores sujetos sobre tablillas fácilmente pudieron haber pasado por alto un par de embalajes de tamaño mediano. McLemore imaginó la escena.

Al ver que el bibliotecario —que doblaba en edad a los papeles— volvía a asomar la cabeza por la puerta, McLemore apartó la silla de la mesa, estiró los brazos, y se puso de pie. Cuando el anciano se dio vuelta, aliviado por la idea de que ahora podía irse a su casa a comer, McLemore hizo algo que más tarde no se pudo explicar: dobló el memorándum con el inventario de las armas y se lo metió en el bolsillo interior de su chaqueta. En ese momento le pareció que era necesario hacerlo, aunque fuera por la única razón de que quería estudiarlo una vez más en su cuarto del hotel. Como disculpa, se prometió devolverlo al archivo donde, de todos modos, no volvería a ser estudiado.

Después de agradecer profusamente a su anciano custodio, McLemore abandonó los confines del anexo del Ministerio de Relaciones Exteriores y echó a andar hacia su hotel. Para entonces ya estaba familiarizado con las calles de La Habana y podía orientarse sin temor de entrar en extraños callejones sin salida. Aún sumido en su ensueño, sin dejar que lo distrajeran el rumor y bullicio de la vida callejera de La Habana, a lo que ya estaba acostumbrado, se puso a pensar en el enigma que representaba Cuba para él. Era un rico y complejo guisado cultural: indios, españoles, africanos, británicos, franceses, yanquis, mafiosos con todas sus complejas variedades —de Sicilia y otras procedencias— y, breve e improbablemente, rusos. ¿Qué hacía a esta isla —típicamente caribeña en otros sentidos— un verdadero imán para piratas, negociantes, intrigantes, renegados y cazafortunas? ¿Cómo era posible que estos afloramientos con forma de lagarto se convirtieran en una encrucijada política? Podía entender que el gran puerto natural, para cuya custodia se construyera la ciudad de La Habana, ejerciera su fascinación sobre los buscadores de fortuna del siglo XVI, cuyas grandes embarcaciones partían de los puertos españoles, impulsadas por hiperbólicos vientos colombinos, heraldos de tesoros ilimitados. Podía entender también que esos mismos galeones españoles cargados de tesoros, que aguardaban frente al puerto de La Habana antes de emprender el regreso, atrajeran a los piratas, ávidos de una parte de esos tesoros. Quizá, reflexionaba, el agitado destino de Cuba era el resultado de un místico entrecruzamiento de fabulosas líneas de sur a norte y de este a oeste que generaban una resistencia eléctrica a la serenidad.

Como por transubstanciación, apareció un compañero a su lado.

—¿Cómo está? —dijo el viejo con esa voz que venía de más allá del tiempo—. Es bueno que haya vuelto.

Sin sorprenderse por el hecho de que el espectro se hubiera materializado de la nada, McLemore lo saludó con una sonrisa burlona.

—De algún modo yo sabía que, sin tener que buscar mucho, me encontraría. —Caminaron en silencio una cuadra. —¿Qué probabilidad hay de que me diga su nombre? —preguntó por fin McLemore.

—Prescott —respondió la voz vieja—. Mi primer nombre es John. Pero aquí todos siempre me han dicho Prescott.

—¿De dónde es usted… en los Estados Unidos? —preguntó McLemore, presionando.

—De California. Salinas. Fui allí después del seminario. Tenía una pequeña parroquia. Nunca salía… hasta que vine aquí. No recuerdo si se lo dije antes… era, soy, supongo… un cura.

Estaban en la calle O'Reilly, yendo hacia el este a través de la ciudad vieja en dirección al hotel Santa Isabel. Este era pequeño, de veintisiete habitaciones, en la plaza de Armas, a una cuadra del puerto. Costaba más que el Deauville, pero había suficiente en la beca de estudio para cubrirlo. A McLemore le gustaba más la ciudad vieja, de todos modos, y si el Santa Isabel tenía fantasmas, seguramente no eran los de la mafia de la década de 1950, como los que rondaban por los corredores del Deauville, con su olor a humedad.

McLemore se detuvo y tomó el flaco codo del viejo.

—¿Qué le parece una cerveza? O, mejor aún, permítame que lo invite a comer algo. —Miró el reloj. —Es hora de comer. Vamos. —Empezó a llevar a su compañero hacia una calle lateral.

Prescott parecía confundido.

—No sé —dijo—. No… parece correcto. No es mi intención mendigar —tartamudeó—. Quizás otra vez.

—No. Vamos —dijo McLemore, cortés pero insistente—. Ahora. Tenemos cosas de qué hablar. De la última vez. Vamos, que eso no espera.

Prescott se dejó llevar con desgano por una calle bordeada por edificios destartalados y llena de tablas y materiales de construcción, restos de autos viejos, perros encogidos de miedo, gente charlando en zaguanes sofocantes y charcos de agua estancada que quedaban del último chubasco. Desde la placita donde estaba El Floridita —el lugar en que había ofendido a Trinidad en el viaje anterior— caminaron dos cuadras más.

McLemore sabía adónde iba. Encontró el letrero que decía JULIA, y metió la cabeza por la puerta. Una de las tres mesas estaba vacía, y allí llevó a Prescott.

—Por favor —le dijo, e indicó la mesa con un ademán. No vio a la efervescente Julia. Se les acercó una mujer joven, posiblemente una prima de Carlos, contenta al ver a alguien que obviamente tenía dólares yanquis.

—Dos cervezas Cristal, por favor —pidió McLemore.

No había cambiado nada, notó mientras inspeccionaba el pequeño cuarto atestado. Dos pequeños ventiladores oscilantes volaban las moscas y proporcionaban una brisa leve. Las baldosas del piso estaban gastadas por los años. El lugar era un monumento al kitsch cubano. Detrás de su mesa había un bar pequeño, adornado con parpadeantes luces de Navidad, con la figura de un Buda fumando un cigarro en uno de los extremos y en el otro un indio piel roja de cerámica que, a diferencia del Buda y de sus compatriotas estadounidenses, no tenía cigarro. Contra la pared opuesta había un vetusto diván, color verde, en el que varios miembros de la familia y amigos descansaban del trabajo del día. Sobre el diván se veía una lámina de la antigua Venecia, completa con góndola y gondolero, y además con una diminuta pareja de recién casados en su luna de miel, condenados a recorrer el Gran Canal por el resto de sus días. En un rincón había un jarrón con flores a punto de marchitarse a pesar de ser de plástico. Varias pequeñas cabezas de ciervos decoraban la pared a ambos lados de la lámina. Encima de Prescott, sobre la pared, se extendía un tapiz formidable dominado por una amazona semidesnuda, de enormes proporciones, escoltada por un león y un tigre de aspecto pensativo o con un fuerte dolor de muelas.

A través del cortinado de bolitas sobre la apertura que llevaba a la cocina, en la parte posterior, emergió la exuberante Julia en busca de alguien a quien alimentar. Miró por un instante a McLemore y luego se detuvo, confundida. De repente, recordó. ¡El amigo de Carlos! Cargó sobre la mesa, precedida por una andanada de "holas". Los hombres se pusieron de pie, y ella los abrazó con afecto. Se retiró a la cocina a preparar las viandas, y a continuación procedió a anunciarles todos los platos que tenía: congri con "cristianos y musulmanes", plátanos fritos, mandioca, todo lo cual vendría acompañado de más cerveza.

McLemore le explicó a Prescott su conexión con Carlos, su traductor, y, por su intermedio, con la tía Julia.

—Pero usted debe saber todo esto. La segunda vez que lo vi fue frente a la plaza. —Hizo una pausa para pensar, luego continuó. —Donde me encontró esta noche. Usted se ha cruzado por mi sendero de una forma muy eficaz, tanto en este viaje como en el anterior. Si no lo supiera, yo diría que cuenta con una buena red de inteligencia. Según lo que me dice, yo me inclinaría por suponer que tiene suerte.

El viejo tenía la canosa cabeza inclinada y mantenía los ojos sobre la mesa.

—Yo sabía que algún día aparecería por estas partes. Lo sabía. Y no me di por vencido. Esperarlo se convirtió en casi una vigilia para mí. Como si hubiera sido puesto aquí para esa misión.

Parecía dispuesto a irse. Luego llegó la cerveza y se quedó.

Mientras sorbían la cerveza fría, McLemore resolvió adoptar una técnica indirecta, pues era obvio que Prescott seguía resistiéndose a retomar la historia de la suerte corrida por su padre.

—He estado pensando mucho en Cuba desde que me fui, hace un mes, y también desde mi vuelta. Este lugar es único. Estoy tratando de descubrir por qué, y en qué sentido lo es. Y también de imaginarme cómo podrá liberarse del histórico callejón sin salida en que está metido... sin violencia, sin volver a la década de 1950, y con un resquicio de honor.

Bebió su cerveza y aguardó.

—La manera en que resolvamos este asunto —dijo por fin Prescott— de Cuba... nos dirá mucho acerca de nosotros mismos ... y si nosotros, los norteamericanos, los seres humanos, hemos hecho algún progreso en la civilización. —Miró hacia el frente del restaurante. —Cuando yo llegué aquí, hace muchos años, era muy ingenuo. Pensaba que quizás algo bueno podía suceder aquí... que esta gente tenía la posibilidad de escapar del colonialismo, del lado oscuro del capitalismo, y de todos los ismos. Que, de hecho, podíamos construir una república justa aquí. —Meneó la cabeza. —Era demasiado pedir, demasiado esperar. Después de todo, son sólo seres humanos. Ellos también tienen demasiada historia sobre la espalda, demasiada desconfianza... de nosotros, los yanquis, de las grandes corporaciones, de las mafias, de pandilleros y saqueadores. Ellos han visto demasiado para poder ser inocentes. Pero tenían la probabilidad, por primera vez en su larga historia de esclavitud, de crear una república del pueblo, erigir un monumento a la justicia y reverenciarlo.

Parloteando mientras venía, Julia fue trayendo fuentes y fuentes de comida y más cerveza, y luego se restregó las enormes manos de satisfacción mientras ellos atacaban.

—¿De qué clase de justicia habla? —preguntó McLemore entre bocado y bocado de congri—. ¿De la clase que dieron a los agentes de Batista que metieron en el castillo del otro lado del puerto?

—No —respondió Prescott, mientras sacudía tristemente su larga cabeza—. Me refería a otra cosa. Junto con muchas otras personas, yo estaba dispuesto a pasar por alto esa clase de justicia revolucionaria en aquel primer momento con la esperanza de que, cuando los barbudos se libraran de todo su odio, descubrieran la verdadera justicia... la clase de justicia en la que creían, según alegaban.

—¿En qué clase de justicia cree usted... padre? —le preguntó McLemore.

—No me llame así —dijo con fervor Prescott—. No soy un padre... un sacerdote... No lo he sido en mucho tiempo. Y no lo seré más. No podría serlo ni aunque quisiera, y tampoco sabría ya cómo serlo, de todos modos.

Apartó el plato de arroz y porotos —cristianos y musulmanes— y miró a McLemore con fijeza. McLemore no pudo resistir el calor de esa mirada y por un momento se preguntó si el viejo se habría vuelto loco.

—Le diré de qué estoy hablando. Estoy hablando de justicia humana... lo que ahora llaman justicia social, supongo. Creo en esa justicia para todos. Un lugar donde vivir, suficiente comida, medicamentos para los niños, aunque no se puedan pagar. Un trabajo decente, honesto. Eso es lo que enseñó Jesús. Por eso me uní a la iglesia. Porque eso era lo que él predicaba. Jesús no era capitalista ni comunista. Era un ser humano que creía que todos somos divinos. Todos somos criaturas de Dios. ¿Qué más divino que una criatura? Los niños son el reino de los cielos. ¿Qué clase de país... de sociedad... no puede encontrar la forma de alimentar a sus niños? ¡Primero! Antes que nada. Antes que las armas y las balas. Antes que las carreteras y la reducción de impuestos y las limosnas a las corporaciones. Cuando las escuelas son pocilgas y los bancos templos griegos, no hay civilización. Para los ricos, la justicia significa meter a los criminales en la cárcel. Castigar al niño que roba una bicicleta. No pueden pensar más que en eso. Castigos y cárcel. Esa es su definición de la justicia. Pero eso es poco más que venganza. ¿Qué hay de la justicia que es equidad y perdón y bondad? ¿Qué pasó con esa clase de justicia? —Los labios del viejo temblaban levemente, pero su mirada era ardiente e impertérrita. —Algún día he de encontrar un país en que los niños sean los reyes y los dioses. Allí barreré las calles el día entero, feliz de poder hacerlo. Ese será mi país.

Prescott agachó la cabeza y se volvió al mismo tiempo, turbado, al parecer temeroso de que McLemore pudiera levantarse e irse, apartarse del loco. O, peor aún, echarse a reír.

McLemore extendió el brazo para tocar el huesudo hombro, pero de repente descubrió que a él también lo embargaban sus propias emociones.

15

De pie frente al escritorio del coronel Núñez, penosamente consciente de que no había sido invitado a sentarse, Lázaro Suárez hizo descansar el peso sobre el otro pie, tenso. Núñez estudiaba los papeles como si hubiera que memorizarlos. No había dicho ni una palabra desde el momento en que Suárez entrara, cinco minutos antes. Aunque era contrario a su naturaleza, en ocasiones como ésta Suárez no podía dejar de notar la enorme fealdad de Núñez. Él no sabía que lo llamaban "cara de piña", en parte debido a su parecido con el ex presidente de Panamá, Manuel Noriega, el traficante de drogas defendido por los estadounidenses, y en parte debido a la ruina que era su arrugada piel. Todo el mundo sabía que Núñez conservaba su cargo de jefe del servicio secreto gracias a su crueldad y no a ninguna promesa de congenialidad.

Núñez se puso a canturrear despacito: un sonido monótono y cascado que parecía un generador con un fusible deteriorado. Levantó los ojos, fingiendo sorpresa, como si se hubiera olvidado de la presencia del hombre que, minutos antes, había recibido su urgente convocatoria.

—Siéntate, Lázaro. No seas el tonto de siempre. —Hizo un ademán de autorización con una mano, mientras con la otra daba vuelta los papeles. Suárez retrocedió para ocupar la única silla disponible, que estaba contra la pared.

—Maldición, Suárez, trae esa silla a su lugar —bramó Núñez, exacerbado. Suárez sabía que lo estaba humillando, algo que sucedía con mayor frecuencia cada vez, pero no entendía por qué.

—¡Maldita sea! —rugió Núñez, castigando su inocente escritorio con su potente puño izquierdo. Finalmente, empujó los papeles sobre el escritorio hasta Suárez. —¡Lee esto! —No agregó la palabra "imbécil", implícita en su tono.

Suspirando, Suárez leyó el informe de inteligencia, al parecer de un agente en Miami cuyo nombre en código era Luz de Noche. Suárez desconocía oficialmente el nombre verdadero de Luz de Noche, aunque lo había averiguado por sus propios canales de información, de todos modos. Después de los acostumbrados datos preliminares —fecha, lugar, circunstancias, y cosas por el estilo— Luz de Noche informaba:

> Recientemente, varios miembros del grupo autodenominado Bravo 99 abandonaron temprano el punto de reunión durante la cena en La Casa Blanca. Permanecieron no más de seis, entre ellos, al parecer, la plana directiva. Alrededor de una hora después, desde mi puesto de seguridad en la calle, observé retirarse a este segundo grupo. Iban susurrando entre sí, de una manera excitada, al parecer, y luego se separaron. A continuación fui al hotel y recogí la cinta grabada. Con la ayuda de algunas fuentes, localicé a Ulanov cuando éste llegó a la ciudad, tomé el cuarto contiguo en el hotel, e intervine su teléfono. Las partes importantes de la cinta decían: "Recibiré el primer pago pronto... Entregaré los mapas y diagramas requeridos por los compradores... Tienen prisa... algo referido al fin de año... Un trato complicado acerca de 'pagar uno, pero obtener los derechos de dos'... o algo por el estilo... No lo entiendo... (Risas.) Sí, norteamericanos, con seguridad... aunque del sur... Muy ansiosos. Mucho". Luego algo que no entendí. Lo vigilé varios días. Volvió a La Casa Blanca. Se reunió con dos tipos, ambos de la reunión de la noche anterior. Una gran maleta pasó de manos. De ellos a él. De él a ellos, dos sobres grandes. Más después.

Suárez levantó la mirada. Núñez había estado estudiando la parte superior de su cabeza mientras leía el informe.

—Muy bien, Lázaro, ¿cómo interpretas esto?

—Igual que usted, seguramente, coronel. Este grupo Bravo le está comprando armas a los rusos. Las únicas preguntas importantes son tres: uno, ¿quiénes son los del grupo Bravo?; dos, ¿por qué le compran a un ruso?; tres, ¿de qué armas se trata?

—¿Qué crees tú, Lázaro? ¿Cuáles son tus respuestas?

Suárez vaciló; sabía que lo cocinarían a fuego lento si omitía algo obvio o le decía a Núñez algo que ya sabía.

—Bien, el grupo Bravo es un desprendimiento de una vieja agrupación de línea dura o quizá la próxima generación de duros. Les están comprando al ruso porque vende las armas acostumbradas: armas pequeñas, C-4, granadas, etcétera, a menor precio. O porque les está vendiendo algo nuevo. Material soviético de última generación, de precisión óptica, con visión nocturna, detonadores. Quién sabe. Podría ser cualquier cosa.

Núñez esperaba para ver si tenía que decir algo más creativo.

—Lázaro, no te puedo decir cuánto me entristece esto. Tú eres lo mejor que tenemos. Y sin embargo... no acabas de comprenderlo. Estamos en guerra. ¡En guerra! —gritó de pronto, poniéndose de pie y reanudando los golpes sobre el impotente escritorio—. Quieren matarnos. A todos. ¿No lo ves? ¿No lo entiendes? Están conspirando con los rusos, nuestros viejos "amigos", para matarnos. Te digo, Lázaro, que van a iniciar una verdadera guerra aquí. Eso es lo que traman.

Suárez se estudió los zapatos por un momento.

—Casi hemos duplicado el número de oficiales de aduana en aeropuertos y puertos, coronel. Hemos puesto mucho personal en las calles, que vigilan a cualquier "turista" que se adecua a nuestro perfil de terrorista, según sus instrucciones. No sólo en La Habana, sino en todas las ciudades. Tenemos bajo vigilancia a todos los principales disidentes, y nos hemos infiltrado en sus grupos. —Se encogió de hombros y extendió las manos con las palmas hacia arriba. —Yo he hecho todo, y más, de lo ordenado por usted. Dígame, por favor, qué puedo hacer.

Núñez juntó los dedos y estudió la catedral que formaron.

—Te diré lo que puedes hacer. Puedes ceder todas estas responsabilidades a Hernández. A Félix. El es bueno para cumplir lo que otros organizan. Y él me informará directamente a mí. Y le daré una patada en el culo si no lo hace bien —añadió gratuitamente Núñez—. Lo que quiero que hagas tú, Lázaro, es que te aboques a la investigación del maldito grupo Bravo.

Suárez se enderezó en su silla. Esto era una seria degradación, o una orden para concentrarse en la amenaza principal.

—Como desee, coronel. Pero necesitaré ver todo el tráfico de inteligencia y conocer a los agentes involucrados... suponiendo que haya más de uno. —Pensó un momento. —¿Cuánto sabemos de este tal Ulanov?

—Aparte del hecho de que es ruso, y traficante de armas, nada más —respondió Núñez—. Se masajeó el paisaje poceado de la cara, se puso de pie y empezó a pasearse detrás del escritorio. —Tú conoces a algunos de los agentes que tenemos en Miami. Pero no a Luz de Noche. En realidad, no necesitas saber quién es Luz de Noche. Basta con que conozcas el tráfico, te identifiques, y pases a ser el contacto de Luz de Noche. Descubre todo lo que puedas acerca de Ulanov y del grupo Bravo. Esa es tu tarea... de tiempo completo. Nada más. Yo te ayudaré a hacer la lista de compras para Luz de Noche. Las preguntas a formular. Pero concéntrate sobre todo en el producto que vende Ulanov y en lo que intenta hacer Bravo con él.

—Sea lo que fuere —dijo Suárez entrando en la corriente de pensamiento—, es algo que tienen que traer aquí. Si vigilamos a estos seis tipos del grupo Bravo, y al ruso, podemos saber cuándo intentan traer las armas… y estar esperándolos. Podemos localizarlos en el mar y estar en la playa cuando desembarquen.

—No es tan fácil —gruñó Núñez—. No tenemos bastante gente en Miami para poner una vigilancia permanente para todos ellos. Los podríamos perder fácilmente si parten de algún muelle remoto en los cayos. Y tampoco contamos con suficiente patrulla costera para vigilar todos los posibles lugares de desembarco. Además, no tenemos ni idea de qué le están comprando al ruso. Podría ser un tanque. Podría ser una radio de transistores. Podría ser un nuevo explosivo de alta potencia en una cámara de video puesta en la valija de un turista. O diversas combinaciones. Podría ser una nueva pistola diminuta o una lapicera con veneno o algo así que lleve alguien cerca del Presidente y lo mate. —Los ojos de Núñez se abultaron, como si detrás de ellos se fuera formando un huracán, perqueño pero maligno. —Los malditos rusos solían matar a la gente con la punta envenenada de un paraguas.

Núñez se paseaba ahora por el cuarto y detrás de la espalda de Suárez. Éste se puso de pie y caminó hasta la pared opuesta. Temía que su jefe, en un ataque de furia, lo atacara por atrás. Una idea iba tomando forma en su mente, y por un instante se preguntó si Núñez sería lo suficientemente inteligente para habérsela plantado allí mediante alguna maniobra.

—Coronel, se me está ocurriendo que deberíamos sustituir al ruso o… infiltrarnos en el grupo Bravo.

—Ahora sí que estás pensando —dijo Núñez con una sonrisa malvada.

Por un instante, Suárez tuvo miedo de que Núñez lo abrazara.

—¿Podría Luz de Noche hacer eso? ¿Infiltrarse?

—No lo creo —dijo Núñez—. No es imposible, pero no lo creo. Podríamos intentarlo, pero no lo creo.

Suárez tuvo un escalofrío.

—De aquí no hay nadie que pueda hacerlo, coronel. No podemos conseguir visas y, además, los norteamericanos nos conocen a todos… o eso creen.

—Estaba pensando en enviar a Trinidad allá —dijo Núñez— para que seduzca a uno de esos hijos de puta. Probablemente podríamos hacerla entrar ilegalmente… de noche, o algo así. Ella habla buen inglés. —Levantó la mano cuando Suárez quiso protestar. —Es arriesgado, lo sé, pero no tenemos muchas opciones.

—Coronel, usted no puede hacer eso. La descubrirían y la matarían. Ella…

—No me digas lo que puedo y no puedo hacer, Suárez —gruñó Núñez, apretando los puños. Los usaría contra el escritorio o contra él, pensó Suárez. —Te he dicho que esto es una guerra. Esos hijos de puta nos quieren matar. Si no averiguamos lo que planean antes de la celebración del aniversario, seguramente tratarán de matar al jefe... y probablemente a tantos otros de nosotros como puedan.

—Pero, coronel, esto...

—Esto nada, Suárez. Sería un gran honor para ella. Además, es una verdadera revolucionaria. Si salva la vida del jefe, pasa a la historia... no importa lo que ocurra. Piensa en ello. Si pudiera ayudarnos a terminar con estos tipos... por lo menos, a advertirnos lo que planean, le construiríamos un monumento tan grande como el de Martí.

—Es demasiado peligroso —dijo Suárez con firmeza—. Si aparece alguien nuevo en Miami y va a golpear a la puerta en la mitad de un gran operativo... si de eso es lo que se trata... se darán cuenta de inmediato. Demasiado peligroso.

—¿Tú tienes una idea mejor, Lázaro? —preguntó Núñez—. Tú dime qué hacer ahora. Quizá quieras mi puesto. —Suárez meneó la cabeza, miserablemente. —Entonces, permíteme ofrecerte otra salida —dijo Núñez con suavidad—. Tú y Trinidad consiguen que ese profesor yanqui de ella lo haga por nosotros. Logran que averigüe qué quieren hacer esos hijos de puta.

—Coronel, es un profesor —dijo con exasperación Suárez—. No sabe nada... de nada. Es un académico confundido. Un yanqui. No trabaja para nosotros. Por lo que yo sé, nos odia. ¿Por qué iba a arriesgar su vida por Cuba?

—Busca una razón para que lo haga. Haz que se enamore de Trinidad. Haz que se dé vuelta. Págale. No me importa. Permíteme repetirte las opciones. Enviamos a Trinidad; le encargamos la tarea al profesor; o, Lázaro, tú sugieres una idea mejor.

Núñez despidió a Suárez con un movimiento de muñeca. En la antesala de la oficina de Núñez, Suárez completó un formulario requiriendo acceso a dos carpetas, una bajo el nombre de "Bravo 99", la otra, de "Ulanov".

Recorrió el vestíbulo del piso superior del Ministerio del Interior y le pidió a su asistente que enviara por Trinidad Santiago. Cuando ella llegó, se limitó a tomarla de un brazo y llevarla fuera del edificio. Todo el mundo suponía que Núñez había intervenido los teléfonos e instalado micrófonos en todas las habitaciones del ministerio. Trinidad sabía que Suárez se comportaba de esta manera sólo cuando había tenido un encontronazo con Núñez o estaba muy molesto. Caminaron en silencio dos tercios del trecho alrededor de la plaza de la Revolución y luego se sentaron sobre el césped.

—Quiere enviarte a Miami... para que te infiltres en este absurdo grupo Bravo —le dijo Suárez.

—Es una locura, Lázaro —dijo Trinidad al cabo de un momento—. No puedo conseguir visa... de cualquier manera, no bastante pronto como para que sirva de algo. Se van a dar cuenta en seguida de lo que soy. ¿Por qué iban a aceptar a una mujer, admitirla en su complot, si eso es, casi en el momento crucial?

—Habla de hacerte entrar ilegalmente.

—Habría una probabilidad en cincuenta de lograrlo —dijo ella, apretando los dientes—. Sacudió la cabeza. —Está loco, Lázaro. Este asunto lo ha llevado a la locura. La dificultad de ingresar en el grupo es diez veces mayor que engañar a la Guardia Costera de los Estados Unidos.

Suárez suspiró.

—Tiene un plan alternativo.

Hizo una pausa, y ella contuvo el aliento, esperando lo peor.

—Quiere que tú consigas que el profesor trabaje para nosotros.

—¡Maldición, Lázaro, ésa era tu idea! Te dije que no lo haría. Luego intenté hacerlo. Y él me rechazó. No quería ni siquiera oír hablar de eso. Usar a McLemore para espiar a esos dementes no es más lógico que usarme a mí. La única ventaja que tiene él es su habilidad para entrar y salir de los Estados Unidos. Y —vaciló, pensando un momento. —Y está ese asunto de su padre. Te lo conté. Él tenía algo que ver con inteligencia. Y también una conexión de familia con Cuba. —Consideraron eso en silencio. —¿Crees que Núñez nos ha manipulado para llegar a centrarse en McLemore? —preguntó—. ¿Es lo suficientemente inteligente para usarme a mí como una palanca sobre ti para reclutar a McLemore?

—No lo sé, Trinidad. Pero me ha puesto tiempo completo, abocado a este grupo Bravo y al ruso con quien tienen negocios. Sabe que yo soy blando cuando de ti se trata. Y es capaz de usar cualquier artimaña para salirse con la suya. Lo que yo sé es que se me debe ocurrir una idea, y rápido, o tendré que trabajar en la zafra el resto de mi vida.

Se pusieron de pie y empezaron a caminar para volver al Ministerio.

—Piensa en esto —dijo Suárez—. Quizá convenga que me presentes a McLemore. Quizá yo pueda darle una idea vaga de nuestro problema. Y quizá podemos averiguar si a él se le ocurre cómo podemos resolverlo. Eso no significa ir tan lejos como quiere Núñez, pero sí demostrar que estamos haciendo un esfuerzo. —Ya estaban entrando bajo la sombra del Che Guevara, cuyo rostro gigantesco custodiaba la entrada del ministerio. —Por otra parte, quizás él pueda ayudarnos —agregó Suárez.

• • •

Aproximadamente al mismo tiempo que la reunión del Ex Comm en la Casa Blanca el día dieciséis, el primer ministro Khrushchev convocó a una reunión del Presidium, la plana mayor del Partido Comunista de la Unión Soviética y, por lo tanto, el cuerpo gubernamental de la URSS. La agenda incluía muchos asuntos oficiales, de los cuales sólo un ítem era un plan de la KGB para administrar el anuncio de los misiles soviéticos secretos en Cuba.

Vladimir Semichastney, jefe de la KGB, previamente había presentado una propuesta de seis puntos que, básicamente, era una iniciativa de propaganda. "La KGB sugiere las siguientes medidas, que podrían crear un amplio movimiento social en defensa de Cuba y mediante él criticar a los colonialistas y el carácter agresivo del imperialismo americano." La retórica comunista utiliza los términos colonialista *e* imperialista *de manera intercambiable. En general, el plan involucra el reclutamiento de respetadas figuras culturales e intelectuales que condenen el embargo estadounidense como un esfuerzo por matar de hambre al pueblo cubano. La única parte del plan explícitamente adoptado por el Presidium es un intento de organizar un boicot europeo privado contra productos estadounidenses como una protesta contra la política de los Estados Unidos.*

Hay una preocupación mayor por la reunión entre el primer ministro soviético de Relaciones Exteriores Andrei Gromyko y el presidente Kennedy dos días después. Los soviéticos están intrigados por no oír ni una palabra de queja de Washington sobre el emplazamiento de los misiles en Cuba. Hay veinticuatro misiles en Cuba; ocho de ellos son de operación, y por ende detectables. A pesar de ello, ni una palabra de protesta de los Estados Unidos. "Quizá —piensa Khrushchev— yo estoy en lo cierto sobre la imadurez de este joven presidente. Nos enteraremos por Gromyko lo que dice sobre este asunto. Mientras tanto, haremos que Gromyko siga afirmando que sólo contribuimos con equipo defensivo."

Gromyko y Anatoli Dobrynin, embajador soviético en los Estados Unidos, se reúnen con Kennedy y el secretario de Estado Rusk. Rusk, según acota más adelante Gromyko, es "rojo como un cangrejo". Kennedy lee una parte de una declaración que hizo a principios de septiembre, en la que dice que los Estados Unidos no tolerarán armas ofensivas en Cuba. No obstante, aún no se ha alcanzado consenso en el Ex Comm para un plan de acción. De modo que no dice nada más sobre los misiles soviéticos.

En cambio, Gromyko lanza un ataque contra la política de los Estados Unidos en Cuba. Cuba, dice, es "un bebé que se enfrenta a un gigante", y el ataque de los exiliados cubanos contra los embarques cubanos es "piratería en alta mar". Se refiere a notas que contienen instrucciones explícitas de Khrushchev. La ayuda militar soviética a Cuba no es "de ninguna manera ofensiva". Toda la asistencia militar (no se refiere en ningún momento a misiles nucleares) es defensiva por naturaleza, asegura al presidente estadounidense. (Años después, Gromyko dice que no mencionó los misiles nucleares porque Kennedy no se lo preguntó. Las palabras "misiles nucleares" no figuraron en la conversación. "Si me hubiera preguntado sobre ellos, le habría respondido.") Respondido ¿qué?

Gromyko regresa a la embajada soviética en Washington y envía a Khrushchev el siguiente informe: "Todo lo que sabemos sobre la postura de los Estados Unidos hacia Cuba permite llegar a la conclusión de que esta situación es, en general, totalmente satisfactoria".

Basándose sobre todo en esta evaluación y en el silencio de los Estados Unidos sobre el emplazamiento de los misiles soviéticos en Cuba, el Presidium ordena que se prosiga a toda velocidad para completar el Operativo Anadyr, y en especial los esfuerzos para poner en operación lo más pronto posible las baterías de misiles R-12, y asimismo el despliegue de los misiles R-14, de más largo alcance.

16

Después de comer, McLemore y Prescott salieron del paladar de Julia en dirección del pequeño apartamento de dos ambientes donde vivía Prescott, en el distrito del Cerro, en el sur de La Habana. Todavía era media tarde, y McLemore insistió en acompañar al viejo, a pesar de sus protestas. Mientras caminaban, McLemore no podía dejar de pensar que quizá los siguieran.

—¿Las autoridades cubanas todavía se interesan en usted? —le preguntó McLemore.

Prescott rió.

—Por supuesto que no. De todos modos ¿qué podría hacerles yo... aun si quisiera hacerles algo? Y no hay nada que quiera hacerles. Vine aquí a ayudarlos. Y todavía me importa la gente común y corriente. Ya no siento buena voluntad hacia el gobierno, pero todavía me gustaría encontrar una manera de ayudar a esta gente. Son buena gente... gente decente. A pesar de la retórica política de todos estos años, esta gente sigue queriendo a los Estados Unidos. No entienden nuestra política hacia ellos, seguro. Pero a nosotros nos quieren.

—¿Lo tratan bien? —preguntó con preocupación McLemore.

—Absolutamente. Como regla general, me dejan solo. —El viejo dio unos pasos, arrastrando los pies. —Los pocos de nosotros que nos quedamos... después de la zafra, en el 60... éramos héroes aquí. Nos hacían participar en todas las manifestaciones políticas. Nos llevaban a todas partes del país, como animales de circo. Luego, poco a poco, la postura se fue haciendo más y más antiyanqui, y yo me sentía incómodo por ser usado como un títere en contra de mi propio país. Así que dejé de asistir. Y eso no les gustó. Luego, después del 62... de la crisis del Caribe, como la llaman... las cosas se pusieron muy mal para los yanquis aquí. La mayoría volvió a los Estados Unidos. Sólo tres o cuatro de nosotros nos quedamos. Yo creía que era algo pasajero. Se desencantarán con los rusos, y poco a poco iremos solucionando nuestras diferencias, pensaba. Pero cada vez se puso peor.

—¿Lo molestaron a usted? —McLemore quería escuchar toda la historia. Desde que conversó con Prescott había pensado en esta entrevista día tras día, hasta que tomó una dirección inexorable.

Prescott parecía ansioso ahora por contar su historia.

—Alrededor de esa fecha... del año 1962... empezó la paranoia. Llegaron a la conclusión de que, después de todo, yo había sido enviado por la CIA. Así que me interrogaron... interminablemente. —Prescott estudió a McLemore por el rabillo del ojo. —Alrededor de esa época hubo un "incidente". Pasé dos o tres años en prisión. —McLemore esperó para ver si le decía algo más sobre el "incidente", pero Prescott siguió hablando. —Hicieron que su gente en los Estados Unidos averiguara sobre mis antecedentes en forma subrepticia. Sobre mi familia. Mis instituciones educativas. Hasta mi iglesia en Salinas. Algunos de mis parroquianos fueron visitados por personas que dijeron ser mexicanas, que les preguntaron sobre mis ideas políticas. ¿Era realmente un cura? ¿Trabajaba para el gobierno de los Estados Unidos? Cosas por el estilo. Por supuesto, confundieron a todos en la ciudad, porque ellos creían que yo era comunista. De modo que allí fueron unos cubanos, que fingían ser mexicanos, a preguntar si yo era de la CIA. Supongo que es una historia típica de la Guerra Fría, ¿verdad? —Prescott sacudió la cabeza y se rió con una especie de ladrido.

—¿Cómo se enteró de todo esto? —le preguntó McLemore—. ¿Ha estado en contacto con alguien de allá?

Prescott asintió.

—No pude enviar ni recibir mensajes durante mucho tiempo. Luego, poco a poco, empezaron a llegar las cartas... después que ellos las leían, por supuesto. Y después, en los últimos años, cuando fueron viniendo más yanquis, de vez en cuando alguno me traía una carta.

—¿Todavía tiene familia en California? —le preguntó McLemore.

—Mi hermana. Es un poco más joven. Todavía vive en Salinas, donde crecimos. —Prescott se detuvo, preocupado y triste. —No la he visto a ella ni a su familia... desde hace cuarenta años.

—Yo puedo llevarle cartas —se ofreció McLemore—. La llamaré, si le parece bien... cuando vuelva.

—¿Haría eso? —dijo Prescott, y puso su mano larga y huesuda sobre el brazo de su compañero más joven—. Eso sería magnífico. Hace... un par de años que no recibo una carta suya. —Caminaron una cuadra más. —Sabe, podría morirme aquí... me moriré aquí, y nadie se enterará.

—¿Por qué no se vuelve, Prescott? —sugirió McLemore, deteniéndose—. Lo dejarían ir. Estoy seguro. Yo les hablaré. Conozco a algunas personas en el Ministerio de Relaciones Exteriores. Permítame hablarles. Ya es hora.

—Ah, eso sería muy amable de su parte —dijo Prescott, con un suspiro—. Pero no puedo.

—¿Por qué no? Claro que puede. Empaque sus cosas y váyase.

Prescott meneó su canosa cabeza.

—No. No son los cubanos, sino los Estados Unidos. Verá, alrededor de 1965, cancelaron mi pasaporte. Me borraron de su lista para siempre. Nunca me dejarán volver. —Siguió avanzando, arrastrando los pies, con la cabeza gacha. —¿Sabe? Hace unos veinte años, no pude más. Echaba de menos mi país, quería regresar. Carter y Castro habían abierto estas Oficinas de Interés en los dos países. De manera que por fin había alguien con quien hablar. Un día, reuní coraje, fui a esa Oficina de Interés y les dije quién era, y que quería volver. Una jovencita agradable me miró como si fuera una especie de fantasma. Me pidió mi pasaporte. Y le di mi pasaporte viejo... del 60. Ella lo miró y me dijo: "Venga dentro de una semana". Así que volví. Las dos veces había cubanos afuera sacándome fotos.

—¿Qué pasó cuando volvió?

Prescott miró al cielo. Había estrellas que empezaban a brillar en el atardecer.

—Tuve que esperar un largo tiempo. Como una hora o dos. Yo sabía que pasaba algo. Por fin apareció un hombre joven, con aspecto de funcionario, y me hizo pasar a su oficina. La mujer joven estaba allí, y parecía como si estuviera a punto de llorar. Y había un par de personas más, creo. —Vaciló, tratando de rememorar la escena. —El hombre joven me dijo: "Señor Prescott...". —Prescott rió entre dientes. —Creo que hasta me llamó "padre John". No perdía su aire de funcionario, pero estaba muy nervioso... como si estuviera anunciando un veredicto de cadena perpetua. "Temo que tenemos malas noticias para usted." Al principio, creí que le había pasado algo a mi hermana. Después me di cuenta de que era por mi pasaporte. Dijo: "Nuestro gobierno ha considerado su caso, en particular las circunstancias de su viaje a Cuba, y se ha tomado una decisión". Lo recuerdo con claridad. Dijo: "El Servicio de Inmigración y Naturalización ha determinado que su pasaporte no es válido. Y (tragó saliva) por lo tanto, me temo que será imposible para usted regresar a los Estados Unidos... en esta oportunidad".

"Así que yo le pregunté: '¿En esta oportunidad? ¿Quiere decir que debo volver a solicitarlo, o qué?'. Entonces el joven negó con la cabeza y dijo algo como 'Usted puede apelar a través de la justicia, en los Estados Unidos. Pero, francamente, sería un proceso largo, complicado, y muy costoso'. Yo le dije: 'No tengo dinero. Y, por supuesto, no tengo abogados. Y estoy aquí. ¿Cómo voy a hacer tal cosa?'. El funcionario meneó la cabeza y dijo que lo lamentaba. Mientras tanto, la mujer joven estaba llorando ahora, y tuvo que irse. Me sentí muy mal por ella.

—No es demasiado tarde, Prescott —dijo McLemore con acaloramiento—. Yo puedo conseguir un abogado *pro bono* en los Estados Unidos que acepte el caso. ¡Es ultrajante! No pueden quitarle el pasaporte. Es la clase de cosa que harían los comunistas. Usted sigue siendo un ciudadano de los Estados Unidos, y tiene derecho a su pasaporte.

Los dos hombres, uno de estatura media, el otro alto y un tanto encorvado, prosiguieron su camino por el sur de La Habana al final de la tarde. El hombre mayor volvió a poner sus largos dedos artríticos sobre el hombro del más joven.

—No, yo creo que nuestro gobierno procedió acertadamente, en cierto sentido. Yo había venido aquí. Me quedé. Éramos enemigos. Y —vaciló— yo había hecho lo que debía hacer. De todos los yanquis que vinimos aquí en aquellos días, excitados por la revolución, idealistas soñadores, entusiasmados no tanto por el socialismo, sino por la posibilidad de la justicia... como decíamos durante la comida... por la posibilidad de que hubiera lo suficiente para todos... de toda esa gente, yo fui el único que llegó con un boleto de ida solamente.

Intrigado, un poco confundido, McLemore preguntó:

—¿Qué quiere decir con que había hecho lo que debía hacer? No lo entiendo. ¿Qué significa?

Había pasado gran parte de su vida adulta tratando de entender cómo sería tener un propósito. ¿Qué significa tener un propósito?¿Y si ese propósito cambia la vida de uno, altera sus planes, lo arroja al exilio... como Prescott, o le cuesta la vida, como a su padre?

—No lo sé muy bien —respondió Prescott—. Quizá se trate de algo que aprendí en el seminario. O quizá haya ido al seminario porque ya creía en ello. Es que a veces uno hace algo porque siente que debería hacerlo, o tiene que hacerlo. Sabe que algo está bien. Tiene una opción en la mente... pero no en el alma. Yo vine aquí porque me sentía contagiado de todo ese entusiasmo. Yo era joven entonces, pero parecía que eso era lo correcto. Pude ayudar a algunas personas aquí. .. Enseñé inglés... Algo que hago todavía. Ayudé a católicos que deseaban mantener su fe. Le diré algo —Prescott miró a su alrededor—, pero es algo que no debe mencionar a sus amigos en el ministerio. Todavía digo la misa a veces. Hay personas en el vecindario, viejos, católicos, muy religiosos. Somos amigos desde hace años... décadas. —Rió, bajando la voz. —Todavía soy su sacerdote. En Salinas yo habría sido un cura más... haciendo mi tarea de forma mecánica. Aquí soy un cura ilegal, un cura renegado.

Rió, excitado por la idea.

Ahora estaban ya en el distrito del Cerro, y Prescott iba dirigiendo a su compañero hacia su pequeño apartamento, haciendo que doblaran aquí y allá.

—La última vez... usted me dijo que conoció a mi padre —embistió McLemore.

Prescott se quedó callado.

—Quiero saber cómo pasó eso... si en verdad lo conoció, y cómo.

El viejo se enderezó y volvió a mirar las estrellas. Caminaron una cuadra más en silencio, mientras McLemore aguardaba una respuesta.

—Fue en el 62... durante la crisis —dijo por fin Prescott. Pensó un momento. —Sabe, hace exactamente treinta... treinta y seis años... este mes. —Era como si se pudiera ver su mente a través de sus ancianos ojos azul pálido. —Conocí a este hombre joven, quizá de mi edad, vestido como cubano. Podía haber sido cubano. Pero tenía algo diferente. No lo puedo describir con exactitud. Algo en su manera de mirar. Lo observaba todo. Con ojos muy penetrantes. Ojos de una persona observadora. Estaba solo, en el borde de una multitud, en una manifestación contra el Tío Sam, en la plaza de la Revolución. Mucha gente. Yo permanecía atrás, aunque me habían dicho que debía estar allí... para demostrar solidaridad. Había unos cuantos rusos allá atrás. Resaltaban. Tenían puestos unos pantalones grises... y todos ellos el mismo tipo de camisa escocesa, muy llamativa. No sé de dónde las sacaban. Pero todos usaban el mismo tipo de camisa. Era un chiste para los cubanos. Se reían de eso. En Cuba había entonces cuarenta o cincuenta mil rusos. Todos con esas camisas escocesas. Alguien les vendió un cargamento de esas absurdas camisas... al parecer diciéndoles que era la clase de camisa que usaban los cubanos. —Prescott lanzó una carcajada. —Rusos locos. Se los distinguía a un kilómetro de distancia.

El viejo estaba empezando a disfrutar de su reminiscencia. Eran recuerdos que no había podido compartir con nadie por casi cuatro décadas.

—De cualquier manera. Este hombre, de aspecto diferente, estaba a unos metros de los rusos. Al principio pensé que era de la inteligencia cubana... un tipo del servicio secreto, sabe. Luego, de pronto, supe que era un yanqui. No sé cómo. Es algo que uno siente... cuando ve a un compatriota en una situación extraña. Se movía de un lado para otro, fingiendo escuchar los discursos. Pero a mí me pareció que, en realidad, estaba vigilando a los rusos. Aunque parezca extraño, no era demasiado común ver rusos en la calle. Los que se veían... como ésos en la manifestación... eran por lo general militares de alto rango, aunque nunca usaban uniforme.

—¿Cómo llegó a conocer a este hombre que usted creía que era un yanqui? —McLemore quería llegar a lo principal.

—Pues él no hacía más que ir de aquí para allá, cerca de los rusos, como si tratara de escuchar lo que decían. Luego, de repente, vi a dos o tres tipos, cubanos, que se abrían paso entre la multitud, como si buscaran a alguien... a alguien en particular. Cada uno tenía un pedazo de papel... Cuando se acercaron más tarde, vi que el papel tenía una foto. Esos tipos eran policías... de inteligencia, seguramente. Antes de que llegaran hasta donde yo estaba, este hombre, el yanqui, vino desde atrás de los rusos, pasó a mi lado, me tiró de la manga e hizo una seña con la cabeza... como diciendo "vamos". Él se fue. Yo esperé un minuto, luego eché a andar hacia la parte de atrás de la multitud, despacio, para no llamar la atención. Sabía que pasaba algo.

Se estaban acercando a la calle de Prescott, y éste aminoró el paso, un poco por la fatiga y otro poco por el deseo de terminar su largo relato.

—Al poco tiempo, después de que salí de la multitud, vi al hombre, el yanqui, apoyado contra un árbol, escondido a medias. Con una pose muy natural. Cuando me dirigía hacia él, echó a andar. De modo que lo seguí unas cuadras. No tenía idea de lo que hacía. Sólo sabía que el hombre estaba en dificultades de alguna especie y necesitaba ayuda... de alguien. Probablemente, desesperado, me escogió a mí. Por supuesto, yo tenía más aspecto de yanqui que él, y eso que ya hacía un par de años que estaba aquí. Recuerdo que en un momento dado me agaché para atarme los cordones de los zapatos... para ver cómo estaba la situación. Vi que venían los policías cubanos, mirando por todas partes, en todos los zaguanes. De modo que apreté el paso. Yo era más ágil entonces —dijo, con una risita—. Finalmente, llegamos a la parte vieja. Calles más angostas. Más escondites. Pasé junto a un zaguán, y el tipo me toma de un brazo y me empuja hacia adentro. Estaba muy asustado. Empezó a hablar con serenidad, pero muy rápido. "Soy norteamericano. Necesito su ayuda —me dijo—. Déme su dirección." Yo sabía que no debía hacerlo, pero sentí que no me quedaba otra alternativa. De modo que saqué una vieja lapicera que tenía... ninguno de los dos tenía papel... y le escribí la calle y el número en la palma de la mano. Eso fue todo. Luego él se fue.

Se habían detenido en una pared baja, de piedra, parte de las ruinas de una casa abandonada. Prescott se sentó y McLemore lo imitó.

—¿Qué pasó después? —preguntó McLemore con urgencia en la voz.

Prescott se sorprendió. Era la misma voz baja, rápida e insistente que había oído hacía casi exactamente treinta y seis años.

—Nada —respondió—, hasta dos noches más tarde. Lo recuerdo porque fue ese sábado cuando aquí todos... y quizá también en los Estados Unidos y en Rusia... pensaban que iban a disparar esos misiles que apuntaban en tres direcciones diferentes. Yo estaba asustado. Todos estaban asustados. La radio local anunciaba la convocatoria de la milicia... debían ir a los puntos de defensa preasignados en las playas... preparados contra la invasión yanqui. Al resto de nosotros se nos ordenó permanecer en nuestras casas. Yo no tenía radio, pero por la ventana oía lo que decía la gente. Me quedé adentro, porque la atmósfera era muy anti-Tío Sam entonces, pero me daba cuenta de lo que pasaba por el ruido que había. De manera que me fui a la cama, pero no me podía dormir. "Llegó el momento", pensaba.

—¿Y entonces?

—Bien, antes del alba, o muy temprano por la mañana, oí un golpe a la puerta. Quizá dormité un poco, porque al principio creí que estaba durmiendo. La gente del vecindario me dejaba solo en aquel entonces. Y todos los yanquis que conocía ya se habían vuelto. Nadie iba a mi puerta a esa hora. Luego oí autos y pies que corrían a lo lejos. De modo que fui hasta la puerta y oí que él decía... Era la misma voz del hombre de la manifestación... Decía: "Déjeme entrar, déjeme entrar". Nunca lo olvidaré. Lo dejé entrar. Y de inmediato, se metió debajo de mi cama. Me dijo que volviera a acostarme. Yo tenía un catre pequeño. Todavía lo tengo. —Prescott estudió Orión mientras rememoraba.

—¿Y entonces? —preguntó McLemore.

—La policía cubana recorría la calle, buscando a su pa... a este hombre. Al parecer sabían que lo tenían atrapado en mi calle. De modo que, después de un rato, empezaron a ir de puerta en puerta. Se los podía oír echando las puertas abajo cuando la gente estaba demasiado asustada para abrirles. Entonces, desde abajo de la cama, este hombre, su padre, dijo: "Cuando vengan a la puerta, ábrales. Hágales creer que estaba dormido. Déjelos entrar. Entrarán, de todos modos. Si buscan aquí y me encuentran, yo diré que lo obligué a esconderme a punta de pistola... que usted se resistió y que yo amenacé con matarlo".

A McLemore le ardían los ojos.

—¿Y luego... qué? —siseó, como si temiera que el viejo pudiera perder la memoria antes de terminar su historia.

—Entraron y lo encontraron.

—¿Lo mataron allí mismo? ¿Dijo algo antes de que ellos entraran?

Prescott se compadeció del hombre más joven.

—Parte de la razón por la cual sigo aquí es para contarle esto. Es lo que le estaba diciendo sobre el destino. Me dijo con gran tranquilidad: "Mi nombre es McLemore, Jack McLemore". Respiraba con dificultad, pero debía decirlo. Sabía que lo atraparían. "No le diré para quién trabajo. Será más seguro para usted no saberlo. Usted podrá adivinarlo. Tengo una esposa y un hijo en los Estados Unidos, en Bethesda, Maryland. Usted puede localizarlos. Busque a mi hijo algún día. Ahora es un niñito. No entiende." Yo podía oír que se iban acercando a mi puerta. Lo último que dijo antes de que ellos golpearan fue: "Dígale que yo no estaba aquí para lastimar a esta gente. Debíamos averiguar, de primera mano, lo que pasaba aquí... lo que están haciendo los soviéticos... si piensan disparar esos misiles. Si lo hacen... si no podemos disuadirlos... el primer misil matará a mi mujer y a mi hijo...".

Prescott guardó silencio, luego prosiguió.

—Justo entonces casi derribaron la puerta. Y todo terminó. Se lo llevaron. Lo maltrataron. Él no les dijo ni una sola palabra. Me llevaron a mí también. Pasé un par de años en prisión. No fue tan malo.

McLemore exhaló el aire ruidosamente. Un suspiro hondo, casi como si entregara el alma, según pensó Prescott.

—¿Hubo algo más? ¿Algún mensaje?

Prescott se levantó, dolorosamente, de la baja tapia e indicándole a McLemore que lo siguiera lo condujo despacio, calle abajo, hasta la puerta del mismo apartamento de dos cuartos que ocupaba hacía casi cuarenta años y adonde había llegado la convocatoria fatal. Abrió la puerta sin llave con lentitud y encendió una luz mortecina cuando McLemore traspuso la puerta por la que había sido arrastrado su padre a una muerte sumaria hacía también casi cuarenta años. Prescott fue al segundo cuarto, que hacía las veces de cocina y cuarto de baño. Abrió un armario, sobre la pared, que contenía unas magras bolsas de café, arroz y porotos negros. Sacó una caja que de nueva había contenido arroz y la sacudió. Satisfecho al ver que tenía lo que esperaba que tuviera, la dio vuelta, dejando caer una bolita de algodón. La sostuvo un momento, y luego se la dio a McLemore.

—Cuando volví de prisión, y a pesar de que otros habían ocupado este cuarto, encontré esto escondido en una esquina del catre, en la parte de abajo —dijo Prescott—. No sé por qué, pero yo sabía que algún día usted vendría, a causa de esto. Como sucedió. —Prescott hablaba como si se estuviera acordando de ese objeto por primera vez en siglos. —Cuando fui a abrir la puerta esa noche, su padre me dijo una cosa más. Él sabía, con seguridad, quién era yo. No sólo que era un cura, sino un cura norteamericano de apellido Prescott. Me dijo: "Rece por mí, padre". Y ¿sabe? Lo he hecho. He rezado por él todos los días.

En la penumbra del cuarto como celda, lleno de la presencia de un padre que apenas recordaba pero que lo había acosado cada día de su vida, McLemore abrió la bolita de algodón, endurecida por el tiempo. Adentro encontró una delgada cadena manchada con una medalla de plata, igualmente manchada, de San Cristóbal.

17

Aunque la historia del cura se acercaba mucho a la que él había tejido en su mente desde la infancia, McLemore se sentía demasiado asustado por los vívidos detalles para pensar que era posible ir a encerrarse en su pequeño cuarto de hotel y conciliar el sueño. En vez de buscar un taxi, desde el vecindario de Prescott se dirigió hacia el este, pensando mientras caminaba que ese pequeño cuarto, la celda de una prisión, se había convertido de pronto en un santuario personal, del que el padre John era custodio. Caminaba por las calles oscuras, oyendo desde los zaguanes voces, radios y televisores, murmullos de amor, gritos de ira, llantos de niños... todos los sonidos de la vida... y como trasfondo la constante música vibrante de Cuba, como el latido del corazón de La Habana.

De vez en cuando, y a pesar de sí mismo, se le nublaban los ojos. Una cosa era imaginar las últimas horas de su padre, y otra saberlo de primera mano. La imagen del hombre joven, debatiéndose entre el miedo y el coraje, debajo del catre, luego arrastrado por la puerta, mientras llovían sobre él golpes y patadas, arrojado después a un auto patrullero cubano, se repetía una y otra vez en su mente. Sabiendo que no volvería a ver su hogar, que nunca volvería a ver a su familia ni a sus amigos, ni vivir el resto de su vida. ¿Era suficiente para él —se preguntaba McLemore— saber que había cumplido con su deber, que había enviado fragmentos de información, invalorables o no, importantes o no, para su país, tratado de proteger a su hijo y a otros como él, informando a quienes tomaban las decisiones en la Casa Blanca, y en el Pentágono, y en la CIA? Esos mismos funcionarios que tomaban las decisiones, esos políticos, y generales, y jefes de inteligencia, ¿supieron valorarlo? ¿Pensaron alguna vez en él, en ese norteamericano solitario, Jack McLemore, o, en aquel momento dramático, de tensión, miedo, aprehensión y preocupación por la subsistencia de la patria, sólo lo dieron por hecho? Otro buen soldado perdido. Qué pena. Una misión difícil. Pero alguien debía cumplirla. El epitafio para todos los soldados en todas las fronteras de la historia humana. Buen tipo. Pero hay un bien superior.

McLemore siguió la avenida del Puerto hasta que se convirtió en Desamparado en el afloramiento de un fragmento del extremo sur de la muralla de la vieja ciudad en el siglo XVII. Caminó despacio a lo largo del puerto con sus largos muelles abandonados que se extendían hacia las aguas contaminadas de petróleo. Dobló hacia el norte para recorrer las últimas cuadras hasta la plaza de Armas y el hotel Santa Isabel. Decidió que intentaría localizar a uno de los viejos colegas de su padre en la Agencia, alguien que hubiera trabajado con él en la crisis de los misiles de Cuba, y que ahora sería un hombre viejo. Debía de haber otros que vinieron con él. ¿Murieron todos? ¿Todos fueron eliminados por los cubanos? ¿Escapó alguno? ¿No estaría uno de ellos sentado en este momento en el porche de su casa, deseoso de contarle al hijo de una de las bajas de aquella guerra cómo fue realmente... cómo fue, no en las trincheras, sino en los callejones y mercados y oscuras cloacas del tercer mundo donde se libraron esas guerras?

En esa extraña, claustrofóbica y paranoica comunidad de espionaje, hubo héroes, pero sólo los de adentro sabían quiénes eran, y por qué. Se otorgaban medallas. McLemore tenía la suya debajo de su ropa interior, en un cajón de la casa en Madison.

Sin embargo, los hombres de esa comunidad se iban sin dejar rastros. Para ellos no había ceremonias ni servicios públicos. Tampoco monumentos ni placas en el Washington Mall. Ni historias que dejar grabadas en los libros de texto de los niños. Eran héroes sobre quienes no se podía hablar porque eran héroes por razones de las que no se podía hablar. No eran héroes oficiales. Ni había victorias o derrotas oficiales. Tampoco desfiles para los triunfadores. "No obstante —pensaba McLemore—, ahora que todo ha terminado, ¿por qué no podemos sacar todo a la luz? ¿Por qué no contar la historia completa, enterarnos de la historia oficial, rendir honores? ¿Por qué no celebrar el fin de la guerra? Ahora todos estamos del mismo lado. Todos ganamos. Muéstrenme sus héroes, que yo les mostraré los míos."

Pero ni siquiera eso funcionaría, pensó, contemplando a través del puerto los brazos extendidos del Jesús gigantesco en la atalaya, sobre la comunidad de Casablanca. Pues él estaba aquí, en uno o dos de los últimos fuertes de resistencia de aquella guerra. No era posible celebrar aquí, ahora, aún. Pensar que el lugar que le había arrebatado a su padre era este fuerte de resistencia caribeño-hispanoafricano. Esta magnífica mariposa congeleda en el ámbar de la historia. Un paraje dejado atrás por el tiempo, donde la guerra continuaba, aunque la mayoría de la gente de ambos bandos ni siquiera recordaba por qué se peleaba. Un lugar donde la política volvía loca a la gente y la música inducía el éxtasis.

¿Dónde lo habrían enterrado? Al entrar en la plaza y acercarse a su hotel, la pregunta lo asaltó como un rayo. Debían de haberlo enterrado en alguna parte. ¿Dónde estaba enterrado? O quizá simplemente lo habían arrojado en algún foso. O lo llevaron al mar y lo tiraron por la borda para que se lo comieran los tiburones. ¿Cuántas formas existían de librarse de un organismo no deseado? ¿Lo sabría hoy alguien? ¿Le importaría a alguien hoy? Un país hostil ¿guardaba un registro de este tipo de cosas? "He ahí un trabajo de investigación ideal para una tesis doctoral", pensó sombríamente McLemore. Podía recomendarlo a sus estudiantes graduados, aunque fuera sólo para poner a prueba su sentido del humor. La forma que tenían ciertas naciones de librarse de espías ejecutados. Ni siquiera podía pensar en la posibilidad de dormir: ésta sería una noche para tomar dos o tres mojitos.

Traspuso las puertas de vidrio del Santa Isabel, tomó la llave de su habitación del mostrador del conserje, sobre la derecha, y entró en el patio al aire libre que hacía las veces de bar y vestíbulo, camino a los ascensores. Dos tercios de las habitaciones estaban ocupadas, en su mayoría por turistas europeos, como pudo comprobar al oír los idiomas hablados en el pequeño comedor durante el desayuno. Dos de las mesas del patio estaban ocupadas por huéspedes del hotel que tomaban una copa antes de ir a acostarse, y en una de las mesas más apartadas había una figura que, al echar un vistazo, McLemore encontró familiar. Mientras proseguía su camino hacia el ascensor, optó por no mirar en esa dirección. Luego oyó que lo llamaban por su nombre. La voz también le resultó familiar.

—Mac. Mac, ven conmigo. —La voz tenía la fuerza y el alcance de los que alientan a su equipo en la universidad. Las otras mesas acusaron recibo de la escena por un momento, luego la desecharon como el encuentro de dos australianos en un extraño rincón del mundo.

Decidido a acallar el ruido y la atención que llamaba, McLemore se dirigió hacia el bar y miró la parte posterior del patio. Ramsay se había puesto de pie y le hacía señas con sus dos musculosos brazos. Su rubicundo rostro rebosaba de alegría; sus enmarañados rulos de *surfer* se veían blancos a la luz de luna que penetraba en el patio. McLemore decidió unírsele, aunque sólo para hacerlo callar.

—Para alguien con esa profesión, hace una alharaca bárbara —le dijo al acercarse a la mesa.

De todo su repertorio teatral —timador insolente, muchachito herido en sus sentimientos, matón amenazador, espía siniestro—, para esa ocasión Ramsay escogió su nuevo rol de cordial hermano de la misma confraternidad.

—Mac, viejo camarada, ¿cómo estás? Tanto tiempo sin vernos... ¡Qué bueno volver a tenerte en la ciudad! Todos tus amigos te extrañábamos, viejo. Sé que has estado trabajando duro —"¿cómo lo sabría?", se preguntó McLemore— así que te invitaré a una copa. ¿Qué te parece? —Alzó un robusto brazo para llamar al soñoliento camarero que, según supuso McLemore, haría changas como escucha para la inteligencia cubana, o al revés. —Mi dinero es tan bueno como el tuyo aquí —fanfarroneó Ramsay—. De hecho, podría llegar a ser mejor.

—Señor Ramsay... —empezó a decir McLemore.

—Mac, somos viejos amigos. Debes llamarme Red, como todos.

—Me parece que cuando nos conocimos querías que te llamara Sam. ¿Cómo es..., Sam o Red?

—Mi nombre es Sam, un buen nombre para quien trabaja para el gobierno. Pero mis verdaderos amigos me dicen Red.

—Explícame, por favor —prosiguió McLemore— cómo haces lo que haces de una manera ah... tan visible. Yo creía que ustedes debían ser callados y nada ostensibles.

—Erróneo, erróneo, Mac. Uno se esconde a la vista de todos, sabes. Una antigua treta. Son los solapados y furtivos los que terminan liquidados. Además, no hago más que decirte que no soy un agente secreto. Trato de reunir información como parte de mi trabajo.

—¿Cuál es tu trabajo, exactamente, Red?

—Reunir información, Mac. Muchacho, realmente eres un académico, ¿sabes?

—Supongo que no es accidental que tu equipo enviara a este país a un hombre al que le dicen Red, ¿no?

Ramsay estalló de risa.

—¡Ja, ja, ja! ¡Mac, realmente eres ocurrente, para ser un profesor! Eso es jocoso. No se me había ocurrido. ¡Un rojo en Cuba!

Ramsay seguía riendo cuando el camarero llegó con los mojitos. Ramsay y el camarero se miraron. Distintos pesos, pero ambos boxeadores. Ese camarero no era ningún holgazán, pensó McLemore. A pesar de tener veinte kilos menos que Ramsay, era capaz de darle una buena paliza. A lo mejor. Pensándolo bien, McLemore decidió no apostar a Ramsay.

—De modo que tus guardianes te permiten seguir quedándote en este paraíso —observó McLemore.

—Hay tanto de qué enterarse, y tan poco tiempo —replicó Ramsay—. Igualmente, me alegra ver que tu sabático dura y que el comité de tu beca no se ha dado cuenta de que tu proyecto no es más que un fraude académico.

—¿Qué clase de fraude?

Ramsay asumió su expresión de muchachito ofendido.

—Mac, ya sabes, fingir que buscas un tesoro histórico en las arenas ya bien examinadas de la crisis cubana de los misiles. Por Dios, Mac, si yo hubiera estado en ese comité de becas de la fundación donde presentaste tu proyecto me habría caído de mi cómodo sillón de cuero de la risa. Hay que tener los cojones de un asaltante de bancos para triunfar en esa empresa.

—Me sorprenden tus escrúpulos, Red. No es dinero tuyo. —McLemore tomó un trago largo de su mojito y empezó a disfrutar de la situación. —¿Qué te importa a ti que yo consiga un poco de tiempo libre de mis tareas académicas y disfrute del buen sol y del buen ron? Además... aunque estoy seguro de que no lo habrás notado, aquí las muchachas son bonitas.

—Y todas se ponen más bonitas a la hora de cerrar la tienda —agregó Ramsay. Adoptó su expresión de consejero del dormitorio de estudiantes. —Mac, cuídate de estas muchachas. ¿Me oyes? Son bonitas, es verdad... sobre todo las morenas. Y bailan... entre otras cosas que hacen... como demonios. La noche entera, según dicen, aunque yo no tengo experiencia directa de eso. —Se inclinó con aire de conspirador. —En mi trabajo nos enteramos de estas cosas. Estas bonitas damiselas pueden dejarte sin cojones y todo lo demás, incluyendo tu mente y sus secretos.

McLemore terminó su mojito e hizo una seña para pedir dos más.

—No tengo secretos, Red. Esa es una de mis ventajas sobre ti. Tú tienes que preocuparte por esas cosas. Yo... simplemente puedo disfrutar de estas damas bonitas... y dejarles robar lo que quieran. El que roba mi bolso... roba bagatelas.

Ramsay meneó con tristeza su desgreñada cabeza, como quien ve a un alcohólico entrar en una taberna de perdición.

—No bromeo, Mac. Te estoy diciendo la pura verdad. Vigila a estas muchachas —susurró cuando se acercaba su némesis con la segunda vuelta.

—Intento hacerlo —le respondió McLemore, inclinándose y susurrando también—. De eso se trata, si quieres saber la verdad. No estoy aquí para refritar una refritada historia. Estoy aquí para vigilar a las muchachas. Pero por favor, por favor, en tu informe, no digas eso.

Con un suspiro de derrota, Ramsay hizo rodar su vaso sobre la mesa. McLemore aguardó a que empezara el verdadero asunto. Ramsay no estaba allí como un sargento para ordenar a los reclutas que no se inmiscuyeran con las chicas locales.

—Muy bien, Mac. Aquí va el trato. La última vez te presioné demasiado. Lo siento mucho. Esa táctica funciona con algunos conciudadanos menos sofisticados, no contigo. Debí haberme dado cuenta cuando te vi llegar de que tú tenías mundo. De modo que volvamos a fojas cero. Sabemos acerca de tu proyecto de investigación. Obviamente, estamos enterados de lo de tu padre. Él es un auténtico héroe para nosotros. ¡Te lo juro! Una de las primeras historias que me contaron cuando me aprestaba a venir aquí. Fue un verdadero patriota. Realmente debes estar orgulloso de él. Supongo... y esto te lo digo confidencialmente... que tú no elegiste este proyecto de investigación sobre la crisis de los misiles sólo por un objetivo interés académico. Este viaje debe de ser una verdadera peregrinación para ti. —El hombrón se arrellanó en su asiento y bebió la mitad de su mojito. —Yo haría lo mismo si estuviera en tu situación.

McLemore guardó silencio, consciente de la técnica de ablandamiento del otro, y a la espera de que lanzara su arremetida.

—Te dije la última vez —seguía diciendo Ramsay— que sabemos que los locales están preocupados por la gran fiesta que van a dar el día de Año Nuevo. Es el último hurra para algunos de los muchachos de Miami. Si piensan hacer un esfuerzo final por echar abajo al jefe, éste será el momento. Nosotros lo sabemos, y ellos lo saben. Además, nuestros hermanos del FBI han detectado una nueva actividad en la Pequeña Habana. De manera que tenemos una idea de cuándo será la cosa. Lo que no sabemos es cómo será.

—No lo entiendo —dijo McLemore—. Nosotros estamos contra Castro. Hemos llevado a cabo este estúpido embargo durante más de treinta años. Seríamos felices si este castillo de naipes se derrumbara. ¿Y tú te preocupas por un tumulto en el día del aniversario?

—Supongo que tiene que ver con las relaciones públicas, Mac —dijo Ramsay, pasándose los dedos por el espeso pelo—. Si alguien viene aquí de Guatemala, digamos, y empieza una riña, hay poco que podamos hacer nosotros al respecto. No es cosa nuestra, como sabes. Pero si en los Estados Unidos algunos tipos... en Miami, digamos, deciden planear algo realmente desagradable, eso es un punto negro para el Tío Sam. Nosotros tenemos una posición fijada contra el terrorismo. Es algo muy importante para el Presidente. Le hemos declarado la guerra a Saddam Hussein. Hemos bombardeado a Gaddafi. Hemos hecho serias advertencias a Assad, los ayatollahs, Hezbollah, y los Hamas, y a los norcoreanos. ¿Cómo se vería, entonces, si algunos tipos del norte traen su propia bomba y bombardero aquí... desde nuestro país? No podemos permitir que ninguno de los nuestros esté en el negocio del terrorismo, Mac. Nos haría parecer hipócritas. Así de simple.

—Eso lo entiendo, Red... La política estadounidense, según tú, es que está bien que mueran cubanos inocentes mientras no los maten los yanquis. Esa es la clase de política que los que pagamos impuestos siempre encontramos interesante. —Como resignado a un mundo disparatado, McLemore suspiró. —Parece que tienes una gran tarea entre manos, por lo menos durante un par de meses, y te deseo mucha suerte. Todo es muy interesante. Lo que no entiendo es qué tiene que ver conmigo.

Ramsay corrió la silla para enfrentar a McLemore.

—Podríamos hacer mejor nuestro trabajo si supiéramos lo que saben los locales. Sé que suena extraño, pero ellos tienen mejores fuentes de información sobre los grupos de exiliados en los Estados Unidos que nosotros.

—Consigan sus propias fuentes. Pongan a su propia gente dentro de las organizaciones.

—No podemos, Mac. Es demasiado tarde. Se tarda años en infiltrarse en esos "clubes sociales" cerrados. Tu agente debe acceder a un nivel de confianza. Eso lleva mucho tiempo. Conseguir que se dé vuelta uno que ya está en el grupo es más arriesgado todavía. Uno o dos de estos grupos de línea dura se formaron hace poco. Ni siquiera estamos seguros de quiénes son. Y, además, políticamente, es como manejar nitroglicerina. Estos hombres son norteamericanos ahora. Si nos descubren tratando de infiltrarnos... sobre todo sin una evidencia concreta para proceder... se arma la gorda. Audiencias en el Congreso, investigaciones, editoriales en los diarios, denuncias de la Unión de Libertades Civiles, demandas judiciales. Un infierno. Ya pasamos por todo eso en la década de los 70. Nadie que lo haya vivido quiere volver a padecerlo.

McLemore aguardó, aún sin saber adónde se encaminaba todo esto.

—A veces —dijo por fin— la respuesta más obvia es la respuesta correcta. Reúnanse con los locales y comprométanse a ayudar.

Ramsay lanzó un fuerte suspiro. McLemore no estaba seguro si era de frustración o de exasperación.

—No podemos hacer eso, Mac. No tenemos relaciones diplomáticas. Mi equipo ni siquiera se supone que esté aquí. Si emergemos a la superficie, estamos acabados. Y a mí me gusta este lugar. No estoy listo para irme... todavía. —Guiñó un ojo. —Muchachas bonitas y todo eso, sabes. —Volvió a adoptar la expresión desmoralizada del burócrata cargado de trabajo. —Básicamente, es un asunto delicado y embarazoso. Que el Tío Sam le pida ayuda a Fidel para espiar a unos cubanoamericanos en nuestro propio país para evitar que le hagan algo malo a él. —Ramsay alzó los ojos al cielo. —Piensa en los titulares... "La CIA y Castro apresan a terroristas cubanoamericanos". No podríamos seguir viviendo después de eso.

—Suena como que te vas a ganar el sueldo estas próximas semanas —observó con indiferencia McLemore. Estaba obligando a Ramsay a que le mostrara su as de triunfo.

—Pongamos las cartas sobre la mesa —dijo por fin Ramsay—. Necesitamos un favor, Mac. Más aún, necesitamos tu ayuda. Hemos intentado todo para partir esta manzana, y las flechas apuntan en tu dirección siempre.

McLemore ya estaba cansado del juego.

—Escúpelo, Ramsay. ¿Qué quieres?

—Usa tus fuentes en el Ministerio de Relaciones Exteriores. Todos son de la inteligencia cubana, de cualquier manera. Averigua si han identificado una amenaza… quién es… qué planean… cómo van a hacerlo. Todo eso. Cualquier cosa que averigues. Nosotros seguiremos desde allí.

McLemore sacudió la cabeza, como ante un niño travieso.

—No son "mis" fuentes, Ramsay. La señora Santiago simplemente me ayuda a organizar mi investigación y mis viajes fuera de la ciudad. Eso es todo. Yo no tengo "fuentes". Ese es tu mundo. El resto de nosotros no operamos de esa manera… por si lo has olvidado. ¿No te das cuenta? Si intento penetrar en su operación de inteligencia, ellos llegarán a la conclusión de que trabajo para la Agencia… que el proyecto de investigación es una fachada… y que he sido enviado aquí para identificar a sus agentes en Miami para que tú y tu equipo terminen con ellos. —McLemore se sentía fatigado por todas esas maniobras y la tensión de revivir los últimos momentos de su padre. —Digo esto con respeto, Ramsay. Tu tarea está condenada al fracaso.

McLemore se dispuso a ponerse de pie, pero Ramsay lo tomó del brazo, obligándolo a sentarse. Del otro lado del patio, en una gran jaula de mimbre, una docena de aves cantoras, de colorido tan brillante y musicalidad tan vibrante como la isla, cobró vida de pronto, y se oyeron gorjeos y parloteos dirigidos a unos huéspedes que se iban. Ahora habían quedado solos los dos hombres, acompañados por el observador camarero.

—Yo puedo ayudarte con tu padre —dijo Ramsay, ahora convertido en un profesional serio. McLemore se maravilló ante su destreza, pensando que debía de haber interrumpido una magnífica carrera teatral para servir a su país. —Podemos ayudarte a localizar la gente que trabajó con él… su jefe… sus compatriotas. Hay cosas que querrás saber. Lo que pasó. Cómo pasó. De lo contrario, no andarías con ese cura borracho.

McLemore se sorprendió ahora de la habilidad de Ramsay para ensuciar su propio nido y vio por qué su carrera teatral habría fracasado de todos modos.

—Sí —dijo lentamente—, hay muchas cosas que me gustaría saber. Es probable que pueda averiguar bastante sin tu muy amable oferta de soborno. Y sí, ésa es en parte la razón por la que quería ponerme en contacto con Prescott. Él conoció a mi padre. Pero desecharlo como "borracho" me parece despreciable. Por eso, con el debido respeto, vete al infierno. —Empezó a alejarse, pero se volvió. —Tú eres bueno para lo que haces, Ramsay, pero sólo hasta cierto punto. Hasta que tu verdadero carácter lo arruina todo. Serías mucho más efectivo si dejaras en libertad al abusador que hay en ti. Quizás un poco de psicoterapia pueda ayudarte.

La cara de Ramsay enrojeció. Puso las manos extendidas sobre la mesa.

—Una cosa más antes de que te vayas —dijo con ferocidad, como si se dirigiera a un tonto—. Hemos interceptado cierta correspondencia entre un conocido traficante de armas ruso en los Estados Unidos y sus abastecedores en Moscú. Todo en código y cargado de eufemismos. Pero sabemos que tiene algo que ver con Cuba y… creemos que se trata de algo nuclear.

McLemore volvió a sentarse.

18

Cuanto más pensaba McLemore en los acontecimientos de 1962, más se sentía inclinado a tratar de recrear la era mentalmente. Trinidad le había presentado una cantidad de veteranos de la época, y con ella y algunos de sus amigos se habían reunido a narrar historias, en su mayor parte vividas por sus padres y sus familias, acerca de aquellos emotivos días.

Todo comenzó, por supuesto, en la cadena montañosa de la Sierra Maestra, en el este de Cuba, a fines de la década de 1950, donde el rebelde Fidel Castro Ruiz resistió contra el ejército del presidente Fulgencio Batista durante cuatro años. No fueron años fáciles. Las provisiones escaseaban. Sus andrajosas tropas se alimentaban de los productos de la tierra. Se les unían voluntarios, muchos de ellos adolescentes, y los desertores, en cantidades iguales, huían al amparo de la noche. La ayuda que llegaba de sus simpatizantes en La Habana era escasa. Las fuerzas gubernamentales, desdeñosas de sus harapientos oponentes, bombardeaban y ametrallaban a los engorrosos rebeldes presionados por la oligarquía de La Habana, y en el proceso aprovechaban para matar a los campesinos locales y quemarles las cosechas, empujándolos a los brazos de los rebeldes. Más adelante, obligadas por furiosos oficiales a internarse en el hostil terreno montañoso, las tropas gubernamentales caían en emboscadas fatales preparadas con ayuda de los hostigados campesinos.

Al principio, Fidel Castro se veía a sí mismo como la mosca que zumba en el oído del gigante, una mota molesta en el ojo del Tío Sam, el joven del populacho que arroja piedras contra el carruaje del obeso y voraz mercader. Desde el principio aspiraba a ser un reproche contra la autocracia estadounidense. Sin embargo, debido a su naturaleza camaleónica y a su ambivalencia emocional de amor y odio hacia el norte,

Castro cultivó el apoyo de los Estados Unidos inclusive mientras atacaba su política. Su estrategia era introducir una cuña entre la opinión pública estadounidense, por una parte, y el gobierno conservador y las corporaciones de los Estados Unidos que dominaban la economía cubana, por la otra. Anticipándose a una situación que se revertiría en unos pocos meses, los exiliados cubanos, ahuyentados por el represor gobierno de Batista, organizaban manifestaciones en Nueva York y reunían fondos en Miami para los rebeldes barbudos en la Sierra Maestra, inclusive mientras el Comandante atacaba al pérfido gobierno yanqui en entrevistas llevadas a cabo por periodistas estadounidenses que se habían atrevido a internarse en las ásperas montañas, entrevistas que luego eran publicadas en los medios de los Estados Unidos.

Sin embargo, todo eso fue hace cuarenta años. Historia antigua. Ahora, según Trinidad —quizás en beneficio de sus superiores—, las cosas han cambiado. Ahora el Comandante tiene setenta y tres años: un león en el cálido invierno cubano. Faltan sólo semanas para el histórico aniversario, y en los niveles superiores del palacio de la Revolución todos saben que sus antiguos enemigos, que siguen fomentando la rebelión contra los rebeldes que los desposeyeron, harán un último esfuerzo supremo. El Presidente ha sido advertido de la amenaza. Le ha dicho al ministro del Interior que espera que él se ocupe del asunto, que impida que se eche a perder el histórico aniversario, que proteja a Cuba y la revolución. El ministerio ha encargado al coronel Ernesto Núñez que supervise todas las medidas de seguridad, y le ha dado autoridad absoluta para requisar todas las fuerzas y recursos necesarios para garantizar el éxito. Tener éxito, en este caso, significa prevenir la traición.

Trinidad aún no le ha dicho a McLemore que la inteligencia cubana en el sur de Florida, apoyada por comunicaciones telefónicas internacionales interceptadas, ha confirmado la existencia de un plan para obstaculizar la ceremonia del aniversario en la plaza de la Revolución. Se cree que el plan es organizado por un grupo extremista desconocido hasta el momento, que se autodenomina Bravo 99, supuestamente compuesto por un grupo pequeño de herederos de segunda generación de la Brigada 2506. Se sabe que han tomado contacto con un traficante de armas ruso. La llave del operativo planeado por Bravo, para desbaratar quizá la amenaza, es la naturaleza de la compra. Las agencias de inteligencia estadounidenses saben menos que las cubanas, y bajo presiones políticas se está intentando infiltrar el grupo Bravo 99 para confirmar las sospechas, basadas en conversaciones telefónicas en ruso interceptadas, en las que se repite el témino *yadernoye*, que significa nuclear. El coronel Núñez ha especificado que uno de sus principales asistentes en el servicio secreto cubano, el desilusionado Lázaro Suárez, es el responsable de descubrir y desbaratar el plan de Bravo. Cómo va a hacerlo es algo que depende enteramente de él.

Mientras tanto, una serie de ataques terroristas, centrados en su mayor parte en instalaciones turísticas, sigue su escalada, lo que preocupa al Departamento de Seguridad del Estado. En la última semana de octubre de 1998, han explotado bombas en dos hoteles en la playa de Varadero y en la disco del hotel Sol Melia, en La Habana. Las fuerzas de seguridad no logran dar con los autores de los atentados. Afortunadamente, Lázaro Suárez no tiene responsabilidad sobre esto. Bajo presión del ministro e, indirectamente, del Presidente, Núñez empieza a encarcelar disidentes. Cualquier cubano sospechoso de opositor —la lista no es larga— va preso. Los empleados de aduanas han prolongado sus procedimientos, demorando y frustrando a los turistas. Como rutina se revisan los cuartos de los hoteles, lo que fastidia a los visitantes, cuyas divisas son necesarias para mantener a flote la frágil economía. Por cierto, las entradas provenientes del turismo han bajado sensiblemente en el otoño de 1998. Las fuerzas de seguridad, vestidas de civil, paran en la calle a cualquiera que lleve un bolso o mochila. Las ruidosas confrontaciones entre la policía y los turistas son cosa de todos los días. Puede palparse la tensión. Hasta la despreocupada música callejera parece haber adquirido un ritmo de nerviosismo.

Como la mayoría de sus colegas en el servicio de seguridad son lacayos de Núñez, Suárez ha terminado dependiendo principalmente de un pequeño grupo de amigos leales en el servicio, entre ellos Trinidad Santiago, su íntima amiga de larga data.

—No tenemos más opción que seguir tratando de obtener la ayuda del profesor McLemore —le dijo Suárez a Trinidad mientras comían en el pequeño apartamento que ésta comparte con su madre, situado en la calle O'Reilly. Son las 22.30 del 28 de octubre, aproximadamente la misma noche, a la misma hora, en que McLemore está escuchando a Ramsay hablar de la remota posibilidad de una detonación nuclear en el centro de La Habana dentro de unos sesenta días.

Trinidad suspiró.

—Ya lo hemos intentado, Lázaro. No resulta. Todas las veces él dice que no es un espía... de nadie... inclusive su propio país. Y yo le creo. Así que él no ve por qué razón va a ser un espía de Cuba. —Bebieron el café en silencio. Luego Trinidad prosiguió. —Es una pérdida de tiempo, Lázaro. Debemos pensar en otra cosa.

—No se me ocurre ninguna otra cosa —dijo él, resignado—. Yo no puedo ir a Miami. Tú tampoco. Nadie puede hacerlo. Y aunque pudiéramos, no hay tiempo para acceder a este grupo Bravo. No hacemos más que dar vueltas al asunto.

—¿Qué hay del ruso? —preguntó ella.

—No podemos ponerle las manos encima. No creo que venga aquí. Y nuestra gente en Miami dice que no lo han visto desde hace un tiempo. Yo supongo que está ocultándose temporariamente... sobre todo si ha hecho un buen negocio con Bravo. —Trinidad sirvió un poco más del espeso café, que bebieron en silencio. —¿Y si le pedimos a McLemore que hable con el ruso? —preguntó Suárez—. ¿Podrá hacer eso?

Ella negó con la cabeza.

—Por empezar, ¿cómo va a encontrar al ruso? Luego, ¿qué le dice? ¿Quiero ser tu amigo... dime qué les has vendido a esos locos cubanos aquí... cómo van a hacer entrar su compra en Cuba... cuéntame tus secretos? —Siguió negando con la cabeza. —No funcionaría. Él tiene el mismo problema que nosotros... el tiempo. No es posible ganarse la confianza de nadie en sesenta días, sobre todo si se está involucrado en un trato u operativo peligroso.

Suárez insistió, acuciado por la desesperación.

—Siempre existe el antiguo trío... alcohol, dinero y sexo.

Trinidad resopló, irónica.

—Alcohol, sobre todo con el ruso. Pero antes hay que localizarlo. Dinero, no. El ruso recibe su dinero por el trato... sea lo que fuere que vende. Los cubanoamericanos están en esto por venganza y política, no por dinero. Y en cuanto al sexo, Lázaro —se ruborizó—, no quiero que lo menciones ante mí, nunca jamás. ¿Entiendes? Si estás dispuesto a utilizarme para que seduzca a McLemore, entonces se me ocurre que puedes querer que haga lo mismo con esos matones de la Pequeña Habana. No lo hagas, Lázaro. Me irrita. Me haces perderte el respeto, y cobrarte antipatía.

Suárez levantó las manos.

—Trinidad, no estoy hablando de ti. Sólo estoy tratando de pensar qué queda que podamos hacer. No estamos tratando solamente de salvar nuestra envejecida revolución... en la que sé que crees más que yo. Quizás estemos tratando de salvar muchas vidas. No me queda suficiente idealismo para que me importen los barbudos y toda esa historia antigua. Intento hacer mi trabajo. Y, francamente, estoy aterrorizado.

Su protesta surtió efecto. Trinidad le puso una mano sobre el brazo.

—Muy bien. Hablaré con McLemore. Pero sólo una vez más. Nos reuniremos mañana, al final del día, para hablar sobre su proyecto. Trataré de interesarlo en que nos ayude. Pero no espero gran éxito.

—Hay dos cosas nuevas que debes saber —dijo Suárez—. Cuando estuvo aquí la primera vez, lo seguía un yanqui viejo, muy peculiar, que ha vivido con nostros desde la revolución. Un cura viejo, llamado Prescott.

Trinidad se quedó boquiabierta.

—¡Conozco a ese hombre! Lo he visto muchas veces en la calle. Vive hace años en el Cerro. Creo, inclusive, que vi su carpeta de antecedentes un día, hace años, durante una investigación sobre tipos que había que mantener bajo vigilancia. Creo que hubo un tiempo... hace mucho... cuando Núñez alegaba que trabajaba para la CIA.

—Ese es el tipo —convino Suárez.

—¿Por qué demonios seguiría a McLemore?

—Eso es el segundo. El viejo estuvo preso unos años en los 60.

—¿Está tratando de que McLemore lo ayude a salir del país?

—No. Él no puede salir. No puede volver a su país. Los Estados Unidos le quitaron el pasaporte hace mucho. Nos alegraría mucho librarnos de él. Pero los Estados Unidos no lo admitirían.

—Entonces ¿por qué seguiría a McLemore?

—El viejo conoció al padre de McLemore.

—¿Qué? —Trinidad gritó casi. —¿Cómo es eso? ¿Antes de venir aquí, quieres decir?

—No —le respondió Lázaro—. Después. Después de venir. Durante la crisis del Caribe.

—¡Madre de Dios! —exclamó Trinidad—. ¿Trabajaba para la CIA, entonces?

—No el cura —dijo Suárez—. El padre de McLemore. Vino aquí como espía... durante la crisis. Fue en ese tiempo, en el 62, durante la crisis. Lo dejaron en algún lugar, sobre la playa. Nunca supimos exactamente dónde. Llegó aquí y logró operar unos diez días. Hablaba español, prácticamente como un nativo. Trendría unos treinta y tantos años entonces. Al parecer, era muy bueno.

—¿Cómo te enteraste de todo esto? —preguntó Trinidad, todavía alelada—. ¿Qué sucedió con él?

—Núñez era un oficial joven de contrainteligencia. Estaban seguros de que los norteamericanos habían desembarcado algunos agentes. Así que los rastrearon. Él era el último. Le siguieron la pista. No tenía dónde ir. Estaba desesperado por averiguar lo que pudiera sobre los rusos y los misiles nucleares. Podría haberse ido a las montañas y probablemente desaparecer para siempre, pero prefirió quedarse, al parecer para seguir a los soviéticos. De modo que cuando Núñez y su equipo empezaron a buscarlo, el único lugar donde se les ocurrió que podía estar era con Prescott, en el Cerro. El norteamericano sabía de la presencia de Prescott, y cuando empezaron a perseguirlo, lo buscó. Fue al Cerro y apenas llegó a la casa de Prescott, Núñez lo atrapó.

Trinidad sabía la respuesta, pero igual formuló la pregunta.

—¿Qué pasó con él?

Suárez estudió la borra del café, buscando un pronóstico de su destino.

—¿Qué crees? Lo torturaron un par de días. Y como no pudieron sacarle nada... lo fusilaron. Núñez en persona lo hizo.

—¡Mi Dios! —Trinidad suspiró. De pronto todo encajaba. La confesión de McLemore, ayudado por un poco de ron, de que su padre trabajaba para inteligencia. Que su padre tenía una madre cubana. Que hablaba español muy bien. Que murió joven y que McLemore apenas lo conoció. Ahora todo tenía sentido.

Todavía aturdida, miró distraídamente por la ventana que daba a la calle, un piso más abajo. La coincidencia de todo la impresionó. Entonces, ésa es la razón por la que vino aquí. No para estudiar la crisis de los misiles. De ninguna manera. Esa es su excusa. Está aquí para encontrar a su padre... por fin.

—¿Cuándo te enteraste de esto? —preguntó después de un rato.

—Uno de nuestros agentes secretos, mientras vigilaba a McLemore, como cuestión de rutina, vio al viejo un par de veces fuera del hotel el mes pasado. Le informó a Pedrito en nuestra oficina, y él me lo dijo. No pensé demasiado en eso hasta que me dijiste que McLemore había vuelto. Así que busqué la carpeta de Prescott. La leí, y descubrí lo de su arresto, en el 62. Núñez informaba acerca de su arresto en conexión con el padre de McLemore. Entonces todo encajó. Ayer. Por eso quería hablar contigo esta noche. Pensé que tú debías saber todo esto.

—¿Se lo has dicho a Núñez?

—Todavía no.

—No lo hagas, por favor, Lázaro. Dios sabe qué haría.

—Lo primero que haría sería echar a McLemore de Cuba. Esa mentalidad suya asumiría automáticamente que McLemore está con la CIA. De tal palo, tal astilla. Eso no lastimaría gran cosa a McLemore. Pero eliminaría toda posibilidad de ganarnos a McLemore para nuestro bando. —Lázaro observó los ojos de la mujer mientras ella trataba de reunir todas las piezas del rompecabezas. —Ahora, Trinidad, ¿entiendes por qué insistí en hablar contigo esta noche? Todo esto hace de McLemore una presencia más complicada en nuestro umbral en este momento de gran peligro.

• • •

Las reuniones del Ex Comm del dieciséis, el diecisiete y el dieciocho de octubre, y de después —muchas veces dos reuniones por día— versan, con altibajos, sobre temas como ataques aéreos, invasiones, y bloqueos navales. Los participantes cambian de parecer. Algunos que al principio están de parte de un ataque aéreo dejan de apoyar la idea. Otros, que defienden la cautela diplomática, terminan abogando por una acción militar más severa. El debate es intenso. La metamorfosis entre paloma y halcón, halcón y paloma, se va produciendo de hora en hora sobre la base de la información que llega de las películas de los U-2, vuelos a ras de la superficie, de exiliados que siguen llegando de Cuba, de las fuentes de inteligencia humana del mismo presidente Kennedy. Mientras tanto, los equipos nucleares soviéticos siguen trabajando literalmente las veinticuatro horas para llevar sus baterías al nivel de capacidad de lanzamiento. En una palabra, la política soviética es de fait accompli.

El jueves dieciocho de octubre, la Jefatura de Personal Conjunta ha ocupado su puesto de mando en el Pentágono. El jefe de la Fuerza Aérea, el general Curtis LeMay, pregunta: "¿Vamos a hacer algo más que hablar?".

El sábado veinte de octubre es día de decisión para el Presidente. Se reúne el Ex Comm y recibe el siguiente informe de los analistas de la CIA: "Creemos que la evidencia indica la probabilidad de que puedan dispararse ocho misiles MRBM [contra los Estados Unidos] desde Cuba hoy". El Presidente pide que se vote. La mayoría de los miembros del Ex Comm recomiendan un bloqueo naval como primera reacción, seguido, de ser necesario, por ataques aéreos, seguidos, de ser necesario, por una invasión militar de los Estados Unidos.

El presidente Kennedy anuncia su decisión por una transmisión televisada a todo el país el veintidós de octubre. Prácticamente la nación entera lo mira:

> Como se prometió, el gobierno ha mantenido bajo estrecha vigilancia la progresiva acumulación de equipos militares soviéticos en la isla de Cuba. Durante la última semana, la evidencia ha establecido, sin lugar a dudas, el hecho de que se están preparando una serie de sitios con misiles ofensivos en esa isla aprisionada. El propósito de estas bases no puede ser otro que el de proporcionar una capacidad de ataque nuclear contra el hemisferio occidental...
>
> No arriesgaremos ni prematura ni innecesariamente el costo de una guerra nuclear generalizada en la que inclusive los frutos de la victoria serían cenizas en nuestra boca, pero tampoco rehuiremos ese riesgo en el momento en que haya que correrlo.

El Presidente anuncia una "estricta cuarentena" alrededor de la isla de Cuba. Los cargamentos de "equipo militar ofensivo" serán rechazados por los barcos de guerra estadounidenses. "He ordenado a las fuerzas armadas estar preparadas para cualquier eventualidad —anuncia el

Presidente—. Cualquier misil nuclear lanzado desde Cuba contra cualquier nación del hemisferio occidental será considerado un ataque de la Unión Soviética contra los Estados Unidos, y hará necesaria una represalia plena contra la Unión Soviética. Todo el mundo sabe que los misiles apuntan a los Estados Unidos.

Después del discurso televisado, el Presidente y su hermano vuelven a la Oficina Oval.

—¿Envió McCone a esa gente allá? —pregunta el Presidente.

—Sí —le responde Robert—, me dijo esta noche que ha logrado desembarcar tres con éxito, y que trataba de enviar a tres más. Pero —agrega— realmente no cree que vuelva ninguno.

19

—Trinidad, ¿qué haría usted si, digamos, mañana, llegara el final de la revolución? ¿Si se enterara de repente que Castro ha muerto, ha sido depuesto o reemplazado? —preguntó McLemore.

—La cuestión no es lo que haría yo —respondió ella—. La cuestión es qué harían los campesinos, qué harían los niños, qué harían los viejos. Lo que yo haría no importa. Pero no es posible responder a su pregunta sin saber lo que viene después. Si la alternativa es volver a una oligarquía dominada por los Estados Unidos, en una situación en que las corporaciones estadounidenses nos dan unos cuantos empleos a cambio de exportar las ganancias de nuestros recursos a Nueva York, alguna versión sofisticada del colonialismo, entonces, eso sería catastrófico para nosotros.

Se encontraban en lo de doña Eutimia, un paladar popular al final del callejón del Chorro, una calle corta que sale frente a la plaza de la Catedral. Parecido al de Julia, pero sin su encanto kitsch, el restaurante de doña Eutimia estaba situado en una casa anterior a la revolución y servía un espectacular cerdo asado.

—Profesor —siguió diciendo Trinidad—, yo sé que la revolución no durará para siempre. Eso es algo que entendemos. Aunque no lo parezca, la historia ha hecho que el pueblo cubano sea realista. La gente joven, que no tiene historia, no tiene memoria. Yo conozco los días de Batista por mis padres. Y quizá pueda contarles a algunos jóvenes… quizás a mis propios hijos algún día. Pero la gente olvida pronto. En vez de política, quieren jeans y relojes y un *walkman* y la última música de rock. Y están dispuestos a pagar un precio… inclusive parte de su independencia… por esas cosas.

—¿Está mal querer esas cosas? —preguntó McLemore. A pesar del matiz político de la conversación, McLemore sentía una tibieza genuina hacia él de parte de ella. Le tocaba la mano seguido, y sus ojos sonreían.

—Por supuesto que no. Es una cuestión de pagar un precio, ¿no? Dejamos que vuelvan las grandes compañías de los Estados Unidos. Traen dinero... reconstruyen nuestros molinos azucareros y refinerías de petróleo. No les gusta nuestra política, Fidel, o quien venga después de Fidel, entonces deben poner a sus propios títeres en el poder, personas que no les cobrarán impuestos y que se asegurarán de que los obreros no hagan reclamos por salarios. No pueden evitarlo. Es algo... cómo se dice... por su interés económico.

—Lo mismo sucede con la estabilidad política —dijo McLemore—. Y la democracia ha demostrado ser la mejor forma de asegurarla. Libertad política.

—La libertad política es menos importante cuanto más hambre se tiene. La democracia no dice cómo distribuir equitativamente la riqueza, sobre todo cuando hay poco. Es como su "prensa libre". Uno de los suyos dijo una vez: "En los Estados Unidos hay prensa libre para todos los que son dueños de ella". Pues quizás haya libertad política para todos los que tienen comida en abundancia.

—La democracia no tiene nada que ver con la riqueza —respondió McLemore.

—¿Por qué no somos lo suficientemente inteligentes para encontrar la forma de crear una democracia económica —replicó ella— donde las personas sean libres pero además tengan bastante para vivir decentemente?

—¿A qué se refiere? —le preguntó McLemore—. ¿A que los trabajadores sean dueños de los medios de producción? Hasta el momento nadie ha sido capaz de figurarse cómo hacer que Marx funcione, y mucho menos hacer que los marxistas trabajen.

—Si las pensiones de los trabajadores pueden ser invertidas en las acciones de las corporaciones capitalistas —dijo ella—, ¿por qué ellos no pueden ayudar a decidir si las compañías en las que invierten deberían fabricar productos químicos que envenenen a sus hijos? Debe haber soluciones mejores... una política más humana en el mundo. ¿No está de acuerdo?

—Por supuesto —dijo McLemore con una sonrisa, decidido a aligerar la atmósfera—. Si de mí dependiera, yo levantaría el embargo, inundaría a Cuba de turistas y gente de negocios, dólares y teléfonos celulares y máquinas de fax, CNN y MTV. Eso causaría una verdadera revolución.

Trinidad sonrió a su vez, y observó, con tono irónico:

—Ya está sucediendo. Hay turistas y dólares por todas partes. Ahora tenemos dos economías. Lo que ustedes denominan "*apartheid* turístico". Es una invasión mucho más efectiva que la de playa Girón.

Parecía más resignada que fastidiada.

Estaban sentados frente a frente, muy cerca, rozándose casi. Sus frecuentes debates intelectuales resultaban cada vez más difíciles de distinguir de un flirteo sofisticado. Hoy McLemore sentía que la usualmente combativa señora Santiago estaba preocupada, y sospechaba que eso tuviera que ver con la amenaza inminente de la que le había hablado Ramsay la noche anterior. Si Trinidad era, en efecto, algo más que una burócrata de nivel medio del Ministerio de Relaciones Exteriores, si estaba implicada de alguna manera en la red cubana de seguridad nacional, entonces era más que probable que estuviera enterada de cualquier amenaza, inclusive de una amenaza en extremo violenta de desbaratar la celebración del aniversario. Eso sería más que suficiente para preocupar a cualquiera, pensó McLemore. Cuando llegó la comida, notó que ella parecía carecer de interés por comer. McLemore se preguntó cómo sería tener la vida de un montón de gente... miles, posiblemente más, en las manos y en la conciencia de uno. De repente, Trinidad no le parecía una abrasiva funcionaria comunista, ni una burócrata distante e impaciente. En cambio, McLemore la veía por primera vez como una mujer atemorizada y vulnerable, alguien con poca vida fuera de su empleo y la perpetuación de la causa revolucionaria, alguien que ahora abrigaba el conocimiento de una amenaza cuyo horror la humanidad había experimentado una sola vez.

Por razones que no estaba especialmente obligado a analizar, McLemore tenía ganas de proteger a Trinidad. Le sorprendía su intensidad, y le frustraba el ver que tenía poca salida. Reflexionaba que hasta ahora ella se las había arreglado muy bien sin su ayuda para desempeñarse en su mundo. Pero ese alud humano, Ramsay, lo había preocupado. Poseedor normalmente de una ecuanimidad matizada sólo por momentos de melancolía, McLemore tenía ahora un presentimiento teñido de fatalidad. Había desasosiego en el hiriente aire cubano. En los pequeños países, el nerviosismo de los dirigentes se contagia a la gente, sobre todo a gente acostumbrada por la cafeína de su existencia a confiar para su supervivencia más en sus sentidos que en el intelecto. Había ondas de tensión en el éter. Y los sensores de Trinidad eran especialmente refinados. Ella proyectaba la tensión que absorbía.

McLemore se sintió invadido por la inquietud.

—Cuando estuve aquí antes —le dijo—, hablamos acerca de si yo podría ayudar a obtener información del gobierno de los Estados Unidos sobre algunos de sus ex compatriotas, y averiguar si ellos podrían tener algo que ver con los problemas... los ataques que sufren ustedes aquí. Después que me fui, supe de inmediato que no me mostré todo lo comprensivo que debería haber sido. Es que yo tengo algunas razones personales para evitar todo ese mundo... del espionaje, inteligencia... y cosas por el estilo. Un mundo que algunas personas encuentran interesante, pero no es un mundo con el que yo quiera tener nada que ver. Además, Cuba es... cómo decirlo diplomáticamente... Cuba es un problema.

La calidez de la sonrisa de Trinidad hizo menos cortante el filo de su respuesta.

—Es una cuestión de punto de vista. Para usted, Cuba es un problema. Para nosotros, los Estados Unidos son el problema.

—Supongo que lo que estoy tratando de decir es que existe alguna forma en que yo pueda serle de ayuda a usted... sin entrar en el asunto del espionaje... Quiero ayudarla. No me siento mal dispuesto hacia este país. Desde luego, no como sus ex compatriotas. No tengo ningún interés aquí, ni de una manera ni de otra. En lo que a Cuba se refiere, es vivir y dejar vivir. He estado estudiando la historia cubana. En base a su historia, la política estadounidense aquí no es ni muy brillante ni muy productiva. Pero a los Estados Unidos no les importa mi opinión, de todos modos. Todo lo que digo es que me gustaría ayudarla de una manera que no me exija fingir que soy James Bond.

McLemore vio que la expresión de Trinidad se dulcificaba y que sus ojos reflejaban algo así como alivio.

—Profesor, yo sabía que usted nos ayudaría. Lo sabía.

Hábilmente ella había convertido la oferta personal de él en una ayuda colectiva, aunque estaba claro que entendía la diferencia.

—Trataré de hacer lo que pueda —dijo McLemore—, pero es una situación imposible. Según entiendo, alguien intenta dañar su economía, quizá destruir el turismo y la agricultura. Ustedes obviamente creen que son los cubanoamericanos, los del sur de Florida tal vez. No saben qué es lo que buscan. De modo que quieren que un yanqui común y corriente... sin conexiones con el gobierno de los Estados Unidos... consiga información sobre ellos. ¿Cómo puedo hacerlo? Ya le dije: no soy espía y no tengo intenciones de conventirme en espía.

—No queremos que se convierta en espía, profesor —dijo Trinidad—. Queremos que le pregunte a su gobierno, a cualquiera que conozca en su gobierno, si sabe algo sobre estos ataques y, en ese caso, enterarnos de qué está haciendo al respecto. Como comprenderá, nosotros no podemos hacerlo por canales diplomáticos. Las personas involucradas... las personas que sabemos que están involucradas... son ahora ciudadanas de los Estados Unidos. Hemos comunicado nuestra protesta a su gobierno a través de la Oficina de Interés local. No hemos obtenido respuesta.

—¿No pueden transmitir la información que tienen... cómo saben que hay cubanoamericanos involucrados... directamente al gobierno estadounidense? —preguntó McLemore.

—Es imposible. Si hacemos eso, entonces revelamos el método que usamos, y quizás algunas de las personas que utilizamos para obtener esa información. La información referida a quienes nos ayudan podría caer en manos de los que están contra nosotros. Nuestros enemigos tomarían medidas entonces para impedirlo en el futuro, inclusive poniendo en peligro la vida de quienes se arriesgan para mantenernos informados.

Trinidad alzó las manos, las palmas hacia adelante, y se encogió de hombros, sugiriendo la imposibilidad de la propuesta de él.

McLemore se sentía frustrado por el uso del "nosotros" de parte de Trinidad. Él quería ayudarla.

—Exactamente, ¿qué quiere que haga? —preguntó.

—No queremos que espíe, de ninguna manera, profesor —respondió Trinidad—. Si usted tiene amigos, o puede hacer amigos, en su gobierno...

—Cuando usted dice "gobierno" se refiere a la CIA en realidad, ¿no, Trinidad?

Ella se puso colorada, pero no dejó de mirarlo con sus profundos ojos pardos.

—Supongo —dijo—. Quien sea. Es usted el que debe decidir con quién sería más conveniente hablar. Infórmeles, por favor, acerca del terrorismo que sigue viniendo desde los Estados Unidos. Aunque, por razones que no entendemos, los medios estadounidenses no dicen nada sobre esto, aquí se hiere a personas. Algunas mueren. No se sabe nada de esto en los Estados Unidos. Es como si no existiéramos para el pueblo norteamericano. Pero, lo más importante, dígales que nosotros sabemos, que tenemos evidencia firme, de que las directivas y el dinero y el apoyo de estos operativos de sabotaje vienen de cien millas al norte.

—¿Y eso es todo? ¿Eso es todo lo que usted quiere que yo haga? —preguntó McLemore.

Como ya lo había hecho esa misma noche en otras oportunidades, Trinidad miró, nerviosa, las mesas ocupadas a ambos lados. Ellos ya habían terminado la tradicional cena criolla, McLemore con gusto, Trinidad con escaso interés.

—¿Salimos a tomar el café a otra parte? —sugirió ella.

McLemore pagó y ella salió adelante del paladar. Cruzaron la plaza de la Catedral, llena de músicos ambulantes, jineteros, turistas y paseantes nativos, y caminaron las tres cuadras hasta la entrada del puerto. El castillo del Morro y la fortaleza de La Cabaña, brillantemente iluminados, creaban una escena panorámica más vívida que la de una película épica. McLemore nunca se cansaba de la vista tan escenográfica, e inclusive seguía viéndola mentalmente en los Estados Unidos. Doblaron a la izquierda para caminar por el Malecón. Tomándolos por compañeros sufrientes de los sinsabores del amor, las parejas de jóvenes amantes, algunos sentados, otros de pie contra el murallón, los observaban pasar, ignorantes por completo del asunto de su intensa conversación.

—Hay algo más —dijo suavemente Trinidad.

La mente de McLemore visualizó la imagen de Ramsay la noche anterior. Aguardó.

—Tenemos razones para creer que nuestros atormentadores están planeando algo muy destructivo para el aniversario de la revolución. Como sabe, es el día de Año Nuevo. No falta mucho.

—Supongo que no serviría de nada preguntarle cómo lo sabe.

—En realidad, no —dijo ella con un suspiro—. No se lo podría decir, de todos modos. Pero lo sabemos con seguridad. Inclusive, creemos saber quiénes son... un grupo específico. Creemos que es el mismo que organiza todos estos actos de terrorismo desde hace un año, o más.

—¿Saben qué planean hacer? —preguntó McLemore—. ¿Puede decírmelo?

Trinidad se dirigió hacia un trecho de murallón no ocupado por nadie. Sobre los muros del Morro una luna de tres cuartos asomaba, brillante e inquisitiva. McLemore se sentó a su lado, esperando mientras ella buscaba otra vez cómo enmarcar su versión sin poner en peligro a nadie.

—No, no sabemos demasiado —respondió luego de un momento—. Sabemos una cosa, que quizás sea importante. Pero no se lo debe decir a nadie... excepto a los funcionarios estadounidenses apropiados. Este grupo se ha reunido con... ha mantenido varias reuniones con... un ruso que vive en los Estados Unidos. Creemos que él les está vendiendo ciertas armas.

—¿Por ejemplo...? —preguntó McLemore.

—No lo sabemos. Tal vez algo nuevo... del ejército ruso. Algo que no sabemos qué es, algo para lo que no podemos prepararnos.

—Pero, para hacer mucho daño, ¿no debería ser algo grande, algo que ustedes descubrirían en caso de que quisieran entrarlo en el país?

—Quizá —dijo ella—. Pero a lo mejor los soviéticos han desarrollado algún arma nueva, diminuta, o un explosivo que no conocemos. Quizá sea algo que puedan ingresar en piezas pequeñas... que de por sí pueden parecer inocentes. Cuando las entren, pueden juntarlas... quizás algo así como un misil... y hacernos volar. —Ella hizo una pausa, recordando las medidas enérgicas tomadas ya por Núñez y las cárceles llenas de compatriotas inocentes. —Créame, estamos alertas. Obervando a nuestra propia gente. Todos los que llegan son revisados. Los cargamentos de los barcos. Los cargamentos de los aviones. Las valijas de los turistas. Todo lo que pueda imaginar. Pero, como se sabe, tenemos cientos de kilómetros de costa, playas, lugares donde se puede llegar con botes pequeños. Estamos haciendo todo lo que se nos ocurre. Pero no podemos estar en todas partes... ni mirar en todas partes. Hasta que sepamos qué buscamos, qué tratarán de hacer ellos, es casi imposible.

—Entiendo —dijo McLemore—. Pero ¿qué le hace creer que nuestra gente sabe más que ustedes? Créalo o no, es contra la ley espiar a los ciudadanos estadounidenses, al menos sin buena evidencia de que están tramando algo ilegal.

—Es una posibilidad —dijo ella—. Es una posibilidad que queremos que usted explore por nosotros. No se nos ocurre otra cosa. Le he confesado... y no es un gran secreto... que tenemos amigos en los Estados Unidos que nos envían información. Siguen haciendo lo mejor que pueden. Pero este grupo de ahora, no lo conocemos. Aparte de seguirlos, tenemos poca oportunidad de descubrir lo que traman.

—De modo que yo debería hablarle a alguien con autoridad... en la CIA o donde sea... acerca de sus sospechas, de la evidencia que tienen, identificar el grupo, ¿y qué más?

—No lo sé. Lo que a usted se le ocurra que... Si los miembros del grupo terrorista saben que están bajo sospecha, quizás eso evite que... sigan planeando maldades.

—Supongo que sería de utilidad tener el nombre del grupo —dijo McLemore.

Trinidad vaciló.

—Se llaman a sí mismos Bravo 99, a veces Bravo, a secas.

—¿Cuántos hay en el grupo?

—No estamos seguros. Pero es una organización muy secreta. Creemos que no más de veinte o treinta.

Una ruidosa pandilla de adolescentes estaba acampada cerca con un aparato musical pequeño pero muy vibrante que tocaba un calipso, y McLemore, tomando a Trinidad por la cintura, la ayudó a ponerse de pie. En la entrada del puerto echaron a andar hacia el Morro. La luna ascendente iluminaba su camino como un reflector.

—Comprar armas, sobre todo armas sofisticadas, es costoso —observó McLemore mientras caminaban—. ¿Este grupo tiene dinero? ¿O se los da alguien?

—Creemos que en su mayoría son exitosos hombres de negocios. Así que ellos mismos contribuyen a su causa. Pero creemos que también reciben otro apoyo.

—¿De dónde?

—De la mafia.

20

Juan Aragonés hijo, alias Johnny, hizo una pequeña pero sustancial fortuna en el negocio turístico. Durante cuatro décadas él, su padre y su hermano fueron expandiendo su primera agencia de viajes hasta formar una cadena de treinta agencias en Florida y el sudeste. Se especializaban en giras por América Central y del Sur, y el Caribe. Con el auge de los viajes en años recientes, los negocios prosperaban espléndidamente. Los jubilados tenían dinero para viajar, y los expatriados latinoamericanos no hacían más que llevar a sus hijos a ver a los parientes en su país de origen. Hacía poco, la familia Aragonés había adquirido una cadena de líneas de ómnibus que prestaban servicios en varias capitales latinoamericanas importantes, y ahora estaban tratando de hacer inversiones en sociedades y comprar una serie de hoteles a construirse en seis de esas capitales. Cuando llegó el último de sus cinco invitados, el guardia de seguridad cerró la puerta de entrada de su lujosa propiedad en el sur de Miami. Era evidente que la vida había sido muy buena para la familia Aragonés.

El único demonio que importunaba a Juan padre, y por lo tanto a toda la familia, era el comunista hijo de puta en La Habana. El anciano había tratado los estragos del cáncer y la vejez con el elixir del odio. Se rehusaba a morir antes que Fidel Castro. Se iba a dormir odiando a Castro. Se despertaba odiando a Castro. Y pasaba las horas intermedias planeando nuevas maneras de asegurar la muerte lenta y dolorosa de su némesis. Una vez por semana, él y varios de sus viejos compatriotas, miembros de la Brigada —cuyo número declinaba rápidamente— se reunían a brindar y desear el empalamiento del barbudo en una larga y afilada estaca.

Impulsado por el implacable odio de su padre, Johnny trataba con desesperación de encontrar la forma de transportar al viejo guerrero a su Valhalla cubano en una balsa hecha con los huesos de Castro. Su última esperanza era Bravo 99, que él contribuyó a fundar con sus amigos Manny, Tony y otros. Como ellos, Johnny tenía recursos económicos y había heredado una suprema antipatía hacia los actuales gobernantes de Cuba. Estaba en buena condición física. Y quería complacer a su padre. Todos estos factores juntos le daban tanto motivo como oportunidad. Igual que casi toda su generación, no tenía ningún deseo de volver a Cuba. ¿Por qué hacerlo? Poseía más de lo que nunca soñara. ¿Por qué dejar todo esto en el país más rico de la Tierra para vivir en una empobrecida isla caribeña?

Mientras observaba acercarse al porche rodeado de columnas a José Hernández (Joe), el amigo de su infancia, miró su Rolex. Era el veintiocho. En poco más de sesenta días, todo habría terminado. Entonces su padre podría morir en paz. El regalo final y definitivo de un hijo a su padre.

Johnny llevó a su viejo amigo al cuarto privado para unirse a los otros cuatro que los aguardaban allí. Ya estaba completa ahora la banda que formaban. En forma fortuita, los atributos de cada uno de los integrantes se adecuaban a la misión que se habían comprometido a cumplir. Manny poseía habilidades de organización y liderazgo, y las agallas de un ladrón nocturno. Reaccionaba con intrepidez a cualquier desafío, y tenía una notable red de conexiones, gracias a la cual había logrado contactar al ruso Isakov. Tony, el amigo íntimo de Manny (así como Joe era el de Johnny), era más cauto, pero poseía una habilidad única para descubrir a los farsantes y localizar el peligro. Era excelente para los detalles y la logística, y lo recordaba todo. Joe era tan bueno y exitoso con el negocio de la electrónica como Johnny con el negocio turístico. Había ganado una serie de premios de ciencia en el colegio y una beca completa para estudiar ingeniería eléctrica en MIT. Ahora era dueño de más negocios de computación que Johnny de agencias de viajes. Joe llevó a Orlando Menéndez a Bravo 99. Orlando era Orlando a secas. Tan simple como eso. Sin sobrenombre inglés. Siempre le había gustado el hecho de que se llamaba como una ciudad importante de Florida. Igual que los otros, era un exitoso hombre de negocios. La familia había ganado mucho dinero con su fábrica de ascensores durante el auge de la construcción en el sur del estado en las dos últimas décadas. El sexto integrante de Bravo 99 era Pete. Un rico tipo. Payaso de su clase, hacía reír a todo el mundo. Pedro Molina, además de ser muy gracioso, era un atleta increíble. Se había clasificado en dos oportunidades como levantador de pesas para los Juegos Olímpicos. Su manera ideal de pasar la tarde del sábado era haciendo tiro al blanco con armas, largas y cortas. Le daba igual.

Desde su decisión de emprender el proyecto Luna, Pete castigaba al grupo en su club deportivo, obligando a los miembros a soportar un severo entrenamiento físico tres veces por semana. Todos asistieron a la reunión regular del grupo Bravo original, donde Manny informó que el dramático plan discutido en septiembre había sido abandonado. El proyecto Luna era sólo para ellos seis: Bravo ultra. Después que los demás se marcharon de la reunión de septiembre, rehusándose a participar en un ataque importante no identificado durante la celebración del aniversario en La Habana, Bravo 99 había dejado de existir prácticamente, para convertirse en una de las muchas organizaciones cubanoamericanas que presionaban en el Congreso para endurecer el embargo. Ahora sus miembros eran sólo seis. Compartían un secreto. Tenían un objetivo común. Ellos seis liberarían a Cuba. Ese sería su obsequio para sus padres.

—Muy bien. Les informaré acerca de nuestro viaje al sur —dijo Manny mientras Johnny servía las últimas copas y pasaba el elegante humidificador lleno de Cohibas—. Tony y yo inspeccionamos la plaza e hicimos una gira turística por la torre Martí. También localizamos una residencia local y contratamos a un muchacho, que nos alquiló el lugar, como ayudante. Nos consiguió un camión. Viejo, pero en muy buen estado.

—¿Fueron a Bejucal? —preguntó Johnny—. ¿Vieron dónde está el "juguete"?

Manny y Tony asintieron como colegiales con un secreto.

—Los hijos de puta casi nos descubren. —Tony rió entre dientes. —Pero el mapa funcionó a las mil maravillas, y sabemos dónde está el tesoro. Estuvimos justo encima de él. —Describió los detalles paso a paso. —Costará un poco de trabajo sacarlo... Ésa es una de las cosas de las que debemos hablar esta noche... pero es algo realizable.

Los dos exploradores de avanzada relataron su historia con lujo de detalles, desde el viaje de ida hasta el de regreso. El control en la aduana fue severo, pero lo pasaron. Gracias a los contactos de Johnny con las agencias de viaje en México, sus pasaportes falsos funcionaron. Los seis hombres se sentaron alrededor de la gran mesa baja ante un mapa de La Habana. Los dos viajeros indicaron la ubicación de su hotel, la disposición de la plaza, la calle del distrito del Cerro donde alquilaron el escondite. Hablaron de su segunda visita a la torre Martí y el viaje en el ascensor hasta arriba. El gobierno cubano había abierto la terraza de observación en el piso veintidós como una nueva atracción para contrarrestar el descontento de los turistas. Todos estuvieron de acuerdo en que esto sería suspendido durante la celebración. Manny y Tony tomaron nota mentalmente del nombre del fabricante en la placa del ascensor. Orlando se restregó las manos en señal de silenciosa satisfacción. Se trataba de un conocido y tradicional fabricante europeo.

A continuación, Tony desplegó un segundo mapa, de la provincia de La Habana, e indicó allí la ciudad de Bejucal, unos treinta y cinco kilómetros al sur de la capital del país. Mostró los caminos recorridos para llegar. Luego dibujó un cuadradito, unos cuatro o cinco kilómetros al norte de la ciudad de Bejucal, y dentro de él un caminito poco frecuentado que representaba el complejo militar de Bejucal, donde estaban guardadas las secciones explosivas soviéticas desde 1962. Después, Tony extrajo una hoja de papel en blanco, dibujó un esquema del complejo militar y dentro de él ubicó el búnker, identificado por ellos, según el dibujo del padre de Isakov como el sitio exacto donde estaban depositadas las secciones explosivas nucleares.

De pronto, el grupo se quedó en silencio. Conocían, habían visto y palpado, el escondite mismo de su contribución al festejo del cuadragésimo aniversario de la revolución cubana.

Pete rompió el silencio.

—¿Cómo sacamos los fuegos artificiales de allí?

—Supusimos que irían ustedes y se los llevarían... a plena luz del día —dijo Manny, y todos lanzaron una risita.

—Eh —dijo Pete, haciendo una flexión—, ¿tú crees que no podría hacerlo?

—Muy bien, gran hombre —dijo Manny y dejó caer la mano abierta sobre el macizo hombro de su amigo—, puedes necesitar ayuda. Tony y yo ya dijimos que volveremos, y hemos discutido esto. El mapa muestra que el viejo de Isakov selló herméticamente los fuegos artificiales en el extremo del búnker. Considerando las circunstancias... la presión, los soldados, cubanos y soviéticos, que recorrían el lugar, los generalotes dando órdenes, los cubanos furiosos con los soviéticos... todo eso... creemos que tuvo que actuar rápido. No tenía todo el tiempo del mundo y sólo podía confiar en unos pocos. De manera que es muy probable que, en el medio de la noche, se llevara a un par de tipos allí, diciéndoles que era archisecreto, y los hizo meter un par de embalajes de tamaño mediano en el extremo del búnker.

Tony indicó el diagrama dibujado a mano.

—Vamos al búnker bien tarde por la noche. Nos dirigimos al extremo más apartado, y rompemos la pared falsa. Debe de ser algo así como bloques de concreto. Debemos hacerlo sin hacer ruido, lo que llevará tiempo, o causar una distracción. Hacer que los guardias nocturnos persigan una ardilla mientras rompemos la pared y salimos de allí.

—¿Cuántos hombres necesitamos? —preguntó Joe.

—Cuatro para entrar. Dos para conducir el camión y causar la distracción. Encontramos un sitio a unos cincuenta metros de la entrada, camino abajo, donde se puede esconder el camión. Haremos un par de viajes de prueba para cronometrar bien el operativo y minimizar riesgos y dudas. Una vez dentro, debemos actuar rápido, en silencio y con eficiencia. Sin errores.

—¿Y después? —intervino Joe.

—Después nos dirigimos a La Habana. Si salimos de Bejucal sin que nos sigan, vamos derecho a La Habana. Llevamos el embalaje o embalajes a nuestro lugar en el Cerro. Será tarde de noche. De modo que cuando llegamos a nuestra residencia local bajamos rápido la carga, para que no nos vea nadie, sin hacer ruido, para no despertar a nadie, y estacionamos el camión atrás. Ya habremos hecho lo más difícil.

—¿Qué día será? —preguntó Johnny.

Manny sacó su libreta y constató las fechas.

—Veinticinco de diciembre. Navidad. Quizás uno o dos días después. Ya veremos.

—¿Cómo nos contactamos con el otro ruso? —se inquietó Pete—. Él tiene que probar los cables de esta cosa. ¿Cuándo aparece?

—Tony y yo tenemos una reunión con Isakov esta noche para arreglar todo eso —dijo Manny—. Básicamente, va a traer al viejo Dinkowitz, Dankowitch, algo así, la última semana de diciembre. Para cuando nosotros retiramos el paquete, arreglaremos un lugar de contacto, lo llevamos a la residencia local, y allí él hará su magia. Si esta cosa fue sellada, como asegura Isakov, no tendrá mucho que hacer.

—Los comunistas van a estar revisando los pasaportes con mucho cuidado a partir de ahora —observó Johnny.

—El tipo es un viejo —aclaró Manny—. Tiene setenta y tres o setenta y cuatro. Como nuestros padres. Un ruso que hace un viaje por razones sentimentales. Para demostrar su respeto por la revolución, y todo eso. Un tipo inofensivo. —Dio una pitada a su cigarro. —Además, los tenemos entretenidos con las bombas en los hoteles. Están cerrando todo, metiendo presos a los sospechosos, enfureciendo a los turistas con las revisaciones. Seguimos con las bombas un par de semanas más, luego aflojamos. Como que todo terminó. Basta de bombas. Les hacemos creer que nos han paralizado. Contienen el aliento un rato… luego lo sueltan. —Dio otra pitada a su cigarro, retuvo el humo, luego lo dejó escapar. —Así. La tomenta ya pasó. Se palmean la espalda entre ellos. Aflojan la tensión justo para el aniversario.

Tony sonrió. Este era su plan.

—¿Cuál es el plan con el juguete? —preguntó Johnny.

Manny esperó mientras Johnny volvía a llenar las copas. Pete manifestó su desaprobación. Esta era una reunión para oír instrucciones.

—Una vez que el viejo haya revisado los cables y conectado el cronómetro, lo cargamos en el camión. Orlando —le dijo al miembro silencioso del grupo—, tú y Pete van a la torre anticipadamente, la tarde del festejo, por ejemplo. Conseguiremos algún uniforme que parezca de mantenimiento. Ustedes van a revisar el ascensor. Para segurarse de que funcione bien en caso de que los funcionarios decidan subir a ver la ciudad, o llevar a algún personaje importante para el aniversario. Ustedes encuentran que hay algo mal con el motor del ascensor. Les dicen a los guardias del museo que hay que repararlo... o inclusive reemplazarlo... por seguridad. Vuelven. Buscan el camión y el artefacto. Lo llevan a la torre. Otros dos de nosotros vamos también... Johnny y Joe... para levantar y llevar. Ustedes cargan esta cosa en el ascensor y hacen marchar el contador del cronómetro. Eso es todo. Luego van al camión y vuelven aquí.

—¿Cómo entramos y salimos del país? —preguntó Johnny.

—Manny y yo llegaremos primero —respondió Tony—, con nuestros pasaportes mexicanos. Los otros cuatro llegan por barco, desde Cancún. Tu barco. Es el más rápido de todos los que tenemos. Hemos arreglado con unos amigos para que nos digan dónde atracar. . . probablemente en Pinar. —Miró su calendario de bolsillo. —Ustedes llegan el veinticuatro. Los vamos a esperar y los llevamos a la residencia local. Ustedes traen todo el equipo necesario, nos ayudan a buscar el juguete, lo guardamos, y nos preparamos para la tarde del treinta y uno. Después que lo hemos instalado, volvemos al bote. Cuando se suelte el globo el día de Año Nuevo, partimos. —Se hizo atrás en su asiento. —Eso es todo.

—¿Por qué no marcharnos el treinta y uno? —sugirió Orlando.

—¿Y perdernos la diversión? —respondió Pete con una carcajada—. Yo no me lo perdería por nada en el mundo. Estaremos en alta mar cuando el fuego se extienda hacia el este llevándose a todo el polvo comunista.

Tony repartió unas hojas de papel.

—Aquí están las provisiones que necesitamos. Joe, hacen falta unos cronómetros sofisticados, cables eléctricos, conectores, etcétera. Todo lo necesario para una sección explosiva nuclear de cuarenta y cinco años. Usa tu imaginación. Orlando, tú consigue lo que se necesite para parecer técnicos de ascensores. Pero, recuerda, nada nuevo: esta gente tiene herramientas de los 50. Pete, tú eres el encargado de las armas. Un par de fusiles de asalto, un par de escopetas... bombas de acción rápida... y por lo menos una nueve milímetros para cada uno, con abundantes balas. Tú decides qué podemos necesitar para escapar de una dificultad. Johnny, tú eres el encargado del transporte. Llena el barco de combustible para un viaje de ida y vuelta. Revisa los motores. Todo lo necesario. También consulta a un mecánico para que te enseñe lo básico de un Chevy de tonelada y media. Coordinaré con cada uno de ustedes durante las próximas semanas. —Se volvió hacia Manny, sentado a su lado. —Y propongo a Manny como comandante en jefe. La idea es suya. Él encontró a Isakov y, por su intermedio, el juguete. Ha sido el cerebro de todo.

Manny levantó las manos, como rindiéndose. Todos aplaudieron. Había sido electo por aclamación.

—Tony y yo viajaremos el veinte o el veintiuno de diciembre para asegurarnos de que todo esté listo. Los estaremos esperando en el sitio de desembarco en Pinar. Aquí —dijo, señalando una X roja en el mapa de la provincia—. Pero tenemos seis o siete semanas más para prepararnos, mientras tanto. Planeemos reunirnos, ya sea en el club de Pete, o aquí, en casa de Johnny, por lo menos una vez por semana para comparar notas y repasar el plan. La semana que viene, Tony y yo tendremos los detalles de la conexión con el viejo Dinkowitch. —Consultó su reloj. —Tenemos que irnos. Nos reuniremos con Isakov dentro de cuarenta y cinco minutos.

El grupo se dispersó. Se fueron yendo, uno por vez, en un período de media hora: Manny y Tony primero, Joe último. El estado de ánimo colectivo era optimista y excitado. Por fin ponían las manos en la masa. Entraban en la recta final. Mientras se despedían en la amplia galería, Johnny se dirigió a su viejo amigo Joe.

—Estoy impaciente por ver la reacción del viejo —le dijo—. Le va a dar un ataque al corazón de felicidad. Todos los viejos se pondrán tan contentos. Por fin... por fin... basta de Castro. Basta de comunistas.

Entre los muchos factores que unían a los seis hermanos conspiradores se encontraba la falta de toda previsión acerca de lo que vendría después. No los motivaba la lujuria del poder. Nadie quería volver a vivir a Cuba. Ninguno contemplaba un cargo en el futuro gobierno. De hecho, no se habían puesto a pensar en la clase de gobierno que tendría Cuba en el siglo XXI. Existía la suposición tácita, nunca cuestionada, de que, siguiendo las leyes de la naturaleza, probablemente surgiría un sólido gobierno corporativo y democrático. Habría una vuelta al statu quo anterior; una oligarquía benigna guiaría el destino de Cuba, y quizá los viejos veteranos de la Brigada formarían un consejo de gobierno al frente de Cuba. El consejo sería dueño de los medios, invertiría en las tierras y fábricas. Todo sería muy satisfactorio.

Manny y Tony estacionaron el auto cerca del venerable hotel Doral en Miami Beach y, de acuerdo con lo establecido, echaron a caminar por la playa hacia la alta palmera que estaba más cerca del agua, al norte del hotel. Eran unos minutos después de las veintitrés, y una luna en cuarto creciente iluminaba su camino. Cuando se acercaban al árbol, una gran figura emergió de atrás del tronco igualmente grande. Era el corpulento Isakov.

—Manny. Tony. Aquí está Viktor. ¿Cómo van las cosas? —dijo la voz con su marcado acento ruso.

—Muy bien, Vic. ¿Cómo van las tuyas?

—Muy bien —respondió Viktor—. ¿Cómo va todo con el proyecto de ustedes?

—Nuestros planes marchan muy bien, Vic. Nada de qué preocuparse. ¿Cómo está tu viejo colega Dankovitz? ¿Ya tiene la valija lista?

—Todo reglado —dijo Isakov.

—¿Querrás decir arreglado, Vic? —le preguntó Tony.

—Como sea —dijo Viktor. No le gustaba que corrigieran su manera de hablar. Hacía que se sintiera tonto—. Ya está listo. Tiene reserva de avión. Tiene visa. Le haremos una reserva en el hotel... cerca de ustedes, pero no mismo hotel.

—¿Qué hay de las lecciones de electrónica, Vic? ¿Cómo anda con el curso de repaso... de puesta al día con su vieja profesión?

—Mis amigos le están dando manuales originales —dijo Viktor— y él los está estudiando todos los días. Sorprendente, dicen. Su mente es aguda, muy afilada. Recuerda todo por su experiencia directa. Puede dibujar todos los diagramas... hacer todas las conexiones. Puede volver a los equipos que trabajan en cohetes estratégicos hasta hoy, probablemente.

—No lo necesitamos para eso —observó Manny—. Sólo para revisar el sistema de nuestro producto, el que dejó tu viejo. —Hizo una pausa. —Luego para ese otro trabajito.

—¿Cuál otro, Manny? —Viktor sonaba intrigado.

Manny se acercó hasta casi poner la nariz contra la del ruso bajo la palmera gigantesca, que ocultaba a la luna.

—Debes recordar, Vic. Poner el contador del cronómetro. Tiene que enseñarnos a hacer que la cosa sea... digamos... operable.

—¿La cosa?

—El producto, Vic. El artefacto. ¿Entiendes?

Viktor Isakov asintió.

—Hablando de entender, Vic. ¿Cómo nos comunicamos con el viejo? ¿Tendremos un traductor? ¿O habla inglés?

—Inglés es bueno, Tony —respondió Viktor—. No tan bueno como el mío. Pero entiende todo y puede hablar bueno.

—Muy bien, Vic —dijo Manny—. Una última cosa. ¿Dónde nos encontramos? Queremos que él esté en La Habana el veinticinco de diciembre. Ni antes, ni después. ¿Entiendes? Aquí están las instrucciones. Él va al hotel, se registra, y espera. Dile que descanse un poco. Que le lleven la comida al cuarto. Que se le pasen los efectos del vuelo. El veintiséis al mediodía alguien llamará a su puerta. La persona se identificará como el señor Cruz, y dirá que es su guía de Cubatur. Dinkovich deberá llevar su equipaje, sólo una valija pequeña. Alguien se hará cargo de la cuenta del hotel. Él no volverá allí. Tenemos un lugar para él. Cuando termine su trabajo tendrá tiempo de sobra para visitar los viejos lugares, divertirse, recordar los viejos tiempos.

Viktor levantó una mano.

—Él quiere saber si puede reunirse con algunos de los oficiales cubanos con que trabajó. —Le entregó a Manny un pedazo de papel arrugado. —Aquí están algunos de los nombres que recuerda. Es sorprendente, ¿no crees?

Tony tosió.

—Vic, eso puede ser un problema —dijo Manny—. No queremos que sea demasiado visible, como entenderás. No es como si estuviera allí en una gira turística. A pesar de lo cuidadoso que sea, puede tomar un poco de ron y decir algo. —Notó la consternación de Viktor. —Pero dile que haremos todo lo que podamos. Queremos que lo pase bien, que se divierta. Que tenga una estadía memorable, en realidad.

Viktor dio una patada a la arena con uno de sus nuevos zapatos de lona.

—¿Qué debo decirle con respecto a su pago? Ya sabes, dinero que prometimos. Él no exige, sabes. Pero queremos ayudar a sus hijos con el dinero, y él me pregunta con mucha timidez. Él no sabe cómo funcionan... los negocios... capitalismo, sabes.

Manny le palmeó la espalda.

—Le dices que trata con hombres honorables. Todos sus gastos pagos en Cuba. Pasaje aéreo. Y vuelve a casa con diez mil... en efectivo... en su valija.

Viktor asintió, feliz.

—Pero, Vic, dile que no lo gaste todo con esas chicas cubanas.

Todavía se estaban riendo cuando se despidieron.

• • •

En el salón de reuniones del Kremlin, el Presidium aguardaba una copia del discurso del Presidente. Llegó de la embajada estadounidense después de la una de la madrugada del veintiuno. A esa hora se dirigen a Cuba treinta barcos soviéticos. Uno de ellos, el Aleksandrovsk, *contiene veinticuatro secciones explosivas nucleares para los R-14, de alcance intermedio, y las cuarenta y cuatro secciones que faltan para los FKR, misiles de inspección con base en tierra. Además se dirigen a Cuba a toda velocidad, cuatro barcos —el* Dubna, *el* Nicolaeev, *el* Divnogorsk *y el* Almeteevsk— *que contienen los misiles para los dos regimientos IRBM.*

Aliviados porque Kennedy parece haber descartado la invasión —al menos por el momento— en favor de una "cuarentena", los líderes sovié-

ticos debaten las órdenes que darán a sus barcos en tránsito y a las fuerzas soviéticas en Cuba. "Que se continúe la construcción rápida de las baterías de los misiles", ordena Khrushchev. Con respecto a los treinta barcos con pertrechos, se llega a un arreglo. Con varias excepciones, todos los barcos que no han llegado a destino deben regresar a puertos soviéticos.

Preocupado por la posibilidad de que el equipo nuclear secreto pueda caer en manos de los estadounidenses y ser usado para la consumación del operativo Anadyr, el Presidium ordena al Aleksandrovsk *y a los cuatro barcos que transportan los misiles que se dirijan a cualquier puerto cubano al que puedan llegar. El agente de la KGB residente en Washington destruye todos los documentos secretos y pone en funcionamiento sus generadores para emergencias con el propósito de poder mantener la comunicación con Moscú en caso de que los Estados Unidos interrumpan la provisión de energía eléctrica a la embajada. El primer ministro Khrushchev se queda en su despacho del Kremlin toda la noche, con la ropa de calle puesta, preparado para cualquier emergencia.*

Las simultáneas decisiones del Ex Comm, tal como fueran anunciadas por el Presidente, y del Presidium, puestas en práctica por Khrushchev, preparan la escena para los seis días más peligrosos de la historia.

21

El nivel de energía en La Habana parecía subir inclusive a medida que su vida se hacía cada vez más precaria. McLemore no podía determinar si esto era algo que él imaginaba, o si se trataba de alguna ley de la naturaleza caribeña. Cuando con sus notas de la investigación en la mano y la siniestra perspectiva de una amenaza terrorista contra la ciudad en la mente se dirigía al Ministerio de Relaciones Exteriores y pasaba frente a los kioscos de los libreros alrededor de la plaza de Armas, la temperatura humana colectiva y la producción de energía parecían ascender. Era como si, en conjunto, y debido al hecho de que durante siglos se habían ido acostumbrando a presentir el peligro, los cubanos pensaran que eran capaces de protegerse del peligro bailando. Los ritmos afrocaribeños del calipso escapaban a todo volumen por las puertas abiertas de bares y tiendas. A lo largo de las estrechas callejuelas que llevaban a la plaza de la Catedral y en los bazares para turistas, los vendedores ambulantes promovían tallas y pinturas afrocéntricas en las que estaban reflejadas sus propias facciones. Junto a la puerta de La Bodeguita, que seguía siendo refaccionada semanas después de la bomba que hizo volar la entrada original, unos músicos, rodeados por nativos y turistas, cantaban y se mecían al son de las canciones cubanas favoritas. En las calles pululaban los turistas. Se veía a caballeros turistas de tez clara apreciando a oscuras damas locales, y a damas turistas de tez clara apreciando a oscuros caballeros locales. Allí estaba la solución del misterio de la división racial. A lo largo de las calles, con sus veredas en ruinas, las puertas abiertas de las casas dejaban ver el interior de cuartitos y apartamentos que hervían ya bajo el calor del fin de la mañana. Patéticos perros zaparrastrosos se apartaban de los peligrosos pies de los jineteros que vendían Cohibas armados en los cuartos traseros con los restos barridos del suelo de fábricas de tabaco de segunda. Y por todas partes se veía la figura omnipresente del Che custodiando la revolución, una rígida conciencia contra cualquier forma de compromiso.

"La Habana —pensaba McLemore— es inimitablemente femenina, una beldad marchita que conserva el misterio de su atractivo aun a pesar de las arrugas y grietas de las fachadas, la falta de pintura, las ruinas." Excepto por las mansiones de los millonarios de Batista, ahora restauradas para embajadas y consulados, oficinas de corporaciones y residencias ejecutivas de compañías extranjeras, las casas habían sido subdivididas y vueltas a subdividir, desbordadas por el exceso de gente, y todo se erosionaba bajo el asalto del sol y el aire salado.

A unas cuadras a su derecha, en dirección al océano, McLemore alcanzaba a ver la parte superior de la torre de vidrio de siete pisos, perpendicular al agua, de la Oficina de Interés de los Estados Unidos. Junto con su bajo anexo, de una sola planta, estaba rodeada por un cerco de alambre de dos metros de alto que, ya fuera a propósito o no, simbolizaba su separación del país del que era huésped. Aislada, era una especie de reproche moderno, de alta tecnología, dirigido a sus ruinosos vecinos.

McLemore siguió caminando. Pasó frente a un baldío junto a un jardín de infantes, donde dos docenas de señoras mayores practicaban *tai chi* entre florecidos jazmines y polvorientas palmeras reales, colibríes y amarillos pájaros carpinteros, observadas por niños que reían y correteaban y se colgaban del cerco que los separaba de las extrañas y pausadas maniobras de las señoras. A lo largo de las calles de la sección Vedado de la ciudad, más moderna que el resto, se agolpaban los mochileros. Masas de gente hacían fila para poder poner un pie o poder sostenerse dentro de un humeante ómnibus. Ningún vehículo podía dejar de transportar diez veces más que su capacidad. Por todas partes circulaban farfullantes automóviles antiguos, rústicos sobrevivientes de las fábricas de General Motors de la década de 1950, verdaderos tributos al genio mecánico de los cubanos sin repuestos ni herramientas. Y por todas partes también los rostros, como mapas históricos, mezcla de indios, españoles, africanos y caribeños, mulatos y mulatas, progenies de generaciones de saqueadores, nativos, piratas, soldados, buscadores de fortuna, buscadores de dádivas, visionarios y misioneros e inquietos refugiados provenientes de docenas de playas extranjeras impulsados hacia el oeste en permanente búsqueda de una u otra clase de El Dorado.

Sobre la masa que empujaba y aguijoneaba, arengaba y acosaba, instaba, promovía y predicaba el mensaje evangélico de la revolución, se cernía la implacable figura del jefe. Todavía imponente, más alto que la mayoría de su generación, aunque ahora agrisado por los años, cubierto, capa sobre capa, como con una túnica de penitente, dominaba la historia de su propio país y acosaba a todo un hemisferio desde hacía medio siglo. Había enterrado al Che luego de ser asesinado hacía treinta años, y visto enterrar a Batista. Había visto ir y venir a presidentes estadounidenses. Había sobrevivido a un embargo impuesto por el poder económico dominante en el hemisferio, en realidad en todo el mundo, durante cuarenta años. Estaba en el poder desde hacía más tiempo que cualquier otro líder en el mundo. Había visto el comienzo de la Guerra Fría, y luego su fin. La había utilizado, había sido utilizado por ella, había sido un actor principal, había sido traicionado y abandonado por ella. Sin embargo, desafiando los vientos y climas políticos, allí estaba. Implacable.

Alguien que lo conocía bien, dijo: "Ustedes no entienden a Fidel. No es un comunista. Es un jesuita". Los jesuitas lo criaron y lo educaron, después de todo. Hicieron de él un verdadero creyente. Le enseñaron una disciplina con un solo propósito, crucial para la revolución pero poco característica de esta cultura de sol, arena, y salsa. Encima de todo eso, absorbió con la leche materna una ambivalencia de amor y odio hacia la gigantesca nube política que se cernía constantemente sobre el horizonte norteño de su patria. No es verdad que odie a los Estados Unidos de América. Es verdad que los Estados Unidos lo hacen enojar sobremanera. El grado en el que ese enojo sigue manifestándose, en cuestiones importantes e insignificantes, es una medida de su resistencia. No deberíamos mirar la Cuba del siglo XX para tratar de encontrar a Castro, sino a la Italia florentina de fines del siglo XVI.

McLemore había visto los tres autos negros una noche, tarde. El jefe patrullando. Quizá se dirigía en la madrugada a una playa cercana para ver si por fin se avecinaba la tan largamente esperada (¿quizá secretamente deseada?) invasión. Decepcionado (¿quizás?) por no poder hacer frente a su antiguo enemigo una vez más. El Tío Sam. No podía vivir con él... y no podía vivir sin él.

Acercándose a los ahora familiares archivos del Ministerio de Relaciones Exteriores, McLemore se preguntaba si Castro sobreviviría a relaciones normales con los Estados Unidos. ¿Lo privaría eso de propósito? ¿Lo dejaría sintiéndose vacío e insatisfecho? ¿Para qué vivir, si no para burlarse, día tras día, año tras año, de la potencia más grande de la historia? Para sobrevivir a todo. Invasiones, embargos, crisis, hostilidad, interminables, disparatadas tentativas de asesinato. ¡Qué buena razón para levantarse a la mañana, volver a hacer flamear la bandera, sobrevivir un día más. McLemore pensó, divertido, que si se terminaba el embargo, se normalizaban las relaciones, la revolución moriría en quince días, y probablemente el Comandante perecería de aburrimiento. A eso se había reducido la Guerra Fría: a un mano a mano entre el jefe y el Tío Sam.

McLemore subió los escalones del Ministerio de Relaciones Exteriores pensando: en verdad, algo pasa aquí. De lo contrario, ¿cómo explicar la atracción de Cuba para Richard Henry Dana, hijo, Ernest Hemingway, Graham Greene y Gabriel García Márquez, entre tantos otros? Se rió de algo que había leído antes de volver. "Cuba parece ejercer sobre los gobiernos de los Estados Unidos —decía un diplomático estadounidense— la misma atracción de la luna llena sobre el lobo humano."

El siempre paciente Carlos lo estaba esperando, como de costumbre, con los documentos del archivo de Relaciones Exteriores desplegados sobre la mesa cubierta de polvo. Éstos eran inventarios de las armas que entraron y los inventarios de las mismas armas que salieron, todo en espacio de semanas, o inclusive de días. Después de palmear a Carlos en la espalda y ocupar su asiento, McLemore imaginó por un momento la frustración y enojo de las fuerzas soviéticas —para no decir nada de sus anfitriones cubanos— obligadas a retirar las armas por los mismos funcionarios del Kremlin que, unas horas antes nada más, los apuraban para instalar los sitios de lanzamiento, tender los cables eléctricos, colocar los misiles, orientar y asegurar las secciones explosivas, establecer las comunicaciones y hacer todos los preparativos necesarios para la guerra. Los yanquis se vienen, y están apenas detrás del horizonte. El cambio de planes del Kremlin, de la mañana a la noche, enfureció a los cincuenta mil integrantes del personal militar soviético en Cuba. Los enfureció porque ellos creían en lo que hacían —enfrentarse a la amenaza capitalista en su propio patio del fondo— o porque estaban disfrutando del sol por primera vez en la vida. Y enfureció a los cubanos hasta llevarlos al borde de una apoplejía.

Carlos procedió a leer los encabezamientos de las fichas, mientras McLemore, como de costumbre, desechaba las meramente rutinarias. A esta altura había enfocado su investigación en un punto casi sin discutir en la literatura histórica de la crisis de los misiles cubanos: lo que pasó entre los soviéticos, los cubanos y los estadounidenses durante el período entre la culminación de la crisis a fines de octubre y el retiro de las últimas armas a fines de diciembre de 1962. Entre sus viajes a Cuba, mientras estuvo en los Estados Unidos durante la segunda semana de septiembre y la tercera de octubre, McLemore buscó datos sobre el tema en la literatura de ese período de sesenta días de fines de 1962, pero no encontró prácticamente nada. Todos los historiadores se ocupaban de los infames "trece días", y no se molestaban en averiguar lo sucedido después. De manera que McLemore encontró su tópico y un foco para su proyecto de investigación: ¿cómo pusieron en práctica las tres partes el acuerdo firmado entre las dos más poderosas, y qué sucedió en los sesenta días posteriores? Ahora volvía, una y otra vez, a la pregunta muy puntual de cómo sabían los Estados Unidos que todas las armas que entraron también salieron.

Los documentos que le estaba traduciendo Carlos se referían ahora al acuerdo entre los EE.UU. y la URSS —Kennedy y Khrushchev— para cargar los misiles salientes en la cubierta de los cargueros soviéticos que salían de Mariel y otros puertos. Los cubrían con lonas, para poder ser destapados para los aviones estadounidenses que sobrevolaban los barcos y contaban los misiles. Parecían existir pocas dudas de que se sacaron todos los misiles contabilizados. ¿Qué habrían ganado los soviéticos tratando de hacer trampas con uno o dos? Eso no bastaba para encender una guerra, pero sí para agriar más las relaciones con los Estados Unidos y sus aliados. No, todos los misiles habían vuelto a casa. Y, por supuesto, las secciones explosivas se fueron con ellos. ¿De qué sirve una sección explosiva nuclear sin un vehículo de lanzamiento, el misil que la lleva al blanco? Además, al retirarse los militares soviéticos y abandonar a sus aliados revolucionarios, las relaciones entre los soviéticos y los cubanos no eran de lo mejor. Castro estaba tan enojado que sólo Dios sabe lo que habría hecho en el caso de encontrar restos de misiles. Era difícil decir si su furia estaba dirigida contra los siniestros yanquis, que habían evitado la confrontación que él tanto ansiaba, o contra los pérfidos rusos, que no pudieron resistir la mirada de los Estados Unidos sin parpadear.

—Carlos, fíjate si encuentras algo referido a las secciones explosivas Luna —le pidió McLemore. Quería hallar una confirmación del documento que tenía en el bolsillo.

Los rápidos ojos pardos de Carlos revisaron línea tras línea, página tras página.

—Señor —dijo en un momento dado—, aquí dice que el ministro de Relaciones Exteriores ruso, Mikoyan, ha ordenado al general Issa Pliyev, comandante de las fuerzas militares soviéticas en Cuba, que retire todas las secciones explosivas nucleares tácticas de la isla.

—¿Cuál es la fuente, Carlos? —preguntó McLemore, tomando nota en su libreta de bolsillo.

Carlos se puso colorado.

—Profesor, por el itinerario del memorándum, es una copia del Ministerio de Defensa de un mensaje entre el ministro Mikoyan, que en ese momento estaba aquí en La Habana, y el general Pliyev. Fue... ah... fue interceptado por la inteligencia cubana.

—¿Qué fecha tiene? —preguntó McLemore.

—La fecha es 22 de noviembre de 1962.

Por documentos anteriores traducidos por Carlos, McLemore sabía que la postura soviética original, alentada por los cubanos y respaldada el 30 de octubre por el ministro soviético de Defensa, Rodion Malinovsky, era la de retirar los misiles y secciones explosivas estratégicos, los R-12 y

R-14, pero dejar los misiles tácticos Luna y los misiles de exploración FKR y entrenar a los cubanos para su uso con propósitos defensivos. En efecto, el 5 de noviembre, siguiendo órdenes de Malinovsky, el barco soviético *Aleksandrovsk*, ya cargado con las secciones explosivas nucleares para los misiles R-14 de alcance intermedio, que nunca llegaron a Cuba, completó la carga de las secciones explosivas restantes para los misiles R-12 de alcance medio y partió para la Unión Soviética. Todas las secciones explosivas nucleares tácticas y sistemas de lanzamiento permanecieron en Cuba.

Lo que seguía intrigando a McLemore era el inventario original de cien secciones explosivas tácticas, contadas en el muelle al ser descargadas, y el memorándum en su bolsillo que confirmaba que salieron noventa y ocho secciones explosivas nucleares, también contadas en el muelle al ser cargadas. Las secciones explosivas tácticas devueltas fueron cargadas entre el 22 de noviembre, cuando el Kremlin, pasando por encima de Malinovsky, ordenó que se retiraran las armas nucleares tácticas, y fines de diciembre de 1962, cuando salió para la Unión Soviética la última sección explosiva. ¿Por qué la discrepancia? ¿Y tenía importancia?

—Carlos —le preguntó McLemore—, ¿hay nombres de oficiales soviéticos que tuvieran responsabilidad sobre las secciones explosivas... para entrarlas, almacenarlas, embarcarlas, contarlas?

Carlos revisó una cantidad de documentos.

—Se menciona con frecuencia a Pliyev. Pavlov, como le decían. También se menciona seguido a Garbuz y Gribkov. Ah, aquí, en los dos documentos referidos a las secciones explosivas tácticas... Luna, como les dice usted... hay un coronel L.S. Isakov. Se lo vuelve a nombrar como responsable del almacenamiento en Bejucal. Su asistente, un teniente coronel, se llama Dankevich. Se los menciona juntos en los dos documentos. —Pasaron varios minutos mientras Carlos revisaba rápidamente tres o cuatro carpetas más. —Parece que Dankevich da parte a Isakov, Isakov a Garbuz, que es general y segundo comandante de las fuerzas soviéticas en Cuba. Garbuz da parte a Pliyev, comandante primero de todas las fuerzas soviéticas. Pliyev da parte a Gribkov, miembro del estado mayor soviético. Gribkov da parte a Malinovsky, el mariscal que también es el ministro de Defensa.

—Busca el nombre de Isakov para ver si estuvo en otra parte, además de Bejucal.

Pasaron unos minutos más, mientras Carlos hojeaba las páginas, doblando de vez en cuando la esquina superior izquierda de alguna, para marcarla. McLemore tomó nota de los nombres de Isakov y Dankevich mientras esperaba.

—Isakov y su asistente fueron a los regimientos de fusileros motorizados en Artemisa y Managua, donde estaban las baterías de los Luna. Tuvieron algo que ver en la instalación de las baterías y la supervisión de las secciones explosivas. Al parecer iban y venían de Bejucal con frecuencia.

—Una pregunta más, por favor —dijo McLemore—. Busca a ver si hay alguna referencia a Isakov, o al otro, en conexión con el embarque de los Luna.

Carlos buscó en otras dos carpetas, hasta llegar a la última. Como eran cronológicas, ésta se refería a las últimas semanas de las fuerzas soviéticas en Cuba. Transcurrieron diez minutos.

—No encuentro nada, profesor. Hay referencia a la carga y embarque de los misiles restantes. Pero no parece haber un informe final de las cantidades, ni de quién era responsable. Sobre todo lo demás hay informes cuidadosos. Parece extraño que no haya un informe final.

Al recordar de pronto el documento robado, que tenía en el bolsillo, McLemore se puso colorado y tosió.

—Carlos —dijo rápidamente—, necesitamos un poco de café, amigo mío. Has estado trabajando mucho.

Carlos sonrió con timidez y se pasó la mano por el abundante cabello.

—Creo que así es, señor.

Empezó a organizar las carpetas y a reponer los documentos en su lugar correspondiente, según la fecha.

—Me reuniré contigo a la salida en un minuto —le dijo McLemore.

Intentando ocultar su embarazoso secreto, McLemore se dirigió hacia la salida y el fresco aire del fin de la mañana. Una vez afuera, fue hasta una alta palmera en la esquina del frente del ministerio. Se detuvo a la sombra de la palmera, con la espalda hacia el tronco para no ser visto desde el edificio. Sacó el documento de su bolsillo y volvió a leer su contenido una vez más. Confirmó, como antes, que se habían cargado noventa y ocho secciones explosivas nucleares en los transportes navales soviéticos. Parecía ser un inventario oficial que certificaba el contenido del barco a punto de zarpar de Mariel.

Luego miró el final de la página. Sobre la línea con la palabra “Certificado” se leía un nombre escrito a máquina, “Coronel L.S. Isakov” y la firma.

McLemore miró la parte superior de la página. La fecha era diciembre 22 de 1962.

22

Debido a la naturaleza de su último mensaje al cuartel general, Sam Ramsay (Red) fue llamado nuevamente a Langley para "consultas". El gobierno cubano, es decir, la inteligencia cubana, tomó nota de ello. Cuando los oficiales de la inteligencia extranjera, en especial los pertenencientes a la Oficina de Interés estadounidense, viajaban a su país por "consultas", se trataba de algo digno de atención. Algo pasaba. Ramsay informaría a sus superiores de la CIA o bien que los cubanos estaban preocupados por el desbaratamiento de la celebración de su aniversario, o que tenían evidencias ulteriores que señalaban a grupos cubanoamericanos en el apoyo del terrorismo contra Cuba, o que él había descubierto algún complot en Cuba, o que se había embarcado en un juego de la oca que involucraba a un casi imperceptible profesor de Historia estadounidense. Sus jefes en Langley estaban enterados de la presencia de McLemore en Cuba porque su nombre figuraba por lo menos en dos de los informes de Ramsay sobre los acontecimientos corrientes en Cuba. Y debido a que Jack McLemore era uno de los grandes héroes de la Guerra Fría de la CIA.

—McLemore se niega ayudarnos —dijo Ramsay con una taza descartable llena de café en la mano, seguro en los brazos de sus colegas de la sección cubana en Langley—. Sabe algo… no estoy seguro cómo. Pero ha estado haciendo encajar las partes, quizá gracias a sus nuevos "amigos" en el Ministerio de Relaciones Exteriores. Quizá tenga su propio jueguito. ¿Cómo saberlo? Todo lo que yo sé es que el tipo sabe más de lo que dice.

—¿Simpatiza con los cubanos? —preguntó una agente joven.

—"Simpatizar" quizá no sea la palabra apropiada —respondió Ramsay.

—¿Aunque ellos mataron a su padre? —insistió ella.

—Parece... es difícil de explicar... parece... neutral —dijo Ransay con un resoplido—. No parece haber tomado partido. Es como si estuviera fuera de todo el maldito asunto... mirando y riéndose de todos nosotros. Nunca he visto una actitud igual... en un estadounidense.

—¿Qué está haciendo allí, de todos modos? —preguntó alguien—. Con seguridad debe de odiar a Castro.

—Dice que está trabajando en un proyecto de investigación... aunque parezca extraño... sobre la crisis de los misiles. Consiguió dinero de una Fundación, Huntingdon de nombre. Al menos eso es lo que me dijeron ustedes cuando lo investigaron. De cualquier manera, yo lo he abordado en dos oportunidades —dijo Ramsay—. Le pedí que averiguara lo que pudiera del Ministerio de Relaciones Exteriores. Primero, acerca de la situación en general... cualquier cosa que obtuviera nos ayudaría. Luego, la semana pasada, le di más información... sólo un poquito. Le dije que teníamos un problema. Que los cubanos tenían un problema. Que se tramaba algo en torno a la celebración. Algo que podía llegar a ser muy malo.

—¿Le dijiste algo sobre el ruso? —le preguntó el jefe de la sección, el señor Worthy.

—No exactamente.

—¿Le dijiste que nosotros... le hablaste de que puede tratarse de un dispositivo?

—Digamos que lo sugerí... para ver si lo convencía de alguna manera.

—¿Crees que fue una buena idea... darle tanta información? —insistió el señor Worthy.

Ramsay lanzó una maldición y arrojó el recipiente de papel vacío que había contenido el café.

—¡Lo necesitamos, maldita sea! Es todo lo que tenemos por el momento.

—Tienes otra gente allá, Red —le dijo la mujer agente—. ¿Qué dicen ellos?

—Nadie sabe nada, excepto que están apretando todos los tornillos en el sistema. Han metido en un calabozo hasta a los que escupen en la calle. La situación es muy tensa. Nuestros informantes regulares no pueden descubrir nada, excepto que los jefes están muy nerviosos. Los cubanos tienen alguna información que nosotros desconocemos. Eso es lo que le pedí a este profesor de mierda que averiguara. ¿Por qué están tan preocupados? ¿Qué saben?

—¿Y él no responde? —preguntó el jefe de sección.

—Él no responde —contestó Ramsay—, al menos por ahora. Pero le he dado qué pensar. Y todavía puede reaccionar.

—¿Qué le ofreciste? —preguntó un agente de campo un tanto arruinado, que estaba sentado en un rincón.

—Le ofrecí ayuda para averiguar exactamente qué pasó con su padre.

—¿Cómo reaccionó? —preguntó Worthy.

—¿Sinceramente? —dijo Ramsay, dando un golpe con el pie a la barata mesa baja federal—. Me dijo que me metiera la información en el culo. —Y volvió a patear la mesita.

—¿Cuándo vuelve aquí? —quiso saber una investigadora llamada Sandy.

—No estoy seguro. Creo que en tres o cuatro días.

—¿Volverá a Cuba? —preguntó el jefe.

—¿Quieres que te diga lo que sospecho? —se interpuso Ramsay—. Te diré lo que sospecho. Sí. Sí, volverá, por lo menos una vez más.

—¿Por qué?

—¿Por qué? —Ramsay repitió con tono de burla mientras se ponía de pie—. ¿Por qué? Porque todavía no ha encontrado a su viejo.

El jefe lo miró como si fuera un dispositivo explosivo altamente volátil.

—Trata de hacer que venga a vernos cuando vuelva —sugirió con tranquilidad.

• • •

El miércoles veinticuatro de octubre los jefes del Estado Mayor conjunto ordenan a las fuerzas militares de los Estados Unidos que se preparen para la Condición de Defensa 2 (DefCon). DefCon 5 es una condición de paz. DefCon 1 es de guerra total.

La orden es emitida en clair *(no en código). A menos que haya preparativos para un ataque sorpresa, no existe razón para que el mundo —incluyendo enemigos reales y supuestos— ignoren lo que se planea hacer. Ese mensaje es parte del propósito del estado de alerta.*

Ese mismo día Khrushchev invita a William Knox, un estadounidense muy sorprendido que está en Moscú por asuntos de negocios, a que asista a una reunión de tres horas en el Kremlin. Le confiesa a Knox que la Unión Soviética ha colocado misiles nucleares en Cuba, pero aduce que ha sido sólo para la defensa de Cuba contra un posible ataque estadounidense. La cuestión solamente puede ser resuelta en una reunión cumbre entre él y Kennedy, dice. "Pero si los Estados Unidos insisten en la realización de la guerra —sostiene—, todos nos reuniremos en el infierno".

Esa noche, más tarde, se le lee al presidente Kennedy una carta del primer ministro Khrushchev. Dice, en parte:

> Imagine, señor Presidente, que nosotros le hubiéramos planteado a usted las mismas condiciones extremas que nos ha

planteado usted mediante su acción [la cuarentena naval]. ¿Cómo hubiera reaccionado ante esto? ¿Quién le pidió hacer tal cosa? [Khrushschev está convencido de que el Pentágono gobierna los Estados Unidos]... Usted, señor Presidente, no ha declarado una cuarentena sino que ha dado un ultimátum, con la amenaza que a menos que nosotros nos subordinemos a sus demandas, usará la fuerza.

¡Considere lo que está diciendo!... Ya no apela a la razón, sino que desea intimidarnos... Y todo esto no por odio al pueblo cubano y su gobierno, sino también como resultado de la campaña eleccionaria de los Estados Unidos. [Cree, también, que se trata de un ardid eleccionario de parte de Kennedy]... Las acciones de los Estados Unidos hacia Cuba son bandolerismo puro o, si lo prefiere, el despropósito de un imperialismo degenerado.

Desgraciadamente, tal despropósito puede causar graves sufrimientos a gente de todos los países, y no menos al pueblo estadounidense, pues los EE.UU. han perdido su inaccesibilidad con el advenimiento de tipos contemporáneos de armamento. Si alguien hubiera intentado imponerle este tipo de condiciones, usted las habría rechazado. Y nosotros también decimos: no... No seremos sólo observadores de las acciones propias de piratas de los barcos estadounidenses en alta mar. Nos veremos obligados a tomar medidas que consideramos necesarias y adecuadas para proteger nuestros derechos.

La Unión Soviética está advirtiendo que intenta desafiar el bloqueo naval de los Estados Unidos y de esa manera crear una confrontación militar.

Esa misma noche, poco antes de la medianoche, Kennedy envía una respuesta igualmente intransigente por intermedio de la embajada soviética en Washington. "Nos hemos enterado —dice— con absoluta seguridad de lo que ustedes no niegan [en su carta], es decir, que todas estas afirmaciones públicas —que describe como "afirmaciones explícitas de su gobierno y sus representantes, tanto públicas como privadas" de que no había misiles nucleares ofensivos en Cuba— eran falsas y de que su personal militar ha emplazado bases de misiles en Cuba." Insta a Khrushchev a tomar todas las medidas necesarias para corregir el "deterioro de nuestras relaciones. Le pido que reconozca con toda claridad que no fui yo quien lanzó el primer desafío en este caso, y de que a la luz de este antecedente las actividades en Cuba requerían las reacciones que he anunciado".

Khrushchev piensa que los Estados Unidos se están preparando para invadir a Cuba. Dado el importante llamamiento al servicio activo de reservistas, el despliegue en gran escala de fuerzas estadounidenses de aire, mar y tierra, e informes de inteligencia sobre rumores de invasión en todo Washington y el sur de Florida, hay amplia evidencia en apoyo de esta conclusión. Khrushchev piensa también que después del fracaso de la invasión de Bahía de Cochinos y la desastrosa cumbre de Viena, Kennedy debe hacer algo recio, para demostrar fuerza y decisión, antes de las elecciones legislativas de noviembre.

Por su parte, Kennedy piensa que Khrushchev está colocando misiles en Cuba en secreto para chantajear a los Estados Unidos y obligarlos a firmar un acuerdo de paz sobre Berlín que aísle de manera permanente a esa ciudad del mundo occidental.

23

Trinidad escuchó al subdirector de los Servicios de Seguridad de Inmigraciones explicarle a Lázaro Suárez los procedimientos utilizados en aeropuertos y puertos de ultramar para revisar a los visitantes que podrían encuadrarse dentro del perfil de terroristas en potencia. Los más sospechosos eran puestos bajo vigilancia. Agentes de otros servicios de seguridad secundaban al personal adicional en la puesta en práctica de esta intensiva tarea. Para los que posiblemente pudieran ser algo más que simples turistas, se utilizarían pruebas selectivas en los hoteles y vigilancia a cargo de miembros de comités locales, con el fin de proteger a la revolución. Se seguía a los grupos de turistas para asegurarse que sus integrantes no se separarían en un momento dado para participar en reuniones clandestinas. Se había activado la red entera de comités de vigilantes locales con el fin de controlar que los turistas no pasaran paquetes a los residentes, de que vigilaran a los extranjeros que se comportaban de manera sospechosa o que estuvieran alertas ante cualquier actividad desusada en los vecindarios. En cuanto a los disidentes y perturbadores cubanos, las cárceles ya estaban llenas de ellos. Nadie podía criticar al Comandante ni cuestionar la revolución ni sugerir que había llegado el momento de la libertad de expresión. Los casos individuales serían tratados después. Por el momento, al menos hasta el aniversario de la revolución, los críticos eran huéspedes del estado.

Lázaro escuchaba pacientemente mientras el agente secreto comunista se paseaba por la pequeña oficina, pavoneándose, muy satisfecho de sí mismo, dando golpes al escritorio cubierto de papeles, señalando terroristas invisibles con su dedo huesudo como un estoque, y haciendo promesas grandiosas. Después de años de estrecha amistad, Trinidad sabía muy bien que en ese momento Lázaro sentía un gran escepticismo. La arruga de duda entre sus enmarañadas cejas, su incapacidad para aplaudir la actuación del burócrata, su preocupación por los papeles sobre su escritorio, todo indicaba a Trinidad que él sabía que ninguna de estas medidas, por más rigurosas que fueran, podrían, en última instancia, frustrar la amenaza a la que se enfrentaban. Lo poco que sabían sugería que sus adversarios desconocidos poseían suficiente astucia, recursos y una demente determinación para evitar las insignificantes y poco imaginativas medidas adoptadas por las fuerzas de inmigraciones.

Cuando el pavo real, tan pagado de sí mismo, se hubo marchado, Lázaro se levantó de su asiento detrás del escritorio y salió con Trinidad del Ministerio del Interior. Ella había estado pensando cuánto había envejecido él en los quince años en que se conocían. El hombre compacto de altura normal había empezado a encorvarse levemente, como si llevara una pesada carga de ideales incumplidos. Su pelo, antes castaño, estaba ahora casi por entero blanco. Su amplia, espontánea sonrisa era cada vez menos frecuente y más constreñida. Su natural timidez parecía ocultar una profunda decepción. El temprano idealismo revolucionario de Lázaro había sido estrujado por la vida. La pasión juvenil de Trinidad por Lázaro se había convertido, hacía mucho, en la preocupación, propia de una hermana, por su tristeza y desilusión.

Recorrieron a pie varias cuadras hacia el norte hasta la sección Vedado de La Habana, donde Trinidad compartía el apartamento con su anciana madre. Gracias al intercambio de una ropa que ya no necesitaba, había adquirido suficientes cupones para un pollo, verduras frescas y una botella extra de ron. Su madre ya tendría la mayor parte de los alimentos listos para cocinar, y se habría ido a pasar la noche con su hermana, que vivía cerca. Trinidad había dispuesto esa noche como un foro para introducir a McLemore a su jefe, Lázaro Suárez.

En el camino discutieron el libreto para la velada. Lázaro debía mostrarse encantador, abierto y solícito. Trinidad estaría a cargo de los prolegómenos, presentando gradualmente a Lázaro, para pasar al verdadero asunto después de la cena. Lázaro cerraría el trato poniendo sobre la mesa todos los datos posibles acerca de la amenaza y pidiéndole a McLemore, quizá suplicándole, que hiciera todo lo que estuviera en su poder para ayudar, quizás hasta con la inteligencia estadounidense.

El apartamento de Trinidad en el tercer piso tenía una vista al océano a una docena de cuadras de distancia. Apretado y caluroso, pero con dos dormitorios, era levemente más grande que los de la mayoría de los residentes. Hizo que Lázaro se pusiera cómodo. Él estaba familiarizado con el lugar, pues había pasado allí muchas horas agradables, años atrás, durante su relación romántica, breve pero apasionada, con Trinidad. Para cuando logró sobreponerse a sus escrúpulos de abandonar a su mujer y a sus hijos, surgió la enfermedad de la esposa, y el ardor de Trinidad se trocó en afecto. Habían rescatado una amistad de las cenizas de la pasión. Cada vez con mayor frecuencia, él lamentaba su anterior sentido del deber. Sentía que había perdido parte de la vida misma.

Ella terminó los preparativos preliminares de la comida, le sirvió un poco de ron a Lázaro, y terminó de informarle sobre su última conversación con McLemore.

—Dijo que ayudaría... en realidad, que trataría de ayudar —aclaró ella—. Puede no ser efectivo. Le disgusta el mundo del espionaje. Le disgusta la política. Es por su padre.

—Entonces, ¿por qué quiere hablar con nosotros... ayudarnos? —preguntó Lázaro.

Trinidad se encogió de hombros.

—A lo mejor piensa que es interesante. Como una intriga. A lo mejor cree que llegará a saber más sobre la experiencia de su padre... algo así como volver a vivirla. A lo mejor se lo pide la conciencia.

—A lo mejor tiene algún propósito personal... algo relacionado con lo que siente por ti —sugirió Lázaro.

Trinidad lo fulminó con la mirada.

—No, Lázaro. Ya hemos hablado de esto. No trates de crear un drama romántico de todo esto. Si permites que se involucren tus propias emociones, esto se va a poner muy complicado. —Le sirvió más ron. —Debo ir abajo a esperarlo. Sabe la calle y el número, pero puede confundirse. Ya vuelvo.

Sacudió su espesa cabellera y salió del apartamento.

En la calle, junto al edificio de su apartamento, Trinidad consultó su reloj, encendió, nerviosa, un cigarrillo, sin dejar de mirar a ambos lados de la calle. Estaba furiosa por los mezquinos celos de Lázaro y más furiosa todavía consigo misma por su reacción emocional. ¿Por qué la enojaba tanto la idea de un idilio con McLemore? ¿Sería por improbable? ¿O porque él era tan yanqui? ¿O porque Lázaro parecía tan preocupado por ello? ¿Sería porque la idea realmente le resultaba interesante?

Doblando la esquina apareció la ahora familiar figura del absorto, levemente desconcentrado profesor, con aspecto arrugado e incómodo con esa guayabera suelta que se le había dado por usar. Era como si hubiera adoptado un disfraz que sabía que no engañaba a nadie. La saludó torpemente con la mano y sonrió mientras se acercaba, contento de haber encontrado el lugar correcto.

—Buenas noches, profesor —dijo Trinidad con fingida formalidad. No habían resuelto del todo la transición del profesionalismo a la amistad. Y la vaga posibilidad de que pudiera haber en juego algo más hacía todo más problemático aún.

—Estoy tan contento de verla... justo donde dijo que estaría. —Se dieron la mano con poca naturalidad, él se inclinó un poco hacia adelante, como para besarla, y luego se apartó, como empujado por una brisa fuerte.

Ella hizo un gesto para que la siguiera escaleras arriba. McLemore observó las paredes descascaradas, la balaustrada de la escalera con la pintura saltada, el fuerte olor a comida que salía de los apartamentos por los que pasaban, la oscuridad de los corredores. De repente se dio cuenta de que, sin advertirlo, se había puesto nervioso ante la perspectiva de una velada con un alto funcionario de la inteligencia cubana. Su imagen mental no era buena. Se preparaba para una noche difícil con un ideólogo rígido, un inquisitorial defensor de la fe revolucionaria, un acólito aborrecedor de yanquis, una encarnación tardía del mismo Che.

Traspusieron la puerta del apartamento, y un hombre de mediana edad, aspecto afable, corpulento, de pelo casi blanco, se levantó para saludarlo. Cuando se dieron la mano, a McLemore le cayó simpático en el acto.

—Buenas noches, señor. Es un gran placer conocerlo —dijo Lázaro.

—Igualmente —respondió McLemore—. Trinidad me prometió que no me arrestaría... al menos esta noche.

Todos rieron. Se había roto el hielo. Trinidad sirvió ron para los tres y, después de una explicación abstracta en el sentido de que ella y el señor Suárez trabajaban juntos en el Ministerio de Relaciones Exteriores, ella se disculpó para terminar los preparativos de la comida.

Después de un embarazoso silencio, Lázaro dijo:

—Si no soy demasiado atrevido, estoy interesado en el trabajo que lo trae aquí y en saber si está disfrutando de su tiempo en Cuba.

McLemore apreció su franqueza.

—¿Qué hago aquí? Es una buena pregunta. Busco algo. Escapo de algo. Quizás por aburrimiento. ¿Quién sabe? Digamos que soy un arqueólogo de la Guerra Fría, y que aquí he descubierto... con todo respeto... el último dinosaurio viviente.

—No estoy seguro de que sea un cumplido —observó Lázaro, sintiendo sacudida su serenidad—. Pero estoy seguro de que ustedes, los del norte, no nos dejan solos... dicho esto con todo respeto.

—No podemos —dijo McLemore—. No está en nuestra naturaleza dejar sola a la gente. Somos como niños que encontramos bonitas cajas envueltas y siempre suponemos que es un regalo para nosotros. Y si están escondidas en un armario cerca de Navidad, no podemos esperar. No soportamos nada escondido o envuelto. Nos sentimos frustrados por los enigmas y los misterios. Tenemos que abrir los paquetes. El mundo es nuestro árbol de Navidad, señor Suárez.

—Dígame Lázaro, por favor.

—Sin embargo, es un misterio interesante y disfruto mucho del esfuerzo de resolver un pedacito, Lázaro. Trinidad y Carlos, el joven asistente que usted me ha provisto, me han ayudado muchísimo. —Lázaro sonrió, asintiendo. McLemore vaciló, sin saber cuánta explicación de su trabajo se le requería, y cuánto repetiría lo que Trinidad ya le habría dicho. —Estoy estudiando la crisis del Caribe de 1962, enfocando en especial la manera en que se manejaron las secciones explosivas nucleares soviéticas durante ese período.

Lázaro asintió de manera cortés.

—La manera en que se puso en práctica el acuerdo entre los Estados Unidos y la Unión Soviética... después de la crisis... no parece haber sido estudiada en profundidad. Ha terminado por interesarme. ¿Cómo sabían los Estados Unidos que los soviéticos cumplieron con su parte del contrato en todos sus detalles? En particular, en lo refrido a las secciones explosivas. Los misiles eran más fáciles de contar. Pero no puedo encontrar cómo pudimos haber estado seguros acerca de las secciones explosivas.

—Todos los materiales nucleares son peligrosos, por supuesto —dijo Lázaro—. Pero ¿qué podíamos hacer nosotros, o los rusos, con las secciones explosivas? ¿Llevarlas a Miami o a Washington y hacerlas explotar como fuegos artificiales? —Su tono era ligero y su sonrisa ancha.

—Quién lo sabe —respondió McLemore—. Las personas hacen cosas extrañas. Gran parte de la información proveniente de todos los lados en años recientes demuestra que el gobierno cubano estaba al menos tan enojado con los soviéticos por decepcionarlos como con los Estados Unidos.

—Aun así, las fuerzas soviéticas impedían con todo rigor que los militares cubanos tuvieran acceso a sus armas. Contaban todo lo que entraba y todo lo que salía. —Lázaro se encogió de hombros. —No nos permitieron tocar nada. Por otra parte, no tenían ningún interés en dejar secciones explosivas nucleares aquí.

Trinidad trajo los platos servidos desde la cocina, cuya puerta entreabierta daba a la salita, que también hacía las veces de comedor. Les indicó con un gesto que se sentaran a la mesa. Volvió a llenar los vasos. Había estado escuchando la conversación con interés.

—¿Sospecha usted algo, profesor? —le preguntó mientras empezaban a comer.

—De ninguna manera —respondió McLemore—. Estoy de acuerdo con el señor Suárez, con Lázaro, en que las secciones explosivas, de por sí, no representaban ningún peligro real. Pero, históricamente, el período después de la crisis, entre fines de octubre y el retiro de las últimas armas a fines de diciembre, resulta muy interesante. No se ha escrito mucho sobre él. La literatura popular más bien termina con el entendimiento entre Kennedy y Khrushchev del veintiocho de octubre.

—Supongo que, como historiador, esto debe de ser interesante para usted —observó Lázaro, dejando abierta la posibilidad de que el asunto tuviera poco que ver con los problemas del momento.

Comieron en silencio. Luego los dos hombres felicitaron a Trinidad por la cualidad de su cocina. Comieron con gusto. McLemore comprendía que la escasez hacía que esta clase de cena fuera excepcional, y se preguntó cómo se habría arreglado ella para procurársela. Decidió iniciar la discusión que los reunía ese día.

—Trinidad me explicó que ustedes tienen una gran responsabilidad en la organización de los festejos de la revolución —dijo a Suárez.

Lázaro bajó la cabeza con modestia, admitiendo su papel en el asunto. Bebió un poco de ron. Estaba juntando coraje para un momento difícil.

—¿Van a tener mucha gente? —insistió McLemore.

—Vamos a tener mucha gente —respondió Trinidad—. Quizá demasiada —agregó, ominosa. Su significado era claro.

—¿Esperan problemas? —aventuró McLemore, tratando de aliviar la carga de Suárez.

Lázaro asintió.

—Nos tiene preocupados. —Suspiró hondo; luego se animó a hablar. —Debo... debemos... confiar en usted, señor. Esto nos tiene muy preocupados. —McLemore asintió, pensativo, demostrando que entendía la situación, que Trinidad lo había preparado bien. —Tenemos información... información muy confiable, de hecho... de que algunos "intereses" están preparados a tomar medidas drásticas y probablemente muy peligrosas para obstaculizar el acontecimiento. Muchas personas, muchas personas podrían resultar heridas por esto.

McLemore empujó su plato vacío, estiró las piernas, y encendió el Cohiba que le ofrecía Suárez. Trinidad levantó los platos y volvió con el café cubano. Él esperó.

Suárez hizo caso omiso del café, bebió más ron, y miró de frente a McLemore.

—Debemos averiguar con exactitud quiénes son esta gente y qué planean hacer. Estamos casi seguros de cuándo intentarán actuar... cuando un millón de los nuestros estén en la plaza de la Revolución. Podría ser una catástrofe.

McLemore volvió a asentir, aceptando estas aseveraciones, y esperó a que Suárez lanzara la pelota. Él no podía hacer nada.

—Estamos seguros de que nuestros "adversarios" vienen de los Estados Unidos. Debemos creer, porque no tenemos otra opción, que no están motivados por el gobierno de los Estados Unidos.

—¿Por qué creen que el gobierno de los Estados Unidos no está involucrado? Por cierto era muy “activo”, digamos, en el pasado —dijo McLemore sin énfasis.

—Señor profesor —dijo Suárez—, no tendría sentido. No ha habido sabotaje contra nosotros en muchos años... sólo el embargo. A pesar de todo, simplemente yo no puedo creer que la CIA pensara en matar a mucha gente inocente. Los hechos saldrían a la luz, y el mundo entero se sentiría ultrajado por una acción así.

McLemore dio una pitada a su cigarro y miró por la ventana el cielo oscuro sobre el océano. Trinidad y Lázaro lo observaron con atención.

—El gobierno de los Estados Unidos está preocupado por este asunto... esta amenaza... también —dijo.

—¿Cómo lo sabe? —preguntó Lázaro, abriendo los ojos por el asombro.

—Hay aquí un hombre llamado Ramsay —respondió McLemore, sonriente—. Creo que ustedes lo conocen. Ha hablado conmigo.

—¿Ha hablado con usted? —repitió Lázaro—. ¿Puedo saber con qué propósito... y de qué manera podría eso afectar nuestro “problema”?

McLemore miró directamente a Trinidad. Estaba tomando una decisión, una decisión sobre su propia vida. Se volvió a Suárez.

—Quiere que los espíe a ustedes —dijo.

En ese momento, McLemore se percató de cuánto había cambiado desde su llegada a Cuba. Irónico por naturaleza, era políticamente indiferente y carecía de la ambición profesional requerida para triunfar en lo académico. Como dijera Solzhenitsyn refiriéndose a sí mismo, era un estado dentro de otro estado. Si continuaba por el sendero que se abría ahora ante él, también como dijera Solzhenitsyn, ¿se convertiría en una amenaza para el estado? Sin que lo supiera con seguridad, su carácter era inconcluso, aun capaz de grandes actos, si pudiera saber cuáles. Como su país en el cierre del siglo veinte, iba a la deriva, carente de terminación, como restos flotantes en un mar de materialismo que no bastaba ni satisfacía. Estudiaba historia como un detective podría estudiar un crimen, buscando pistas que pudieran llegar a producir una definición. Se resistía a la autoridad, en verdad, resentía la autoridad. La autoridad había destruido a su familia y lo había dejado a la deriva, como un extraño en su propio país. Aunque no lo admitía, iba en busca de una creencia y una causa. Se daba cuenta de que vivía preocupado, como si escuchara una melodía para una sola persona. Las experiencias de las últimas semanas le hacían reflexionar ahora acerca del verdadero significado del patriotismo, llevándolo hasta el umbral de una suerte de definición.

—¿Señor? —La voz suave de Lázaro lo sacó de su ensueño.

—Le dije que no —respondió McLemore, y luego pestañeó maliciosamente—. Pero no le dije: “¡Diablos, no!”.

Dándose cuenta de que hablaba con ironía, Lázaro y Trinidad sonrieron.

—Pero ¿cómo lo indujo a creer esta... propuesta, digamos... cómo lo indujo a creer que su gobierno está enterado de la amenaza contra nosotros?

—Cuando rechacé a Ramsay —dijo McLemore—, él me dijo que están al tanto de una seria amenaza contra su celebración.

—¿Dijo algo más? —preguntó Trinidad, acuciante. Tenía los codos apoyados sobre la mesa y la cara cerca de la de McLemore.

—No mucho. Dijo que no podía. Pero él sabe... algo —McLemore sacudió la cabeza con expresión irónica. —De hecho, quiere que averigüe lo que saben ustedes. —McLemore bebió más ron para bajar la fuerte nicotina. —Creo que ellos... su grupo... ah, la Agencia... se han quedado sin pistas. Están estancados.

—¿Identificó alguna fuente, o nombres, o grupos? ¿Le dijo si sabe lo que planean? —preguntó con intensidad Lázaro.

McLemore echó atrás la cabeza para echar humo hacia el cielo raso, y rió, divertido.

—Fíjense. Ahora ustedes quieren que yo cruce la línea. Exactamente, ¿cuándo se convierte un espía en espía? ¿Cuando revela su primer secreto? ¿Cuando muchos secretitos hacen un gran secreto? ¿Cuando pierde la noción de qué lado está? —Volvió a reír. —Quizá cuando está trabajando para los dos lados.

Lázaro pareció sorprendido por su cinismo.

—Estoy seguro de que Trinidad le explicó, profesor, que nosotros no queremos que usted "espíe".

—¿Cómo lo denominaremos, entonces? —preguntó McLemore.

Trinidad intercambió una mirada con Lázaro. ¿Estaban a punto de perderlo?

McLemore llenó la brecha.

—Miren. Tengo una gran idea. ¿Por qué no les presento al señor Ramsay? Eliminamos el intermediario, diríamos. Ustedes le dicen a Ramsay lo que saben, y él les dice lo que él sabe, y... *voilà*... Están trabajando sobre el mismo problema.

Lázaro fue a la cocina, trajo lo que quedaba de la botella de ron, y sirvió tres partes iguales.

—Esto no se puede hacer, por muchas razones. Yo necesitaría autorización de mis superiores, y no me la darían. Oficialmente, el señor Ramsay no existe. Figura en la lista de la Oficina de Interés como un especialista en inmigración. No tenemos relaciones diplomáticas normales con los Estados Unidos, y, por lo tanto, no podemos discutir nada de manera directa, sobre todo una cuestión tan sensible como ésta. Lo que es más importante, sería difícil para nosotros decirle a su lado lo que sabemos nosotros sin enfrentarnos al cómo lo sabemos. Eso es algo imposible de discutir para nosotros, como puede imaginarse. Y supongo que el señor Ramsay está en idéntica situación. Si estamos en lo cierto de que en este caso los malos son ciudadanos de los Estados Unidos, a él y a sus superiores debe de preocuparles que pueda saberse que la inteligencia norteamericana ha cooperado con agencias cubanas para vigilar y posiblemente detener a ciudadanos de su país. Sería un escándalo e involucraría a un país que ya ha causado escándalos a la CIA.

—¿Qué intentan hacer estos tipos? —preguntó McLemore.

—No lo sabemos. Pero sí sabemos que se trata de algo grande. Algo durante nuestra celebración. —Lázaro vaciló. —Hay un ruso involucrado.

—Trinidad me lo dijo —acordó McLemore, y luego se preguntó si eso podría comprometerla.

Suárez no pestañeó.

—Creemos que esta gente, que son un grupo de exiliados extremistas, se han reunido con un ruso que vende armas. Creemos que le compraron algo. Pero no podemos descubrir de qué se trata.

"¿Qué harían ellos si les contara lo que Ramsay me dijo anoche?", se preguntó McLemore. Las mentes de quienes se dedican al espionaje como modo de vida debían de ser un verdadero laberinto.

—No sé si interesa, pero tengo entendido que esta gente se autodenomina grupo Bravo o algo por el estilo...

—Por lo que sabemos, ése es el nombre que usaban entre ellos. Son un grupo nuevo de hijos de los veteranos de la Brigada, entre los más anticastristas de los exiliados. Era un grupo pequeño, y resultaba difícil enterarse de sus planes.

—¿Era? —preguntó McLemore.

—Han desaparecido —respondió Lázaro—. Ya no asisten a sus comidas mensuales... por lo menos en los lugares que solían usar. Estamos seguros de que se siguen reuniendo. Pero quizá debido a que se acerca el tiempo de su proyecto, parecen haber pasado a la clandestinidad... Han desaparecido.

McLemore se puso de pie. Trinidad echó un vistazo a Lázaro, temerosa de que McLemore pudiera irse de repente. Éste se paseó por la habitación. Le pareció que Trinidad vivía mejor que la generalidad, aunque ese lugar no había visto una brocha de pintura en décadas.

—¿Y ustedes quieren que yo vea si puedo descubrir si los Estados Unidos saben algo acerca del grupo Bravo? Quiénes son... qué planes tienen... para entonces poder pararlos. ¿Es eso?

Lázaro se encogió de hombros.

—Si fuera posible. Esto es un acertijo… un rompecabezas. Quizá los Estados Unidos tengan algunas piezas, algunas piezas importantes. Cualquier cosa podría ayudarnos a saber qué buscar, cómo prepararnos. Tenemos sólo —pensó un momento— unos sesenta días para resolver este acertijo. Debemos averiguar qué aspecto tienen. Debemos averiguar qué piensan hacer. Debemos averiguar qué le compraron al ruso.

—Registren a todos en las fronteras —dijo McLemore— …El aeropuerto, los puertos de mar. Ustedes tienen el personal. Abran todas las cajas. No debería ser difícil encontrar armas… sobre todo armas grandes.

—Eso lo haremos. Pero recuerde que tenemos cientos de miles de playas deshabitadas. La patrulla costera puede ocuparse de casi todo lo que entra. Pero no de todo. Siempre es posible que alguien inteligente llegue a una playa lejana con un bote veloz, desembarque algo, o alguna gente, y se oculte luego para esperar, o simplemente se vaya.

McLemore se sentó y alzó la copa con el dedo de ron que quedaba.

—Veré lo que puedo averiguar. Brindo por su celebración.

Lázaro y Trinidad se quedaron sin habla. En un momento dado, McLemore parecía a punto de irse. Al siguiente, aceptaba el trato. Alzaron sus copas, como chocando en el aire, y las vaciaron de un trago.

Trinidad recuperó el aliento para hablar.

—¿Qué lo convenció para ayudarnos, profesor? Parecía tan opuesto a la idea, al principio.

—Fue su cocina, Trinidad. Una cena espléndida. Debería abrir un paladar.

Lázaro logró hacer asomar una tensa sonrisa. Todavía no había absorbido el éxito de su reclutamiento.

—Quizá cuando termine todo esto. Entonces yo podría ayudarla como camarero.

—Supongo que no les debería preguntar si ustedes dos realmente trabajan en el Ministerio de Relaciones Exteriores, ¿no?

Trinidad se apresuró a levantar los platos que quedaban y marchó hacia la cocina. Suárez miró el piso y meneó la cabeza.

—No —dijo McLemore—. Lo suponía.

—¿Hay algo más que necesite de nosotros, profesor? —preguntó Trinidad suavemente al regresar de la cocina—. Le hemos dicho casi todo lo que sabemos. No podemos decirle cómo lo sabemos.

McLemore sonrió.

—Estoy aprendiendo las reglas. Eso ya lo sé. —Hizo una pausa antes de volver a hablar. —Dos cosas…

—Cualquier cosa que necesite —afirmó Lázaro.

—Tengo un amigo aquí; es un viejo. Un americano, una especie de cura.

Lázaro asintió.

—Lo sabemos. Se llama Prescott. Lo conocemos.

—Yo me voy en un par de días. Volveré una vez más. Quizá los últimos días del año. Me gustaría pasar la Navidad aquí... ver cómo es.

—Será muy bienvenido —dijo Trinidad con placer transparente—. Se sorprenderá de ver algunos árboles de Navidad e inclusive a San Nicolás.

—No sé por qué me parece que el San Nicolás de aquí se parecerá al Che Guevara.

Trinidad sonrió, y, por primera vez, Lázaro lanzó una carcajada.

—Con respecto a Prescott. Cuídenlo por mí. Se está poniendo muy viejo y vive con muy poco. Su gobierno lo trata pobremente. Les dejaré un poco de dinero y deseo que se ocupen de que reciba comida y, si es necesario, medicamentos. Envíenselo al apartamento donde vive. —McLemore les entregó un pedazo de papel. —Pero creo que saben dónde encontrarlo... inclusive después de todos estos años. No hagan nada grandioso. Sólo asegúrense de que se haga.

Trinidad tomó el papel y se lo puso en el escote. Era una promesa.

—¿Hay algo más? —preguntó Lázaro.

—Sí —dijo rápidamente McLemore—. Quiero ver los ficheros del Ministerio de Defensa correspondiente al período noviembre-diciembre de 1962, referidos al retiro de los misiles y secciones explosivas de los soviéticos. ¿Es posible?

Lázaro pareció ligeramente confundido.

—¿Para su proyecto? —preguntó—. Por supuesto. —Se sentía en deuda con McLemore. —Puede haber algún material secreto . . .

McLemore hizo un ademán.

—No quiero saber qué general ruso dormía con cuál de las mujeres del Comandante. Simplemente quiero saber cómo se retiraron los misiles y las secciones explosivas, y quién estuvo a cargo.

Lázaro se volvió hacia Trinidad.

—Hazme acordar de llamar al ministro mañana. Le explicaré las circunstancias —"es decir, que estoy de su lado", pensó McLemore— y le pediré que coopere. Creo que lo hará.

McLemore estrechó la mano de ambos, y se dirigió hacia la puerta.

—Si las cosas no van bien en Washington, puedo necesitar un lugar donde dormir aquí. —Se volvió una vez más. —La próxima vez, yo invito a cenar.

24

A la tarde siguiente, McLemore era admitido en el Ministerio de Defensa de Cuba, seguido de su fiel intérprete, Carlos. Se dio cuenta de inmediato de que el trato era claramente más profesional y más serio que el recibido en Relaciones Exteriores. Alguien había hecho llamadas telefónicas, y alguien había recibido el mensaje. Se preguntó si pronto lo invitarían a una hermandad secreta de barbudos, se le entregaría traje de fajina y se le pediría que se dejara crecer la barba.

Lo condujeron a una sala de reuniones en un piso superior, en la que había una mesa grande y, sobre ella, seis pilas de carpetas. Los recibió un joven oficial uniformado, que, según calculó McLemore, sería un subteniente, y les indicó que se sentaran frente a las carpetas. Explicó, en muy buen inglés, que esa era toda la información que poseía el ministerio sobre el retiro de las armas nucleares estratégicas y tácticas soviéticas, y que sólo faltaban unos pocos documentos que contenían material especialmente sensible. Le aseguró a McLemore que se trataba de comunicaciones clasificadas entre oficiales cubanos y soviéticos de alta jerarquía, algunos de los cuales todavía vivían ("léase el jefe", pensó McLemore)... y por lo tanto no estaban disponibles. Aparte de eso, era libre de revisar y requerir copias de cualquiera de los otros documentos. Tenía entendido que Carlos estaba autorizado por el Ministerio de Relaciones Exteriores para traducir documentos para McLemore. Un soldado, más joven aún, les sirvió café, y luego subteniente y soldado desaparecieron por una puerta lateral.

Acostumbrados ya a trabajar juntos, McLemore y Carlos empezaron a hurgar resueltamente en las carpetas. Carlos leía por encima los encabezamientos de los memorandos en busca de palabras, frases o tópicos reveladores, y McLemore le pedía que se explayara sobre aquellos que resultaban interesantes. Una vez establecida la rutina, el trabajo avanzaba rápido. Carlos entendía ya que McLemore deseaba saber en especial sobre las secciones explosivas, entre las que las Luna eran las más importantes. Dado ese foco de interés, revisaron dos pilas de las carpetas para el fin de la tarde, y obtuvieron aprobación del oficial a cargo para regresar a la mañana siguiente y continuar con su trabajo. En su mayor parte, lo que hallaron eran los originales de memorandos intercambiados entre oficiales cubanos de alto rango, y entre comandantes cubanos y soviéticos. Muchas copias de estos documentos habían sido enviados al Ministerio de Relaciones Exteriores, de modo que ellos ya habían visto muchos en su investigación anterior. En general, las fichas estaban ordenadas cronológicamente. Vieron todas hasta la segunda y tercera semanas de noviembre de 1962. McLemore confiaba en completar la investigación para el fin del día siguiente.

Ahora que se había comprometido a oficiar de intermediario, si no de agente, para el gobierno cubano a su regreso a los Estados Unidos, McLemore se sentía curiosamente ansioso por penetrar en el mundo de la inteligencia estadounidense. Además, empezaba a compartir la sensación de urgencia que sentían Trinidad y Lázaro, Ramsay —a su manera— así como sus respectivos jefes. El mismo McLemore se sorprendió cuando, al fin de la tarde, se sintió decepcionado por no haber oído nada de Trinidad. Ella no le había prometido comunicarse con él, pero él esperaba que lo hiciera. Quería oír su opinión sobre la cena y saber cómo había reaccionado Suárez. Lo que era más importante, deseaba verla y sentir la tibieza de su tacto.

A la mañana siguiente, a las nueve y media, McLemore y su asistente ya estaban sentados a la mesa del Ministerio de Defensa, en plena tarea. El trabajo era tedioso, sólo en ocasiones interesante. En las comunicaciones entre los cubanos, y de vez en cuando en la correspondencia entre cubanos y soviéticos, se notaba un poderoso tono de amargura y traición. No era raro encontrar referencias en español a osos impotentes, cosacos capones, eslavos borrachos, imbéciles incestuosos. A los militares cubanos no les había divertido la retirada soviética ante los cañones yanquis. Más interesante todavía eran las respuestas soviéticas, que demostraban claramente una ruptura entre las fuerzas que habían venido a defender a Cuba y los pérfidos políticos del Kremlin. Muchos oficiales soviéticos de alta jerarquía compartían con los cubanos el sentido de haber sido traicionados y el odio por la humillante retirada. McLemore creía poder oler el aroma de amotinamiento que emanaba de las líneas escritas a máquina. Se hacían comparaciones con la desastrosa retirada de Napoleón de Moscú durante el cruento invierno de 1812.

A medida que Carlos seguía leyendo, una especie de sospecha iba tomando forma en la mente de McLemore. ¿Sería posible que un comandante soviético, digamos el tal Isakov, pudiera haberse sentido tan amargado por el cambio de órdenes como para ocuparse de subvertirlas, preparándose para su propia guerra personal? Por más descabellado que pareciera, un hombre cuyo enojo lo empujaba a la locura podía ser capaz de cualquier cosa. ¿Qué podría hacer? ¿Apretar el botón de un misil antes de que fuera desmantelado? Era obvio que eso no había sucedido. ¿Dejar diagramas para la construcción de cohetería, así los cubanos podían hacerlo solos? Ni la más remota posibilidad de eso. Los cubanos lo habrían usado para limpiarse. ¿Almacenar algunos materiales nucleares para el día en que los cubanos pudieran diseñar una sección explosiva? Demasiado inseguro. Además, habría un exceso de personas en el secreto.

Meneó la cabeza mientras el confundido Carlos lo observaba. Había muy poco que pudiera hacer un oficial renegado. Por lo menos, nada que a él se le ocurriera. Siempre existía la posibilidad de quedarse como nativo, cambiar charreteras por guayaberas, juntarse con una muchacha del lugar, beber mojitos a la caída del sol. Ese tipo de cosas. Hacer una paz por separado. Enfrentado a la perspectiva de volver a otro intenso invierno eslávico, echarlo todo por la borda y cambiarlo por un retiro temprano bajo el sol. Sería interesante entrevistar a ese oficial soviético —tomó nota para preguntarle a Trinidad si ese hombre vivía—, pero eso difícilmente arrojaría luz sobre una indefinida amenaza terrorista treinta y seis años después.

Ahora el infatigable Carlos, la voz ronca de tanto leer y los ojos bien abiertos por la abundancia de cafeína, ya había empezado con las fichas de diciembre. La fuerza expedicionaria soviética disminuía su presencia en Cuba. Se empezaba a embalar el equipo pesado, las tropas estaban acampadas en Mariel y otros puertos, se abandonaban los cuarteles generales. Las comunicaciones todavía conservaban una nota de amargura generalizada. Se hacían referencias oblicuas a los persistentes esfuerzos del comandante Castro por retener los aviones soviéticos de media distancia de vuelo, los misiles defensivos y al menos un número simbólico de tropas soviéticas. Estaba convencido de que los Estados Unidos atacarían en gran número el día posterior al embarque del último soldado soviético. Los Estados Unidos, por supuesto, insistían en que el retiro fuera total, aunque esto no había sido acordado en forma explícita en las dramáticas negociaciones entre Kennedy y Khrushchev de fines de octubre de 1962. Los oficiales soviéticos se habían resignado, y ahogaban su frustración en botellas de ron. Los oficiales cubanos alimentaban su furia de igual manera.

Los documentos ocasionalmente contenían una copia de un inventario soviético de armas y tropas que iban siendo embarcadas en los cargueros militares soviéticos. Había también documentos cubanos con números similares. No era tanto que alguien se preocupara porque quedara alguna Kalashnikov perdida, una granada o un revólver militar. Parecía más bien el resultado de un fantástico tedio y de una eterna práctica militar: cuando no hay nada más que hacer, contarlo todo.

Virtualmente todos los documentos de diciembre de 1962 reflejaban la logística de un ejército en retirada. Horarios para el embarque de tropas. Horarios para llegada y partida de barcos. Listas de la partida de unidades militares correspondientes a tal embarcación y en tal fecha. Algunos documentos versaban sobre serias cuestiones de política, como la buena disposición soviética de satisfacer los pedidos cubanos de armas convencionales. Los requerimientos iban del general Issa Pliyev, comandante de las fuerzas expedicionarias soviéticas en Cuba, al ministro soviético de Defensa, trasmitiendo los pedidos cubanos de armamentos necesarios para repeler una inminente invasión. En realidad, los cubanos creían que el Tío Sam acechaba del otro lado del horizonte, esperando que se fuera el último barco soviético para avanzar con su flota de embarcaciones de desembarco, igual a la que llegara a Normandía. En las comunicaciones había poco que reflejara un asomo de preocupación en el Politburó por la suerte de Castro.

Hacia el fin de la tarde, Carlos abrió una carpeta fechada en la semana del 24 de diciembre de 1962. Era la última. Estas fechas cubrían la última semana del retiro de la fuerza nuclear soviética. Después de unos minutos de hojear los documentos, Carlos encontró una referencia a los Luna, y se lo dijo a McLemore.

—Léeme lo que dice —le pidió McLemore.

—Es otro... ¿cómo se dice?... inventario de las secciones explosivas. Aquí ve —le mostró a McLemore—. Aquí hay una lista de los camiones con la cantidad de secciones nucleares en cada uno. Las llevaron a Mariel durante esa semana... la última del año. El carguero aguardaba, y las iban subiendo a bordo a medida que iban llegando. Todo parece muy profesional. Los soviéticos al parecer no querían que las armas permanecieran sin custodia en los muelles.

—¿Es un documento cubano o soviético? —preguntó McLemore.

—Es la traducción al español de un documento soviético, con el original adjuntado aquí —respondió Carlos. Dio vuelta una página. —Aquí se muestra los totales definitivos de las armas. Los Luna. En el último renglón, fíjese, está la palabra "total", en español, y la cantidad. Dice noventa y ocho.

McLemore siguió el dedo de Carlos. Después de total, el número era, claramente, noventa y ocho. Igual que en el documento que había sustraído del Ministerio de Relaciones Exteriores, se veía una firma en la esquina inferior derecha, tanto de la versión en ruso como en español. En ambos casos, la aclaración, escrita a máquina, rezaba "L.S. Isakov".

Así que este tal Isakov, pensó McLemore, que era responsable del cuidado y alimentación de las secciones Luna, recibió cien y envió de vuelta noventa y ocho. Tenía confirmación de ello en los registros del Ministerio de Relaciones Exteriores y de Defensa. ¿Por qué haría tal cosa? O bien era chapucero —aunque había amplia evidencia de que el alto comando soviético era escrupuloso en el manejo del inventario de sus armas nucleares— o había un jueguito de por medio. Quizás hizo su propio negocio, vendiendo las secciones a los cubanos. ¿Con qué propósito? ¿Cómo se usa una sección explosiva sin el sistema de entrega? Era concebible que los cubanos hubieran considerado que dos pequeñas secciones explosivas nucleares eran un seguro contra una invasión estadounidense. Sin embargo, él había visto prácticamente todos los informes históricos en los archivos cubanos del período, y no existía ni por asomo una referencia a esta idea. A lo mejor Isakov se volvió loco. Perdió los estribos por la fatiga, la frustración y la presión. Escondió unas secciones explosivas como parte de un disparatado plan de desquitarse de los Estados Unidos o de sus propios jefes en el Kremlin. Aún subsistía el problema del lanzamiento. McLemore meneó la cabeza. Nada de eso tenía sentido.

McLemore tomó nota de la fecha del inventario, de la fecha en que el carguero zarpó desde Mariel, y de la firma al final del documento. A una seña suya, que denotaba urgencia, Carlos siguió y terminó con la carpeta. Nada más sobre los Luna. Todos los inventarios de las otras armas concordaban con el número de armas traídas durante la acumulación de fuerzas en septiembre-octubre de 1962. Durante los dos últimos días, McLemore había tomado notas suficientes para terminar su proyecto de investigación sobre el retiro de las fuerzas soviéticas de Cuba después del acuerdo entre Kennedy y Khrushchev del otoño de 1962. Un poco oscuro, pero con un foco definido, y lo suficientemente raro como para ser aceptado por el comité de la fundación, e inclusive para atraer a alguna publicación histórica no demasiado conocida.

McLemore y Carlos le agradecieron al joven oficial encargado de ellos. Con una sonrisa tímida y una sarta de disculpas insistió en inspeccionar sus papeles para asegurarse de que no se había retirado nada del archivo. Luego McLemore llevó a Carlos a la calle y le dio un sobre. Carlos se sintió genuinamente mortificado al comprobar que se trataba de dinero, pero McLemore insistió sobre la base de que era una práctica generalizada y que eso ayudaría a Carlos y a su familia mientras él terminaba de estudiar. Le aseguró a Carlos que en todo el mundo los traductores profesionales eran remunerados por sus servicios en forma rutinaria. El joven se vio reducido a una confusa mezcla de renuencia y gratitud. McLemore le prometió ponerse en contacto con él cuando regresara a fines de diciembre para completar su trabajo.

Mientras volvía caminando al Santa Isabel a hacer las valijas, McLemore consideraba sus opciones. Si se convertía en un espía-mensajero para la CIA, quizá le presentaran a alguien que pudiera explicarle los usos de las secciones explosivas carentes de misiles. Inclusive, podía mencionar la curiosa anomalía a los de la CIA. Mirén, amigos, un par de pequeñas secciones explosivas desaparecieron en Cuba hace unos treinta y tantos años. Probablemente eso no signifique nada. Pero se me ocurrió que les gustaría saberlo. Podría ser una adición interesante para el museo secreto de la CIA. Armas antiguas que podríamos haber conocido.

25

Existen pocas instancias en la historia moderna sobre el nacimiento, vida y muerte de una ideología —en este caso el comunismo— en una existencia de cuarenta años. Cuba es la excepción a esta regla. Fue una colonia durante tres siglos y medio. Durante sesenta años fue independiente, aunque bajo el protectorado de los Estados Unidos. Después pasó a ser un satélite comunista de la Unión Soviética y, por esos caprichos de la historia, tan característicos de su destino, sobrevivió a su patrocinador. Cómo manejaría Cuba el acto siguiente de su vida era una de las preguntas políticas más interesantes del inminente siglo XXI.

El ahora clandestino Bravo 99 tenía su respuesta: restauración de la oligarquía gobernante, posiblemente con una nueva generación de una mafia empresaria en su estela, aunque eso costara muchas vidas. Los Estados Unidos tenían su propia idea, por más indefinida que fuera: sería una república democrática, aunque cooperaría plenamente con su benévolo vecino del norte. Cualquiera fuera el plan del envejecido liderazgo cubano para el futuro de su nación, el mismo no parecía tener en cuenta el factor de la mortalidad. En última instancia, le correspondería al mismo pueblo cubano arreglar una peligrosa transición a un nuevo futuro incierto que proveyera libertad con autonomía y justicia con independencia.

Mientras tanto, el gobierno cubano tenía problemas más inmediatos que atender. En la mano que tenía había pocos naipes que jugar. Ahora, a fines de octubre de 1998, jugó uno. A las diez de la mañana del viernes 30 de octubre, tres funcionarios del Ministerio de Relaciones Exteriores de Cuba se hicieron presentes en la Oficina de Interés de los Estados Unidos y anunciaron que estaban allí para solicitar una entrevista con el señor Samuel Ramsay, jefe de la sección política. Uno de los integrantes de la delegación era el subdirector del departamento de asuntos estadounidenses del Ministerio, el señor Lázaro Suárez.

Ramsay los hizo pasar a una salita de reuniones, sirvió café, y dijo:

—Estoy al servicio de ustedes.

La visita era inusual. El contacto entre la Oficina de Interés y el ministerio por lo general tenía que ver con cuestiones de inmigración —los que huían en botes, inmigrantes ilegales, extranjeros indocumentados— y con ocasionales negociaciones sobre incursiones de aviones sobre el espacio aéreo cubano o barcos que penetraban en aguas costeras cubanas. Ramsay sabía que los funcionarios del otro lado de la mesa eran de alta jerarquía, y de la sección política. Por lo tanto, se trataba de una ocasión extraordinaria.

—Muchas gracias, señor Ramsay. Gracias por recibirnos de inmediato —dijo Eloy Oliverez, subsecretario del ministerio—. Creo que conoce a mis colegas, el señor Gutiérrez y el señor Suárez. Estamos agradecidos por la oportunidad de reunirnos con usted. Lamentablemente, nuestro propósito no es agradable. Estamos aquí para presentar una queja oficial ante su gobierno. Tiene que ver con serias amenazas a la seguridad nacional cubana, y tenemos razones válidas para creer que dichas amenazas se originan en los Estados Unidos.

Ramsay aguardó, callado e impasible.

—Señor Ramsay. Tenemos información, información altamente confiable, de que individuos y quizás organizaciones en los Estados Unidos están planeando (y posiblemente están empezando a implementar esos planes) llevar a cabo un grave acto, o actos de terrorismo contra nuestro país. —Oliverez consultó sus notas, escritas a máquina, como si presentara una protesta oficial. El protocolo exigía que procediera con corrección. Si resultaba ser una protesta oficial, dejaría una *démarche*. Ramsay no estaba seguro, de manera que extrajo una libreta del bolsillo y empezó a tomar nota.

Ramsay seguía esperando, absorbiendo pasivamente la historia.

—Creemos que la serie de ataques terroristas de los últimos meses contra nuestros hoteles y lugares turísticos se puede atribuir a estos mismos individuos y organizaciones.

Ramsay seguía guardando silencio.

Oliverez lo miró a los ojos y prosiguió.

—Nuestra información nos dice que estas personas han tomado contacto por lo menos con un conocido traficante de armas ruso, en este caso, y basándonos en la evidencia, creemos que podemos esperar un serio incidente en conexión con la celebración del aniversario de nuestra revolución el primero de año.

Ramsay esperaba las palabras que introducirían la culminación del discurso: por lo tanto…

—Por lo tanto, señor Ramsay, en interés de la seguridad del pueblo de Cuba es nuestro deber insistir en que el gobierno de los Estados Unidos tome todas las medidas necesarias para poner fin a estas actividades y aprehender en los Estados Unidos a los responsables de estos actos terroristas.

Ramsay conocía a Oliverez y sentía simpatía por él. Era un tipo recto y directo, más culto y cortés que el diplomático cubano medio. Leía los libretos preparados por los comisarios de línea dura, pero no daba puñetazos sobre la mesa ni salía de su boca la acostumbrada retórica abusiva. Iba al punto, decía lo que debía decir, y se iba. Ramsay sirvió más café, hizo un gesto con las manos, las palmas hacia arriba, como diciendo "¿Hay más?" y luego se recostó sobre el respaldo de la silla.

—¿Piensan emitir un comunicado de prensa? —le preguntó a Oliverez, con tono oficial.

La pregunta desarmó a los cubanos. No era lo que esperaban, y se miraron entre sí.

—Si lo hacen, eso cambia las cosas. De lo contrario, nos embarcamos en "él dijo", "nosotros dijimos", un asunto de acusar y negar.

—¿Qué aconseja usted? —preguntó Oliverez, desconcertado.

—¿Usted me pide que yo les aconseje cómo manejar la prensa? —dijo Ramsay, riendo entre dientes—. Eso es cosa suya. Todo lo que puedo decirles es que si transforman esto en un gran circo político, mi gente lo interpretará como un ardid publicitario, otra charada política, y no lo tomaremos en serio. Así que, número uno, decidan si van en serio o no, y entonces reaccionaremos según corresponda. Si van en serio, les responderemos.

—¿Y su respuesta será…? — preguntó Oliverez.

—Diablos, Eloy. No sé. Tu adivinanza es tan buena como la mía. Supongo que depende de si tienen evidencia real, y, en ese caso, cuánto nos mostrarán. No podemos hacer mucho si no sabemos de qué diablos están hablando. —Ramsay bebió de un trago media taza de café. —¿Quiénes son los tipos? ¿Qué grupo es? ¿Cómo saben lo que creen saber? Fechas, nombres y lugares. Las cartas sobre la mesa. Si en serio quieren que hagamos algo, tienen que trabajar con nosotros.

Oliverez estaba operando ahora en el borde de su autoridad. Miró a Suárez. La Oficina de Interés tenía a Suárez en su lista de inteligencia desde hacía algún tiempo. Ramsay achicó los ojos y abrió los oídos.

Suárez tenía el don de mantener una mirada de absoluta seriedad mientras sonreía amplia y tímidamente.

—Usted sabe, señor Ramsay, que todo lo que podemos decirle no debe poner en peligro nuestras fuentes de información. Lo que significa que tiene que confiar en algunas de nuestras afirmaciones.

Ramsay se encogió de hombros, como diciendo que no era novedad. En la inteligencia estadounidense todo el mundo sabía que el gobierno cubano se había infiltrado en la comunidad cubana de exiliados, no sólo en Miami sino en el mundo, desde los tempranos días del operativo Mangosta en la década de los años 60. ¿Cómo, si no, podía seguir vivo el Comandante? Por otra parte, sería una verdadera hazaña averiguar quiénes eran sus agentes. "Quizá podamos comprarlos como agentes dobles", pensó Ramsay. La partida de ajedrez había empezado. Ramsay estaba a punto de justificar su sueldo.

—El grupo tiene su base de operaciones en Miami —dijo Suárez, como para empezar por lo obvio—. Se organizó como un desprendimiento de Alfa 66. Sus miembros son más jóvenes, exitosos hombres de negocios de segunda generación, que pensaban que Alfa se había vuelto vieja e ineficaz. Es pequeño… entre veinte y treinta integrantes, toda gente importante. Su principio organizador parece ser la certeza de que se está acortando el tiempo, que hay que hacer algo pronto para destruirnos. En este punto básico hay una división con otros grupos. La mayoría de los otros se conforman con esperar que nuestro Presidente se… que nuestro liderazgo cambie… y luego aprovecharse de cualquier debilidad en la transición. La postura tradicional es que el embargo, junto con un cambio de liderazgo, pondrá fin a la revolución. Este otro grupo cree que debe actuar ahora para eliminar cualquier posibilidad de sucesión.

Desde el principio, Ramsay había decidido actuar como si ignorara todo.

—¿Cómo se hace llamar este grupo?

—Bravo 99, o Bravo a secas —respondió Suárez. Vaciló, calculando. —Nuestra información es que los líderes de este grupo se reunieron con un ruso hace unos meses. Creemos que el ruso es un traficante de armas que está vendiendo armamento del ejército ruso.

Con cautela, Ramsay escogió el camino a través del campo minado de la inteligencia política. Para hacerlo, debía templar su temperamento de topadora. Toda una lucha. Ya conocía la respuesta a su pregunta, pero la formuló.

—¿Me van a decir el nombre del tipo?

Suárez miró a sus compañeros antes de responder.

—No estamos autorizados para hacerlo, por el momento. Creemos que podría poner en peligro ciertas vidas.

Traducido, esto significaba: si llegamos a un acuerdo, y decidimos que ustedes tienen la intención de cooperar con este problema, podríamos revelar el nombre. De lo contrario, existe la inteligencia a la inversa…

como la ingeniería a la inversa. Dennos el producto que nosotros descubriremos cómo lo arman.

Ramsay intentó otro enfoque.

—¿Conocen nombres individuales de este grupo Bravo?

Suárez, que sabía que la conversación estaba siendo grabada, asintió.

Teatral, Ramsay extendió una mano e hizo una seña con los dedos, como diciendo: "Denme lo que tengan".

Continuando con la charada, Suárez sacudió la cabeza.

—Nuevamente, no por ahora... Por las mismas razones.

—Ustedes quieren mi ayuda —dijo Ramsay, con un resoplido—. No me dan nada. Quieren que arreste a estos hombres... en contravención con las leyes de los Estados Unidos... y ni siquiera me dicen quiénes son.

—Estamos tomando nota de su pedido, señor Ramsay —dijo Oliverez—. Debemos recibir autorización adicional con respecto a estos detalles.

Gutiérrez, que tomaba nota, escribía sin parar.

—Supongo que no me dirán qué compraron estos hombres al misterioso y anónimo Rusisky —dijo Ramsay, exhalando un suspiro.

—Eso es algo que no sabemos —confesó Suárez luego de consultar a Oliverez con la mirada—. De hecho, si supiéramos lo que compran, tendríamos una mejor idea de la amenaza. Esa es el área principal donde necesitamos la ayuda de ustedes.

Ramsay estaba tentado de decir: "Nosotros sabemos quién es este hijo de puta, y en general sabemos lo que vende. Pero este trato en particular se concretó antes de que pudiéramos intervenir las comunicaciones de los involucrados".

—Muy bien. De manera que tenemos a un ruso sin nombre que vende un producto no identificado a un grupo de vaqueros cubanoamericanos anónimos, y ustedes quieren que yo resuelva el crimen antes de que suceda. —Rió con sorna. —¿Quién se creen que soy? ¿Sherlock Holmes? ¿O el inspector Clouseau, quizá?

—Señor Ramsay —dijo Suárez—, sería un estigma para los Estados Unidos si gente de ustedes matara a un montón de cubanos.

En otros términos, estaba diciendo: "Este es tanto un problema para ustedes como para nosotros".

Ramsay percibía amenazas inclusive donde no existían, y entonces no reaccionaba bien. Se abalanzó, apuntando con un dedo tan grueso como el caño de un revólver.

—Escuchen, amigos, no se la tomen conmigo. Ha sido un largo día. —En este contexto, un largo día significaba cuarenta años y una relación poco feliz. —Vienen aquí, expresan una especie de protesta, acusan a los Estados Unidos de dar asilo a terroristas, exigen que resolvamos su problema, no dan ninguna información, dejan que nosotros imaginemos de qué se trata y nos amenazan con un tacho de basura lleno de propaganda si no lo hacemos. Esta no es manera de comportarse en una relación amorosa.

El buen policía, Oliverez, fue quien respondió, con tranquilidad pero con fuerza.

—Por favor, señor Ramsay. No los amenazamos con nada. Si se descubre que hay personas en los Estados Unidos involucradas en un terrible acto terrorista, y muere mucha gente, no se necesitará propaganda de nuestra parte para que la opinión mundial condene a su país.

En ese momento Oliverez y Ramsay compartían un pensamiento, común en líderes políticos, guerreros y agentes de inteligencia en todo el mundo: lo que llegara a suceder en La Habana en el día de Año Nuevo, de ahí a dos meses, aparecería en la televisión internacional al instante.

Sólo que —ellos no lo sabían— si el plan de Bravo tenía éxito, no quedarían cámaras para transmitir ni imagen ni voz.

Como para calmar al corpulento y rubicundo Ramsay, Oliverez dijo:

—Tenemos información de que, en algún momento después de la reunión con el ruso, hubo una escisión en el grupo Bravo. Suponemos que lo que causó la división fue lo que se compraba al ruso, fuera lo que fuese. Creemos que un grupo pequeño... quizá no más de una docena... se separó del grupo principal para seguir con su plan, cualquiera sea. Por esto llegamos a la conclusión de que el plan debe de ser desesperado. Como sabemos que este grupo Bravo es extremista, entonces lo propuesto debe de haber sido drástico, inclusive para algunos de los integrantes del grupo.

—O quizá no suficientemente extremista —dudó Ramsay.

—Pensamos que lo primero —dijo Suárez—. De acuerdo con nuestras fuentes, todos han sido partidarios, por cierto, de promover actos terroristas contra nuestros hoteles. Por lo tanto, si se tratara de algo parecido, no vemos razón para la división. Sólo puede deberse a que una facción deseaba intentar algo más destructivo y más dramático aún, algo que los otros consideraron horrible.

—Muy bien, Eloy. —Ramsay abrió los dedos y puso las manos firmemente sobre la mesa. —Permítanme entender. Ustedes están presentando una protesta contra actos terroristas, y dicen que provienen de los Estados Unidos. Alegan, en base a información que se rehusan a compartir, que un grupo llamado Bravo algo, o una facción del mismo, ha comprado algo que ustedes no saben qué es pero que proviene de un ruso que no quieren nombrar, destinado a hacer algo realmente destructivo en su fiesta de Año Nuevo. Y ustedes quieren que nosotros hagamos... ¿qué?

—Averiguar para nosotros qué compró Bravo al ruso y ayudarnos a impedir que entre en Cuba. —Oliverez levantó las manos, con las palmas hacia arriba, como rindiéndose. —Nosotros podemos ocuparnos, en gran parte, del resto. —Con actitud incómoda, Oliverez extrajo un sobre del bolsillo de su chaqueta y se lo entregó a Ramsay. —Señor Ramsay, en nombre de nuestro Ministerio de Relaciones Exteriores, le hago entrega de nuestra protesta oficial por los incidentes relacionados con nuestros hoteles durante los últimos meses. Dice casi exactamente lo que le hemos dicho esta mañana. Mi ministro requiere respetuosamente que lo entregue a su gobierno. Muchas gracias por su hospitalidad.

Ramsay aceptó el sobre y extendió la mano cuando los visitantes se pusieron de pie. Para ser cubano, Oliverez realmente tenía clase, pensó Ramsay.

—Saldrá para el Departamento de Estado hoy, Eloy. Pero dile a tu gobierno —agregó, con un vistazo a Suárez, el hombre de inteligencia— que no podemos serles de ayuda en este asunto del ruso... este asunto de Bravo... o lo que sea, sin saber lo que ustedes saben. Tan simple como eso. —Ramsay sabía, no obstante, y Oliverez sabía que él sabía, que su conversación constituía ahora un aviso a los Estados Unidos de la existencia de una amenaza, que se había dado información suficiente para hacerla real, y que, si los Estados Unidos rehusaban tomar medidas y algo terrible llegaba a ocurrir, este hecho se sabría. Los cubanos habían logrado gran parte de su propósito, aunque Ramsay se negara a admitirlo.

Quizás una hora después, justo cuando Ramsay se preparaba para ir a almorzar a la cafetería de la Oficina de Interés, sonó el teléfono interno.

—Un tal profesor McLemore pregunta si usted está disponible —le informó la recepcionista—. Dice que no tiene cita. —Susurró en la línea. —Si desea —agregó—, puedo decirle que no está.

Ramsay vaciló, genuinamente sorprendido.

—Hágalo pasar a la salita de reuniones de abajo. Dígale que estaré allí en un par de minutos. —Y ahora ¿qué? ¿Era esto una simple coincidencia, o éste era su día de suerte? Le disgustaban las sorpresas, pero disfrutaba con la acción. Este parecía ser uno de los raros días en que había acción.

—¡Mac, viejo amigo! ¡Qué placer! ¡Y mucho más por ser inesperado! —Ramsay siempre adoptaba el tono del aficionado que alienta a su equipo hasta poder medir la situación y decidir qué papel adoptar. —Pasabas por el vecindario, supongo, y decidiste visitar al viejo Red para ver cómo van las cosas.

Se sentaron en sendos sillones gastados en un rincón de la sala. McLemore pidió café para ganar tiempo y poder pulir su discurso. El radiante Ramsay seguía tan callado —algo poco característico en él— como antes con los cubanos. Sus ojos pestañeaban, cargados de suspicacia. Estaba calculando qué probabilidad existía de que la visita de McLemore, inmediatamente después de la de los cubanos, fuera una coincidencia. Decidió postergar su juicio.

—¿Basta con café, o tienes un asunto en mente?

—Vuelvo a los Estados Unidos mañana —anunció McLemore—, y se me ocurrió venir a despedirme.

—¡Qué atención, Mac! Eres un tipo muy considerado. —La voz de Ramsay estaba tan cargada de ironía que parecía capaz de derribar la puerta. —¿Verá otra vez tu presencia esta frondosa isla?

—Por supuesto. Debo volver una vez más... para terminar mi investigación. Va muy bien —declaró—. Finalmente la he centrado en una cuestión que mis hermanos historiadores han relegado al olvido.

—¿Y de qué se trata, Mac? —preguntó Ramsay, fingiendo interés.

—La cuestión de qué hicieron los rusos con sus misiles y secciones explosivas entre el acuerdo Kennedy-Khrushchev a fines de octubre y el momento en que se retiraron las últimas armas nucleares a fines de año. Está todo ese material nuevo de las cintas de Kennedy y de los archivos del Politburó que salieron a la luz hace un año, o algo así. Pero todo culmina el veintiocho de octubre y luego, con excepción de la resolución de nuestros misiles en Turquía, todo se diluye.

—Interesante —dijo Ramsay. A McLemore le pareció que ahogaba un bostezo.

—De modo que volveré en diciembre, terminaré con los archivos que me muestran, y probablemente pase unas vacaciones en la playa.

—Eso te dará oportunidad de unirte a la fiesta —ironizó Ramsay.

—¿Qué fiesta?

—Ya sabes, Mac. La fiesta de fin de año. Un festín. Montones de discursos. Música. Baile. —Meció los brazos, gruesos como ramas de árboles, sobre la cabeza, y su enorme cuerpo pareció bailar la rumba sobre su asiento.

—Es una idea —convino McLemore—. Sólo que tú dijiste que iba a pasar algo malo. ¿No era ésa la ocasión? No suena como el tipo de cosa con que querría involucrarse un inocente profesor como yo.

—Pero, Mac, tú te has hecho amigo de esta gente. Lo que es bueno para uno, es bueno para otro. Adonde tú vayas, allí iré yo, como se dice.

Hablaba con sorna.

—Te diré, Red, ve tú. ¿Qué te parece? —le respondió McLemore con igual sorna.

—Yo no soy adicto a las celebraciones comunistas, Mac. La única revolución que me gusta es la que se celebra el 4 de julio. Ramsay es blanco, azul y rojo, como la bandera. —Hizo una pausa, a la espera. McLemore sonrió y tomó un sorbo del horrendo café.

—¿Puedo hacer algo más por ti, Mac, antes de irte?

—Si voy a ser tu empleado, ¿no debería tener una carta de presentación? —preguntó McLemore.

Ramsay se incorporó.

—¿Cómo es eso? ¿Empleado? ¿Hemos hablado de empleo?

—Muy parecido a eso, Red. Recuerdo que la últina vez que nos vimos tú querías que trabajara para ti. "Ayúdame", dijiste. Algo por el estilo.

En esta rara ocasión, Ramsay se quedó alelado.

—¿Quieres que te paguen? ¿De eso estás hablando? Ah... no es eso precisamente lo que pensábamos.

McLemore fue quien se incorporó ahora.

—Vamos, Ramsay. Sabes de qué hablo. Quiero ver a tus jefes en Washington. Si voy a convertirme en espía, quiero un entendimiento con la plana mayor. Sin ánimo de ofender. ¿Puedes hacerlo, o no?

—Por supuesto que puedo hacerlo. Di cuándo.

—El lunes que viene —dijo McLemore—. Iré directamente a Washington mañana.

Ramsay tomó de la mesa un sobre amarillo y escribió un número de memoria.

—El lunes por la mañana llama a este número. Identifícate. Te dirán adónde ir, y cuándo.

Ya estaba calculando cuánto tardaría en escribir y enviar un cable, y en caso de ser recibido después de hora ese viernes, alguien lo vería antes del lunes. Por supuesto que sí. Lo marcaría urgente.

—¿Luego, qué? —preguntó McLemore.

—Luego te darán instrucciones sobre el caso. Te dirán lo que sabemos... o al menos lo que no es ultraclasificado. Y te dirán lo que necesitamos.

McLemore sonrió como un niño.

—¿Esto quiere decir que seré un verdadero espía, Red?

Esto no divirtió a Ramsay.

—Créelo o no, esto no es policías y ladrones, Mac. Esto va en serio.

McLemore se sintió tentado a decir: "Nadie lo diría, por la manera en que te comportas". No obstante, temía que esto arruinaría todo. McLemore dobló el sobre y se puso de pie.

—¿Sabes a qué me hace acordar esto, Mac? —dijo Ramsay—. Esa película... con Bogart... ¿cómo se llama? *Casablanca.* En el aeropuerto, el tipo le dice: "Bienvenido de vuelta a la pelea. Esta vez sé que nuestro bando ganará". —Parecía sinceramente conmovido. —¿Cómo sucedió, Mac? —le preguntó. —Estoy curioso por saber qué funciona... Para la próxima vez, ¿sabes?

McLemore le contestó por encima del hombro, mientras se encaminaba a la puerta.

—Tu encanto, Red. Es un imán.

Al lunes siguiente, McLemore se sentó en la cama de su cuarto en un pequeño hotel cerca de Dupont Circle en Washington, y discó el número que le había dado Ramsay. Contestó una voz de hombre.

—Sí —dijo McLemore—. Mi nombre es McLemore. Sam Ramsay me dijo que llamara.

McLemore pudo oír una discusión amordazada.

—Tome un taxi a Langley —ordenó la voz—. Diga que lo lleven a la entrada de McLean. Venga en media hora. Alguien lo estará esperando para hacerlo entrar.

Eso fue todo.

Una mujer de treinta y tantos años lo esperaba en la guardia de la Agencia. Lo hizo pasar por la entrada vigilada por un centinela, que le entregó un pase de visitante. Subieron a un auto que los llevó a la puerta de entrada del edificio principal de la CIA. Cuando traspusieron el puesto de control al final del gran vestíbulo, ella le preguntó:

—¿Le gusta Cuba?

—Me ha terminado por gustar —respondió McLemore, decidiendo en el momento ser, al menos, un espía honesto. Por un instante se preguntó si le harían una prueba con un detector de mentiras. Esperaba que no; su vida sexual no había sido muy interesante últimamente.

La mujer lo condujo a través de una oficina externa con una placa sobre la pared que rezaba "Worth" o "Worthy", jefe de la sección de Cuba, hasta una gran oficina en una esquina. Excepto por un pequeño escudo con el emblema de la CIA y unas fotos que McLemore tomó como las del gran hombre con directores anteriores, poco distinguía la oficina de otras del gobierno. No tenía forma de saber que el cable de Ramsay, recibido la tarde del viernes, había hecho sonar alarmas. En estos días cualquier cosa relacionada con la política cubana causaba un alerta. Además, estaba el nombre, McLemore. Jack McLemore era el héroe legendario de la crisis de los misiles cubanos, que se había adentrado en las fauces del dragón, sin regresar con vida. De hecho, era prácticamente seguro que no volvería. Se buscaron todas las antiguas carpetas, aunque sólo fuera para dar una idea a los más jóvenes de la sección cómo fueron las cosas. La verdadera Guerra Fría. A ciento cincuenta kilómetros. Armas nucleares. Misiles configurados para ser disparados. El borde de la catástrofe. Jack McLemore estaba en el corazón del corazón de la Guerra Fría. Muchos todavía creían que las señales que logró enviar... sobre el movimiento de los comandantes soviéticos, el despliegue de tropas, los misiles colocados en sitios de lanzamiento en dos lugares separados de Pinar del Río... habían llegado directamente a la Oficina Oval, suministrando la información en base a la cual Kennedy se enfrentó a Khrushchev y se inició así el largo y lento proceso de hacer retroceder al gigante soviético. Jack McLemore.

Y allí, treinta y seis años después, estaba su hijo. Se había corrido el rumor, y sin que McLemore lo supiera, los extrañamente congestionados pasillos que recorrió y la cantidad de gente que pasaba por la puerta exterior no se debían a una repentina acción en el Caribe. Estaban allí por él, para comprobar cómo era, ver si era digno hijo de su padre. ¿Qué hacía allí?, susurraban. ¿Se trataba de alguna especie de viaje sentimental?

McLemore, por su parte, se sentía atemorizado. La única vez que había estado dentro del edificio de la CIA fue hacía treinta y cinco años, en el servicio en memoria de su padre, cuando le entregaron a su madre la medalla ahora escondida debajo de un revoltijo de prendas interiores y medias impares en un cajón de su casa en Madison. Como Cuba, simbolizada por la medalla, era ahora una reliquia.

—¿Cómo está, profesor McLemore? —dijo el alto y canoso hombre al trasponer la puerta de la oficina—. Es un honor para mí. Conocí a su padre hace muchos años.

No se presentó, aunque no importaba. McLemore se preguntó si ese hombre se habría ofrecido cuando se necesitaban voluntarios para Cuba entonces. Si este hombre hubiera ido, ¿seguiría vivo su padre?

El hombre le indicó con un gesto que tomara asiento en el sofá. Él se sentó en una silla, cerca.

—Sam me ha enviado un largo cable, que es continuación de informes anteriores sobre sus visitas a Cuba y su proyecto de investigación allá. —McLemore asintió, preguntándose cómo funcionaría el proceso de reclutamiento. —Bien, iré al grano. Nos decía que trató en diversas ocasiones de conseguir que usted nos ayudara, pero que se resistió a hacerlo. Desde su punto de vista, eso es muy comprensible. Pero, al parecer, usted ha cambiado de opinión, y podría estar dispuesto a colaborar. ¿Es éste un resumen exacto de la situación?

—En general, sí —respondió McLemore—. Pero le he explicado que en mis dos breves visitas no he formado la clase de amistad con el tipo de gente que podrían interesarles a ustedes, y que podría ponerme en una posición de ser de ayuda.

—Profesor, en este negocio, el lema es "Todo ayuda, por más pequeño que sea". Básicamente lo que hacemos aquí es resolver acertijos, rompecabezas. No es posible formar el cuadro final sin todas las piezas. Para juntarlas, tratamos de depender de nuestra propia gente. Algunas veces aparece alguien como usted, que nos ayuda a encontrar piezas que nosotros no podemos hallar. Ésa es la situación básica. Y a menos que uno sepa cómo es el cuadro que trata de formar, ni siquiera sabe qué piezas corresponden a su rompecabezas. De modo que juntamos tantas piezas como podemos, y aquí las clasificamos. Esta es, diríase, una fábrica de rompecabezas.

"No sólo en un sentido", pensó McLemore.

—¿En qué clase de cuadro están trabajando ahora? —preguntó.

—Un cuadro de Cuba al borde del colapso en ocasión del cuadragésimo aniversario de su fallido experimento socialista. Es un cuadro que involucra a quienes podrían desear acelerar ese colapso por frustración e impaciencia.

"Me pregunto si este hombre habrá conocido en su vida a una mujer como Trinidad —pensó McLemore—. Si habrá conocido a algún cubano."

—¿Por qué no se lo permitimos?

—Porque no está en nuestro interés hacerlo. Si actúa la gente dentro de Cuba, es una cosa. Podríamos llegar a aplaudir eso...

—Como hemos hecho en el pasado —dijo McLemore.

—Como hemos hecho en el pasado —convino el hombre.

—¿Usted está de acuerdo o no con la forma en que hemos tratado a Cuba todos estos años? —preguntó McLemore, irritado de repente.

—Ah, profesor, no puedo contestar esa pregunta. Contrario a la impresión popular, aquí nosotros no hacemos la política, la obedecemos.

—Espero que no lo tome en forma personal —dijo McLemore—, pero ¿podría decirme cuántas personas aquí renunciarían si deben obedecer una política que los obliga... digamos, a asesinar... y que creen que es incorrecta?

El hombre alto se movió en su silla, enfrentado ahora al inesperado interrogatorio de un hombre que esperaba reclutar. Empezaba a apreciar las referencias oblicuas a la naturaleza espinosa de McLemore hechas por Ramsay.

—Sucede —fue todo lo que pudo responder.

McLemore musitó un hmmm. No sonaba convencido.

—Profesor McLemore, puedo tratar de defender nuestra misión todo lo posible, pero sería una especie de ejercicio académico, y no me ayudaría a resolver mi rompecabezas. ¿Puedo ser franco? Nos gustaría que nos ayudara usted. El señor Ramsay le ha explicado un poco sobre el rumor de una amenaza a que debemos hacer frente, o, mejor dicho, a que deben hacer frente los cubanos. Si esa amenaza existe, y emana de nuestras costas, no será nada bueno para los Estados Unidos.

—¿Exactamente qué necesita saber? —preguntó McLemore—. ¿Y cómo propone que yo lo averigüe?

—Necesitamos saber lo que saben los cubanos —respondió el hombre—. Si pueden identificar específicamente a individuos en este país, si pueden darnos información acerca de un misterioso traficante de armas ruso, que, según creo, el señor Ramsay le ha mencionado a usted. Si ellos están dispuestos a decirnos lo que necesitamos saber, entonces quizá podamos ayudar a protegerlos.

—¿Por qué simplemente no se lo pregunta a ellos? —inquirió McLemore.

—No podemos, profesor —respondió el hombre—. Usted debe entenderlo. No funciona de esa manera.

—Le diré algo —dijo McLemore—. Usted me dice lo que sabe. Entonces yo entenderé mejor las piezas del rompecabezas que todavía faltan. Eso es simple, ¿no? Si ustedes confían en mí como espía, entonces deben confiar plenamente en mí.

El hombre miró por la ventana, pensativo, luego se decidió.

—Estamos tan preocupados por esta amenaza que debemos correr ciertos riesgos. Aunque por lo general no hacemos negocios basados en la confianza, en este caso debemos confiar en usted. —Hizo una pausa, luego tocó la tecla de un intercomunicador.

—Envía a Sandy.

Al momento entró la mujer que había recibido a McLemore en la entrada. Traía una voluminosa carpeta. Asintió y se sentó.

—Dile al profesor McLemore —le instruyó el hombre— lo que sabemos sobre el asunto Bravo.

Ella volvió a asentir, algo sorprendida, y empezó.

—Hay un grupo extremista de cubanoamericanos de segunda generación que se formó hace algunos meses con el nombre de Bravo 99. Intentan hacer algún daño durante la celebración del aniversario de la revolución cubana el día de Año Nuevo. Han tenido una reunión, quizá más, con un conocido traficante de armas ruso. No sabemos qué han comprado, o si tienen una orden de compra. Creemos que, sea lo que fuere, tiene que ver con estos planes de perturbación. Sabemos, sí, que la inteligencia cubana tiene conocimiento de esto. Necesitamos que alguien... usted... averigüe si han identificado al grupo Bravo, dónde está el ruso, qué le ha comprado o está a punto de comprar Bravo, cuándo y cómo se desarrollará el plan.

—Díganme ahora lo que ustedes saben —dijo McLemore.

—Conocemos los siguientes nombres de los integrantes del grupo Bravo. —McLemore tomó nota en una libretita. —Manuel Lechuga. Antonio Varona. Juan Aragonés. José Hernández. Orlando Menéndez. Pedro Medina. Sabemos que el ruso usa un nombre adaptado al inglés, Isaacs, pero que su verdadero apellido es Isakov. —McLemore dejó de escribir. Mantuvo la cabeza gacha hasta asegurarse de que su rostro no expresaba sorpresa. Asintió, como si no hubiera oído nada extraordinario. —Sabemos que el grupo Bravo se fracturó, muy posiblemente a causa de este proyecto. Creemos que la facción más extrema del grupo espera usar un arma o armas provenientes de Isaacs en la celebración del aniversario. —Ella cerró la carpeta. —Con la excepción del nombre de nuestras fuentes, que por supuesto es algo que nunca damos, ésta es toda la historia.

—¿Por qué no arrestan a estos miembros del grupo Bravo? —preguntó McLemore.

—Sin más detalles específicos sobre el trato con el ruso, no tenemos causa probable. Podríamos hacerlos detener y tratar de interrogarlos. Pero no hablarían, y sus abogados los sacarían en diez minutos. Luego desaparecerían, y tendríamos problemas. Inclusive ahora resulta difícil rastrearlos.

—¿Dónde está el ruso... este Isaacs? —preguntó McLemore.

—No lo sabemos —contestó Sandy—. Se ha metido en su escondite. Desaparecido.

—El arma, o armas, ¿ha cambiado de manos ya? —preguntó McLemore—. Empezaba a pensar que él podría tener la respuesta a esa pregunta.

—Eso no lo sabemos —respondió el hombre—. Para hacer mucho daño, como un cohete o un explosivo importante, debería ser algo grande. Sabemos que los cubanos buscan por todas partes. De modo que si ya ha cambiado de manos, pensamos que debe de estar aquí, en los Estados Unidos, o en un bote.

McLemore se hizo atrás el pelo.

—De modo que, básicamente, ustedes quieren que me pase a la carpa de los cubanos, finja estar de su lado, o como lo llamen, y averigüe lo que pueda. Parece directo, e improbable.

—Recuerde: todo lo que necesitamos es una o dos piezas.

McLemore se puso de pie, y por el rabillo del ojo vio dos o tres figuras que se escabullían por la puerta de la oficina externa.

—Hay algo que necesito. Para mi proyecto.

—¿Cómo podemos ayudarlo? —preguntó el hombre.

—Permítanme ver sus fichas del período entre fines de octubre hasta fines de diciembre de 1962, referidas al retiro de los misiles y secciones nucleares de Cuba. Ese es el tema sobre el que trabajo. Y no tengo tiempo para soportar la burocracia de la ley sobre libertad de información.

—Sandy, fíjate qué podemos hacer —dijo el hombre—. Consigue a quien sea para que te ayude. Que saquen todo lo referido a fuentes y métodos, y que le entreguen todo lo que sea posible al profesor McLemore.

26

En un pequeño parque en la playa de Miami Sur, Viktor Isakov esperaba a sus clientes, nervioso. La luna jugaba a las escondidas tras las bajas nubes voladoras. A media cuadra, el tránsito proporcionaba una luz ambiental y suficiente proximidad humana para reducir levemente la ansiedad de Isakov, que sentía un temor consciente de ser asaltado por una pandilla de vagabundos. También sentía un temor, menos consciente, de que sus clientes cubanoamericanos, una vez adquirido su precioso juguete, ya no tuvieran necesidad de completar el pago, o inclusive decidir que ya no necesitaban más a su dueño putativo.

Aunque medio millón de dólares más rico, Viktor no se sentía mejor por ello. No disfrutaba demasiado el juego en que estaba envuelto. Una cosa eran armas pequeñas, cohetes convencionales, hasta aviones de combate de alto rendimiento. Otra cosa muy diferente eran armas nucleares, aunque fueran armas tácticas viejas y de baja potencia. Su epifanía se produjo una semana atrás, cuando asistió a un desfile en la Quinta Avenida, en Nueva York, en honor de la heroica tripulación de astronautas que habían vuelto a salvo con su cápsula espacial averiada. La policía calculaba que la multitud era cercana a un millón. Cuando él oyó eso, se acordó de algo: de la cantidad de gente en el centro de La Habana para Año Nuevo. La cantidad de gente que estaría en las cercanías cuando Manny y Tony hicieran estallar el dispositivo, el producto. Recordó la inmensa masa de gente que eso representaba. Él había visto sus caras. Había niños allí.

Esto no era lo mismo que los negocios regulares. Él vendía armas a militares, para ser usadas en guerras, soldado contra soldado en combate. Esta venta... era totalmente diferente. No ayudaba a su creciente incomodidad el hecho de que anduviera escondiéndose. Estaba casi seguro de que lo seguían. Al menos le parecía que lo vigilaban todo el tiempo ahora, cuando subía o bajaba de un ascensor, estacionaba su auto, entraba o salía de un restaurante. Pensaba que probablemente escuchaban sus conversaciones telefónicas. No estaba seguro de quiénes eran. Podían ser cubanos. Podían ser estadounidenses. Hasta podían ser rusos. ¡En qué lío se había metido! Ahora la cosa era salir de allí. Se reuniría con Manny y Tony, arreglaría lo de Dankevich, cobraría el resto del dinero, y luego tomaría unas largas vacaciones.

Estaba pensando en Chipre, o Santorini, o Dubrovnik, cuando una voz ronca dijo a sus espaldas:

—Entregue su billetera por encima del hombro o le vuelo la cabeza.

Sintió algo duro contra la nuca. Luego, una carcajada.

—Hola, Vic. ¿Te asusté?

Se volvió para ver a Manny y Tony palmeándose mutuamente la espalda. Isakov se dio cuenta de repente lo cerca que había estado de ensuciarse encima.

—Gracioso para ti, a lo mejor, Manny —dijo Viktor—. Pero para mí, no tan gracioso. Próxima vez, cuidado. —Tenía el semblante apoplético de un hombre enojado e impotente.

—Lo siento, Vic —dijo Tony—. Parecías en otro mundo.

—Donde espero estar pronto —dijo Isakov—. Lejos de clientes como ustedes. Mundo es lugar de miedo sin que alguien haga esta clase de chistes... que no son tanto graciosos.

—No te enojes, Vic. Estamos disfrutando de la noche. —Tony hablaba más que de costumbre, y Viktor llegó a la conclusión de que, a esta hora de la noche, había tomado mucho vino con la cena.

Isakov extrajo un sobre del bolsillo interior de su chaqueta. Lo abrió y puso su contenido sobre una mesa de picnic cercana. Los otros dos hombres se unieron a él. Mirando primero a su alrededor, sacó una linternita de bolsillo, como una lapicera, e indicándoles que se acercaran, iluminó con su delgado haz de luz una foto carné, del tipo de las que se toman en los kioscos fotográficos de los parques de diversiones.

—Este es Dankevich, Dmitri Dmitrivich. Coronel del glorioso Ejército Rojo. Fuerzas de Cohetería Estratégica —anunció. Los dos hombres estudiaron la fotografía durante dos o tres segundos y la lucecita se apagó. Isakov se la dio a Tony. Todavía estaba enojado con Manny por su cruel chiste.

"Mis amigos en Moscú han hecho todos los arreglos. Dankevich llegará a La Habana el veinticinco de diciembre. Los estará esperando hasta el día siguiente. Y está perfectamente preparado para el trabajo. —Isakov cruzó las manos sobre su amplio regazo y miró hacia Biscayne Bay.

—Vic, no suenas tan entusiasta como antes —le dijo Manny—. Espero que no hayas gastado todo el dinero que te dimos. No habrás ido a jugar a Las Vegas y lo perdiste todo, ¿no?

Isakov sacudió la cabeza.

—No. Está guardado a salvo. Ustedes no deben preocuparse por esa cuestión.

Los ojos negros de Manny enfocaron a Viktor como un láser. Puso la cara frente a la de Viktor, muy cerca.

—Eh, Vic, ¿qué pasa? No suenas como el amistoso Rusisky que conocemos y amamos. ¿Tienes algún problema en tu vida? ¿Es algo en lo que podamos ayudar?

Apenas pudieron ver que Isakov meneaba su gran cabeza en la oscuridad.

Manny miró a Tony y le hizo un gesto. Tony sacó una petaca de plata del bolsillo posterior de sus pantalones. Se la entregó a Manny, que la puso sobre la mesa frente a Viktor.

—Toma un trago, Vic. Estamos aquí para ayudarte. Somos tus amigos.

Viktor miró con fijeza la petaca y sacudió la cabeza.

—Vamos, Vic. Tomemos un sorbo, y después hablamos de tu problema.

Él fue el primero. Después bebió Tony, y le pasó la petaca a Viktor. Por fin, como un hombre que se prepara para su ejecución, inclinó la petaca y bebió la mitad de su contenido. Manny y Tony se miraron el uno al otro en la oscuridad.

Al rato, Viktor habló.

—Quiero saber con seguridad lo que hacen con juguete.

—Bien, Vic, ese es nuestro asunto, ¿no? Tú sabes, en el capitalismo tú vendes cosas y compras cosas, y no le preguntas a la gente que compra lo que piensan hacer con la cosa. —Manny sonaba ofendido. —¿No es así?

—Esta cosa no es cosa —dijo Viktor—. Es muy… —trataba de encontrar la palabra que expresara su gran preocupación— cosa grande, monstruosa. —Miró la petaca, la tomó, terminó su contenido. Manny volvió a mirar a Tony.

—Tienes razón, Vic. Es una cosa monstruosa. Por eso es mejor que la tengamos nosotros, y no los cubanos. —Tony había cursado un año y medio de Derecho, y, en ocasiones apropiadas, le gustaba brindar asesoramiento. —Piensa en lo que pasaría si ese demente de Castro, excavando por ahí, encontrara esa cosa. Piensa en lo que podría hacer. Podría poner esa cosa monstruosa en un barco, y enviarla aquí, a Miami, digamos por la bahía, cerca del centro de la ciudad… o ¿qué te parecería al centro de Nueva York, justo allí en el lado oeste? Y luego hace explotar la cosa monstruosa. Piensa en ello un minuto.

Viktor tomó la petaca, la dio vuelta y la sacudió, decepcionado. Empezó a ponerse de pie, luego se sentó, vencido.

—Sé lo que ustedes hacen. Hacen explotar esa cosa en el medio de La Habana. Habrá mucha gente allí, como un desfile de astronautas. Niñitos. Piensen en eso por un minuto.

—¿Quieres devolvernos el dinero? —le preguntó Manny—. Muy bien. Devuélvenos el dinero. Devuélvenos el dinero —repitió, gritando casi—, y terminamos con esto. —Tony lo miró. Le brillaron los ojos por un instante, iluminados por la luna que se asomó entre las nubes, y Manny hizo un ademán, como para impedir que hablase. —Tienes veinticuatro horas, Vic. Nos devuelves el dinero con interés y no hay trato. Te quedas con el maldito juguete y nosotros nos quedamos con nuestro dinero. Pero, y oye bien, el interés es alto... como veinte o treinta por ciento. —Viktor levantó los ojos, alarmado. —¡Veinte-treinta por ciento! Nuestros financistas cobran una tasa alta. ¿Entiendes? Tú devuelves el dinero, mañana a esta hora, y ven preparado a agregar, digamos cien, o ciento cincuenta mil. Te guardas el maldito producto y tratas de encontrar a otros imbéciles como nosotros que quieran comprarlo. —Resopló, burlón. —Imagino una gran foto tuya —indicó con un gesto la gran panza de Isakov— cuando sacas la maldita bomba de Cuba.

Ahora Viktor sentía enojo y miedo a la vez. Estaba metido en algo que lo superaba. Por una parte, implicado en una conspiración que incineraría a miles de niños, y chantajeado por un montón de locos por la otra. ¡Treinta por ciento de interés! Al diablo con eso. Se puso de pie, tambaleante.

—Quiero resto de dinero. Ustedes guardan bomba. Maten tantos como quieran. Es su negocio, yo pienso.

Isakov se dirigió hacia el borde del agua. Por un momento o dos los otros lo miraron, con la secreta esperanza de que siguiera caminando hasta que el mar se cerrara sobre su desgreñada cabeza. Luego Tony pensó: "¿Y si el agua lo lleva hasta Cuba? ¿No sería increíble?" Se consultaron por un instante. Luego Tony echó a andar detrás de él, arrastrando los pies sobre la arena mojada, hasta que acorraló al renuente traficante y lo trajo de vuelta. Habían acordado que Tony concluiría las precarias negociaciones.

—Vic, escucha, necesitamos arreglar esta situación. —Tony era el policía bueno. —Somos amigos. Somos más que amigos, somos socios. No queremos el dinero de vuelta. Queremos que aceptes el resto de lo que te debemos, para que puedas viajar y descansar y dejar de preocuparte por este asunto. Te está deprimiendo. Lo entendemos. Es algo complicado. Te has metido en una cuestión de política antigua que en realidad no te concierne. Es una pequeña pelea que los cubanos tenemos entre nosotros. No te concierne, en realidad. Vamos a arreglar esto de una vez por todas.

Vamos a volver a encarrilar a nuestro país. Todo terminará bien.

Tony había rodeado el gran hombro redondo de Viktor con un brazo mientras circunnavegaban el área alrededor de la mesa de picnic.

—Gente morirá, Tony —dijo Viktor.

—Lo sabemos, Vic. Es una guerra. La gente muere en la guerra. —Tony sonaba más como un cura que un abogado. —Míralo de esta manera. Digamos que los Estados Unidos tuvieran que ir allá para aniquilar a Castro. Piensa en ello. Decenas de millares de *Marines*. Centenares de millares de soldados. Una multitud de marinos y de pilotos de la fuerza aérea. Muchos de ellos muertos. Muchísmos. Todos tienen familia. Todos tienen hijos. Luego tenemos a esta pobre gente cubana. Nuestra gente, Vic. Las tropas estadounidenses tendrán que matar a mucha de esta pobre gente cubana. Mujeres y niños, Vic. Piensa en eso.

Los dos hombres siguieron caminando alrededor de la mesa. Tony guiaba siempre a Viktor con su fraternal brazo. Viktor asentía lentamente, mientras contemplaba la horrible posibilidad.

—Lo que nosotros tratamos de hacer, Vic, es impedir todo eso. Sólo tratamos de derribar del liderazgo a ese horrible maldito comunista hijo de puta. Tratamos de salvar vidas. Tratamos de evitar una guerra y derramamiento de sangre. Es algo limpio, Vic. Una especie de tiro de gracia. ¿No lo ves?

Viktor asintió. Lo que había en el recipiente no había servido para aclarar su confuso pensamiento. Siguió moviendo la cabeza en señal de asentimiento como un gran caballo meditabundo. Manny y Tony lo observaban con fijeza. Por fin, él lanzó un enorme, acongojado suspiro.

—Ahora soy hombre de negocios. Debo mantener palabra. Seguiré con el trato. —Sacudió la cabeza de costado. —Pero gran problema para mí.

Manny estaba pensando: "Es mejor que mantegas tu palabra, maldito Rusisky". Sabemos donde está el aparatejo, y tú sólo tienes la mitad de nuestro dinero. Se puso de pie y volvió a tomar el control.

—Muy bien, Vic. Así me gusta. Ahora, escucha. Así es como funciona. —Metió la mano en un bolsillo lateral y extrajo un papel. —Aquí hay una dirección y un nombre. Éste es nuestro financista principal... el tipo que puso dinero para nuestra causa. Él quiere conocerte personalmente y agradecerte. Cree que eres un gran patriota, y quiere estrecharte la mano. Sería un honor para él. Y, además, ha puesto mucha pasta para nuestro operativo. Es un negocio importante para él. Así que le hemos prometido que te conocerá y te podrá agradecer personalmente. ¿Qué te parece?

Isakov contempló el papel en silencio, incapaz de leer lo que decía en la oscuridad.

—Es probablemente no bueno conocer nueva gente para mí —dijo—.

Demasiada gente no debe conocerme, pienso. Quizá por mi propia seguridad.

Manny lo palmeó en la espalda. Eran amigotes otra vez.

—Éste es un hombre importante, Vic. Está relacionado con gente importante, en esta área y en muchas otras áreas. Lo conoces, y es probable que hagas nuevo negocio. Esta es gente muy seria. Hacen negocios en el mundo entero. Pueden usar tus productos. Tú los conoces, nos haces un favor y te haces un gran favor a ti mismo.

—¿Por qué financian ellos tu operación, Manny?

—Porque creen en nuestra causa. Porque antes hacían muchos negocios en Cuba... Negocios en el renglón de la diversión. Quieren volver. Era un negocio muy bueno para ellos hasta que el comunista hijo de puta se hizo cargo. Creen en la democracia... y el capitalismo. —Manny miró su reloj, cuyos números fantasmales resplandecían en la oscuridad. —Vic, debemos despedirnos. Tony y yo tenemos que ir a ver a estos tipos para decirles que seguimos con nuestro plan... gracias a ti. Escucha ahora. Vas a esa dirección a las veintidós el martes. Recibes un pago y un gran abrazo de gratitud de nuestros amigos. Pueden ayudarte en tus negocios durante mucho tiempo.

Luego se marcharon. Ascendieron la ladera cubierta de pasto hasta la playa de estacionamiento, donde subieron al Cadillac de Tony. Condujeron en silencio durante unos minutos.

—Es una lástima, sabes —dijo por fin Tony—. El tipo me cae bien. Realmente trata de hacer que esto sea una gran oportunidad para él.

Manny resopló, descartando el sentimentalismo.

—Es un tarado. Jamás aprenderá cómo funciona el mundo. No es de sorprenderse que esos Rusiskys estén jodidos. Zares. Comisarios. Son todos campesinos. Necesitan un jefe duro. Fíjate cómo se portó allí. Se convirtió en gelatina. Temblaba y se sacudía. Te digo que podríamos haberlos hecho mierda a esos tipos. Si hubiéramos tenido a alguien con cojones en la Casa Blanca, los hacíamos mierda.

Los conocimientos de historia rusa de Manny no habían llegado a Hitler, y ni siquiera a Napoleón.

Llegaron a una gran puerta de hierro forjado, dieron un nombre a la voz que los interpeló en la garita, transpusieron la entrada y llegaron hasta la apenas iluminada puerta de la mansión. Entraron, aceptaron el coñac que se les sirvió, y esperaron cinco minutos en una habitación en penumbra que hacía de estudio, hasta que apareció un hombre grueso, de setenta y tantos años, los saludó con familiaridad, y los invitó a sentarse con él en mullidos sillones de cuero.

—¿Cómo anduvo? —preguntó.

—Se está haciendo pedazos —dijo Manny—. Un manojo de nervios. Está totalmente paranoico.

—Hasta los paranoicos pueden tener enemigos —dijo el hombre, y los dos visitantes rieron, respetuosos. —Lo dijo Kissinger —aclaró, dejando caer el nombre como si fuera el de un conocido.

—Hicimos lo que usted sugirió —dijo Manny. En realidad, el hombre lo había ordenado. El modo de Manny era el de un suplicante. —Quiere el dinero. Así que cumplirá.

—No lo enviaron aquí, por supuesto —dijo el hombre.

Manny levantó las manos, y abrió bien los ojos.

—Ah, no. No. Lo enviamos al casino. Eso fue lo que nos dijo su gente. Lo fijamos para el martes por la noche. Lo que yo pienso es que planea recibir la pasta... el pago... e irse a la Riviera. A algún lugar así donde cree que se puede ocultar, pero donde en realidad le puede echar el guante la Interpol en un abrir y cerrar de ojos.

El hombre tomó un sorbo de su café exprés.

—Si ustedes están seguros de que es inestable, entonces no tenemos elección.

—Inestable es decir poco —comentó Tony. Aunque resignado a lo inevitable, se sentía triste. Suspiró. —Nos delataría al instante si lo apresaran.

El hombre asintió, comprensivo.

—Con el tiempo, el FBI, y quizá la CIA lo aprehenderán —dijo Manny—. Si es que los esbirros de Castro no llegan primero. Creemos que ya lo han identificado. Pueden ser los que lo siguen... si es que lo siguen. Al principio creímos que era un profesional. Creímos que tenía coraje. —Manny fingió sentirse apenado. —Pero no. Es gelatina rusa.

El hombre miró el interior de su pocillo con ojos de miope, buscando posiblemente un sendero al Gran Casino cuando su feroz cáncer le devorara el bazo.

—Nosotros nos ocuparemos de eso. Ustedes encárguense de su trabajo, luego limpien todo. Nuestra gente trabajará con ustedes para restablecer el orden allá. —Su voz era tan segura como su destino. —Y, por supuesto, respetarán nuestro arreglo. —No era una pregunta. Aunque él no llegara a ver el día, la familia sobreviviría, y reclamaría lo que había perdido hacía cuarenta largos años.

La poca tranquilidad que pudo llegar a recobrar Viktor después de su sesión de medianoche con los líderes de Bravo se esfumó como un fantasma al amanecer. Entre esa noche del viernes y el martes siguiente, se vio reducido a una pila de escombros emocionales. Voló a Nueva York, contrató a una damisela para el fin de semana y luego, después de tres horas, tomó sus cosas y salió corriendo del hotel Brighton Beach. Es que había sonado el teléfono y quien llamó colgó al contestar él. Alquiló un auto, cruzó Nueva Jersey y entró en el este de Pennsylvania. Estuvo a punto de alojarse en un motel junto al camino cuando de repente recordó haber usado su propio nombre cuando alquiló el auto. Lo dejó en el aeropuerto de Filadelfia y voló a Tampa. Pasó el resto del sábado, el domingo y el lunes conduciendo por Florida. Se detuvo en Orlando para esconderse en Disney World hasta que llegó a la conclusión de que el ratón Mickey era un agente especial del FBI, o quizás un amigo de Manny. El martes por la tarde estaba de regreso en Miami, vistiéndose para su cita de las veintidós.

De repente, tuvo una inspiración. En el pequeño motel frente a la playa puso sus pertenencias en el baúl del auto alquilado, y salió una hora antes para el lugar de la cita en Miami Beach. Después de equivocarse en varias oportunidades y de preguntar repetidas veces en tiendas y estaciones de servicio, encontró por fin el lugar. En el pasado había sido una residencia, al parecer muy elegante. Ahora estaba venida a menos. Una entrada, en medio de un alto muro de piedra, daba a un patio. La estructura principal de la casa, de estilo *art déco*, estaba bien atrás, retirada de la puerta de entrada. Cuando miró entre las rejas, oyó a lo lejos, cerca de la casa, el ruido gutural de por lo menos dos perros. Se apartó con rapidez y volvió a su auto, estacionado a una cuadra, en la vereda de enfrente. Le preocupaba que le temblaran las piernas y que estuviera sudando, a pesar de que era una noche fresca. Estaba poniéndose demasiado nervioso.

Viktor Isakov debía tomar la decisión más importante de su vida. ¿Esperaba media hora más, hasta las veintidós, e iba a cobrar su dinero? ¿O renunciaba al medio millón de dólares por la seguridad de conservar la vida? Se había comportado como un verdadero estúpido. Si hubiera sido inteligente, habría exigido que los clientes depositaran el dinero en el banco. ¿Cómo pudo dejarse engañar por la explicación, obviamente falsa, del financista que ansiaba conocerlo? Había pasado el fin de semana imaginando al financista, primero apuntándolo con un revólver a la cabeza, luego con un afilado cuchillo en la garganta. Operando ahora con una fuerte infusión de adrenalina, Isakov se decidió por una jugada audaz. Encendió el auto y dio vuelta a la manzana. En la calle detrás de la casa en que aguardaba su destino había un baldío. Dejó el auto allí, y cruzó la calle hasta llegar al muro de piedra en la parte posterior de la propiedad. Encontró un cajón vacío de botellas de leche, lo puso contra la pared, y se subió. Apenas podía ver, pero alcanzó a distinguir un gran furgón negro estacionado en la puerta de atrás de la casa y, a través de la ventana de la cocina, cuatro o cinco hombres jóvenes y atléticos en mangas de camisa, con revólveres en pistoleras. Ninguno parecía un financista. Uno de ellos consultó su reloj mientras los otros —o eso le pareció a Viktor— se preparaban para cortarlo en pedazos y luego cargar lo que quedara de él en el furgón y llevarlo al compactador de autos más cercano en Miami industrial.

Con un estrépito, el cajón vacío se hizo añicos bajo su peso. Los perros, sin duda dobermans, iniciaron una serie de terribles rugidos. Tendido en el callejón y momentáneamente aturdido, Isakov vio que potentes reflectores iluminaban el área posterior de la residencia y oyó voces airadas que salían por la puerta de la cocina. Más rápido de lo que hubiera creído posible, Isakov se incorporó y atravesó a la carrera la superficie poceada del baldío. Llegó a su auto en el instante en que los perros salían galopando a través de la puerta posterior de la residencia, seguidos por hombres con linternas. Encendió el motor y puso en marcha el auto, convencido de que los hombres que corrían a toda velocidad habían logrado ver el número de la patente. Mientras avanzaba por la calle echó hacia adelante todo lo que pudo su corpulento cuerpo, seguro de que las balas lo alcanzarían. En realidad, para cuando dio vuelta por la primera esquina de muchas, los hombres estaban de regreso en la casa y subían a los dos grandes autos estacionados en el sendero de entrada. La puerta electrónicamente controlada se abrió y el primero de los dos autos la atravesó como tiro para iniciar la persecución.

A la mañana siguiente, los contactos de los hombres en la oficina del *sheriff* del condado de Dade confirmaron que un automóvil de la agencia de alquiler Avis, con el número de patente que buscaban, fue encontrado, al parecer abandonado, en la zona rural del condado. Contactos bien pagados dentro de las compañías de aviación y agencias de alquiler de autos informaron no haber visto al conductor desaparecido. Tampoco se sabría nada de él en los días y semanas siguientes. Mientras tanto un tal Viktor Isakov, portador de un pasaporte ruso válido, se instalaba en una cabina de lujo a bordo del *Caribbean Calypso,* que acababa de zarpar rumbo a ultramar.

27

La única persona que sabía en ese momento que el hombre a bordo del *Calypso* era en realidad un corpulento marino mercante ruso cuyo nombre era Pyotr Kudriavtsev y no Viktor Isakov era una agente de la inteligencia cubana llamada Juanita Jiménez. O al menos ése era el nombre que ella usaba en estos días. Lo venía siguiendo a Isakov/Isaacs desde hacía tres meses, aproximadamente desde la primera reunión del ruso con los representantes de Bravo 99. Hacía casi veinte años que vivía en la Pequeña Habana. El hecho de que fuera una de los pocos a bordo de una balsa que sobrevivió a la travesía iniciada en Mariel bajo una lluvia torrencial a las dos de la mañana y terminó en los cayos de Florida no era accidental. Se había entrenado durante meses para la misión, preparándose para sobrevivir con poca agua. Decir que había sido recibida con los brazos abiertos por la comunidad de exiliados cubanos sería exageradamente modesto. Se convirtió en la heroína *du jour*, hasta que llegó la siguiente balsa. Desde ese momento, pasó a ser parte integrante de la inocente vida de la Pequeña Habana, asistió a todas las manifestaciones anticastristas, informando como cuestión de rutina a sus jefes a ciento cincuenta kilómetros de distancia. Había ido ascendiendo, hasta convertirse en jefe de la estación local del Departamento de Seguridad del Estado cubano. Su nombre en código era Luz Nocturna.

La especialidad de Juanita eran las organizaciones anticastristas más virulentas. Vigiló durante dos décadas al venerable grupo Alfa, hasta que lo fue viendo envejecer. Vio morir a los integrantes originales e ingresar a otros nuevos. A medida que la edad iba erosionando la potencia de los más duros, otros nuevos tomaban su lugar. O se formaban nuevas organizaciones para que siguieran con la causa cuyo objetivo era colgar de los talones a Fidel del más alto de los postes de alambrado de la Ciudad Vieja. Juanita había visto todos los grupos. Hasta que surgió Bravo 99.

Identificó a una cantidad de sus miembros. No era demasiado difícil conseguir información sobre el lugar y hora de las reuniones, contar las cabezas y fichar a los activistas. Le interesó en particular el almuerzo de septiembre en La Casa Blanca, en el que dos de los líderes de Bravo 99 se reunieron con un bien alimentado eslavo al que condujeron luego calle abajo hasta el parque, donde ahuyentaron a los adormilados jugadores de dominó. Y luego, diez días después, en el mismo restaurante, junto con un agente colega logró demorar la cena el tiempo suficiente para ver cuando diez o doce miembros de Bravo se iban como abejas zumbonas aproximadamente a las veintidós, mientras permanecía una media docena más, incluyendo a un tal Manny y un tal Tony, que se marcharon alrededor de medianoche, solos o en grupos de dos.

Con la misma Leica y la lente de 135mm sacó una foto de Manny, Tony y el ruso desde una cabina telefónica frente al parque y luego, después de la cena, con la ayuda de un teleobjetivo nocturno, fotografió a los seis que se quedaron hasta el final, entre ellos otra vez Manny y Tony, desde un puesto de observación a oscuras en la vereda de enfrente. Cuando las fotos llegaron a La Habana en una caja de zapatos llena de viejos papeles de familia y fotografías descoloridas por el tiempo, su jefe, Lázaro Suárez, la ascendió a mayor en el escalafón del Departamento de Seguridad del Estado. Juanita era la mejor de una extensa red en Miami.

En los tres últimos meses, la seguridad cubana armó abultadas carpetas en torno a las seis fotos enviadas por Juanita. Las mismas fueron ampliamente distribuidas en la red de seguridad cubana. Con la ayuda de ex oficiales de la KGB en Moscú, Seguridad logró conseguir material sobre Viktor Isakov, también conocido como Victor Isaacs. Se enteraron de que era un traficante de armas con conexiones dentro de los círculos militares rusos. Más interesante aún, hacía poco se enteraron de que el padre de Victor Isaacs era un tal coronel L.S. Isakov, antes de las Fuerzas de Cohetería Estratégica y veterano de la Fuerza Expedicionaria Soviética en Cuba en el otoño de 1962. En este momento, Investigadores de Seguridad cubana estaban revisando las mismas fichas examinadas por McLemore durante sus viajes en septiembre y octubre, en busca de referencias al coronel L.S. Isakov.

En base a la reunión en septiembre, más que casual, entre Isaacs y los líderes de Bravo, Juanita recibió instrucciones de centrarse en aquél e informar acerca de cada uno de sus movimientos, sobre todo cualquier cosa relacionada con Bravo, en el área de Miami. Usando la red de inteligencia cubana que se extendía por todas las agencias de viaje, hoteles e industria turística de Miami, Juanita siguió a Isaacs en varias de sus andanzas. Sus esfuerzos por despistarla demostraron ser los de un aficionado. Juanita observó la segunda reunión en La Casa Blanca con los personajes de Bravo, Manny y Tony, en la que un maletín cambió de las manos de ellos a las de Isaacs. Desde el porche posterior del Doral observó la reunión nocturna de los tres hombres hacía dos semanas. El viernes anterior, a la medianoche, permaneció sentada en un auto cerca del parque sobre la playa, en Miami sur, donde los tres hombres volvieron a conversar. Luego, el martes por la noche, siguió a Isaacs hasta el casino de la mafia, y luego en su huida, digna de *La Odisea*. Por la mañana temprano, observó y fotografió a Isaacs cuando se reunió en un café de los que permanecen abiertos las veinticuatro horas cerca del aeropuerto internacional de Miami con un hombre cuya edad y aspecto eran notablemente similares a los de Isaacs. Después del alba, Isaacs llevó en auto a su mellizo a los muelles de los cruceros turísticos y lo dejó, con equipaje y todo, frente al *Caribbean Calypso*. Cuando más tarde Juanita pidió en la compañía marítima el manifiesto del *Calypso* —debía comunicarse con su jefe, el señor Isaacs, por una emergencia médica en su familia— comprobó que, efectivamente, un tal Victor Isaacs, portador de un pasaporte vigente de los Estados Unidos, estaba a bordo.

Sólo que no estaba, como Juanita informó a La Habana. Había regresado al área de Washington, D.C., a bordo de un vuelo regular de Delta de las 10.00 ese mismo día, bajo el nombre D.D. Dankewitz. Todos en la red de inteligencia cubana tomaron nota de ese nombre para referencia futura. Nunca se sabía cuándo estas cosas incidentales podrían resultar importantes.

Operando bajo instrucciones de La Habana, Juanita luego concentró su atención en el grupo Bravo. Ya para entonces, gracias a la ayuda de su red, sabía las direcciones comerciales, residencias, clubes y puntos de reunión de los seis miembros renegados. A otros agentes se les asignó la vigilancia de los cinco miembros, pero ella asumió la responsabilidad por Manny Lechuga sobre la base de que poco podría suceder sin la participación de él. Una semana después de que Isaacs simulara sus propias vacaciones, Juanita siguió a Manny y a Tony desde su cena en el Cracked Club —con su famosa tarta de lima— a un gimnasio en el área central de South Beach. Como eran casi las veintitrés, ella dedujo que estaba en juego algo más que tratar de eliminar las calorías de más. Aunque todavía estaba encendido el discreto letrero con el nombre del gimnasio —PETE'S PECS— el mismo estaba cerrado desde hacía dos horas. No obstante, había tres autos estacionados en una playa adyacente, y allí Manny dejó su Mercedes.

Juanita estacionó su auto en la playa cuando vio entrar a Manny y Tony y corrió a un grupo de arbustos cerca de la puerta posterior del club.

El tiempo que tardaron los hombres en apagar la punta encendida de sus cigarros le dio la oportunidad de llegar a tres metros de la entrada sin ser descubierta. Los hombres llamaron a la puerta, y en seguida un tercero, muy musculoso, los hizo pasar. Por la luz del interior pudo reconocerlo: era Pedro Molina, el propietario del gimnasio. Mientras la hidráulica de la puerta se accionaba para cerrarla, Juanita deslizó rápidamente una tarjeta de crédito en el pestillo, para impedir que se cerrara. Esperó lo que le pareció una eternidad: cinco minutos de reloj. Luego abrió la puerta despacio, con amplitud suficiente para mirar primero, y enseguida entrar. Se encontró en un pasillo posterior al que daban las oficinas de la administración del gimnasio. Mientras avanzaba sin hacer ruido por el pasillo en dirección al lugar de donde provenían las voces, pasó las oficinas de la contaduría, luego de los socios, del personal. La siguiente, de donde venían las voces, era la del gerente.

Juanita estaba operando ahora en un área que superaba su experiencia y capacidad, aunque no fuera de su mandato. Las instrucciones de La Habana, siempre transmitidas por su jefe en conversaciones telefónicas elípticas a su laboratorio fotográfico, últimamente eran cada vez más urgentes. "Debemos saber lo que está haciendo el pobre Manuel... ", o "Tu tío dice que debe saber cómo van los preparativos para el aniversario", y mensajes por el estilo. Ella entendió muy bien: se trataba de algo grande. Tenía sentido que se relacionara con el aniversario de la revolución. Y tendría más sentido todavía que, si alguien planeaba algo, fuera desde Miami. Juanita comprendió que el foco era su rebaño, y que su jefe, Suárez —e indudablemente todos sus subordinados— debía saber qué se planeaba. Ella no necesitaba que le dijeran que era algo relacionado con Isaacs. Eso se caía de maduro. Pero ahora debía vigilarlo alguien más al norte.

Juanita fue a la oficina del personal. En la penumbra pudo distinguir tres escritorios y un solo fichero. En un rincón había una pelota grande, de las usadas para gimnasia, una pila de toallas y una serie de pesas pequeñas, de dos y cinco kilos. En la parte superior de la pared, entre la oficina del personal y la del gerente, un pequeño respiradero dejaba pasar un poco de luz, y el sonido de voces. Moviéndose con cautela, puso unos papeles sobre el escritorio apoyado contra la misma pared del respiradero, se quitó los mocasines por temor a que rechinaran, y po-niendo primero una rodilla y luego la otra, se subió al escritorio. Ya había pasado los cuarenta, y el pequeño esfuerzo la obligó a respirar más pesadamente. Se tomó tiempo para regularizar la respiración y el ritmo del corazón, luego se paró en puntas de pie para mirar por el respiradero. Su estatura intermedia sólo le permitía ver la parte superior de la cabeza de tres hombres en el extremo más apartado del cuarto contiguo, pero alcanzaba a oír por lo menos dos voces más.

—¿...de modo que dónde está?

—¿Cómo diablos voy a saberlo, Manny? No soy su niñera.

—¿Por qué carajo no lo llevaron ustedes personalmente allí?

—¿No sospecharon que pudo haber olido algo? Además, esos tipos me asustan.

—Deben de haberlo asustado también a él. Huyó como un murciélago.

—Lo cierto es que ha desaparecido. Lo he hecho buscar por toda la ciudad.

—Bien, Tony, no buscaron bien. Porque yo lo encontré.

—¿Tú qué...?

—¡Lo encontraste! ¿Dónde?

Las patas de las sillas, hasta ese momento inclinadas, se apoyaron sobre el piso. Juanita vio las tres cabezas hacer hacia adelante, reflexivamente.

—En el *Caribbean Calypso*.

—¿El qué?

—El *Caribbean Calypso*, Pete. Es un barco. Un crucero para turistas. Zarpó la mañana siguiente después que Vic se zafó del lazo. Va hacia el sur. El manifiesto incluye a un tal Victor Isaacs, de Westchester, estado de Nueva York, que subió a bordo en Miami. Regresa en cinco días.

—Yo creo que deberíamos ir a esperarlo, Manny.

—Tengo una idea mejor —dijo la voz que Juanita identificó como la de Manny—. Que lo vayan a esperar los muchachitos malos... de los que él huyó.

—¿Y si se baja en algún punto antes de volver?

—Joe, ya pensé en eso. Le avisé al Gran Jefe, que no está nada divertido por este juego de las escondidas, y él pondrá a bordo a alguien en Cancún... la parada siguiente... para que vigile a nuestro Vic y se asegure de que vuelva a casa a salvo y todo eso.

—¿Por qué no arrojan al hijo de puta por la borda, y se acabó? Que se lo coman los peces.

—Es demasiado gordo. Flotaría.

Las carcajadas resonaron, con eco.

—Alguien a bordo podría echarlo de menos —aclaró la voz de Manny luego—. Se detendrían para buscarlo. Habría una gran investigación. Noticias en los diarios. Todo eso. Existe la posibilidad... debido a que es ruso... de que hasta llegue la noticia a los diarios de Rusia, digamos. ¿Y si Dinkowitz se entera? Se asustaría. No lo veríamos nunca. Él es nuestro hombre principal ahora.

—Sí —dijeron un par de voces.

—De modo que debemos hacerlo llegar aquí de vuelta. Y lo encerramos hasta que nuestro proyecto termine. Entonces les decimos a los muchachos que lo suelten. De modo que éste es el plan con Viktor... ese escurridizo hijo de puta. Ahora escuchen. El día D es dentro de dos semanas. No sé qué creen ustedes, pero a mí me parece que me siguen. No lo sé con exactitud, pero tengo esa sensación.

—¿Tú también? —dijo Joe—. Yo sé con seguridad que alguien me sigue. Es la sensación más espeluznante.

Juanita vio otras dos cabezas que asentían vigorosamente, y tuvo un escalofrío.

—No podemos volver a reunirnos... antes de partir. De manera que ésta es la última vez. Ahora pasamos a la clandestinidad. —La voz de Manny era severa. —Díganles a su familia y a sus socios que salen en viaje de negocios. Llámenlos antes de irse y den una buena excusa para no estar presente en las fiestas de fin de año. Es duro, pero hay que hacerlo. No sean demasiado misteriosos. Pero háganlo. Ahora, repasemos. Yo primero. Tony y yo no iremos en avión. Si nos han descubierto, nos estarán esperando en el aeropuerto. Hemos cambiado los planes. Todos iremos en tu bote, Johnny. Llévalo a Cancún, como convinimos. El resto de nosotros volará para reunirse contigo allá. Luego tú nos dejas en dintintas playas de Pinar del Río, dos por vez. Te mostraré una ensenada donde puedes esconder el bote. Todos usaremos ropa de trabajo a bordo. Tendremos que partir un día antes para dar tiempo a que todos lleguemos con puntualidad a nuestra reunión en La Habana. Daremos las instrucciones a bordo del barco. Ahora, todos díganme lo que tienen.

—Yo tengo las herramientas —dijo una voz sosegada— para el ascensor. Son viejas. Pero podría cambiarse un motor con ellas. Las llevaré al bote de Johnny.

—Mis amigos me darán pasaportes mexicanos para todos —anunció otra voz—. Por las dudas. Llegarán aquí... por Federal Express... la semana que viene. Justo a tiempo.

—Yo tengo las armas —dijo una voz enérgica. Juanita pensó que probablemente pertenecía a Pete, el musculoso. —Todo lo que necesitamos... y más. Podemos armar toda una batalla allí, si queremos.

—Mis mecánicos han estudiado los motores y han construido un cajón de fibra de vidrio que parece parte del original. Hay sobra de espacio para la armadura.

Juanita ya había oído bastante. Tenía fechas y lugares aproximados, cantidad de personas, e inclusive algo acerca de un ascensor. La reunión se disolvería pronto, y ella debía desaparecer de allí. Enviaría su informe esta misma noche. Y dentro de diez días, y durante dos semanas, la costa de Pinar del Río sería patrullada por todas las embarcaciones costeras de la armada cubana. Justo cuando apoyaba una rodilla, oyó...

—...un par de zapapicos, un par de escoplos afilados y un par de almádenas. Necesitaremos todo eso para sacar el paquete del búnker en Bejucal.

Era la voz de Manny. Ahora Juanita sabía de qué se trataba. Lo que buscaban estaba en la base militar de Bejucal.

Se apoyó sobre la otra rodilla y se deslizó por la tapa del escritorio hasta el piso. Uno de sus pies cayó sobre una barra con pesas de cinco kilos debajo de una toalla, que rodó, haciéndola caer con estrépito sobre un sillón de escritorio con ruedas, que a su vez cayó hacia atrás con un ruido infernal. Juanita se pegó en la nuca, y se quedó tendida, aturdida aunque consciente. Lo suficientemente consciente como para percatarse del ominoso silencio. Entonces se encendieron las luces del cielo raso y el vano de la puerta se llenó de cuerpos y caras. Reflexivamente, trató de bajarse la falda para cubrirse las piernas desnudas, pero su brazo no se movió.

El más corpulento de los hombres, el que había hecho entrar a los otros, se acercó y se arrodilló junto a ella. Apoyó una mano suave en su garganta, para sentirle el pulso. Alguien más le entregó la tarjeta de crédito que ella había insertado en la puerta para impedir que se cerrara. El hombre estudió la tarjeta, como si estuviera en un idioma extranjero, y luego se la pasó a los demás. El grandote la alzó con suavidad y la llevó por el largo pasillo hasta un cuarto de ejercicios. Oyó la voz de Manny que decía a sus espaldas:

—Juanita. Juanita Jiménez.

Mientras el hombre musculoso la depositaba cuidadosamente sobre la alfombra para ejercicios de entrenamiento, ella se preguntaba por qué no sentía ni los brazos ni las piernas. El grandote se arrodilló, acercó su cara a la de ella y puso las dos manos a ambos lados de su cabeza, juntando los dedos bajo su espalda.

—Juanita Jiménez. Me acuerdo de ella. Llegó en una balsa hace mucho. Ahora trabaja para ese comunista hijo de puta —dijo la voz de Manny.

Esto fue lo último que oyó Luz Nocturna. El hombre musculoso, Pete, le hizo crujir la columna vertebral.

28

En el pequeño bar, en la parte de atrás del hotel Bentley, discretamente ubicado en el vecindario residencial, a tres cuadras de Dupont Circle en Washington, McLemore observaba por encima de su vaso de whisky irlandés al señor Worthy, jefe de la sección cubana de la división de América latina de la Agencia Central de Inteligencia. El señor Worthy había oficiado de anfitrión de McLemore durante su visita a la Agencia unos días antes. Desde ese momento Sandy, la asistente del señor Worthy, había sacado un montón de documentos de baja clasificación sobre la crisis de los misiles, que puso a disposición de McLemore. Su lectura de las fichas proporcionó poco que fuera de ayuda para el inventario de las secciones explosivas. Las fichas confirmaban una negativa. La Agencia no mantenía agentes en Cuba en noviembre de 1962, al menos nadie en posición estratégica de contabilizar las secciones retiradas del país, y tampoco había agentes soviéticos capaces de observar el embalaje, contabilización y embarque de las mismas. Durante la conversación, mientras comían, el señor Worthy se lo confirmó.

—Prácticamente no teníamos agentes útiles allí entonces, y los pocos que conservábamos habían pasado a la clandestinidad —le dijo.

—De manera que no había forma de saber si los soviéticos dejaron algún material nuclear. Una sección explosiva o dos, digamos —quiso saber McLemore.

El señor Worthy lo observó.

—¿Por qué harían una cosa así?

McLemore se encogió de hombros.

—Por ninguna razón, supongo. Sólo que debo explorar todas las opciones... para mi proyecto de investigación, sabe. Mi argumento central es que, después del acuerdo Kennedy-Khrushchev del veintiocho de octubre, los Estados Unidos tenían la posibilidad de contar los objetos grandes, como misiles, mediante la vigilancia aérea, mientras que los objetos más pequeños, inclusive algunos letales en potencia, podrían haber permanecido en Cuba.

—¿Con qué propósito? —preguntó el señor Worthy.

McLemore volvió a encogerse de hombros.

—No lo sé. Quizás algún oficial soviético se pasó al bando cubano. Hay mucha evidencia, inclusive documentos nuestros sacados a la luz recientemente, según los cuales las fuerzas soviéticas estaban enojadas con sus propios políticos por hacerlos empacar e irse. Fue una especie de Vietnam sin derramamiento de sangre, para ellos. Quizá si los militares se sentían emasculados, dejaron detrás un par de testículos como premio consolación para sus camaradas cubanos.

—Es una teoría original —dijo el señor Worthy, aunque a todas luces no se trataba de una teoría que él considerara interesante como para ahondar en ella—. ¿Puedo hacerle una pregunta, profesor?

—Por supuesto. —McLemore no estaba seguro todavía de por qué Worthy quería verlo esa noche. Ahora creía que estaba a punto de enterarse.

—Su padre. Nosotros pensábamos que usted probablemente querría saber acerca de su padre. Pero hasta ahora no nos ha preguntado nada.

—Muy bien —dijo McLemore—. Le pregunto ahora.

Estaba a punto de entrar en un túnel del recuerdo en el que no sabía si quería entrar.

El señor Worthy era un poco tieso, pensaba McLemore, pero le caía bien y, lo que era más importante, le tenía confianza. Si Worthy se parecía a alguien, era a un correcto ministro presbiteriano de la alta clase social. Se peinaba hacia atrás el pelo gris, de prolija raya, y le ponía alguna clase de anticuado fijador. Nada de secador para él. Su conservador traje gris hacía juego con el pelo y, si bien de confección, le caía perfectamente bien a su esbelta figura. McLemore imaginaba que habría ido a un colegio privado, y luego a una de las mejores universidades en la costa este. Probablemente, como ejercicio, practicaba el remo corto en el Potomac. Usaba precisos anteojos redondos con aro de metal, por supuesto.

—No hace falta mencionar que fue un verdadero héroe. Usted recibió una tangible evidencia de ello hace treinta y cinco años. —McLemore se sintió tentado por decir: "Sí, y con eso y treinta y cinco centavos, me puedo tomar un café". Pero no dijo nada. —Fue uno de los seis que nosotros... en la Agencia... fueron enviados allá. Yo había ingresado hacía poco. Uno de ellos desembarcó justo cuando se llegaba al acuerdo, y pudimos sacarlo. Los otros cinco, incluyendo a Jack McLemore, nunca volvieron. —Nada nuevo hasta ahora. McLemore siguió callado, esperando. —Envió una información verdaderamente notable. Confirmó la ubicación del cuartel general de las Fuerzas Expedicionarias Soviéticas justo afuera de La Habana. En seguida fue para nosotros el blanco número uno. Confirmó que uno de los sitios de los misiles balísticos de alcance intermedio estaba en Pinar del Río, y que allí también estaban dos de las baterías de misiles tácticos Luna. Como eran más pequeños, los Luna eran más difíciles de encontrar con nuestros U-2. Localizarlos era importante. Si no podíamos ir y sacar esas baterías, ellas habrían aniquilado un par de divisiones... quizá toda nuestra fuerza invasora por tierra. Hasta ese momento, ni siquiera estábamos seguros de si tenían armas nucleares allá. De modo que su padre realizó una verdadera hazaña de inteligencia. Por fin, y lo que es igualmente importante, localizó el depósito de las secciones explosivas en un sitio llamado Bejucal. Lo convertimos en nuestro objetivo número dos. ¿Ha encontrado a Bejucal en sus investigaciones?

La cabeza de McLemore emergió de atrás de su vaso de whisky irlandés.

—Sí —respondió—. He estado allí. Es lo primero que visité, en septiembre. Me enteré de Bejucal en ese libro que salió hace un año o dos de los archivos soviéticos.

—Después de que nos informó sobre Bejucal y los Luna, le ordenamos regresar —dijo Worthy—. Él quería quedarse un par de días más. Pensaba que podría reclutar a un oficial soviético. —Sacudió la cabeza y sonrió con cierta ironía. —Por lo que sé, tenía el coraje de un ladrón nocturno y la tenacidad de un bulldog.

McLemore sonrió para sí. De modo que es de allí de donde proviene.

—¿Quiere oír el resto? —preguntó Worthy con tono amable.

McLemore se encogió de hombros y asintió. ¿Por qué no?

—Al parecer, empezó a mostrarse tan seguido que atrajo la atención. Es fácil que algo así suceda en esas situaciones tensas. Todo el mundo está alerta. Sospechando de todos. Además, en realidad no parecía cubano. Su manera de hablar era perfecta, pero había en él mucho de la herencia irlandesa. Tenía ojos verdes... como los suyos. Su paso era largo, como un galope... como el suyo. —Worthy pasó una foto por encima de la mesa. Jack McLemore estaba sonriente, con los brazos cruzados, recostado contra un convertible de principios de la década de los 60. La sombra del fotógrafo se extendía hasta él. Su madre. Él era un atleta, un pura sangre. A pesar de sí mismo, McLemore sonrió. La figura desafiaba a sonreír al que la veía. Hizo un ademán para devolver la foto, pero Worthy negó con la cabeza.

—De cualquier manera, casi lo sorprendieron en Bejucal. Pudo ir allá de noche, en una bicicleta o de alguna otra forma, y se puso a observar la entrada y salida de camiones. Había estudiado el equipo soviético suficiente tiempo para saber que éstos eran camiones especiales diseñados para transportar secciones explosivas nucleares. Los contó, y de alguna manera llegó a la conclusión, por el número de contenedores en cada camión, y el tamaño de los camiones, que eran armas tácticas... Luna... no estratégicas. Fue un gran descubrimiento para nosotros. Fue derecho a la Casa Blanca. Todo lo que él enviaba iba derecho a la Casa Blanca. Kennedy no sabía quién era él, pero pensaba que era un santo. Creemos que fue a Bejucal demasiado seguido y le siguieron la pista hasta que lo reconocieron en una gran manifestación política por la guerra en la plaza de la Revolución. Trató de ocultarse con un...

—Cura —dijo McLemore—, un cura llamado John Prescott. Lo conozco. Él me buscó. Me estuvo esperando... todos estos años.

Los dos hombres permanecieron callados. Llegaron nuevos whiskies y McLemore bebió la mitad de su vaso. Worthy se ajustó los anteojos con cuidado.

—Aparentemente lo trataron bastante mal. Lamento muchísimo tener que decirle esto a usted. Y lo dejaremos allí, si le parece.

McLemore dijo que no con la cabeza.

—Por lo que sabemos, no reveló nada. No lo sabía, pero los otros ya habían sido capturados y asesinados. De haber dado la identidad del resto, no habría hecho ningún daño, y quizá pudiera haberse salvado. Pero estamos virtualmente seguros de que no les dio ni la hora. —Worthy apartó la mirada, luego rió entre dientes.

McLemore lo miró, intrigado.

—Hay una leyenda en la Agencia —dijo Worthy— según la cual, hacia el fin del... maltrato... Jack McLemore dijo: "No me molestaría en cruzar la calle para ver cómo Fidel Castro se abre las venas". De ser verdad, eso, característico de él, habría sellado su destino.

McLemore terminó su whisky, se excusó, y fue al baño. Buscó una toalla para secarse los humedecidos ojos. ¡Maldición! Le temblaban las manos. Aborrecía ponerse así. Después de un momento, recobró la compostura y volvió a la mesa.

—Muchas gracias, señor Worthy. Le agradezco todo lo que me ha dicho. Aunque parezca extraño, me ayuda mucho.

Worthy cambió ahora su tono por otro más seco y apropiado para los negocios.

—Lo que me trae al presente. La historia se repite... o algo parecido.

McLemore aguardó.

—Le hemos mencionado a un ruso. Alguien que, según creemos, puede estar involucrado en operativos terroristas presentes o futuros contra Cuba. Es un traficante de armas. Y usted recordará que le nombramos a unos cubanoamericanos que se reunían con él.

—Lo recuerdo, por supuesto —dijo McLemore.

—Él es la clave de lo que se esté tramando contra Cuba... planeado, como creemos, para el día de Año Nuevo.

McLemore esperó.

—¿Por qué no lo lleva a su oficina de visita? —preguntó luego—. Me sorprende que la gente en su renglón de actividad no sea más directa.

—No podemos hacer eso, profesor. Lo hemos tenido vigilado... el FBI, es decir... durante más de treinta días, desde que centramos nuestros esfuerzos en torno a él como persona clave en este asunto. Se ha convertido en alguien en extremo errático. También creemos que, por razones que no comprendemos bien, sus clientes de Miami se han vuelto en su contra. Puede ser que les preocupe su inestabilidad y traten de eliminarlo. De cualquier modo, ya sea que esté asustado o se sienta provocado, creemos que huirá y se mantendrá escondido, al menos hasta que haya pasado el crítico período de Año Nuevo. Después, si nuestra información es correcta, no tendría sentido.

McLemore levantó las manos, con las palmas hacia arriba, y se encogió de hombros.

—¿Qué demonios podría hacer yo? Soy un académico como tantos otros. Contrario a sus deseos, ni siquiera salgo a mi padre. No me gusta ese negocio. Si usted no me cree, pregúntele a su hombre, Ramsay.

—Usted dista muchísimo de ser "como tantos otros", profesor —dijo Worthy—. Usted es ideal para esto. Tan ideal, que bien podría haber caído del cielo. Obviamente, usted conoce cuán grande es la preocupación de los cubanos. Y debe creer lo grande que es igualmente nuestra preocupación. La Casa Blanca se interesa en este asunto y pide que nosotros... la Agencia, el FBI, ATF, todos... impidan un desastre. Nuestro problema es que no sabemos qué clase de desastre se supone que debemos impedir. Aparte de un puñado de cubanoamericanos que, en caso de ser confrontados con esto, lo negarían todo, la única persona viva que tiene la respuesta es este ruso. Él les ha proporcionado lo que sea que ellos intentan usar.

—¿De manera que debería acercarme a él y preguntarle qué vende? —preguntó con ironía McLemore.

—No. He aquí nuestro escenario: usted se pone en su camino, se presenta, y le dice que quiere hablar con él sobre su proyecto. Nosotros lo ayudaremos a ponerse en su camino. Ha hecho investigaciones en la crisis de los misiles cubanos. Es un académico genuino. Ha encontrado referencias sobre su padre, un ruso que desempeñó un papel crucial en el asunto, por lo que ha hecho considerables esfuerzos para localizarlo a él, su hijo. Quiere saber si su padre le contó algo sobre sus experiencias, y si eso puede ayudarlo con su investigación sobre la época. Usted está buscando sobrevivientes entre los oficiales militares soviéticos clave para redondear sus investigaciones. Usted tiene credenciales. Parece un académico, y actúa como uno. Habla el lenguaje académico. Usted es creíble.

McLemore levantó una mano para impedir que Worthy suplicara.

—¿Dónde está?

Worthy limpió sus anteojos y miró el reloj.

—Exactamente ahora, está a unos veinte kilómetros. En Potomac, Maryland.

McLemore se sentó erguido.

—¡Está aquí! ¿Cómo lo sabe?

—Por favor, profesor, ése es nuestro trabajo. El del FBI, en realidad. Ellos lo han tenido bajo vigilancia permanente. Hace poco se libró de los cubanoamericanos, que al parecer querían hacerle algo malo. Con inteligencia, fingió embarcarse en un crucero de placer, y vino hacia aquí. Está alojado en el elegante hogar de un acaudalado ruso-norteamericano, un "hombre de negocios" que vive en una zona residencial pero que ahora está en Moscú, en "viaje de negocios".

—Y ¿exactamente cómo he de ponerme en su camino? —preguntó McLemore.

—Nosotros haremos eso. No se preocupe. Y lo ayudaremos para que parezca muy natural.

—¿Y si sale huyendo?

—No hará nada de eso —dijo Worthy—. Y si lo hace, estaremos cerca, escuchando por el pequeño dispositivo que usted llevará encima. Lo detendremos y le cortaremos los dedos uno a uno, hasta que hable.

McLemore dio un respingo.

—Lo siento mucho, profesor, fue un comentario desconsiderado. Perdóneme, por favor.

McLemore había llegado a la conclusión de que Worthy era un buen hombre. Quizá su actividad no era de las mejores. Pero así eran las cosas. Y le había relatado los últimos momentos de su padre con profunda sensibilidad. Y sí, tenía un gran problema entre manos. Antes de despedirse de Worthy esa noche, McLemore se preguntó si la información que podría llegar a obtener del hijo del coronel L.S. Isakov, de las fuerzas soviéticas de Cohetería Estratégica, debería ir al gobierno de los Estados Unidos o al gobierno de Cuba.

29

Indudablemente era discutible que la aldea de Potomac, en el lado de Maryland del río Potomac, al oeste del centro de la capital, fuera la más afluente de una cantidad de zonas residenciales de Washington. No obstante, podía jactarse de poseer algunas de las mansiones más imponentes y majestuosas del área. Vivían allí muchos de los abogados y cabilderos más exitosos de la capital del país. Y cada una de las propiedades era lo suficientemente grande para un establo con por lo menos un par de caballos de montar. Últimamente, sin embargo, su aura de exclusividad habría empezado a erosionarse por la invasión de nuevos ricos advenedizos, tanto estrellas de los deportes como "hombres de negocios" extranjeros.

Entre estos últimos estaba Alexei Shumatoff, que había "liberado" varias decenas de millones de títulos en la caótica caída de la bolsa en 1991. Esos dólares descansaban ahora cómodamente en la cuenta de la Corporación de Exportación de la Democracia en el banco Nacional de Chipre. Por una tarjeta verde, Shumatoff luego había intercambiado datos con la CIA acerca del destino de muchos otros centenares de millones de dólares comunistas. Era Shumatoff quien instaló a Viktor Isakov en su nuevo negocio de armas a cambio del 25 por ciento de beneficios en la Compañía de Valores Isaacs. Como parte del trato, Shumatoff entregó a Isakov la llave de su casa de huéspedes en su lujosa propiedad en Potomac, en caso de que en algún momento Isakov se viera obligado a descansar.

En los últimos días, la costumbre de Isakov, confirmada por observación externa y micrófonos internos, era levantarse tarde, comer mucho, mirar televisión e ir al centro comercial de la aldea al anochecer a abastecer su provisión de comida y bebidas. Los micrófonos internos fueron colocados durante la primera de estas salidas, y sus excursiones diarias de compras eran propicias para el examen de la basura. Según estas investigaciones, el consumo diario de vodka llegaba a poco más de un litro.

Dos días después de su reunión con el señor Worthy, McLemore condujo el auto que alquiló a la playa de estacionamiento de la única licorería de Potomac. Con su chaqueta de tweed, pantalones de corderoy y zapatos Timberlad, McLemore era la quintaesencia del académico. La única diferencia con su atavío de siempre era el diminuto micrófono oculto en el grueso nudo de su corbata tejida. Aproximadamente a las diecisiete y cuarenta y cinco un agente del FBI en un auto cercano le hizo la señal del pulgar hacia arriba: Isakov venía en camino. Cuando McLemore vio detenerse la cupé BMW beige ante las luces de tránsito de la esquina, entró en la licorería y se ubicó frente a la amplia estantería de las botellas de vodka. Al minuto y medio se puso a su lado un corpulento hombre sudoroso con un traje de gimnasia negro. Por el rabillo del ojo vio una cara colorada, encima de ella un enmarañado pelo oscuro, mal cortado, y en el medio dos frenéticos ojos inyectados de sangre.

McLemore contempló una botella de Smirnoff y, cuando el otro se paró delante de él para tomar un Stolichnaya Cristall, lanzó una maldición.

El brazo del hombre se detuvo a mitad de camino.

McLemore sacudió la cabeza, desesperanzado.

—Dígame, amigo, ¿sabe usted algo sobre vodka?

El hombre gruñó, y luego tomó una botella de Stolichnaya.

—Debo comprar vodka para unos amigos míos de Rusia, y quiero lo mejor. ¿Qué lleva usted? —preguntó McLemore y extendió la mano para tomar la botella del hombre.

De mala gana, Isakov le permitió estudiar la etiqueta de la botella alojada entre sus gruesas manos.

—¿Esto es lo mejor? He oído hablar de esta marca... he visto a gente pedirla en los bares... pero no sé. ¿Qué recomienda usted?

Isakov miró furtivamente a su alrededor; luego, al no ver nada amenazador, permitió que lo dominara su congenialidad. El que estaba ante él era un buen tipo, típicamente confundido.

—Es por mucho el mejor —dijo, con su acento endurecido por una repentina sed—. Yo recomiendo para cualquier persona rusa. No es bebida que gente rusa ve mucho. Mayormente se vende para exportación.

—Dígame —dijo McLemore, dando un paso atrás—. Usted no es ruso, ¿no? Suena como del viejo país. Nada personal, como comprenderá.

Isakov, magnánimo, hizo un ademán. Gregario por naturaleza, estaba sufriendo las consecuencias de su encierro. Había estado pensando en contratar a otra dama para el fin de semana. Sin embargo, la última experiencia había sido desastrosa. Ella le había tirado con un zapato cuando él se escapaba del motel. En esta ocasión se sentía halagado por ser reconocido por su cualidad singular: su nacionalidad rusa. El confundido norteamericano ante él no le parecía un mal tipo.

—¿Va a Rusia, usted? —se aventuró a preguntar.

—Sí —dijo entre dientes McLemore—. Primera vez. No tengo idea de cómo será.

—No es mal ahora —respondió Isakov—. Yo tengo muchas amigas que pueden hacer que pase bien. —Le guiñó un ojo.

"Ya te tengo", pensó McLemore. Se acababa de convertir en espía.

—Dígame... ¿me permite invitarlo a una copa... a probar este Stolitch-nay-a? Para que me recomiende adónde ir y a quién ver. —También le guiñó un ojo. —No quiero insistir. Pero me haría un gran favor. McLemore —agregó, y extendió la mano.

—Isaacs. Victor —respondió el hombre corpulento.

Después de pagar las dos botellas de Stoly, los dos nuevos amigos se dirigieron a uno de los dos o tres restaurantes a la vuelta de la esquina, en el cruce de caminos de la aldea. Isakov indicó el camino, suponiendo de alguna manera que McLemore no conocía la zona. Era temprano, de modo que llegaron antes de los que iban a comer y eligieron una mesa en la parte de atrás, cerca del hogar de leños, con su ardiente fuego. Cuando el camarero les preguntó si iban a cenar, McLemore dijo que sí. Isakov no objetó.

Llegaron las copas de Stolichnaya Cristall. McLemore acercó la suya a la de Isakov, haciendo un tintineo.

—Por Rusia —dijo.

—Con amor —respondió Isakov, y ambos rieron.

McLemore se estaba preguntando cuánto duraría su tenue suerte cuando habló Isakov.

—Así que va a Rusia. ¿Por qué hace eso?

—Bien —dijo McLemore, zambulléndose—, soy profesor de Historia y estoy realizando unas investigaciones sobre la crisis de los misiles de Cuba... en el 62, sabe. Quiero encontrar algunos rusos que tuvieron algo que ver con ese período. Quizás algunos militares. O la familia de militares que desempeñaron un papel importante, que pueden decirme cómo se veía la situación desde la perspectiva rusa. He hablado con algunos oficiales estadounidenses e inclusive con algunos líderes cubanos. Todos están bastante viejos. Así que me gustaría entrevistar a algunos oficiales soviéticos que estuvieron allá o tomaron decisiones. Es importante para la historia que esta gente cuente su historia... sabe... antes de morir.

McLemore quería decir más, pero temía haber ido ya demasiado lejos. Isakov abrió los ojos cuando dijo "crisis de los misiles cubanos", y ahora estaba alerta, con todos sus radares en posición y las sirenas de advertencia sonando. Si había sospechado algo, saldría huyendo en los próximos sesenta segundos. McLemore sorbió su vodka mientras esperaba para ver hacia qué lado se mecería el péndulo. Isakov se debatía entre la opción segura de pasar otra noche solo, embriagándose ante el televisor, o la posibilidad, peligrosa en potencia, de conversar sobre el Tópico A con alguien que acababa de conocer. Llegó a la conclusión de que este hombre, fuera quien fuese, no trabajaba para Manny y Tony. No tenía el tipo. Además, si lo hubieran descubierto, ya estaría muerto. Decidió jugar al ajedrez, juego que le había enseñado su padre.

—Es un tema interesante para la historia —dijo, con lo que movió un peón— ¿Por qué es interesante para usted tan lejos después?

—Mi padre estuvo involucrado —respondió McLemore, y avanzó con la reina para tomar el peón.

Isakov pareció momentáneamente aturdido por la jugada.

—¿Su padre? ¿Cómo involucrado? —Movió un alfil una casilla.

—Trabajaba para nuestro gobierno. Yo era muy joven, así que no estoy seguro de lo que hacía. Era algo secreto. —El caballo de McLemore saltó por encima de un peón.

Isakov parecía sin aliento. Inclinó su copa vacía e hizo una seña para que les sirvieran dos más. Urgente.

—¿Quiere decir como CIA? —Su torre hizo una maniobra lateral.

—No lo sé exactamente. Hiciera lo que hiciera, no volvió. Supongo que estoy haciendo este proyecto como una manera de encontrarlo, o más bien de descubrir lo que hacía. —Llegaron las bebidas, y los dos hombres las terminaron de un trago. —Dígame. ¿Conoce usted a algún ruso con quien yo pueda hablar… sobre esta crisis?

Isakov parpadeó. Parecía como si las piezas de McLemore hubieran avanzado todas a la vez. Isakov no entendía lo que pasaba. Bebió un poco de agua para ganar tiempo y despejar su cerebro enturbiado. No funcionó, así que optó por más vodka.

—Bien —dijo lentamente—. Podría tener alguna idea. —Tocó un peón, luego no se atrevió a jugar.

McLemore hizo un movimiento táctico. Replegó la reina.

—Ordenemos la cena. —Llamó al camarero, que trajo el menú. Les recomendó las torrejas de cangrejo, y ambos asintieron.

Isakov sopesaba su siguiente jugada.

—Tengo amigos en Rusia —dijo— que con seguridad conocen estas cosas. Hombres viejos. En ejército en esos días. Podemos discutir cuando usted viaja y quizá yo puedo arreglar algunas cosas. Déme unos días.

McLemore asintió. Estaba llegando la gente para la cena, hombres de traje que llegaban de la oficina. Empezó a ajustarse la corbata, y de inmediato retiró la mano, como ante un áspid. Se preguntó si le habría reventado el oído al hombre que escuchaba afuera en el furgón. Isakov bebió y pasó revista a un desfile de fantasmas. Su padre. Dankevitch. Otros veteranos que le había presentado su padre. Luego pasó ante su palco de revista un pequeño desfile de cubanoamericanos enojados. Estaban armados. Bebió un poco más. McLemore seguía esperando. Llegó la comida. Empezaron a comer en silencio. Isakov comía como un condenado, pensó McLemore. Aunque era diciembre, el calor del hogar, combinado con el psicológico, lo hacía transpirar. De vez en cuando se secaba la frente con la servilleta.

—Usted puede hablar conmigo —se animó de pronto Isakov. Fue un alivio. Barrió con una mano todas las piezas del tablero, y sus palabras empezaron a fluir. —Mi padre era coronel en Ejército Soviético. Tenía responsabilidad especial por algunas armas nucleares. Era su especialidad. Me contó muchas historias de esos tiempos. Si quiere, le digo lo que recuerdo.

—Eso me gustaría —dijo McLemore en voz baja, y le hizo una señal al camarero para que les trajera más vodka.

Isakov engulló una torreja de cangrejo casi entera.

—Lo que recuerdo de mi padre es que Ejército Soviético cree mucho en su misión. Había fuerte creencia de que Estados Unidos estaba por invadir Cuba o quizá continuar de tratar de asesinar a Castro. Kremlin había decidido parar esta clase de acción. Así que mandaron estos hombres y estos equipos para ayudar a gente cubana a proteger su independencia.

McLemore hizo atrás su plato sin terminar e interrumpiendo a Isakov con la palma de la mano levantada, sacó una libreta de su bolsillo.

—Esto es realmente interesante, señor Isaacs. ¿Le importa si tomo nota... para mi estudio?

Isakov miró con fijeza la torreja de cangrejo que no había comido McLemore.

—De ninguna manera. De ninguna manera —dijo, expansivo. Estaba disfrutando de la atención que recibía y de su propia actuación. —Cuando Khrushchev ordenó salir a sus tropas a fines de octubre en 62, hizo a muchos... especialmente oficiales... muy, muy enojados. Mi padre, él tuvo mucho estrés. Muy enojado, decía siempre. En ruso, sabe. ¡Enojado, maldición! Pero ellos lo hacen. Ellos hacen lo que les dicen... Estos cobardes políticos en Politburó. Pero, sabe, eso divide a Politburó. Hasta algunos miembros dicen: Khrushchev ahora va demasiado lejos. Él nos avergüenza. Él nos hace parecer débiles. Nosotros vamos a defender Cuba. Luego, retrocedemos ante USA. Ahora nadie tiene confianza en nosotros. Ellos dicen poderoso Ejército Soviético, gran Ejército Rojo es... ¿cómo se dice?... León de papel.

—Tigre —sugirió McLemore, sin levantar la cabeza, mientras escribía como un serio profesor.

—Tigre. Correcto. Tigre de papel. —Isakov bebió vodka y resopló. —Es muy gracioso... Tigre de papel. Buena imagen... Tigre de papel. —Volvió a su infancia: recordó a su padre arrojando ceniceros y vasos en el cuarto. Pegándole a su mujer. Pegando a sus hijos. Éste no era tigre de papel. Un verdadero tigre. Un tigre borracho. Un tigre malvado, su padre.

—De modo que su padre —dijo McLemore— estaba involucrado con los misiles nucleares. Ese es un trabajo importante. Muy importante, diría yo.

—Por supuesto. Él está en alto mando. Fuerzas de cohetes especiales. Es su entrenamiento. Él va a escuela de armas nucleares. Muy inteligente. Muy recio. Un ingeniero, es él. Hubiera sido general, me dijo, excepto...

—¿Excepto?

—Excepto que él... critica políticos. Alza la voz contra decisión de volver... a Unión Soviética. Dice a general comandante que es decisión equivocada. Poderoso Ejército Rojo quedarse... proteger gente de Cuba.

McLemore se tornó insistente.

—Isaacs no es un nombre muy ruso, ¿no? Espero que no le moleste que lo diga.

Isakov pensó.

—Es nombre occidental de negocios. Yo elijo. Gente aquí entiende mejor, creo.

—¿De modo que el nombre de su padre, originalmente, habría sido...? —McLemore se iba adelantando mentalmente. Pero ya conocía la respuesta.

—No. Está bien. Su nombre... mi nombre... en ruso... es "Eez-ah-koff". —Lo pronunció despacio, como para un niño, y luego lo deletreó. —*I-s-a-k-o-v.*

McLemore lo escribió, letra por letra. De repente, tenía las manos frías. Sintió un penetrante dolor de cabeza en la parte izquierda de la nuca.

—Isakov. Usted dijo que era un coronel. El coronel Isakov. —Dejó el lápiz y bebió. Isakov se había terminado la torreja de cangrejo de McLemore. El camarero levantó los platos. —¿Es ése un apellido común en Rusia? ¿Habrá habido muchos oficiales rusos con ese apellido en Cuba en aquellos días?

—No es raro, pero tampoco es común. Hay otros, pero no muchos más.

—Esta es una coincidencia —dijo con cuidado McLemore—. Porque yo estaba haciendo unas investigaciones en Cuba hace un tiempo... sobre los misiles, y sobre las secciones explosivas... y vi este apellido... Isakov. —Meneó la cabeza.

—¿De qué manera lo vio?

McLemore miró el cielo raso, tratando de recordar.

—Creo que fue en unos documentos en los archivos cubanos, que me permitieron ver.

—¿Por qué le permitieron ver archivos... archivos secretos?

—Porque sólo soy un historiador. Y hace mucho tiempo de eso. Ya no es importante.

—¿Qué dicen estos ficheros? —La cabeza de Isakov estaba un tanto tambaleante, y sus ojos no enfocaban bien.

McLemore miró su reloj y osadamente optó por el jaque mate.

—Señor Isaacs. Ya le he hecho perder mucho tiempo. Lo siento mucho. —Hizo una seña para pedir la cuenta y cuando llegó, pagó de inmediato. Se levantó. —Todo esto debe ser muy aburrido para usted... esta historia antigua.

McLemore tuvo una imagen del hombre en el furgón, presa de un ataque al corazón.

Isakov lo tomó del antebrazo, tanto para detenerlo como para ayudarse a ponerse de pie, cosa que hizo, con dificultad.

—Debe venir a mi casa. Está cerca. Le doy última copa, para la noche. Venga.

Apoyó su pesado brazo sobre el hombro de McLemore, y ambos salieron del atestado restaurante.

Se metió en su BMW y le indicó a McLemore que lo siguiera en su pequeño auto. La caravana de tres autos —el furgón del FBI cerraba la marcha— pasó las luces de tránsito en el cruce de caminos de la aldea y prosiguió hacia el norte. Después de varias curvas llegaron a la entrada de la casa de Shumatoff. Después de intentarlo repetidas veces, Isakov logró accionar el control remoto de la puerta de entrada, de hierro forjado. Cuando ésta se abrió, dos de los autos entraron. El furgón se apostó a escuchar a la vera del camino.

La casa de huéspedes —el escondite de Isakov— era una pocilga. Hizo a un costado una pila de ropa sucia e invitó a pasar a McLemore. Fue a la cocina, llena de platos sucios, buscó el Stoly y sirvió dos vasos altos hasta los dos tercios. Sin hielo. Isakov despejó dos sillones, cubiertos de revistas *Penthouse*, se dejó caer en el más cómodo, y le indicó a McLemore que ocupara el otro.

—Cuba es de hace mucho. No es tan interesante —dijo—. Usted debe estudiar alguna otra cosa.

McLemore calculó rápido. “Tengo sólo hasta el fondo de su vaso para terminar el trabajo”, pensó.

—Mi padre. Se lo dije. El estuvo allí. Quiero conocer cómo fue su experiencia.

Levantó el vaso y observó, consternado, cómo Isakov bebía un tercio del suyo.

—Ah, nuestros padres. Nos atormentan hasta después de muertos. —Isakov agitó su vaso y el contenido remolineó. —Brindemos por nuestros padres. Que los muertos descansen… y no nos molesten más.

McLemore brindó por eso con sentimientos encontrados. El brindis cubría parte de lo que sentía. Quería dejar descansar en paz a su padre, pero no podía hacerlo hasta descubrir su historia. Su padre era un fantasma, condenado a caminar en la noche, buscando un alivio y exigiendo que su hijo lo vengara. Frente a él, sumiéndose en un olvido alcohólico, estaba sentado un ruso, de su misma edad, que también soportaba una maldición familiar, acosado en sueños por un padre que rehusaba permanecer en su tumba. Por el amor de Dios, ¿qué los había reunido media vida después? ¿Cómo podía perdurar la Guerra Fría, años después de que el colapso de un bando dejara al otro triunfante pero desconcertado? ¿Qué habrían fraguado sus padres, que exigía un cierre con tanta insistencia? ¿Serían ellos actores en el último acto de un drama cuyo autor olvidó terminar?

McLemore trató de despertarse. Tenía trabajo que hacer.

—Victor, ¿no sería algo increíble que su padre y mi padre se hubieran conocido… allá en aquellos días? ¿No sería algo extraordinario?

—¿Cómo podría ser posible? Su padre está en Cuba, entonces, debe ser un espía. Usted dijo que puede ser un espía. Usted no sabe. Ellos no nos dicen… nuestros padres… lo que hacen. Usted vio el nombre de mi padre. ¿Qué está haciendo él allí?

—Como dijo usted, secciones explosivas —respondió McLemore—. Hay un Isakov. Coronel. Él firma papeles. Es res… responsable… de traer secciones explosivas, y luego de sacarlas. Quizá sea su padre. Eez-ah-koff. —McLemore estaba hablando demasiado rápido.

—¡Por supuesto que es mi padre! —gritó Isakov, como a un idiota—. ¿Quién otro puede ser? Él tiene control sobre esas secciones explosivas. Luna. Luna. Luna. ¡Ja, ja, ja! Luna. *Moon. Moon. Moon.* Suena lindo, moooon. Él es gran hombre. Hombre importante. Él está esperando que viene Tío Sam sobre las olas… a la playa… y dispara Luna. No más Sam. ¡Ja, ja, ja! —Levantó su vaso. —¡Por Luna!

—Por Luna —dijo McLemore a través de los dientes que asomaban en su sonrisa—. Por supuesto, nada existe ya. Se han ido todos los Luna. Ya no hay más luna en Cuba. No hay lunas cubanas. No hay luna sobre Cuba. Por supuesto, eso es verdad. —Bajó la voz y se aflojó la corbata. —Eso es verdad. ¿No?

—¡Ja, ja, ja! ¡Ja, ja, ja! Por supuesto. ¡Ja, ja, ja! ¿Cómo puede no ser verdad? El coronel Isakov. Leonid Sestanovich Isakov. El coronel L.S. Isakov. Él controla Lunas. Jefes en Kremlin, grandes hombres en Politburó, dicen: "Isakov. Saca Lunas. Envía de vuelta". Él saluda. Él devuelve Lunas.

—Correcto, Victor. Él envía todos de vuelta. Pero yo vi unos documentos en Cuba. El coronel Isakov firma papeles sobre secciones explosivas que entran, y el coronel Isakov firma documentos sobre secciones explosivas que salen.

Isakov se echó a reír, y McLemore rió con él. Juntos cantaban:

—Entran y salen. Entran y salen.

Rieron y rieron.

La mente de McLemore estaba totalmente sobria ahora. Debía moverse rápido. Se quitó la corbata, quitó el diminuto objeto, lo puso sobre la mesa de café, y lo aplastó con un cenicero.

—Un bicho —dijo.

—¿Bichos en casa de Victor? —se divirtió Isakov—. Imposible.

Los dos volvieron a reír.

McLemore se acercó a Isakov. Le habló como de un conspirador a otro.

—Yo no quiero sorprenderte, Vic. Pero el número de Luna que entraron en Cuba es más que el número de los que salieron. Es un secreto. No se lo digas a nadie.

Isakov se puso una mano regordeta sobre la boca y rió incontrolablemente. Sacudía la cabeza de abajo hacia arriba. Se inclinó sobre McLemore, acercando la boca a su oído.

—Lo sé. Lo sé. Mi padre me dice. Se guarda uno o dos. —Volvió a ahogar su risa. —Para él. Se guarda uno o dos. ¿Sabes lo que me dice... antes de ir a cielo comunista? Me dice: "Viktor, no digas nada a jefes. Pero yo me guardo uno o dos. ¿Sabes lo que digo a jefes? Digo a jefes: ¡A la mierda!" —Viktor se reía ahora de manera incontrolable. —"Le digo a jefes: ¡A la mierda!" ¡Ja, ja, ja!

McLemore se reía con él.

—¡A la mierda! A, ja, ja. Yo también sé un secreto, Vic. Sé dónde los escondió.

Isakov sacudió la cabeza, una y otra vez.

—Imposible. Sólo yo sé. Mi padre me dice. Sólo yo.

Se pegó en el pecho con su dedo como salchicha.

McLemore sacudió la cabeza una y otra vez.

—No, yo sé. Pero lo que no sé es cómo los movió sin que nadie lo supiera.

—Ves. Te digo, tú no sabes —susurró Isakov, furioso. Estaba hundido en su sillón. Perdería contacto con la realidad en cualquier momento. McLemore se maravilló de su capacidad. Había consumido el equivalente a un litro de vodka de 90 grados. —Es un genio. Mi padre. —Hizo un ademán en el aire, como para convocar al fantasma del coronel loco. —No debes mover nada si lo escondes donde está. —Isakov volvió a reír.

Luego puso los ojos en blanco y su cabeza se deplomó a un costado.

McLemore trató de alcanzar el vaso y lo logró antes de que empezara a deslizarse de la mano carnosa. A pesar de su propio estupor alcohólico, se movió con rapidez. Cuando el micrófono se quedó mudo, el hombre del furgón habría llamado al cuartel general del FBI o de la CIA para recibir instrucciones. La caballería estaría en camino. Estarían preocupados por rescatar a McLemore de las garras del ruso loco. Habría mayor preocupación por enterarse de las últimas palabras de Isakov sobre los Luna. Ahora tendrían una pista acerca de las armas que buscaban, pero no sabrían dónde estaban ni cómo planeaba Bravo entrar una sección explosiva Luna en Cuba.

McLemore apagó las luces y se dirigió a la puerta con rapidez. Escuchó por un momento los fuertes ronquidos, luego cerró la puerta tras él. Fue al BMW, conteniendo el aliento: tenía la esperanza de que Isakov no lo hubiera cerrado con llave. Seguía con suerte. Abrió la puerta del auto y apretó el botón del control remoto para abrir la puerta. Se subió a su auto alquilado, estacionado detrás del BMW cuando se abría la puerta, y la traspuso haciendo retroceder el auto por el sendero a oscuras. El furgón debía de estar a uno doscientos metros. Dejó los faros apagados y avanzó guiándose por las luces de las casas. Tomó la primera curva, luego en seguida la segunda. Encendió los faros y aceleró. Pronto llegó a River Road, y dobló a la izquierda, hacia Washington. Ahora debía llegar al aeropuerto tomar el vuelo siguiente a Milwaukee, llegar a Madison y hacer las valijas, volver a Milwaukee o ir a Chicago, y de allí emprender el viaje a Cuba.

McLemore había optado por un bando.

TERCERA PARTE

Diciembre de 1998

30

Habían regulado el tiempo del cruce desde Cancún de manera que el barco de Johnny, *Liberator*, llegara frente a la costa de Pinar del Río antes del amanecer del 24 de diciembre. Las fuentes anticastristas de Cuba proporcionaban a cualquier elemento de la red anticastrista toda la información que pudiera necesitar, como por ejemplo los horarios de rutina de la patrulla costera cubana. Provisto de esta información, el equipo Bravo llegó a veinte millas de la costa a las 5.00, y se quedó esperando a que pasase la embarcación patrullera para luego lanzarse a toda velocidad a la orilla. Las fuentes dentro de Cuba les habían suministrado, asimismo, tres sitios alternativos donde dejar escondido el veloz bote durante los diez días siguientes.

Exactamente a las 5.20, justo antes de que el cielo empezara a iluminarse en el este, el *Liberator* comenzó su carrera a dieciocho nudos por hora en dirección a la costa cubana. Los hombres no echaron mano de sus armas de asalto porque el alcance de los cañones de los botes patrulleros cubanos era muy superior al de ellos. Si eran descubiertos, recibirían orden de detener las máquinas. Si no obedecían, los volarían en pedazos. No habría oportunidad de un combate a proximidad. El mar sólo estaba levemente picado, y pudieron mantener sin problema la dirección este. Las nubes bajas y una ligera llovizna, sumadas al bote a oscuras, ayudaban para no llamar la atención. Con sendos binoculares de gran potencia, dos de los hombres escudriñaban la oscuridad, uno al norte y otro al sur. Con excepción de las luces de uno de los botes patrulleros, que iban retrocediendo en la distancia, hacia el sur, no vieron nada. Y nadie los vio a ellos.

A último minuto, Manny volvió a cambiar los planes. En vez de arriesgarse a hacer tres desembarcos separados —en bahía de Cabaña, bahía Honda y bahía de la Mulata— con todo el peligro que eso representaba, decidió que se dirigirían al punto más al sur, la bahía de la Mulata, esconderían el bote allí, y cubrirían los setenta u ochenta kilómetros hasta La Habana en grupos de dos. La bahía de la Mulata estaba más lejos de la capital, pero por lo mismo era más remota y ofrecía mayor seguridad, tanto para el barco como para los hombres.

Conservaron una dirección sud-sudeste. Antes de zarpar de Cancún, las fuentes de Johnny en México les habían suministrado un diagrama de la costa de Pinar del Río central, y Orlando, que oficiaba de piloto, los guió hacia la bahía. Redujeron la velocidad de los dos grandes motores cuando los vigías avistaron luces costeras esparcidas. Pronto empezaron a divisar tierra, a dos mil yardas al noreste, y Johnny disminuyó la velocidad de los motores a dos nudos mientras avanzaban en medio de las levemente agitadas aguas. Estaba amaneciendo. La luz natural facilitaba la elección de una caleta. La sincronización había sido perfecta. Johnny enfiló hacia la esquina sudeste de la bahía, en forma de V, y luego procedió en dirección noreste a lo largo de la línea costera. La playa era uniforme en general, pero a los quince minutos encontraron una pequeña entrada donde un riacho desembocaba en el mar. Johnny guió el bote hacia allí, enfiló la afilada proa en dirección oeste, dio marcha atrás, y expertamente maniobró el barco en retroceso hasta esconderlo en la desembocadura del riacho. Tony, sentado en la popa, hizo el sondeo entre las dos grandes hélices. La pequeña caleta tenía abundante follaje, y se iba angostando a medida que éste se hacía cada vez más espeso. Johnny apagó los motores. Pete echó el ancla, saltó al agua y ató una soga a las fuertes raíces de un arbusto. Aseguraron el bote con otra soga y luego entre todos lo cubrieron con hojas de palma y ramas del follaje circundante. Los hombres fueron vadeando hasta la costa, donde formaron una cadena humana, y Johnny les fue entregando la ropa y el equipo y por último las armas.

Manny caminó por la playa unos cincuenta metros, se dio vuelta, y miró hacia atrás. El bote estaba totalmente oculto. Estudiando los mapas y gráficos a la luz del alba, calculó que se encontraban a dos o tres kilómetros de la aldea costera de Playa El Morrillo y del camino de tierra que llevaba a la carretera pavimentada que conducía a La Habana. Los hombres se agruparon y confirmaron el plan. Llevaron el equipo doscientos metros, envolvieron todo —excepto tres revólveres— en una lona y lo enterraron bajo un grupo de árboles. Se desnudaron, enterraron también lo que tenían puesto, y se pusieron ropa de trabajo similar a la que usaban los cubanos, aunque quizás un poco mejor. Una vez que el pozo estuvo cubierto con tierra y arena, alisaron la superficie con unas hojas y echaron a andar. Era imposible detectar nada desusado. Una vez a salvo en su "residencia" de La Habana, y en posesión de su vehículo, volverían a buscar todo su equipo.

Caminaron a lo largo de la alta playa, junto al follaje, y a los treinta minutos llegaron al camino de tierra al este de la aldea Playa El Morrillo. Eran aproximadamente las 7.30. Pete comprobó con orgullo que los ejercicios de entrenamiento en su gimnasio estaban dando sus frutos, y se alegró de haber insistido con severidad en su cumplimiento. Ni siquiera Orlando parecía cansado. Manny y Tony formaban un equipo, Joe y Johnny otro, y él con Orlando el tercero. Cada equipo llevaba una pistola Heckler y Koch, de nueve milímetros, con un cargador de ocho cartuchos. Se abrazaron solemnemente, y luego se fueron separando, a intervalos de treinta minutos. Manny y Tony partieron primero. Todos parecían trabajadores cubanos rurales que iban a pasar el día en la ciudad capital. Dependiendo de la suerte que podrían tener de que algún auto los llevara, o que lograran encontrar uno de los nada asiduos ómnibus humeantes, quedaron en encontrarse en algún momento después del mediodía en lo que llamaban su residencia en el distrito del Cerro, en La Habana.

Manny y Tony llegaron primero. Como habían arreglado, Osvaldo, el ocupante de la residencia, había sacado sus magras pertenencias y ordenado el lugar con ayuda competente, haciéndolo más o menos habitable. Había una cocina y un cuarto de baño primitivos, lo que no sería suficiente para seis personas primero y luego siete, cuando Dankevich se les uniera el veintiséis. Había sólo dos catres. No obstante, cada hombre tenía una frazada y un jergón de paja, con lo que se conformarían en las largas e insomnes noches por venir. Tony abrió la residencia en tanto Manny la inspeccionaba. Mientras esperaban a los demás, hizo una lista de los alimentos y provisiones que tendrían que adquirir. Como no poseían cupones, deberían comprar en el mercado negro. Sería una larga semana de arroz, porotos, plátanos y, con suerte, un poco de pescado o pollo. Podían pasar el tiempo planeando las cenas de filete con que celebrarían una vez de regreso en Miami.

Esa tarde, a las tres, llegaron Pete y Orlando, éste, exhausto, aquél, en perfecto estado físico, y dos horas después se les unió el fatigado equipo de Joe y Johnny. Éstos tenían una aventura que relatar. El antiguo camión que los recogió ya venía cargado de pasajeros. Cuando se detuvo a alzar más gente, el motor se recalentó y la patrulla de caminos se detuvo para inspeccionar. Temerosos de que pudieran pedirles sus papeles de identificación, o que su acento cubano no sonara auténtico, se escondieron en unos arbustos del otro lado del camión. Éste partió sin ellos, y se vieron obligados a caminar más de siete kilómetros antes de que otro transporte volviera a recogerlos. Al llegar a la manzana de su residencia, todos entraron de a uno para no levantar sospechas de que se trataba de todo un nuevo grupo de residentes.

Mientras los hombres estudiaban un plan para adquirir provisiones, se oyó un golpe a la puerta. Manny les hizo una seña para que se escondieran en la pequeña cocina y abrió la puerta apenas un resquicio. Era el dueño de casa, para asegurarse de que sus ángeles habían llegado.

—¿Estás bien, Juan? —preguntó, mirando por encima del hombro de Manny.

—Mi socio y yo llegamos de Ciudad de México hace un ratito —respondió Manny—. Has arreglado bien el lugar —agregó, aunque en verdad le hubiera gustado preguntarle cómo podía vivir en ese agujero.

—Cuando te venga bien, hablaremos de negocios —dijo Osvaldo—. Ya sabes, como planeamos.

—Te diré una cosa, Osvaldo —dijo Manny—. Deja que mi socio y yo consigamos un poco de comida y podamos descansar, y después nos vemos, quizá mañana. ¿Qué te parece?

Osvaldo estaba confundido y decepcionado. ¿Cómo podían estar cansados estos tipos después de un vuelo desde México? Y él, que soñaba con una velada en la ciudad con estos ricachones.

—¿Comida? ¿Necesitan comida? Les mostraré un buen lugar esta noche. Junto al puerto. Buena comida cubana. La mejor. —Desplegó una sonrisa astuta. —Y unas señoritas cubanas, también. Las mejores.

—En un par de días, Osvaldo, muchas gracias —dijo Manny. Había salido a la calle y se dio cuenta de que el sol se pondría pronto. —Te diré algo, sin embargo. Tú puedes ayudarnos. —Sacó diez dólares del bolsillo. —Tráenos unos porotos y arroz, café y cualquier otra cosa que consigas, para cuando no nos sintamos con ganas de ir a un restaurante. Cualquier fruta que consigas. —Osvaldo miró el billete, y se disponía a marcharse cuando Manny lo llamó y sacó otro billete de diez dólares. —Cervezas, por favor. También un par de botellas de ron. —Manny sabía, y Osvaldo sabía que sabía que eso era más del doble de lo que costaría todo.

—Seguro —dijo Osvaldo, un poco más conforme al pensar que con el vuelto podía invitar a comer a una de sus chicas.

A la hora estaba de vuelta, cargado con las provisiones adquiridas en el mercado negro. Por suerte. Aparte de un poco de café muy temprano y una barras de chocolate para que les diera energías, el equipo Bravo no había ingerido nada en todo el día. Los hombres comieron porotos, arroz y un pollo flaquísimo, y tomaron una docena de latas de cerveza coronadas por unos tragos de ron. Aunque todavía era media tarde, buscaron las frazadas y se acostaron, exhaustos.

—Bienvenidos a La Habana, muchachos de Bravo —les dijo Manny antes de que se quedaran dormidos y mientras brindaban con lo que quedaba del ron—. Esta vez es nuestra.

Esa tarde, cuando Osvaldo volvió con las provisiones, Manny arregló con él para recibir el camión que alquilarían. Osvaldo le mostró el lugar donde estacionarlo, detrás de la destartalada vivienda. Sus esfuerzos por espiar dentro de la casa no tuvieron éxito. Al día siguiente, veinticinco, Manny y Tony se dirigieron al hotel donde se alojaría el teniente coronel D.D. Dankevich, que llegaría ese día más tarde. Los otros cuatro hombres, mapas en mano, debían regresar a la provincia de Pinar del Río y recuperar el equipo, herramientas y armas que habían enterrado. Antes de separarse, mientras tomaban el café en pocillos de loza cuarteada, Manny les deseó feliz Navidad.

En el mostrador de recepción preguntaron por el señor Dankevich, y se les informó que se lo esperaba esa tarde. Llegaría en el vuelo proveniente de Madrid. Dijeron que eran amigos de Dankevich, y que volverían luego. Los dos hombres hicieron luego un reconocimiento de la plaza de la Revolución para refrescar su recuerdo de hacía dos meses de su trazado, accesos y salidas. Paseando por la plaza, tomando mentalmente notas, calcularon las rutas de escape, planes de retirada, opciones de contingencia, estrategias y tácticas. Cualquiera que observara a los dos hombres habría pensado que discutían las penurias económicas del "período especial" o el envío proveniente de su hija en los Estados Unidos, que este mes no había llegado.

Excepto por el par de horas extra que tardaron en localizar el sitio exacto donde habían enterrado el equipo y en cargarlo en el camión alquilado, los otros cuatro miembros de Bravo llevaron a cabo su misión con pocas complicaciones. En un puesto de espera de transporte, a la vera del camino, un amarillo (coordinador de viajes caracterizado por una faja amarilla alrededor del brazo) los hizo detenerse para alzar a media docena de pasajeros. No tenían opción: era la ley. Los pasajeros se sentaron apoyando los pies sobre el equipo y las armas, que transportaban dos tercios del grupo que intentaba dejar a ras de tierra el centro de la ciudad la próxima semana.

Una vez que depositaron a salvo a sus pasajeros en el centro de La Habana, Joe, Johnny, Pete y Orlando estacionaron el camión en el espacio reservado detrás de la ruinosa vivienda. Cuando se ocultó el sol y la oscuridad protegía su accionar, entraron en la residencia dos fusiles de asalto, dos metralletas, seis granadas explosivas y seis granadas de estruendo, y las tres pistolas de nueve milímetros que quedaban. Las ocultaron debajo de uno de los catres, envueltas en lona. Debajo del otro escondieron las almádenas, escoplos y azadones.

Faltaba hacer tres tareas: recuperar el tesoro, armarlo, y ponerlo en posición. La tarea número uno se llevaría a cabo la noche del veintiséis. Dankevich llegaría a la residencia ese mismo día, y se encargaría de la tarea número dos. Mientras practicaba su magia, haciendo que el tesoro volviera a la vida después de cuatro décadas, Pete, Orlando, y quizá dos de los otros realizarían un reconocimiento de la torre de Martí en la plaza de la Revolución, preparando el terreno para la más importante de las tareas, la número tres: ubicar el tesoro el día antes de la celebración del cuadragésimo aniversario de la revolución, el primer día del año.

31

En el vuelo desde Chicago a Cancún, vía Houston, McLemore confrontó un hecho que había evitado hasta entonces: lo que había empezado para él como un escape del tedio de la enseñanza, se había trocado en la búsqueda del significado profundo de la Guerra Fría, y se iba convirtiendo en una caza más emotiva todavía, con una vida propia: la del secreto de la vida —y muerte— de su padre. Jack McLemore, y gran parte de su generación, habían abrazado la Guerra Fría llenos de patriotismo e idealismo. Sin embargo, esa lucha ideológica, librada mediante medios ilícitos en los callejones del mundo, había traicionado sus ideales —sus profundas creencias en el valor terapéutico de la democracia— tornándolos fatalistas. ¿Se habría convertido la vida y muerte de su padre en un microcosmo de la corrupción del ideal democrático?

El padre de Isakov había llegado a Cuba con una suerte de creencia indefinida en el derecho de autodeterminación del pueblo cubano. Según la doctrina soviética del momento, el pueblo cubano había derrocado a sus corruptos opresores yanquis y elegido libremente un futuro socialista. Pero ¿cómo podría haberse convencido Khrushchev a sí mismo de que misiles nucleares con un alcance de 1.700 kilómetros eran sólo para la defensa de Cuba? Y luego, al echarse atrás en su compromiso con Kennedy, Khrushchev había desilusionado a su propio ejército, convirtiéndolo en una fuerza amargada y cínica. ¿Podría creer Kennedy que los misiles nucleares en la frontera rusa con Turquía no provocarían una reacción similar de la nueva potencia nuclear, ansiosa por flexionar sus músculos? Desde las claras alturas de su retrospectiva, McLemore pensaba que era dolorosamente obvio que Cuba llegaría a convertirse en la base del equilibrio del poder soviético en el hemisferio occidental.

¿Había algo que aprender de toda esta locura, errores y malas interpretaciones? Basándose en el extraño plan que se estaba pergeñando en el momento, al parecer nada, creía McLemore. Cuba era la reliquia de una lucha olvidada. Virtualmente todos con edad suficiente para recordar su propósito se estaban muriendo u olvidando de qué se trataba. La singular pelea de los Estados Unidos con Cuba había sobrevivido a cualquier significado verdadero que pudo haber tenido en algún momento. Sin embargo, había ahora hombres y mujeres, herederos de la disputa original, que trataban de matarse entre sí. ¿Por qué razón? ¿Título de propiedad? ¿Poder? Por cierto, no por creencias. Desde entonces, los Estados Unidos habían reconocido a demasiados gobiernos comunistas para hacer que esto fuera creíble.

Una vez en su habitación del Santa Isabel, McLemore discó el número de teléfono de la oficina de Trinidad. En seguida arreglaron verse para la cena en casa de Trinidad, e igualmente reunirse a la mañana siguiente con Suárez. A McLemore le pareció interesante que Trinidad no sugiriera incluir a su jefe en la comida. Recordaba muy bien el camino al apartamento en Vedado, y apareció puntualmente ante su puerta a las veinte y treinta, con botellas de vino, flores, jabones perfumados y otros artículos de tocador imposibles de comprar en Cuba. Una vez dentro del apartamento, conoció a la anciana madre de Trinidad, vestida de negro. Trinidad lo saludó con calurosos besos, uno en cada mejilla.

—Mi madre, María —dijo.

—Buenas noches, señora —dijo McLemore en español y cruzó la pequeña habitación para darle la mano. Notó que había estado llorando.

—Profesor, si no le importa, pensé que mi madre podía estar con nosotros. Hemos recibido una noticia triste hace poco —explicó Trinidad.

—Lo siento mucho —dijo McLemore—. ¿Fue algo inesperado?

—Mi hermana, que vive en Miami —respondió Trinidad—. Tuvo un mal accidente. Estamos tratando de enterarnos de los detalles. Pero murió.

—Lo siento mucho, de verdad —dijo él—. Por favor, exprese mis condolencias a su madre.

Sentándose junto a su dolorida madre, Trinidad le habló en español, en voz baja.

—¿Puedo ayudar de alguna forma? —preguntó McLemore.

—Puede ayudarnos tratando de conseguir información —le dijo Trinidad—. Lo hemos intentado a través de nuestras Oficinas de Interés en Washington y Nueva York, pero hasta ahora no hemos tenido ningún resultado. Al parecer fue atacada una noche en la calle, en Miami, y alguien la mató. Hace unos diez días. La encontraron tirada entre unos arbustos. Eso es todo lo que pudimos averiguar en la policía de Miami.

—Caminó hacia la cocina. —Le explicaré más luego —le dijo despacio a McLemore al pasar a su lado.

McLemore expresó otra vez sus condolencias a la señora Santiago, mientras Trinidad traducía sus palabras desde la cocina. Sintiéndose como en su casa, McLemore descorchó la botella de vino, sirvió sendas copas para las dos mujeres y ofreció un brindis.

—Con mucha pena —dijo, en español.

Cuando terminó sus preparativos para la comida, Trinidad desvió la conversación de la tragedia reciente. Le explicó a su madre la misión de McLemore en Cuba, aludió al hecho de que tenía una abuela cubana —cosa que despertó el interés de la señora Santiago— y sugirió que quizá podría interesarle las reflexiones de su madre acerca de los tiempos de crisis de 1961 y 1962.

La señora mayor cerró los ojos, como luchando por rememorar un sueño que se le iba. McLemore pensó cuánto se parecía a su abuela. El rostro angosto, distinguido por pómulos altos y penetrantes ojos pardos, estaba enmarcado por un pelo plateado, recogido atrás en un rodete y sostenido por un largo peinetón de plata. Toda una vida de lucha y tragedia había producido una notable máscara de dignidad. Empezó a hablar despacio y en voz baja, mientras Trinidad interpretaba sin dejar de traer fuentes a la mesa. La historia se iba desarrollando entre ocasionales sorbos de vino.

—Mi marido, que era maestro, fue eximido del servicio militar debido a la vista, pero, como todos los hombres capaces de caminar, fue incorporado a la milicia local a fines de 1960, preparándose para el día en que se produjera la inevitable invasión yanqui —empezó a decir ella—. Sabían que llegaría —continuó—, pero no si serían sólo los cubanos exiliados o también el ejército estadounidense. Constantemente nos llegaba información de misteriosas bases de entrenamiento en Florida y por todo el Caribe. Cuando empeoró la crisis en el 61, convocaron a la milicia de mi marido y la enviaron a reforzar las unidades regulares del ejército que vigilaban las playas del sur.

Mientras bebía un trago de vino, McLemore hizo una pregunta a través de Trinidad.

—¿Usted y su marido tuvieron contacto con las fuerzas soviéticas que llegaron al otoño siguiente?

—Muy poco —respondió ella—. Los veíamos ocasionalmente en la calle, con sus cómicas camisas de colores chillones —sonrió al recordarlo— y a veces, fuera de la ciudad, pasaban sus caravanas de camiones y jeeps, con destino a alguna instalación secreta. En general se mantenían apartados y, con excepción de algún estallido ruidoso o una borrachera, se comportaban bien.

—Luego —dijo, bajando la cabeza—, llegó la invasión en abril de 1961. Fue en la playa Girón, en la provincia de Matanzas. El destino quiso que la milicia de mi marido estuviera apostada allí. Cuando vino el ataque, los mandaron llamar de inmediato, como refuerzos. La lucha duró dos o tres días. Algunos de los invasores avanzaron tierra adentro, hacia los pantanos y los montes. Se esparcieron, y era difícil saber quién era quién. Creyendo que si los atacantes se apoderaban de las playas eso conduciría a un nuevo ataque, aún mayor, posiblemente con fuerzas norteamericanas, en un esfuerzo desesperado, los comandantes cubanos enviaron a todos los hombres con orden de matar o capturar hasta el último invasor, para evitar así que se unieran y establecieran una posición firme en la isla.

Mientras contaba su historia se puso a llorar ahora por su marido miope muerto hacía treinta y siete años.

—Su unidad se adentró en la maleza sin saber adónde iban ni la clase de enemigo que buscaban. Había disparos al azar por todas partes. Nadie sabía quién pertenecía a qué bando. De repente, mi marido se cayó. Perdió sus anteojos y no sabía por dónde iba. Se acercó al escondite de un grupo de invasores. Hubo disparos. Hasta el día de hoy no sabemos si lo mataron los invasores o sus propias fuerzas, que disparaban a todo lo que se movía. Esto me lo contó uno de los mejores amigos de mi marido, amigo suyo desde la niñez, también vecino nuestro, que pertenecía a la misma milicia. Este amigo trajo el cuerpo de Severo a La Habana. Tenía sólo treinta y ocho años. Trinidad había nacido hacía poco, y su hermana tenía tres años.

Al mencionar a la hermana, Trinidad y su madre se abrazaron, llorando.

Respetando su dolor, McLemore fue a la cocina y abrió otra botella de vino. Al rato Trinidad fue a buscarlo para que se sentara y empezaran a comer.

—Si Cuba sigue siendo comunista —le preguntó McLemore a la señora Santiago—, ¿podrá haber buenas relaciones con los Estados Unidos?

—Así debe ser —respondió ella en voz baja con su español suave y rítmico—. Los dioses de la geografía nos han hecho vecinos. Por lo tanto, debemos ser amigos. Nosotros no creemos tanto en el socialismo —agregó—, como en ser dueños de nuestro propio destino. Ya no seremos colonia de nadie. Después de Castro tendremos un debate acerca de nuestro sistema socialista. Sin embargo, no hay debate acerca del hecho de que nos pertenecemos a nosotros mismos. Como no quisimos ser rusos, tampoco queremos ser yanquis. Quizá nuestro destino sea el de ser siempre pobres. Pero podemos ser pobres con dignidad. Si pertenecemos a otro, no podemos tener dignidad ni aunque seamos ricos.

—¿Podrán tener paz con sus compatriotas cubanos en los Estados Unidos? —le preguntó McLemore.

—Depende de ellos, no de nosotros —contestó ella—. Nosotros sólo deseamos que nos dejen solos y se nos trate con respeto, como a otra gente. Ellos nunca recuperarán esta tierra mediante el terrorismo. Deberían hablar con nosotros, no tratar de matarnos.

Quiso saber acerca de la investigación de McLemore, más de lo que ya le había dicho Trinidad. Él describió su esfuerzo por entender el período después de la crisis de los misiles, una vez que los soviéticos retiraron sus tropas y misiles. Luego, a instancias de Trinidad, relató la aventura final de su padre en Cuba, durante el período de la crisis, tal cual se la relatara John Prescott.

—Aunque nos encontramos en bandos diferentes —comentó ella—, estoy segura de que él cumplía con su deber al servir a su país y tratar de impedir que le hicieran daño a usted. Igual que Severo.

Trinidad se dio cuenta de que su madre se iba apagando al igual que la tarde. Le dio un beso y, ante su propia sorpresa, McLemore hizo lo mismo.

—Usted también cumpla con su deber, profesor —le dijo ella y le apretó la mano.

Trinidad y McLemore caminaron por la ciudad vieja hasta los muelles en la parte occidental del puerto. Tomaron un transbordador hasta la comunidad de Casablanca en el lado oriental y subieron las empinadas colinas. Había una figura gigantesca de un Cristo, justo al este de la Fortaleza de San Carlos de la Cabaña, que miraba a través del puerto. La noche era clara pero fría para la estación del año. Se sentaron en un banco de piedra en el pequeño parque bajo el monumental Cristo, y Trinidad se acomodó entre los brazos de McLemore. Pareció algo natural, como si lo hicieran desde hacía mucho.

Poco a poco, bajo la presión de la catástrofe inminente, la fusión íntima de un intenso propósito común, y en última instancia de una soledad compartida, McLemore y Trinidad sentían desmoronarse las barreras de la política, la cultura y la distancia. Si bien al principio McLemore se había mostrado intrigado pero indiferente, Trinidad llevaba adentro toda una vida de resentimiento, resentimiento hacia el Tío Sam, que había dominado o intentado dominar a su pueblo de una forma u otra durante un siglo, y por la vanguardia de yanquis que otra vez se iban infiltrando para volver a usar a Cuba como un gigantesco club nocturno y una casa de prostitución. Aborrecía la idea de Cuba como prostituta, social o políticamente hablando. McLemore se había convertido en una revelación: un yanqui que la respetaba a ella y a su país, un yanqui en busca de una verdad personal dolorosa y una verdad histórica, un hombre —un ser humano— que se preocupaba por lo que pudiera pasarles a ella y a su gente. Levantó los ojos, unió sus labios a los de él, y se besaron con poco sentido de la realidad presente, del lugar o el tiempo.

• • •

Mientras cruzaban el puerto en el transbordador diez minutos antes, Trinidad le relató los detalles de la muerte de su hermana.

—Trabajaba para nuestro gobierno —le dijo utilizando el eufemismo universal para referirse al espionaje—. Ayudaba a perseguir a los grupos de exiliados militantes. Era muy buena para ello. Lo hacía desde hacía casi veinte años. La descubrieron, estoy segura. Recibimos informes de que la encontraron a unas cuadras de un gimnasio perteneciente a un miembro de la organización que más nos interesa ahora, la que se hace llamar Bravo. Varios de los colegas de Juanita en Miami están tratando de conseguir más información. Intentan localizar a los miembros de este grupo, pero no los encuentran en ninguna parte. Creemos que ella los estaba siguiendo, que la sorprendieron y la mataron. Le quebraron el cuello.

—Tú no me lo habías mencionado antes —comentó McLemore.

—No podía hacerlo —dijo ella, disculpándose con una sonrisa—. Su vida estaba en peligro. Hubiera bastado que alguien supiera que yo... que yo estaba implicada en trabajo de seguridad, y que ella era mi hermana. Eso sólo la hubiera destruido. Ella nunca tuvo miedo. Era muy valiente. —Trinidad volvió la cara, escondiéndola en la oscuridad. —Cumplía con su deber —la oyó decir—. Era importante. Hay cosas que deben averiguarse. Digo con gran respeto que tu padre habría entendido plenamente su misión.

McLemore vaciló.

—¿Dónde está este grupo Bravo ahora?

—No lo sabemos. Han desaparecido. —Ella se volvió hacia él cuando llegaban al otro lado del puerto. —Creemos que pueden estar viniendo aquí. Estamos vigilando todos los aeropuertos y dársenas para embarcaciones menores. Tenemos descripciones. Juanita les tomó fotos. No conocía lo que es miedo.

—¿Qué pasará si los Bravo vienen aquí? —preguntó McLemore.

—Espero que lo hagan. Aquí o allá, intento vengar a Juanita. Aquí sería más fácil.

McLemore no tenía dudas de que hablaba en serio.

Luego subieron hasta la colina, y ella estaba entre sus brazos. Ella lo abrazaba como si él de pronto, y en forma inesperada, hubiera vuelto del exilio. Él la abrazaba como si mañana se viera obligado a emprender el camino del exilio. Se besaron, natural y repetidamente, y no querían que la realidad —brutal y peligrosa en perspectiva— se inmiscuyera.

Ella lo sintió estremecerse, presa de alguna emoción. Se hizo hacia atrás y lo miró. Estaba sonriendo.

—Pensaba en cuando nos vimos por primera vez... en lo enojada que estabas.

—Es verdad. —Ella también sonrió. —Yo pensaba que tenía mejores cosas que hacer que acompañar a un aburrido profesor yanqui a visitar viejas bases militares. No sabía que terminaría siendo no tan aburrido, después de todo.

McLemore puso las manos a ambos lados de la cara de ella, sorprendido por la tersura de su piel.

—No intentas reclutarme, sin embargo, ¿verdad?

Ella pareció escandalizarse.

—¿Reclutarte? ¿Para qué? ¿Qué sabe un profesor... de nada?

—Podría sorprenderte lo que sabe un profesor... acerca de un montón de cosas.

Le hizo cosquillas en los costados.

—¡No! ¡No! ¡No lo soporto!

McLemore volvió a abrazarla y permanecieron inmóviles, abrazados.

—Desde mañana te voy a demostrar lo que sé. Y luego decidiremos qué haremos al respecto.

A la mañana siguiente lo esperaban en la entrada principal del Ministerio del Interior para acompañarlo hasta la oficina de Lázaro Suárez, donde estaba Trinidad. Ella lo saludó con cordialidad pero no con cariño, según notó él, y de repente se sintió celoso de su relación profesional con Suárez. Éste se mostró igualmente cordial y pareció contento de verlo otra vez después de su ausencia de seis semanas.

McLemore fue directamente al grano.

—Nuestro lado está vigilando al ruso. Hemos confirmado que su nombre es Viktor Leonidovich Isakov, casi con seguridad hijo del difunto coronel Leonid Sestanovich Isakov, comandante de las Fuerzas de Cohetería Estratégica soviéticas con especialización en el manejo y puesta en trayectoria de secciones explosivas. Isakov padre sirvió en las Fuerzas Expedicionarias soviéticas aquí en Cuba desde principios de septiembre del 61 hasta principios de enero del 62. Él siguió en el ejército soviético hasta su retiro en 1975. Murió en Ekaterimburgo en 1987. Pertenecía a la línea dura del ejército, y nuestra gente cree que Gorbachev lo hizo morir de un ataque al corazón.

—¿Es una simple coincidencia que su padre sirviera aquí y que este otro Isakov venda armas? —preguntó Suárez.

—Sí y no —respondió McLemore—. Es casi seguro que él ha estado usando una serie de conexiones entre los viejos amigos de su padre en el Ministerio de Defensa ruso para adquirir lo que vende. Dichas conexiones tienen poco que ver con el breve servicio de su padre aquí. El establecimiento militar ruso está listo para hacer ganancias. No hay más que hacer pedidos y ofrecer dinero.

—¿Cuál es el no, entonces? —preguntó Trinidad.

—No es una coincidencia en ese sentido —respondió McLemore—. Existe una gran probabilidad, como ustedes saben, de que Isakov haya hecho un negocio con algunos cubanoamericanos. En ese caso, bien puede estar relacionado con las actividades de su padre en el otoño del 62. Cuando me fui de aquí hace seis semanas, convine en que trataría de averiguar lo que pudiera sobre la conexión entre Isakov y los cubanoamericanos, los llamados Bravos. También dije que trataría de averiguar qué pudo haberles vendido Isakov. La única manera que yo sabía de poder hacerlo era cooperando también con la gente de nuestro lado que están en el mismo negocio de ustedes. Para que ustedes entiendan el arreglo, a cambio de darme la información de lo que saben, ellos esperan que yo averigüe lo que ustedes saben. Por ejemplo, qué saben sobre este grupo Bravo, quiénes son, y dónde están.

—Puede ser demasiado tarde —dijo Suárez—. Ellos han desaparecido de Miami y pueden estar en camino hacia aquí.

—¿Tienen más información acerca de lo que pueden haberle comprado a Isakov? —preguntó McLemore.

—Teníamos a una de nuestras mejores agentes tratando de averiguarlo —respondió Suárez, mirando de reojo a Trinidad—. Trágicamente, ella murió. Fue asesinada. Creemos que estaba llegando al nudo del secreto, y ellos la descubrieron.

—En ese caso, no hay duda de que esos tipos van en serio —dijo McLemore.

—No hay duda de ello —convino Suárez—. ¿Qué éxito tuvo su lado en encontrar al ruso... Isakov?

McLemore vaciló. Este era el momento de la verdad.

—Lo han encontrado. Estaba en el área de Washington cuando salí ayer. Se está escondiendo. Nuestra gente cree que el grupo Bravo quiere matarlo, también.

—Si van en sociedad, ¿por qué querrían hacer tal cosa? —preguntó Trinidad.

—Por un par de razones —contestó McLemore—. Es probable que hayan llegado a la conclusión de que es inestable, y hay cierta evidencia de ello: bebe, por ejemplo, y no lo necesitan más. Al parecer ya tienen lo que compraron, o saben dónde conseguirlo, y no quieren que él cante. Tiene sentido.

—Tenemos ciertos informes de que el grupo Bravo ha obtenido financiamiento de la mafia —dijo Suárez—. Creemos que tienen un arreglo para devolverles los derechos sobre los casinos a la mafia, a cambio de dinero, si tienen éxito en derrocar nuestro gobierno.

—Eso es un poco traído de los pelos —dijo McLemore.

—No tan extraordinario —observó Trinidad—. Si esta gente de Bravo desciende de los de Batista, en ese caso sus vínculos con la mafia se remontan a aquellos días. Sabemos con seguridad que la mafia quiere volver aquí. Ganaban mucho dinero en Cuba... con el juego, los hoteles, la prostitución.

—¿Así que podrían financiar a un equipo como Bravo, inclusive aportando una fortuna para la compra de armas exóticas, con el entendimiento de que ellos recuperarían sus operaciones aquí? —preguntó McLemore.

—Exactamente —respondió Suárez—. La pregunta es: ¿qué clase de armas? Debemos asumir que esta gente intenta hacer algo más que matar a un número de nuestros ciudadanos con armas de asalto y granadas. Si fuera así, seguramente los apresaríamos o los mataríamos. Y habrían hecho muy poco daño. A pesar del derramamiento de sangre, nuestro gobierno y nuestra sociedad sobrevivirían. Podrían tratar de asesinar a nuestros líderes. Pero muchos han intentado hacerlo por más de cuarenta años. Nuestra mejor teoría es alguna especie de ataque desde lejos, con cohetes, donde se ubicarían a cierta distancia y dispararían proyectiles para matar a una cantidad de personas, quizá mil o dos mil, dependiendo de las municiones.

—Señor Suárez —dijo McLemore—, ¿sabe usted quién construyó los búnkers en Bejucal, donde los soviéticos guardaban las secciones explosivas para sus misiles?

Lázaro y Trinidad se miraron, perplejos.

—¿Se refiere adonde fuimos en septiembre? —preguntó Trinidad—. Ese sitio fue construido hace mucho tiempo.

—Permítanme pedirles su ayuda —dijo McLemore—. Constátenlo con el ejército... con el Ministerio de Defensa, o quien sea. Vean si hay documentos, sobre todo diagramas de la construcción, o planos. Y háganlo lo más rápido que puedan.

Suárez tomó nota en su bloc.

—¿Qué puede tener que ver eso con nuestro problema? Fue hace tanto tiempo. No hay nada allí. ¿No es así, Trinidad? Tú estuviste allí... y viste.

McLemore alzó las manos.

—Es sólo una idea. Algo que quiero ver. Hagámoslo. Vean si pueden encontrar los expedientes sobre el búnker. Luego me gustaría volver allí en un día o dos... cuando sea posible.

McLemore se puso de pie, dio la mano a ambos, y le dijo a Trinidad que esperaba saber de ella. Pronto, esperaba.

—¿En qué estará pensando? —preguntó Suárez una vez que se quedaron solos—. ¿Tienes alguna idea?

Empezaba a especular sobre la relación Trinidad-McLemore, pero quería atenuar sus sospechas al menos hasta la semana siguiente.

—Tiene una teoría. Es imposible saber de qué se trata. Quizá crea que el grupo Bravo intenta esconder algo en el búnker. Yo estaba con él cuando lo vio hace unos meses. Está abandonado y vacío. No había nada allí.

• • •

Dankevich nunca había visto a su jefe tan enojado. Y eso que había presenciado unas buenas rabietas. Isakov bramaba y gritaba, arrojaba cosas y maldecía. Dankevich estaba pensando en enviar a buscar ayuda al campamento cercano. Los propietarios del pequeño restaurante familiar en las afueras de Artemisa, donde los oficiales soviéticos se reunían dos o tres noches por semana y todos los fines de semana —para comer comida cubana en lugar de las raciones del ejército soviético— estaban aterrorizados. Era fines de noviembre, y los militares soviéticos, por orden directa del Kremlin, estaban empacando y abandonando Cuba. Desde el anuncio del acuerdo entre la Unión Soviética y los Estados Unidos que puso fin a la crisis de los misiles, estos ataques de furia de los sábados por la noche eran rutinarios. Como antes, costaría muchos pesos volver a poner el lugar en orden. Y Dankevich pensaba que sabía quién pagaría. No obstante, lo más urgente era contener al demente.

—¡Maldición, Dankevich, quiero matar a esos hijos de puta! ¡Quiero matarlos! No pueden humillar al ejército de esta manera. Trabajamos muy duro. Sacrificamos demasiado. No les damos nada a nuestras familias. Y el maldito Politburó… con el culo apoyado en el maldito Kremlin… ¡se caga en nosotros!

"Gracias a Dios que los otros oficiales ya se han ido", pensó Dankevich mientras rescataba una botella de ron antes de que la arrojara contra la pared. Seguramente el comisario de la unidad se habría enterado y hecho un informe denunciando a Isakov. Esa manera de hablar era castigada con un juicio militar, quizá en el Ministerio, y una degradación, cuando no una corte marcial. No es posible hablar así del gobierno de la Unión de las Repúblicas Socialistas Soviéticas… y por cierto, menos aún del Politburó mismo.

—No pueden hacerlo. No nos pueden mandar aquí a que nos coman las moscas y los bichos… a asarnos bajo este maldito sol… a ensuciarnos en este maldito fango tratando de alistar los misiles de mierda, exponernos quizás a que nos maten los cohetes americanos, o, peor todavía, los Marines… y ¿para qué? Para proteger a nuestros camaradas cubanos, a los que les importa un carajo… Todo lo que buscan es pasarla

bien y tomar ron... bailar y coger... Te lo digo, Dankevich... esto es demasiado... es la última gota que rebasa el vaso. Basta para mí, te digo. Pueden quedarse con su maldita Guerra Fría... guerra caliente... con cualquier guerra de mierda. ¡Yo estoy harto!

Una botella de ron, por la mitad, explotó contra la pared posterior de la cocina, justo sobre la cabeza de la acobardada familia cubana. En un rincón, la ahora permanente amiguita de Isakov dormía la mona. No recordaría nada acerca de la guerra de la cantina... la guerra entre Isakov y el Politburó. ¿Cómo era posible dormir en medio de una guerra como ésa?

"Gracias a Dios que guardamos esas armas", pensó Dankevich. Esas eran reglas de la casa, no del ejército soviético. De hecho, la casa no había hecho las reglas, sino Dankevich. Tuvo que hacerlas, porque ya había sido árbitro de otros ataques similares... Isakov contra los turcos... Isakov contra los chinos... Isakov contra los polacos... Y la lista seguía. Aunque pareciera extraño, pensaba Dankevich, mientras enderezaba una silla caída, nunca Isakov contra los norteamericanos. Isakov sentía respeto por los americanos, sobre todo los Marines. En un momento de una borrachera más sentimental, Isakov le había confesado una vez que le hubiera gustado ser coronel en el Cuerpo de Marines de los Estados Unidos. Si se comportaba de esta manera, podía llegar a serlo.

Isakov hizo una pausa para recobrar el aliento y quizá para descansar el brazo, extenuado de tanto arrojar cosas. Dankevich sugirió con todo respeto que se sentaran por un momento. Estaba cansado de agacharse y esquivar. El pecho de Isakov se levantaba y descendía con esfuerzo. El sudor le empapaba la cabeza y la camisa. La cabeza, que ahora le colgaba como la de un gran toro que se preparaba para la embestida final.

—Son órdenes, coronel. Debemos obedecer. No hay nada que podamos hacer. Es la política, sabe. —Con ese último comentario, Dankevich creía haber ido demasiado lejos. Isakov gruñó. —¿Sabe qué pienso, coronel? Pienso que nos harán volver aquí... pronto. Los norteamericanos violarán el acuerdo, y los cubanos querrán que volvamos.

—Tonterías de mierda, Dankevich. Tú no sabes nada de política... ni tampoco los cubanos. No saben ni una mierda —refunfuñó Isakov—. Esta gente no nos querrá de vuelta nunca. Nos hemos deshonrado. Somos cobardes. ¡Mira a esta gente! ¡Se ríen de nosotros! —De pronto había vuelto la rabia. —¡Ustedes, hijos de puta, se ríen del Ejército Rojo! Esta noche volveré y borraré este cagadero de la faz de la puta tierra!

En la parte de atrás, el padre hizo salir a su mujer y a su hijo pero se quedó para salvar lo que pudiera. Isakov se dejó caer sobre la silla.

Consultando ostentosamente su reloj, Dankevich calculó el riesgo de tratar de terminar la noche. Miró a su alrededor. Aparte de sillas, quedaba muy poco que arrojar. Y, por el momento, Isakov había consumido su ira. Dankevich empezó a poner en orden las tres mesas y la docena de sillas. Pensó en traer una escoba de tallos de maíz para barrer los vidrios, pero luego cambió de idea. Podía pagar para que lo hicieran.

Finalmente Isakov lo miró, achicando los feroces ojos enrojecidos. Mañana habría que aguantarlo.

—Te diré algo, Dankevich. Te diré algo. Ese cobarde cagón de Khrushchev va a perder su empleo... y ojalá la cabeza también... por esto. Y te diré algo más. Algo que no debes decir nunca. Si lo haces, te juro que te mato. —Hablaba en voz baja, con espeluznante calma. —Me desquitaré. Encontraré la manera de vengar a nuestro ejército. Cueste lo que cueste, lo haré. No lo olvides. Es mi juramento solemne. Que Dios me deje muerto si miento. —Se puso de pie y se tambaleó sobre Dankevich. —Me desquitaré. —Era una promesa expresada con un silbido como de serpiente.

32

El viejo camión silbaba y echaba humo mientras avanzaba hacia Bejucal. Manny iba sentado en la cabina con Orlando, cuyo acento y manera de proceder eran los más cubanos del grupo. En la noche del veintiséis de diciembre, Bravo se dirigía a hacer un reconocimiento del búnker abandonado en las barracas de Bejucal del ejército cubano. En la parte de atrás, con Pete, Johnny y Joe iban las herramientas necesarias para entrar en el búnker, si la suerte estaba de su lado. De lo contrario, armados con los conocimientos logísticos y un plan táctico, llevarían a cabo la misión principal la noche siguiente.

Ese mediodía Manny y Tony habían ido al hotel donde se alojaba el ex teniente coronel Dankevich, tal cual había sido arreglado originalmente con Isaacs. Manny montaba guardia en un rincón del vestíbulo de entrada para ver si alguien seguía a Tony y a Dankevich cuando salieran del hotel. Tony se presentó ante la puerta de Dankevich y se identificó como el "señor Cruz", el guía de Cubatur. El hombre mayor pareció aliviado al encontrar caras amistosas y se mostró sorprendentemente ágil después del largo vuelo desde Moscú. Salieron del hotel —sin ser seguidos, como notó Manny— y se dirigieron hacia la parte vieja de la ciudad, donde Manny se les unió. Dieron a Dankevich una breve gira por la pintoresca plaza de la Catedral y otros sitios turísticos, luego lo invitaron a almorzar, y al caer la tarde lo llevaron a la "residencia".

Mientras almorzaban, le explicaron su plan. La reliquia de la crisis de los misiles sería recuperada en un día o dos. Dankevich debería alojarse en la residencia durante la semana siguiente. Se esperaba que dejara al aparato en condición de operabilidad tan rápido como fuera posible. Se le pagaría, y luego harían los arreglos para que se encontrara con algunos amigos en Pinar del Río, gente que había conocido en los viejos días del

62. La idea lo deleitó. Les mostró unas herramientas que parecían de relojero, que llevaba en un bolso de plástico. Les explicó que junto con unos rollos de alambre que había traído, era todo lo que necesitaba para llevar a cabo su trabajo. Había estado practicando, les aseguró, con modelos y diagramas de los viejos tiempos, y no veía la hora de enfrentarse al desafío. Le brillaban los ojos y, según notó con satisfacción Tony, las manos que sostenían el pocillo de café eran tan firmes y sólidas como el peñón de Gibraltar.

Manny le comunicó que le proporcionarían cronómetros sofisticados y que, después que hubiera probado y restaurado los cables originales, debería instalarlos. Dankevich les aseguró que sabía que ésa era parte de su tarea. Les agradeció profusamente por la oportunidad de ser de utilidad. Hacía tanto que no tenía un propósito real en su vida. Después de hacerle jurar absoluta reserva, Manny procedió a darle detalles sobre el operativo.

Se trataba de un ultrasecreto, un operativo clasificado emprendido por los servicios nacionales de seguridad cubana con la ayuda de unos amigos cuya identidad no podía revelarse. Habían circulado rumores serios de que los Estados Unidos podrían efectuar un ataque sobre Cuba en ocasión del festejo del cuadragésimo aniversario de la revolución. Los amigos de Cuba, entre ellos algunos leales oficiales soviéticos del ejército y de las fuerzas de seguridad, estaban comprometidos en impedirlo. Iban a armar el dispositivo y colocarlo en un helicóptero, pues no tenían lanzador. Si en el radar militar aparecía una fuerza de invasión, habría tiempo suficiente de advertencia para transportar el artefacto a la playa designada para el asalto inicial. Sería utilizado para aniquilar la fuerza de asalto y de esa manera impedir la invasión. Los Estados Unidos no sabrían cuántos más de estos artefactos existían ni dónde estaban localizados. Manny explicó con voz íntima que el operativo era llevado a cabo por un grupo muy pequeño y secreto, leal a los patriotas y amigos de Cuba. Inclusive muchos funcionarios jerárquicos del gobierno no sabían nada, porque seguramente eran agentes de la CIA infiltrados dentro del gobierno cubano que de inmediato advertirían a los Estados Unidos, que a su vez enviarían agentes clandestinos a destruir el artefacto y anular el plan.

Durante la narración de esta ficción bizantina, el viejo Dankevich asentía con solemnidad, asentía con entendimiento, apreciación y simpatía. Se consideraba honrado, dijo, de que se le diera un trabajo tan vital en esta peligrosa y crítica defensa de sus viejos amigos, el pueblo cubano. Sería el punto culminante de los días que le quedaban y redimiría el sacrificio que él y otros leales socialistas soviéticos hicieran en beneficio de sus camaradas cubanos. Estaba preparado, les aseguró, a agregar cualquier sacrificio personal que se necesitara —incluyendo la confinación en el estrecho cuartel general de ese patriótico grupo— para llevar a cabo esta crucial tarea en defensa de sus amigos los cubanos.

Allí permaneció sentado, con Tony como custodio, en la penumbra de la residencia a oscuras, aguardando el regreso del escuadrón de rescate.

Mientras tanto, el equipo Bravo volvió a localizar el escondite junto al camino de Bejucal usado en la primera oportunidad por Manny y Tony y allí estacionaron el camión en retroceso para un escape rápido. Las hojas colgantes de los árboles circundantes, aumentadas por hojas sueltas apiladas sobre el capó, ocultaban por completo al viejo vehículo. Cada uno de los hombres llevaba una herramienta puntiaguda sobre el hombro y una pequeña linterna de minero, de gran intensidad, sujeta con una correa alrededor de la gorra de media negra. Todos usaban pantalones negros de tela liviana y una camisa negra, y se habían ennegrecido la cara. Avanzaron por el trecho de camino de cuatrocientos metros, separados entre sí por diez metros, hasta avistar el portón de entrada al puesto militar. Cruzaron al otro lado del camino y avanzaron unos veinte metros más entre la maleza. Habían estudiado el dibujo del lugar repetidas veces y sabían con toda precisión cómo proceder. Ahora estaban muy cerca, de manera que se comunicaban haciéndose señales con la mano. Manny iba adelante y Pete cerraba la marcha. La verja del lado este de la larga instalación rectangular quedaba a la derecha del grupo. Cada hombre guardaba ahora un espacio de unos treinta metros respecto al otro. Así siguieron hasta llegar a la esquina sudeste del puesto. Se pusieron en cuclillas en la maleza para repasar el movimiento siguiente, que era entrar en la base. Pete, el atleta, fue primero ahora. Mantuvo bajo el alambre de púa de la verja y con su potente brazo ayudó a saltar a los otros, uno tras otro. El blando Orlando fue el último, y no saltó bien, rasgándose los pantalones y haciéndose unos arañazos que empezaron a sangrar. A su regreso a Miami necesitaría darse una inyección antitetánica de gran potencia.

Entraron. Manny volvió a ocupar la delantera y les indicó con la mano que rodearan el último edificio de la barraca. Estaba oscuro, y era probable que fuera un edificio de administración. Los edificios estaban dispuestos en dos hileras a ambos lados de un camino central. Había luces esporádicas en algunos, con una mayor concentración de luz y actividad cerca del portón de entrada, unos 200 ó 250 metros al norte. Los hombres fueron rápido, agazapados a medias, hasta el largo montículo del búnker, a unos quince metros. Como la vez anterior, cuando casi sorprendieron a Manny y Tony, la puerta central sobre el lado oeste estaba abierta a medias. Claramente nadie creía que hubiera dentro nada de valor. El búnker, abandonado y sin guardia, era como la tumba temporaria de armamentos hace tiempo olvidados, reliquias de una antigua lucha.

Los hombres entraron uno tras otro. Joe se quedó para montar guardia —asomaba sólo la cabeza y los hombros por la puerta— mientras los demás bajaban los doce escalones hasta el fondo. Una vez todos dentro, Manny encendió su lámpara e hizo señas a los otros para que lo siguieran hacia el norte del búnker de treinta metros de largo. Caminaron por el largo pasillo junto a la pared oeste, la cual daba a una serie de cuartos de depósito donde originalmente se guardaron las secciones explosivas. Llegaron a la pared norte y allí formaron un círculo de consulta.

Manny desplegó el delgado y cuarteado mapa trazado a mano que había recibido Victor Isaacs de manos de su padre.

—Miren aquí. Si damos vuelta el mapa así, orientándolo hacia el norte, en este sentido, vemos que hay un pequeño espacio, del tamaño de uno de estos cuartos, donde puso la X. Pero allí no hay nada. Lo que significa que las puso en el último cuarto del búnker original, y luego el hijo de puta lo selló herméticamente para que todos creyeran que éste —golpeó el muro de concreto con la mano plana— era el final del muro original. —Todos se inclinaron a estudiar el mapa, ahora iluminado por otras dos luces, y considerar la teoría de Manny. —La única forma de averiguarlo, antes de abrir un boquete, es medir con los pasos las dimensiones exteriores del búnker... aquí dice treinta metros... y luego medir el corredor interior. Apuesto a que el interior es un metro veinte o un metro y medio más corto.

—No podemos hacerlo. Podrían vernos —dijo Johnny, conocido por decir siempre lo que era obvio.

—Por supuesto —convino Manny—. De modo que debemos abrir el boquete.

Pete les indicó que se hicieran atrás. Todos retrocedieron unos tres metros. Sacó un cincel y una almádena, y procedió a introducir el primero con mazazos de la almádena, tan fácil como quien clava un clavo. Manny le indicó que no hiciera tanto ruido, y Pete empezó a dejar caer la almádena con menos fuerza, pero el ruido de metal sobre metal hacía eco a lo largo del búnker. Joe se asomó e hizo un chistido, también pidiendo silencio. Pete sacó un pañuelo y envolvió la punta del cincel. Volvió a pegar; ahora el ruido resultaba un tanto amordazado. Al principio el cincel rebotaba sin entrar. Después de varios golpes, sin embargo, penetró en la pared, hizo saltar el yeso y dejó en descubierto un material poroso. Los hombres rodearon el lugar para mirar.

—Es un bloque de concreto. Podemos horadar entre media hora y una hora, y derribar la pared entera en menos de dos horas.

—Pero haremos un ruido infernal, ¿no? —observó Johnny.

Pete puso los ojos en blanco.

—Haremos ruido. Podemos aminorarlo un poco. Cerrar la puerta.

Envolver los martillos. Sin embargo, alguien que estuviera cerca podría sentir vibraciones.

Joe entró la cabeza.

—Hay movimiento en el portón de entrada. Parecen los faros de un jeep.

Manny consultó su reloj.

—Posiblemente la patrulla regular. La que casi nos sorprendió la última vez. Que Joe entre. Pueden pasar por este camino.

Orlando se dirigió a la puerta y casi se chocó con Joe que entraba.

—Apaguen las luces —dijo con urgencia en la voz—. Vienen hacia acá.

El lugar quedó de inmediato a oscuras.

—Junten las herramientas, en caso de que debamos salir corriendo —susurró Manny. Él y Pete tenían las pistolas de nueve milímetros, para emergencias. Esta podía ser una. —Si tenemos que salir de prisa, recuerden desparramarse y luego volver al camión. Si cuando lleguen, el camión no está, escóndanse hasta mañana, y consigan que alguien los levante para volver a la ciudad. —No dijo cómo explicar el tizne en la cara.

Oyeron ahora el traqueteo del motor del jeep y por la puerta entreabierta alcanzaron a ver los faros que se acercaban. Gracias a Dios no habían cerrado la puerta. El jeep siguió de largo y recorrió los treinta metros finales hasta el fin del camino. Retrocedió y volvió con el motor rugiendo. Iba manejando un recluta bisoño. El vehículo se detuvo un momento junto al búnker, y una linterna iluminó el interior. Luego la luz se apagó y el jeep siguió su camino, llegó al portón, y salió a hacer su ronda. Manny y Pete guardaron las armas.

—Vamos —dijo Manny, y encendió su luz—. Sabemos lo que debemos hacer y cómo hacerlo. Estoy seguro de que aquí hay una cámara y estoy seguro de que la cosa está adentro. Volveremos mañana tarde por la noche y la sacaremos. A la salida, veamos si podemos traer el camión hasta el campo próximo, porque eso ayudaría para llevar la cosa.

Con Pete otra vez primero, los cinco hombres desandaron el camino y volvieron a franquear la verja. Unos perros ladraban a la distancia. Manny tuvo que ayudar a Orlando con un empujón. Ahora estaban en el campo contiguo. Cubrieron unos cincuenta metros hacia el este, y a una orden de Manny se desparramaron. Caminaron hacia el norte a través del sembrado de caña de azúcar, que les llegaba a los hombros, aunque el cultivo era irregular. Exceso de humedad y rocas subterráneas habían dejado sitios ralos en el campo, de tal manera que era posible meter un camión al menos una parte del trecho. Volvieron ahora al camión y estaban listos para salir cuando vieron unas luces que asomaban sobre una leve subida del camino. Era el jeep patrulla que volvía. Manny hizo una seña para que todos se ocultaran en el follaje y miró el reloj. El jeep había tardado media hora en completar la mitad de la patrulla. Siguió su marcha hasta el portón de entrada. Después de un par de minutos, los hombres despejaron el capó de su camión, subieron, e iniciaron el regreso a La Habana.

Aproximadamente a la hora en que llegaron a la "residencia", McLemore volvía a su hotel después de dar un paseo con Trinidad por el Malecón. Primero ella tuvo una reunión en el ministerio, donde se discutieron los últimos informes sobre la intensificación de las medidas de seguridad en aeropuertos y embarcaderos, vigilancia de turistas, informes de las comisiones de vigilantes locales y, para su consternación, una información secreta fragmentaria, proveniente de Miami, sobre la muerte de su hermana. McLemore notó de inmediato su tono sombrío.

—¿Cómo fue? —le preguntó, mientras la tomaba de la mano.

Ella caminó un trecho sin hablar.

—Es difícil. Por Juanita, y por mi madre, que está destrozada por esto. Pero también porque no podemos localizar a los miembros de Bravo en Miami, y no hay informes sobre ellos acá. No pueden haber desaparecido así como así. Los seis, y quizá más. —Sacudió su negra cabellera. —Tengo un mal presentimiento. Ellos están ya aquí. Si son lo suficientemente inteligentes para engañar a nuestros guardias, deben serlo también para llevar a cabo algún plan terrible. Creo que debemos averiguar algo en los próximos dos días, o morirá mucha gente. Lo sé. —Hablaba con una clarividencia que dejaba pocas dudas.

McLemore le rodeó la cintura con un brazo mientras caminaban, él del lado del mar, tratando de protegerla de la llovizna que levantaban las olas al estrellarse.

—Nosotros somos tan inteligentes como ellos. Los contendremos.

Ella recordó algo de pronto.

—Lázaro dice que recibiremos un plano del puesto militar de Bejucal mañana a la tarde. Lo encontraron en un archivo militar fuera de la ciudad, y lo enviarán mañana. Yo te llamaré y puedes reunirte con nosotros en el ministerio.

McLemore tuvo un extraño pensamiento.

—¿Cómo se llama el jefe del señor Suárez?

Ella lo miró, intrigada.

—Es el coronel Núñez. ¿Por qué quieres saberlo?

—Núñez —repitió él, con una sonrisa amarga—. Debo hacer un pedido desusado. Por favor no digan a nadie —sobre todo a Núñez— sobre mi interés en Bejucal. Por ahora, quiero mantener esto entre tú, Lázaro y yo.

—No te preocupes —le dijo, mirándolo a los ojos—. Lázaro y yo tampoco confiamos en Núñez.

Se despidió con un beso y tomó uno de los últimos ómnibus para volver a Vedado. McLemore regresó al Santa Isabel. Iba caminando en diagonal a través de la oscura plaza de Armas cuando oyó una voz.

—Profesor McLemore, es un placer tenerlo de vuelta.

La voz baja y hueca era inconfundible.

—Si usted no me hubiera encontrado esta noche, yo habría ido a buscarlo mañana —dijo, mirando la figura espectral de John Prescott sentado en un banco bajo un árbol gigantesco. Se sentó a su lado.

Se dieron la mano e intercambiaron saludos.

—¿Encontró lo que buscaba? —le preguntó Prescott.

—Todavía no —respondió rápidamente McLemore—, pero me estoy acercando. Necesito encontrar otra cosa primero. Entonces estaré en casa.

—Allí es donde todos queremos estar —dijo Prescott—. Extraño que sea tan difícil llegar, ¿no?

—Aquí va a haber una especie de desastre, a menos que encuentre lo que busco —dijo McLemore—. Un montón de cubanos exiliados locos vienen para aquí, podrían estar aquí ya, de hecho, para hacer algo disparatado el día de Año Nuevo. Hay una especie de complot, algo grande. Puedo haber dado en el clavo, quizá. El problema es que no sé en quién confiar, si en los nuestros o los de aquí. Creo que la cuestión se reduce a que siento más necesidad de ayudar a esta gente que a la gente para quien trabajaba mi padre. —Se volvió para mirar a Prescott en la oscuridad. Habló rápido y en voz baja. —La CIA, los que mandaron aquí a mi padre, ahora dicen que quieren ayudar a evitar un desastre que podría tener sus raíces en los Estados Unidos. Es como si estuvieran preocupados por un problema de relaciones públicas. Pero le diré una cosa. En mi interior me pregunto si algunos de ellos, los más duros, no querrían ver destruido este gobierno, aunque eso cueste varios centenares de miles de vidas. Un precio pequeño para librarse de Castro y del comunismo en el hemisferio occidental... de una sola vez. De sacarse una gran espina del costado. Y después buscamos entre los escombros y ponemos a los nuestros en el poder. De vuelta como estábamos en 1950. Y el pueblo cubano estará inclusive peor que ahora.

—Usted se ha enamorado —dijo Prescott.

—¿Cómo?

—Enamorado. De Cuba. Me sucedió cuando llegué aquí. Me enamoré. Era un problema. Yo, que había jurado fidelidad a Dios. Y Cuba es una mujer.

McLemore se sentía aturdido. Prescott había visto dentro de su corazón.

—Sí —dijo—. Me he enamorado. Y Cuba es una mujer. Su nombre es Trinidad.

—Lo sé —dijo Prescott—. La he visto… Sé quién es. Trabaja en el Ministerio de Relaciones Exteriores, pero en realidad pertenece a la inteligencia cubana.

McLemore seguía aturdido.

—¿Usted la ha visto? ¿Cómo sabe dónde trabaja?

—La he visto con usted. Varias veces. Ella se enamoró de usted de inmediato. Se podía ver por lo furiosa que se ponía. Es algo cubano. Lo primero que pasa cuando se enamoran es que se enojan. Algo muy latino, ¿no cree?

McLemore se rió a pesar de sí mismo.

—Usted es un cura, padre. No se supone que deba saber estas cosas.

—Yo fui hombre antes que cura. Y cuando me hice cura, no dejé de ser hombre.

—¿Qué hago? —le preguntó McLemore—. Y no me refiero a ella. Me refiero a esta… crisis. Creo que tengo información importante. La CIA espera que se las dé a ellos. Podría ir mañana y decirle a Ramsay lo que pienso. Pero no es de confiar. Sólo Dios sabe lo que podría hacer. Si está relacionado con algún complot para derrocar a Castro, puede quedarse sin hacer nada y dejar que ocurra la catástrofe. Cuanto más pienso en ello, más se me ocurre que todas las gallinas de la Guerra Fría volverán a casa a descansar en el gallinero en unos cuantos días.

Guardaron silencio. Prescott pensaba.

—No quiero que le suceda nada a esta mujer —dijo McLemore—. Ella ha pasado a ser el único país que amo.

A McLemore le pareció ver que la blanca cabeza de Prescott asentía en la oscuridad.

—Por favor, adopte una fe, aunque sea una fe política, nacida de la esperanza o la desesperanza —dijo Prescott—. Cuba nunca tuvo una oportunidad de justicia o libertad. Su destino presente fue determinado por siglos de pillaje, ocupación, dominación, avaricia, corrupción y descuido. Su historia es un tributo a lo peor que hay en el hombre y, en unas pocas ocasiones, a lo mejor que hay en él. Ha producido villanos y héroes, asesinos y mártires. Fidel Castro es un reproche para los Estados Unidos. Nosotros contribuimos a producirlo por nuestra negligencia. Permitimos que existieran las condiciones que casi garantizaban que él surgiría. Estamos castigando al pueblo cubano por una condición que contribuimos a crear. ¿Quién nos dio el derecho de ordenarle a la gente lo que pueden creer, o a quién pueden seguir? Castro dijo: “El emperador no tiene ropa, y, además, desnudo, es un feo hijo de puta”.

—¿Cree verdaderamente que somos tan malvados? —le preguntó McLemore.

—Malvados no, insensatos —respondió Prescott—. Lo que hemos

hecho, lo que seguimos haciendo aquí, no es más que una insensatez. Y, se lo dice un viejo, la insensatez es lo único que nunca le faltará a la raza humana. Algún día aparecerá un Shakespeare que escribirá una tragedia... o quizás una comedia... sobre todo esto. Todo lo que se necesita es perspectiva, y de eso carecemos hace mucho tiempo.

—Es un poco tarde para encontrar esa perspectiva en este momento —dijo McLemore—. Por primera vez en mi vida tengo realmente que hacer algo.

—Hará lo correcto —dijo Prescott, y le puso una mano sobre el hombro—. Hará lo correcto... igual que su padre. No hay duda de que salvará a esta mujer. Y una vez que lo haya hecho, quiero acompañarlo cuando lleve a su padre a su descanso eterno.

• • •

La víspera de la Navidad de 1962, el coronel L.S. Isakov estaba con un anotador sobre una tablilla ante la puerta del búnker en la base militar cubana de Bejucal. Su segundo, el teniente coronel D.D. Dankevich estaba en el puerto de Mariel recibiendo los camiones que su superior cargaba en Bejucal. Se usaban furgones especialmente diseñados para transportar las secciones explosivas soviéticas, y ahora el último estaba preparado para partir. Quedaban cuatro soldados soviéticos cuando Isakov dio un golpe sobre el capó del furgón, saludó, y con una seña de su brazo ordenó que saliera por el portón del frente de la base.

Isakov esperó cinco minutos hasta que el furgón partió de la base y todo estuvo tranquilo. Le indicó a uno de los hombres que aguardaba órdenes en el primer escalón de la escalera que bajaba al búnker que lo siguiera.

El soldado fue camino arriba hasta un grupo de camiones y volvió en uno pequeño, cubierto. Siguiendo instrucciones impartidas con anterioridad, los cuatro hombres descargaron en silencio los ladrillos de concreto y la mezcla de argamasa seca. Llevaron los bloques hasta el extremo norte del búnker, donde se había trazado una línea sobre el muro de concreto, que iba desde el final de la pared parcial que separaba el último de los cuartos de depósito hasta la pared oeste. Dos de los hombres trajeron un cajón de madera y empezaron a verter el polvo de argamasa y agua. Aunque trabajaban rápido, la falta de aire dentro del búnker y la excesiva humedad exigía que salieran a respirar aire fresco cada diez minutos.

Hicieron una franja de argamasa de quince centímetros de ancho sobre el suelo a lo largo de la línea, y colocaron la primera hilera de ladrillos. Pusieron argamasa sobre esa hilera, y luego otra hilera de ladrillos encima. Repitieron este proceso con eficiencia varias veces más, hasta que el muro llegó a la altura de sus ojos.

Isakov miró adentro. Había dos embalajes de metal, de tamaño mediano, sobre el piso. El contenido de cada embalaje había sido cuidadosamente envuelto en plástico, luego sellado herméticamente. Los soldados levantaron los bultos envolviéndolos a su vez con una lona gruesa, atada firmemente en la parte superior. El recinto, que había sido barrido, tenía una limpieza casi quirúrgica. Sobre piso, cielo raso y paredes interiores se puso una capa extra de yeso. Por último se cubrió el piso con una capa espesa de una mezcla absorbente especial.

Satisfecho con lo que vio, Isakov indicó con una seña que se terminara de levantar el muro hasta el techo. Él y sus hombres luego se quedaron fuera del búnker un par de horas, bebiendo cerveza que uno de los soldados trajo del pueblo, mientras esperaban que el cemento se secara. Hablaron del inminente regreso a la Unión Soviética, de sus ciudades y familias. Después de varias cervezas, los dos más jóvenes mencionaron a las muchachas con quienes pensaban casarse. Parecían echar de menos la patria y ansiosos por regresar. En su interior, Isakov hervía de rabia.

A medida que la luz empezaba a apagarse en el oeste, Isakov hizo entrar a sus hombres otra vez en el búnker. Dos de ellos hicieron más mezcla y los otros dos la extendieron en una capa gruesa sobre los ladrillos de concreto que ahora formaban la nueva pared norte del búnker. Con cuidado habían mezclado un poco de tierra en la argamasa para que el nuevo muro no se distinguiera de los anteriores, construidos hacía unos meses y ya con aspecto de viejos. Pronto terminaron la tarea, e Isakov inspeccionó el resultado con mirada crítica. Pidió a uno de los hombres que con una llana tocara un punto aquí, otro allá, y a otro que agregara un poco de mezcla en una esquina. Volvió a inspeccionar. El muro estaba casi perfecto. El búnker era ahora un metro y medio más bajo que lo que era afuera, sólo que la pared exterior estaba cubierta por casi un metro de tierra y un espeso follaje. Y ahora el búnker estaba vacío. Alguien debería hacer cálculos muy cuidadosos para notar que el último espacio de depósito había sido total y completamente sellado.

A cambio de su discreción y como recompensa por su trabajo, el coronel Isakov les había prometido a los hombres una noche en la ciudad con él. Limpiaron todas las herramientras, se deshicieron de la mezcla sobrante, tiraron un poco de tierra sobre el suelo del búnker, dejaron la puerta ligeramente entreabierta, y subieron al camión. Isakov conducía; dos de los soldados iban con él en la cabina, y los otros dos, atrás.

Aproximadamente a un kilómetro y medio por el camino hacia Bejucal, Isakov sacó el camión del pavimento y lo metió entre unos espesos árboles. Tenía que orinar, dijo, riendo. Demasiada cerveza cubana. Y la que faltaba tomar. Hay que vaciar la cañería para lo que viene. Los hombres descendieron para hacer lo mismo. El coronel los condujo hasta el follaje espeso, lejos del camino. Cuando se alinearon, dando la espalda al camino, uno de ellos notó una trinchera honda, recién cavada, casi al mismo tiempo que oyó quitar el seguro de la pistola reglamentaria a sus espaldas.

Empezaba a darse vuelta cuando la primera bala se alojó en su cerebro. De inmediato siguieron otras tres balas, dirigidas con igual puntería. Isakov retiró las chapas metálicas de identificación de cada uno de los hombres; uno por uno, los hizo rodar hasta la trinchera, y los empujó. Una vez prolijamente apilados dentro de la zanja, Isakov buscó una pala del camión y llenó de tierra el metro y medio que faltaba completar hasta la superficie. Notó una expresión preocupada en los jóvenes rostros. Apisonó la tierra suelta y cubrió la tumba con hojas de palmera y follaje seco. Luego, se colocó las chapas identificatorias en un bolsillo, subió al camión y se dirigió a Mariel.

—Los malditos soldados corrieron a la ciudad tan rápido como pudieron después que cargamos el último furgón —le dijo a Dankevich al llegar. Dankevich le entregó un anotador con el total de las secciones explosivas Luna tabuladas de los furgones, tal cual habían sido descargadas durante la tarde. Las grúas junto al muelle habían izado los cajones, cargándolos en la bodega del carguero militar. Mañana echaría humo en dirección a la Unión Soviética, llevando lo último de las armas nucleares en irse de Cuba, quizá para siempre.

Isakov palmeó a Dankevich en la espalda.

—Vamos, Dankevich, tomemos una copa. Vamos a cenar, quizá. Busquemos una señorita, quizá. Sabes, para celebrar la gran victoria soviética en Cuba.

Dankevich lo detuvo por un momento.

—Coronel, seguimos teniendo el mismo problema que teníamos en octubre. Fíjese en el inventario. Estamos embarcando noventa y ocho Lunas.

—Correcto, Dankevich. Eso es lo que nos enviaron. ¿Recuerdas? Noventa y ocho. Exactamente noventa y ocho. Recuerda que lo dijimos muchas veces, cabeza de alcornoque. Noventa y ocho. Tú tienes el pedazo de papel que dice que ellos nos enviaron noventa y ocho, nuestros burros colegas del Ministerio de Defensa. —Dio un golpe a la tablilla del anotador. —Aquí lo dice, tú mismo los contaste. Enviamos de regreso los noventa y ocho. A mí me suena correcto, Dankevich. —Puso su rúbrica al final de la hoja: L.S. Isakov. Acercó la nariz a la nariz de su segundo, hasta casi tocarla. —A ti también te suena correcto —añadió, en voz muy baja y con tono muy ominoso—. A ti también te suena correcto, ¿verdad, Dankevich?

El asistente asintió y trepó con trabajo al desvencijado camión, resignado a no hacer preguntas. No tenía la intención de perder la vida por dos secciones Luna desaparecidas. Ahora ellas eran un problema para los cubanos.

Intrigado, Dankevich notó que Isakov se acercaba al muelle y arrojaba varios objetos de metal en el agua.

"Deben de ser monedas —pensó—. Para la buena suerte."

33

McLemore se reunió con Suárez y Trinidad en el castillo del Morro el veintisiete de diciembre, la noche siguiente a su encuentro con Prescott.

—Señor McLemore —explicó Suárez—, estamos dando un paso muy peligroso aquí. Estamos operando fuera de la línea de mando. El coronel Núñez es mi superior, a cargo de la seguridad total de la celebración. Le hemos informado que estamos tratando con usted como un agente nuestro. Pero no le hemos dicho nada de los vínculos que usted nos proporciona con sus servicios de inteligencia. En ese caso, él supondría que usted es un agente de la CIA y que, por ende, nos está manipulando. Existen muchas razones adicionales para nuestras decisiones. No es necesario decirle que... si... cuando se descubra nuestra cooperación, eso lo hará todo muy difícil para nosotros.

—Entiendo... al menos en parte —dijo McLemore—. Ustedes deben decidir la mejor manera de proceder. Pero yo no quiero que Trin... que ninguno de ustedes dos se metan en problemas.

Suárez hizo un ademán, como diciendo: "Nos ocuparemos de esto a su debido tiempo". Le entregó a McLemore un frágil papel doblado.

—Hemos encontrado lo que usted pedía: el plano de las barracas de Bejucal. Y usted verá —dijo mientras ayudaba a McLemore a desplegarlo— que aquí está el dibujo del búnker de armas que usted visitó en septiembre.

Los tres se encontraban apoyados sobre una pared interior de la fortaleza del siglo XVII que guardaba la entrada al puerto de La Habana. Los fantasmas de barcos piratas, esclavos, esclavistas y del *Maine* estadounidense se movían debajo de ellos. Los tres estudiaron el plano iluminado por el espectral haz de luz de un reflector que iluminaba el gran muro de piedra encima de ellos. McLemore señaló el dibujo rectangular indicado por una línea de puntos que se extendía al norte y al sur en el extremo sur de la base militar.

—Aquí está el búnker. Aquí es donde los soviéticos almacenaron las secciones explosivas nucleares para los misiles. De acuerdo con los documentos guardados en el Ministerio de Relaciones Exteriores y en el Ministerio de Defensa, estaban bajo la custodia de un coronel soviético llamado L.S. Isakov. Ahora voy a contarles una historia.

Caminaron por el patio de la fortaleza hacia el muro del lado del mar, que daba casi directamente a la entrada del puerto.

—Los documentos muestran que a principios de octubre de 1962 —prosiguió diciendo McLemore—, las fuerzas misilísticas soviéticas enviaron cien secciones nucleares para uso táctico, es decir, en campo de batalla. Los misiles de largo alcance eran para ser lanzados contra el continente norteamericano. Las armas tácticas eran para uso contra una fuerza invasora. Podían dispararse a una distancia de cuarenta a cincuenta kilómetros, o lanzadas desde bombarderos, y sus secciones explosivas eran mucho más pequeñas. Aun así, una sección explosiva pequeña puede matar un montón de personas, sobre todo si están todas juntas. A fines de diciembre, los soviéticos embarcaron todos los misiles y, en teoría, también todas las secciones explosivas. Pero lo curioso es que los documentos guardados en sus archivos, que son inventarios de las armas soviéticas que entraron y salieron, muestran que se embarcaron noventa y ocho secciones explosivas.

Suárez y Trinidad se miraron.

—Ahora, existen tres posibilidades —seguía diciendo McLemore—. Una es que la suma del total de las secciones explosivas entrantes está mal, y que sólo entraron noventa y ocho. Otra es que la suma del total de las secciones explosivas salientes esté equivocado, y que salieron cien. —Hizo una pausa y miró la espectacular iluminación de La Habana del otro lado del puerto. —La tercera posibilidad es que dos secciones explosivas, para los Luna, fueron dejadas aquí.

—Dejadas, ¿dónde? —preguntó Trinidad, atónita—. Eso fue… hace treinta… casi treinta y seis años. ¿Dónde se puede dejar dos secciones explosivas nucleares, por más pequeñas que sean, en una isla de este tamaño durante tanto tiempo, sin que nadie las encuentre?

—No fue hace casi treinta y seis años. Fue hace exactamente treinta y seis años. El carguero ruso con las armas nucleares levó anclas desde Mariel el 27 de diciembre de 1962.

—¡Mi Dios! —exclamó Trinidad.

—Y yo creo saber dónde están las dos secciones explosivas extra —dijo McLemore.

—¿Dónde? —gritaron juntos Suárez y Trinidad.

—Primero —dijo McLemore— permítanme decirles cómo lo sé... o, al menos, cómo creo que lo sé. La semana pasada, en los alrededores de Washington, fui "presentado" al ruso que negoció la venta de armas al grupo Bravo.

Trinidad lo miró con ojos desmesuradamente abiertos.

—Lo emborraché. No, la verdad es que nos emborrachamos juntos. Le dije que yo era un profesor que hacía investigaciones sobre el período de la crisis de los misiles en Cuba... que mi padre había estado aquí. En su mayor parte, le dije la verdad, aunque la aderecé un poco. Me gané su confianza. Cuando estaba realmente borracho, empecé a hablar de las secciones explosivas... y le sugerí con convicción que yo sabía algo sobre ellas. Picó el anzuelo, y me dijo que yo no sabía ni la mitad de lo que creía saber. Él sí conocía el secreto de las secciones explosivas.

—¿Cuál es el secreto? —preguntó Suárez con urgencia en la voz—. ¿Dónde están? Y ¿cómo podría saberlo este hombre tantos años después?

—La última pregunta es la más importante —dijo McLemore—. El ruso se hace llamar Victor Isaacs. Ese es el nombre que ha adoptado en los Estados Unidos. Eso dice su pasaporte: Victor Isaacs. En realidad, nació hace cuarenta y dos años en Ekaterinburgo con el nombre de Viktor Leonidovich Isakov. Es hijo del difunto coronel soviético Leonid Sestanovich Isakov. El hombre que custodiaba las secciones explosivas. Aquí. En 1962.

—¡Mi Dios! —volvió a exclamar Trinidad. Estaba pálida. Miró estupefacta a Suárez. Una imagen empezaba a formarse simultáneamente en la mente de ambos. —¡Este Isaacs-Isakov les ha vendido armas nucleares a estos asesinos... estos terroristas!

—No sé con seguridad qué planean hacer ni cómo. Pero sí creo que sé dónde están las secciones explosivas. —McLemore desplegó el plano de la base militar de Bejucal e indicó el diagrama del búnker subterráneo. —Creo que las secciones explosivas están aquí.

Trinidad meneó la cabeza, incrédula.

—No puede ser. Nosotros estuvimos allí... hace tres meses. Estaba vacío. Como una tumba. No había nada allí.

Mientras subían los antiguos peldaños pisados por vigías y guerreros durante casi cuatro siglos, McLemore negó con la cabeza.

—No estoy tan seguro. Yo creo que las secciones explosivas están allí. Y tengo una idea de cómo las ocultaron. —Miró a Suárez. —¿Podemos ir allá mañana? ¿Y llevar algún equipo para horadar?

—Por supuesto —respondió de inmediato Suárez—. Mañana es veintiocho. Sólo tenemos cuatro días. De modo que debemos ir temprano. Lo recogeremos en su hotel a las nueve... no, a las ocho.

—¿Alguna señal de Bravo? —preguntó McLemore—. ¿Los ha visto alguien aquí... o allá?

Suárez negó con la cabeza.

—Ni rastros de ellos. —Aunque no había nadie alrededor, se acercó a McLemore y bajó la voz. —Con mucha franqueza, dado lo que sabemos acerca de su conexión con el ruso, la probable responsabilidad por la muerte de Juanita, y el posible plan para una acción terrorista durante la celebración, debemos asumir que ya están aquí... en Cuba. Tenemos algunas fotos tomadas por Juanita desde lejos. No son claras, pero hemos tratado de mejorarlas. En este momento las estamos haciendo circular por toda la isla, repartiéndolas entre nuestros comités revolucionarios. Todos tendrán las fotos para mañana.

—Si estoy en lo cierto —dijo McLemore—, tanto con respecto a las secciones explosivas como a su ubicación, y si eso es lo que Isakov les vendió, allí es adonde irán... a Bejucal... de inmediato.

—Mañana —dijo Suárez— a las ocho.

Cuando estas tres personas caminaban por el parapeto oscurecido del Morro, cinco miembros de Bravo regresaban a Bejucal en el camión, cuya parte trasera estaba cubierta por una lona. Otra vez dejaron a Tony con el viejo Dankevich. Los dos hombres iban a comer en un pequeño y oscuro paladar en la sección del Cerro, y luego volverían a la residencia a esperar el regreso de sus compañeros. En cuanto a éstos, sabían con exactitud lo que haría cada uno. Llegaron a la base desde el sur, pasando por el pueblo de Bejucal, aproximándose a la instalación militar desde el este. Encontraron el escondite de costumbre para el camión y lo ocultaron allí, momentáneamente, cubriéndolo con follaje. Esperarían que se ocultara la luna, en cuarto menguante, y que hiciera su ronda la patrulla a la medianoche, y entonces se dirigirían al búnker.

Aunque los hombres habían descansado, aprovecharon la espera para dormitar. No estarían de vuelta en La Habana antes de las dos, en el mejor de los casos. Deberían conducir despacio a la madrugada, para evitar despertar el interés de los policías patrulleros. Manny vigilaba la hora, y cuando la patrulla de seguridad pasó, poco antes de la medianoche, y traspuso la entrada principal de la base, ordenó la partida. Pete sacó el camión al camino, hizo unos treinta metros en dirección a la base, y allí, retrocediendo, entró en la plantación de caña de azúcar. Había llovido, pero muy poco. La tierra estaba blanda pero firme. Dos de los hombres iban caminando detrás del camión con linternas a las que les habían amortiguado la luz. Las llevaban a la altura del tobillo para iluminarle el sendero a Pete. Se movían muy despacio para reducir el ruido y para guiarse en medio del sembrado. Manny recorrió el trecho hasta que avanzaron unos doscientos metros, luego le indicó a Pete que retrocediera hacia la verja. Aproximadamente a unos quince metros de distancia de ésta, Manny hizo una seña para que Pete detuviera el camión y apagara el motor. Estaban ahora a unos sesenta metros del búnker, con sólo la verja de alambre de púa y gruesas cañas de azúcar entre ellos y su objetivo. Desde este momento, la única manera de detectar el camión era desde un helicóptero.

Una vez más estaban vestidos de negro, con la cara tiznada, y los cinco hombres repitieron el cruce de la verja y el avance, agazapados, hacia el búnker. El territorio era familiar ahora, y habían ensayado sus movimientos innumerables veces en la residencia. Acabaron creyendo que eran fuerzas especiales de un ejército privado. Esta vez dejaron a Orlando como guardia en la puerta —era el de menor físico de todos— y se dirigieron de inmediato por el pasillo a la parte norte del búnker. La noche anterior, antes de irse, habían barrido los fragmentos de yeso y concreto de su excavación exploratoria contra la pared y los habían colocado en una pequeña cavidad del suelo.

Ahora Joe sostenía el afilado cincel mientras Pete lo hundía con la almádena envuelta en una gruesa tela. Pronto hizo un diseño para una abertura de un diámetro de un metro y veinte por un metro y medio, aproximadamente. Pete bebió de su cantimplora. Estaba cubierto de sudor en el confinamiento casi sin aire del búnker. Se hizo atrás, y Joe tomó un pico, profundizando los límites de la apertura con vigorosos golpes. Pronto sudaba tanto como Pete. Éste, más descansado ahora, volvió a tomar la almádena y empezó a derribar el interior del dibujo rectangular sobre la pared. A los pocos minutos había abierto un agujero a través de ésta. Lo ensanchó hasta poder meter la cabeza, y lo fue haciendo más y más grande. Se apartó, en busca de aire, y Joe lo relevó. No tenía la fuerza de Pete pero aún así logró progresar en forma visible. Manny se encargaba de consultar el reloj periódicamente. Había transcurrido una media hora. Debilitados en el perímetro y con la argamasa más frágil por el paso del tiempo, los ladrillos de concreto fueron cediendo. Ahora la gran barrera era el aire sofocante —espeso por el polvo del yeso de cuatro décadas, atomizado por los golpes de martillo— y el fuerte olor a humedad que emanaba por el agujero cada vez más ancho del recinto herméticamente cerrado. A la luz fantasmal de dos de las lámparas, la de Manny y la de Johnny, la atmósfera interior presentaba un aspecto surreal, casi submarino.

Orlando metió la cabeza e hizo una seña.

—¡Shhh! —chistó.

Las dos lámparas se apagaron y todos se quedaron inmóviles. Alcanzaban a oír el crujido de neumáticos en la distancia. Orlando cerró a medias la puerta a sus espaldas. Gracias a Dios se acordaron de traer aceite de máquina para los viejos goznes herrumbrados, de manera que ahora su ruido era menor. Todos rezaron para que el polvo no flotara hacia arriba a través de la puerta.

Aguardaron una eternidad. Los crujientes neumáticos parecían haberse detenido. El vehículo, presumiblemente una patrulla interior periódica, se había detenido en algún lugar muy cerca. Manny, Pete y Joe acariciaron sendas pistolas, sujetas a un costado. Oyeron voces bajas. Dos hombres —¿cuántos más habría con ellos?— mantenían una conversación. Orlando levantó una mano en señal de silencio absoluto, y se esforzó por escuchar.

—Álvaro juró que oyó unos golpes pesados aquí —decía uno de los soldados—. ¿Tú oíste algo?

—Diablos, no. Está soñando. ¿Golpes pesados? ¿Qué clase de golpes?

—¡Golpes pesados! Eso es todo lo que dijo. Ve y registra todo.

—¿Tú conoces la vieja historia que cuenta el coronel de los cuatro rusos muertos y enterrados en esa tumba? Probablemente están tratando de salir. ¿Qué crees tú?

—Ve y asegúrate.

—¿Asegurarme? Ve tú.

—Yo no voy a ir a asegurarme de nada. ¡A la mierda! No hay golpes. No hay fantasmas. De ninguna manera. Vámonos. La próxima vez, le decimos a Álvaro que vaya a fijarse. Los rusos muertos me dan escalofríos.

Orlando escuchó hasta que el jeep dio vuelta, retrocedió, y se alejó despacio. Ninguno de los hombres dudaba de que, si se oían más golpes, el lugar se llenaría de adormilados soldados cubanos. Después de abrir la puerta un resquicio y dejar que entrara un poquito de aire fresco, Pete esperó cinco minutos para proseguir la tarea. Antes de que lo hiciera, sin embargo, Manny encendió su lámpara, metió la cabeza en el agujero, tapándose la nariz con un pañuelo, y examinó el interior. En ese espacio, que no había visto la luz en casi cuatro décadas, Manny vio dos objetos voluminosos envueltos en lona y atados arriba, como regalos de Navidad. Se sintió alborozado y atemorizado a la vez. Si a una de esas cosas se le daba por explotar de repente, no quedaría ni un átomo de todos ellos. Como arqueólogos que descubren la tumba de un faraón, los demás también se turnaron para mirar adentro. El ruso había dicho la verdad, después de todo. Manny casi se alegró de que los matones no hubiesen acabado con su vida.

Pete blandía el martillo. Los otros asían los ladrillos flojos y los iban sacando. El proceso era repetido una y otra vez. Manny fiscalizaba la operación y consultaba su reloj. Era la 1.15. Hacía una hora que estaban en el búnker. Se estaba terminando el tiempo. Hizo un gesto indicando que se apuraran. Un golpe, fuera los ladrillos. Golpe, ladrillos. Ahora ya estaba abierto el agujero trazado, de un metro veinte por un metro y medio. Pete y Manny entraron. "Si esta cosa no permite que la muevan —pensó Manny—, ¡adiós!"

Al palpar, notaron que había algo de metal debajo de la gruesa lona. Empujaron el embalaje hacia el agujero. "Bien —pensó Manny—. Cuatro hombres transportan esta cosa." Había que ensanchar el agujero. Más golpes de almádena, más ladrillos afuera. Pasaron otros quince o veinte minutos hasta que el agujero fue lo suficientemente grande para que entraran los cuatro hombres, levantaran uno de los paquetes, se sentaran sobre la pared horadada, luego sacaran el paquete al pasillo exterior con dos hombres adentro y otros dos afuera. Una vez hecho esto, Joe se unió a Orlando para ver cómo estaba la situación. Los dos hombres alcanzaron a ver luces cerca del portón de entrada. Todas las barracas estaban a oscuras; los soldados dormían. Pero la guardia nocturna seguía, despierta y activa. Lentamente los cuatro hombres movieron el pesado objeto unos doce metros por el pasillo, luego descansaron al pie de los escalones. Con gran esfuerzo, lo subieron los doce escalones hasta arriba. Justo cuando llegaban, Jim se agarró un dedo del pie en el escalón superior y cayó hacia adelante. Todos perdieron el equilibrio y se vinieron abajo. El objeto embalado se cayó, e involuntariamente los hombres se taparon la cabeza con los brazos y se doblaron como enormes fetos. Luego oyeron la risita de Manny.

—¡De mucho les serviría taparse la cabeza! Si esa cosa explota, pueden decir adiós a todo.

Siguieron camino en dirección a la verja. Después de detenerse a descansar a casi seis metros, llegaron. Cuando entraron, Pete dejó unas enormes tijeras para cortar alambre junto a uno de los postes de la verja. Ahora las encontró, en el momento en que Orlando llegaba a su lado con las demás herramientas. Conteniendo el aliento, Pete cortó los alambres, uno tras otro, y luego hicieron pasar el objeto a través de la abertura. No sonó ninguna sirena. Si originariamente se había conectado un sistema de alerta a la verja perimetral, había sido desconectado o ya no funcionaba. Después de tres descansos más, llegaron con su carga al camión. Dos de los hombres subieron y recibieron el objeto de manos de otros dos. Luego, entre los cuatro, lo empujaron hasta chocar con la cabina, y una vez que subieron las herramientas, cubrieron todo con la lona.

Los hombres regresaron entonces para traer el segundo paquete. Cruzaron la verja por la abertura y, agazapados, se encaminaron al búnker. Habían llegado a unos pocos metros de la puerta cuando de repente se encendieron las luces en el área principal alrededor del portón de entrada, 250 metros al norte. Los faros de dos vehículos se acercaban al extremo sur de la base, donde los hombres se habían quedado inmóviles. Como un solo hombre, todos corrieron hacia el camión. Orlando trastabilló y cayó cuan largo era. Pete lo ayudó a levantarse con un brazo y prácticamente lo llevó alzado. Llegaron al camión. Lo más rápido posible, Manny y Orlando se pusieron ropa de cañero encima del liviano atuendo negro —empapado en sudor— y los demás se subieron a la parte posterior, sacaron sus pistolas y se prepararon para disparar si se los interceptaba.

Manny arrancó y se dirigió hacia el norte a través del campo de caña de azúcar mientras los dos jeeps corrían a toda velocidad por el camino central entre las filas de barracas. Con los jeeps detrás, Manny aceleró y llegó al camino lo antes que pudo. Los siempre presentes perros de la granja camino abajo se pusieron a ladrar cuando el camión giró a la izquierda, en dirección a la puerta principal del puesto militar. Desandar el camino y tomar la ruta anterior, a través del pueblo, consumiría tiempo y daría a los guardias una oportunidad mejor para interceptarlos, de modo que decidió correr el riesgo de que la guardia nocturna hubiera salido en los dos jeeps en dirección al búnker. Aceleró al pasar frente al portón de entrada y enfiló para el camino a La Habana, a unos dos kilómetros de allí. Llegó a él y dobló a la derecha, hacia la capital. Ahora debería mantener la velocidad para poner distancia entre ellos y los guardias, pero no ir demasiado rápido como para llamar la atención de las patrullas policiales nocturnas. Si hacían bien las cosas, pasarían por granjeros transportando sus productos al mercado, que se abría con la luz del alba. Mirando periódicamente por el espejo retrovisor, Manny traspuso diversas subidas del camino y ya se mezclaba con el ralo tránsito nocturno cuando vio unos faros que se acercaban velozmente de atrás. Aminoró un poco, y se echó encorvado sobre el volante. Por encima del hombro, gritó:

—¡Aquí vienen!

Oyó que simultáneamente se soltaba el seguro de tres pistolas.

A la izquierda, en el carril más rápido, un jeep militar con una luz azul y tres soldados fuertemente armados se les puso a la par, escudriñó la cabina y el camión unos cuatrocientos metros, y luego dramáticamente aumentó la velocidad en dirección a la ciudad. Después que el jeep se perdió de vista, Manny y Orlando respiraron.

—Ya está bien —dijeron a los de atrás—. Siguieron camino.

Se volvió a oír el ruido de los seguros.

El camión siguió camino despacio hasta la capital y se dirigió al distrito del Cerro. Avanzó cuidadosamente por las calles menos concurridas, hasta llegar al área de estacionamiento. Manny entró el camión marcha atrás, y lo detuvo a unos seis metros de la puerta posterior de la destartalada residencia. Todos se quedaron sentados en el camión unos minutos, recobrando el aliento y asegurándose de que no anduviera alguien de sueño liviano por el vecindario. Luego empujaron el voluminoso paquete hasta el borde del camión, lo bajaron y lo entraron por la entrada posterior de la casa. Entró apenas. Pero ya estaba allí. En la cocina, ocupando casi todo el espacio.

Quitaron con gran cuidado la lona y la volvieron a poner en el camión. Los hombres vieron ahora un armazón de metal oxidado. Adentro del metal había un objeto sin forma determinada, envuelto en plástico. Uno de los hombres tomó un cuchillo y con mucho cuidado rasgó el plástico para poder sacar el objeto y volver a ponerlo cuando fuera llevado a su destino final. Vieron ahora una sección explosiva para misil Luna de dos kilotones, un instrumento —producto del genio tecnológico— capaz de pulverizar cerca de un millón de personas reunidas en proximidad a la plaza de la Revolución apenas dentro de cuatro días. El juguete.

34

El auto negro con Suárez y Trinidad llegó al Santa Isabel unos minutos antes de las ocho de la mañana. Era el veintiocho de diciembre. Desde su mesa del desayuno cerca del ventanal delantero del hotel, McLemore vio al auto rodear la plaza de enfrente. Bebió las últimas gotas de su tercera taza de café y salió para unirse a ellos.

El auto juntó velocidad al pasar por el costado de la entrada del puerto, frente al castillo del Morro donde habían estado los tres la noche anterior. Continuó por el túnel que conducía a la carretera principal de salida de la ciudad y hacia Bejucal. Suárez puso una luz azul sobre el auto y empezaron a eludir el tránsito más lento que se cruzaba por su camino. Era claro que Suárez quería llegar pronto a Bejucal.

Avanzaron a toda velocidad en dirección sur, casi sin hablar. McLemore había dormido mal. Alrededor de las dos de la madrugada, la profunda realidad de que Bravo se estaba moviendo más rápido que ellos le envolvió la mente con sus tentáculos.

El auto hacía chirriar los neumáticos en las curvas y les cortaba el paso a los vehículos que aspiraban a competir con él. Pronto avanzaban al sur en un camino más o menos despejado de autos. El conductor tocaba bocina con escaso resultado. Carretas y bicicletas ocupaban el carril más rápido cuando se les ocurría. Aun así, serpenteando de un carril al otro, lograron conservar la velocidad. En cuarenta minutos estaban lo suficientemente cerca de la entrada principal de la base militar como para ver unos vehículos y gente reunida en grupos excitados. Había un ansioso ajetreo y alboroto oficial. La mayoría de las personas, de uniforme, levantaron los ojos al ver el auto negro con la luz azul giratoria.

Un oficial militar de alta jerarquía, probablemente un general, a juzgar por los espadones, se acercó a la ventanilla del conductor. Miró hacia adentro, y Suárez le enseñó su identificación. El general hizo la venia y habló en un español rapidísimo.

Trinidad tradujo.

—Dice que alguien entró durante la noche. El único daño parece ser en el viejo búnker que usaron los soviéticos en tiempos de la crisis.

Trinidad miró a McLemore, consternada.

Suárez disparó una serie de órdenes. Los vehículos militares despejaron el camino. La gente se apartó, y el auto negro recorrió el largo sendero recto que conducía al extremo sur de la base, donde se habían reunido varios autos y jeeps y otro grupo de quizás una docena de personal uniformado. Suárez bajó antes de que el auto hubiera llegado a detenerse del todo, levantando en alto su identificación, y McLemore bajó tras él por la otra portezuela. Otro oficial superior hizo la venia y con un ademán los guió hacia el interior del búnker. Tomaron unas linternas que estaban disponibles y se sumergieron escalones abajo. McLemore tuvo una fuerte sensación de *déjà vu*. Era como una pesadilla de la que no se podía despertar.

Iluminaron con las linternas hacia la derecha y vieron, a unos quince metros, el muro que daba al sur, intacto. Doblaron a la izquierda y las luces dejaron en descubierto el sueño de un ladrón nocturno. Por todas partes había ladrillos de hormigón rotos, argamasa y yeso. Un gran agujero en la pared daba a una pequeña cámara a oscuras. Todavía flotaba en el aire un espeso polvillo de yeso, que quienes inspeccionaban el lugar levantaban con sus idas y venidas.

Por sobre el hombro, McLemore oyó que el oficial militar, probablemente el comandante de la base, le hacía una pregunta en español a Suárez. Detrás, oyó que Trinidad le decía rápidamente algo a Suárez. Éste dijo unas pocas palabras al oficial, y todos avanzaron hacia la tumba violada. Al acercarse, sus luces fueron revelando poco a poco la mitad de la cámara vacía; la otra mitad estaba ocupada por un gran objeto cuadrado, cubierto con una lona, de un metro y veinte de diámetro. McLemore estaba a punto de decir: "He ahí su sección explosiva Luna Nº 99", cuando Suárez se llevó un dedo a los labios. Estudiaron los escombros durante unos minutos, en busca de alguna pista que pudiera haber dejado el equipo que irrumpió en la noche. Suárez les hizo seña para que se retiraran.

Suárez habló en voz baja, rápida y perentoriamente al oficial, que le respondió asintiendo. Saludó y le ordenó al conductor de su jeep que volviera a la puerta de entrada. Trinidad le tradujo.

—Lázaro ha dado órdenes para que se clausure esta área por completo. Ha ordenado que se llame a un equipo del Ministerio del Interior, especialmente entrenado para ocuparse de sustancias peligrosas. Sólo ellos manipularán ese objeto. Y ha ordenado a los militares que no hablen a nadie sobre este asunto. No debemos dejar que alguien sepa lo que había allí. Se produciría un gran pánico. Una vez que examinemos el objeto, les diremos a los militares que era una bomba vieja —una bomba común y corriente— que dejaron los soviéticos, y que algún ruso borracho ha vuelto a buscar como una especie de recuerdo patriótico. Esa historia resultará por dos o tres días... quizás el tiempo suficiente para que podamos encontrar al grupo Bravo... y esa... cosa... que, como es obvio, ahora está en su posesión.

Suárez y McLemore volvieron otra vez al búnker para un examen detallado. Entonces Suárez ordenó a un joven oficial que sus hombres revisaran los escombros para ver si encontraban algún objeto pequeño, o cualquier pista. Una vez dada la orden, el joven oficial los acompañó a salir del búnker, y luego se dirigieron al este, hacia el lugar donde había sido violada la verja perimetral. Vieron las huellas de varios hombres en la tierra húmeda. Algunas eran profundas, lo que sugería que quienes las dejaron pudieron transportar un objeto pesado. Examinaron los alambres recién cortados. El oficial les explicó que hacía años se había dejado sin efecto la electrificación de la verja para ahorrar energía. Además, no había nada en el viejo búnker. Siguieron los rastros hasta el sembrado de caña de azúcar contiguo y, a unos quince metros, encontraron huellas de neumáticos. Por la profundidad, se trataba de un vehículo grande. El oficial explicó que las huellas seguían derecho al norte hacia el camino que pasaba frente a la base, luego doblaban al oeste, hacia la carretera que llevaba a La Habana. Desde la madrugada, cuando descubrieron que alguien había ingresado en la base, habían recorrido repetidas veces toda el área, sin encontrar nada. Quienquiera fuese que hubiera llevado a cabo el operativo, suponía el oficial, lo había planeado muy bien. Lo que no podía entender era por qué tanta molestia por una bomba vieja. No podía valer nada.

Suárez, Trinidad y McLemore volvieron a su auto. Al pasar por el portón de entrada, Suárez le insistió al general que estaba al mando que toda el área debía permanecer vigilada, y no permitirse la entrada de nadie, excepto los expertos en explosivos, hasta nuevas órdenes.

En el viaje de vuelta, Suárez y Trinidad discutieron todo lo que debía hacerse en las siguientes setenta y dos horas. No bien el equipo de materiales peligrosos hubiera llevado la sección explosiva que quedaba a sus instalaciones y lo hubiera estudiado, sabrían de inmediato que tenían en su poder un arma nuclear, aunque fuera de una generación anterior. La información se diseminaría con la velocidad de la luz por toda la red de seguridad cubana. Se haría una redada y la mitad de los habitantes de La Habana y de las regiones rurales circundantes serían tratados como ganado y encarcelados. Habría una confusión en masa, e inclusive caos.

Todas las medidas que tomara Núñez eran predecibles y harían mucho más complicada la tarea de localizar a Bravo, lo que, a su vez, facilitaría la realización de su misión. En medio de la confusión, los miembros de Bravo nadarían como peces en el agua. A instancias de Trinidad, Suárez convino en tratar de convencer a Núñez para que fingiera que no había pasado nada, lo que daría a Bravo la impresión de que no se había descubierto su intención. Esto los haría más audaces, de modo que operarían abiertamente, sostenía Trinidad.

Trinidad le tradujo su plan a McLemore, que estuvo de acuerdo. Por su parte, había estado pensando.

—Vayamos a ver a Ramsay —dijo, cuando llegaron a La Habana.

Trinidad y Suárez lo miraron como si estuviera loco.

Lo necesitamos por dos razones —les explicó—. Primero, él podría convencer a Washington de que mandara todas las fichas que tienen sobre los miembros de este grupo, inclusive con fotos más claras. Se necesita hacerlas circular rápido. Segundo, es irracional creer que ninguno de los miembros del grupo entienda nada sobre secciones explosivas nucleares, sobre todo rusas. Tienen que poder hacer detonar esta antigüedad, de modo que Isakov les habrá garantizado alguna especie de técnico, alguien de Rusia que conoce estas armas. Esta cosa tiene cuarenta años. Es inestable, y sólo Dios sabe en qué condiciones están los cables. Debe ser afinada antes de poder usarse, y habrá de idearse alguna manera de detonarla.

Suárez asintió al entender el razonamiento.

—Lo que no entiendo es cómo puede ayudar Ramsay en esto.

—Les diré cómo puede ayudar —dijo McLemore, inflexible—. Puede hacer traer a Isakov aquí, ponerlo de culo contra la pared, perdón, Trinidad, y obligarlo a hablar.

Mientras se dirigían a La Habana a toda velocidad, haciendo relampaguear la luz azul, Suárez le ordenó al conductor que se dirigiera lo más pronto posible a la Oficina de Interés de los Estados Unidos en el Malecón. En la puerta de entrada, Suárez mostró su identificación y McLemore su pasaporte. Dijeron al guardia que venían a ver al señor Ramsay. El guardia llamó a seguridad, esperó, y luego los hizo pasar. Para cuando llegaron a la puerta, se toparon con la radiante y rubicunda cara de Ramsay que los saludaba.

—Qué placer tan inesperado, profesor. Y veo que ha traído a sus amigos cubanos. Qué honor. Qué honor tan inesperado. Señor Suárez. Señora Santiago. —Su irónica jocosidad sugería una relación de camaradas en armas. —Bien, profesor, ¿estamos aquí para discutir la deserción, o qué hay en la agenda? Como podrá suponer, nuestra gente en Washington se sintió muy decepcionada cuando usted se fue de la fiesta de una manera tan... diremos... inesperada. ¿Vino a disculparse?

—Nuestra agenda, señor Ramsay, es encontrar un cuarto donde podamos conversar —dijo McLemore. Su tono y su palidez eran todo lo que necesitaba Ramsay para convencerse de que pasaba algo. Los condujo a través de seguridad hasta un ascensor que los llevó a un piso superior, y allí entraron en la "burbuja" que sirviera de foro para la primera discusión seria de McLemore con el agente.

—Anoche —dijo McLemore una vez que cerraron la puerta—, en la instalación militar cubana en Bejucal, alguien entró en el viejo búnker usado por los soviéticos en 1962 para guardar las secciones explosivas. Es muy probable que se tratara de algunos elementos del grupo que conocemos bajo el nombre de Bravo, o Bravo 99, Bravo ultra, o alguna otra variante. Necesitamos su ayuda, señor Ramsay.

—¿"Necesitamos", profesor?

—El gobierno cubano necesita su ayuda. El señor Suárez está preparado para hacer un requerimiento formal. Nosotros —ellos— necesitan toda la información, incluyendo fotos, que el gobierno de los Estados Unidos, la CIA y el FBI tienen acerca de los miembros del grupo Bravo. Y se debe localizar a Victor Isaacs, también conocido como Viktor Isakov, y traerlo aquí tan rápido como sea posible.

Ramsay levantó una de sus manazas cuadradas, del tamaño de una señal de tránsito.

—Profesor McLemore, por favor. Ustedes están ante un modesto funcionario de inmigraciones que...

—Suprima la mierda, Ramsay. Esto es serio. Todo el mundo en esta ciudad, especialmente nosotros tres, sabemos quién y qué es usted. No tenemos tiempo para este teatro y toda esta bosta.

Con su modo personal tan enfurecedor, Ramsay se las arregló para parecer ofendido y enojado a la vez.

—Liberar informes del gobierno de los Estados Unidos sobre sus propios ciudadanos a un servicio de inteligencia de otro país, especialmente, con el debido respeto, señor Suárez, un país con el que no tenemos relaciones diplomáticas, es virtualmente imposible. Y en cuanto a nuestro viejo amigo, el camarada Isakov, profesor, usted fue la última persona en verlo. ¿Por qué no lo llama y lo invita a que nos visite? Estoy seguro de que ustedes dos quedaron en muy buena relación.

Trinidad temió por un instante que McLemore atacara a Ramsay por encima de la mesa. En cambio, extendió la mano hacia una mesita lateral sobre la cual había un teléfono, seguramente conectado a una línea segura. Puso el teléfono sobre la mesa, levantó el tubo y se lo ofreció a Ramsay.

—Llame a Worthy.

Ramsay lo observó un instante, luego dijo algo en el tubo, en voz baja. Colgó, y esperaron. El cuarto quedó en total silencio. Trinidad pasó los minutos siguientes especulando cuál de los dos estaría más enojado, si Ramsay o McLemore. Luego sonó el teléfono, y Ramsay contestó. Le extendió el tubo a McLemore.

—Aquí está su hombre —dijo.

—Señor Worthy —comenzó McLemore—. Estoy en la Oficina de Interés en La Habana con su colega el señor Ramsay y dos funcionarios de la inteligencia cubana. —Escuchó un momento. —Sí, entiendo —dijo luego—. Fue un tanto abrupto y creo que puedo explicarlo. Basándome en sospechas que me formé en mi trabajo aquí, logré que Isakov me confirmara la naturaleza de las armas que vendió al grupo Bravo. La información era tan urgente que debía comunicársela a los funcionarios responsables aquí tan rápido como fuera posible. Francamente, temía, equivocadamente o no, que nuestra burocracia pudiera dilatar ese esfuerzo. Compartí esa información, tanto la naturaleza de las armas como su ubicación, con los funcionarios de seguridad cubanos que están aquí ahora conmigo. Son armas que quedaron aquí luego de la crisis de los misiles cubanos. Han estado aquí mucho tiempo. Isakov se las vendió a Bravo. Este grupo Bravo ya está en Cuba. No tenían que entrar las armas. Ya estaban aquí. Fuimos esta mañana temprano a recuperarlas. Bravo se nos adelantó. Una de las armas ha desaparecido. Esta llamada es para pedirle su cooperación. Queremos que nos envíe toda la información que tienen ustedes y el FBI acerca del grupo Bravo, sobre todo cualquier cosa que ayude a identificarlos. Y, segundo, necesitamos a Isakov, Victor Isaacs, aquí tan rápido como puedan traerlo.

La narración de McLemore fue interrumpida por Worthy. McLemore escuchó un momento, luego dijo:

—Porque hacer que esta arma pueda utilizarse requiere la alta especialización de un experto ruso, y sólo Isakov sabe quién podría ser esa persona. Debe de ser parte del trato.

McLemore volvió a escuchar un momento.

—Consiga la autorización necesaria, señor Worthy —dijo después—, lo más rápido que pueda. Pero traiga a Isakov y sus fichas en un avión.

Volvió a escuchar.

—Le diré por qué —contestó—. Bravo se ha apropiado de una sección explosiva nuclear soviética y van a hacerla explotar en el centro de La Habana dentro de cuatro días.

A Ramsay se le hundió la cara. Era la primera vez, desde que McLemore lo conocía, que parecía genuinamente alarmado. McLemore le entregó el tubo.

—Haga los arreglos —le indicó—. Déle al señor Suárez el número de identificación y la hora de llegada del avión de la Agencia, para que a su vez él haga los arreglos necesarios en el aeropuerto. —McLemore se puso de pie y se inclinó por encima de la mesa sobre Ramsay. —Hágalo. Ahora —dijo con calma.

Ramsay habló con Worthy varios minutos mientras los tres visitantes se reunían delante de la puerta. Se les unió en seguida.

—Nuestra gente tiene que conseguir a Isakov. El FBI lo mantiene vigilado, de modo que no debería ser difícil. Worthy reunirá las fichas, buscará a Isakov, y podría estar aquí más tarde hoy o, a lo sumo, mañana por la mañana. —Intercambió números telefónicos directos con Suárez. —Lo llamaré no bien tenga la hora de la llegada del avión. —Parecía estar conmocionado. —¡Armas nucleares! —exclamó, dirigiéndose a McLemore—. ¿Está seguro?

McLemore asintió.

—Los soviéticos trajeron más de lo que se llevaron. Un demente decidió guardar dos para su guerra privada. Nuestros amigos en Miami, que salieron de compras con el fin de hacer un gesto político, descubrieron oro... o, en este caso, plutonio.

Los tres visitantes se dispusieron a salir. Ramsay tomó a McLemore del brazo y le habló al oído.

—¿Debo sacar a mi familia de Cuba?

McLemore dejó que los dos cubanos siguieran camino, se volvió y contestó en un susurro.

—Si fuera yo, los enviaría a Pinar del Río. —Echó a andar, luego se volvió. —Pero ¿qué hay del resto de los empleados de la Oficina de Interés? ¿Y del resto de La Habana? Si usted saca a su familia, debe informar a los demás de esta oficina. Si vacían la Oficina de Interés, toda Cuba lo sabrá en veinticuatro horas. Pensarán que llega la tan anunciada invasión, y se producirá un pánico incontrolable. —Sonrió sombríamente y le dio una palmadita en la espalda. —Pero, amigo —le dijo—, es su decisión. Sé que hará lo correcto.

35

El objeto que acaparaba la atención de Dmitri Dmitrovich Dankevich estaba en una mesa provisoria hecha con el armazón en que estaba y varias tablas gruesas colocadas transversalmente. Sentado en una crujiente silla de respaldo recto que colocaba a sus ojos al nivel de la beldad, Dankevich la tocaba aquí y allá, como maravillado de que estuviera en tan buen estado de conservación. Sobre una silla contigua había desplegado el diagrama de la sección explosiva. Dankevich había estudiado el fenómeno tecnológico durante una hora o dos, apretando algo aquí, dando un golpecito allá. Por fin empezó a quitar una placa con un destornillador de alta precisión, como los usados en relojería. Pete, el único del grupo Bravo apostado para acompañar a Dankevich, que por lo general nunca se afligía por nada, empezó a tener síntomas de un colapso nervioso. Repetidas veces, Dankevich les había asegurado a él y a los demás que las secciones explosivas nucleares no eran temperamentales, y que se necesitaba una exquisita calibración de impulsos eléctricos para que cobraran vida. Pete no parecía creerle ni una palabra al viejo. Sudaba copiosamente en la habitación cerrada.

Desde el rincón más apartado, Pete contemplaba, hipnotizado, el objeto que tanto les había costado encontrar y controlar. Su aspecto no proporcionaba evidencia exterior de que se comportaría de la manera en que aseguraba Dankevich, es decir, que sería capaz de matar a cientos de miles de gente reunida en una plaza atestada. No tendría más de noventa centímetros de alto y menos de eso de ancho, con la forma apropiada para encajar en la parte delantera de un cohete de tamaño mediano. No parecía pesar más de 130 ó150 kilos. Pete podría levantarla con facilidad desde una posición horizontal en su banco del gimnasio. Sin embargo, la habían transportado entre cuatro. No querían comprobar lo alto que era capaz de saltar.

Dankevich sabía cómo funcionaba. Pertenecía más o menos a la segunda generación de la tecnología nuclear soviética. Era una sección explosiva básica, de un material fisionable exquisitamente moldeado, rodeado por explosivos de alta potencia igualmente formados con gran cuidado, conectados a un sistema de detonación de punta múltiple controlado por un eslabón de acción permisiva. Simple. Por la manera en que se había conservado la sección explosiva, en las últimas cuatro décadas no podrían haberse alterado mucho los materiales fisionables ni los explosivos de alta potencia. De modo que Dankevich tenía tres cosas que hacer. Primero, asegurarse de que los circuitos de cronometraje estuvieran intactos. Segundo, verificar los códigos del eslabón de acción permisiva. Y tercero, conectar mediante un cable el dispositivo de relojería a los circuitos que controlaban ese eslabón.

Dankevich estudió el diagrama de los cables en el plano. Para un lego, parecían tallarines. Él había aprovechado muy bien el curso de repaso al que asistió en Moscú y las discusiones que organizó con algunos de sus viejos colegas en las fuerzas de cohetería. Los amigos del joven Isakov le consiguieron los códigos del eslabón de acción permisiva. Estaba orgulloso de la manera en que lo captó en seguida. Era como tener treinta años otra vez. ¡Entonces todos estos dispositivos eran tan nuevos, y resultaba tan excitante estudiar su intrincado diseño! Era algo tan estimulante intelectualmente como ajedrez del primer nivel. Haber retenido este exclusivo conocimiento clandestino era un gran orgullo para él, algo así como pertenecer a una hermandad secreta.

En los viejos tiempos había abrigado ciertas dudas acerca de la utilización de estos dispositivos para matar a tanta gente inocente. El comandante de su unidad le había dado explicaciones. Primero, era un factor disuasivo. Tener estas armas significaba que los Estados Unidos no atacarían a la Unión Soviética. Y, segundo, los Estados Unidos mismos eran el único país que había usado esta arma. Y habían matado muchos civiles inocentes. No había que preocuparse. No importaba. *Nichevo*. Desde que lo contactara el hijo del coronel Isakov, Dankevich había tratado de no pensar en qué se usaría esta arma. No había hecho preguntas, ni querido pensar en ello. Luego sus nuevos amigos, Manny y Tony, le habían explicado cuando se conocieron que era para ayudar al pueblo cubano a repeler una invasión. Su viejo jefe, Isakov, estaría orgulloso. Ahora tenía cierto sentido el disparatado secreto de Isakov de esconder allí las dos secciones explosivas Luna sobrantes. Qué genio. Pero ¡qué loco que era ese hombre!

La explicación de Manny tenía sentido para Dankevich. Él no entendía la política, de todos modos. Ni siquiera en los viejos tiempos había tratado de entender la política cubana. Demasiado complicada. Demasiado dramática y airada. Los militares cubanos que había conocido eran simpáticos, pero su política estaba fuera del alcance de su lineal mentalidad de ingeniero. Tony estaba posiblemente en lo cierto. Se necesitaría algo muy dramático —como el Luna— para proteger a los cubanos.

Con una lupa que trajo consigo, metódicamente y con mucho cuidado inspeccionó cada una de las conexiones eléctricas. Probó cada unión y cada tornillo, de vez en cuando ajustando una conexión una media vuelta. Cuando debía usar las dos manos, hacía que Pete sostuviera la lupa para poder trabajar. No le gustaba esto, porque Pete sudaba demasiado, y Dankevich temía que el sudor goteara sobre el dispositivo. Fue trabajando un panel por vez, sin tener que reemplazar ni un solo cable. Aquí y allá había algún revestimiento de plástico pelado o cuarteado por el tiempo. En una o dos oportunidades tapó las grietas con un líquido plástico especial de secado inmediato. Sin embargo, en general, debía sacarle el sombrero a la tecnología soviética. Esta cosa era como una máquina de tiempo, conservada como bajo una campana de cristal.

El trabajo era tedioso y preciso. No era posible apurarse. Después de varias horas, dejó las herramientas, se puso de pie, y se estiró. Necesitaba caminar y comer. Sentía los músculos muy tensos, y tenía mucha hambre. Oyeron que volvía el camión. Cuando entraron Manny y Tony, Dankevich les habló de los resultados.

—¿Así que está en buenas condiciones? —preguntó Manny—. ¿Hicimos un buen negocio con Vic?

Dankevich les aseguró que sí. Funcionaba como nueva.

—Ahora, conexión a reloj. Hago mañana. ¿No es necesario antes, creo?

—¿Cuánto tiempo se tarda para conectar... el reloj? —preguntó Tony.

Dankevich los llevó hasta la máquina. Se acercaron no de muy buen grado.

—No es radiactiva —les dijo—. No hará caer pelo ni bebés raros. —Rió entre dientes. —Miren. Vean éste y éste, aquí. Son clave, principales. Estos conectan al reloj. —Levantó una caja de aspecto complejo con varios cables de todos colores que iban en distintas direcciones, y algo que parecía la esfera de un sofisticado reloj despertador. —Es reloj. —Lo acercó a la sección explosiva, y los dos hombres se hicieron atrás involuntariamente. Dankevich rió, disfrutando de su temor ignorante. —Este va aquí. Este va allá. Luego dos van acá —dijo, indicando un panel diferente—. Luego ponemos reloj y —haciendo como que se lavaba las manos con dramatismo— listo para rodar.

—Señor Dinkowitch —dijo Manny—, ¿cuánto tiempo llevará todo eso?

Dankevich se encogió de hombros, mirando su reloj.

—Para unir y probar todo, una... no, dos horas, quizá. Luego... —Volvió a hacer como que se lavaba las manos.

—¿Cuántas horas antes debe programarse el reloj? —le preguntó Tony—. Trajimos dos de éstos con nosotros. Son iguales. Uno de repuesto. Compramos relojes especiales para detonar en veinticuatro horas.

Dankevich se encogió de hombros.

—Está bien. Poner reloj para día siguiente. Un poco menos de veinticuatro horas. Luego... funciona. Cosa simple.

Tony miró a Manny y Pete.

—Ese es el programa. Suena bien. Tal cual lo planeamos. —Los otros dos asintieron. —Preparémosle algo de comer al señor Dankevich —dijo luego—. Ha trabajado duro hoy.

Trajeron algunas provisiones del camión. Más arroz y porotos. Unas botellas de cerveza y dos de ron. Y un poco de pescado fresco que compraron en el muelle. Los hombres se acercaron al banco de trabajo improvisado, levantaron despacio y con gran cuidado la preciosa carga y la pusieron en un rincón. La taparon con una manta. Ahora parecía la jaula cubierta de un loro.

• • •

El hombre viejo, algunos de cuyos órganos ya habían sido consumidos por la nicotina, otros por el alcohol, y quizás otros más por la radiación ambiental, miró a su hijo parado al pie de su cama. Aunque todavía no tenía setenta años, el coronel retirado Leonid Isakov parecía veinte años más viejo: tal era el legado de toda una vida llena de peligros. Ambos sabían lo que estaban haciendo allí. Uno estaba llorando, y el otro se estaba muriendo. A pesar de haber sido siempre víctima de los abusos de su padre, Viktor se sentía abrumado por la idea de su muerte. Ya no debería esquivar los ceniceros que le tiraba, ni sus maldiciones. Pero ya no habría más papá. Entre gruñidos y accesos de tos, el viejo le hizo una seña a su hijo. "Acércate."

Viktor, el único hijo, recibiría ahora el testamento de su padre en su lecho de muerte.

—Escucha ahora, hijo de puta —dijo el padre con un gruñido—. Cuida a tu madre. Como que hay Dios, ella es incapaz de cuidarse a sí misma. —Gimió, agonizante. Viktor asintió, más por el terror que porque estuviera de acuerdo.

—No creo que tengas ni una posibilidad en un millón de llegar a ser alguien en la vida. No lo has hecho hasta ahora. —Un acceso de tos lo agobió. —He tenido que cuidarlos a ti y a ella toda la vida... y parece que debo seguir haciéndolo.

Viktor volvió a asentir.

—Papá, haré lo mejor que pueda. Lo intentaré.

El moribundo hizo un ademán. Había oído todo esto ya, y no creía ni una sola palabra.

—Escucha, por una vez. Ya te contado acerca del tiempo que pasé en Cuba… en el 62. Pues te diré un secreto. Un secreto muy grande. —Le indicó que se acercara más. El hedor casi lo volteó. —Te voy a hacer el regalo más grande que un padre le haya hecho jamás a su hijo.

Para consternación de Viktor, el viejo cadáver desplegó una maligna sonrisa. Era algo atemorizante y surreal a la vez.

—Dame esa caja.

Indicó una vieja caja de cigarros cubanos, raída y rota por los años. Desde su niñez, Viktor sabía que allí se guardaban los tesoros del viejo, sus posesiones más valiosas en el mundo. Hacía años, una vez que salió su padre y estaría ausente toda la tarde, Viktor había intentado espiar qué había dentro de esa caja. Lo sorprendieron y lo castigaron toda una semana. Ahora le temblaban las manos al entregársela a su padre.

Con manos igualmente temblorosas, Leonid Isakov levantó la frágil tapa y volcó unos papeles sobre la cama. Eran viejos y estaban partidos en los pliegues. Le indicó a Viktor que los abriera. Uno parecía un mapa hecho a mano, y el otro un diagrama increíblemente complejo. Reapareció la sonrisa maligna, revelando amarillos dientes vulpinos.

—He aquí mi regalo para ti, Viktor, mi hijo, mi heredero, mi bueno para nada. Es una bomba. —Se echó a reír como un maniático, tosiendo, escupiendo y jadeando asmáticamente. —Es una maldita bomba atómica. —Más carcajadas agonizantes.

Viktor permaneció inmóvil. "¿De qué diablos está hablando? —pensó—. Está completamente loco. Sean lo que sean estos viejos papeles, no son una bomba."

—¿Una bomba? —fue lo único que se le ocurrió decir.

—¡Sí, una bomba, imbécil! —gritó su padre, apoplético—. ¿No lo ves? Es una bomba, una bomba atómica. Justo allí. —Señaló con un dedo tembloroso. —¡Una bomba!

Para luchar contra el impulso de sofocar al viejo y librar a ambos del sufrimiento, Viktor se dispuso a alejarse, pero la mano como garra de su padre lo tomó de la camisa, y su tenaz y moribunda fuerza casi se la desgarró.

—Mira —dijo Leonid—. Esta es una base militar en Cuba. En un pueblo cerca de La Habana. Se llama Bejucal. Aquí —dijo, y señaló una forma rectangular— éste es un búnker de depósito… donde guardábamos nuestras secciones explosivas. ¿Ves esta marca? —Golpeó el papel. —Allí es donde están dos secciones explosivas. Lunas. De dos kilotones. Hacen

una explosión infernal. Matan un montón de gente. ¿Entiendes? Yo las dejé allá... hace veintitrés años. Yo las dejé allá... ¡para ti! Ese es mi regalo, papanatas.

A través de una vaguedad surrealista, una idea comenzó a tomar forma en la mente de Viktor. Quizás el viejo estuviera determinando su futuro. Quizás hubiera algo en eso. Viktor, nacido para el comercio, único juego para el que poseía un instinto, empezó a vislumbrar un futuro de riqueza, de excitación, de propósito. Ser dueño de dos secciones explosivas sería el comienzo de una carrera, una carrera en los negocios. Después de todo, estaba viviendo en el alba de una era de glasnot y perestroika. Muros y cortinas se derrumbaban. La gente decía que pronto caerían para siempre. Sin Guerra Fría, sin confrontación entre americanos y soviéticos, habría una gran demanda de armas y pertrechos militares soviéticos. Él estaría en primera fila cuando eso sucediera. Sería el hombre a quien acudir cuando se necesitara un tanque, un avión... o una sección explosiva. Las posibilidades no tenían fin. Él sería un empresario. Haría tratos. Sería un capitalista. Sería... ¡rico!

En medio de su delirio, oyó la voz espectral.

—¡Vete de aquí, idiota! —Se dispuso a marcharse, pero volvió a oír la voz del viejo. —No, quiero decir que te vayas de la Unión Soviética. Gorbachev y su gente de mierda van a arruinar este país para siempre. Se ha estado yendo al infierno desde ese imbécil de Khrushchev, de todos modos. Vete de aquí. Consigue una tarjeta verde en los Estados Unidos. Pon el negocio allá. Toma contacto con mis viejos amigos y forma una red. Vende todo lo que caiga en tus manos. Sobre todo —dijo, mientras agitaba los delgados papeles—, vende éstos. Dankevich es el tipo clave. Recuerda eso. Pero escucha. Cada una vale por lo menos un millón norteamericano. Si las vendes por menos, te juro que voy a volver a acosarte.

Una tos descomunal lo levantó de la cama, y estuvo a punto de tirarlo. Cayó de costado, y con suavidad Viktor volvió a poner el nervudo, huesudo cuerpo sobre el colchón y la almohada, convencido de que por fin estaba muerto de verdad. Esperó un momento, y luego empezó a juntar los papeles y doblarlos.

—Manda a la mierda a los hijos de puta —dijo el cadáver, con un cloqueo entrecortado, y luego murió.

36

La tarde del veintinueve de diciembre, Lázaro Suárez finalmente recibió una llamada de Sam Ramsay. McLemore y Trinidad se encontraban en la oficina de Suárez, tratando de decidir cómo convencerían a Isakov de que hablara. Dadas las circunstancias de su último encuentro, McLemore intentaba explicarle a Suárez por qué él no era la persona ideal para esa tarea.

Sonó el teléfono. Suárez hizo una seña para que se callaran. Era Ramsay. Suárez escribió en un anotador, le dijo gracias, y cortó.

—El avión norteamericano llegará mañana temprano, como a las siete, proveniente de Washington. Ramsay dice que tienen a Isakov —informó.

—¿Y si ya hay un técnico ruso aquí? —preguntó Trinidad—. Aunque nos enteremos de su nombre, eso no nos va a ayudar a localizarlo a él, o a los Bravo.

—Al menos tendremos su descripción, y la podemos agregar a la de los otros que buscamos —dijo Suárez—. Él debe de ser parte del complot, de modo que es probable que vaya con ellos cuando depositen el arma.

—¿Le has dicho al coronel Núñez... acerca de la sección explosiva? —le preguntó Trinidad.

—No —respondió Suárez—. Es probable que me mande fusilar cuando se entere. Pero ahora está segura en nuestro edificio de neutralización de bombas, y he dado instrucciones a los hombres para que no la desenvuelvan. Les expliqué que puede contener radiación o agentes químicos residuales. Que debíamos traer expertos desde Rusia para desactivarla. Eso los detendrá por un tiempo. Todos están aterrorizados, de cualquier manera.

Trinidad se volvió a McLemore.

—¿Dónde crees que pondrán... esta cosa?

—¿Tienes alguna duda? —preguntó a su vez McLemore—. Tan cerca de la plaza como puedan.

—Quizá. Quizá no —intervino Suárez—. Pensando que eso es lo que nosotros esperamos, es posible que prueben en otro lugar. Ni siquiera pueden estar seguros de que hayamos descubierto el robo. Deben suponerlo, pero no estar seguros. Toda la ciudad... quizá todo el país... es el blanco.

McLemore tomó el teléfono de Suárez.

—Déme el número de Ramsay, por favor. —Lo discó, luego escuchó. —Red, habla Mac. ¿Puedes enviar un cable a Washington preguntando las dimensiones, rendimiento, y todos los datos técnicos posibles sobre una sección explosiva Luna? Si esta cosa anda por ahí, debemos saber qué es lo que buscamos. Cómo es de grande. Ese tipo de datos. Cuánto espacio se requiere para esconderla, y cosas por el estilo. Dale la información a Suárez si yo no estoy. Gracias.

Mientras se producía esta conversación, del otro lado de la ciudad, en la destartalada residencia, Dmitri Dankevich abrió las raídas cortinas para mirar afuera. Estaba padeciendo las consecuencias del encierro, y debía estirar sus constreñidos músculos viejos. Manny y Tony se habían ido en el camión. Johnny, Joe y Orlando habían salido a caminar. En realidad, fueron a realizar un reconocimiento de la plaza por tercera vez, comprobar las vías de acceso y egreso, examinar los edificios vecinos y posibles escondites.

—Ya no soporto más este lugar —le había dicho Pete hacía unos minutos—. Quédese aquí. Yo volveré... pronto.

La verdad era que por el intersticio de las cortinas había visto pasar a una señorita y quería verla de cerca.

"¿Por qué no? —pensó Dankevich—. A estos jóvenes no les molestará que camine un poco y respire aire fresco." Con gran cautela, se escabulló por la puerta posterior, caminó por un callejón estrecho por donde entraba y salía el camión, y llegó a la estrecha calle y a la vereda, más estrecha todavía. Aire fresco y limpio, y una leve brisa. El sol tibio lo hizo sentir de inmediato como un hombre nuevo. Trajo de vuelta aquellos maravillosos días del 62, cuando no hacía demasiado calor y llegaba una brisa desde el oeste. Caminó tres o cuatro cuadras, y luego se dispuso a volver a la residencia. En la vereda de enfrente vio a unos hombres mayores sentados ante una mesa de café. El aroma llegó a su olfato, retrotrayéndolo treinta y seis años. A su jefe, Isakov, le gustaban el ron y las mujeres. A él más que nada le gustaba el café. Cruzó la calle. Los hombres lo miraron. Regresando varias décadas buceó en la mente para recuperar algo de su muy limitado vocabulario español.

—Café, por favor —dijo.

Uno de los hombres le indicó que se sentara.

—¿Habla usted español? —le preguntó.

Dankevich sonrió con timidez y negó con la cabeza. No.

El hombre gritó algo hacia el interior del café.

—¿Europeo? —le preguntó.

Dankevich sacudió la cabeza.

—*Russki* —respondió, antes de pensarlo.

El otro hombre levantó las cejas. Algunos rusos viejos, de la época de los misiles, habían vuelto, pero era raro. Entre los cubanos mayores todavía había cierto resquemor por la retirada militar de hacía una eternidad. Unos cuantos rusos ricos y jóvenes venían para ir a las playas. Sin embargo, este ruso no era ni rico ni joven.

—¿Habla algo de inglés? —le preguntó uno de los hombres mayores, un caballero canoso de aspecto distinguido.

Una cubana amatronada le trajo una taza de café. Dankevich le ofreció unos pesos, que había cambiado en el hotel.

—*Nyet, nyet* —dijo uno de los hombres, y todos rieron.

—Sólo un poquito —dijo Dankevich—. Una o dos palabras, quizá.

—¿Su primer viaje a Cuba? —le preguntó en inglés el caballero de aspecto distinguido.

Dankevich había oído hablar inglés británico e inglés estadounidense, ambos con acento. El de este hombre sonaba como inglés norteamericano.

—*Nyet*... no. Perdón. Yo estuve aquí hace muchos años.

El del pelo canoso tradujo para los otros dos.

—¿Durante la época de la crisis? —le preguntó luego.

—*Da*... sí —respondió Dankevich—. Hace muchos años. Desde entonces, no volver hasta ahora.

—Todo está más o menos igual —dijo el hombre bondadoso—. ¿No le parece?

—Me parece —respondió con vacilación Dankevich—. Pero no estar aquí mucho todavía. No ver mucho, todavía. Quizá pronto.

Bebió el delicioso café, agradecido por el sabor y los muchos recuerdos afectuosos que le traía.

—¿Se quedará mucho tiempo? —le preguntó el que hablaba inglés.

Dankevich negó con la cabeza.

—No mucho. Poco tiempo. Mirar alrededor. Ver lugares viejos. —Le caía bien el hombre con el que estaba hablando, el norteamericano. Quizá, cuando hubiera terminado su trabajo, podría comer con él, aprender algunas frases más en inglés. —¿Usted vive aquí... esta área? —le preguntó.

—Sí —contestó el hombre canoso—. ¿Usted también está en esta área?

Dankevich asintió, y luego terminó su café. De repente tenía miedo de que sus jefes volvieran y descubrieran que no estaba. También pensaba que quizás hubiera dicho más de lo debido. Se puso de pie, buscó unos pesos, pero una vez más los otros hicieron una seña negativa. Hizo una reverencia.

—*Dasvedanya*... buenas noches.

Los hombres lo observaron alejarse. Se miraron entre sí y empezaron a comentar lo raro que era ver a un ruso viejo en su vecindario.

Cuando Suárez no escuchaba, McLemore insistió en invitar a Trinidad a cenar. Necesitaba verla y hablar con ella con urgencia. Tenía una serie de temas de qué hablarle. Se reunieron a las nueve en el pequeño comedor del Santa Isabel. Ahora que McLemore estaba relacionado al menos con un elemento de la inteligencia cubana, Trinidad tenía menos reparos en ser vista con él en público. Ahora Lázaro podía estar menos preocupado por la posibilidad de que McLemore tratara de reclutarla. McLemore no había comido desde la mañana temprano, y Trinidad desde antes. No obstante, ella picó la comida de su plato mientras él devoraba la suya.

—Tengo un requerimiento —le dijo McLemore—. Si tuviera derecho, sería una exigencia, y lo haré con toda la fuerza posible. El jueves (víspera de Año Nuevo) quiero que te vayas de La Habana junto con tu madre. Ve al oeste, a algún lugar en Pinar del Río. Te conseguiré un auto, y puedes conducir por la península. Insisto en que lo hagas.

Ella estudió su plato, pensando en su madre, en su padre y su hermana, y luego lo miró a los ojos.

—Sabes que no puedo hacer eso. Es un acto cobarde. Injusto con los demás. Sólo porque yo esté al tanto de este espantoso secreto, no puedo aprovecharme de ello y dejar atrás toda mi ciudad. Si muchos de mis compatriotas... mis hermanos y hermanas... mueren, entonces yo no debo vivir. No sería correcto.

—Esto no es por ti —insistió él—. Es por mí. Es mi requerimiento egoísta. No quiero que mueras. Tú eres la primera persona a quien quiero en... en muchos años. No permitiré que esto te pase. Te has convertido en alguien demasiado importante para mí. Tú eres ahora en lo que yo creo.

Ella puso su mano sobre la de él. La camarera, seguramente en el mismo trabajo que ella, tomó nota.

—Eres tan bueno. Debes saber que yo siento lo mismo que tú. Tú eres quien debe irse. Éste no es tu país. Ésta no es tu gente. Ya has ayudado mucho a este país. Probablemente nos habríamos enterado de estos terroristas sin ti, pero sin tu ayuda no habríamos conocido el peligro exacto ni de dónde provenía. Gracias a ti, todavía tenemos una oportunidad. Todavía podemos salvarnos.

McLemore miró la antigua plaza, luego a ella.

—Seamos honestos. Si estas personas son inteligentes... o inclusive sólo si tienen suerte... pueden cometer este disparate. Pueden matar a mucha, mucha gente. —La ferocidad en su mirada y en su voz casi asustaron a Trinidad. No lo había visto nunca así. Parecía fuera de sí. —No permitiré que te maten.

—Por más agradecida que esté, tú no me puedes forzar a irme —dijo ella—. También hace mucho que no le importo a nadie. —Volvió a tocar su mano. —Por eso yo estaba como estaba cuando te conocí. No sólo debido a que eras un yanqui. También era que no quería a los hombres. A ninguno. Ahora todo eso ha cambiado. Debido a ti, vuelvo a sentirme como un ser humano... una persona verdadera... otra vez como una mujer a quien le importan los demás. Tú me has ayudado a devolverme la humanidad. —Sonrió, con lágrimas en los ojos. —Sólo puedo darte las gracias por ello... —Su voz se quebró, y apartó la mirada.

No hablaron por un rato. Levantaron los platos. La observadora camarera notó que tenían las manos entrelazadas. A ninguno de los dos le importaba eso ahora. Sabían algo que ella no sabía: todos podían estar muertos en tres días.

37

Después de la cena, McLemore acompañó a Trinidad a su apartamento en la sección Vedado, y luego regresó a su hotel. Por el camino discutieron las medidas que se estaban tomando para localizar a la unidad Bravo. Las fotos individuales de los miembros, tomadas por Juanita en forma clandestina en Miami hacía unas semanas, circularon por toda la red de inteligencia cubana, incluyendo los comités locales para la Defensa de la Revolución —CDR— y la estructura de seguridad nacional. Cuando llegaran las fichas de Estados Unidos —por la mañana, según esperaban— se haría circular también cualquier foto e información adicionales a través de la misma red. Si lograban que Isakov hablara de la conexión rusa, también podrían tener otro blanco en qué concentrarse.

Esa misma noche Suárez informaba a Núñez y a otros funcionarios de seguridad de alta jerarquía acerca del grupo Bravo, el tipo de arma que poseían, y el paso sin precedentes dado por McLemore involucrando a la inteligencia estadounidense. Esta información sería transmitida de inmediato al Comandante, y se tomaría una decisión con respecto a si se proseguía con la celebración, tal cual estaba planeada. Trinidad estaba preocupada por Lázaro. Sería duramente criticado, posiblemente degradado o despedido. Núñez exigiría saber —con un despliegue de ira— por qué no se lo había mantenido informado durante casi todo un día cuando se descubrió que faltaba una sección explosiva.

McLemore le contó a Trinidad acerca del dilema de Ramsay: si debía o no trasladar a su familia. Ella comentó que ahora la inteligencia cubana estaba en iguales condiciones. Si se cancelaba la celebración, lo mismo Bravo podía colocar su explosivo en el centro de La Habana y causar un daño enorme. Castro y los principales líderes no podían salir de La Habana sin parecer cobardes e insensibles hacia sus conciudadanos. Podía evacuarse la ciudad, pero aun así el daño a edificios e infraestructura sería inmenso, y habría caos y pánico. Además, el gobierno no estaba preparado para dar alimentos, ropa y vivienda a dos millones de cubanos vagando por el campo. En ese caso, por otra parte, Bravo podría decidir poner la sección explosiva en Santa Clara, Santiago de Cuba, o cualquier otra ciudad.

Por último, Trinidad comentó que Bravo tenía a todo el país como rehén, y que la única solución era encontrar a sus miembros antes de que dieran el golpe. La mención de otras ciudades recordó a McLemore un hecho en que no había reparado hasta entonces. La base naval de Guantánamo estaba en la punta oriental de Cuba. Alrededor de cinco mil hombres de las fuerzas militares de los Estados Unidos estaban allí, en conformidad con un tratado de cien años de antigüedad. Él sabía muy poco sobre radiación y precipitación radiactiva, pero se imaginaba que la sección explosiva Luna era "sucia", y que en potencia podía irradiar contaminación y radiación por lo menos hasta el extremo de la isla. En caso de que Worthy, o alguna otra persona en Washington, no hubieran pensado en ello, pensaba traer a colación el tema por la mañana. Los Estados Unidos tenían un interés nacional genuino, además de evitar el oprobio de que ciudadanos estadounidenses realizaran el peor acto terrorista en la historia humana.

Al despedirse, Trinidad y McLemore se abrazaron durante unos tensos momentos. Él no quería separarse de ella. Para él, ella era ahora la única historia, la única causa que le importaba.

Pensaba en esta nueva verdad, de la que se había ido percatando poco a poco, detenido frente al Santa Isabel a la sombra de espesos árboles, esperando oír la voz familiar. Era cerca de la medianoche, y Suárez lo buscaría dentro de seis horas para ir al aeropuerto a esperar a Worthy y Viktor Isakov. Prescott se materializó entre las sombras —McLemore había dejado de pensar cómo lo haría— y se sentaron.

—Considerando todo lo que ha hecho usted por mí —dijo McLemore—, le voy a relatar un desagradable secreto. La pandilla que le mencioné... proveniente de Miami... está planeando hacer volar la ciudad en un par de días. Usted debería quizás aprovechar la ocasión para visitar algunos amigos lo más lejos posible.

—¿Por qué querrían hacer una cosa así? —preguntó Prescott.

—Padre, usted conoce el corazón humano mejor que yo. Es un sitio desesperadamente complejo.

—Por cierto —dijo con pesar el viejo—, sobre todo cuando sus intrincados laberintos se vuelven hacia la política.

McLemore bajó la voz hasta convertirla en un susurro.

—Tienen una vieja sección explosiva soviética que quedó de la crisis de los misiles. Entraron en el país y se apoderaron de ella, y suponemos que planean hacerla estallar, y volar con ella a toda la plana mayor cubana, en un par de días, durante la celebración.

Prescott guardó silencio.

—¿Cómo puede un grupo pequeño de cubanoamericanos tener los conocimientos necesarios para hacer explotar un arma nuclear destinada a un misil?

McLemore se quedó sin habla ante una pregunta con tanto sentido común.

—Pensamos... supongo que usted ya se habrá dado cuenta de que estoy colaborando con las autoridades locales... pensamos que se han procurado los servicios de un técnico ruso, probablemente una especie de experto de aquellos días. La sección explosiva tiene cerca de cuarenta años, de modo que esta persona, quienquiera que sea, debe de ser bastante mayor.

—De mi edad —observó Prescott.

McLemore pensó por un momento en Trinidad.

—Sí, algo así —dijo, distraído. Hemos repartido fotos de este grupo, el grupo Bravo, a los comités de vigilantes locales, y mañana tendremos más información, desde los Estados Unidos, sobre el ruso, o rusos, que los están ayudando.

—Me gustaría mantenerme en contacto con usted —pidió Prescott—. ¿Dónde lo puedo encontrar mañana?

Pensando que querría enterarse de las últimas informaciones, McLemore dijo:

—Aquí en el hotel, mañana por la noche. Deje un mensaje, o véame aquí. La mayor parte del día estaré en la Oficina de Interés, o quizás en la de Trinidad en el Ministerio del Interior. Pero a menos que suceda algo dramático, volveré aquí mañana por la noche.

De repente preocupado, el anciano asintió, le dio las buenas noches a McLemore, y prometió verlo allí la noche siguiente.

Mientras Prescott se dirigía al distrito del Cerro a la madrugada, no podía imaginar el drama que se llevaba a cabo a unas pocas cuadras de su apartamento. Dankevich estaba desmoronado en la destartalada silla de respaldo recto al lado de la sección explosiva, mientras Manny seguía reprendiéndolo con violencia.

—Usted vuelve a hacer esto, y yo lo estrangulo con mis propias manos. ¿En qué estaba pensando, por el amor de Dios? Si alguien sospechaba algo y lo seguía hasta aquí, estaríamos en la cárcel el resto de nuestra vida, con suerte. Lo más fácil es que nos cortaran a pedacitos con hojas de afeitar y dejaran que nos desangráramos en un par de días. Piense en eso. ¿Es lo que busca?

Los otros hombres los rodeaban, turnándose para acosar y amenazar al viejo.

Él tenía la cabeza gacha, como un colegial en desgracia.

—Necesito caminar —dijo durante una pausa en medio del acoso—. Necesito un aire lindo.

—Ya tendrá tiempo para caminar. Ya tendrá aire. Dentro de tres días, podrá caminar todo lo que quiera, y tener todo el aire que quiera. Ahora, duerma —dijo Tony, el buen policía—. Ahora duerma. En la mañana conecta el reloj. Entonces su trabajo habrá terminado. ¿Entiende?

Dankevich asintió, aún apesadumbrado. No le gustaba que lo trataran como a un cautivo. "Si esto es el capitalismo, no es raro que a nosotros no nos gustara", se dijo con malhumor. Y, justo antes de sumirse en un sueño agitado, se le ocurrió una pregunta repentina: Si Manny y Tony y sus amigos estaban allí para ayudar a los cubanos a detener una invasión yanqui, ¿por qué se escondían en ese lugar tan horrible? ¿Por qué no estaban trabajando en una base militar cubana? Sobre todo, ¿por qué tenían miedo de ser descubiertos?

Más tarde, cuando los hombres se acostaron —se turnaban: dos usaban los catres, el resto dormía en el piso—, una figura alta y flaca, de pelo blanco, pasó por la calle, como un espectro. Esa tarde, Prescott había observado al agradable ruso viejo levantarse de la mesa del café y caminar en esta dirección. Prescott presentía que estaba cerca. También creía que el ruso era el hombre que buscaba McLemore. Se le ocurrió que, después de todo, él podía ser de alguna utilidad.

38

El jet ejecutivo de dos motores, sin otras marcas identificatorias que una pequeña bandera de los Estados Unidos y un número en la cola, llegó al aeropuerto internacional José Martí, a diez kilómetros de La Habana. Aterrizó rápido, y luego siguió al vehículo de escolta hasta una pequeña terminal para personas importantes. Aun antes de que se apagaran los motores, se abrió la portezuela y descendió la escalerilla en forma automática. Un comité de recepción, que incluía a Sam Ramsay, Lázaro Suárez, Trinidad y McLemore se acercó a la escalerilla cuando descendieron dos hombres. McLemore era el único que conocía a ambos. Uno era Worthy, y el otro Viktor Isakov. Dadas las circunstancias, McLemore se quedó atrás para dejar que Ramsay hiciera las presentaciones. Isakov se rehusó a mirar a nadie o a estrechar la mano de nadie, excepto a McLemore, a quien miró con odio.

Subieron a dos autos. Worthy, Isakov y Ramsay a una camioneta de la Oficina de Interés, y los demás al auto del ministerio de Suárez. Con éste en la delantera, ayudado por la luz azul que giraba con urgencia, se dirigieron a La Habana a toda velocidad y, como se había dispuesto con antelación, a la Oficina de Interés. Siguiendo órdenes de Washington, Ramsay rechazó la insistente propuesta de Núñez de que la reunión se celebrara en el Ministerio del Interior. Asimismo, se limitó la participación no estadounidense a quienes iban en el automóvil de Suárez. Núñez y los altos funcionarios del ministerio estaban furiosos.

Una vez en la "burbuja", Worthy fue el primero en hablar.

—Señor Suárez, le hago entrega de fichas relacionadas con la identidad de los miembros de un grupo que se autodenomina Bravo o Bravo 99. Notará que el FBI ha hecho ciertas modificaciones, para proteger nuestras fuentes de información y nuestros métodos, como es obvio. Quizá lo más valioso para ustedes sean las fotos bastante claras de la media docena de líderes del grupo, quienes probablemente son los que han traspuesto las fronteras de su país. —Empujó dos o tres delgadas carpetas sobre la mesa de reuniones hacia Suárez, que agradeció con un movimiento de cabeza. —A este respecto debo decirle que, desde que se tomaron estas fotografías, estos hombres han desaparecido, quizás entrando en la clandestinidad, y bien pueden haberse alterado su aspecto con pelo facial, tiñéndose el cabello, cambiándose el color de la tez, o mediante cualquier otro método. Por lo tanto, estas fotos eran confiables hasta hace seis u ocho semanas, cuando primero colocamos a estos individuos bajo vigilancia. De hecho —sonrió con pesar, reconociendo la existencia de la bien conocida pero poco discutida red cubana en el sur de Florida— es posible que ustedes tengan información más actualizada que la nuestra.

—Señor Worthy —dijo Suárez—, estamos muy agradecidos por la cooperación que representa su presencia aquí. Reconocemos que carece de precedentes, al menos en lo que a nosotros respecta, y mi gobierno la interpreta como un gesto de muy buena voluntad de parte de su país.

Con la cara más colorada que nunca, Ramsay habló a continuación.

—Yo no llevaría eso demasiado lejos —dijo.

No obstante, Worthy le indicó que guardara silencio.

—Con respecto a las fichas —siguió diciendo Worthy—, debo agregar una condición. En lo que a nosotros respecta, esta reunión y este intercambio de información nunca tuvieron lugar. Después que todo termine, y si ustedes logran evitar el desas... el problema, negaremos haber participado en este asunto.

Suárez asintió, obediente.

—No tenemos ninguna razón para sacar un rédito político de su cooperación referida a esta amenaza crítica. Usted tiene mi palabra de que ninguna de las personas con quienes estoy asociado hará un reconocimiento público de nuestros esfuerzos mutuos. Cometeré la osadía de sugerir que nuestro presidente, el comandante Castro, en forma personal y privada expresará el agradecimiento oficial a su país y a su pueblo después de que logremos nuestro propósito, si Dios quiere.

—Preocupémonos por el protocolo después —dijo Worthy. Se volvió a Isakov. —Tengo conmigo al señor Victor Isaacs, ciudadano de los Estados Unidos, cuyo nombre ruso original era Viktor Leonidovich Isakov. El señor Isaacs está cooperando con nosotros, diremos, con cierta renuencia. —Isakov era una perfecta ilustración de la furia negra. —Él reconoce que su oficio es la venta de armas rusas y que ha negociado la venta de ciertas armas a individuos —recuperó las fichas con las fotos entregadas a Suárez— identificados como miembros del grupo Bravo. Ahora le pregunto, señor Isaacs, si éstos son los dos hombres con quienes arregló la venta. —Separó las fotos de Manny y de Tony y se las mostró a Isakov. Se trataba de una formalidad, una repetición del largo interrogatorio llevado a cabo el día anterior, después de que la Agencia fuera a buscarlo al FBI. Isakov asintió, miserablemente. —Interpretamos eso como un sí. Las negociaciones tuvieron lugar en septiembre y octubre, y por lo que ustedes nos dijeron ayer, tenemos entendido que Bravo posiblemente haya tomado posesión del equipo aquí ayer por la mañana.

Ramsay y Suárez asintieron.

—Ahora bien, señor Isaacs —siguió diciendo Worthy—, lo hemos traído aquí para hacerle una pregunta. Usted ya ha sido informado de que sus tratos con el grupo Bravo se llevaron a cabo sin las licencias apropiadas del Departamento de Alcohol, Tabaco y Armas de Fuego de los Estados Unidos, e implica una violación de alrededor de tres docenas de leyes estadounidenses. Como usted es ciudadano de los Estados Unidos, y por ende está protegido por ciertas garantías constitucionales, se le permitirá obtener asesoramiento legal cuando regresemos a los Estados Unidos. Su asesor le informará que usted no tiene obligación de responder a esta pregunta y que, si opta por responderla, la misma puede ser usada contra usted en la corte. Sin embargo, señor Isaacs, tenemos aquí una situación muy seria. Si coopera, mi Agencia estará dispuesta a cooperar con su asesor legal para tratar de procurar una resolución a sus considerables dificultades legales, de manera tal que pueda conservar su ciudadanía e inclusive no ir a prisión. De lo contrario, señor Isaacs, puedo prometerle que caerá sobre su cabeza el peso total del gobierno de los Estados Unidos como una tonelada de mierda y que encontraremos para usted una celda que hará que, en comparación, el *gulag* parezca un hotel de cinco estrellas.

Isakov empalideció.

—Y, señor Isaacs —agregó Ramsay—, eso es lo mejor que puede esperar. No está descartado que el señor Worthy se olvide de llevárselo consigo cuando vuelva a los Estados Unidos. En ese caso, el señor Suárez tiene un jefe, un tal coronel Núñez, considerado en todo el país como el cubano más cruel que existe. Se lo daremos a él por un par de días... digamos, hasta el mediodía del jueves... y luego lo estaquearemos en el centro de la plaza de la Revolución y dejaremos que disfrute en forma directa de la celebración del cuadragésimo aniversario de la gloriosa revolución cubana.

Viktor estaba terriblemente pálido, listo para buscar una lapicera y firmar cualquier confesión que le pusieran delante. Miró a derecha e izquierda en busca de comida o bebida o, sobre todo, de un cuarto de baño. Ramsay lo tomó de un brazo y lo acompañó pasillo abajo. Mientras salían, Ramsay se volvió.

—Parece tener ganas de pensarlo —dijo.

Cuando volvieron, fue Worthy quien habló nuevamente.

—Señor Isaacs, usted ha vendido un arma nuclear a un grupo de hombres con poco o ningún conocimiento sobre armas nucleares, sobre todo antiguas. ¿Negoció o no como parte del trato que alguien con conocimientos sobre este tipo de armas estuviera disponible para hacerlas funcionar?

Isakov asintió, moviendo hacia arriba y abajo su enorme papada.

—Esperamos entonces que nos diga todo lo que debamos saber sobre este individuo —dijo Worthy mientras se reclinaba sobre su asiento y cruzaba los brazos.

Las palabras de Isakov surgieron como un torrente.

—Dankevich, su nombre. Dmitri Dmitrivich. Ex teniente coronel del ejército soviético de las Fuerzas de Cohetería Estratégica. Ahora tiene —pensó un instante— setenta y cuatro, setenta y cinco años. Especialista en ingeniería nuclear, en secciones explosivas. Vive en Moscú. Viene aquí, a Cuba, quizás hace cuatro, cinco días con pasaporte ruso. Su nombre. Pueden comprobar. Va a hotel Victoria, espera un día, Manny y Tony van a buscarlo. Él repara bomba. Eso es todo. Todo lo que sé.

—¿Por qué lo hace? —preguntó McLemore—. ¿Usted le paga?

—No yo —respondió Isakov—, ellos. Quizá diez mil. Un montón de dinero para él. Él da a su familia.

—¿Sabe él cómo se usará esta arma? —preguntó McLemore.

Isakov se encogió de hombros.

—¿Sabe usted cómo se usará esta arma? —preguntó McLemore.

—¿Cómo se dice, "no pregunta, no respuesta"? —Isakov parecía complacido con su inteligencia.

Ramsay pareció a punto de eviscerarlo con un cuchillo sin filo.

—Díganos cómo es él... Dankevich —dijo Suárez.

Isakov describió al ex subordinado de su padre, a quien recordaba de los días de su infancia. Su padre había seguido amedrentando a su colega aun cuando ambos estaban retirados, y Viktor fue testigo de ello muchas veces. Todos tomaron nota, preguntando detalles acerca del color de los ojos, verrugas, dedos torcidos. Agotaron todas las marcas identificatorias posibles. Por fin, Isakov sonrió.

—Mi padre. Él está tirando botellas de coñac una vez. Dankevich no lo ve. Se pone de pie y botella le pega justo aquí. —Se señala la ceja. —Hace pequeña cicatriz cortando ceja.

—¿Lo enviarán de regreso cuando termine su trabajo? —preguntó McLemore—. ¿Qué sucederá con él?

Isakov volvió a sonreír, casi como para sí mismo.

—Creo que lo matarán.

39

Mientras Dankevich armaba la sección explosiva el día anterior, Manny y Tony localizaron las tiendas de mantenimiento que abastecían al Gobierno de la ciudad de La Habana. Estaban situadas en una serie de edificios pequeños en el distrito de galpones de depósito, edificios que mantenían en funcionamiento los servicios públicos de la municipalidad. En una de las tiendas, Manny dijo que querían informar sobre un ascensor que se había quedado atascado en el hotel Nacional, y los enviaron dos edificios más abajo. Detrás del lugar adonde los enviaron vieron hombres que iban y venían de a dos. Todos usaban el mismo tipo de traje de mecánico, con una pequeña placa identificatoria de tela sobre el bolsillo izquierdo, y manejaban camiones con la insignia de la ciudad, que se encontraban estacionados en una playa sin custodia. Notaron que al terminar la jornada, los hombres colgaban su traje de mecánico en una serie de ganchos en un cobertizo. Los trajes eran tan viejos y estaban tan sucios que había pocas posibilidades de que alguien los robara.

Al mismo tiempo que Isakov era interrogado en la Oficina de Interés en la mañana del treinta, Manny fue con Orlando y Pete a la tienda de mantenimiento. Orlando conocía todo lo relacionado con el negocio de los ascensores, y Pete era necesario para levantar objetos pesados. Joe, el experto en electrónica, se quedó como asistente de Dankevich para conectar el cronómetro, y Tony en su papel de amigo de Dankevich. Johnny tenía la misión de "liberar" un vehículo. Manny se separó de sus tres compañeros y quedó en reunirse con ellos en un lugar determinado, tres horas después.

Esperaron a cincuenta metros de la parte posterior de las tiendas y la playa de estacionamiento de los camiones hasta que ya no hubo actividad, y entonces pusieron en práctica lo que habían planeado. Johnny fue a la playa de estacionamiento y unió los cables de uno de los antiguos camiones en la última fila. Mientras tanto, Orlando y Pete se apropiaban de tres uniformes de mecánico del cobertizo. Saltaron junto a Johnny y se dirigieron a la plaza de la Revolución. Orlando había traído una caja vieja llena de herramientas que había usado su padre cuando instaló el negocio de los ascensores. A unas pocas cuadras, en un vecindario adormilado, detuvieron el camión y se pusieron los uniformes. Como era el único que se había criado en una casa en que se hablaba español y, por ende, hablaba la clase más auténtica de español cubano, era Orlando quien conducía. Los otros dos iban con él en la cabina. Llegaron a la plaza desde la avenida Carlos de Céspedes, en el lado oeste de la misma, luego doblaron a la izquierda, siguieron por el Paseo un pequeño trecho y en seguida doblaron a la derecha, hacia el cuartel de la guardia que protegía el acceso a la torre Martí y al Palacio de la Revolución, sede del Comité Central del Partido Comunista cubano y la plana mayor del Gobierno, incluyendo al jefe. Si el proyecto fracasaba, sería en los dos o tres minutos siguientes, y los pasajeros del camión, y posiblemente ninguno de sus colegas de Bravo, volverían a ver a los Estados Unidos o la luz del día.

La tensión dentro del camión era palpable mientras Orlando hablaba en su suave y melodioso español con los severos guardias militares. Dijo que su jefe lo enviaba a revisar el ascensor, sobre todo el motor, para asegurarse de que estuviera en buen estado de funcionamiento para la próxima celebración. Había llamado alguien del Comité Central, probablemente algún burócrata. Dijo que el Comandante querría que algunos visitantes distinguidos del extranjero subieran a ver la ciudad. Exigía que se revisara el ascensor. Uno de los tres guardias militares fue a la parte posterior del camión, miró hacia el interior, luego subió de un salto y revisó la caja de herramientas. Volvió a saltar a tierra y miró debajo del camión. Orlando les mostró los papeles que registraban el camión como perteneciente al centro común de vehículos motorizados de la ciudad de La Habana. El cabo de la guardia quería saber cuánto tardarían. Orlando dijo que no más de media hora —una hora, a lo sumo— o hasta que vieran si había un problema. El guardia inspeccionó a los hombres, y todos le agradecieron al inteligente Manny por recomendarles que se pusieran un poco de grasa del camión bajo las uñas y se mancharan un poco la cara. El cabo ordenó a uno de sus hombres que los acompañara. Pete subió a la parte de atrás y el guardia se sentó en el asiento delantero en el viaje de cien metros hasta la torre.

El guardia los condujo alrededor de la torre y los hizo pasar por la puerta de servicio. Una vez más, los hombres agradecieron a Manny en silencio por haberles hecho visitar el museo Martí y, de paso, inspeccionar la planta baja. El jefe de mantenimiento les mostró la caja eléctrica principal y los fusibles que controlaban el ascensor. Luego ascendieron y volvieron a bajar. Orlando le indicó al jefe que el motor hacía un ruido extraño. Escucharon. Orlando les hizo oír el crujido o golpecito, y entonces el jefe reconoció que lo oía. Los llevó hasta el motor principal, y Orlando se puso a trabajar con sus llaves inglesas. Hizo arrancar el motor y lo detuvo, aceleró y aminoró los mecanismos de calibración, comprobó la lubricación y los fluidos hidráulicos. Mientras Pete distraía al jefe y Johnny hacía de pantalla para ocultar sus movimientos, aflojó ligeramente uno de los principales contactos eléctricos. Arrancó el motor y lo paró: sonaba de una manera claramente irregular. Al mismo tiempo, buscó en su traje de mecánico y sacó un recipiente de plástico con aceite de máquina y derramó el líquido en el piso.

Orlando llamó al jefe de mantenimiento, le mostró la mancha de aceite, y demostró el latido irregular del motor. Mientras le explicaba que el motor probablemente duraría hasta después de la ceremonia, el jefe vio desfilar su vida ante él. La visión dominante era la del Comandante y un par de líderes mundiales atascados durante horas en la parte superior de la torre mientras el mundo entero los contemplaba o, peor de todo, destrozados sobre el piso del ascensor que había caído 142 metros. Insistió en que Orlando y su equipo arreglaran el motor de inmediato. Orlando meneó la cabeza: imposible. El motor iba a ir de mal en peor. Le mostró al jefe el año de fabricación en una placa sobre el motor: 1979. Lo único que lo había mantenido con vida era el hecho de haber sido usado muy poco en los últimos años.

—Pero tenemos suerte —agregó Orlando—. Estaba seguro de que en el depósito tenían un motor de repuesto pedido al fabricante hacía algunos años.

Orlando lo llevó a un costado y le habló confidencialmente.

—Le diré una cosa. Traeremos el otro motor mañana por la mañana, sacamos el viejo, instalamos el nuevo, todo en menos tiempo de lo que llevaría arreglar éste. —Le pegó con una llave inglesa y lo hizo resonar. —Sacaremos este viejo y nadie se enterará de que usted tenía aquí un motor defectuoso. Nadie. —Orlando le estaba haciendo un favor. Le estaba salvando la vida. Lo único que Orlando necesitaba para poder llegar a tiempo era que el jefe lo ayudara a pasar por la guardia sin problema. Pensó que el jefe le iba a besar la mano. Le prometió que haría todos los preparativos necesarios y que nadie interferiría con el trabajo de Orlando.
—Hasta mañana —le dijo éste.

Devolvieron el camión y los trajes de mecánico antes de la hora de cierre. Nadie notó a tres tipos que volvían de un duro día de trabajo, estacionaban su camión, y dejaban sus trajes. Llegaron sólo quince minutos tarde para su cita con Manny, que festejó, encantado, la astucia de su protegido Orlando.

Cuando estacionaron el camión alquilado en el baldío detrás de la residencia, Tony entraba por la puerta principal con Dankevich. Con ayuda de Joe, Dankevich había conectado el cronómetro a la sección explosiva. Mientras Joe lo observaba, el viejo le mostró una y otra vez los circuitos eléctricos, explicando la corriente de los impulsos y el funcionamiento del dispositivo: se enviaba hacia adentro una explosión de alta energía, se creaba una implosión mediante los sofisticados circuitos eléctricos, lo que causaba que el material nuclear fisionable produjera la masa crítica necesaria para un "incidente" nuclear. En realidad muy simple, según explicó.

La atmósfera en la residencia era cada vez más tensa. Había habido meses de planificación y espera, días de implementación, horas de tensión nuclear. Por fin, preocupado por la posibilidad de que el ruso pudiera desquiciarse, Tony lo llevó a dar un paseo por el vecindario. Le dio a Dankevich ropa caribeña más tradicional, y salieron a caminar en medio de la quietud del fin de la tarde. Si algún vecino trataba de demorarlos, Tony saludaba, musitaba algo ininteligible y seguía camino. Mientras regresaban después de una caminata de una media hora, habiendo recorrido diez o doce cuadras, se cruzaron con una figura solitaria en la vereda de enfrente. Era el bondadoso caballero que hablaba inglés, al que Dankevich había conocido la mañana anterior y con quien tomó café. Los viejos se saludaron con una inclinación de cabeza, y Prescott estuvo seguro de haber encontrado a su hombre.

Tony observó el intercambio de saludos, pero como ninguno de los hombres habló, no le dio importancia. Prescott vio que tomaba al ruso del brazo, como si se tratara de un arresto, y lo conducía calle abajo. Prescott revirtió su dirección. Quedándose a cierta distancia, los vio doblar en la esquina, a la derecha, una cuadra después. Caminó tan rápido como pudo y llegó a la esquina para ver entrar a los dos hombres en una casa casi al final de la cuadra. Esperó unos minutos y luego caminó despacio por la calle. Conocía bien el vecindario y esa calle. Después de todo, hacía casi cuarenta años que vivía allí. Llegó a la esquina y volvió a caminar por la misma calle con aire casual. Dobló en la esquina, y vio el camión en el baldío de atrás. De vuelta en la estrecha calle llena de casas decrépitas, Prescott vio en la esquina un viejo árbol que le era familiar, y se sentó, apoyando la espalda contra el tronco.

No se dio cuenta de que Tony había visto sus movimientos. Después de dejar a Dankevich a salvo en la residencia, se dirigió a la única ventana para asegurarse de que no los había seguido nadie. A través de la cortina vio al viejo larguirucho, con aspecto más de norteamericano que de cubano, agobiado por los años, que caminaba por la vereda de enfrente y miraba hacia la residencia. Mientras los demás preparaban la comida —otra vez arroz con porotos— Tony hacía viajes periódicos a la ventana. Volvió a ver al viejo delgado sentado contra un árbol. ¡Los estaba vigilando!

Tony se lo dijo a Manny en un susurro. Manny fue hasta la ventana y vio al viejo.

—¿Ha hecho algún amigo desde que está en esta casa? —le preguntó a Dankevich.

Dankevich negó con la cabeza.

—¿Quién es ése? —lo interrogó, arrastrando a Dankevich hasta la ventana.

Dankevich se encogió de hombros.

—Lo vi vereda de enfrente cuando caminar el otro día —mintió. La forma en que Manny le apretaba el brazo indicaba que la cosa era seria.

—¿Lo conoce? —le preguntó Manny—. ¿Habló con él?

Dankevich volvió a negar con la cabeza.

—No lo conozco.

"Por Dios —pensó Manny—. Estamos tan cerca ya. No podemos dejar que un viejo imbécil lo arruine todo." Llamó a Pete y a Johnny. Les mostró la figura del viejo y les dijo que iniciaran una relación y lo llevaran dentro de la casa cuanto antes. La cosa se estaba complicando.

A los pocos minutos se abrió la puerta principal de la residencia y el padre John Prescott se encontró cara a cara con los miembros de Bravo 99.

40

Esa noche, a menos de cuarenta y ocho horas de la celebración del aniversario, McLemore estaba sentado en el bar al aire libre del patio del hotel Santa Isabel. Ya iba por su tercer mojito, y aún ni rastros de Prescott. En los tres meses desde que lo conocía, nunca antes Prescott había dejado de aparecer después de decirle que se verían. McLemore se preguntó si el hombre que era su mentor y piedra de toque habría sucumbido a la vejez. Durante sus dos estadías en el Santa Isabel se había acostumbrado tanto al gorjeo y canto de los pájaros en la gran jaula de mimbre en un rincón del patio que raras veces lo notaba. Cuando lo hacía, volvía a sorprenderse por su natural belleza. Sin embargo, esta noche, mientras esperaba, preocupado por su viejo amigo, preocupado sobre todo por la mujer que amaba, se puso a escuchar el canto de los pájaros. Bajo la influencia del ron, se le ocurrió que su música sonaba triste y melancólica. Criaturas de la naturaleza tan bellas, de plumaje tan brillante, no deberían ser enjauladas.

Salió a dar vueltas a la plaza, con la esperanza de oír la resonante voz, ahora tan familiar, tan característica como vino añejo o el fugaz beso de Trinidad. Ahora ya era más tarde que la hora acostumbrada de Prescott, de por sí tarde, y no estaba en ninguna parte.

Ese día, 30 de diciembre de 1998, había sido uno de los peores de su vida, pensaba McLemore. Después de ir al aeropuerto para despedir a Worthy e Isakov, fue a la oficina de Suárez, y permaneció allí con Trinidad. Era el puesto de mando para la búsqueda de Bravo 99. La Habana y comunidades circundantes habían sido divididas en sectores. Equipos de seguridad, con las fotos del grupo Bravo —tanto las tomadas por Juanita como las del FBI— habían buscado en distrito tras distrito hasta entrada la noche, e inclusive ahora seguían registrando manzana tras manzana. Si el tiempo lo permitía, pronto empezarían la búsqueda puerta por puerta. Se entregaron fotos y descripciones a las CDR, con la recomendación de que recorrieran su vecindario. Cada vez que Suárez debía presentarse ante Núñez, McLemore y Trinidad iban a alguna salita de reunión o a la oficina de Trinidad. Núñez había sido informado del papel desempeñado por McLemore para conseguir información de la inteligencia estadounidense, pero no podía creer —sobre todo después de enterarse de la identidad del padre de McLemore— que el yanqui no fuera alguna especie de agente de los Estados Unidos. Núñez dejó bien en claro que él no quería tener nada que ver con McLemore. Recordando el relato de Prescott sobre los últimos días de su padre, McLemore pensaba que un encuentro con Núñez estaba destinado a tornarse violento.

Las horas del día, los minutos de las horas, y los segundos de los minutos iban transcurriendo y aún no había señales ni de Bravo ni de Dmitri Dankevich. McLemore no había conocido nunca tanta frustración, tanta impotencia. En alguna parte, no lejos, al menos seis hombres tenían una sección explosiva nuclear que planeaban hacer detonar junto a un millón de personas, y no había nadie capaz de detenerlos. Su amigo y mentor había desaparecido. La mujer que amaba se negaba a salvarse. A su lado, los pájaros gorjeaban sus tristes cantos, lamentando años y años de insensatez.

Después de reunirse con los altos oficiales —le dijo Trinidad a McLemore mientras él la acompañaba a su casa—, Castro tomó la decisión de no suspender la celebración. Era demasiado importante. Era simbólica. Debía realizarse. La revolución había sobrevivido a varias crisis. La revolución sobreviviría a esta crisis. Se debía encontrar a los terroristas.

De manera que ahora no había retorno. Para mañana a la mañana, desde toda Cuba, empezaría a llegar la gente a la capital. Llegarían para las festividades del jueves, y muchos se quedarían el fin de semana en la gran ciudad. Es decir, si todavía existía.

McLemore levantó los ojos cuando Sam Ramsay se sentó. El taimado camarero, viejo amigo de Ramsay, trajo dos mojitos más, sin que se los pidieran. Le dedicó una sonrisa burlona al rubicundo yanqui. "Tonto —pensó McLemore—, no estás lo suficientemente alto en la escalera para saber lo cerca que estás que te hagan volar tu lindo peinado por el aire."

—¿Qué pasa? —preguntó McLemore.

Ramsay se encogió de hombros.

—Estoy solo. Pensé que podrías tener alguna noticia.

—Deberías estar con tu familia, no conmigo —le dijo McLemore—. ¿O los hiciste salir de la ciudad?

—Mi familia está en los Estados Unidos —dijo Ramsay, mientras sorbía su bebida—. Lo que queda de ella. Mi mujer se cansó de la vida de espía. El marido fuera de la ciudad, con reuniones todas las noches. Y haciendo qué otras cosas. Sólo Dios lo sabía. Demasiado para ella.

—¿Qué fue esa mierda sobre si deberías sacar a tu familia de la ciudad? —le preguntó McLemore.

—Sólo eso. Mierda. Quería saber si pensabas que esta cosa podía ponerse seria. —Levantó la copa. —Brindo por ti. Me diste la respuesta correcta.

McLemore también levantó su copa.

—¿Qué vas a hacer, entonces? No hay necesidad de que te quedes. Si yo fuera tú, buscaría una razón para viajar al cabo de San Antonio a verificar alguna nueva fuente de información.

Ramsay rió. San Antonio era el equivalente cubano de Tierra del Fuego.

—Lo mejor que podría hacer es ir a Guantánamo… y esperar con las tropas.

—¿Qué harán nuestros genios de Washington con Guantánamo? —preguntó McLemore.

—Según lo último que oí, están trayendo unos buques transporte de aspecto inocente desde el sur, y estarán listos para que suban las tropas no bien ascienda el globo.

—¿Sabe alguien cuánto tarda la radiación para llegar hasta allá si los malos ganan? —preguntó McLemore, sintiendo de repente el ron y la tensión.

—Ah, estoy seguro de que algún tipo inteligente de Langley estará haciendo los cálculos en este mismo momento. —Ramsay parecía desusadamente reflexivo. —¿Y tú? Tú deberías estar pensando en embarcarte, sabes. No veo ninguna razón para que te quedes. Ya has complicado esta cosa lo suficiente, ¿no te parece?

—Pensé en quedarme un par de días más —dijo McLemore—. Para ver cómo sale. Comparado con esto, no te imaginas lo aburrido que puede ser dar clases. No me divertía tanto desde que descubrí el sexo.

—Hablando de eso —Ramsay hizo una seña para pedir una nueva vuelta—, tu decisión de quedarte para los fuegos artificiales no tendrá nada que ver con cierta agente de la inteligencia cubana, ¿no?

—Me siento tentado de decirte que eso no es asunto tuyo —dijo McLemore—, pero como nos hemos hecho tan amigos estos últimos meses, responderé tu pregunta. Sí. Sí tiene que ver con ella.

—El verdadero amor. —Ramsay suspiró. —Mi Dios. Jamás pensé que eso le sucedería a mi viejo compañero Mac. —Los pájaros cantaban, nostálgicos, como música de fondo. —La estuve observando esta mañana. Observé cómo te miraba. Tienes un problema en tus manos, amigo. Ha hecho a un lado su marxismo-leninismo para enamorarse de un… ¿qué dirías que eres tú, Mac?

—Soy miembro del partido del pueblo. Una ideología simple. Vive y deja vivir. Dale una mano al otro cuando lo necesita. Ayuda a las ancianas. Protege la naturaleza. Sé bondadoso con los niños. Eso, sobre todo. Sé muy bondadoso con los niños. Eso lo resume todo.

—A mí me suena más como una iglesia —dijo Ramsay—. Quizá seas miembro de la iglesia del pueblo.

—Es mejor que la política —dijo McLemore.

—Brindo por eso —dijo Ramsay, e hizo tintinear su copa contra la de McLemore.

A esta altura, McLemore se sentía muy borracho. Ya estaban cerrando el bar. Eran cerca de las dos.

—Adiós, Red. No sabemos cuándo podrán cruzarse nuestros caminos. Pero brindo por ti. Puedes ser un dolor de estómago. Pero en lo más profundo de tu ser, cuidadosamente oculto, hay un buen tipo que trata de salir. Ojalá tenga suerte. Y... ojalá que tú tengas suerte.

Ramsay entendió lo que quería decir.

Se dieron la mano y, mientras se dirigía a la puerta, Ramsay se volvió.

—Lo has hecho muy bien, Mac. Espero verte. Sobre todo, cuida a la señorita.

McLemore esperó unos minutos a que Ramsay se fuera y que se cerrara el bar. El camarero se fue. McLemore dio una vuelta más por la plaza a oscuras, el lugar más viejo de una de las ciudades más viejas del hemisferio occidental. Ni señas de Prescott. Dentro de dos días, ¿existiría la antigua ciudad?

McLemore volvió a entrar en el hotel, le dijo buenas noches al empleado nocturno, luego empezó a cruzar el patio para llegar a la escalera y subir a su habitación. Los pájaros cantaron a su paso. Se detuvo a escuchar. Luego se volvió hacia el rincón del patio donde estaba la jaula. Se acercó, y los pájaros se quedaron callados. Él y los pájaros se estudiaron recíprocamente, con solemnidad. Luego abrió la jaula.

—Vayan. Vuelen —les dijo—. Salgan de aquí. Dejen esta jaula. Aléjense. —Se hizo atrás. Un pájaro fue hasta la puerta abierta, se posó allí, luego, dando un agudo silbido, voló hacia la noche. Su compañera lo siguió. McLemore movió la jaula con suavidad. Otro casal voló, uno primero que el otro. —Váyanse ahora. Vuelen al sur. Vuelen al oeste. Váyanse. —Dos más volaron. —Váyanse ahora. Vuelen. —Uno después del otro, volaron dos más. Quedaba una sola pareja en la parte posterior de la jaula. —Váyanse —suplicó McLemore—. Ahora son libres. Pueden irse. Basta de jaulas. Váyanse. —Permanecían atrás. —Vayan a cantar —rogó McLemore—. Por favor, vayan y canten. Huyan de aquí. —Los pájaros se quedaban.

En la oscuridad del patio, en la madrugada de la víspera de Año Nuevo, McLemore estalló en llanto, abrazado a la jaula de mimbre con los dos atemorizados pájaros, agazapados dentro.

41

Prescott vio cómo varios miembros del grupo Bravo se vestían, bebían café y hablaban en voz baja entre ellos. Desde la noche anterior estaba atado de pies y manos. Había pasado más de doce horas en posición fetal sobre el suelo pelado en el rincón de un cuarto de tamaño común, ahora ocupado por ocho hombres amontonados. Al viejo ruso, de su misma edad, lo habían tratado ligeramente mejor: le dieron una frazada raída para taparse. Aunque durante el interrogatorio —brutal por momentos— conducido por el hombre a quien llamaban Manny, Prescott fingió ser un campesino tonto, él sabía, a raíz de todo lo que le había dicho McLemore, que estaba ante el elusivo y fatal grupo Bravo. Lo que era más importante, sabía que el objeto cubierto por una frazada en un rincón era el invento más letal ideado por la mente del hombre. Por cierto, durante la larga noche insomne, Prescott tuvo una alucinación: debajo de la frazada, sonriendo, haciendo gestos vulgares e invitándolo a unirse a la última orgía, vio la cara, la forma y la maligna intención de Satanás. Prescott llegó a la conclusión de que toda una vida de ascetismo le había servido de algo.

En el rincón opuesto del cuarto, el viejo ruso, a quien los hombres llamaban "Dank", algo parecido a "Dank-witch", se movió, se incorporó, y con cortesía y en mal inglés pidió café. Aunque nadie parecía prestarle atención, el que llamaban Tony lo ayudó a levantarse y a sentarse en una de las tres sillas viejas, y luego le dio café en una taza agrietada. De vez en cuando, uno o dos de los hombres salían por una puerta de atrás, llevando cosas al parecer al camión que Prescott había visto el día anterior, mientras hacía el reconocimiento del lugar. En un par de oportunidades Prescott entendió referencias al "viejo" en conversaciones mantenidas en la cocina. No sabía si hablaban de él o del ruso. De cualquier modo, no tenía esperanzas de salir vivo de allí. Durante la noche, aprovechó la oportunidad para pedir perdón por sus pecados, expresar sus gracias por todas las bendiciones recibidas, y encomendar su alma a Dios. También dijo una plegaria por McLemore y la mujer cubana a la que amaba.

A media mañana levantaron la frazada del Satanás mecánico. A Prescott la cosa real le pareció más horrenda aún de la imaginada en sus pesadillas. El ruso se sentó ante ella como a punto de adorar un tecnológico becerro de oro. A través de ojos entrecerrados, Prescott observó cómo el otro viejo conectaba lo que le pareció un reloj despertador muy sofisticado. Un hombre al que llamaban Johnny le daba las herramientas y sostenía una lupa. La tarea era tediosa. Parecía demandar un gran esfuerzo, como si se tratara de la reparación de un reloj muy delicado, y el cuarto permanecía en silencio mientras se realizaba el trabajo.

Después de lo que a Prescott le pareció por lo menos dos horas, el ruso, "Dank-witch", señaló el mecanismo de relojería a Johnny, mientras los demás se reunían detrás. En vacilante inglés, explicó que el borde exterior de la esfera del reloj debía hacerse girar en dirección de las manecillas del reloj hasta que la flecha señalara el número 23. Luego había que hacer girar otro dial hasta que una flecha indicara la palabra "contador". Por último, se debía accionar un interruptor. Cuando se hubiera hecho todo eso, la parte inferior del interruptor indicaría el rojo. El dispositivo estaría preparado entonces y se pondría en funcionamiento exactamente veintitrés horas después. De modo que si ellos querían que funcionara al mediodía del día siguiente, debían hacer todo eso exactamente a la una de esa tarde.

El hombre llamado Joe le hizo al ruso varias preguntas técnicas referidas a circuitos, voltios y sincronización del impulso. Luego, satisfecho, Joe volvió a tapar a Satanás con su raída frazada. Uno de los hombres abrió la puerta de atrás, y otros cuatro, dos de cada lado, levantaron con delicadeza el objeto, lo pusieron sobre un armazón de metal y lo sacaron por la puerta de atrás. Prescott supuso que lo llevaban al camión. Aunque los hombres hablaban en susurros, pudo entender palabras como "barco", "camión", y, una o dos veces, "torre" y "ascensor".

Cuatro de los hombres se dispusieron a partir. Hubo una discusión entre los seis cerca de la puerta de atrás. Parecía tener que ver con regresar a ese lugar más tarde. Dijeron algo sobre "herramientas" y "barco". Luego cinco de los hombres se marcharon, y se oyó que subían al camión. El llamado Tony, que parecía tener cierta consideración por el viejo ruso, se quedó.

—Mis amigos tienen que ocuparse de un asunto... un negocio —dijo, dirigiéndose al ruso—. Deben entregar el "juguete"... esa cosa... ah, al ejército cubano. Ya sabe, para repeler la invasión, como le dijimos.

Cuando vuelvan, le prepararán la cena. Yo me quedaré con ustedes dos... la mayor parte del tiempo... Iremos a Pinar del Río mañana por la mañana. A lo mejor podemos llevarlo con esos amigos cubanos allá. ¿Qué le parece?

Dankevich asintió.

—Muy bien —dijo en voz baja, mientras Prescott se preguntaba por qué los jóvenes siempre gritaban cuando se dirigían a un viejo.

Cuando arrancó el camión, Manny volvió a entrar, habló en voz baja con Tony, y le dio una soga.

—Señor Dankewitz, no nos gusta hacer esto. Pero la situación es demasiado peligrosa para que usted vuelva a aventurarse a salir al vecindario. Hay mucha gente mala por ahí, fisgoneando, como este viejo aquí. —Ató las manos de Dankevich a un caño del agua en un rincón. —Realmente no nos gusta hacer esto. Pero es para protegerlo de esos tipos de la CIA, como este viejo aquí. Anda fisgoneando, este viejo norteamericano. Se entera de algo, se lo vende a los agentes locales de la CIA. "Encontré a un ruso experto en armas nucleares". Le pagan, vienen a buscarlo a usted, lo torturan, luego lo matan. —Dio un paso atrás. —No podemos permitir que eso pase. Usted es nuestro socio. Debemos protegerlo.

Tony puso un vaso de agua sobre el piso cerca del viejo, luego salió con Manny, sin indicar de qué manera podría alcanzar el agua el ruso.

Los dos ancianos atados, uno estadounidense, el otro ruso, se quedaron callados, confundidos, sin saber cuándo volverían sus carceleros.

—No quiero asustarlo —dijo por fin Prescott—. Pero yo creo que estos hombres no son sus amigos. Creo que quieren hacerle daño.

Dankevich resopló, agitando sus manos atadas.

—Hasta yo... un viejo estúpido... ahora entiendo esto —confesó.

—¿Entiende usted su plan? —le preguntó Prescott.

—Norteamericanos preparar para invadir —dijo Dankevich—. Luna usada para detenerlos.

—No hay invasión norteamericana —aclaró Prescott, sacudiendo la cabeza—. El Luna será usado para matar a un montón de cubanos, mañana. Durante una celebración cubana.

Dankevich desvió la mirada por un momento.

—¿Cree usted en Dios? —preguntó luego.

Prescott se quedó alelado.

—Sí, creo en Dios. En un tiempo, yo fui cura.

Dankevich asintió.

—Sé que usted es buen hombre. Quizás hasta hombre santo. —Pensó un momento. —Yo digo mis pecados... ¿cómo se dice?... confesar a usted.

Con enorme sorpresa, Prescott observó luchar al viejo ruso hasta que pudo ponerse de rodillas y agachó la cabeza.

• • •

A un par de kilómetros, Manny dejó a los cuatro hombres detrás de la tienda de mantenimiento y esperó mientras Pete buscaba los trajes de mecánico del cobertizo y Joe unía dos cables para hacer arrancar un camión de la playa de estacionamiento. Orlando tenía a mano sus herramientas. Cuando volvieron Pete y Joe, se fueron. A dos cuadras de distancia, detrás de un depósito vacío, juntaron los dos camiones, haciendo coincidir la parte posterior de uno con la del otro. Como era la víspera de Año Nuevo, pocos trabajaban, y todo el distrito parecía abandonado: los cubanos se estaban preparando para celebrar el Año Nuevo y la revolución. Con gran cuidado, los hombres transportaron su delicada carga, difícil de manejar, al camión de mantenimiento. Manny les dijo adiós con la mano al verlos partir, luego inició su viaje hacia el bote. Llevaba algunas de las herramientas y el resto del equipo para simplificar su huida a la mañana siguiente.

Los cuatro hombres, con su reglamentario traje de mecánico, se dirigieron con la sección explosiva a la entrada del monumento a Martí en la plaza de la Revolución. Conducía Orlando, como antes. Pete iba sentado a su lado, y los otros en la parte de atrás con las herramientras y la sección explosiva envuelta. En el puesto de seguridad, Orlando enseñó el registro del camión y explicó que volvían ante el requerimiento urgente del jefe de mantenimiento del monumento y del Comité Central encargado de la planificación de las actividades del día siguiente. Traían un motor de reemplazo para el ascensor de la torre.

Uno de los guardias registró debidamente debajo del camión, y el otro subió a la parte de atrás. Joe y Johnny descubrieron la sección explosiva que, en el poco iluminado interior del camión, podría haber pasado por un motor de ascensor para un lego. Su comandante le ordenó al guardia que bajara en seguida, explicándole que esa mañana había llegado una orden del mantenimiento de la torre autorizando el acceso del camión con el motor y diciendo que se trataba de algo prioritario. Los hicieron pasar. El camión siguió hasta la entrada de servicio en la parte de atrás del monumento. Horas antes, equipos especiales de seguridad registraron la plaza y el monumento de la torre palmo por palmo. Ese día no se permitía el ingreso del público al museo Martí de la planta baja, que estaba herméticamente cerrado. Se había apostado una guardia doble en cada entrada. Cuando los hombres descargaban el "motor", el jefe de mantenimiento fue a recibirlos y los hizo pasar. Una vez que ubicaron la sección explosiva junto al motor verdadero, Orlando buscó sus herramientas en el camión.

Mientras Orlando, Pete y Johnny se ponían a trabajar en el viejo motor, Joe entretenía al jefe con preguntas acerca de la historia y construcción de la torre. Orgulloso de su cargo, el jefe le contó todo, con lujo de detalles. Afuera ya casi estaban terminando el gran palco para las autoridades y la plataforma para los oradores. Estarían presentes prácticamente todos los funcionarios importantes del Gobierno cubano, lo mismo que representantes de la mayoría de los países latinoamericanos. Las voces de quienes probaban el sistema de sonido resonaban a través de la vasta plaza. Aquí y allá se veían grupos de los oficiales que ordenarían la multitud, recibiendo instrucciones. Prevalecía una atmósfera de intensa energía y excitación creciente.

Adentro, Orlando y sus asistentes se esforzaban por hacer que un motor viejo pareciera nuevo. Primero, volvieron a conectar los cables supuestamente defectuosos, aflojados el día anterior. Luego limpiaron la mancha, agregaron nuevo aceite de máquina y fluidos hidráulicos. Con la ayuda de cepillos de alambre quitaron suciedad acumulada durante años. Aplicaron solventes para disolver grasa y así eliminar residuos. Luego, con detergentes especiales, lustraron el motor, sus conexiones, correas y mangueras hasta que todo adquirió un aspecto flamante. Simplificó la tarea el hecho de que el motor estaba en un espacio mal iluminado. Mientras los demás completaban el trabajo, Orlando llevó el vagón del ascensor hasta abajo y luego, haciendo que las puertas de la planta baja permanecieran abiertas, gradualmente fue elevando el ascensor hasta que su techo estuvo al nivel del piso.

Orlando le hizo una seña a Joe, que le preguntó al jefe si podía traerle a sus amigos algo fresco para beber. El jefe se dirigió al edificio del Palacio de la Revolución, a unos cien metros de distancia. Entonces, con gran esfuerzo, los cuatro hombres levantaron la sección explosiva de su marco de metal y quitaron el envoltorio plástico de cuarenta años. Sudando por el esfuerzo y el miedo, llevaron el aparato y lo depositaron con suavidad sobre el techo del ascensor. Su peso y base cilíndrica lo estabilizaban para todas las subidas y bajadas.

Rápidamente llevaron todas las herramientas, trapos, solventes y cepillos al camión junto con el armazón de metal, y cubrieron a éste con el plástico y la vieja frazada. Orlando hizo arrancar el ascensor y lo puso a nivel del piso de la planta baja justo cuando regresaba el jefe con cervezas para agradecer a los hombres por su esfuerzo especial en la víspera de Año Nuevo. Brindaron y bebieron. Orlando le mostró el motor del ascensor al jefe. Parecía y sonaba como nuevo. Ante la consternación de los otros miembros de Bravo, Orlando hizo entrar al jefe en el ascensor, cerró la puerta, y lo llevó hasta arriba. Permanecieron inmóviles hasta que regresó el ascensor, y los dos hombres salieron. Orlando había marcado el botón hasta el piso 21, uno menos que el de la terraza de observación, y regresó de inmediato.

Mientras el jefe los acompañaba hasta el camión, Orlando se excusó:

debía volver a buscar una llave inglesa. Una vez adentro, hizo subir el ascensor entre dos pisos, trabó las puertas, y miró su reloj. Eran las trece y unos minutos. Encontró el reloj, hizo girar el dial exterior hasta que la flecha marcó 23, giró la flecha del segundo dial a "contador" y luego, persignándose y cerrando los ojos, bajó el interruptor hasta el rojo. Volvió a persignarse, luego hizo subir el ascensor al piso veintiuno, y lo apagó.

Afuera le recomendó al jefe que no dejara usar el ascensor por nadie hasta que quisieran usarlo las autoridades después de la ceremonia. Hizo un gesto, indicando un bulto cubierto en la parte posterior del camión.

—No se preocupe —le dijo—. Nos libraremos de esta chatarra y nadie sabrá que se le permitió funcionar tanto tiempo.

En medio de las expresiones de gratitud del jefe, se fueron.

En el monumento de José Martí, una sección explosiva nuclear soviética de dos kilotones estaba lista para funcionar. Detonaría a las doce del mediodía del día de Año Nuevo de 1999.

42

A medida que descendía la oscuridad sobre La Habana en la víspera de Año Nuevo, la ciudad iba cobrando vida. Los recién llegados del campo y otras ciudades de toda Cuba esperaban un festejo con sus parientes de la capital esa noche. Casas y apartamentos estarían más atestados que de costumbre. Sin embargo, el espacio para dormir no sería importante. El día siguiente era una fiesta doble: no sólo el día de Año Nuevo, sino también el cuadragésimo aniversario de la revolución. Era viernes, de manera que se trataba de un largo fin de semana. Las labores rurales podían dejarse de lado por tres días. La celebración comenzaría esta noche.

Para un pequeño grupo de cubanos, no obstante, la fiesta se había trocado en pesadilla. El vórtice de la pesadilla era la oficina de Lázaro Suárez y la sala de reuniones contigua del quinto piso del Ministerio del Interior, situado frente a la plaza de la Revolución. Estos dos cuartos eran el puesto de comando para la búsqueda nacional de seis miembros del grupo Bravo y un viejo ruso experto en armas nucleares llamado Dankevich. Todo llegaba a los teléfonos de esos dos cuartos: los informes de las unidades de la policía secreta, de la red de fuentes de información de inteligencia, de las unidades de inteligencia militar y de los CDR locales. Pistas y rumores eran seleccionados, clasificados y ordenados prioritariamente para su investigación. El constante parloteo y cacareo de una serie de sistemas de comunicación en doble sentido, operados por varios oficiales de inteligencia, aumentaba la confusión. Suárez debía reportarse en forma regular ante el coronel Núñez y el ministro y reconocer su continuo fracaso, y en dos oportunidades junto con su superior debieron presentarse ante el Comandante mismo en el Palacio de la Revolución. Por la ventana de su oficina inclusive ahora se podía ver a grupos de personas acampando en la plaza para ocupar las mejores ubicaciones cerca de la plataforma de los oradores en la base del monumento a José Martí, iluminado por reflectores como un gran misil aguardando la orden de lanzamiento.

A unos treinta metros de su parte superior, un reloj ya había marcado más de ocho horas de su vida de veintitrés.

A un par de kilómetros, junto a la muralla del Malecón, muy cerca del puerto de La Habana, una docena de personas jóvenes reía, cantaba y bailaba con la música de una radio sobre la muralla. Los muchachos llevaban puestas remeras y vaqueros, las chicas pantalones ajustados y blusas que dejaban la parte central del torso desnudo. A lo largo del pintoresco paseo eran sólo uno de miles de grupos similares, notable sólo por una cosa: uno de ellos llevaba la carga de un terrible secreto. Se había convertido en socio de un montón de pandilleros, posiblemente pandilleros terroristas.

Desde esa mañana, cerca del mediodía, cuando el viejo jefe del CDR local le había mostrado las fotos, Osvaldo Sánchez se sentía preocupado. Sólo por una razón muy importante el Gobierno cubano habría activado su red nacional entera con el fin de tratar de localizar a sus dos socios mexicanos, Juan y Jorge, junto con varios otros. ¿Quiénes eran estos tipos, y qué habían hecho? El vigilante local no lo sabía. Todo lo que sabía era que los grandes jefes lo consideraban muy importante. Sentado, apesadumbrado en medio de sus amigos habaneros que meneaban el cuerpo vigorosamente, Osvaldo sólo sabía que estaba en un serio problema. Podía presentarse y admitir ante todos que había alquilado ilegalmente su casa a un grupo de mafiosos que sólo Dios sabía lo que maquinaban —en cuyo caso debería donar sus servicios al Estado para las dos zafras próximas— o mantener la boca cerrada y esperar a que esos hijos de puta Juan y Jorge hicieran su negocio sucio —contrabando o drogas, o las dos cosas— y luego desaparecieran. Si no confesaba por su propia voluntad, y lo descubrían, lo mejor que podría esperar era que le dieran una soga para ahorcarse.

Mientras Osvaldo dedicaba sus escasos recursos mentales a meditar sobre el asunto toda la noche, no podía saber que no contaba con todo el tiempo del mundo, ni que, por cierto, el reloj de su destino seguía marchando con insistencia demencial.

A unos pasos de la oficina de Suárez, convertida en un verdadero manicomio, McLemore trataba por última vez de convencer a Trinidad de que saliera de la ciudad junto con su madre, aunque fuera por un día.

—Escúchame —susurró con urgencia, mirándola con ojos ardientes—. Sal de aquí. Vete. Ahora. Busca a tu madre y váyanse lo más lejos posible. ¿Lo entiendes?

Ella parecía conmovida y decidida a la vez.

—No me exijas esto. No puedo. Mi madre no iría, de todos modos.

No es cobarde. Y no tuvo hijas cobardes. —Lo miró con ojos igualmente ardientes—. Nos quedamos aquí en esta ciudad con nuestros amigos y nuestra familia.

Él la tomó por los hombros y la apretó hasta lastimarla, como si pudiera hacerla obedecer por la fuerza física.

—No podría vivir conmigo misma después —dijo ella—, pase lo que pasare. ¿No lo entiendes? No puedo utilizar lo que sé para salvarme. —Se acercó, hasta casi tocarlo con su cara y su cuerpo. —Aunque ahora te quiero y deseo estar contigo, no puedo abandonar mi ciudad. Mi destino está aquí... y —le tocó los labios— espero que mi destino siempre sea estar contigo.

Su puesto de comando estaba ahora ocupado por agentes de seguridad que consumían cantidades de café y de ron. McLemore la tomó de la mano y salieron del ministerio. Quería que Trinidad lo acompañara hasta el Cerro a buscar a Prescott.

—Tengo miedo de que el viejo esté enfermo... que haya tenido un ataque al corazón —dijo una vez que salieron. La noche era clara. El día siguiente sería luminoso, lo que contribuiría a que la multitud asumiera propociones históricas.

Caminaron tomados de la mano, en silencio.

—Traté de hacer que fuera al hospital para un examen rutinario cuando tú no estabas —le dijo ella luego—. No quiso. Dijo que los niños necesitaban más la atención. Le compré comida con el dinero que me dejaste, pero luego supe que la repartió entre la gente del vecindario, gente mayor que él.

McLemore no se sorprendió. Mientras seguían caminando, montones de gente marchaban en la dirección opuesta, a celebrar la noche entera en el centro de la ciudad.

—Tú eres el que se debe ir —le dijo Trinidad—. No tienes ninguna responsabilidad para quedarte.

McLemore puso el brazo alrededor de su cintura. Era notable lo bien que encajaban juntos, pensó.

—Ahora suenas igual que Ramsay. Tuvimos la misma conversación anoche... o más bien esta mañana temprano. Me conoces lo suficiente ahora para saber que disfruto haciendo cosas que no debo hacer... y viceversa.

—¿De modo que no te irás?

—No.

Ella se acurrucó contra él mientras entraban en el distrito del Cerro. Después de unas cuadras llegaron al diminuto apartamento de Prescott. La única ventana estaba a oscuras. La puerta estaba sin llave, como de costumbre. No tenía nada que cuidar. McLemore encendió la única luz. Ni rastros de Prescott. Ningún indicio. Había unos cuantos libros viejos en español. Uno de ellos era *Don Quijote*, con señas de haber sido leído muchas veces. Junto al catre se veía una Biblia, en español, igualmente manoseada. McLemore leyó el pasaje marcado por el señalador.

—"Estaba desnudo, y me vestiste. Estaba hambriento, y me diste de comer" —leyó Trinidad en voz alta, y se dio vuelta.

Cerraron la puerta al salir. Una vez en la calle, pararon a unas personas que pasaban. Trinidad les preguntó si habían visto al viejo gringo. Al padre, les dijeron. No en los últimos dos días. Era raro. Siempre estaba allí, ayudando. Caminaron una docena de cuadras a la redonda, preguntando. La única pista provino de un viejo que conocía bien a Prescott y que solía tomar café con él. Estuvieron juntos hacía dos días. Parecía de buena salud, observó el hombre.

Cuando ya se iban, el hombre gritó algo en español. Trinidad se detuvo, se dio vuelta, y le preguntó qué había dicho. Tradujo para McLemore: "Probablemente esté buscando al viejo ruso que andaba caminando ese día. Cerca de aquí". El hombre trazó un círculo en el aire.

—Mi Dios —exclamó McLemore. Se miraron en la oscuridad. —Prescott encontró a Dankevich. Bravo lo capturó. Lo tienen preso.

Trinidad puso una mano sobre su brazo.

—O ya lo mataron.

—Están cerca de aquí —dijo McLemore.

—O ya se han ido. Han escapado —dijo ella. Interrogó al viejo. No sabía nada.

—No se han ido —dijo McLemore. Todavía no han terminado. Todavía siguen por aquí. En alguna parte.

Discutieron la conveniencia de convocar a las fuerzas especiales de seguridad, cerrar el distrito del Cerro, derribar las puertas.

—Es un distrito grande —dijo ella—. Llevaría la noche entera.

—Oirían la conmoción y escaparían, uno por uno. A menos que los apresáramos... y los hiciéramos hablar... no encontraríamos la sección explosiva. —McLemore tomó de pronto conciencia de la ironía: era la jugada opuesta a la captura de su padre, en ese mismo distrito. —Y si no lo han hecho todavía, lo matarían —agregó. Matarían a Prescott al dirigirse a la puerta para escapar. —Pensó durante un momento. —Si dejaron salir al ruso a tomar un café, no le habrán permitido alejarse demasiado. Tengo que creer que Dankevich y los Bravo están escondidos cerca de este lugar donde estamos.

Recorrieron varias calles, mirando en puertas y ventanas, en busca de algo desusado como grupos de hombres, ropa ligeramente distinta, comportamiento sospechoso o furtivo, algún anciano que se ajustara a la descripción del viejo subordinado de Isakov padre, suministrada por el hijo. Excepto por el nivel más alto de energía social, las calles y humildes edificios parecían igual que siempre. La mayoría de las puertas estaban abiertas. La gente charlaba animadamente. Había más vida en la calle que en el interior de las casas. Pocos edificios estaban a oscuras. A unas pocas cuadras de donde estuvieron con el hombre que había visto a Prescott y al ruso, notaron una casa destartalada sin signos de vida, con sólo una luz mortecina adentro y la puerta del frente cerrada. A Trinidad se le ocurrió golpear, pero luego pensó que sería una intrusión. De todas maneras, era probable que sus habitantes se hubieran ido a celebrar al centro.

La pareja de detectives aficionados prosiguió su ronda hasta bien pasada la medianoche. Trinidad escribió la dirección del viejo que había visto a Prescott y a Dankevich y tomó nota de esa área del distrito del Cerro.

Dentro del edificio que llamó la atención a la pareja, ocho hombres se disponían a acostarse, aunque algunos no podrían dormir. Para ellos, una semana de pisos duros, frazadas raídas, comidas tediosas, apiñamiento, gran tensión y un trascendental propósito histórico hacían imposible el sueño. Manny, Joe, Pete y Johnny pasaron la mayor parte de la tarde jugando al póquer. Era una manera de ocupar el tiempo pero no un buen sustituto de aire libre, buena comida, espacio o movimiento. En un rincón, en el piso duro, Dankevich se acurrucaba debajo de una frazada. Había dicho y comido muy poco en toda la tarde. Respondía a las preguntas con monosílabos. En el otro extremo del cuarto, el norteamericano cambiada periódicamente de postura, acostándose sobre un lado u otro. Tenía partes del cuerpo en carne viva, allí donde los huesos contra el suelo pelado le habían raspado la piel. Se había negado a comer, y ahora daba pocas señales de vida. Por momentos Dankevich se preguntaba si estaría muerto. A los otros no parecía importarles. Ellos sabían que en este momento los estarían buscando frenéticamente. Sus diversos disfraces —Joe y Pete se habían oscurecido el pelo, todos tenían distintos estilos de barba y bigote, excepto Tony, que se había afeitado el bigote— habían servido unos días pero pronto ya no surtirían efecto. De todos modos, antes de que el vecindario despertase por la mañana, ellos ya habrían cargado el camión y se habrían marchado hacia el bote escondido en una caleta de la bahía de la Mulata, mientras el resto de la ciudad fluía al centro para la celebración en la plaza. Si todo iba bien, ya estarían en alta mar, a mitad de camino a Cancún, cuando reventara el globo. ¿Su coartada? Habían estado pescando frente a la costa de México. No habían oído nada. No sabían nada.

Los dos viejos, cada cual a su manera, habían caído en la cuenta de que, en el mejor de los casos, los dejarían abandonados, si es que no los mataban. En realidad, debían matarlos. Presumiendo que sobrevivirían a la explosión a un par de kilómetros de distancia, podrían identificar a los culpables a la autoridad que quedara. La única pregunta era: ¿quién, o qué sería esa autoridad? En lugar de tratar de pensar en esto, la mente de Prescott se centraba en cosas eternas. En cuanto a Dankevich, él sabía que la concusión de la explosión haría caer el frágil techo de esa ratonera sobre sus cabezas. Morirían aplastados por el derrumbe del edificio. No obstante, los terroristas, si eran cautos —y éstos habían demostrado poseer gran cautela— no se arriesgarían a confiar su futuro a un daño explosivo que ellos no podrían llegar a apreciar.

Dankevich pensaba ahora que había sido un completo tonto al creer en esa absurda historia de ayudar a los cubanos a repeler una invasión, todo por un poco de dinero para comprar un *dacha*. Se sentía avergonzado. Consideraba como la mayor amarga ironía el hecho de que el instrumento de su humillación final fuera el hijo del hombre que lo había humillado durante toda su carrera militar. Mientras del otro lado de la habitación Prescott seguía rezando por las personas a las que quería, Dankevich planeaba cómo vengarse de esos asesinos y recobrar su dignidad.

A esta misma hora Ernesto, en el pasado amigo de Osvaldo Sánchez, miraba unas fotos que un oficial de la policía de seguridad cubana les mostraba a su grupo.

—Hay una recompensa —dijo el oficial.

Ernesto recordó algo que le había dicho Osvaldo hacía unos diez días cuando se había mudado a su casa.

—Te pagaré algo de alquiler —le había dicho—. Voy a ganar dinero. Estoy alquilando mi casa del Cerro a unos tipos que dicen que son mexicanos y que planean un negocio de artefactos electrónicos en el mercado negro. Me pagan por mi casa y por un viejo camión que les conseguí.

En realidad, Ernesto no tenía lugar para Osvaldo, pero necesitaba los diez dólares mensuales que le prometió Osvaldo mientras los tipos le alquilaran su casa. Pero Osvaldo era un roquero y Ernesto estaba harto de él. Además, los de seguridad ofrecían una recompensa de diez mil pesos. Ernesto tomó una decisión fundamental. Se daría vuelta. Describió a Osvaldo —alto, flaco, fumador empedernido, siempre persiguiendo muchachas— y describió lo que sabía del trato con los mexicanos.

—¿Dónde está Osvaldo? —exigieron saber los agentes.

—Supongo que aquí en el Malecón, igual que nosotros —les dijo Ernesto. Con un oficial de seguridad a cada lado, Ernesto echó a andar por el Malecón hacia el sur, en busca de Osvaldo. Resultó ser una tarea más complicada de lo que parecía. A la una de la mañana del día de Año Nuevo, había entre diez y veinte mil jóvenes cubanos festejando toda la noche a lo largo de una avenida de tres kilómetros.

• • •

Mientras tenía lugar esta búsqueda, McLemore y Trinidad regresaban de su propia búsqueda en el Cerro. La pregunta era: ¿adónde regresaban? McLemore suponía que llevaría a Trinidad a su casa, pero ella lo guiaba en dirección a su hotel. Como antes, caminaban del brazo, sin hablar mucho.

En un momento dado, ella se detuvo y se apretó contra él.

—No cambiaría mi vida —dijo.

—Tampoco yo... ahora —coincidió él, abrazándola.

Cuando llegaron al Santa Isabel, pasando el escritorio del empleado nocturno, ella cruzó junto con él el vestíbulo, salieron al patio a oscuras donde en su jaula aún permanecían los dos hermosos pájaros, mudos, y subieron la escalera hasta el cuarto de él. No se dijeron nada cuando entraron. Él sabía que ella estaba quebrantando todas las órdenes impartidas por sus superiores contra la intimidad no autorizada con un extrajero, sobre todo un yanqui. Pero ahora ¿importaba eso? Siempre sin hablar, se desvistieron, se acostaron sobre la cama, se abrazaron, y pronto se quedaron dormidos.

Poco después de las cinco sonó el teléfono de McLemore.

—Venga por favor a mi oficina tan rápido como pueda —dijo la voz de Lázaro Suárez—. Si sabe cómo contactarse con Trinidad, tráigala con usted. Pronto. —McLemore, todavía medio dormido, entendió que Suárez sabía adónde estaba Trinidad. —Si encuentra al señor Ramsay, tráigalo también. —Eso fue todo. Trinidad se despertó de inmediato. Se vistieron, salieron a la calle corriendo y reclutaron a la fuerza un auto que pasaba, conducido por un parrandista borracho. Mostrándole su identificación de seguridad, Trinidad le ordenó que los llevara al Ministerio del Interior tan rápido como pudiera. Aterrorizado, el conductor atravesó La Habana corriendo como un loco.

Subieron los peldaños del edificio a toda velocidad y luego, para no esperar el sonámbulo ascensor, tomaron la escalera interior hasta el quinto piso, donde estaba la oficina de Suárez. Era un caos, con colillas de cigarrillos rebasando los ceniceros y desparramadas por el piso, pocillos de café y botellas por todas partes. Todavía se encontraba atestada, pero ahora con oficiales de seguridad doblados por la fatiga, que parecían caminar dormidos. El único agregado era un joven de ropa arrugada tirado sobre una silla en un extremo de la mesa de la sala de reuniones. Tenía el aspecto de haber sido aporreado durante un par de horas con una guía telefónica. Cuando extendió el brazo hacia un teléfono para llamar a Ramsay, McLemore sonrió, ahogando una carcajada. Se veía que Trinidad acababa de levantarse. Cuando lo miró, él le hizo señas de que se alisara el pelo. Ella se sonrojó y corrió al tocador.

Suárez estaba en ese momento en otra reunión con el Comandante en el Palacio de la Revolución. McLemore discó el número de la casa de Ramsay, que éste le había dado en un pedazo de papel arrugado. Después del segundo llamado, Ramsay contestó. Sonaba totalmente despierto. "Años de tareas de espionaje", pensó McLemore.

—Suárez quiere que vengas al Ministerio del Interior lo más rápido que puedas —le dijo—. No dio explicaciones, pero debe de ser importante o no querría que viniera su enemigo al sanctasanctórum. Apúrate. Quinto piso. Darán órdenes para que entres.

No había dicho quién hablaba. No era necesario.

A los quince minutos, Suárez estaba de vuelta. Encontró a Ramsay en la entrada y subieron juntos. Los tres hombres se sentaron en la oficina de Suárez y cerraron la puerta.

—Hace una hora —explicó Suárez— nuestra gente trajo a ese muchacho que está en el otro cuarto, identificado durante la noche por un amigo que alega que este joven, llamado Osvaldo Sánchez, alquiló su casa en el distrito del Cerro a dos hombres que conoció hace unas semanas. Los hombres dijeron ser mexicanos, hablaban un español fluido, y discutieron con este Sánchez la posibilidad de organizar una red de mercado negro para vender aparatos electrónicos pequeños, como radios y cosas por el estilo. Dada la cronología de los hechos, existe la posibilidad de que estos hombres sean parte del llamado operativo Bravo. Por el momento, no hemos persuadido al señor Sánchez a hablar con nosotros.

—Trinidad y yo recorrimos el Cerro esta noche, buscando a mi amigo, el padre Prescott. Ha desaparecido. Uno de sus vecinos sostiene que él y Prescott estuvieron con un ruso anciano hace dos días. Debido a que yo le conté a Prescott acerca de nuestro "problema", al menos en líneas generales, creo que debe de haberse imaginado que el ruso era parte del complot, lo siguió, y Bravo lo capturó o lo mató. Lo principal es que el ruso andaba por el distrito del Cerro. Si este tipo, Sánchez, es del Cerro, yo creo que andamos sobre la pista.

Miró su reloj. Las 6.00.

—Vamos a hablar con él —dijo Ramsay.

En la sala de conferencias, el muchacho levantó la cabeza y pidió café. Uno de los guardias le dio un golpe en un costado de la cabeza, casi derribándolo de la silla. Suárez lo reprendió y ordenó que los guardias salieran de la habitación. Los tres hombres acercaron sillas y se sentaron rodeando al muchacho.

—Queremos sólo dos cosas —comenzó Suárez—. Queremos que identifiques estas fotos. ¿Son éstos los hombres con quienes trataste? Y en caso afirmativo, necesitamos la dirección de tu casa.

El muchacho sacudió la cabeza.

—Te prometo que no te haremos daño si nos lo dices —dijo Suárez—. No te meteremos en la cárcel.

El muchacho se echó a llorar. Los sollozos lo convulsionaban. Con un gesto, Ramsay les indicó a los otros que se fueran, y se señaló a sí mismo. Mientras los dos hombres se retiraban a la oficina de Suárez, McLemore oyó hablar a Ramsay en español, en voz baja. Ambas cosas lo sorprendieron. Escucharon detrás de la puerta de la oficina de Suárez.

—Le está diciendo que él es un hombre importante de los Estados Unidos. Los hombres que buscamos son criminales en los Estados Unidos, y su gobierno estaría muy feliz de apresarlos. Si el muchacho nos ayuda, su gobierno lo invitará a visitar los Estados Unidos.

Ramsay acercó la silla más todavía, y susurró algo en el oído del muchacho. El muchacho dejó de llorar. Levantó la mirada, sorprendido. Lo oyeron preguntar:

—¿Es verdad?

Ramsay sonrió.

—Es verdad —dijo.

Entonces el muchacho sonrió. Ramsay extendió la mano y el muchacho se la estrechó con afectación.

—¿Es verdad? —volvió a preguntar.

Ramsay asintió con su cara colorada, y luego indicó a los otros que entraran.

—Osvaldo quiere ayudarnos —dijo.

Osvaldo miró a Suárez y señaló las fotos.

—Estos dos, "Juan" y "Jorge", son a los que les permití usar mi casa. Les conseguí un camión. Me dijeron que eran comerciantes de México. Lo siento. Sé que no debí haberlo hecho.

—Dinos tu dirección. —Suárez hablaba con gran intensidad. —¿Dónde está tu casa?

Osvaldo dio calle y número. Con Suárez adelante, los tres hombres salieron a toda prisa de la sala, dejando solo al aturdido Osvaldo. Suárez tenía dos autos negros esperando frente a la entrada principal del Ministerio. Habló con uno de los guardias de seguridad apostados junto a la puerta, y ordenó refuerzos que acordonaran un área de dos manzanas a la redonda alrededor de la dirección suministrada por Osvaldo. Los tres hombres subieron al primer auto, dejando instrucciones a Trinidad para que los siguiera en el segundo, pero que se mantuviera a distancia. Luego Suárez ordenó al conductor que se detuviera en una intersección, a una cuadra de la casa de Osvaldo. Sin luces ni sirenas, el auto se dirigió velozmente hacia el distrito del Cerro mientras el sol empezaba a iluminar el cielo. Suárez tomó la pistola del conductor y se la dio a McLemore, y sacó otra de la guantera, que entregó a Ramsay.

• • •

Momentos antes, cinco de los miembros del grupo Bravo terminaron de cargar sus cosas en el camión y subieron. Pete ocupó el asiento junto al conductor con una de las armas de asalto y Manny se ubicó detrás del volante, mientras que Joe, Johnny y Orlando subían a la parte de atrás del camión con el resto del equipo. Todos los hombres tenían su correspondiente pistola de nueve milímetros; además, el otro rifle de asalto y las dos poderosas ametralladoras estaban preparadas, al alcance de la mano. Tony fue el último en irse. Se arrodilló junto al desplomado Dankevich.

—Antes de matarme —dijo éste—, por favor lleva carta... para mi hija. —Le entregó a Tony un pedazo de papel mal doblado, en el que había escrito durante la última hora. —Por favor, por favor, promete enviar la carta a ella. Aquí (indicó en el papel) está su lugar de vivir.

Tony se guardó el papel en el bolsillo de su camisa.

—Señor Dankevich —dijo—. Siento mucho todo esto. Yo no quería que terminara así. ¿Entiende? No deberíamos haber hecho así las cosas. —Miró por encima del hombro, a través de la puerta posterior, el humo que salía del caño de escape del camión.

—Acuéstese ahora, como si estuviera muerto, ¿sabe? Manny me ordenó que lo matara. Pero no puedo. Finja. ¿Está bien? —Se dispuso a salir, luego se volvió. —Creo que el otro viejo ya está muerto. Lo siento. Espero que no muera cuando explote el juguete.

En un momento se había ido, y se oyó arrancar al camión.

El cuarto quedó en silencio durante una eternidad. Dankevich aguzaba el oído, para ver si volvía el camión. Prescott debía de haber muerto durante la noche, supuso. Hacía dos días que no comía ni tomaba agua. Dankevich odiaba a los hombres que lo habían engañado, hombres endurecidos, capaces de dejar morir como un perro a un viejo, a un cura, además. Nunca se había sentido tan avergonzado en su vida. Le quedaba sólo una esperanza para redimir su corazón.

Suárez miró a Ramsay en el asiento posterior.

—En caso de que sea una treta que pueda usar en investigaciones futuras, ¿le importaría decirme lo que le dijo al muchacho cuando salimos de la sala? —le preguntó.

Ramsay se rió.

—Eso fue fácil. Le dije que si cooperaba, le prometía un viaje a Disney World.

El auto se detuvo en la intersección arreglada de antemano, ocultándose detrás de una casa. Los tres hombres bajaron sin hacer ruido. Suárez le ordenó a Ramsay que fuera por detrás del edificio para interceptar a quien tratara de huir por allí. Él y McLemore avanzaron hacia la puerta de la casa de Osvaldo, manteniéndose pegados a la pared del edificio contiguo. El lugar estaba o oscuras y en silencio. McLemore se agazapó y pasó junto a la puerta. Los dos hombres se ubicaron uno a cada lado de la puerta y a una señal de Suárez, ambos saltaron al frente y le dieron una fuerte patada. La endeble tabla se abrió con un estrépito. Agachados a ambos lados de la entrada, los dos hombres miraron hacia adentro con cautela. El lugar estaba vacío.

Se pusieron de pie y entraron. Los hombres habían escapado. De un rápido vistazo comprobaron que sólo habían dejado dos pilas de frazadas y harapos en los rincones. Luego, a medida que fue entrando la luz, vieron que una de las pilas se quejaba. Justo entonces Ramsay dio una patada a la puerta de atrás, y entró, pistola en mano. Los hombres corrieron hasta la pila de harapos de donde provenía el quejido y encontraron a un viejo ruso medio muerto y paralizado de miedo. Rápidamente le cortaron las sogas, y el viejo hizo un gesto, señalando el rincón opuesto. McLemore se arrodilló y encontró la figura de su amigo Prescott. No se movía. Detrás de ellos la puerta del frente se llenó de las caras y los cuerpos de los integrantes de la fuerza de seguridad. Trinidad se abrió paso entre ellos. Se arrodilló junto a McLemore. Acercó la cabeza al huesudo pecho del cura.

—Todavía vive —dijo—. Apenas.

Dio unas órdenes en español. En cuestión de minutos se detuvo una ambulancia frente a la casa, y McLemore, con mucho cuidado, llevó en brazos al viejo guerrero. Le pidió a Trinidad que fuera con él, y ella obedeció. Una vez que estuvo en una camilla, la ambulancia partió para el hospital más cercano.

—Quizá hace treinta... cuarenta minutos —estaba diciendo Dankevich mientras sorbía un poco de agua—. Tienen bote alguna parte de la costa. Son seis. Tienen camión, camión viejo. —Le preguntaron qué costa. —No claro para mí qué costa. Vienen de México, según sé.

Suárez se puso de pie y dio una serie de órdenes en el sentido de que se buscara camiones viejos que salían o habían salido ya de la ciudad, probablemente en dirección a Pinar del Río. Los oficiales de seguridad partieron corriendo. Los hombres ayudaron a ponerse de pie a Dankevich. Se quejó del dolor. Tenía sus viejos huesos y músculos demasiado acalambrados para caminar, de modo que Ramsay y McLemore, uno a cada lado, lo ayudaron a salir de la casa. Se sentó en una silla que sacaron. Mientras tanto, le hacían preguntas con la esperanza de que algo los condujera a la sección explosiva.

—Coronel Dankevich —le dijo Ramsay, hablando muy lentamente—. ¿Cuándo va a explotar la sección nuclear?

—Está programada para doce horas... mediodía.

Automáticamente todos miraron su reloj. Cuatro horas y unos minutos.

—Coronel Dankevich, ¿cómo es? —volvió a preguntar Ramsay, otra vez hablando muy despacio, dándole al viejo la oportunidad de entender—. La sección explosiva. El Luna. —Hizo un gesto, indicando altura y ancho con las manos. —¿Cómo de grande? ¿Qué color?

Exhausto, Dankevich se inclinó hacia adelante. Sus viejos huesos crujieron casi audiblemente.

—Es como... —Levantó la mano a un metro del suelo. —Y como... —Abrió las manos entre sesenta y noventa centímetros. Tomó lápiz y papel del bolsillo de la camisa de Suárez. Escribió una cifra con números grandes, ligeramente sinuosos: 150. —Estos kilos.

McLemore, Suárez y Ramsay de repente se sorprendieron al ver sonreír misteriosamente al viejo ruso.

—Deben vigilar estos hombres... ellos volver. Pienso que ellos volver —dijo luego. Movió la cabeza hacia arriba y abajo. —Yo darles mensaje. Ellos volver.

43

Manny mantenía un ojo fijo en el espejo retrovisor a su izquierda. Pete observaba el de la derecha. Si los interceptaban, sería en los siguientes treinta minutos. El camión tosía y resoplaba por el viejo camino que atravesaba la provincia de Pinar del Río. Tenían unos noventa minutos más de viaje, y el sol ya estaba bien arriba ese día de Año Nuevo. Manny recordó, y gritó a los que iban atrás:

—¡Feliz Año Nuevo!

Los hombres respondieron con menos vigor. Estarían en el bote para las diez. Sólo les llevaría unos pocos minutos cargar y partir. Ya habrían estado dos horas en alta mar cuando explotara el juguetito. Tendrían una posición ventajosa para ver la bola de fuego.

Apretado entre Manny y Pete en el asiento delantero, Tony rió entre dientes.

—Les contaré algo. Ese viejo Dankevich era... realmente un personaje. —Manny lo miró, intrigado. —¿Saben? Antes de... ya saben... de todos modos, me dio una carta para su hija. Fue muy duro. Me hizo prometer que la echaría en el correo.

—No puedes hacer tal cosa, Tony —le dijo Manny—. Puede haber escrito algunos nombres. Ella se pondrá a aullar por su viejo. Todos vendrán tras nosotros. No puedes hacerlo.

Tony sacó la carta arrugada del bolsillo de su camisa.

—No podrás leerla —dijo Manny—. Estará en ruso, de todos modos.

Tony desplegó el papel y lo examinó.

—Diablos, no. Está en una especie de inglés, creo. Es difícil de leer. ¡Eh, aquí está mi nombre! —agregó, excitado. Es una carta para mí.

—¿Cómo? —preguntó Manny—. ¿Una carta... para ti? Eso no tiene sentido. ¿Qué dice?

—"Toni. Mi amigo" —leyó Tony—. "Por agua y cosas, *spasebo*". Me agradece o algo así. "Siento. Te hice mala jugada. Tú bueno conmigo. Siento". ¿Qué mala jugada? —preguntó Tony—. "Interruptor en Luna otro sentido. Sentido equivocado. Una jugada para ti. Interruptor otro sentido. *Dasvedanya*. Adío. DDD."

Manny clavó los frenos de tal manera que los que iban atrás se cayeron hacia adelante en una masa de gritos y maldiciones. Pete se pegó en la cabeza contra el parabrisas.

—¿Cómo? ¿Qué es lo que dice? ¿Qué demonios dice? —Manny empezó a gritar antes de detener el camión.

Tony estuvo a punto de reír por la ironía de la situación. El viejo los había engañado, después de todo. Se había desquitado. Qué broma. A un millón de cubanos se les acababa de perdonar la vida. Tres cabezas asomaron por la cortina que separaba la parte de atrás de la de adelante.

—Nos dijo que accionáramos el interruptor en el sentido equivocado. Cerró el reloj. No lo encendió. Nos lo hizo cerrar. —Tony se echó a reír. ¡Nos hizo cerrar el reloj!

Ahora los hombres se habían bajado del camión. Tony estaba doblado, riendo apopléticamente. Manny desenfundó su pistola y Tony se calló, con miedo a que lo matara. Enfurecido, Manny estaba convertido en un loco.

—Vuelvan al camión —dijo con los dientes entrecerrados—. ¡Todos, vuelvan al camión! —Los hombres lo miraron, confundidos. —Vuelvan a subir al camión. Regresamos. Vamos a cambiar el sentido del interruptor. No ha cambiado nada. —Miró su reloj. —Las nueve y cuarto. Estaremos de vuelta en la plaza... para las diez, diez y cuarto. No ha cambiado nada. Suban al camión.

—¿Manny...? —dijo Tony—. Debemos irnos de aquí. No podemos volver. Es una locura.

Manny agitó la pistola.

—Todo el mundo suba al camión. Iremos a las tiendas, cambiaremos el camión, nos pondremos los trajes de mecánico. Vamos a probar el ascensor. Cambiamos el sentido del interruptor. Volvemos al camión y estamos aquí para la hora cero. No ha cambiado nada. Vamos.

—Tengo que mear —dijo Tony. Dio unos pasos hasta unos árboles, lejos del tránsito que iba hacia la ciudad. Los hombres esperaron.

—Maldita sea —dijo Manny, gritando. Corrió a los árboles. Los hombres oyeron disparos. Manny volvió corriendo. —El cobarde. Suban al camión. Todos. El cobarde escapó. Que lo agarren los cubanos. Ojalá que le asen el culo a ese cagón... despacito. Vuelvan al camión. —Movió la pistola. Abriendo grandes los ojos, los hombres obedecieron. Excepto Orlando, que meneó la cabeza. No. —Orlando —le dijo Manny—. Sienta ese culo fofo aquí a mi lado donde pueda vigilarte. Te necesitamos para el ascensor. No harás lo mismo que el cobarde de Tony. Sube. —Manny se puso la pistola sobre la falda, listo para disparar. Orlando subió a la cabina, entre Manny y Pete. Joe y Johnny subieron atrás. Manny hizo girar el camión en la grava al lado del camino, errándole por poco a dos ómnibus viejos que transportaban gente a la celebración, luego apretó el acelerador y se dirigió a La Habana a todo lo que daba el gastado motor.

De vuelta en el Ministerio del Interior, Suárez ordenó que le llevaran café y comida caliente a Dankevich mientras seguían interrogándolo. Les dio descripciones detalladas de cada uno de los hombres, la ropa que usaban, el color de los ojos, tono de la piel, las barbas, bigotes, su forma y tamaño, la personalidad de cada uno.

—Manny es jefe —dijo con convicción—. Hombre grande —abrió las manos para indicar los hombros—, ojos negros, también pelo negro. —Se llevó la mano encima de la boca. —Ahora, también negro... ¿cómo se dice?

—¿Bigote? —sugirió Ramsay.

—Da, da. Bigote grande, muy grande. Pete. Muy grande. También, levantar peso. —Flexionó sus viejos brazos delgados, haciendo una parodia de un levantador de pesas. —Uno es ingeniero... como yo —dijo, orgulloso, señálandose a sí mismo—. Sabe cosas de cables. Todas cosas eléctricas. Interruptores. Contadores. Es Joe. Muy inteligente. Otro es Johnny. Para cosas de camión. —Tomó un volante imaginario hasta que los hombres a su alrededor indicaron que entendían. Varios tomaban nota. —Mi amigo, Tony. Él tiene... ¿cómo se dice? —Se frotó la cara.

—¿Barba? ¿Pelo en la cara? —preguntó Suárez.

Dankevich asintió, feliz.

—El más simpático es Tony. Mi amigo, Tony. Él me da café. Él ayuda a Manny. —Contó hasta cinco con los dedos. —Ah, otro es Arlando. —Indicó con los dedos extendidos la misma altura de Suárez, pero sacó el estómago e infló los cachetes. Gordito, entonces.

—¿Qué hacía? —preguntó con urgencia Ramsay—. ¿El gordito? —Se palmeó el estómago. —¿Qué hacía él?

Dankevich arrugó su vieja cara. No estaba seguro.

—Lo llevaron a...

Sabía que se ocupaba de ascensores, pero no recordaba la palabra. ¿Elevador, quizá? Trató de indicar un movimiento del piso al cielo raso con la mano.

—¿Escaleras? —preguntó McLemore, haciendo como que trepaba.

Dankevich negó con la cabeza. Se levantó de la silla y caminó hasta la pared más apartada. Mediante mímica, hizo como que apretaba un botón. Esperó. Luego hizo como que abría una puerta, y simuló entrar. Se dio vuelta, presionó otro botón imaginario y demostró con las manos el cierre de dos puertas. Todos los hombres lo miraban, inmóviles. Luego Dankevich señaló hacia arriba.

—¡Ascensor! —gritaron todos al unísono.

McLemore tomó a Ramsay de la manga.

—¡Pusieron la maldita cosa en un ascensor!

Suárez empezó a dar órdenes como un demonio. A los pocos minutos, equipos de patrullas de seguridad inspeccionaban ascensores en toda la ciudad, empezando con los edificios de alrededor de la plaza, y trabajando luego en círculos concéntricos. Cientos, si no miles de personas estaban involucradas en la búsqueda. Miraban adentro, abajo y arriba. En todas partes que se les ocurría alrededor de un ascensor. Contaban con la descripción del Luna hecha por Dankevich, de manera que tenían una idea de lo que buscaban. Mientras tanto, Suárez, Ramsay y McLemore miraban el reloj cada tres minutos.

El tránsito que se dirigía a la ciudad era espeso, con ómnibus y camiones cargados hasta el tope. Atrapado en ese tránsito, el camión de Bravo avanzaba apenas a veinticinco kilómetros por hora. Manny consultaba el reloj, furioso. Las diez y cuarto. Maldijo y dio un golpe al volante. Para los otros miembros de Bravo, se había enloquecido del todo. Querían desistir, pero tenían miedo de que él los matara. Serían las diez y media o más cuando llegaran a las tiendas de mantenimiento, se cambiaran de ropa y consiguieran un camión. Llegarían a la plaza no antes de las once. Manny pasó una fila de vehículos, haciendo sonar la bocina, en medio de maldiciones de vehículo a vehículo. Estaba llamando la atención. Y eso no era lo que necesitaban.

Eran casi las diez y media cuando llegaron a las tiendas en el distrito de los depósitos. Su camión recalentaba, el motor humeaba, posiblemente sin agua ni aceite. No llegarían en él de regreso al bote. Conservarían el camión de mantenimiento. Ante su sorpresa, la tienda de mantenimiento de ascensores bullía de actividad. ¡Era feriado! ¿Qué era esto, por amor de Dios? Entraban hombres, tomaban uniformes, se subían a un camión y partían. Los cinco miembros de Bravo, dos de los cuales atisbaban a través de la cortina del camión, estaban alelados.

—Vayamos. Pase lo que pasare, nosotros somos parte de ello —dijo Manny—. No debemos perder tiempo.

Mientras Manny estacionaba el camión cerca de una de las tiendas, los hombres bajaron obedientemente y se dirigieron al cobertizo con los uniformes. Como antes, Joe fue hasta uno de los camiones, levantó el capó, unió los cables, y lo arrancó. Todos saltaron al camión y empezaron a ponerse el uniforme. Se detuvieron junto a su abandonado camión. Pete subió y arrojó los rifles de asalto y ametralladoras a los otros hombres.

Cada uno guardó su pistola de nueve milímetros en el bolsillo del uniforme. Cuando partieron de la playa de estacionamiento, varios hombres de la tienda salieron corriendo y los vieron transferir las armas. Corrieron de inmediato y avisaron a la policía de La Habana.

Manny se dirigió a la plaza lo más rápido que pudo. El tránsito era terrible, y cada vez se ponía peor. Sería imposible atravesar la muchedumbre y llegar a la entrada principal de la torre. Tendrían que estacionar y caminar por lo menos dos cuadras, quizá más. Las armas largas serían un problema. Siguiendo las órdenes de Manny, los hombres envolvieron con trapos los rifles y ametralladoras, todos cargados, y los dejaron en la parte posterior del camión. Antes de abandonar el viejo camión se habían llenado los bolsillos de municiones. Las calles estaban llenas de gente. A pesar de sus bocinazos, nadie prestaba atención. En una cuadra más deberían dejar el camión y caminar. Estaban a tres cuadras. Manny miró su reloj. Eran casi las once. Debían apurarse en la torre, a menos que quisieran ser parte del polvo general.

Mientras salían del camión, tratando de que no se vieran las armas, y se unían a las oleadas de multitud, oían los vivas de los cientos de miles de personas que ya estaban en la plaza. Una interminable marea humana cubría las ondulaciones del terreno. A través de la plaza, frente a ellos, podían ver el odiado perfil del Che Guevara que decoraba el Ministerio del Interior y dominaba toda la escena.

En alguna parte, cerca de la parte superior de la boina del Che, Lázaro Suárez, Red Ramsay y McLemore observaban, preguntándose si en la siguiente hora esta escena y este millón de almas existirían.

No se había encontrado la sección explosiva en ningún ascensor en una circunferencia que tenía a la plaza como centro y que se iba ensanchando cada vez más. Varias veces habían insistido en que el viejo Dankevich pensara en alguna otra frase, cualquier pista, una palabra que pudiera contribuir a identificar el ascensor. No habían pasado por alto el ascensor más alto y más obvio en toda la ciudad, el de la torre de Martí, directamente frente a ellos, pero se les había asegurado, como respuesta a repetidas preguntas, que la torre estaba cerrada desde hacía días, protegida por guardias armados. De hecho, hacía menos de una hora, el jefe de mantenimiento de la torre había oído la discusión entre los oficiales de seguridad acerca de la búsqueda de una bomba en algún ascensor por toda la ciudad. Él había tenido la suerte de conseguir un nuevo motor para su ascensor antes de que los grandes personajes decidieran usarlo. De lo contrario, hubiera sido una gran catástrofe. Hizo una nota para llamar a los hombres de mantenimiento y agradecerles, la semana siguiente, cuando todo se tranquilizara. Entró para mirar el motor una vez más antes de que llegaran el jefe y todos los dignatarios. Eran las once y cuarto. Con seguridad llegarían del palacio en quince minutos. Entonces todo sería ruido y excitación.

El motor se veía hermoso. Brillante. Nuevo. Canturreaba como una máquina de coser. Lo repasó con una franela que llevaba en el bolsillo, ¡Qué belleza! Poniéndose en cuclillas, limpió una gota de grasa de la placa con el nombre del fabricante. Una máquina nueva. Llevaría al jefe y sus invitados arriba y abajo veinte años más. Eso era suficiente para él. Se jubilaría dentro de tres años. Esforzando la vista, miró la fecha. Veamos cuándo se fabricó este nene... 1979. El mismo año que el otro. Pero el tipo que lo reemplazó dijo que éste había llegado hacía pocos años. El jefe se rascó la cabeza, luego se sentó en el suelo, apoyando la espalda contra el motor. Si trajeron un motor nuevo y no reemplazaron el viejo, ¿dónde estaba el nuevo motor? Si no reemplazaron el viejo, ¿por qué fingieron hacerlo? De repente tuvo un escalofrío. A lo mejor esos tipos no eran de mantenimiento municipal. A lo mejor no fue un motor nuevo lo que trajeron. ¿Lo había visto él, en realidad? No.

—Madre de Dios —susurró.

Salió y corrió hasta un hombre de aspecto importante con un distintivo en el cuello de la camisa y una radio transmisora. Empezó a decir algo cuando se produjo un inmenso estrépito frente a la plaza cerca de ellos. Eran las autoridades —con Fidel a la cabeza— que hacían su entrada. El hombre sacudió la cabeza y echó a andar. El jefe corrió tras él, gritando. El hombre no lo oía. Volvió a gritar. El hombre finalmente le oyó decir algo acerca de una bomba. Se detuvo, se volvió, y le pidió que lo repitiera. Debía gritarle al oído.

—Busque el equipo antibombas. Creo que lo que buscan está en mi torre.

Se dio vuelta para dirigirse a la entrada de servicio de la torre, y a cien metros vio a cinco hombres con el uniforme familiar de mantenimiento. Llevaban herramientras envueltas. De pronto reconoció a uno de ellos: era el hombre del motor. Corrió a la puerta de servicio, pero el más grande de los hombres llegó antes que él y lo hizo entrar de un empujón, mientras los demás lo seguían.

Del otro lado de la plaza sonó el teléfono de Suárez. No podía oír. El ruido debajo hacía eco en el edificio del ministerio como un oleaje atronador.

—¿Qué? —gritó, y escuchó. Luego colgó el tubo del teléfono. Se volvió a Ramsay y McLemore.

—Hemos encontrado la sección explosiva. —Señaló por la ventana. —Está allí, en la torre de Martí.

44

Mientras Suárez, Ramsay y McLemore bajaban a toda carrera los peldaños del Ministerio del Interior, Suárez ordenó a media docena de guardias de seguridad, fuertemente armados, que lo siguieran. En los 350 metros entre la puerta del ministerio y la torre había un cuarto de millón de personas apiñadas que ondeaban hacia adelante para ver a sus líderes. Suárez calculó rápidamente que tardarían media hora en atravesar la multitud. Hizo una seña hacia la izquierda y, con tres guardias adelante y otros tres bloqueando la retaguardia, iniciaron una carrera bordeando el grueso de la muchedumbre. Si tenían suerte, podían llegar a la torre en diez o quince minutos. Mientras alternaban carrera y empujones, Suárez ordenó por una de las radios transmisoras:

—¡Cierren la torre! ¡Cierren la torre herméticamente! ¡No dejen que entre nadie!

En medio del ruido ensordecedor, no tenía la seguridad de que lo hubieran oído.

Dentro de la torre, Pete tenía al jefe de mantenimiento contra la pared y lo vigilaba a punta de pistola. Orlando hizo funcionar el motor del ascensor. Manny montaba guardia con un fusil de asalto en una mano y una pistola en la otra. Joe y Johnny custodiaban a ambos costados del ascensor, armados con sendas ametralladoras. Por encima del ruido ensordecedor que entraba por la puerta, Johnny le recomendó a Orlando que tuviera cuidado, porque Dankevich secretamente podía haber conectado algún otro interruptor que protegiera al sistema. Orlando hizo descender el ascensor muy despacio, rezando por que la sección explosiva no se hubiera desestabilizado en las últimas veinticuatro horas. Encima de la puerta del ascensor, los números de los pisos se iban iluminando y apagando con un exquisito letargo. Quince, doce, nueve, seis. Orlando lo aminoró más todavía cuando el coche se iba aproximando a la planta baja. Pasaban segundos entre piso y piso.

Afuera, Suárez conducía a los otros a través de la multitud. Estaban a mitad de camino alrededor del perímetro. Miró su reloj. Eran las 11.45. Siguieron empujando, inclusive tirando al suelo a cubanos que protestaban. Ramsay reemplazó a Suárez en la delantera, imponiendo con venganza su corpulenta figura sobre la masa de humanidad.

El ascensor llegó a la planta baja. Lentamente, Orlando lo hizo descender al subsuelo. Abrió las puertas, luego poco a poco fue llevando el coche hasta que el techo estuvo al mismo nivel del piso de la planta baja. Los hombres se acercaron para observar. Allí estaba la sección nuclear. Manny consultó el reloj.

—Por amor de Dios, Orlando. Apúrate en cambiar el sentido del interruptor, y vámonos de aquí —gritó.

Tenían sólo quince minutos para escapar del radio de la explosión. Todos sudaban profusamente. Con mucho cuidado, Orlando tocó el interruptor. El cronómetro virtualmente no indicaba un espacio entre la manecilla y el cero. Justo cuando empezaba a revertir el sentido del interruptor, se oyó un estrépito en la puerta. Había hombres gritando y golpeando con objetos metálicos.

Eran las culatas de las armas. Suárez, Ramsay , McLemore y los guardias acababan de llegar y golpeaban para que el jefe de mantenimiento los dejara entrar. A unos pocos metros, la multitud saludaba con rugidos ensordecedores a los dignatarios, y el estrépito acallaba los golpes, que proseguían, intensificándose. De repente, el ruido cesó.

—Alístense —gritó Manny—. ¡Los hijos de puta van a entrar!

Un reguero de disparos hizo saltar la cerradura e instantáneamente los guardias empujaron hacia adentro la puerta de metal. Joe disparó una ráfaga de balas con su ametralladora, cortando en dos a un guardia a la altura de la cintura. Oyeron gritos.

—¡Ya están adentro! ¡Están adentro!

Mientras Johnny corría para tratar de cerrar la puerta de una patada, Ramsay lo derribó de un solo tiro.

—¡Cuidado con las granadas! —gritó Pete al punto que le disparaba al jefe de mantenimiento en la cabeza y se agachaba para recoger la ametralladora de Johnny.

La puerta volvió a abrirse y Manny disparó una serie de tiros con su fusil de asalto. Uno de los guardias cubanos logró entrar el cañón de su

AK-47 por el marco de la puerta abierta y barrió con una ráfaga de tiros el interior del cuarto de mantenimiento. El equipo Bravo se tiró al suelo, aunque no antes de que uno de los disparos se alojara en la frente de Orlando. Cayó hacia adelante sobre la sección explosiva. Manny devolvió el fuego, mientras se preguntaba si Orlando habría cambiado la dirección del interruptor. Eran las 11.55. "Olvidémonos del interruptor —pensó—. Si podemos salir de aquí y mezclarnos con la multitud, quizás aún tengamos una oportunidad. La bomba se puede ir a la mierda." Joe buscaba a tientas sobre el piso el otro fusil de asalto que tenía Orlando cuando Ramsay atisbó por la puerta y le descerrajó un tiro certero.

Ahora los guardias cubanos hacían llover fuego a través de la puerta parcialmente abierta. Pete corrió hacia el otro costado de la puerta, accionando la metralleta mientras avanzaba y gritaba. Lo derribaron como un árbol. Manny siguió disparando el fusil de asalto hasta que se quedó sin municiones. Disparó dos tiros con su nueve milímetros hacia la puerta, luego corrió en dirección a la doble puerta de vidrio que daba al vestíbulo del museo.

Creyendo que todos estaban muertos, McLemore irrumpió a través de la puerta de entrada y vio la figura que huía. "Prescott no lo aprobará", pensó, mientras levantaba su pistola. Una sola bala atravesó al hombre en la columna vertebral y se alojó en su corazón.

Ramsay casi lo llevó por delante cuando saltó para tomar la sección explosiva. Con una mano apartó del camino el cadáver de Orlando. Vio que el cronómetro marcaba el cero, y que el segundo dial señalaba la palabra "contador". Hizo atrás el interruptor hasta el negro, como le había indicado Dankevich.

Afuera, la multitud que había amordazado totalmente la furiosa batalla —sólo la notaron unos pocos testigos aterrorizados que estaban cerca— lanzó al unísono un ensordecedor rugido al ver al Comadante, el hombre que hacía exactamente cuarenta años había traído la revolución.

Ramsay dijo algo a McLemore y Suárez, que no pudieron oír ni una sola palabra. Él volvió a gritar, una y otra vez. Ahora los dos lo oyeron decir:

—Supongo que también deberé llevar a Dankevich a Disney World.

EPÍLOGO

Enero de 1999

El padre John Prescott fue dado de alta del hospital —que resultó ser el mismo donde se atendía al Comandante— a fines de la primera semana de enero. A pesar del trance que había atravesado, y su edad, se lo veía sorprendentemente ágil. Estaba ansioso por regresar a su vecindario. El gobierno le había otorgado una autorización preliminar para instalar una clínica vecinal en la destartalada casa de Osvaldo, y quería empezar a trabajar de inmediato.

A pesar del éxito de la revolución en hacer que la atención médica cubana fuera una de las mejores en América latina, el embargo de cuatro décadas sobre el comercio había erosionado seriamente el acceso de Cuba a la medicina y equipo modernos. Como había algunos medicamentos que necesitaba el viejo cura y que los cubanos no tenían, McLemore llamó a su amigo Sam Ramsay quien, con su gobierno, se mostró más que complacido en ayudar. Los medicamentos requeridos llegaron en el siguiente vuelo de Montreal a La Habana.

Prescott tuvo oportunidad de agradecerle a Ramsay personalmente cuando McLemore y Trinidad lo llevaron a cenar al paladar de Julia la noche que salió del hospital. Carlos, el asistente de McLemore, se encargó de que Julia tomara conciencia de la importancia del invitado, pues se trataba del viejo cura que había salvado la ciudad. Julia destinó tres mesas al grupo. Trinidad llevó a su madre, Carlos a sus padres, Suárez a su tímida esposa enferma. En más de un sentido, el coronel Núñez, jefe de Suárez, resultó ser una baja en el tiroteo de la torre de hacía diez días. Al oír el estrépito desde su envidiable sitio en el palco principal —tenía la misión de proteger al Comandante— Núñez se lastimó gravemente la pierna al saltar del palco, y fue retirado del servicio activo. En reconocimiento a su papel en el episodio de la torre —descrito por la prensa cubana sólo como la aprehensión de unos agitadores extranjeros—, Suárez fue promovido al cargo de subdirector del Departamento de Seguridad del Estado.

Ramsay se excusó de asistir a la cena, dando como pretexto un asunto urgente. McLemore comprendió que la presencia del estadounidense sería embarazosa en esa ocasión. Como Ramsay deseaba conocer al famoso cura, no obstante, aceptó la invitación de llegar temprano, como por casualidad, a tomar un mojito, o dos.

Ramsay se adueñó de la situación como el presidente de la reunión de una fraternidad estudiantil, y ocupó una silla al lado del viejo cura.

—Su amigo, señor Ramsay —le dijo Prescott—, sostiene que usted no es un mal tipo, después de todo, sólo que… se ocupa de una clase de negocio… inusual. Pero le agradezco su medicina. Es probable que me salvara la vida.

—No tiene por qué agradecer, padre… perdón, señor Prescott —le dijo Ramsay—. Mac tampoco es un mal tipo. Sólo necesita saber qué quiere hacer cuando crezca. Ya que estamos, hablé con algunos amigos importantes en Washington. Quieren que le dé esto.

Entregó a Prescott un sobre oficial. Prescott lo abrió. Era un nuevo pasaporte estadounidense. Ramsay y Prescott se dieron la mano.

—Bienvenido a casa —le dijo Ramsay.

—Gracias, señor Ramsay —dijo Prescott—. No sé qué decir. Supongo que ya estoy en casa. Supongo que es aquí donde Dios quería que estuviera todo este tiempo. Si a usted y sus amigos no les importa, usaré este pasaporte para visitar una vez a mi hermana en Salinas. Ella es toda la familia que tengo, y se está volviendo vieja. Pero el resto de mi familia está aquí. Volveré y trataré de hacer lo mejor que pueda para ayudarlos.

Ramsay les dio la mano a todos los presentes y se dispuso a marcharse. Prescott lo tomó del brazo y le pidió que se inclinara.

—Tengo un favor más que pedirle. Dígales a sus amigos de Washington que hagan todo lo posible por volver a tener relaciones amistosas con esta gente. Son buenos y decentes. Y puede empezar enviándonos esos medicamentos para los niños. Los necesitan, y los merecen.

Ramsay le dio una palmadita en la mano.

—Veré lo que puedo hacer. Y lo digo con sinceridad —añadió, mirando a McLemore.

Unas noches después, Trinidad y McLemore fueron en uno de los autos negros del ministerio hasta el Cerro para buscar al padre Prescott en su apartamento. Este tenía un paquete que les pidió que pusieran en el baúl del auto. Pasaron junto a los muelles al sur de La Habana Vieja, siguieron más al sur, a través de la pintoresca comunidad independiente de Regla, cuyo extremo norte se proyectaba hacia el puerto, tomaron el camino que serpentea por la pequeña aldea portuaria de Casablanca, del otro lado de los muelles de la ciudad vieja —a través de cuyos precintos todavía pasaba el tren eléctrico construido por la fábrica de chocolates Hershey— y luego cruzaron la ciudad suburbana de Cojimar, a unos diez kilómetros al este de La Habana.

Trinidad conducía, y McLemore iba en el asiento de atrás, habiendo cedido el de adelante a Prescott, con sus largas piernas como patas de cigüeña. McLemore miraba el cabello castaño oscuro de Trinidad, que se mecía sobre sus hombros cada vez que se volvía para conversar en español con el viejo. Suspiró. No había dudas ahora de que debería aprender a hablar en ese idioma, aunque apenas había logrado aprobar el examen de español para el doctorado. Pero —sonrió con felicidad al pensarlo— esta vez tendría una profesora mucho más provocativa, y conocía unas playas privadas adecuadas para las lecciones. De vez en cuando, Trinidad lo miraba con una amplia sonrisa y una tierna mirada. Por primera vez desde que se conocían, ella parecía relajada y feliz. Él se maravilló ante la transformación: de severa escolta en septiembre a amante apasionada en enero. Supuso que él también había cambiado durante ese período que ahora parecía cubrir toda una vida. Por primera vez encontraba un propósito verdadero. Considerando los recientes y extraordinarios acontecimientos alrededor de los Luna sepultados, tendría pocas dificultades para encontrar un editor para esa dramática historia, el último capítulo de un drama aún mayor de hacía ahora exactamente cuatro décadas. Se quedaría en Cuba para escribir el libro. Estaba seguro de que, si era necesario, tanto Ramsay como Worthy lo ayudarían. El proyecto le llevaría por lo menos seis meses, quizás un año, si tenía suerte. Y para entonces —¿quién podía decirlo?— quizás hubiera retornado la cordura en las relaciones entre su país y Cuba. De cualquier modo, él estaba en camino de negociar la autorización final de una paz por separado.

Poco después de la revolución, el Gobierno había instalado una pequeña prisión secreta al este de Cojimar para partidarios de Batista de alto nivel, y durante la crisis de los misiles la usó para espías y agentes de países extranjeros. De manera que era allí adonde llevaron a Jack McLemore hacía treinta y seis años, después de su captura en el apartamento de John Prescott. Trinidad había investigado los documentos del ministerio, incluyendo los archivos privados del coronel Núñez, y descubrió que después de varios días de interrogatorios mataron al padre de McLemore y lo enterraron en una tumba sin nombre afuera del patio de la prisión, en un risco frente al océano. La prisión estaba abandonada desde aquellos días. Paradójicamente, el edificio se usaba ahora como escuela.

Con la ayuda de los viejos documentos que Trinidad tenía en su poder, los tres caminaron unos cien metros al este de la antigua prisión hasta un área cubierta de flores silvestres y follaje natural. Ese debía ser el lugar, dijo ella, señalando. Prescott desenvolvió el paquete que traía. Era una cruz hecha de madera local. Uno de sus amigos, un tallista, había grabado en la pieza transversal: JOHN MCLEMORE y, debajo, 1924-1962.

McLemore volvió al auto y buscó un hierro con una punta biselada entre las herramientas usadas para cambiar neumáticos. Con él hizo un pozo pequeño en la tierra, cerca de una alta y bella flor. Prescott le entregó la cruz, y McLemore la hundió con firmeza en el suelo. De rodillas, apisonó la tierra alrededor de la base de la cruz. Con ayuda de Trinidad, apiló unas piedras pequeñas a su alrededor para darle firmeza, y por último colocó junto a ella un ramo de flores frescas que había traído Trinidad. Se dispuso a levantarse, pero vio ahora que Prescott se había arrodillado a su lado.

El viejo cura permaneció en silencio un momento.

—Que termine la guerra —dijo luego—. Que aprendamos a respetarnos entre nosotros. Que encontremos en nuestro prójimo lo que tiene de bueno, no de malo. Que haya una política no basada en el poder, sino en la vida humana. Sobre todo, que exista una sociedad compasiva, que permita la libertad y que ayude a las personas: viejos, jóvenes, enfermos que no puedan ayudarse a sí mismos. Que adoremos a nuestros niños, pues son la mayor bendición de Dios. —Guardó silencio otra vez. —Que Dios bendiga a Jack McLemore. Que Dios nos bendiga a todos.

McLemore y Trinidad ayudaron a Prescott a ponerse de pie, y, uno a cada lado del cura, los tres emprendieron el camino de regreso, cada uno a escribir un nuevo e incierto capítulo.